실버베이

Silver Bay

JOJO MOYES

실버베이

조조 모예스 장편소설

김현수 옮김

살림

일러두기

- 본문의 모든 주는 옮긴이와 편집부가 달았습니다.
- 동물 이름은 학명에 근거한 번역어를 사용했으나, 관용적으로 굳어진 명칭이 있을 시에는 그대로 따랐습니다.

프롤로그

캐슬린

내 이름은 캐슬린 휘티어 모스틴. 열일곱 살 때 뉴사우스웨일스에서
가장 큰 상어를 잡아서 유명해졌다. 모래뱀상어였는데, 눈매가 어찌나
사납던지 우리가 그놈을 때려눕힌 지 며칠이 지난 뒤에도 나를 둘로 찢
어버릴 듯 번득였다. 당시는 실버베이에서 레저 낚시가 허용되었던지라
사람들은 3주가 넘도록 그 상어 얘기만 해댔다. 뉴캐슬에서 신문기자가
찾아와 상어 옆에 서 있는 내 사진을 찍어 가기도 했다(수영복을 입고
있는 게 나다). 사진사가 내게 하이힐을 신게 했는데도 사진 속 상어는
나보다 1미터가량이나 더 크다.

사진 속에는 큰 키에 다소 진지해 보이는 소녀가 서 있다. 스스로 생각
하는 것보다 예쁜 외모에 모친을 절망하게 할 정도로 떡 벌어진 어깨, 수
없이 낚싯대를 던지고 감아낸 끝에 코르셋 따위는 절대 필요 없을 정도
로 날렵한 허리를 자랑하는 소녀다. 나는 그렇게, 자랑스러운 표정을 숨
기지 못한 채, 그 상어와 결혼식이라도 올린 듯 남은 평생을 그 짐승에
묶여 살게 될 거란 사실도 알지 못한 채 사진 속에 서 있다. 사진 속에서

보이지 않는 것은, 상어를 와이어에 묶어 들어 올리고 있는 나의 아버지와 아버지의 동업자 브렌트 뉴헤이븐 씨다. 나는 상어를 해안으로 끌고 오느라 오른쪽 어깨의 힘줄 몇 개가 끊어졌고, 사진사가 도착했을 때쯤엔 상어는커녕 머그잔 하나 들어 올릴 힘조차 없었다.

그래도 이 사건은 나의 명성을 공고히 하기에 부족함이 없었다. 그 후 몇 년간 나는 상어 소녀로 유명세를 탔다. 소녀 시절이 완전히 지나간 뒤에도 마찬가지였다. 여동생 노라는 내 외모를 생각하면 나를 성게 소녀라고 불러야 마땅하다고 놀려대곤 했지만, 아버지는 나의 명성 덕분에 실버베이 호텔이 있는 것이라고 늘 말씀하셨다. 그 사진이 신문에 실린 지 이틀 만에 우리 호텔은 만실을 기록했고, 1962년 호텔의 서쪽 건물이 화재로 전소될 때까지 쭉 만실을 이어나갔다.

남자들은 내 기록을 깨기 위해 찾아왔다. 아니, 어쩌면 어린 소녀가 저런 상어를 잡을 수 있다면, 진정한 낚시꾼은 과연 무엇을 잡을 수 있을까 기대를 품고 왔던 것인지도 모른다. 나에게 청혼하러 온 남자들도 몇몇 있었지만, 아버지는 그놈들이 포트스티븐스에 도착하기 전부터 냄새를 맡을 수 있다고 하셨고, 도착하는 즉시 짐을 싸서 돌려보냈다. 여자들도 찾아왔다. 내가 상어를 잡기 전까진, 남자들과의 경쟁은 고사하고 레저 낚시로 무언가를 잡을 수 있다는 생각조차 못 했던 여자들이었다. 그리고 가족 단위의 관광객들도 찾아왔다. 끝없이 펼쳐진 모래 언덕들과 고요한 바다로 둘러싸인 이곳 실버베이가 아름답고 지내기 참 좋다며 찾아온 것이었다.

늘어난 배들을 소화하기 위해서 부두 두 개가 급히 건설됐다. 만과 그 주변을 둘러싼 바다 밑은 수중 생물들로 가득했고, 공기 중에는 잘 손질된 노를 젓는 소리와 선외 모터 소리가 가득했다. 밤공기는 자동차 엔진 소리와 부드러운 음악 소리, 그리고 유리잔 부딪히는 소리들로 가득해졌다. 1950년대에는, 실버베이만 한 곳이 없다는 말이 결코 과장된 얘기가 아니었다.

지금도 우리의 배들은 그대로 있고, 비록 이제는 하나밖에 쓰지 않고 있지만 부두도 그대로다. 그렇지만 사람들은 이제 완전히 다른 것을 좇고 있다. 나도 노를 잡지 않은 지 어느새 20년이 다 되어간다. 나이 탓인가, 이제는 무언가를 죽이는 일에 더 이상 흥미를 느끼지 않게 됐다. 이곳은 이제 여름철마저 조용한 편이다. 대부분의 휴가철 관광객들은 이제 클럽이나 고층 호텔, 그리고 확실한 즐길 거리들이 있는 코프스하버나 바이런베이로 향했다. 솔직히 말하자면, 우린 대부분 그 편이 더 잘됐다고 생각하며 살고 있다.

나의 기록은 아직도 깨지지 않았다. 높은 판매고를 기록하지만 주위에 실제로 사본 사람은 찾기 힘든 그 책, 문을 괴어놓을 수 있을 정도로 육중한 그 책에 아직도 나의 기록이 실려 있다. 영광스럽게도 편집자들이 친히 내게 전화를 주고 앞으로 1년 더 책에 실리게 될 것이라고 알려주곤 한다. 이따금 동네 초등학교 아이들이 도서관의 책 속에서 나를 찾았다고 호텔로 찾아와 말해주면, 나는 아이들을 행복하게 해주기 위해 번번이 깜짝 놀란 척 연기를 한다.

그렇다. 나는 여전히 그 기록을 보유 중이다. 이 얘기를 하는 건 결코 자랑하고 싶어서도 아니고, 이제 일흔여섯이나 된 할머니도 한때는 주목받을 만한 일을 했다는 사실이 우쭐해서도 아니다. 그저 나처럼 많은 비밀에 둘러싸여 사는 사람도 때로는 무언가를 만천하에 공개하는 기분이 썩 나쁘지 않기 때문이다.

해나

모비1호의 비스킷 통 속에 손을 손목 깊이까지 쑥 집어넣기만 하면, 적어도 세 가지 종류의 비스킷을 꺼낼 수 있다. 다른 배의 선원들은 슈퍼마켓에서 대량으로 묶어서 파는 싸구려만 골라 사면서 비스킷값에 지나치게 인색을 떤다고, 요시 언니는 말하곤 했다. 돌고래 구경을 위해 150달러에 가까운 돈을 냈다면 적어도 그럭저럭 괜찮은 비스킷 정도는 기대하지 않겠냐는 게 요시 언니의 생각이었다. 그래서 요시 언니는 귀리와 초콜릿이 두 겹으로 들어간 두꺼운 앤잭* 비스킷, 스카치 핑거, 은박지로 포장된 민트 슬라이스**를 준비했고, 아주 드물게 여력이 될 때는 집에서 직접 구운 쿠키를 가져오기도 했다. 이 배의 선장인 랜스 아저씨는 요시 언니 본인이 그 비스킷을 거의 다 먹어버리기 때문에 좋은 과자를

---

* 1차 세계 대전 때 결성된 호주와 뉴질랜드 연합군(ANZAC)을 일컫는 단어로, 앤잭 데이(매년 4월 26일)에는 앤잭 비스킷을 만들어 먹으며 참전 군인을 기린다.
** 스카치 핑거와 민트 슬라이스는 호주에서 150년간 사랑받아온 과자 회사 아노츠의 과자다.

사는 거라고 했다. 만약 요시 언니가 비스킷에 돈을 그렇게 써대다가 걸리는 날엔 사장이 가리발디 장군*처럼 언니를 요절낼 거라고도 했다. 모비1호가 실버베이로 나아가기 시작하고 요시 언니가 승객들에게 차와 커피를 대접하는 동안, 나는 쟁반을 든 채로 비스킷에서 눈을 떼지 못하고 있었다. 내 차례가 오기 전에 승객들이 앤잭을 다 먹어버리지 않기만을 바랄 뿐이었다. 나는 아침도 거른 채 집에서 몰래 빠져나왔지만, 우리가 조타실로 돌아가기 전에는 비스킷 통에 손을 넣을 수 없다는 걸 잘 알고 있었다.

"수잰! 여기는 모비1. 간밤에 대체 맥주를 얼마나 마신 거냐? 지금 배가 가는 꼴이 꼭 다리 한 짝 없는 주정뱅이 같다."

랜스 아저씨는 무전을 치는 중이었다. 조타실에 들어가자마자 나는 비스킷 통에 손을 쑥 집어넣고 마지막 하나 남은 앤잭을 건져 올렸다. 선박 간 무전이 탁탁 끊겼고 저쪽 배에서 알아들을 수 없게 웅얼거리는 소리가 넘어왔다. 랜스 아저씨가 다시 시도했다. "수잰! 여기는 모비1. 이봐, 정신 좀 똑바로 차려…. 자네 배 앞쪽 난간에 승객이 네 명이나 매달려 있다고. 그리고 방향을 틀 때마다 승객들이 우현 창문에 손자국을 찍고 있잖아."

랜스 아저씨의 목소리에선 마치 배 옆면을 철수세미로 문지르는 것 같은 소리가 났다. 아저씨가 조타기에서 한 손을 떼자 요시 언니가 커피 담긴 머그잔을 건넸다. 나는 언니 뒤쪽으로 얼른 숨었다. 언니의 파란색 제복 등 부분에 튄 물방울들이 마치 수정처럼 반짝였다.

"그레그 얼굴 봤어?" 랜스 아저씨가 묻자 요시 언니가 고개를 끄덕였다.

---

* 이탈리아 통일, 건국에 기여한 국민적 영웅.

"출발 전에 아주 정통으로 봤죠."

"배를 제대로 몰지도 못할 정도로 맛이 간 모양이네." 랜스 아저씨는 작은 물방울들로 얼룩진 창문 밖으로 작은 배를 가리키며 말했다. "저놈 승객들이 다 환불해달라고 나설 테니 두고 봐. 저 초록색 모자를 쓴 승객은 브레이크노즈섬에서부터 여태 머리도 못 들고 있잖아. 도대체 무슨 생각으로 저러는 거야?"

요시 타코무라 언니는 내가 본 사람 중에서 머리카락이 제일 예뻤다. 언니의 얼굴 옆선을 따라 마치 검은 구름처럼 드리워진 그 까만 머리는, 바람과 바닷물을 아무리 맞아도 절대 엉키는 법이 없었다. 나는 엉킬 대로 엉킨 내 칙칙한 갈색 머리 뭉치 사이로 손가락을 집어넣어보았다. 이제 바다로 나온 지 30분밖에 안 됐는데 머리칼이 모래같이 서걱거렸다. 내 친구는 열네 살이 되면, 앞으로 4년 뒤의 일인데, 엄마가 부분 염색을 허락해주기로 하셨다고 했다. 랜스 아저씨가 나를 발견한 건 그때였다. 결국은 걸릴 거라는 걸 나도 알고 있긴 했지만.

"야, 꼬마! 너 여기서 뭐 하는 거야? 너희 엄마가 나를 잡아 죽이려고 할 거 아냐. 학교 안 가?"

"쉬는 날이에요." 나는 약간 당황해서 요시 언니 뒤로 한 걸음 물러섰다. 랜스 아저씨는 늘 나를 다섯 살쯤 더 어린 애처럼 다뤘다.

"안 걸릴 거예요. 그냥 돌고래들을 좀 보고 싶어서 탄 것뿐이라고요." 요시 언니가 대신 나서줬다.

나는 소매를 손목 아래까지 잡아 내리면서 아저씨를 쳐다봤다.

아저씨도 나를 한참 보더니 어깨를 으쓱했다. "구명조끼는 입을 거지?"

나는 고개를 끄떡끄떡했다.

"그리고 내 옆에서 얼씬대며 방해도 안 할 거고?"

그 말엔 고개만 갸우뚱했다.

"애 좀 그만 괴롭혀요. 벌써 두 번이나 토했단 말이에요." 요시 언니가 다시 나섰다.

"긴장이 돼서 그래요. 속이 꼭 안 좋더라고요." 내가 말했다.

"아…. 젠장. 잘 들어. 너희 엄마한텐 이게 나랑은 아무 상관없는 일이란 걸 확실히 해, 알았어? 그리고 잘 들어 꼬마, 다음번엔 모비2로 가. 아예 다른 사람 배를 타면 더 좋고."

"선장님은 해나를 보지도 못한 걸로 해요. 그나저나 그레그는 운전만 엉망으로 하는 게 아니었네. 방향을 틀면, 배 옆구리에 무슨 짓을 했나 한번 보세요."

조타실에서 나오면서 요시 언니는 오늘이 바다로 나오기 정말 좋은 날이라고 했다. 파도가 좀 고르지 않긴 했지만 바람이 잔잔했고, 대기가 어찌나 맑은지 몇 마일 떨어진 거리에서도 하얗게 부서지는 파도가 선명하게 보일 거라고 했다. 요시 언니를 따라 식당이 있는 갑판으로 나오는데 배가 올라갔다 내려가는 느낌이 내 다리에 그대로 흡수됐다. 내가 배에 타고 있다는 사실을 선장인 랜스 아저씨가 알았다고 생각하니 남의 시선도 덜 의식하게 됐다.

요시 언니의 말로는 배가 출발해서 큰돌고래 떼가 모여드는 만 주변에 도착할 때까지가 오늘 돌고래 관광의 가장 바쁜 시간이 될 거라고 했다. 승객들이 갑판 위로 올라와 모직 머플러 사이로 5월의 맑고 상쾌한 날씨를 즐기는 동안, 승무원인 요시 언니는 뷔페를 차려놓고 승객들에게 음료수를 권하기도 하고, 파도가 높아질 경우를 대비해서(겨울이 다가오고 있었기 때문에 요즘은 대부분의 날이 그랬다) 뱃멀미하는 손님들을 위해 소독제와 양동이도 준비했다. 요시 언니는 잘 차려입은 아시아인들을 힐끗거리며 아무리 미리 얘기를 해봤자 소용이 없다며 투덜거렸다. 그들은 주갑판 아래에만 머물며 너무 급하게 먹고 마시고 한 뒤에, 토하고 싶어지면 갑판 위 난간에 매달려서 해결하는 게 아니라 꼭 손바닥만 한 화장실을 차지하고 들어가 아무도 화장실을 쓰지 못하게 한다는 것이었다. 이 과정이 이제 아침 시간의 관례처럼 돼버렸다고 했다. 그리고 만약 그들이 일본인들인 경우, 창피함을 이기지 못해 남은 항해 내내 짙은 색 선글라스를 쓰고 옷깃을 바짝 올린 뒤 잿빛이 된 얼굴로 결연하게 바다만 보고 있다는 것이었다.

"차나 커피, 비스킷 드시겠어요? 차나 커피, 비스킷?"

나는 요시 언니를 따라 앞 갑판으로 나가며 바람막이 점퍼의 지퍼를 목까지 올렸다. 바람이 좀 잔잔해지긴 했지만 공기 중에 감도는 냉기가 나의 코와 귀 끝을 시리게 했다. 대부분의 승객들은 아무것도 먹으려 하지 않았다. 그들은 배의 엔진 소리를 뚫고 서로에게 닿느라 목소리를 높여 떠들거나, 머나먼 수평선 너머를 바라보거나, 서로 사진을 찍어주느라 바빴다. 그래서 나는 시시때때로 비스킷 통에 손을 넣고 내가 안 먹으면 어차피 승객들이 먹어 없어질 비스킷을 입에 쏙쏙 넣었다.

모비1호는 실버베이에서 가장 큰 쌍동선이었다. 원래는 승무원이 두 명 승선하는 배였지만 기온이 떨어지면서 관광객들도 줄기 시작해서, 다시 성수기가 돌아올 때까지는 요시 언니만 승선했다. 나는 그게 더 좋았다. 요시 언니한테는 나를 태워달라고 조르기가 쉬웠기 때문이다. 나는 언니를 도와 차와 커피포트를 제자리에 가져다 놓고 갑판의 좁은 옆면으로 갔다. 창에 기대선 채 작은 배가 물결을 넘어 기우뚱거리며 다가오는 모습을 바라봤다. 이만큼 떨어진 거리에서도 아까보다 더 많은 사람들이 수잰호의 난간에 매달려 있는 게 보였다. 그들은 바로 아래쪽에 마구 튀어 있는 빨간 페인트에 대해선 전혀 의식하지 못한 채 머리를 어깨보다 아래쪽으로 늘어뜨리고 있었다.

"이제 10분 정도 쉬어도 돼. 자." 요시 언니는 콜라 한 캔을 따서 내게 건넸다. "카오스 이론이라고 들어봤어?"

"음." 나는 어쩌면 들어봤을 수도 있겠다는 듯 애매한 소리를 냈다.

엔진 속도가 줄어들기 시작할 때 요시 언니가 손가락을 흔들며 말했다. "저 배 선장의 전 여친과 이제 여기서 250킬로미터 떨어진 시드니에서 그 여자랑 같이 살고 있는, 보라색 사이클 쫄쫄이 바지를 평상복으로 입고 다니는 남자 때문에 저 사람들이 오매불망 기다려왔던 야생 돌고래 관광이 엉망이 됐잖아. 저 사람들은 생전 얼굴 볼 일 없는 두 사람 때문에 말이지."

나는 콜라를 한 모금 넘겼다. 콜라의 보글거리는 기포 때문에 눈물이 찔끔 났지만, 꿀떡 넘겼다. "그러니까 그레그 아저씨 배에 탄 사람들이 멀미를 하는 게 카오스 이론 때문이라는 거예요?" 나는 그냥 아저씨가 어젯밤에 또 술을 마셔서라고 생각하고 있었는데.

요시 언니가 미소를 지었다. "바로 그거야."

엔진이 멈추고 모비 1호가 잠잠해졌다. 관광객들 떠드는 소리와 배 옆면에 와서 부딪히는 물결 소리만 남긴 채 우리 주위를 둘러싼 바다가 함께 고요해지고 있었다. 나는 여기로 나오는 게 좋았다. 우리 집이 기다란 해변 위의 하얀 점이 되다가 끝없는 만 사이로 사라지는 것을 지켜보는 게 좋았다. 어쩌면 내가 하는 일이 규칙을 어기는 것이란 생각 때문에 기쁨이 두 배가 되는 건지도 몰랐다. 나는 정말 반항적인 아이가 아니었지만, 그래도 무엇을 깬다는 기분이 나쁘지 않았다.

라라는 작은 보트를 갖고 있었고, 예전 굴 양식장을 표시하는 부표 안

쪽을 벗어나지 않는다는 조건하에 혼자 배를 타고 나오는 것도 허락됐다. 나는 라라가 부러웠다. 우리 엄마는 내가 열한 살이 다 돼가는 데도 만 주변을 돌아다니는 것조차 허락하지 않았다. 엄마는 "다 때가 되면"이라고 중얼거리고 말았다. 이런 일로는 엄마와 실랑이를 해봐야 소용없었다.

랜스 아저씨가 우리 옆으로 다가왔다. 아저씨는 방금 깔깔거리는 십대 언니 오빠들과 사진을 찍고 오는 길이었다. 젊은 아가씨들도 아저씨한테 함께 사진을 찍자고 부탁을 하곤 했는데 아저씨는 한 번도 거절한 적이 없는 걸로 안다. 그것이 바로 해가 머리를 녹일 정도로 뜨거워도 아저씨가 선장 모자를 벗지 않는 이유라고 요시 언니는 말했다.

"배 옆구리에 도대체 뭐라고 써놓은 거야?" 아저씨는 멀리 있는 그레그 아저씨의 배 쪽을 보며 눈을 찡그렸다. 이제 아저씨는 내가 몰래 배에 탄 건 용서한 모양이었다.

"부두로 돌아가면 그때 얘기해줄게요."

요시 언니가 눈썹으로 내 쪽을 가리키는 게 보였다. "나도 글씨는 읽을 줄 알거든요." 어제까지만 해도 스위트 수잰(Sweet Suzanne)이라 적혀 있던 배에는 이제 빨간색 페인트로 수잰의 신체에 대해 입에 담기 어려울 정도로 심한 얘기가 적혀 있었다. 요시 언니는 그러면 내가 못 들을 거라고 생각하기라도 하는지, 목소리를 최대한 낮추고 말했다. "그 여자가, 자기한테 다른 남자가 생겼다고 그레그한테 말했대요."

랜스 아저씨가 길게 휘파람을 불었다. "그레그도 그렇다고 했었어. 그 여자가 부인했었지만."

"인정할 리가 없었죠. 그레그가 어떻게 나올지 안다면. 그렇지만 그레그도 뭐 떳떳하다고 할 순 없으니까…." 요시 언니가 나를 힐끗 봤다. "어쨌든, 이제 여자는 시드니로 떠났고, 배의 절반을 달라고 했대요."

14

"그레그는 뭐라고 했대?"

"배에 적힌 대로인 것 같은데요?"

"배를 저 모양으로 해놓고 손님을 태우고 나오다니." 랜스 아저씨는 휘갈겨 쓴 빨간 글씨를 제대로 보기 위해 쌍안경을 집어 들었다.

요시 언니는 쌍안경을 넘기라고 손짓했다. "오늘 아침 상태를 보니 어제 무슨 짓을 했는지 기억이나 할까 싶어요."

위층 갑판에서 관광객들의 흥분한 함성이 들려왔다. 다들 배 앞쪽을 향해 앞다퉈 가는 중이었다.

"이제 또 시작이군." 랜스 아저씨는 허리를 쭉 펴고 나를 향해 씩 웃으며 중얼거렸다. "우리 밥벌이 해주는 애들이 등장했나보네. 어이, 꼬마! 다시 일할 시간이다."

만 전체를 다 돌아도 큰돌고래들이 얼굴을 보여주지 않을 때도 있다고 요시 언니는 말했다. 그러면 돌고래를 보러 왔다가 잔뜩 실망한 사람들을 위해 결국 무료로 돌고래 관광 항해를 한 번 더 제공하거나 50퍼센트 환불을 해줘야 했는데, 두 가지 경우 모두 사장이 길길이 뛸 일이었다.

뱃머리 쪽에는 관광객 여럿이 바짝 붙어 서서, 부서지는 물결을 타고 반짝거리는 회색 돌고래들을 포착하기 위해 카메라를 바삐 움직이고 있었다. 나는 오늘은 누가 놀러 왔는지 살펴봤다. 주갑판 아래로 내려가면 요시 언니가 벽 하나 전체에 이 구역 모든 돌고래들의 지느러미 사진을 찍어서 붙여놓은 것을 볼 수 있다. 언니는 돌고래들에게 이름도 붙였다. 지그재그, 원 컷, 파이퍼…. 다른 선원들은 요시 언니를 비웃었지만 이제는 모두들 차이가 뚜렷한 지느러미를 전부 알아볼 수 있게 됐다. 버터나이프를 두 번째 본 뒤부터 그렇게 됐다고 했다. 나는 이 돌고래들의 이름을 모두 외우고 있었다.

"폴로랑 브롤리 같은데?" 요시 언니가 옆쪽으로 기대며 말했다.

"저건 브롤리의 새끼인가요?"

돌고래들은 고요한 회색 반달처럼 나타나 마치 자기들이 관광 나온 것처럼 배 주위를 뱅뱅 돌았다. 한 마리가 수면 위로 나타날 때마다 사방으로 카메라 셔터 소리가 울려 퍼졌다. 우리가 얼이 빠져서 자기들을 쳐다보는 걸 보며 돌고래들은 무슨 생각을 할까? 돌고래들이 인간만큼이나 똑똑하다는 걸 나는 알고 있다. 나는 나중에 돌고래들끼리 바위 옆으로 모여들어 돌고래 언어로 우리들에 대해 얘기하며 웃는 상상을 하곤 했다. '그 파란 모자 쓴 애?' 혹은 '그 웃긴 안경 쓴 애가 말이지' 하면서.

랜스 아저씨의 목소리가 방송을 타고 흘러나왔다. "승객 여러분, 돌고래를 보기 위해 너무 급히 한쪽으로 몰려가시면 위험합니다. 모두가 잘 보실 수 있도록 배를 천천히 돌릴 예정입니다. 너무 급히 한쪽으로 몰려가시면 배가 뒤집힐 수도 있습니다. 돌고래들도 뒤집히는 배는 별로 좋아하지 않는답니다."

위쪽을 올려다보다가 앨버트로스 두 마리를 발견했다. 그들은 공중에 잠시 멈추더니 날개를 접고 바닷속으로 잠수해 들어갔다. 수면에 닿는 순간에도 아주 조용히, 물방울도 거의 튀기지 않았다. 그러다 한 마리가 다시 날아올라 눈에 보이지 않는 먹잇감을 찾아 공중을 빙빙 돌았고, 곧 다른 한 마리가 합류했다. 그들은 작은 만 위로 솟구쳐 올라가다가 사라져버렸다. 나는 그들이 사라지는 모습을 지켜봤다. 모비1호가 천천히 위치를 바꾸기 시작하자 나는 아래쪽 난간 밑으로 발을 집어넣고 앉아 나의 새 운동화를 들여다봤다. 날이 따뜻해지면 나도 붐네트*에 앉게 해주

* 승객들이 그물 안의 바닷물 속에서 놀거나 수영할 수 있도록 관광용 선박에 설치된 커다란 그물.

겠다고 요시 언니가 약속했다. 그러면 돌고래들을 만질 수도 있고 어쩌면 함께 수영도 할 수 있을지 몰랐다. 하지만 엄마가 허락해야 한다는 조건이 붙었고, 그게 무엇을 의미하는지는 모르는 사람이 없었다.

배가 갑자기 움직여서 나는 잠시 휘청했다. 엔진이 다시 켜졌음을 알아차리는 데까진 몇 초가 걸렸다. 난간을 붙들었다. 나는 실버베이에서 자랐기 때문에 돌고래들 옆에 있을 때는 몇 가지 불문율이 있다는 걸 알고 있었다. 돌고래들이 옆에서 놀기를 원한다면 엔진을 꺼야 했다. 만약에 돌고래들이 계속 이동한다면 그들과 평행 코스를 유지한 채 돌고래들이 이끄는 대로 따라간다. 돌고래들은 자기들의 의사를 분명히 전달하는 편이었다. 우리를 좋아하면 가까이 다가오거나 일정 거리를 유지했다. 우리가 곁에 있는 걸 원하지 않으면 바로 멀리 가버렸다. 요시 언니가 얼굴을 찌푸렸고, 선체가 휘청하자 우리는 구명밧줄을 붙잡았다. 나와 같은 혼란스러운 마음이 요시 언니 얼굴에도 그대로 비쳤다.

배가 갑자기 속도를 내면서 앞으로 질주하기 시작했고, 갑판 위의 관광객들은 바닥에 쓰러졌다. 배는 거의 날아가고 있었다.

랜스 아저씨는 무전 송신 중이었다. 우리가 조타실로 기듯이 들어가는데 스위트수잰호가 우리 배와 얼마간 간격을 두고 물결 위로 튀어 올랐다 내려가며 질주하는 게 보였다. 이제 거의 난간에 매달리다시피 한 불쌍한 승객들은 안중에도 없는 모양이었다.

"랜스! 지금 뭐 하는 거예요?" 요시 언니가 난간을 붙들고 말했다.

"그럼 거기서 봐, 친구. 승객 여러분…." 랜스 아저씨가 얼굴을 일그러뜨리고 방송 버튼을 누르고, '통역 좀 해줘'라고 입 모양만으로 말했다. "오늘 아침에는 여러분께 특별한 무언가를 보여드릴 수 있을 것 같습니다. 우리 실버베이 돌고래들의 환상적인 광경은 이미 잘 감상하셨죠. 손잡이를 단단히 잡고 조금 기다리시면 곧 정말로 특별한 것을 볼 수 있게 해드리겠습니다. 올해 들어 처음으로 고래가 모습을 드러냈다고 합니다. 조금만 더 깊은 바다로 나가면 될 것 같습니다. 이 고래들은 매년 남극에 서부터 북쪽 지역으로 멀리 이동하는 과정에서 우리 지역을 지나가는 혹 등고래입니다. 정말 평생 잊지 못할 광경이 될 것임을 약속드립니다. 자, 이제 자리에 앉으시고 꽉 붙드시기 바랍니다. 남쪽은 너울이 좀 커지기 때문에 배가 많이 흔들릴 수도 있습니다만, 고래들을 볼 수 있게 제시간 에 도착하기 위함임을 널리 양해해주시기 바랍니다. 배의 앞쪽에 계시고 싶은 분은 우비를 빌려 입으시길 권해드립니다. 우비는 배 안쪽 뒤편에 넉넉히 준비돼 있습니다."

랜스 아저씨는 조타기를 돌리며 요시 언니에게 고개를 끄덕해 보였고, 언니가 방송 장비를 받아들었다. 언니는 랜스 아저씨의 말을 일본어로 반복한 다음 한국어로도 전달했다. 언니가 나중에 한 말인데, 실은 그냥 어제의 점심 메뉴를 읊었을 가능성이 아주 높다고 했다. 언니는 랜스 아 저씨가 고래를 볼 수 있을 거란 선언을 한 뒤엔 도저히 집중을 할 수 없 었다고 했다. 한 단어만 계속 머릿속에 울렸다고 했는데, 그건 나도 마찬 가지였다. 고래!

"얼마나 더 가면 되죠?" 반짝이는 바닷물을 스캔하는 요시 언니의 몸 이 뻣뻣해져 있었다. 좀 전까지의 느긋한 분위기는 완전히 사라지고 없 었다. 나는 내장이 꼬이는 느낌이었다.

"7~8킬로미터 정도? 잘 모르겠어. 관광 헬기가 톤포인트에서 2~3킬 로미터 정도 떨어진 곳에서 두 마리를 본 것 같다고 하는데. 아직 철이 좀 이르긴 하지만…"

"작년에는 6월 14일에 처음 나타났어요. 그렇게 이른 것도 아니에요."

요시 언니가 말했다. "미친 거 아냐? 그레그 좀 봐요! 저 속도로 계속 가다간 승객들이 바다로 날아가겠어요. 저 배는 저 파도를 흡수할 정도로 크질 않다고요."

"우리가 먼저 가는 꼴은 못 보겠다는 거지." 랜스 아저씨가 고개를 흔들며 속도 다이얼을 체크했다. "전속력이야. 올해는 모비1이 1등 한 번 해 보자고. 한 번만이라도."

선원들 중에는 더 큰 선박의 더 좋은 자리로 가기 위한 중간 과정으로 이런 배에서 일하는 부류도 있었고, 요시 언니처럼 교육 과정의 일부로 이 일을 시작했다가 집에 돌아가는 걸 영영 잊어버린 사람들도 있었다. 그러나 그들이 여기에 남은 이유가 무엇이었든 간에 이 이동 시기에 고래와의 첫 만남은 마법과 같다는 걸 나는 아주 오래전부터 알고 있었다. 그 생명체를 직접 보기 전에는 그들이 이렇게 돌아온다는 게 잘 믿기질 않기 때문이다.

사실 1등으로 고래를 보는 게 뭐 그리 대단한 일은 아니다. 일단 고래가 나타났다는 소식이 알려지면 고래 부두에서 출항하는 다섯 척의 배는 그 순간부터 일제히 돌고래 관광에서 고래 관광으로 전환해서 영업에 들어가니까. 하지만 고래 관광선의 선원들은 여기에 목숨을 걸었다. 그리고 위대한 열정은 언제나 그렇듯 그들을 미치게 만들었다. 정말 정말로, 미치게 했다.

"저 대단하신 멍청이 좀 보게. 갑자기 똑바로 운전을 하고 있다는 게 너무 코미디 아냐?" 랜스 아저씨가 내뱉듯 말했다. 그레그 아저씨는 우리 왼쪽에 있었는데 우리보다 앞서 나가기 시작하는 것처럼 보였다.

"우리가 자기보다 먼저 도착하는 건 견딜 수가 없는 거예요." 요시 언니가 우비를 하나 집어서 내게 던졌다. "혹시라도 배 앞쪽으로 나가게 될 수도 있으니까. 그럼 쫄딱 젖을 거야."

"이런 젠장. 어이가 없군." 랜스 아저씨가 수평선 위에 다른 배를 하나 더 발견하고 말했다. 욕을 하는 걸 보니 내가 옆에 있는 것도 잊은 모양이었다. "미첼이잖아! 오후 내내 무전만 켜놓고 듣고 있다가 이제 나타나는 거야. 아마 손님들도 잔뜩 태웠겠지. 내가 언젠간 저놈을 가만두지 않을 거야."

다들 미첼 드레이에 대해선 할 말들이 많았다. 다른 사람들처럼 스스로 돌고래를 찾으러 다닐 생각은 절대 하지 않고, 무언가 보인다는 선박 간 무전을 엿듣고 있다가 다른 배들이 가는 곳을 무조건 따라가면 그뿐이었다.

"저, 오늘 진짜로 고래를 보는 건가요?" 내 두 발 아래로 선체에 물결이 철썩철썩 요란하게 부딪혔고, 나는 배 옆면에 매달리다시피 했다. 열린 창문 사이로 관광객들이 흥분해서 소리치고 거친 파도를 맞으며 웃는 소리가 들려왔다.

"볼 수 있을 거야." 요시 언니의 시선이 수평선을 향했다.

진짜 고래라니. 나는 이모와 함께 딱 한 번 고래를 본 적이 있다. 보통은 이렇게 먼 바다까지 나오는 게 허락되지 않았기 때문이다.

"저기… 저기! 아니다, 그냥 물보라였어." 요시 언니가 쌍안경을 들어 올렸다. "코스를 좀 바꾸면 안 될까요? 이쪽은 너무 눈이 부셔요."

"1등으로 가고 싶다면, 안 돼." 랜스 아저씨는 배를 오른쪽으로 돌리며 파도에 부딪히는 햇빛의 각도를 바꿔보려고 했다.

"해안으로 무전을 치면 어때요? 헬기가 본 위치를 정확히 좀 알게."

"의미 없어. 어차피 지금쯤이면 고래가 3킬로미터 이상 이동했을 거야. 그리고 미첼이 다 듣고 있겠지. 그 도청 전문가한테 더 이상 정보를 줄 생각은 없다고. 여름 내내 그놈한테 우리 손님들 뺏긴 생각을 해봐."

"그럼 고래가 뿜는 물줄기를 찾아보자고요."

"그럴 게 아니라 아예 '고래'라고 쓴 작은 깃발도 하나 찾아보지 그래?"

"랜스, 지금 도와주려는 거잖아요."

"저기!" 나는 방금 막 고래 형태를 본 것 같았다. 마치 저만치에서 까만 조약돌이 바다 밑으로 들어가는 것 같았다. "북북동 쪽이요. 브레이크 노즈섬 뒤쪽으로. 방금 잠수해 들어갔어요." 나는 흥분감에 멀미가 날 것 같았다. 그리고 랜스 아저씨가 내 뒤에서 숫자를 세기 시작했다. "하나… 둘… 셋… 넷… 고래다!" 틀림없는 물기둥이 수면 위로 신명나게 솟아올랐다. 요시 언니가 꺄악 소리를 질렀다. 랜스 아저씨가, 항해 코스상 아직 고래를 보지 못한 그레그 아저씨 쪽을 힐끗 봤다. "우리가 그녀를 잡았어!" 랜스 아저씨도 소리쳤다. 랜스 아저씨에겐 모든 고래가 '그녀'였다. 모든 아이들이 '꼬마'인 것처럼.

고래. 나는 혀 위에 그 단어를 가만히 올리고, 입안에서 이리저리 굴리며 음미했다. 눈을 바다에서 뗄 수가 없었다. 모비1호가 코스를 바꾸었고, 거대한 선체가 물결을 넘을 때마다 수면을 세게 때렸다. 나는 섬 뒤쪽으로 고래들이 수면 위로 솟아올라 세상에 하얀 배를 드러내고 지금껏 보여주지 않은 낙천적인 기질을 뽐내는 모습을 상상해봤다.

"우리가 1등인 것 같아." 요시 언니가 흥분해서 중얼거렸다. "이번만큼은, 우리가 1등을 할 것 같아."

랜스 아저씨는 낮은 소리로 고래가 물줄기를 뿜을 때까지의 시간을 재며 조타기를 돌렸다. 30초 이상 사이가 뜨면 깊이 잠수했을 가능성이 높았다. 그렇다면 고래를 놓칠 수도 있다는 얘기였다. 물줄기를 뿜는 간격이 짧으면 아직 고래를 쫓아갈 기회가 있음을 의미했다.

"일곱… 여덟… 올라온다. 그렇지!" 랜스 아저씨는 손바닥으로 조타기를 치더니 방송 장비를 집어 들었다. "승객 여러분, 지금 오른쪽을 보시면 고래를 확인하실 수도 있겠습니다. 고래는 지금 저쪽 섬 뒤쪽을 향해 가고 있습니다."

"그레그가 우리가 어느 쪽을 향해 가고 있는지 안 것 같아요. 하지만 절대로 못 쫓아올걸요. 엔진 힘이 우리한테 안 되잖아요." 요시 언니가 씩 웃었다.

"블루허라이즌! 여기는 모비1. 미첼!" 랜스 아저씨가 무전에 대고 소리쳤다. "이 아가씨를 보고 싶다면 내 꽁무니에서 떨어지는 게 좋을 거야."

미첼 아저씨의 목소리가 무전을 타고 들려왔다. "모비1! 여기는 블루허라이즌. 나는 그레그가 배 밖으로 흘린 사람들을 구조하러 온 것뿐이라고."

"아, 그래서 여기 나타난 게 고래와는 아무 상관이 없으시다?" 랜스 아저씨가 간단히 받아쳤다.

"모비1! 여기는 블루허라이즌. 랜스, 넓고 넓은 바다야. 뭐 그리 빡빡해? 자리는 모두에게 충분히 돌아가고도 남는다고."

나는 덤불이 우거진 곳이 커져가는 모습을 지켜보며 테이블 가장자리를 너무 세게 움켜잡은 나머지 관절이 다 하얘졌다. 곶 근처에서 고래가 속도를 늦추고 우리가 다가가도록 허락해줄까? 어쩌면 머리를 들고 우리와 눈을 맞출지도 몰랐다. 어쩌면 배 옆으로 헤엄쳐 와서 새끼를 보여줄지도 몰랐다.

"2분." 랜스 아저씨가 말했다. "2분이면 머리 쪽으로 다가갈 수 있을 거야. 가까이 접근할 수 있으면 좋을 텐데."

"고래야, 제발. 멋진 모습을 보여줘." 요시 언니는 여전히 쌍안경을 치켜든 채 혼잣말을 하고 있었다.

고래야, 나는 조용히 말했다. 우리를 기다려줘, 고래야. 혹시 고래가 나를 알아보지는 않을까 생각하기도 했다. 배에 탄 이 모든 사람 중에서도 특히 내가 바다 생물들에게 특별한 감정을 갖고 있는 아이라는 걸 고래가 혹시 느끼지는 않을까, 라는 생각. 내게 그런 감정이 있다는 걸 나는 확실히 알았다.

"빌어먹을… 정말… 믿을 수가… 없군." 랜스 아저씨는 선장 모자를 벗어버리고, 창밖을 노려보고 있었다.

"뭔데요?" 요시 언니가 랜스 아저씨 쪽으로 다가갔다.

"보라고."

나도 두 사람의 시선이 향한 곳을 보았다. 모비1호가 곶 근처로 다가가는 동안 우린 모두 입을 다물었다. 덤불로 덮여 있는 땅덩어리에서 그리 멀지 않은 곳, 바다 쪽으로 1킬로미터쯤 떨어진 옥빛 바닷물 위로 이스마엘호가 엔진을 끈 채 서 있었다. 새로 칠한 배의 옆면이 한낮의 햇살을 받아 반짝거렸다.

조타기 옆으론 우리 엄마가 난간 위로 몸을 내민 채 서 있었다. 바다에 나갈 때면 꼭 쓰는 빛바랜 모자 밑으로 머리카락이 나부끼고 있었다. 엄마는 체중을 한쪽 다리에 싣고 있었고, 우리 집 강아지 밀리는 조타기 건너편에 잠들어 있었다. 엄마는 마치 몇 년 전부터 이곳에서 고래를 기다리고 있던 사람처럼 보였다.

"빌어먹을, 정말 저 여자는 도대체 어떻게 벌써 저렇게 와 있는 거야?" 랜스 아저씨가 요시 언니의 경고성 눈빛을 감지하고 어깨를 으쓱하더니 내게 사과했다. "기분 나쁘라고 한 얘기는 아니다. 그래도, 야… 정말… 너무하네."

"그러고 보면 항상 먼저 와 있었어요." 요시 언니는 반은 재미있다는 듯 반은 체념한 듯한 반응을 보였다. "매년, 라이자가 제일 먼저 와 있잖아요."

"빌어먹을 영국인한테 또 지다니. 크리켓 경기도 영국한테 이렇게 백전백패는 아닐 거야." 랜스 아저씨는 담배에 불을 붙이고 신경질 난다는 듯 성냥을 던져버렸다.

나는 갑판으로 나갔다.

바로 그 순간 고래가 나타났다. 우리가 숨이 막힐 듯 바라보는 사이 고래는 물줄기를 끌어올려 거대한 물기둥을 이스마엘호 쪽으로 뿜어냈다. 모비1호 갑판 위에 있던 관광객들이 환호성을 질렀다. 고래는 정말 거대했다. 우리는 고래의 몸에 붙어 자라는 따개비와 고래의 하얀 배의 물결 무늬 골까지 볼 수 있을 정도로 가까이 있었다. 내가 잠깐이나마 고래의 눈을 들여다볼 수 있을 정도였다. 그러나 고래는 말도 안 되게 날랬다. 저 정도로 육중한 덩치가 저렇게나 날렵할 수 있다니.

나는 목에 숨이 탁 걸려버린 느낌이었다. 한 손으로는 구명밧줄을 붙들고, 다른 한 손으로는 쌍안경을 들어 올려 바라보았다. 고래가 아니라 우리 엄마를. 고래의 크기에 대한 탄성도, 고래가 작은 배들로 보내는 물결 소리도 거의 들리지 않았고, 잠시 내가 엄마한테 들키면 안 된다는 사실도 잊었다. 이렇게 멀리에서도 나는 우리 엄마, 라이자 매컬린이 웃고 있다는 걸 알 수 있었다. 눈매가 위쪽으로 올라가 있었다. 육지에서는 좀처럼 보기 힘든 엄마의 표정이었다.

∞

캐슬린 이모할머니는, 커다란 빵 바구니가 놓여 있는 빛바랜 나무 테이블에 새우와 레몬 조각이 담긴 커다란 그릇을 갖다 놓았다. 나는 이모할머니를 그냥 케이트 이모라고 부른다. 이모할머니란 말을 들으면 본인이 너무 골동품처럼 느껴진다나. 이모할머니 뒤쪽으로 호텔 전면의 목재 판자가 저녁 햇살에 부드럽게 반짝였고, 창문에 비친 불타는 듯한 복숭아 여덟 개가 지는 해를 따라 아래쪽으로 서서히 흘러내리고 있었다. 바람이 일기 시작하자 호텔 팻말이 앞뒤로 삐걱삐걱 그네를 탔다.

"이건 뭐예요?" 맥주병을 들고 있던 그레그 아저씨가 고개를 들며 물었다. 아저씨는 마침내 짙은 선글라스를 벗고 있었고, 아저씨 눈 밑의 짙은 그림자가 어젯밤 일을 그대로 드러내고 있었다.

"자네 위벽이 보호가 필요하단 얘길 들어서 말이야." 이모할머니는 그레그 아저씨 앞에 냅킨을 탁 올려놓으며 말했다.

"나중에 이 인간 배를 보고 승객 넷이 환불해달라고 했다는 얘긴 들으셨어요?" 랜스 아저씨가 웃었다. "그레그, 미안하지만, 뭐 그리 바보 같은 짓을 했어. 하고 많은 말 중에 그런 말을 써놓으면 어떡해?"

"역시, 이모님은 너무 친절하셔." 그레그 아저씨는 랜스 아저씨를 무시하며 빵으로 손을 뻗었다.

이모할머니는 아저씨를 무섭게 보며 말했다. "한 번만 더 우리 어린 해나가 볼 수 있는 데에 그런 말을 썼다가는, 죽을 줄 알아!"

"우리 상어 아가씨 이빨이 아직 안 빠지셨네." 랜스 아저씨는 그레그 아저씨를 잡아먹는 시늉을 했다.

캐슬린 이모할머니는 랜스 아저씨를 무시하고 내게 말했다. "해나야, 얼른 먹어라. 점심은 구경도 못 했을 것 같은데. 샐러드도 갖다줄게."

"비스킷은 몇 개 먹었어요." 요시 언니가 전문가다운 손길로 새우 껍질을 벗기며 말했다.

"그까짓 비스킷." 이모할머니가 콧방귀를 뀌었다.

우리는 호텔의 부엌 밖 야외 테이블에 모여 있었다. 고래 부두의 선원들은 거의 매일 저녁 거기 모였다. 선원 아저씨들이 맥주 한두 병을 나누지 않고 집으로 향하는 날은 거의 없었다. 그중 좀 젊은 사람들은 너무 많이 마시는 바람에 집에 아예 못 돌아가기도 한다고 이모할머니는 말씀하셨다.

육즙이 풍부한 대하를 한입 베어 무는데 스토브가 나와 있는 게 보였다. 실버베이 호텔 손님들 중에 6월에 바깥에 나와 앉는 사람들은 거의 없었지만, 고래 관광선의 선원들은 겨울에도 여기 모여 바다에서의 사건들에 대해 얘기를 나누곤 했다. 다른 직업으로 옮겨 가는 사람들도 있고 대학에 가는 사람들도 있었기 때문에 모이는 사람들은 해마다 바뀌었다. 하지만 랜스 아저씨, 그레그 아저씨, 요시 언니와 몇몇은 내가 여기서 살아온 내내 함께했다. 대체로 6월이 시작되면서 이모할머니가 켜놓기 시작하는 스토브는 9월이 될 때까지 꺼지지 않았다.

"손님은 좀 많았어?" 이모할머니는 샐러드를 들고 돌아와서 빠르고 노련한 손길로 잘 뒤섞은 다음, 내가 싫다고 말할 새도 없이 내 접시에 왕창 덜었다. "오늘 박물관에는 한 명도 안 왔어."

"모비1은 제법 찼어요. 한국 사람들이 많았어요." 요시 언니가 어깨를 으쓱했다. "그레그는 손님들을 반쯤 바다에 빠뜨릴 뻔했고요."

"우리 손님들 고래 구경 잘만 했다고." 그레그 아저씨는 빵 한 쪽을 더 집어 들었다. "불평하는 사람도 없었고, 그러니 환불해줄 필요도 없었다고. 캐슬린 이모님, 맥주 더 없나요?"

"직접 꺼내다 먹어. 해나야, 너도 고래 봤니?"

26

"진짜 거대했어요. 고래 배에 붙어 있는 따개비들까지 봤어요." 어쩐지 매끈할 거라고 기대했던 고래의 피부에는 주름과 이랑이 패여 있었고, 마치 고래가 살아 있는 섬인 것처럼 동료 바다 생물들이 여기저기 박혀 있었다.

"정말 가까이에 있었거든요. 보통은 그렇게까지 가까이에서 보지 못한다고 제가 말해줬어요." 요시 언니가 말했다.

그레그 아저씨가 눈을 가늘게 뜨고 말했다. "해나가 자기 엄마 배에 탔더라면 고래 이도 닦아줄 수 있었을걸?"

"그래, 그래도 그 얘기는 안 하는 게 좋을 것 같네." 이모할머니가 고개를 저었다. "한 마디도." 그리고 나를 보면서 덧붙였다. "이번 한 번만이었던 거다."

나는 고분고분 고개를 끄덕였다. 사실 오늘이 이번 달에만 세 번째 '한 번만'이었다.

"미첼 그놈은 나타났나? 그놈을 잘 지켜봐야 할 거야. 시드니에서 온 그 큰 배들로 옮겨 간다는 얘기가 있어."

모두가 고개를 들었다.

"그 배들은 국립공원이랑 야생동물보호국에서 겁줘서 쫓은 줄 알았는데." 랜스 아저씨가 말했다.

"아까 수산 시장에 갔더니 오늘 한 척이 나와 있었다고 하더라고." 캐슬린 이모할머니가 마침 들은 얘기를 전했다. "음악을 있는 대로 크게 틀어놓고, 사람들은 갑판 위에서 춤추고, 디스코텍이 따로 없었다더라고. 밤낚시를 다 망쳐놨는데 국립공원이랑 보호국 사람들이 나왔을 때는 이미 한참 전에 가고 없었지. 그러니 그걸 어떻게 증명하나."

실버베이에서 균형이란 아주 미묘한 문제였다. 고래 구경을 오는 관광객이 너무 적으면 이 사업이 위태로워졌고, 너무 많으면 이곳 바다 생물들을 위협하게 될 터였다.

랜스와 그레그 아저씨는 실버베이에 나타나 시끄러운 음악을 울려대고 갑판이 들썩거릴 정도로 많은 사람들을 태우곤 하는 3층짜리 쌍동선들과 대립 중이었다. "그렇게 많이 나타나면 다 같이 죽자는 거야." 랜스 아저씨가 말했다. "무책임하고, 돈에만 환장한 놈들. 미첼 그놈이랑 아주 딱이야."

나는 배가 얼마나 고픈지조차 의식하지 못했던 것 같다. 커다란 새우 여섯 개를 허겁지겁 다 먹어치운 뒤에도 빈 그릇에 손을 넣고 그레그 아저씨의 손가락과 경쟁을 벌였다. 아저씨는 새우 머리를 내게 흔들어 보이며 씩 웃었다. 나는 아저씨한테 혀를 쏙 내밀었다. 아무한테도 말하진 않았지만 나는 그레그 아저씨를 조금 사랑하는 것 같다.

"이런, 이런, 여기 납셨네. 웨일스의 공주님*."

"하나도 안 웃기거든." 엄마는 열쇠를 테이블에 툭 던지고 내 옆으로 끼어 앉기 위해 요시 언니더러 옆으로 밀착하라고 손짓했다. 엄마는 내 머리에 뽀뽀를 했다. "잘 지냈어, 우리 딸?" 엄마에게선 선크림과 소금 냄새가 났다.

나는 이모할머니를 힐끗 보며 말했다. "네." 그리고 밀리의 귀를 쓰다듬기 위해 몸을 숙이며 엄마가 빨개진 내 얼굴을 보지 못한 걸 감사하게 생각했다. 아직도 머릿속에서 울려대는 고래 생각이 머리 밖까지 울려 나올까봐 겁이 났는데, 엄마는 그저 잔을 하나 집어 물을 따를 뿐이었다.

---

* 영국의 왕세자비를 Princess of Wales라고 하는데, 지명 Wales와 고래를 뜻하는 Whales의 발음이 같은 것을 이용한 말장난이다.

"뭐 하고 지냈어?" 엄마가 물었다.

"그래 뭐 하고 있었니, 해나야?" 그레그 아저씨가 나한테 눈을 찡긋했다.

"오늘 나를 도와 객실 침대 정리를 했지." 이모할머니는 아저씨를 노려보며 말했다. "너야말로 아주 즐거운 오후를 보냈다는 소문이 돌던데?"

"뭐, 나쁘지 않았어요." 엄마가 물을 넘기고 말했다. "아, 진짜 목마르네. 해나도 오늘 물 충분히 마셨어? 이모, 얘 물 많이 마셨어요?"

호주에서 그렇게 오래 살아왔으면서도 엄마는 여전히 영국식 발음을 썼다.

"많이 마셨어. 넌 몇 마리나 봤니?"

"해나가 물 많이 마시는 걸 본 적이 없는데. 한 마리요. 정말 컸어요. 고래가 뿜은 물줄기 때문에 제 가방 안으로 물이 한 바가지는 들어갔어요. 보세요." 엄마가 들어 보인 수표책은 가장자리가 다 불어서 뒤틀려 있었다.

"아마추어 같은 실수를 했구먼." 캐슬린 이모할머니가 한숨을 쉬었다. "아무도 없이 혼자 나갔던 거야?"

엄마는 고개를 끄덕였다. "배의 새 키를 좀 시험해보고 싶어서요. 너울이 큰 물에서 작동이 잘 되는지 확인도 하고. 조선소에서 키가 잘 안 움직일 수도 있다고 경고했거든요."

"그랬는데 그냥 우연히 고래를 만났다?" 랜스 아저씨가 엄마 말을 받았다.

엄마는 물을 한 모금 더 마셨다. "비슷해." 엄마의 얼굴은 닫혀 있었다. 엄마가 다시 문을 닫아건 거다. 마치 낮에 고래를 본 일은 아예 없었던 일인 것처럼.

태양이 수평선을 향해 느릿느릿 잠기는 동안 우리는 얼마간 조용히 먹기만 했다. 낚시꾼 둘이 지나가며 손을 들어 인사를 했다. 한 사람은 라라의 아빠였는데 아저씨가 나를 봤는지는 잘 모르겠다.

엄마는 빵 한 쪽과 아주 작은 접시에 샐러드를 조금 덜어 먹었다. 샐러드를 좋아하지 않는 내가 먹은 것보다도 적은 양이었다. 그러더니 문득 그레그 아저씨를 올려다봤다. "수잰 얘기, 들었어."

"그 얘긴 뭐, 이미 온 동네 사람들이 다 알고 있을걸." 그레그 아저씨의 눈이 때꾼해 보였고 면도도 일주일쯤 안 한 것 같았다.

"그런 것 같더라. 맘이 안 좋네."

"그렇게 마음이 안 좋으면 금요일에 나랑 데이트도 해줄 수 있나?"

"아니." 엄마는 일어나서 시계를 보더니 흠뻑 젖은 수표책을 다시 가방에 쑤셔 넣고 부엌 쪽 문으로 향했다. "키가 아직도 정상이 아니야. 문 닫기 전에 조선소에 전화를 좀 해야 할 것 같아. 해나야, 밖에 앉아 있으려면 스웨터를 입어야지. 바람이 불기 시작하잖아."

성큼성큼 걸어가는 엄마와 그 뒤를 쫓아가는 강아지를 나는 지켜보고 있었다.

우리는 모두 문이 쾅 닫히는 소리가 날 때까지 그대로 조용히 앉아 있었다. 랜스 아저씨는 의자에 기대어 어두워져가는 만을 바라봤다. 마침 유람선 한 대가 저 먼 수평선에 떠가고 있었다. "올해 우리가 본 첫 번째 고래, 올해 그레그가 맞은 첫 번째 퇴짜. 제법 그럴듯한 대구 아닌가? 어떻게들 생각해?"

랜스 아저씨는 자기를 향해 날아오는 빵 조각을 피해 몸을 숙였고 빵은 아저씨 의자 등받이를 맞고 톡 떨어졌다.

2

캐슬린

1960년대 초 포트스티븐스에서 상업 포경이 중단되면서, 실버베이 호텔에서 몇 미터 떨어진 옛 수산물 가공처리 공장 자리에 고래잡이 박물관이 문을 열었다. 그러나 요즘 관광객들의 발길을 끌 만한 구석은 없는 곳이었다. 볼품없이 덩치만 커다란 건물에, 수상쩍을 정도로 어두컴컴한 적갈색 바닥. 목재 벽에서는 수산물을 처리할 때 쓰던 소금이 아직도 침출되고 있었다. 뒤편에는 별채가 있었고 갈증 난 사람들을 위해 매일 상큼한 레몬 스쿼시가 준비돼 있었다. 음식은 호텔에 준비돼 있다는 표지판이 붙어 있었다. 그래도 요즘 사람들이 '시설'이라고 부를 만한 것들은 아마도 우리 아버지가 살아 계실 때보다 두 배는 나아졌다는 게 내 생각이다.

박물관의 정중앙에는 마우이Ⅱ호의 선체가 전시돼 있었다. 상업 포경선이었던 이 배는 1935년 어떤 밍크고래 때문에 완전히 깔끔하게 반으로 딱 쪼개졌다. 이 밍크고래는 배에 무슨 불만이 있었는지 배 바로 밑에서 수면 위로 올라오며 배를 들어 올렸고 결국은 배가 기울며 두 동강이

나고 말았다. 다행히도 저인망어선이 마침 근처를 지나다가 선원들을 구조했고 그들의 얘기를 입증해줄 수 있었다. 그로부터 여러 해 동안 이 지역 사람들은 이 박물관에 와서, 자연이 인간들의 탐욕이 과도하다고 느끼면 어떻게 응징하는지 목격하고 돌아갔다.

나는 아버지가 돌아가신 해인 1970년부터 박물관을 지켜왔다. 그리고 언제라도 관람객들이 선체의 잔해에 올라가는 걸 허락했다. 그들은 쪼개진 나무 널빤지를 손가락으로 쓰다듬어보기도 했고, 고래 등에 올라탄 느낌이 과연 어떤 것이었을지 상상하며 표정이 생생하게 살아나기도 했다. 액자에 넣어 걸어둔 신문 기사의 상어 소녀가 바로 나라는 걸 알아보는 예리한 관람객을 만나면, 나는 그들과 함께 사진을 찍어주기도 하고 벽면의 유리함 속에 박제된 상어에 대한 얘기를 들려주기도 했다.

그러나 이제는 관심을 보이는 사람들이 별로 없다. 호텔에 묵는 관광객들은 예의상 칙칙한 박물관 내부를 15분 정도 둘러보고, 고래 엽서를 사는 데 몇 센트 정도 쓰고, 간혹 상업 포경 재개 반대 탄원서에 서명을 했다. 하지만 그마저도 대개는 택시를 기다려야 하거나 바람이 높고 비가 와서 바다에서 할 수 있는 것이 없을 때 하는 일이었다.

어느 날, 나는 판매대 뒤에 앉아 있다가 이젠 그들을 탓할 수도 없겠다고 생각하게 됐다. 마우이 II 호는 이제 배라기보단 차라리 물가에 떠내려온 나뭇조각 더미처럼 보였다. 서핑 클럽의 미니골프나 오락기가 더 유혹적인 즐거움을 주기 전까지만 해도 고래수염—혹등고래 입천장 양쪽에 빗살 모양으로 난 플라스틱 느낌의 신기한 여과 장치—을 만져보는 것이 오락거리가 되던 때도 있었다. 주위에선 벌써 몇 년 전부터 박물관을 현대화해야 한다고들 했지만 나는 별로 귀담아듣지 않았다. 그게 무슨 의미가 있다고. 이 박물관 안을 돌아보는 사람들의 태반은 불법이 된 무언가를 기념하는 행위 자체를 불편하게 느끼는 것 같았다. 고래잡이가 실버베이 역사의 일부이며 아무리 불쾌한 것일지라도 역사는 의미 있는 것이라는 사실 외에는 이 박물관 문을 왜 열어놓고 있는지, 나조차 의문이 들 때가 있었다.

나는 왜 그런 이름을 얻었는지는 기억나지 않지만, 벽에 걸린 올드해리라고 불리는 마우이Ⅱ호의 작살의 위치를 바로잡았다. 그리고 그 아래에 있던 낚싯대를 집어 들고 먼지를 털어낸 다음 아직도 잘 작동하는지 보려고 릴을 감아보았다. 이젠 그런 게 별 상관도 없지만 그래도 나는 모든 게 최상의 상태로 잘 정돈돼 있는 게 좋았다. 그러고는 잠시 망설이다가, 손에 익숙한 느낌이 마음을 움직였는지, 마치 낚싯줄을 던지기라도 할 것처럼 낚싯대를 뒤로 살짝 빼보았다.

"여기선 별로 낚을 게 없을 것 같은데."

나는 손으로 가슴을 움켜쥐며 빙글 돌아섰다. "니노 게인즈! 당신 때문에 떨어뜨릴 뻔했잖아요."

"그럴 리가." 그는 모자를 벗고 문가에서 전시실 한가운데로 들어섰다. "당신은 일단 잡은 건 절대 안 놓치는 걸로 아는데?" 니노가 웃자 비뚤비뚤한 치아가 드러났다. "차 트렁크에 와인을 두어 상자 가져왔어. 점심 먹으면서 한 병 같이 따면 어떨까 싶어서. 당신이 평가를 좀 해줬으면 좋겠는데."

"내 기억이 틀리지 않았다면, 내가 주문한 건 다음 주에나 받기로 돼 있는데요." 나는 낚싯대를 다시 벽에 걸어두고 손을 바지에 쓱쓱 문질렀다. 나도 이제 이런 것까지 신경 쓰기엔 너무 늙었다는 걸 알면서도, 작업복 바지에 머리는 산발을 하고 있는 모습을 들켰다는 사실이 마음에 걸렸다.

"아까도 말했지만 아주 좋은 와인이라니까. 평을 좀 해주면 고맙겠어."
니노는 또 웃었다. 얼굴의 주름은 그가 포도밭에서 보낸 세월을 증명하고 있었고, 붉은 기운이 도는 그의 코를 보면 그 세월의 저녁나절을 어떻게 보냈는지 짐작할 수 있었다.

"내일 오는 손님 때문에 방을 준비해놔야 해요."

"침대 시트 하나 가는 데 얼마나 걸린다고 그러나, 이 여자야."

"이런 한겨울엔 손님이 별로 없다고요. 이럴 때 찾아주는 손님일수록 정성을 다해야지…." 그렇게 말하긴 했지만 니노의 얼굴에 실망감이 어리는 걸 보고 나는 결국 져주고 말았다. "와인이랑 먹을 걸 이것저것 달라고 하지만 않을 거면, 몇 분 정돈 낼 수 있어요. 식료품 배달도 아직 안 왔거든요. 그 배달하는 녀석은 번번이 늦는단 말이지."

"다 그럴 줄 알고…." 니노는 종이봉투를 들어 올려 보였다. "파이 몇 조각이랑 타마릴로* 몇 개 가져왔지. 당신같이 일하는 여성들이 어떻게 사는지 잘 안다고. 종일 일, 일, 일이잖아. 누군가는 원기를 회복시켜줘야 한다니까."

결국 웃을 수밖에 없었다. 니노 게인즈는 언제나 나를 이렇게 웃게 했다. 전쟁 때로 거슬러 올라가, 그가 처음 이곳으로 건너와 정착하겠다고 선언했던 그때부터 그랬다. 그때는 이곳 만 전체에 호주와 미국 군인들이 깔려 있었다. 젊은 남자들이 바 뒤에 있는 나를 보고 탄성을 지르거나 휘파람을 불어대면, 우리 아버지는 자신의 엽총 조준 실력이 얼마나 정확한지 확실하게 말해두곤 했다. 니노는 다른 남자들보다 신사다웠다. 그는 늘 모자를 벗어 들고 자기 차례를 기다렸고 우리 엄마를 꼭 '사

---

* 뉴질랜드에서 많이 재배되는 과일로 나무 토마토의 일종이다.

모님'이라고 불렀다. 아버지는 "아무리 그래도 난 저놈 못 믿어"라고 중얼거리셨고, 모든 것을 감안할 때, 나도 아마 아버지 말씀이 맞을 거라고 생각했다.

바다는 밝고 잔잔했다. 고래 관광하기에 좋은 날이었다. 우리는 함께 앉았고, 나는 모비1호와 모비2호가 만의 입구 쪽으로 나아가는 걸 지켜봤다. 이제 시력도 예전 같지 않았지만 언뜻 보기엔 승객들이 제법 타고 있는 것 같았다. 라이자는 오늘 일찌감치 바다로 나갔다. 내가 바보 같은 짓이라고 해도 라이자는 '호주 퇴역 및 현역 군인 지원단(RSL)'의 연금 수령자들을 무료로 관광시켜주는 일을 매달 하고 있었다.

"겨울에는 박물관 문을 닫을 생각인가?"

나는 파이를 한 입 베어 물고 고개를 저었다.

"아뇨. 모비호 쪽에서 관광 상품을 같이 해보자고 제안을 해왔어요. 숙박, 고래 관광을 같이 고정 가격으로 묶고 거기에 덤으로 박물관 입장권까지. 나랑 라이자가 같이 하는 거랑 좀 비슷하긴 해요. 광고 전단지도 찍었고, 뉴사우스웨일스 관광 웹사이트에도 뭔가 올릴 거라고 하고. 그렇게 하면 큰 사업이 된다고 하네요."

자기는 그런 방면의 얘기는 잘 모른다고 중얼거리고 말 줄 알았는데 뜻밖에 니노는 이렇게 말했다. "좋은 생각이야. 나도 이젠 온라인에서 한 달에 40병씩은 파는 것 같아."

"인터넷에서 팔고 있어요?" 나는 안경알 너머로 그를 올려다봤다.

와인 잔을 들어 올리는 니노는 나를 놀라게 했다는 만족감을 숨기지 못하고 있었다. "당신이 나에 대해 아직 모르는 게 많다고요, 캐슬린 휘티어 모스틴 양. 내가 그 사이버 공간에 진입한 지가 벌써 18개월이라고. 우리 아들 프랭크 녀석이 설치해줬어. 솔직히 말하자면 그 안에서 서핑

하는 재미가 아주 쏠쏠해. 이것저것 안 사본 게 없어." 니노는 내 잔을 향해 손짓을 해 보였다. 내가 와인을 맛보길 바라고 있었다. "헌터밸리*의 대량 생산업자들 동향을 파악하는 데도 엄청 유용해."

나는 와인에 집중하려고 했지만 잘 되지 않았다. 니노 게인즈가 인터넷이라는 테크놀로지를 이렇게 쉽게 다루고 있다는 사실을 인정하기 힘들었다. 뒤통수를 맞은 느낌이었다. 젊은 사람들과 얘기할 때 종종 느끼던 감정이었는데, 뭐랄까 마치 내가 잠깐 등을 돌리고 있는 사이 중요한 정보들을 그들끼리 싹 나눠 가진 것 같은 그런 느낌? 나는 와인 냄새를 먼저 맡았고, 조금 마신 후 와인의 풍미가 입안에서 흐르도록 놓아뒀다. 아직 숙성이 좀 덜 되긴 했지만 그것이 맛을 해치지 못할 만큼 훌륭한 와인이었다. "정말 좋은데요? 라즈베리 맛도 살짝 나고." 그래도 와인 시음 솜씨는 아직 죽지 않았으니 다행이랄까.

니노가 흡족해서 고개를 끄덕였다. "그 맛을 잡아낼 줄 알았지. 그건 그렇고, 당신이 세상 사람들 입에 회자되고 있는 건 알고 있나?"

"뭐라고 회자되는데요?"

"상어 소녀. 우리 아들이 검색 엔진에 당신 정보를 쳐봤더니 딱 뜨더라고. 사진이랑 전부 다. 신문사에서 제공하는 기록이야."

"인터넷에 내 사진이 있다고요?"

"수영복을 입은 그 사진. 그 수영복을 입으면 참 매력적이었지. 당신에 대해 쓴 글도 몇 개 있어. 빅토리아주의 어느 여대생이 여성의 역할과 사냥인가 뭔가에 대해 쓴 논문에 당신 얘기를 썼어. 정말 인상적인 글이던

---

* 호주 남동부 뉴사우스웨일스주 동쪽으로 흐르는 헌터강 유역의 지명, 이곳 포도원에서 아주 질 좋은 샤르도네를 생산한다.

데. 상징도 많고, 고전 인용도 많이 하고. 내가 프랭크한테 뽑아달라고 했는데 가져오는 걸 깜빡했네. 박물관에 전시하면 좋을 것 같더라고."

이젠 정말 이성을 지키기가 어려웠다. 나는 안경을 벗어 탁자에 내려놓았다. "내가 수영복을 입고 있는 사진이 인터넷에 떠다닌다고요?"

니노가 웃었다. "진정해, 케이트. 「플레이보이」 같은 게 아니라니까. 내일 우리 집에 오면 보여줄게."

"어쨌든 그런 건 마음에 안 들어요. 내 모습을 사람들이 마음대로 볼 수 있다는 게."

"저기 걸어놓은 사진이랑 똑같은 거야." 니노는 박물관을 가리키며 말했다. "여기서는 사람들이 얼을 빼고 쳐다봐도 아무 상관 안 하면서."

"하지만 그건, 그건 달라요." 그렇게 말하면서도 사실 별 차이가 없다는 건 나도 알았다. 그렇지만 박물관은 나의 영역이었다. 누가 들어오고 누가 그것을 보는지 내가 관할할 수 있었다. 내가 알지도 못하는 사람들이 나의 삶과 나의 역사를 들여다본다고 생각하면, 그것도 마치 신문의 복권면을 보듯 아무 생각 없이 훑어본다고 생각하면….

"라이자와 라이자의 배도 인터넷에 올리면 좋을 거야. 손님들이 더 늘어날지도 모른다니까. 모비호랑 호텔이랑 묶어서 광고하는 것 같은 거하지 말고. 라이자처럼 예쁜 여자는 인기를 끌 수밖에 없어."

"라이자를 알면서도 그런 소릴 해요? 자기 배에 태울 사람은 자기가 직접 고르고 싶어 하는 애라고요."

"그런 식으로 사업을 하면 안 되지. 당신 배에만 집중하는 게 어때? 숙박에다가 라이자와 이스마엘호 승선을 묶어서. 전 세계에서 문의가 빗발칠걸?"

"아니에요." 나는 정리를 하기 시작했다. "그건 아닌 것 같아요. 정말 고맙지만 우리한테는 안 맞아요."

"모르는 거야. 그렇게 해서 남자를 만날 수도 있는 거라고. 사실 연애는 진작부터 했어야지."

몇 분이 지나고서야 니노는 분위기가 바뀌었음을 알아차렸다. 파이를 반쯤 먹고 있던 그는 나의 표정에서 뭔가를 알아보고 멈칫했다. 그러고는 당황해서 자기가 무슨 말을 잘못한 건지 알아내려 애쓰고 있었다. "기분 상하게 할 뜻은 아니었어, 케이트."

"기분 안 상했어요."

"뭔가 기분 나쁜 것 같은데. 엄청 불편해 보여."

"불편하지 않아요."

"봐!" 니노는 빛이 바랜 탁자 위를 쉴 새 없이 두드리고 있는 내 손가락들을 가리켰다.

"손가락으로 탁자 좀 두들기면 뭐, 안 돼요?" 나는 손을 무릎에 가만히 내려놓았다.

"왜 그러는 거야?"

"니노 게인즈 씨, 나 이제 손님이 쓸 방을 준비해야 한다고요. 이미 반나절을 낭비했으니 이제는 일하러 가야겠어요."

"설마, 진짜 들어가려고? 아, 이봐, 케이트. 점심도 먹다 말았잖아. 왜 그러는 거야? 당신 사진 얘기 때문에 그래?"

나를 케이트라고 부르는 사람은 니노 게인즈뿐이다. 무슨 이유인지는 모르겠으나 이 친밀함의 표현이 나를 더 언짢게 했다. "해야 할 일이 있다고요. 이제 그만 좀 할래요?"

"내가 그쪽에 이메일을 보내서 사진을 내려달라고 할게. 저작권이 우리에게 있다고 하면 될 거야."

"아, 그 거지 같은 사진 얘기 좀 그만해요! 난 이제 들어가요. 방 준비를 이제 진짜 끝내야 된다고. 담에 또 봐요." 나는 묻어 있지도 않은 빵 부스러기를 바지에서 탈탈 털어내며 일어섰다. "점심 잘 먹었어요."

그는 반세기가 넘도록 사랑했고 또 이해하기 힘들었던 여자를 지켜보고 있었다. 나는 내 나이가 허락하는 것보다는 가볍게 일어나, 먹다 만 파이 두 쪽과 거의 입에도 안 댄 최고급 빈티지 와인과 함께 그를 남겨둔 채 부엌을 향해서 씩씩하게 걸어갔다. 걸어오는 내내 그의 눈길이 내 등에 뜨겁게 꽂히고 있음을 느낄 수 있었다.

자신을 또 이렇게 제멋대로 재단해버리는 나의 태도에, 그 불공평함에 그도 이번만큼은 좌절감을 느꼈는지도 모르겠다는 생각이 들었다. 그가 일어섰고, 이내 잔잔한 바람결에 그의 목소리가 들려왔기 때문이다. 이번만큼은 도저히 참을 수가 없었던 모양이었다. "캐슬린 휘티어 모스틴, 당신처럼 엇나가는 여자는 정말 본 적이 없어."

"누가 당신더러 여기 오라고 한 적 없어요." 부끄럽게도 나는 뒤 한 번 돌아보지 않았다.

∞

아주 오래전에, 부모님이 돌아가시고 내가 실버베이 호텔을 맡아 관리해야 했을 때, 입 가진 사람들은 전부 이참에 호텔을 현대식으로 개조해야 한다고 했다. 포트스티븐스나 바이런베이에 있는 호텔들처럼 욕실이 딸린 객실과 위성 텔레비전을 설치하고, 아름답게 펼쳐진 우리의 작은 해안에 대해서 광고도 많이 해야 한다고 했다. 나는 그들의 말에 한 2분쯤 관심을 갖다가 말았다. 손님 수가 적은 것에 대한 걱정은 이미 놓은

지 오래였다. 그게 실버베이에 가장 좋다고 생각했기 때문이다. 우리는 이 해안의 위아래 동네 이웃들이 돈을 많이 벌어들이는 과정을 지켜보아왔다. 그들은 성공에 따른 예상치 못했던 결과물들까지 끌어안고 살아가야 했다. 교통 체증, 술 취한 휴가객들, 끝없이 이어지는 업데이트와 리노베이션의 압박. 바로 평화의 상실이었다.

실버베이가 딱 적절한 균형을 유지하고 있다고 생각하면 기분이 좋았다. 이곳을 찾는 방문객의 수는 우리가 생계를 꾸려가기에는 부족하지 않았고, 사업에 대해 딴 궁리를 시작할 만큼 많지는 않았다. 여름에는 실버베이를 찾는 사람이 점점 늘어 두 배가 됐다가 겨울철에는 다시 줄어들곤 하는 걸 나는 오랜 세월에 걸쳐 지켜봐왔다. 고래 관광에 대한 관심이 늘어나면서 때때로 뜬금없는 성수기가 찾아오기도 했지만, 대체로 이곳의 관광은 꾸준한 사업이었다. 우리를 부자로 만들어주지도 않지만 예기치 않은 문제들도 만들지 않았다. 우리 그리고 돌고래들과 고래들뿐이었다. 그리고 대부분은 여기에 충분히 만족했다.

사실 실버베이는 낯선 이들을 한 번도 환대한 적이 없었다. 18세기 말 유럽인들은 처음 이곳에 도착했을 때 이곳을 첫눈에 사람이 살 수 없는 곳으로 단정지어버렸다. 바위와 돌투성이 땅, 헐벗은 숲과 계속 이동하는 모래 언덕은 인간의 삶을 떠받치기에는 너무 황폐하다는 판단이었다(호주 원주민들은 아마 인간으로 고려하지 않았던 모양이다). 첫 등대가 세워지기 전까지는 해안의 여울과 사주* 때문에 배들이 좌초되고 난파하면서 이곳으로 향했던 호기심이 여러 차례 좌절되고 말았다. 그러다가 언제나 그렇듯, 호기심이 할 수 없었던 것을 탐욕이 해내게 된다. 화산

---

* 사주(沙柱)는 수면 위에 생기는 모래사장을 말한다. 파도나 조류에 의해 만들어지며 둑 모양이다.

구릉지 위아래로 형성된 수익성 높은 산림과 바다 아래의 광대한 굴밭이 발견되면서 실버베이의 호젓함은 끝나고 말았다.

그들은 구릉지가 거의 벌거벗을 때까지 나무들을 베어냈다. 굴 채취는 처음에는 석회를 얻기 위해, 그 뒤로는 식용을 위해 이루어지다가 고갈되기 직전에 금지되고 나서야 겨우 멈췄다. 솔직히 우리 아버지도 이 땅에 처음 왔을 때 별로 다를 바 없었다. 아버지는 이 바다에 청새치와 참치, 상어 등 낚시감이 넘쳐나는 것을 보고 자연에서 취할 수 있는 이익을 확인했다. 우리 집 문간에 새로 잡은 물고기가 없는 날이 없었다. 그렇게 해서 실버베이의 바위와 돌투성이 땅끝에, 아버지와 뉴헤이븐 씨는 가진 돈의 마지막 한 닢까지 몽땅 털어 넣어 우리 호텔을 세웠다.

그 당시만 해도 우리 식구들은 실버베이 호텔과 완전히 떨어진 곳에서 살았다. 엄마는 소위 '살림집 모드'—나는 이 말이 머리를 손보지 않은 상태를 뜻한다고 생각한다—로 손님들 눈에 띄는 게 싫다고 했고, 아버지는 나와 내 동생이 바깥세상에 접근하는 것을 어느 정도 제한할 수 있다는 데 안심하는 것 같았다(그렇지만 그 정도로 내 동생 노라를 붙잡아둘 순 없었다. 노라는 스물한 살이 되기도 전에 영국으로 떠나버렸으니까). 하지만 나는 늘 두 분이 마음 놓고 부부싸움을 할 수 있는 공간을 확보하고 싶은 게 진짜 이유라고 생각했다.

서쪽 건물이 화재로 타버린 다음에 우리는 나머지 호텔 건물에 들어가 살았다. 그리고 개인 살림집에서 하숙생을 받듯이 호텔을 운영했다. 손님들은 중앙 복도 옆으로 난 객실에 묵었고, 우리 가족은 계단의 다른 쪽 방향의 방에서 지냈으며, 라운지는 누구에게나 열어두었다. 오직 부엌만이 신성한 공간으로 남았다. 이건 몇 년 전에 라이자와 해나가 이곳으로 살러 왔을 때 만든 규칙이었다. 모녀는 완전히 반대였다. 라이자는 선원들과 함께 밖에 있지 않는 나머지 모든 시간을 부엌에 틀어박혀 보냈다. 일상적인 대화도 싫어했고, 라운지나 식당 쪽도 피해 다녔다. 라이자는 항상 예상 밖의 손님과 자기 사이에는 문을 하나 닫아놓고 있어야 했다. 그런가 하면 어린 아이들 특유의 유쾌한 기질을 가진 해나는, 대부분의 시간을 라운지의 소파 위에 걸터앉아 보냈다. 발치에 밀리를 두고 TV도 보고 책도 읽고, 요즘은 친구들과 통화하는 시간이 부쩍 길어졌다. 원, 세상에. 학교에서 이미 여섯 시간이나 함께 지내고도 무슨 할 얘기가 그리 많은지.

"엄마? 엄마는 뉴질랜드에 가본 적 있어요?" 부엌으로 들어서는 해나의 볼에 베고 있던 소파 쿠션 자국이 나 있었다.

라이자는 그 자국을 없애보려는 듯 무심코 손을 뻗어 해나의 볼을 문질렀다. "아니."

"나는 가봤는데." 나는 낡은 양말의 구멍을 깁고 있었다. 라이자는 슈퍼마켓에 가면 2~3달러에 몇 켤레씩 하는 양말이 널렸는데 그게 무슨 에너지 낭비냐고 했지만, 내가 또 그냥 손 놓고 앉아서 노는 사람이 못됐다. "몇 년 전에 타우포호*에 낚시 여행을 갔었거든."

"나는 기억 안 나는데요?" 해나가 말했다.

나는 머리로 계산을 해봤다. "그게 말이다…. 그게 20년 전의 일이니까, 네가 여기 오기 14년 전의 일이란다."

해나는 그렇게 오랜 세월은 물론이고, 자기가 태어나기 전에 무언가가 존재했다는 사실조차 상상하기 어렵다는 듯 멍한 얼굴로 나를 쳐다봤다. 해나를 탓할 일이 아니었다. 나도 해나 나이 때 어땠는지 지금도 생생하

---

* 뉴질랜드 최대 호수. 북섬 중부에 있다.

니까. 친구와 함께하지 않는 저녁 시간은 마치 징역을 사는 것처럼 길게 만 느껴졌던 그때. 그 오랜 세월이 휙 스쳐 지나간다.

"웰링턴에도 가보셨어요?" 해나가 식탁에 와서 앉았다.

"그럼. 항구 주변의 언덕에 집들이 정말 많이 들어서 있었어. 내가 갔을 때만 해도 집들이 어떻게 거기 버티고 있는지 정말 신기했다니까."

"기둥으로 떠받치고 있던가요?"

"뭐 그런 거 비슷한 것 같아. 하지만 바보 같은 일이야. 그 도시 전체가 단층선에 지어졌다고 들었거든. 나라면 땅이 흔들릴 때 기둥 위에 앉은 집에 살고 싶진 않을 것 같아."

해나는 내가 한 얘기를 소화하느라 얼마간 잠자코 있었다.

"근데 우리 딸, 그건 왜 묻지?" 라이자는 강아지에게 올라오라고 자신의 다리를 툭툭 쳤다. 밀리에겐 두 번 권할 필요가 없었다.

해나는 손가락으로 머리 몇 가닥을 꼬아댔다. "학교에서 수학여행을 가요. 크리스마스 지나서. 혹시 나도 갈 수 있나 해서요." 해나는 마치 우리가 뭐라고 할지 이미 알고 있는 듯, 나와 자기 엄마를 차례로 보았다. "그렇게 비싸지는 않아요. 호스텔에서 잘 거고. 그리고 선생님들이 어떠신지 잘 아시잖아요. 선생님들이 어딜 가나 붙어 다닐 거예요." 해나의 말이 조금 빨라졌다. "그리고 정말 교육적인 여행이 될 거예요. 마오리 문화랑 화산에 대해서도 배울 거고…."

불가능하단 걸 알면서 그걸 부탁하는 아이의 얼굴을 보고 있는 것보다 더 괴로운 일이 있을까.

"돈이 너무 많이 들 것 같음, 제가 모아둔 돈을 보탤게요."

"안 될 것 같은데." 라이자가 손을 뻗었다. "정말 미안해, 우리 딸."

"다들 간단 말이에요."

해나는 화를 내기에는 너무 착한 아이였다. 항의라기보다는 애원에 더 가까운 말투였다. 때로는 아이가 차라리 화를 내는 편이 낫겠다고 나는 생각했다.

"제발요."

"우린 그럴 만한 돈이 없어."

"하지만 저 벌써 거의 300달러나 모았단 말이에요. 그리고 아직도 가려면 한참 멀었고. 다 같이 모으면 되잖아요."

라이자는 나를 보며 어깨만 으쓱했다. "봐서 하자." 하지만 내가 듣기에도 절대 '봐서 할 것' 같진 않은 어투였다.

"해나야, 내 얘기 한번 들어봐." 나는 깁던 양말을 내려놓았다. 어쨌든 제대로 깁지도 못하고 있었으므로. "나한테 내년 봄쯤에 만기가 되는 적금이 있거든. 그 돈으로 우리 셋이 다 같이 노던준주로 여행을 가면 어떨까 싶어. 나는 늘 카카두 국립공원*을 구경하고 싶었거든. 악어들이랑 씨름도 한 판 하고. 어떠니, 해나야?"

아이의 얼굴을 보니 무슨 생각을 하는지 알 수 있었다. 해나는 엄마나 늙은 할머니와 호주 여행 같은 건 하고 싶지 않다. 친구들과 함께 외국으로 향하는 비행기를 타고, 깔깔거리고, 함께 밤을 지새우고, 집으로 엽서를 보내고 싶은 거다. 하지만 해나에게 딱 하나 해줄 수 없는 게 그 수학여행이었다.

나는 정말 최선을 다했다. "밀리도 데려갈까? 돈이 넉넉하니까 어쩌면 라라 엄마한테 라라도 데려가도 되냐고 물어볼 수 있을지도 몰라."

---

* 호주 노던준주에 있는 국립공원으로, 다양한 생태계의 가치를 인정받아 세계유산으로 등재되었다. 고대 동굴 벽화와 암각화로도 유명하다.

식탁만 응시하고 있던 해나는 한참 있다가 겨우 "그러면 좋겠네요"라고 말했다. 그리고 애써 별로 미소 같지 않은 미소를 띠고 말했다. "옆방으로 건너갈게요. 제가 보는 프로그램이 조금 있음 시작해서."

라이자가 나를 봤다. 라이자의 눈은 우리 둘 다 알고 있는 사실을 말하고 있었다. 실버베이는 아름다운 작은 마을이지만, 만약 절대로 떠날 수 없다고 한다면 그 어떤 지상 낙원도 더 이상 아름다워 보이지 않을 것이라고.

"자책할 필요 없어." 나는 해나가 듣지 못할 것이 확실해졌을 때 말했다. "네가 할 수 있는 게 없잖니. 지금 당장은 말이다."

지난 몇 년간 라이자의 얼굴에 의혹의 빛이 스쳐 지나가는 걸 나는 이미 여러 번 보았다. "금방 이겨낼 거야." 나는 라이자의 손 위에 내 손을 포갰고 라이자는 고맙다는 듯 내 손을 꽉 쥐었다.

하지만 사실 라이자도, 나도 내 말에 공감하는지는 확신이 없었다.

45

마이크

티나 케네디는 보라색 브래지어를 하고 있었다. 레이스 테두리에, 컵에는 연보라 장미 꽃봉오리가 각각 네 개, 혹은 다섯 개씩 달려 있었다. 평소의 나는 근무 시간에 이런 관찰 같은 건 하지 않는 사람이었다. 더구나 티나 케네디의 란제리 같은 것에 대해선 생각하고 싶지도 않았다. 특히나 지금은. 그러나 그녀가 나의 상사에게 서류 파일을 건네기 위해 그의 어깨 옆에서 잠시 멈췄을 때, 그녀는 상체를 깊이 숙이고 나를 정면으로 쳐다봤다. 도발적이라고밖에 할 수 없는 몸짓이었다.

보라색 브래지어는 내게 메시지를 전달하고 있었다. 그 브래지어와 그 안의 살짝 그을린 촉촉한 피부는 2주 반 전, 내가 승진한 날 저녁의 기념품 같은 것이었다.

웬만해선 쉽게 겁먹는 사람이 아닌데 이건 정말 나를 식겁하게 했다.

나도 모르게 휴대폰이 든 주머니를 더듬었다. 내 여자 친구 버네사는 30분 전부터 문자를 세 번이나 보냈다. 이 미팅이 엄청나게 중요하고 그래서 절대 방해하면 안 된다고 누차 말했음에도 불구하고. 결국 첫 번째 문자만 읽은 후, 연달아 휴대폰을 진동시키며 들어오는 문자들을 애써 무시하고 있었다.

—「맨즈 보그」 46쪽에 실린 정장 사는 거 잊지 마. 자기가 그 짙은 색 입음 정말 멋질 거야.

—자기야 결혼식 자리 배치 의논해야 해. 전화 줘.

—2시 전엔 전화 줘. 개브한테 구두에 관해서 답해야 하니까. 기다리고 있다!

한숨이 나왔다. 수그러들지 않는 불안감, 정장을 입은 남자들에 둘러싸여 두 시간 동안 갑갑한 회의실에서 버텨야 한다는 답답함이 뒤섞인 묘한 느낌이었다.

"모든 사업이란 게 그렇듯이, 결국 결론은 단위당 수익 창출력입니다. 우리는 장기적인 럭셔리 숙박 시장의 잠재적 성장과 좀 더 유동적인 단기 시장의 혜택을 모두 기대할 수 있는 개발 계획을 완성했다고 생각합니다. 장·단기 시장 모두 여름 성수기뿐만 아니라 1년 내내 수익을 극대화하도록 고안됐죠."

휴대폰이 다시 내 허벅지를 울렸다. 이 진동음이 데니스 비커의 목소리를 뚫고 들릴 수도 있을까? 버네사에겐 정말 두 손 들었다. 도무지 포기를 모르는 여자다. 오후에 일찍 퇴근하는 것도, 전화 통화도 어려울 거라고 오늘 아침에 설명할 때부터 귓등으로도 안 듣는 것 같더라니. 그러고 보니 요즘은 '결혼'이나 '아기' 얘기를 빼고는 아무것도 안 듣는 것 같긴 했다.

저 아래 납빛의 빛바랜 리버풀스트리트역의 철길은 도심 쪽으로 길게 이어졌다. 고개를 옆으로 기울이면 보도 위의 사람들을 볼 수 있었다. 남색, 검정색 혹은 회색 옷을 입은 도시 남녀들은 좀 이따 책상에 올려놓고 허겁지겁 흡입할 점심 도시락을 사기 위해 거무스름한 건물들 아래로 바삐 걸어가고 있었다. 어떤 이들은 이런 삶을 극심한 생존경쟁으로 생각했지만 나는 한 번도 그렇게 느껴본 적이 없었다. 오히려 획일성에서, 목적을 향한 유대감에서 편안함을 느꼈다. 그 목적이라는 것이 비록 돈이라고 할지라도. 한산한 날이면 데니스는 창밖을 가리키며 물었다. "저 남자, 얼마나 벌 것 같아? 저 여자는?" 그러면 우리는 그들이 입은 양복의 재단 상태, 구두, 그리고 걷는 자세의 꼿꼿한 정도에 따라 그들의 가치를 가늠해보았다. 데니스가 부하 직원보고 아래로 뛰어 내려가 그의 추측이 맞았는지 확인해보라고 시킨 적도 두 번이나 있었다. 그리고 놀랍게도 두 번 다 그의 추측은 정확했다.

데니스 비커는 이 지구상의 모든 사물과 모든 인간에게는 금전적 가치가 있다고 말하곤 했다. 그와 4년간 일하고 난 뒤부터는 나도 점점 이 말에 동의하는 쪽으로 기우는 것 같다.

반들반들하게 광이 나는 테이블 위에 제본된 제안서가 내 앞쪽으로 놓여 있었다. 그 화려한 제안서는 데니스와 다른 파트너들, 내가 이 거래를 벼랑 끝에서 건져 올리기 위해 안간힘을 쓴 시간들의 증거였다. 어젯밤 오류가 있는지 확인하기 위해 또다시 이 제안서를 들여다보고 있는데 버네사가 불평을 해댔다. 우리 결혼 문제가 훨씬 더 급한데 내가 그 문서 하나에 훨씬 더 많은 에너지를 쏟고 있다는 거였다. 나는 아니라고 항변했지만 조금 그러다 말았다. 나도 내가 어떤지 알고 있기 때문이었다. 나는 꽃 장식이나 옷 색깔 같은 것에 변덕이 죽 끓듯 하는 불확실한 그녀의 욕망보다 수익의 흐름과 예상 수입 같은 것들이 훨씬 편안했다. 그렇

48

다고 대놓고 결혼 준비는 혼자서 하라고 할 수는 없었다. 몇 번은 그녀의 요구대로 결혼 준비에 제대로 참여하기도 했는데 내가 뭔가 잘못하는 바람에 버네사가 히스테리 발작을 일으키게 만들고 말았다. 어쩔 도리가 없었다. 우리는 마치 다른 언어를 쓰는 사람들 같았다.

"그래서 이제 제 동료가 짧은 프레젠테이션을 진행하려고 합니다. 저희 회사에서 아주 매력적인 기회라고 생각하는 이 프로젝트의 맛을 잠깐 보여드리기 위해서입니다."

티나가 회의실 반대편으로 걸어갔다. 그리고 믿을 수 없을 정도로 편안한 자세로 탁자 옆에 섰다. 여기서도 보라색 끈이 언뜻 보였다. 나는 눈을 질끈 감았다. 그러고는 브라질리아라는 바의 남자 화장실에서 내게 밀착했던 그녀의 가슴과 능숙하게 블라우스를 벗던 그녀의 모습을 애써 떨쳐냈다.

"마이크?"

티나는 다시 나를 보고 있었다. 나는 고개를 들었다가 바로 외면했다. 그녀를 부추기고 싶지 않았다.

"마이크? 듣고 있는 건가?" 데니스의 목소리에는 전혀 날이 서 있지 않았다. 나는 내 앞의 서류들을 정리하며 일어섰다. "네." 그리고 좀 더 단호하게 덧붙였다. "물론입니다." 나는 냉정한 눈빛의 밸런스 에퀴티 벤처 투자자들을 향해 미소를 지어 보이며 데니스의 자신감과 친밀감을 흉내 내보려 했다. "방금 말씀하신 몇 가지 내용을 숙고해보던 중이었습니다." 나는 심호흡을 하고 회의실 건너편에 손짓을 해보였다. "티나 씨? 불 좀 꺼주세요."

프레젠테이션을 위한 리모컨을 집어 드는데 휴대폰이 다시 진동하기 시작했다. 주머니에서 빼놓았어야 했다. 나는 전원을 *끄기* 위해 주머니에 손을 넣어 더듬었다. 어두워진 조명 아래에서 티나 쪽을 올려다봤더니 불행히도 그녀는 지금 나의 이 몸짓이 그녀를 위한 선물이라고 생각하는 모양이었다. 티나는 지긋이 미소를 짓고 나의 사타구니 쪽을 응시하는 것으로 화답했다.

"자." 나는 한숨을 내쉬고 그녀 쪽으로 시선이 가는 걸 필사적으로 참았다. "지금부터 저는 최대한 겸손하게 표현해도 저희가 지난 십여 년을 통틀어 최고의 투자 기회라고 생각하는 이 프로젝트에 관한 이미지 몇 장을 여기 계신 투자자 여러분께 공개하려고 합니다." 낮게 웅성거리는 소리가 들려왔다. 이들은 나를 좋아했다. 가공되지 않은, 살아서 펄떡거리는 데니스의 열정에 의해 예열을 마친 그들은 이제 내가 듣기 좋은 목소리로 짚어주는 정확하고도 상세한 정보들을 흡수할 예정이었다. 열린 마음으로 귀를 기울이며 자신들을 안심시켜주길 기다리고 있는 것이다.

아버지께서는 내가 비즈니스 환경에 더할 나위 없이 적합한 사람이라고 여러 번 말씀하셨다. 하지만 아버지가 의미하신 비즈니스란, 아찔할 정도로 매력적인 초대박 거래보다는 회색 정장을 갖춰 입고 근면성실하게 임하는 사무 쪽이었다. 어쩌다 보니 전자에 해당하는 일을 하게 되긴 했지만 실상 나는 타고난 모험가가 아니다. 나로 말할 것 같으면 조사, 분석, 준비에 관한 한 따를 자가 없는 신중하고 치밀한 타입으로, 모든 것을 '끝도 없이' 정도가 아니라 '끝도 없이'에서 몇 번은 더 조사해야 직성이 풀리는 인간이었다.

어릴 적에는 정성껏 모아둔 용돈을 쓰기 전에 군인 모형과 그 전우들의 장단점을 비교하느라 몇 시간씩 장난감 가게에 서 있기도 했다. 잘못된 선택에 따른 엄청난 실망감을 감당할 자신이 없었기 때문이었다. 디저트를 고를 기회가 있을 땐 레몬 머랭파이의 잠재적 희소가치와 초콜릿

스펀지케이크가 주는 확실히 보장된 기쁨을 저울질했고, 라즈베리 젤리는 옵션인지 아닌지 한 번 더 확인했다.

성향이 이렇다고 야망이 없다는 얘기는 아니었다. 나는 내가 올라서고 싶은 위치가 어디인지 정확히 알고 있었고, 조용한 길을 택하는 것이 내 성공의 핵심 열쇠라는 것도 진작부터 깨닫고 있었다. 주위 동료들의 요란한 커리어가 추락하기도 하고 박살 나기도 하는 와중에 나는 나의 이율과 투자에 대한 꼼꼼하고도 끈질긴 모니터링의 결과로 탄탄한 재정적 안정을 이룰 수 있었다. 이제 비커 홀딩스에 입사한 지 6년이 된 시점에서 주니어 파트너로 승진한 것도 사장의 딸과 약혼한 것과는 전혀 무관했다. 나는 어떤 선택을 하기에 앞서 그것의 지리적, 사회적, 경제적 득실을 정확하게 평가할 수 있는 사람으로 평가받고 있었다. 큰 건 두 개만 더 성사시키면 시니어 파트너로 승진할 예정이었다. 그리고 데니스가 은퇴할 때까지 7년만 더 기다리면 그의 자리를 넘겨받을 터였다. 다 계획이 서 있었다.

그렇기 때문에 그날 밤의 일은 너무나 나답지 않은 행동이었다.

"내 생각엔 오빠가 십 대 때 못 한 일탈을 다 늙어서 하는 것 같은데." 이틀 전에 만난 내 여동생 모니카는 말했다. 생일을 맞은 동생에게 내가 아는 식당 중 제일 좋은 곳에서 밥을 사던 날이었다. 모니카는 신문사에서 일했는데 월급이 내가 업무상 쓰는 한 달 경비에도 못 미칠 정도로 짰다.

"난 그 여자를 좋아하지도 않는단 말이야."

"좋아하는 사람이랑만 섹스를 해야 한다는 건 언제부터 생긴 법이야?" 모니카는 콧방귀를 뀌었다. "나 디저트 두 개 먹을래. 초콜릿이랑 크렘브륄레 중에 도저히 못 고르겠어." 모니카는 내 표정을 무시하고 계속 말했다. "그건, 오빠의 결혼에 대한 거부 반응 같은 거야. 무의식적으로 다른

51

누군가를 임신시키려는 시도를 하고 있는 거지."

"말도 안 되는 소리 하지 마." 나는 움찔했다. "뭐야! 그건 정말 생각만 해도…."

"알았어. 하지만 오빠는 지금 무언가에 온몸으로 저항하고 있는 것만은 분명해. 저항하고 있다고." 모니카는 씩 웃었다. 내 여동생은 늘 이런 식이다. "그냥 버네사한테 아직 마음의 준비가 안 됐다고 말해."

"하지만 버네사 말이 맞아. 나는 평생을 기다려도 준비가 안 될 거야. 난 그런 놈이야."

"그래서 차라리 버네사 결정대로 따르겠다?"

"우리 개인사에 관한 한은 그래. 우리한텐 그 편이 잘 맞아."

"그렇게 잘 맞아서 딴 여자랑 잤어?"

"목소리 좀 낮춰."

"결정했어. 나 그냥 초콜릿으로 할래. 근데 오빠가 크렘브륄레 먹으면 내가 맛은 볼 순 있겠다."

"그 여자가 데니스한테 말하면 어떡하지?"

"그럼 이제 큰일 난 거지 뭐. 근데 상사 비서랑 잘 때는 적어도 그 정도는 각오했어야 하는 거 아냐? 이거 왜 이러셔, 오빠. 오빤 벌써 서른네 살이야. 그렇게 순진한 나이는 아니잖아?"

나는 두 손으로 머리를 감쌌다. "정말 무슨 짓을 한 건지 모르겠다."

모니카는 갑자기 신이 난 것 같았다. "이야, 오빠가 그런 말을 할 날이 다 오다니. 오빠도 보통 사람들처럼 사고를 칠 수 있다는 걸 알게 된 이 기분! 오빤 그게 어떤 건지 정말 모를 거야. 엄마 아빠한테도 말해도 되나?"

승리감에 도취된 동생의 모습이 불쑥 떠오르는 통에 어디까지 했는지 잊어버린 나는 다시 자료를 힐끗 봐야 했다. 그리고 천천히 숨을 내쉬며 주위의 기대에 찬 얼굴들을 둘러봤다. 회의실이 불편할 정도로 더워진 느낌이었다. 눈으로 투자자 그룹을 훑어보는데 얼굴이 조금이라도 붉어진 사람은 아무도 없었다. 데니스는 늘 벤처 투자자란 얼음처럼 차가운 피가 흐르는 사람들이라고 말하곤 했다. 어쩌면 진짜 그런지도 몰랐다.

"좀 전에 데니스가 설명했듯이 이 프로젝트는 품질을 엄격히 따지는 시장에 역점을 두고 있습니다. 우리가 이 개발 건에서 타깃으로 삼고 있는 소비자들은 체험에 목말라 있는 사람들입니다. 그들은 지난 십 년간 물적 재화를 축적해왔지만 그것들이 그들을 행복하게 만들어주지 못했습니다. 이 소비자층은 보유 자산은 많으나 시간적 여유는 없으며, 돈을 소비할 색다른 방법을 찾고 있는 사람들입니다. 그리고 저희 조사에 따르면, 그들의 웰빙에 관련된 분야가 실질적 성장을 기대할 수 있는 분야입니다. 그에 부합하기 위해 이 개발은 시장의 정상 자리에 오를 만한 품질의 숙박 시설뿐만 아니라 그 환경에 걸맞은 다양한 레저의 기회를 제공할 예정입니다."

나는 리모컨 버튼을 눌러 디자이너가 오늘 아침에서야 전송해주는 바람에 데니스의 혈압을 치솟게 했던 이미지들을 화면에 띄웠다.

"여섯 타입의 수영장과 상시 대기 중인 전문 세러피스트, 다양한 최신식 대체 의학 세러피까지 완비된 예술적 경지의 스파. 13쪽을 보시면 스파 공간과 그곳에서 제공하는 구체적인 프로그램을 더 자세히 보실 수 있습니다. 그리고 웰빙을 좀 더 능동적인 활동을 통해 추구하길 선호하는 분들을 위해서는, 툭 까놓고 말씀드리자면 대체로 남성분들이 그러시죠…." 나는 이 부분에서 잠시 멈추고 투자자들이 인정한다는 듯 웃으며 고개를 끄덕이는 모습을 지켜봤다. "이 복합 레저 단지의 핵심이라 할 수 있는, 전적으로 수상스포츠만을 위해 모든 것을 갖춘 통합 센터도 갖춰져 있습니다. 수상스포츠에는 제트 스키, 서핑, 고속 모터보트, 그리고 수상 스키가 모두 포함됩니다. 레저 낚시는 물론이고, 스쿠버 다이빙 전문 교육기관인 PADI의 전문 강사들이 고객을 바다로 모시고 나가 진행하는 1대1 개인 다이빙도 기획돼 있습니다. 초일류 장비와 고도의 기술을 결합한 팀과 함께 고객들은 평생 잊을 수 없는 경험을 하게 될 것이고 새로운 스포츠를 배울 수 있는 기회도 얻게 될 것입니다."

"이 리조트에 머문다는 것은 곧 최상의 서비스와 초호화 시설을 누린다는 의미가 될 겁니다." 데니스가 거들었다. "마이크, 건축가가 보낸 사진을 띄워보게. 보시다시피 숙박은 세 레벨로 나뉩니다. 부유한 싱글과 가족 단위 손님들을 만족시키기 위한 객실, 그리고 VIP를 위한 특별한 펜트하우스입니다. 한눈에 봐도 우리가 예산을 고려하느라 차선의 선택을 하지 않았다는 걸 알 수 있을 겁니다. 이미 여러 곳에서 이 프로젝트에 관심을…."

"이 프로젝트를 위한 부지를 놓쳤다는 얘기가 있던데요." 뒤쪽에서 누군가가 말했다.

온 방 안이 조용해졌다. 아, 이런.

"티나 양, 불 좀 켜주시죠." 데니스의 목소리였다. 직접 대답하려는 걸까 생각하는데 그가 나를 쳐다봤다.

나는 아무렇지도 않은 표정을 했다. 그게 내 장기다. "네빌 씨, 죄송하지만, 잘 못 들었습니다. 질문이 있으신가요?"

"이 프로젝트는 원래 남아프리카 공화국에 계획된 거였는데 그 부지를 놓쳤다는 얘기가 있어요. 설마 우리가 아직 부지도 못 찾은 휴양 리조트에 투자하길 기대하는 건 아니시겠죠?"

데니스의 턱이 실룩이는 걸 보니 그도 적잖이 놀란 눈치였다. 도대체 남아프리카 공화국 정보는 어떻게 입수한 걸까?

내가 뭔가 말하고 있다는 걸 인식조차 하기 전에 내 입에서 나온 말들이 이미 방 안의 공기를 가르고 있었다. "어디서 들은 정보인지는 잘 모르겠습니다만 남아프리카 공화국은 하나의 옵션일 뿐이었습니다. 잠정적으로 생각했던 지역을 구체적으로 진단해본 결과, 우리 고객에게 우리가 구상한 휴가를 제공할 수 있는 장소가 아니라는 결론을 내리게 됐습니다. 우리는 아주 구체적인 시장을 겨냥하고 있고…."

"왜죠?"

"왜라니요?"

"왜 남아프리카 공화국이 부적합하다는 겁니까? 제가 알기로는 전 세계적으로 급성장 중인 휴가지로 지목되는 곳인데요."

나의 명품 셔츠가 등에 달라붙기 시작했다. 우리가 가격 경쟁에서 밀렸다는 사실을 네빌 씨가 이미 알고 있는 건 아닌가 싶어 머뭇거리는데 데니스가 치고 나왔다.

"정치적 문제입니다."

"정치요?"

"공항에서 리조트까지는 한 시간 반이 걸립니다. 어느 길을 골라서 가더라도 어쩔 수 없이… 뭐라고 해야 할까요… 상대적으로 부유하지 않은 지역을 통과할 수밖에 없습니다. 저희가 조사한 바에 따르면 최고급 휴가를 위해 아주 많은 돈을 지불한 고객들은 휴가 중에 극빈자들과 맞닥뜨리는 걸 싫어합니다. 아무래도 그러면…." 제발 투자자 비서들에게 동정 어린 미소는 짓지 마세요, 나는 속으로 애원했으나, 늦었다. 데니스는 다 이해한다는 듯, 그러나 진정성이라고는 찾아볼 수 없는 얼굴로, 부담스러울 정도로 환하게 웃고 있었다. "불편하겠죠. 그런 불편함은 우리 리조트를 선택한 고객들이 절대 느끼지 않길 바라는 마음입니다. 즐거움? 원하죠. 흥분? 원합니다. 만족감? 물론. 하지만 힘들게 살고 있는 흑인 동족들에 대한 죄책감, 불편함? 그건 아니죠."

나는 눈을 질끈 감았다. 확인은 못 했지만 투자자들을 따라온 흑인 비서도 나와 마찬가지였으리라.

"네빌 씨, 정치적인 문제와 럭셔리한 휴가는 섞일 수가 없어요." 데니스는 마치 신의 말씀을 전하듯 엄숙하게 고개를 저었다. "그리고 대규모 프로젝트 착수 전에 진행하는 바로 그런 섬세한 조사가 우리 비커 홀딩스의 자랑입니다."

"그렇다면 대체 부지로 생각해둔 곳은 있으신가요?"

"생각해둔 정도가 아니라 완전히 확정한 곳이 있습니다." 이번에는 내가 나섰다. "처음 계획에서 조금 벗어나긴 했지만, 남아프리카 공화국과 다른 제3세계 국가들의 잠재적인 지뢰들을 모두 피해갈 수 있고, 영어권 국가이며, 끝내주는 날씨에, 제가 여태껏 본 곳 중에서 감히 가장 아름답다 말할 수 있는 곳입니다. 이쪽 일을 하면서 제가 정말 아름다운 곳들을 수없이 봐왔다는 것은 네빌 씨도 잘 아시겠죠?"

우리는 그 부지를 바로 우리 코앞에서 RJW 랜드에게 빼앗겼다. 그 회사에 소속된 누군가가 밸런스 에쿼티에 정보를 흘린 게 틀림없었다. 내 머릿속이 바삐 돌아갔다. 만약 RJW가 비슷한 개발 계획을 세웠다면 그들도 펀딩을 위해 밸런스 에쿼티에 접근했을까? 그래서 우리의 거래를 깨려고 한 걸까?

"더 자세히 말씀드릴 수 없지만…." 나는 유연하게 말을 이어갔다. "그래도 한 가지 자신 있게 말씀드릴 수 있는 건, 남아프리카 공화국 부지에 대해 추가로 알아낸 몇 가지 요소들 중에 미래의 수익이 예상치를 훨씬 밑돌 수 있음을 암시하는 몇몇 요소가 있었습니다. 그리고 아시다시피 수익의 극대화가 가장 중요하지 않습니까?"

실은, 새 부지에 대해서 나는 아는 게 거의 없었다. 절박했던 우리는 데니스의 오랜 친구인 토지 중개업자의 도움을 빌렸고 거래는 불과 이틀 전에 성사됐다. 이렇게 되는대로 지껄이는 느낌이 나는 정말 싫었다.

"팀." 나는 미소를 지었다. "조사에 관한 한 제가 얼마나 고지식한 사람인지 잘 아시죠? 제가 자기 전에 침대에서 하는 일 중에 가장 좋아하는 게 산더미 같은 분석 자료 읽는 거 아닙니까. 제 말 믿으셔도 좋습니다. 만약 남아프리카 공화국 부지가 장기적인 안목에서 더 괜찮은 곳이었다면 그곳을 이렇게 미련 없이 포기하진 않았을 겁니다. 하지만 저는 늘 한층 더 깊이 파고드는 걸⋯."

"마이크, 당신이 침대에서 읽는 것들은 전부 아주 흥미로울 거라 믿어요. 하지만⋯."

"⋯그리고 정말 중요한 것은 수익의 폭 아니겠습니까. 결국 핵심은 그거죠."

"우리보다 수익을 더 신경 쓰는 사람이 있겠어요? 하지만⋯."

데니스가 짧고 통통한 손을 들어올렸다. "팀, 됐어요. 이제 얘기는 그만합시다. 얘기를 더 진행하기 전에 보여주고 싶은 게 있어서 그래요. 자, 투자자 여러분, 지금 저를 따라 옆방으로 자리를 옮기실까요? 부지를 공개하기 전에 잠깐 재미있는 시간을 가져보고자 준비한 게 있습니다."

투자자들을 따라 옆방으로 가면서 아무래도 재미는 그들의 우선순위가 아닌 것 같다는 생각이 들었다. 몇몇은 편안하게 앉아 있던 회의실 책상과 등받이 가죽 의자에서 자기들을 일으켜 세웠다는 사실을 대놓고 불쾌해했고, 불만스럽다는 듯 투덜거렸다. 오늘 30분 정도 늦은 나 역시 데니스가 무슨 생각을 하고 있는 건지 알 수 없었다. 제발 티나에게 비키니만 입히지 않았기를, 나는 기도했다. 나는 예전의 하와이안 훌라 프레젠테이션의 악몽에 지금까지도 쫓기고 있었다.

그런데 데니스가 이번에 준비해둔 건 완전히 다른 것이었다. 2번 회의실은 책상과 의자, 스크린까지 완전히 치워져 있었다. 화상 회의를 위한 장비도, 구석에 다과 카트도 보이지 않았다. 방 한가운데에 놓여 있는 거대하고 낮고 넓적한, 다소 불길해 보이는 물건은 커다란 기계였다. 공기를 채운 파란색 튜브들이 그 주위를 둘러싸고 있었고, 중앙에는 화려한 노란색 서핑 보드가 놓여 있었다.

너무 예상 밖의 상황에 우리는 모두 어찌할 바를 몰라 가만히 서 있기만 했다.

"여러분, 신발을 벗고 파도 탈 준비를 합시다!" 데니스는 그 기계를 향해 한쪽 팔을 내밀었다. "이것은 시뮬레이터입니다." 아무도 말을 하지 않자 데니스가 혼자 알아서 발표했다. "누구나 해보실 수 있어요."

서핑 시뮬레이터가 낮게 웅웅거리는 소리를 제외하고는 회의실 전체가 조용했다. 이 회색 양복의 바다에서 그 기계는 마치 외계의 생명체처럼 앉아 번쩍거리는 스위치들을 자랑하며, 이 서핑 체험에 비치 보이스의 노래를 반주로 깔아주면 좋겠다고 말하고 있는 것 같았다.

나는 투자자들의 표정을 살핀 후, 이 상황을 구제할 수 있는 가장 좋은 방법은 화제의 전환이라고 판단했다. "아무래도 먼저 간단한 다과부터 드시는 편이 좋을 것 같은데요. 음료는 어떠신가요? 티나 씨, 좀 부탁드려요."

"언제든지요." 티나는 나의 눈을 나른하게 쳐다보며 말했다. 그리고 분명 좌우로 몸을 살랑살랑 흔들며 걸어 나갔다고 나는 맹세할 수 있었다.

다행히 데니스는 눈치채지 못했다.

"저는 단지 우리의 제안이 얼마나 거부하기 어려운 것인지 보여드리고 싶었던 것뿐입니다. 저는 좀 아까 먼저 타봤어요." 데니스는 신발을 발에서 털어내며 말했다. "이게 정말 재미있거든요. 다들 용기가 없으시다면, 제가 어떻게 하는 건지 보여드리죠. 여기 이렇게 서서…." 데니스가 양복 재킷을 벗자 아무 제약을 받지 않고 있던 그의 두툼한 배가 바지의 허리띠 위로 흘러내렸다. 이런 생각이 처음 든 건 아니었지만, 버네사가 모친의 유전자를 물려받았다는 사실에 새삼 감사함을 느꼈다. "우선 잔잔한 파도로 시작해보겠습니다. 보셨죠? 아주 쉬워요."

지난 3년간 7,000만 파운드에 달하는 자산투자를 관리했고, 책상에는 헨리 키신저, 앨런 그린스펀과 악수하는 사진이 놓여 있는 나의 상사 데니스는 '내가 니들의 환심을 사고야 말겠어'라는 중압감을 안고 서핑보드 위에 올라섰다. 그가 스포츠의 열정을 보여주려는 듯 두 팔을 들어 올리자 셔츠의 겨드랑이 부분을 적신 커다랗고 둥그런 땀자국 두 개가 떡하니 드러났다. 그의 우스꽝스러운 겉모습은 마치 면도날처럼 예리한 비즈니스 머리를 위장하는 장치로 이미 업계에선 유명했다. 그럼에도 불구하고 가끔씩 정말 신기하단 생각이 드는 건 어쩔 수 없었다.

"마이크, 전원을 켜주게."

나는 내 뒤에 앉아 있는 투자자들을 힐끗 보며 웃으려고 애를 썼다. 이게 정말 좋은 생각인 건지 도무지 확신이 없었다. 이 광경이 우리가 저들에게 보여줘야 할 이미지는 아닌 것 같았다.

"마이크, 스위치만 올리라고. 나머지는 내가 다 알아서 할 테니까. 자자, 팀, 네빌, 이 재미있는 걸 거부하지 마시라고요."

낮은 소리를 내면서 서핑보드가 서서히 덜컹이며 살아났다. 데니스는 무릎을 굽히고 손가락을 꼼지락거리며 한쪽 손을 앞으로 쭉 내밀었다. "제가… 아직… 말씀… 드리지… 않은 것은, 이 시뮬레이터가… 바로… 아이고!" 데니스는 균형을 잡느라 안간힘을 썼다. "됐네요…. 이 시뮬레이터를 고객들이 바다로 나가기 전에 체험할 수 있도록 현장에도 설치할 거라는 겁니다. 완벽한… 패키지죠."

평생 한 번도 바다에 나가보지 않은 사람들도 다른 휴가객들의 시선에 노출되기 전에 연습해볼 수 있을 거라고, 데니스는 헐떡거리며 열심히 설명했다. 처음 보는 이 희한한 기계 때문인지 아니면 누가 보기에도 즐거워하는 데니스의 모습 때문인지는 잘 모르겠지만, 몇 분 사이에 그가 투자자들의 마음을 사기 시작했다는 걸 나는 인정할 수밖에 없었다. 나는 팀과 네빌이 티나가 건네준 샴페인을 홀짝이며 기계 옆으로 슬슬 다가가는 모습을 지켜봤다.

화려하고 몸집이 비대한 그들의 재무 담당자 사이먼은 이미 신발을 벗어던졌고, 놀랍게도 뒤꿈치가 해지기 직전인 양말을 드러냈다. 이들을 따라온 부하 직원 둘은 티나가 준비한 자료에 실린 서핑 은어들을 인용하며 대화를 하고 있었다.

데니스는 상상력이 풍부했다. 그 점을 인정하지 않을 수 없었다.

"레벨을 올리면 어떻게 되죠?" 네빌이 웃고 있었다. 이걸 좋은 징조라 생각해도 되는 걸까?

"우리 비서가… 리스트를… 드렸죠." 데니스는 숨을 헐떡였다. "그럼 제가… 아마도… 으악! 엄청 큰 파도를 만나지 않을까 싶은데요."

네빌은 더 가까이 다가갔다. 그리고 양복 재킷을 벗고 안경을 비서에게 건넸다. "데니스, 몇 레벨에 도전하시겠어요?"

저 남자도 경쟁심이 보통은 아닐 거라고 나는 생각했다.

하지만 데니스 역시 만만치 않았다. "어느 레벨이든 괜찮아요. 쭉쭉 올려봅시다." 얼굴에 땀이 송골송골 맺힌 채로 데니스가 소리쳤다. "누가 더 큰 파도를 넘을 수 있는지 한번 볼까요?"

"마이크, 얼른." 네빌이 재촉했다. 나는 웃을 수밖에 없었다. 모두가 이 시간을 즐기고 있었다. 데니스의 짐작대로 이 시뮬레이터는 남아프리카 공화국의 루머에 온통 쏠려 있던 투자자들의 관심을 돌려놓는 데 성공했다.

"나도 늘 서핑에 대한 환상이 있었지." 팀도 재킷을 벗으며 말했다. 그들 앞에서 시뮬레이터는 데니스를 태운 채 윙윙 소리를 내며 흔들리고 있었다. "지금 몇 레벨인가요?"

"3입니다." 나는 다이얼을 확인하고 대답했다. "제가 생각하기에는 아무래도…."

"아, 이거 왜 이래요, 우리 기본 실력이 있는데. 마이크, 더 올려봐요. 누가 더 오래 버티는지 한번 봅시다."

"그래요, 올려요, 올려." 밸런스 에퀴티 파이낸싱의 회색 양복 부대가 연호하기 시작했다. 이 재미있는 놀이가 자신을 한껏 자제하고 통제하던 그들의 껍질을 벗겨낸 것이다.

내가 데니스 쪽을 보자 그가 고개를 끄덕이며 몸짓으로 다이얼을 가리켰다. "어서, 마이크 이 친구야, 파도를 불러내라고!"

"데니스, 아주 '불이 붙었네!'" 팀은 서핑 은어들을 찾아 확인하고 있었다. "파도가 아무리 '으르렁대도', 당신은 이미 '불이 붙었어!'"

아무리 데니스가 신이 난 건 사실이라고 해도 이제 그는 땀을 비 오듯 흘리고 있었다. 웃어보려고 애를 쓰긴 했지만, 엄청 빠르게 춤을 추고 있는 보드 위에서 버티느라 용을 쓰는 그의 눈에서 나는 약간의 절박함을 읽을 수 있었다. "한 단계 내릴까요?"

"아니! 아니! 난 이미 불타고 있다고! 여러분 제가 레벨4에서 얼마 동안 버텼나요?"

"5단계로 올립시다!" 네빌이 가까이 다가와 다이얼을 잡으며 소리쳤다. "데니스가 큰 파도를 어떻게 다루는지 한번 보자고요!"

"저는 그게…." 내가 말을 막 시작하는 참이었다.

그다음 상황의 전개에 대해 정확히 아는 사람은 아무도 없었다. 데니스는 샴페인을 입에 대지도 않은 몇 사람 중 하나였다. 하지만 어쩌다 보니 시뮬레이터가 최고 레벨까지 올라갔고 데니스는 균형을 잃었다. 결국 그는 끔찍한 비명을 내지르며, 완충재 역할을 위해 시뮬레이터를 둘러싸고 있던 튜브들을 완전히 벗어나, 그 정도 몸집의 사람들의 평균 속도보다 훨씬 빠르게 회의실 저편으로 날아갔다. 그리고 엉덩이에 어마어마한 충격을 받으며 떨어졌다.

물론, 뼈가 부러졌다. 그 정도 충격으로 미처 골절을 예상하지 못했던 사람들도 곧이어 소름 끼치는 소리는 확실히 들었다. 우두둑. 그 소리를 들으니, 원래부터 그 기계를 시도해볼 생각이 별로 없었던 나는 아주 희미했던 욕구조차 싹 사라졌다. 앞서 언급했듯이 나는 타고난 모험가 체질이 아니다.

회의실은 아수라장이었다. 모두 데니스 주위로 몰려들었고, 걱정 어린 탄식과 "구급차 불러!"라는 외침이 들리는 가운데 서핑보드는 여전히 빙빙 돌고 있었고, 비치 보이스의 노래는 계속 울려 퍼졌다.

"호주라고 했죠?" 데니스가 들것으로 옮겨지는 동안 네빌이 말했다. "잊을 수 없는 프레젠테이션이었어요. 우리는 무조건 관심 있습니다. 퇴원하시면 이 부지에 대해서 다시 얘기하도록 합시다."

"마이크가 이 부지에 관한 보고서 사본을 보내드릴 겁니다. 그렇지 않은가, 마이크?" 데니스는 통증으로 얼굴이 잿빛이 되어 이를 악문 채 말하고 있었다.

"물론입니다." 나는 데니스의 목소리만큼이나 자신감 있어 보이려고 노력했다.

구급차에 실린 뒤에 데니스는 내게 가까이 오라고 손짓했다. "자네가 지금 무슨 생각하는지 알아." 이제 그는 속삭이고 있었다. "자네가 보고서를 하나 만들어야 해."

"하지만 시간이… 결혼식은 어떻게…."

"버네사한테는 내가 얘기하지. 어차피 자네가 결혼 준비에서 빠져주는 게 서로한테 좋은 일 아닌가? 오늘 오후 비행기를 예약해. 그리고 제발 부탁하는데 이 부지로 거래 성사할 수 있도록 계획을 만들어서 와."

"하지만 저희는 아직…."

"자네가 일을 끝낼 때까지 내가 최대한 시간을 끌어줄게. 이건 우리 회사의 명운이 달린 큰 건이야. 내가 자네를 승진시킨 게 옳은 결정이었다는 걸 보여줘."

내가 거절할 수도 있다는 생각은 아예 하지 않는 것 같았다. 내가 개인사를 회사 일보다 우선시할 수 있다는 생각 역시 전혀 하지 않는 것 같았다. 하지만 어쩌면 그의 생각이 맞는지도 몰랐다. 나는 기업형 인간이다. 믿을 수 있는 사람이다. 나는 그날 오후 편 비행기를 예약했다. 내가 처음에 골랐던 항공사의 이코노미석보다도 저렴한 아시아 어느 항공사의 비즈니스 클래스를 선택했다.

4

그레그

맥주를 마시기 시작해도 괜찮은 시간은 언제일까? 나의 아버지는 정오가 지나면 아무 때나 괜찮다고 했다. 아버지는 엄마가 차를 마시듯 맥주를 마셔댔다. 두세 시간에 한 번 그때그때, 일하던 공사 현장에서 쉬는 시간마다 투히스 맥주를 땄다.

아버지는 덩치가 컸고, 그가 그렇게 많이 마신다는 건 아무도 몰랐다. 엄마는 그 이유가 아버지가 언제나 취해 있기 때문이라고 했다. 오후에는 기분이 늘 좋았고, 차를 마시는 시간에는 패기만만했으며, 아침에는 전날 마신 술로 약간 몽롱했다. 우리는 말짱한 정신의 아버지와 대면해야 하는 불운은 한 번도 겪지 않아도 됐다.

내가 생각하는 적절한 시간은, 내가 일하지 않을 때는 오후 2시, 스위트수잰호를 몰고 들어온 이후로는 아무 때나. 하지만 배의 키를 잡고 있을 때는 절대 내가 취한 모습을 볼 수 없다. 내가 다른 건 몰라도 내 배나 승객들을 위험에 빠뜨리는 짓은 하지 않는다. 하늘에는 해가 높이 떠 있고, 테이블엔 감자칩이 놓여 있고, 그렇게 캐슬린의 호텔 앞에 앉아 마시는 차가운 맥주. 아, 나는 그거면 된다. 이런 걸 싫다고 할 사람이 있나 싶다. 아, 나랑 같이 살던 여자는 싫어했었다.

수잰은 내가 맥주를 마셔도 괜찮은 시간은 없다고 했다. 나는 취하면 못되게 굴었고, 추해졌고, 너무 자주 취해서 그 시간들을 자기에게 보상해줄 새가 없다고 했다. 그게 더 이상 내 꼴을 참아주기 어려운 이유라고 했다. 그게 내 외모를 망가뜨리고 있다고도 했다. 그게 우리가 아이를 갖지 못하는 이유라고 했다. 내가 함께 병원에 가서 의사의 도움을 받아보자고 했을 때 딱 잘라 거절한 게 자기였으면서. 내가 천사 같은 남자도 아니고, 같이 지내기 쉬운 놈이 아니라는 것 정도는 나도 잘 알고 있다. 그래도 호주 남자들 중에 자기 물건을 마음대로 주물럭거리라고, 그것도 다른 남자에게, 자원할 남자는 별로 없을 거라는 얘기도 해봤지만 소용없었다.

그 정도로 나는 아이를 원했다. 그랬기 때문에 오전 11시 25분에—시간 단위로 수임료를 지불해야 할 때, 시간을 얼마나 정확하게 기억하게 되는지 정말 놀랍다. 더구나 토요일은 더 비쌌다—변호사 사무실에서 나오면서 그때가 시원한 맥주를 따기에 완벽한 시간이라고 생각할 수밖에 없었다. 스웨터를 입어야 할 정도로 추운 날이었고 바람이 너무 강해서 바깥에 앉아 있으면 입술이 새파래졌지만, 그딴 건 상관없었다.

아마도 이 맥주는 그녀에게 그리고 다른 모든 것들에게 손가락 욕을 한 방 먹이는 의식과도 같은 거였다. 그녀와, 그 망할 놈의 피트니스 강사 놈과, 모든 것의 절반은 그녀 소유라는 사실과, 그녀의 터무니없는 요구사항들에까지 전부 다. 왜냐하면, 솔직히 말하자면, 맥주 맛이 썩 좋은 것도 아니었기 때문이다. 원래는 술집에 가서 한 병 마실 생각이었지만 오전 11시 25분에 혼자 술집에 앉아 있는 꼴을 그려보니 좀⋯ 슬펐다.

아무리 토요일이라고 해도.

그래서 나는 트럭 앞자리에 걸터앉아, 평소보다 약간 느린 속도로 맥주를 마시며 이게 노력해야 하는 일로 느껴지지 않는 순간이 오기를, 그래서 마음속에서부터 편안한 시간을 보낼 수 있게 되기를 기다리고 있었다. 그날은 배에 손님도 없었다. 배에다 페인트로 낙서를 한 다음부터는 손님 수가 확 줄었다는 걸 나도 인정할 수밖에 없었다. 라이자는 주말에 배에 새로 페인트칠하는 걸 도와준 다음에, 내가 이제부터 입을 다물기만 한다면 사람들은 1~2주 안으로 이 일을 다 잊을 거라고 아무렇지도 않게 말했다. 그래서 그렇게 했다. 수잰이 요구하는 합의금을 내려면 빌어먹을 개처럼 일해야 할 판이었으니까.

'깔끔한 결별'이라고들 했다. 마치 의사들이 부러진 팔다리를 보며 깔끔하게 부러졌다고 진단하듯이. 그리고 정말 그렇게 느껴졌다. 너무 아픈 나머지, 오래 곱씹으면 정말로 몸이 아픈 느낌이었다.

그러나 이제 나는 차 안의 운전석에 앉아 그날의 일들을 떠올리고 있었다. 하이힐을 신은 관광객들이 사진기와 고래 노래 CD를 옆구리에 끼고 부두 위를 비틀비틀 걸어 나가던 모습을, 행여나 내 배가 바다 위로 불쑥 솟아올라 또 무슨 상스러운 말을 배 옆면에 드러낼까봐 겁에 질려 수잰호를 바라보던 모습을, 그걸 지켜보고 있던 내 모습을.

만약 그날 예약된 손님이 없었더라면 나는 혼자서 수잰호를 몰고 바다로 나갔을 것이다. 맥주를 한잔했음에도 불구하고. 때로는 만에 앉아 돌고래들을 지켜보고만 있어도 기분이 나아졌다. 돌고래들은 얼굴을 물위로 내밀고 마치 우리와 농담을 주고받기라도 하듯 바보같이 웃곤 한다. 그러면 손목을 그어버리고 싶은 충동이 이는 날에도 그냥 따라 웃게 된다. 아마도 우리 선원들은 다들 좀 그런 편일 거다. 고요한 바다 위에 오

66

직 나와 돌고래들, 그때가 최고의 순간이란 걸 우리는 안다.

"그래도 아이가 없는 게 얼마나 다행입니까." 변호사가 공동예금계좌를 확인하며 그렇게 말했다. 그건 나한테 할 말이 아니라는 걸 그 여자는 꿈에도 몰랐다.

두 번째 캔을 비웠을 때 나는 그 남자를 봤다. 캔을 손 안에서 찌그러뜨린 다음에 조수석 발밑에 던져버리려는데 그가 눈에 띄었다. 못 보고 지나칠 만한 사람이 아니었다. 그는 먹물들이나 입을 짙은 남색 양복을 입고, 양쪽에 특대형 여행 가방을 두고 중앙 도로 쪽을 망연히 보고 있었다. 나는 그냥 지켜보고 있다가 그가 나를 발견했을 때 창밖으로 머리를 내밀었다. "이봐요, 도움이 필요해요?"

그는 잠시 망설이더니 여행 가방을 들고 다가왔다. 구두끈이 달린 그의 검정 구두는 눈이 부시게 광이 나 있었다. 평소 같으면 내가 말을 섞을 일이 없는 사람이었지만 그는 어째 맛이 간 것 같아 보였고, 그래서 안됐다는 생각이 들었던 것 같다. 맛 간 놈이 다른 맛 간 놈을 동정하는 그런 이치랄까.

그는 내 차 창 앞으로 다가와 가방을 툭 내려놓고 주머니에서 종이쪽지를 꺼냈다. "택시 기사가 잘못 내려준 것 같아요. 이 근처에 혹시 호텔이 있나요?"

영국 사람인 것 같군. 나는 눈을 가늘게 떴다. "몇 군데 있긴 한데, 어느 쪽 실버베이로 가는데요?"

그는 종이쪽지를 다시 들여다봤다. "그냥… 어… 실버베이 호텔이라고만 적혀 있는데요."

"캐슬린이 하는 호텔 말인가? 거긴 그런 호텔이 아닌데. 지금은."

"걸어갈 만한 거린가요?"

아마도 호기심 때문이었던 것 같다. 사실 이 근방에서 이렇게 쫙 빼입은 남자를 보기는 쉽지 않다. "저 길 끝에 있어요. 타요. 어차피 나도 거기 볼일도 있고. 가방은 대충 던져 넣어요."

태워준다는 말을 덥석 믿어도 되는 건지 그의 얼굴에 의혹이 스쳐 지나갔다. 아니면 고급 여행 가방이 해초 범벅이 된 내 장비들에 닿는 게 싫었던 걸 수도 있고. 그게 약간 기분 나빠서 그냥 관둬버릴까 하는 참에 그가 트럭 뒤쪽으로 가방을 끌고 왔다. 나는 그가 트럭 뒤 칸의 옆쪽으로 간신히 가방을 넘겨 올리는 모습을 지켜봤다. 그는 빈 캔 더미 사이로 발을 놓을 자릴 찾느라 쩔쩔매며 조수석에 올라탔다.

"빈 캔이 많으니까 구두 조심해요." 나는 차를 빼며 말했다. "맥주는 안 들어 있겠지만 그래도 혹시 모르니까."

'실버베이'라는 이름은 사실 충분히 헷갈릴 만하다. 만이 하나가 아니라 두 개이기 때문이다. 실버베이는 이 만의 중앙으로 돌출된 땅덩이에서부터 이어지는 고래 부두에 의해 반으로 갈린다. 그래서 위에서 보면 마치 거대한 파란색 엉덩이처럼 보인다고 나는 말하곤 했다(수잰은 그 말에 눈살을 찌푸렸지만, 사실 그 여자는 내가 하는 말마다 눈살을 찌푸렸던 것 같다).

캐슬린의 호텔은 한쪽 만의 제일 끝 부분, 넓은 바다로 바로 이어지는 지점에 서 있었다. 그 호텔 쪽에 남아 있는 거라곤 오래된 집과 박물관 그리고 모래 언덕밖에 없었다. 고래 부두의 다른 쪽 만에는 맥이버 시푸드 바&그릴, 수산 시장이 있었고, 캐슬린 호텔의 반대편으로 시내가 이어졌다.

그는 자기 이름이 마이크라고 했다. 성은 잊어버렸다. 다른 얘기는 별로 하지 않았다. 비즈니스로 온 거냐고 물었더니 "놀러왔어요"라고 했다.

그래서 휴가에 이렇게 입고 오는 놈은 뭐 하는 놈일까, 생각했던 기억이 난다. 그는 그날 아침에 막 비행기에서 내렸고, 예약해뒀던 렌터카를 회사 실수로 받지 못했고, 결국 렌터카 회사가 내일 뉴캐슬에서 차를 보내주기로 했다고 했다.

"비행기 오래 탔겠네요."

그가 고개를 끄덕였다.

"여기 와본 적 있어요?"

"시드니는 한 번 와봤는데 오래 있진 않았어요."

삼십 대 중반으로 보였다. 비즈니스가 목적이 아닌 사람치고는 시계를 자주 들여다보는 편이었다. 어떻게 캐슬린의 호텔을 예약한 거냐고 물었다. "사람이 많이 오는 호텔이 아닌데." 나는 그의 고급 양복을 힐끗거리며 말했다. "그쪽 같은 사람들은 다른 데… 그 뭐냐… 더 좋은 데 가고 싶어 할 것 같은데."

그는 마치 대답을 만들어내고 있는 듯 앞만 똑바로 봤다. "이 주변이 너무 좋다고 해서요. 그런데 여기엔 이 호텔밖에 안 나와 있어서."

"저쪽 해안에 있는 블루 숄스에 가는 편이 훨씬 나을 텐데. 거기가 제법 괜찮아요. 욕실 딸린 방, 올림픽 경기장처럼 큰 수영장 뭐 그런 것들도 다 있고. 월요일부터 목요일까지는 무한정 먹을 수 있는 뷔페도 있는데 음식이 제법 괜찮아요. 아마 두당 15달러일걸요. 금요일부터는 가격이 조금 뛸 거예요." 나는 길 한복판에 누워서 자고 있는 개를 피하기 위해 방향을 좀 틀었다. "그리고 넬슨베이 쪽에는 애드미럴이란 데도 있어요. 방마다 위성 TV가 있는데 거지 같은 것들 말고 진짜 괜찮은 채널들이 다 나와요. 요즘 같은 비수기에는 가격이 아주 좋을 텐데. 내가 알기론 지금 거기 묵는 사람이 거의 없으니까."

"감사합니다." 한참을 듣다가 겨우 그가 말했다. "만약 옮기고 싶어지면 도움이 많이 되겠어요."

그다음부터는 서로 거의 말을 하지 않았다. 그쪽에서 별로 노력을 하지 않는다는 게 약간 짜증이 났다. 나는 길바닥에서 만난 사람을 태워서 제법 긴 거리를 운전해주고―택시를 탔으면 10달러는 족히 나왔을 거다―이런 정보들까지 주고 있는데 그는 나랑 대화하려는 노력을 거의 하지 않았다.

뭐라고 한마디라도 해줄까 말까 하며 옆을 보니―맥주 때문에 취기가 좀 올랐던 것 같기도 하다―그가 잠들어 있었다. 완전히 기절한 것 같다. 최신 유행하는 정장을 빼입은 비즈니스맨도 어깨에 침을 질질 흘리고 있으니 뭐, 별 볼 일 없어 보였다. 왜 그런지는 모르겠지만 그걸 보고 나니 기분이 좀 나아져서 실버베이로 향하는 해안 도로를 달리는 내내 휘파람을 불었다.

캐슬린은 테이블 위를 아름답게 장식해놓았다. 다른 것들보다 테이블보와 풍선들이 제일 먼저 눈에 띄었다. 상쾌한 바람에 하얀 천이 둥실 부풀어 올랐고, 풍선들은 하늘로 자유롭게 올라가려는 듯 위아래로 꿈틀거렸다.

집에서 직접 만들어 건 삼각 플래그 장식에는 '해나야, 생일 축하해'라고 적혀 있었고, 그 아래에 생일 주인공과 그 친구들이 팔에 뱀을 감은 남자를 둘러싸고 꺅꺅거리고 있었다.

나는 내 트럭 안에 탄 손님에 대해선 잠시 잊어버렸다. 이 파티가 이미 한 시간 전에 예정돼 있었다는 게 갑자기 생각나 마음이 철렁해서는 차에서 내려 진입로를 따라 바삐 올라갔다.

"그레그." 캐슬린은 사람을 위아래로 훑어보고, 네가 지금 정확히 어디에서 무얼 하다 오는 길인지 다 안다는 눈길로 보곤 했다. "이렇게 와주니 얼마나 좋아."

"저 사람은 뭐예요?" 나는 뱀을 감고 있는 남자 쪽으로 고개를 까딱해 보였다.

"곤충 박사님. 자기가 자기를 그렇게 부르던데. 기어 다니는 징그러운 것들은 죄다 갖고 있는 것 같아. 거대한 바퀴벌레, 뱀, 독거미… 그런 걸 애들이 들어보고, 만져보게 해주는 사람이야. 해나가 이걸 원했어." 캐슬린은 부르르 떨었다. "세상에 이보다 더 징그러운 건 없는 것 같아."

"우리 어릴 땐 그런 것들은 그냥 다 밟아 죽였는데요. 부츠 바닥으로 콱." 나도 캐슬린 말에 동의했다.

애들이 여덟 명이었고, 몇 안 되는 어른들은 거의 선원들이었다. 별로 놀랄 일은 아니었다. 해나는 재미있는 아이였고 나이보다 성숙해서, 우리는 모두 이 아이랑 어울려 지내는 것에 익숙했다. 해나가 아주 어릴 때부터 그래왔다.

해나가 또래들과 함께 있는 걸 보니 참 좋았다. 라라라는 여자애 말고는 다른 애들과 어울리는 모습을 거의 본 적이 없었기 때문이다. 그래서 대개는 해나가 어린애라는 걸 잊고 지내게 됐다. 라이자 말로는 원래 약간 혼자 있는 걸 좋아한다고 했다. 나는 가끔 라이자가 자기 얘길 하는 건지 애 얘길 하는 건지 궁금했다.

캐슬린이 내게 차 한 잔을 건넸고, 나는 캐슬린이 맥주 냄새를 맡지 못하길 바라며 그 잔을 받았다. 어찌 됐든 애 생일 파티에 와서 술 냄새를 풀풀 풍기는 건 모양새가 별로 안 좋은 것 같았고, 나는 해나를 정말로 좋아했기 때문이었다.

"이제 자네 배가 좀 예뻐졌던데." 캐슬린이 씩 웃었다.

"라이자가 배 이름을 다시 칠하는 거 도와준 건 알고 계시죠?"

"자넨 그 성질머리 때문에 고생 좀 하겠어." 캐슬린이 쯧쯧 혀를 찼다. "이젠 나잇값 좀 해야지."

"지금 저 혼내시는 거예요?"

"그걸 아는 걸 보니, 그렇게 많이 취하진 않은 모양이네."

"한 병, 딱 한 병 마셨어요." 나는 애써 변명했다. "아, 그래요, 두 병일 수도 있어요."

캐슬린은 시계를 들여다봤다. "이제 겨우 12시가 넘었는데. 아주 잘했 구먼."

상어 여사님한테는 당할 재간이 없다. 정말 직접 본 것처럼 말을 하니 까. 늘 그래왔고, 앞으로도 그럴 거다. 라이자와는 많이 다르다. 라이자는 머릿속으로는 온통 딴 생각을 하고 있는 듯한 눈으로 사람을 쳐다본다. 그래서 대체 무슨 생각을 하고 있는 거냐고 물으면(여자처럼 그런 걸 묻 다니! 라이자는 나를 그렇게 보잘것없게 만들어버린다) 아무것도 아니 라는 듯 어깨를 한번 으쓱해버릴 뿐이다.

"그레그 아저씨, 안녕." 해나가 환하게 웃으며 달려왔다. 나도 그런 기 분이 어떤 거였는지 기억한다. 어린 시절 나의 생일날, 그날 하루만큼은 모두가 내가 세상에서 가장 소중한 사람이라고 느끼게 해주는 날. 해나 는 달려오다가 잠깐 멈춰 서서 내가 팔 아래 작은 선물 꾸러미를 끼고 있 는 걸 눈치챘다. 정말 천사 같은 아이지만 절대 바보는 아니다.

"아, 이거, 이건 캐슬린 이모님 드리려고 가져온 거야."

해나는 눈에 장난기를 가득 담고 내 앞에 딱 멈춰 섰다. "그런데 왜 애 들 포장지예요?"

"애들 포장진가?"

"제 거 맞잖아요." 해나가 조심스럽게 나를 떠봤다.

"이모할머니는 이런 포장지를 받기에는 너무 늙었다는 뜻이냐?" 나는 최대한 순진한 표정을 지었다.

사실 그런 표정은 수잰에게도 한 번도 먹힌 적이 없다. 이게 과연 무얼까 알아내려는 듯 해나는 선물 꾸러미를 가만히 쳐다봤다. 이걸 확 잡아챌 아이는 아니었다. 행동하기 전에 생각부터 하는, 조심스러운 아이니까. 하지만 이 애를 더 기다리게 하는 걸 내가 참을 수 없어서 그냥 주고 말았다. 솔직히 내가 더 신나 있었던 것 같다.

해나는 친구들을 양 옆에 끼고 포장을 뜯었다. 아이들은 모두 한창 성장하고 있었다. 비쩍 마른 다리와 통통한 볼살도 곧 볼 수 없을 것 같았다. 개중엔 앞으로 어떤 여자로 성장할지 이미 엿보이는 아이들도 두엇 있었다. 이 아이들 중에 수잰 같은 여자가 될 아이도 있을 거란 생각이 드니 슬펐다. 만족을 모르고, 불평만 많고… 믿을 수 없는 그런 여자.

"열쇠네요." 해나는 열쇠를 높이 들어 올리며 알 수 없다는 표정을 지었다. "무슨 뜻인지 모르겠어요."

"열쇠라고?" 나는 어리둥절한 표정을 지어 보였다. "확실해?"

"아저씨…."

"정말 무슨 열쇠인지 모르겠어?"

해나는 고개를 저었다.

"내 창고 열쇠야."

해나가 여전히 모르겠다는 듯 얼굴을 찌푸렸다.

"부두 옆에 있는 거. 이런. 네 선물을 거기다 두고 온 모양이네. 친구들 이랑 같이 가서 보고 와."

내가 한마디 더 할 새도 없이 아이들은 이미 모래를 발로 차며 깍깍거리며 달려가고 있었다. 캐슬린이 나를 의심스럽다는 듯 쳐다봤지만 나는 아무 말도 하지 않았다. 때로는 그냥 음미하고 싶은 순간들이 있는 법이다. 더구나 요즘 내겐 음미하고 싶은 소중한 순간들이 거의 없었으므로.

몇 분도 채 되지 않아 아이들이 정신없이 달려왔다. "배예요? 그 작은 배가 선물이에요?" 해나의 뺨은 빨갛게 상기돼 있었고 머리카락은 사방으로 헝클어져 있었다. 숨이 턱 막힐 것 같았다. 해나는 제 엄마를 빼다 박았다.

"배 이름이 뭔지 봤어?" 내가 물었다.

"해나스 글로리(Hannah's Glory)." 해나는 숨을 헐떡이며 캐슬린에게 말했다. "파란색 소형 보트예요. 그리고 이름은 '해나스 글로리'예요. 정말로 제 거예요?"

"물론이지, 우리 공주님." 해나의 그 웃음은 나의 거지 같은 아침을 싹 잊게 해줬다. 해나는 두 팔로 나를 안았고, 나도 활짝 웃으며 아이를 끌어안았다.

"우리 타고 나가도 돼요? 이모할머니, 배 타고 나가도 돼요?"

"지금 당장은 말고. 케이크도 아직 안 잘랐잖아. 그래도 창고 안에 있는 배 위에 올라가는 건 당연히 괜찮을 것 같은데?"

창고 쪽으로 뛰어 내려가는 아이의 흥분된 목소리가 들려왔다.

"배를 줬어?" 해나가 우리 얘기를 못 들을 만큼 멀리 가길 기다렸다가 캐슬린이 눈을 치켜떴다. "라이자랑 상의는 한 거야?"

"아… 아직." 아이는 폴짝거리며 창고로 뛰어가고 있었다. "이제 말할 기회가 있겠죠."

라이자는 생일 케이크가 담긴 접시를 들고 뒤에는 강아지를 달고 나를 향해 성큼성큼 걸어오고 있었다. 아름다웠다. 늘 그렇듯 라이자는 어디 다른 데를 가던 중에, 예의상 내 옆에 잠깐 멈춰 선 사람 같았다.

"해나 방, 침대 머리맡에 그 고래수염 조각을 걸어주고 오는 길이에요. 하필 그걸 갖고 싶다고 해서." 라이자는 내게 고개를 까딱하며 인사를 했다. "냄새가 말도 못 해요. 돌고래에 관한 책만 네 권, 고래에 관한 책 두 권, 비디오 하나. 이 기세로 나간다면 곧 박물관 하나 열겠어요. 방이 온통 돌고래 잡동사니들이야." 라이자가 허리를 쭉 폈다. "근데 애들은 어디 갔어요?"

"그 문제라면 그레그랑 얘기 좀 해봐야 할 것 같다." 캐슬린은 자기는 그 얘기에서 빠지고 싶다는 듯 한쪽 손을 들어 보이며 다른 곳으로 가버렸다.

"애들은… 아, 내 선물을 보러 갔어."

라이자는 접시를 테이블 위에 내려놓았다. "아, 그래? 뭘 줬는데?" 그리고 샌드위치를 싸놓았던 랩을 획 벗겨냈다.

"카터가 팔겠다고 내놓은 걸 샀어. 작은 노로 젓는 자그마한 보트를 내놨더라고. 내가 손 좀 보고 칠도 새로 했어. 상태가 아주 좋아."

내가 한 말이 라이자의 머리에 제대로 입력되는 데는 몇 분 정도 시간이 걸렸다. 라이자는 잠시 테이블을 보고 있다가 고개를 들었다. "애한테, 배를 줬어?"

"아주 작은 배야. 해나만의 배지. 몇 번 레슨을 받고 나면 친구들이랑 돌고래를 보러 나가도 될 것 같아서." 라이자의 표정 때문에 좀 불안해진 나는 한마디 덧붙였다. "어차피 하난 갖게 될 거였잖아?"

라이자는 마치 기도하는 것처럼 두 손을 입가로 가져갔다. 별로 고마워하는 것처럼 보이진 않았다.

"그레그?"

"응?"

"지금 제정신이야?"

"뭐라고?"

"내 딸한테 배를 사줬다고? 바다에도 못 나가게 하는 애한테? 도대체 무슨 짓을 한 거야?" 당장이라도 날 잡아먹을 것 같은 목소리였다.

이게 이렇게까지 화를 낼 일인가 싶어서 나는 라이자를 쏘아봤다. "애한테 생일 선물을 준 거잖아."

"당신이 뭔데 내 딸한테 그런 선물을 줘?"

"바닷가에 사는 애야. 쟤 친구들도 다 작은 보트 하나씩은 갖고 있다고. 쟤는 왜 가지면 안 되는데?"

"내가 안 된다고 했으니까!"

"왜? 왜 안 되는데? 어차피 배워야 하잖아, 안 그래?"

"내가 배워도 된다는 생각이 들면, 그때 배우게 할 거야."

"해나도 벌써 열한 살이야! 대체 왜 이렇게 화를 내는 거야? 이렇게까지 할 일이야?" 라이자가 대답을 하지 않자 나는 창고 문 앞에 서 있는 해나를 가리켰다. "쟤를 좀 봐봐. 저렇게 좋아하잖아. 친구들한테 여태 받은 생일 선물 중에 최고라고 하더라."

라이자는 내 말을 들으려고 하지 않았다. 그저 내 앞에 서서 소리를 질러댈 뿐이었다. "그래! 그래서 이제 난 그걸 받으면 안 된다고 말해야 하는 못돼먹은 마녀가 돼야 하잖아. 정말 고마워서 눈물이 앞을 가린다."

"그게 싫으면 안 그러면 될 거 아냐. 가지게 놔둬. 우리가 잘 조심시키면 되잖아."

"우리?"

바로 그때, 마이크가 나타났다. 나는 좀 아까 내 차 안에서 잠들었던 그 남자에 대해선 까맣게 잊고 있었다. 그는 잠이 덜 깬 얼굴로, 양손에 여행 가방을 들고, 난처하다는 듯 서 있었다. 나는 당장 꺼지라고 말하고 싶었다.

라이자는 그 남자를 의식하지 못하고 계속 소릴 질러대고 있었다. "먼저 물어봤어야지! 저 빌어먹을 배로 어린애 환심을 사기 전에 나한테 물어봤어야지! 지난 5년간 내가 허락해주지 못한 딱 하나가 바로 그거란 말이야!"

"그냥 노 젓는 작은 배일 뿐이야. 200마력짜리 모터보트가 아니잖아!" 이젠 나도 화가 났다. 이 여잔 마치 내가 애를 해치려고 한 것처럼 몰아대고 있지 않은가.

"저, 죄송한데요. 저기 혹시…."

라이자는 한 손을 들어 마이크 말을 막고 나한테 계속 퍼부어댔다. "그냥 내 삶에서 좀 빠져, 알았어? 당신이랑 사귀고 싶은 생각 없다고 대체 몇 번을 말해. 내 딸한테 아무리 알랑거려봤자 내 맘은 달라지지 않아."

라이자가 뱉은 말들이 우리에게로 우수수 내려앉는 사이 우린 둘 다 아무 말도 하지 않았다. 그 말이 내게 얼마나 아픈 말일진 저 여자도 분명히 알고 있었다.

"알랑거려?" 반복하기조차 너무 힘든 말이었다. "알랑거린다고? 나를 대체 어떤 놈으로 보는 거야?"

"그레그, 제발 그냥 가줘."

"저기 말씀 중에 정말 죄송합니다만…."

"엄마?"

해나가 그 영국 놈 옆에 와서 서 있었다. 생일 주인공의 방글방글한 표정은 이미 온데간데없었다. 해나는 나를 봤다가 자기 엄마를 봤다가 다시 나를 봤다. "왜 아저씨한테 소리 질러요?" 해나는 겁을 먹은 것처럼 커다래진 눈으로 조용히 조심스럽게 물었다.

라이자가 크게 한 숨 들이마셨다.

"저는, 어… 저기 프런트가 어느 쪽인지 혹시 좀 알려주실 수 있을까요?" 마이크 저치도 당장 여길 벗어나고 싶은 맘은 나랑 같은 모양이었다.

라이자는 그제야 손님이 와 있다는 걸 알아차리고는 분노로 벌게진 얼굴로 그를 향해 돌아섰다. "프런트요? 캐슬린이랑 얘기하시면 돼요. 저기 파란색 셔츠 입은 분이요."

마이크는 웃으려고 애를 쓰며 영국식 억양에 대해 뭐라고 혼자 중얼대더니 잠시 후 사라졌다.

해나는 아직도 내 옆에 서 있었다. 아이의 작고 슬픈 목소리를 듣자 그 어미라는 여자를 한 대 치고 싶은 욕구가 치밀었다. "그러니까 난, 배를 가지면 안 된다는 얘기인 거죠?"

나를 향해 돌아선 라이자는 온몸으로 자신이 할 수 있는 욕이란 욕 전부를 나에게 뿜어내고 있는 것 같았다. 결코 좋은 느낌은 아니었다.

"우리 딸, 그건 나중에 엄마랑 얘기를 좀 해보자." 라이자가 말했다.

"라이자." 나는 아이를 위해서라도 최대한 좋게 말하려고 노력했다. "절대 다른 뜻은 없…."

"무슨 얘기든 관심 없어!" 라이자가 말을 끊어버렸다. "해나야, 친구들한테 케이크 먹자고 해." 해나는 꼼짝하지 않았다. "어서. 엄마가 초를 켜볼게. 바람이 이렇게 불면 쉽진 않겠다만."

나는 해나의 어깨에 손을 올렸다. "네가 탈 수 있을 때까지 배는 창고에서 잘 기다리고 있을 거야." 나는 내 목소리에서 반발심이 묻어나는 걸 느끼며 말했다. 그리고 애 앞에선 해선 안 될 말들을 낮은 소리로 내뱉으며 돌아서 걸어 나왔다.

요시가 트럭 쪽으로 쫓아왔다. "가지 말아요. 라이자가 이런 일에 워낙 민감한 거 잘 알잖아요. 해나 생일을 망치지 말자고요." 요시의 손에는 아이들에게 나눠줄 생일 답례품이 담긴 작은 쇼핑백이 들려 있었다. 나를 붙잡으려고 부엌에서 막 뛰어나온 모양이었다.

내가 망치는 게 아니잖아, 라고 말하고 싶었다. 저 예쁜 아이가 온 세상에서 원하는 딱 한 가지를 기어이 막겠다는 건 내가 아니지 않냐고. 아이가 평범한 어린 시절을 보내고 있는 것처럼 위선을 떨면서 사실은 이모할머니 캐슬린 말고는 아이가 자기 가족 얘기조차 입에 올리지 못하게 막는 사람은 내가 아니란 말이다. 그뿐인가. 일 년에 서너 번 마치 두드러기 발작처럼 갑자기 애정을 갈구하듯 달려들다가 다음 날 아침에는 사람을 마치 신발짝에 붙은 뭐 취급하는 것도 내가 아니라 저 여자라고. 나도 뭘 잘못할 때가 있다는 거, 인정한다. 하지만 모든 게 다 내 잘못은 아니란 말이다.

"배를 몰고 나가야 한다고 전해." 의도했던 것보다 말이 더 못되게 나왔다. 마음이 안 좋았다. 어쨌든 요시는 아무 잘못도 없는데.

바다로 나갈 계획은 없었다. 여기서 제일 가까운 술집으로 가서 마음씨 좋은 누군가가 벌써 다음 날이 밝았다고 말해줄 때까지 들입다 퍼마실 참이었다.

5
캐슬린

여기 땅덩이의 크기를 고려할 땐 참으로 믿기 어려운 일이지만, 한때 고래잡이는 호주의 주요 산업이었다. 19세기에는 포경선들이 영국에서부터 찾아와 죄수들을 내려놓고 그 배에 고래 몇 마리를 실은 후, 다시 우리 항구에서 팔았다. 니노는 뭐 그딴 거래가 다 있냐고 툴툴대곤 했다. 나중에는 똑똑해진 호주 사람들이 직접 고래를 잡았다. 어쨌든 고래의 모든 게 다 돈이 됐으니까. 고래기름은 램프의 연료, 양초, 비누를 만드는 데 쓰였고, 고래수염으론 코르셋, 가구, 우산과 채찍을 만들 수 있었다. 아마 그때만 해도 채찍이란 걸 사용했던 모양이다. 그 당시엔 포경선들이 남방참고래만을 주로 잡았다. '참'고래라고 했던 이유는 이 고래가 정말 순순히 잘 잡히는 고래였기 때문이다. 그 가엾은 짐승은 남반구에서 가장 느린 데다 일단 죽고 나면 물 위로 둥실 떠올랐기 때문에 그냥 배에 매달아 해변으로 끌고 오면 됐다. 그보다 더 쉬운 방법이라면, 아마도 고래가 작살로 자기 몸을 찌른 다음 가공 공장으로 직접 헤엄쳐 오는 것 정도?

물론 이제 남은 고래들은 보호를 받고 있다. 내가 어린아이였을 때 작은 배 두 척이 고래를 끌고 오는 걸 본 기억이 있다. 그 옛날에도 그건 옳지 못한 행위로 보였다. 인간들의 비인도적인 행위를 질타하듯 텅 빈, 음울한 눈동자로 하늘을 응시하며 거대하게 부풀어 오른 배를 내놓고 처참하게 끌려오는 모습을 보면 자연히 그럴 수밖에 없었다. 사실 내가 바다에서 못 잡는 고기는 거의 없었다. 어쩌면 비정하게 들릴 수도 있겠지만, 아버지는 내가 어린 소녀에 불과한데도 낚시에 미끼를 걸어 바다에 던지고 내장을 제거하는 것까지 능숙하게 해낸다고 자랑하곤 했다. 그러나 그 참고래의 모습을 보고는 울음을 터뜨릴 수밖에 없었다.

그나마 이쪽 동쪽 해안에는 우리가 전해 들은 서쪽의 포경 광풍이 불어닥치지는 않았다. 이쪽 바다에서는 전쟁이 끝나기 전까지는 고래잡이를 많이 하지 않았다. 그러나 우리의 작은 만은 예외였다. 고래들이 육지에 앉아서도 다 보일 정도로 가까이 다가왔기 때문에 이 만이 고래추격꾼들의 근거지가 될 수밖에 없었는지도 모르겠다(고래추격꾼이라는 우리 고래 관광선 선원들의 별명은 이들에게서 물려받은 것이다). 내가 어렸을 때만 해도 고래잡이는 작은 배로 했다. 그만하면 공정한 싸움 같았고, 그래서 고래를 잡는 수도 적게 유지할 수 있었다. 하지만 그 뒤로 인간의 탐욕은 커져만 갔다.

1950년과 1962년 사이, 1만 2,500마리의 혹등고래가 살육됐고 노픽섬과 모어턴섬 등의 기지에서 가공됐다. 고래의 기름과 고기는 사람들을 부자로 만들어줬고, 고래추격꾼들은 고래를 더 많이 잡기 위해 더 정교한 무기를 사용하게 됐다. 배는 점점 더 커지고 빨라졌고, 더 많은 수확물을 더 참담한 모습으로 싣고 왔다. 호주 해역에서 혹등고래 포경 금지 조치가 내려졌을 때 인간들은 수중 음파탐지기, 총 그리고 포탄이 발사되는 작살을 사용하고 있었다. 아버지는 혐오스럽다는 듯 그들이 전쟁에서 쓰는 장비들을 짐승들에게 휘두르고 있다고 말씀하셨다.

그리고 당연한 이치지만 너무 많은 고래를 죽였다. 인간들은 혹등고래의 씨가 마를 때까지 온 바다를 휘젓고 다닌 끝에 결국 더 이상은 잡을 수 없는 지경을 자초하고 말았다. 결국 포경 사업체들이 하나둘씩 문을 닫으며 가공처리 공장들도 폐쇄되거나 수산물 가공 공장으로 바뀌었다. 이 지역은 서서히 영락하며 한적한 곳으로 변해갔고, 대부분의 사람들은 오히려 안도했다. 뇌관이 장착된 수류탄으로 고래를 팡팡 쏘아 죽이던 때가 아닌, 고래잡이가 맨몸의 인간 대 고래와의 싸움이었던 시절, 그러니까 고래잡이 초기의 낭만을 사랑했던 나의 아버지는 실버베이의 고래 가공 공장을 사들여 박물관으로 만들었다. 요즘 해마다 남쪽으로 이동하며 우리 앞바다를 지나가는 혹등고래의 수는 2,000마리 미만일 것이라고 과학자들은 추산하고 있다. 그리고 고래의 수는 결코 회복될 수 없을 거라고 말하는 사람들도 있다.

나는 이따금 선원들이 실버베이에 다시 활기를 불어넣기 위해 더 큰 배를 도입하자고 하거나 승객 수를 늘릴 방법을 고심하고, 고래 관광을 통해 관광객을 더 끌어들여야 한다고 얘기할 때, 그들에게 이 이야기를 들려준다.

그 이야기에는 우리 모두를 위한 교훈이 있다. 귀담아듣는 사람이 있기나 한지는 모르겠지만.

"안녕하세요."

마이클 도머가 입구 쪽에서 서성이고 있었다. 그의 생체 시계가 대체 왜 갑자기 지구의 반대편에 와 있는 거냐고 항변하는 듯 멍한 표정이었다.

"아침에 방 앞에 커피를 가져다 놓고 노크를 했는데 한 시간 후에 커피

가 차갑게 식어 있더라고요. 그래서 잠이 더 필요한가보다 생각하고 그
냥 내려왔어요." 이 남자는 내가 하는 말을 듣지도 못하는 것 같았다. 나
는 잠시 기다렸다가 부엌 식탁에 앉으라고 손짓했다. 보통은 손님들을
부엌에 앉히지 않지만, 식당은 이미 저녁 식사를 위한 준비를 끝내놓은
상태였다. 나는 그의 앞에 접시와 나이프를 놓아주었다. "시차 적응을 하
려면 보통 일주일은 걸린다던데. 자다 계속 깼나요?"

그는 머리를 문질렀다. 면도도 하지 않은 상태였고 셔츠와 편한 바지를
입고 있었다. 여전히 이곳 사람들 기준으로는 말쑥한 편이었지만 도착했
을 때의 과도하게 갖춰 입은 복장에 비하면 큰 발전이었다.

"딱 한 번요." 그가 약간 유감스럽다는 듯 웃었다. "한 번 깨고나서 세
시간 동안 못 잔 게 문제긴 하지만요."

나도 따라 웃으며 커피를 따라줬다. 마이클 도머는 인상이 좋았다. 자
기 자신이 어떤 사람인지 스스로 잘 파악하고 있다는 느낌을 풍기는 얼
굴이었다. 이곳을 찾는 다른 손님들에겐 부족한 면이었다. "아침 좀 먹을
래요? 차려주는 건 어렵지 않은데."

"1시 15분 전인데요?" 그가 시계를 봤다.

"그럼 점심이라고 해두죠. 우리 둘만의 비밀로 하고." 냉장고에 팬케이
크 반죽이 아직 남아 있었다. 나는 팬케이크와 블루베리를 함께 제공했
고, 계란과 베이컨은 추가 주문을 받아 내놓곤 했다.

마이클은 하품을 참으며 커피를 쳐다보고 있었다. 나는 아무 말 없이
신문을 그쪽을 향해 밀어놓았다. 커피 한두 잔이면 혼미한 정신이 수습
되겠지, 생각하며. 그리고 라디오에 반쯤 귀를 기울이며 한편으로는 저
녁으로 준비해야 할 음식들을 생각하며 조용히 움직였다. 해나는 학교를
마친 뒤 친구네 집에 가 있었고 라이자는 워낙 새 모이만큼도 안 먹었기

때문에 손님들과 내가 먹을 것만 걱정하면 됐다.

팬케이크가 완성됐다. 내가 접시를 그 앞에 놓아주었을 즈음엔 그도 정신을 좀 차린 것 같았다. "와." 푸짐한 접시를 보고 그가 탄성을 질렀다. "감사합니다." 아마도 집밥 구경은 못 하고 사는 모양이었다. 음식 앞에서 가장 고마워하는 사람들이 그런 사람들이다.

그는 여기 남자들처럼 음식에 집중해서 열심히 잘 먹었다. 여자들한 테선 좀처럼 보기 힘든 모습이다. 우리 엄마는 내가 남자처럼 먹는다고 늘 말씀하셨는데 어째 그 소리가 칭찬처럼 들리지는 않았다. 그가 고개를 숙이고 있는 틈을 타 나는 그를 찬찬히 살펴봤다. 저 나이의 남자가 혼자 와서 묵는 경우는 정말 드물다. 보통은 아내나 여자 친구와 함께 오지. 싱글 남성들은 보통 더 붐비는 리조트 쪽을 선호한다. 그러다가 내가 이 남자를 라이자의 짝으로 적당한지 살피고 있다는 사실에 조금 당황했다. 라이자가 아무리 거부해도 나는 그 아이가 짝을 찾을 수 있다는 희망을 아직 버리지 않고 있었다. "고래들도 평생을 함께하지 않잖아요." 라이자는 그렇게 내 말을 비웃었다. "그리고 이모도 잘 알다시피 우린 주변의 생명체들을 보고 배워야 한다고요."

라이자는 무슨 말을 해도 그냥 수긍하는 법이 없었다. 한번은 해나에게 좋은 아빠가 되어줄 사람이 있으면 좋지 않겠냐는 말을 했다가 분노와 비난을 담은 눈길로 나를 어찌나 노려보던지 수치심을 느낄 정도였다. 그 뒤로는 절대로 그 얘기를 꺼내지 않았다.

뭐, 그렇다고 희망도 갖지 말란 법은 없으니까.

"맛있게 먹었습니다. 정말요."

"그랬다니 좋네요, 도머 씨."

그가 웃었다. "그냥 마이크라고 부르세요."

그렇다면 보이는 것만큼 딱딱한 사람은 아닌가보군.

그의 맞은편에 앉아 머그잔에 커피를 리필해주며 나도 잠깐 쉬는 시간을 가졌다. "오늘은 뭘 할 계획인가요?" 원래는 호텔 현관 쪽에 관광 안내 전단지들이 있다고 알려줄 생각이었는데, 이 남자가 찻집이 있는 공원을 찾아다니거나 놀러 다니기 좋아하는 사람인지 알 수가 없었다.

그는 자기 커피를 내려다봤다. "오늘은 그냥 천천히 이곳에 적응하려고요. 렌터카가 나중에 도착할 예정이라 어차피 그때까진 할 수 있는 게 없기도 하고요."

"아, 차가 있으면 갈 수 있는 곳이 정말 많아요. 맞는 말이에요. 포트스티븐스로 가는 버스가 있긴 한데 그거 한 대 빼면 사실 다닐 수가 없거든요. 휴가를 보내러 왔다고 했나요?"

이상한 일이다. 나의 이 말에 그는 약간 얼굴을 붉혔다. "뭐 비슷해요."

더 이상 묻지 않았다. 굳이 말하고 싶지 않은 사람한테 꼬치꼬치 묻는 건 예의가 아니니까. 여기까지 혼자 온 데는 다 이유가 있겠지. 누군가와 이별을 겪었거나 개인적인 포부가 있거나 혼자만의 시간을 즐기고 싶었거나. 아무튼 질문을 계속해서 사람을 당황하게 만드는 사람들은 나도 정말 질색이다. 마이클 도머는 일주일치 숙박비를 미리 계산했고, 아침을 잘 먹었다고 예의 바르게 인사했다. 이 두 가지만으로도 그는 나의 존중을 받을 자격이 충분했다.

"저는 그럼… 이렇게 두고 가겠습니다." 그는 포크와 나이프를 접시 위에 가지런히 올려놓고 자리에서 일어났다. "맛있게 잘 먹었습니다, 모스틴 부인."

"캐슬린이라고 하세요."

"네, 캐슬린. 잘 먹었어요."

나는 별 생각 없이 그의 접시를 치웠다.

　그 주에는 내가 신경을 써야 할 다른 손님들이 있었다. 결혼 25주년을 기념하러 온 중년 부부였다. 이들은 새로 시작한 인터넷 광고를 통해 처음으로 예약을 한 사람들이었고, 모비호의 고래 관광 예약이 이미 마감된 바람에 라이자가 대신 그들을 태우고 나가야 했다. 그것만으로도 라이자는 기분이 별로였을 터였다. 인터넷을 통한 사업에는 동참하고 싶지 않다는 뜻을 아주 분명히 했기 때문이었다. 그런데 엎친 데 덮친 격으로 그 중년 남자는 사사건건 불평을 해댔다. 방이 너무 작다, 가구들이 너무 낡았다, 샤워부스에서는 곰팡이 냄새가 난다, 등등. 그가 온 지 이틀 만에 곡물 시리얼을 다 먹어치우기에 다음 날 새 상자를 꺼내 놓았더니 시리얼을 자기가 직접 고르게 해주지 않았다고 불평을 했다. 게다가 자기가 부두에 늦게 도착해놓고 라이자가 늦게 출발했다고 투덜댔다. 부두에 늦게 나간 이유는 고래잡이 박물관을 기어코 구경하고 나가야겠다며 아침부터 자기들만을 위해 문을 열어달라고 했기 때문이었다. 박물관 입장료가 패키지에 포함돼 있었으니까.

　그의 아내는 우아한 여자였다. 완벽한 모습을 하고 다니는 걸 보면 어떻게 외양을 꾸미는 데 그렇게 아낌없이 시간과 노력을 투자하는지 참 신기하단 생각이 들 정도였다. 그의 아내는 자기 남편 때문에 불쾌해진 사람들에게 끊임없이 작은 소리로 사과하며 남편 뒤를 따라다녔다. 마치 자기도 공모자인 듯 어찌나 신속하고 스스럼없이 사과를 하는지 남편이 하루 이틀 저러고 다닌 게 아닌 모양이었다. 남편이 어깨 사이로 머리를 잔뜩 움츠리고 호텔 쪽으로 바삐 걸어가는 모습을 힐끗 보며 그 아내는 이번 여행이 기념일 '선물'이라고 미안하다는 듯 말했다. 이 여자의 이마에 저렇게 깊은 주름이 패기까지 몇 년의 세월이 걸렸을까 나는 생각해 보았다. "그래도 남편이 작년 여행보다는 이번 여행을 훨씬 더 즐기는 것 같아요"라고 하는 그녀의 팔에 나는 연민을 담아 내 손을 가만히 올렸다.

"정말 나쁜 놈이에요." 라이자가 들어오며 말했다. "그 사람 마누라만 아니었으면 배에 태우지도 않았을 거예요."

우리는 다 안다는 눈빛을 주고받았다. "그래도 그 사람 아내에겐 네가 즐거운 하루를 선물했잖니."

"그렇지도 않아요. 아무 데도 고래가 없었어요. 한 시간이나 더 돌았는데 정말 바다가 텅 비어 있는 것 같았어요."

"고래들도 누가 나왔는지 이미 알아버린 모양이다."

"그래요. 제가 수중 음파를 쏘아서 오늘 하루는 아무도 나오지 말라고 했나보네요."

라이자의 얼굴에서 그 아이의 엄마인 내 여동생이 보일 때가 있다. 라이자가 생각에 잠겨 고개를 갸우뚱할 때나, 그 애의 가늘고 단단한 손가락에서, 혹은 자기 딸을 볼 때 짓는 미소에서 나는 내 동생을 본다. 그런 때가 나의 조카와 해나를 곁에 두고 있는 것이 축복임을 알게 하는 순간들이다. 한 집안의 핏줄이 이어지는 걸 목격하는 데는 거부할 수 없는 원초적인 즐거움이 있다. 나처럼 자식이 없는 사람들은 달리 경험하기 힘든 그런 기쁨이다. 그 아이들의 얼굴에서 어느 날 갑자기 그 아이의 엄마뿐만이 아니라 이모할아버지 에번이나 우리 할머니, 심지어 때로는 나의 얼굴을 보게 되면 흠칫 놀라게 된다. 나는 지난 5년간 이런 사실을 알게 된 것이 참 감사했다. 이 집안의 이마, 이 집안 사람들 특유의 찌푸린 얼굴이나 키득키득 웃는 모습들을 엿볼 수 있는 것만으로도 나는 여동생의 죽음을 보상받는 느낌이었다.

그러나 라이자에게는 또 다른 특징들이 있었다. 주위에 대한 경계심과 늘 배어 있는 슬픔. 그리고 이제는 많이 희미해진, 광대뼈와 왼쪽 귀가 만나는 지점의 하얀색 흉터는 오직 그 아이만의 것이었다.

니노 게인즈가 며칠째 연락을 하지 않고 있다는 게 그리 크게 놀랄 일은 아닌 것 같다. 지난번에 찾아왔을 때 그런 식으로 돌려보냈으니 그럴 만도 하지. 그렇다고는 해도 평소와는 달리 보란 듯이 '나 혼자서도 잘만 산다'는 식의 태도가 마음에 걸렸다. 그가 보고 싶다고 말할 정도는 아니었지만 나에게 섭섭해하며 혼자 꿍하고 있을 거라 생각하면 기분이 좋지는 않았다. 그런 일로 마음을 풀지 않고 있기에는 인생이 너무 짧다는 걸 나는 누구보다도 잘 알고 있다.

점심을 먹은 후 레몬 케이크를 잘 싸서 조수석에 앉힌 후에 니노의 집으로 향했다. 날이 정말 좋았다. 공기가 어찌나 깨끗한지 저 멀리의 산들까지 다 보였고 길가에 늘어선 침엽수의 솔잎들을 하나하나 다 가려낼 수 있을 정도였다. 내륙을 달리며 붉은 땅을 힐끗 보니, 여름이 너무 건조했던 탓인지 뜯어먹을 풀조차 없어 앙상해진 말들은 끊임없이 덤비는 파리 떼를 꼬리로 쫓으며 시간을 보내고 있었다. 내륙 쪽은 공기 자체가 달랐다. 꽃가루와 먼지가 정체된 채 떠 있는 대기는 탁하고 갑갑했다. 때론 사람들이 내륙에서 어떻게 사는지 잘 이해가 안 된다. 끝없이 이어지는 갈색 배경은 너무 우울했고 산과 골짜기의 윤곽선은 너무 단조로웠다. 변덕이 심한 바다의 감정 변화에는 금방 익숙해지게 된다. 마치 배우자의 감정에 익숙해지듯. 오랜 세월을 바다 옆에서 보내게 되면 그 여러 가지 감정을 모두 좋아할 순 없을지 몰라도 이해는 할 수 있게 된다.

니노의 집 앞에 차를 세울 때 그는 막 집 안으로 들어가려던 참이었다.

그는 내 차 엔진 소리에 돌아서서 그 커다란 손을 바지에 문지르고 누가 왔는지 알아본 뒤에는 모자의 챙에 한 손을 갖다 댔다. 내가 장담하는데 그가 입고 있는 누비 조끼는 1970년대에 두 아들이 태어났을 때부터 입던 옷이다.

나는 차에서 내리기 전에 잠시 망설였다. 우리는 다투거나 사이가 틀어진 적이 거의 없었기 때문에 이번에 그가 나를 반겨줄지 확신이 없었다. 햇볕 때문에 우리는 눈을 찡그린 채 서로를 마주 보고 서 있었다. 그러다 정말 우스꽝스럽다는 생각이 들었다. 꼬장꼬장한 노인네 둘이 마치 십 대처럼 서로를 마주하고 서 있는 꼴이라니. "잘 있었어요?" 내가 먼저 말했다.

"주문하려고 온 건가?"라고만 물었지만 반가움으로 반짝이는 그의 눈빛에 마음이 편안해졌다. 솔직히 말하면, 나는 그런 눈빛을 받을 자격이 없었다.

"케이크를 좀 가져왔어요." 나는 케이크를 꺼내기 위해 다시 차로 돌아갔다.

"레몬 케이크면 좋겠는데."

"왜요? 아니면 돌려보내게요?"

"그럴지도 모르지."

"그렇게 까다로운 사람이 아닌 걸로 아는데요. 고집스럽고 욕심 많고 무례하지만, 까다롭진 않잖아요."

"립스틱을 발랐네."

"친한 척도 과한 편이고."

그가 나를 보고 씩 웃었고, 나도 얼굴에 웃음이 번지는 걸 참기 어려웠다. 이것 역시, 나이 든 사람들의 특징이라고 아무도 가르쳐주지 않은 한

가지다. 아무리 나이가 들어도 어릴 때 하던 바보짓은 계속한다는 것.

"들어와. 차 한잔하면서, 고집스럽고 욕심 많고 과하게 친한 척하는 내 성격을 다시 한번 증명해보게. 그런데 오늘 특히 더 예쁘네."

니노 게인즈가 내게 처음 청혼했을 때 나는 열아홉 살이었다. 두 번째 는 내 나이 열아홉하고 2주 됐을 때. 그리고 세 번째는 그로부터 42년이 흐른 뒤였다. 그의 쪽에서 나를 잊었거나 관심이 없어져서는 아니었고, 그가 나를 포기한 뒤 진과 결혼한 세월 때문이었다.

니노는 내가 그를 두 번째로 거절한 지 두 달 만에 진을 만났다. 그녀 는 울루물루의 항구에 도착해 배에서 내리던 순간 이미 예정돼 있던 어 느 군인과의 결혼을 깨기로 마음먹었다. 니노는 항구에서 친구를 기다리 고 있다가 마치 그녀가 불가항력적인 힘으로 당기기라도 하듯 그녀의 잘 록한 허리와 나일론스타킹에 눈길이 빨려 들어감을 느꼈다. 그렇게 그의 마음을 사로잡은 그녀는 그로부터 두 달이 채 흐르기도 전에 손가락에 확실하게 결혼반지를 낄 수 있었다. 많은 사람들이 그 둘의 관계를 신기 하게 생각했다. 두 사람은 미친 듯이 싸우곤 했지만 니노는 언제나 배라 크리크라는 마을에 새로 사들인 포도 농장으로 그녀를 다시 데려왔고 진 이 암으로 57세에 눈을 감을 때까지 함께했다. 그들이 아무리 많이 싸워 도 두 사람이 좋은 짝이라는 사실을 모를 바보는 없었다.

진이 니노와 결혼하기로 한 그 결단과 의지를 탓할 수는 없다고 생각 한다. 니노 게인즈는 그 당시에 실버베이에서 가장 잘생긴 남자라는 평 판이 자자했다. 심지어 여자 수영복을 입고 있어도 그 외모의 빛이 바래 지 않았다. 군인들이 동네 아이들을 위해 하는 공연의 일부로, 그는 매년 여자 수영복을 입었다. 사람들이 내 수영복을 제일 먼저 빌려 오라고 했 다는 얘기를 들었을 땐 나도 적잖이 당황했었다. 전쟁 중이던 그 무렵 나는 건강한 아가씨였고, 키도 크고 어깨도 떡 벌어진 편이었다. 물론 지금도 그때와 크게 다르진 않지만. 다른 여자들은 전체적으로 쪼그라들며 허리가 마치 물음표처럼 구부러지고, 관절염과 골다공증으로 관절이 뻣뻣해졌지만, 나는 여전히 제법 꼿꼿하고 팔다리도 단단한 편이다. 아마도 방이 여덟 개 딸린 오래된 호텔을 변변한 도움 없이 운영하느라 부지런히 노력한 덕분인 것 같다(여기 드나드는 선원들은 상어의 연골이 방부제 효과로 명성을 떨치기 시작했다고 한다. 나를 두고 하는 농담이다).

처음 니노를 본 건, 호텔 바에서 서빙을 할 때였다. 그는 공군 제복을 입고 성큼성큼 들어와 내 얼굴이 빨개질 때까지 나를 뜯어보고는, 옆에 걸려 있던 신문 기사 액자를 들여다보더니 이렇게 물었다. "혹시 물지는 않죠?"

우리 아버지를 나서게 만든 건 그 말이 아니라 그 말과 함께 날아온 윙크였다. 나는 그때 너무나 순진했던지라 그의 그런 말은 토마리 기지로 줄지어 날아가던 전투기들처럼 내 머리를 획획 지나쳐 날아갈 뿐이었다.

"아니." 나 대신에 계산대 옆에서 신문을 펼쳐 들고 있던 아버지가 대답했다. "하지만 걔 아빠는 문다네."

"저놈을 단단히 지켜봐야 할 거야." 나중에 아버지는 엄마에게 말씀하셨다. "말을 보통 잘하는 게 아니야." 나에게는 이렇게 말씀하셨다. "저놈한테서 멀찍이 떨어져 있어라. 알았지?"

그 당시에 나는 우리 아버지의 말씀을 절대 진리로 여겼다. 그래서 니노 게인즈와 되도록 말을 섞지 않으려고 애썼다. 내 옷이 예쁘다고 칭찬할 때는 얼굴을 붉히지 않으려고 노력했고 바에서 비밀스런 농담을 던지면 웃음이 나도 꾹 참았다. 진짜 본격적인 밤의 유흥은 해안 도로를 따라차로 20분은 족히 달려가야 즐길 수 있다는 걸 다 알면서도 그가 비번인 밤마다 우리 호텔 바에 나타난다는 사실 역시 모른 척하려 애썼다. 그 당시 겨우 네 살이었던 내 동생 노라는(동생의 출생은 우리 부모님이 예상했던 일은 아니었던 것 같다) 니노를 마치 신처럼 우러러보곤 했다. 대개는 그가 노라에게 초콜릿과 껌을 주기 때문이었다.

그리고 니노가 내게 청혼했다. 아버지가 군인들을 어떻게 보는지 알고 있었던 나는 거절할 수밖에 없었다. 그가 두 번째 청혼했을 때, 우리 아버지 앞에서만 하지 않았어도 괜찮지 않았을까, 나는 가끔 생각한다.

이제 벌써 15년 전 일이지만, 진이 죽었을 때 나는 니노가 그대로 무너져 내려 시들어버릴 줄 알았다. 그 연배의 남자들이 그렇게 되는 걸 보아왔기 때문이다. 옷차림은 추레해지고, 면도하는 걸 잊어버리고, 즉석 식품을 사다 먹었다. 그들에겐 어딘가 채워지지 않은 빈구석이 있었다. 마치 누군가가 그들의 삶에 들어와 그들을 돌봐주기를 하염없이 기다리고 있다는 듯. 그 세대의 남자는 그렇게 길러졌던 것 같다. 그들은 스스로를 챙기는 법을 전혀 배우지 못했다.

하지만 니노는 그의 두 아들 프랭크와 존존이 분주하게 만들어줬다. 아버지가 혼자 있지 않도록 했고 이런저런 포도로 새로운 프로젝트를 시도했다. 프랭크는 아버지와 함께 집에 남았고 존존의 아내가 일주일에 두 번 찾아와 요리를 해주고 갔다. 그랬다. 니노 게인즈는 모두의 예상을 뒤엎고 꿋꿋하게 잘 살아갔다. 1년쯤 지나자 그가 그렇게 큰일을 당한 사람이라는 기미를 찾아보기 어려워졌다. 그러던 어느 날 밤 쉬라즈 메를로 한 병을 앞에 놓고 니노가 내게 이런 얘기를 털어놓았다. 진이 죽기 2주 전에 만약 자기가 떠나고 울적하게 맥 빠져 있으면 하늘에서 귀싸대기를 날려버릴 거라 했다고.

그가 이 말을 한 뒤 꽤 긴 침묵이 흘렀다. 내가 한참 와인 잔만 내려다보다가 고개를 들었을 때 그는 나를 정면으로 보고 있었다. 지금도 그 순간을 떠올리면 그때의 그 침묵으로 얼굴이 화끈거리는 느낌이다.

"맞는 말이네요." 나는 그의 눈길을 피하며 말했다. "울적하게 맥 빠져 있는 건 바보짓이에요. 여기저기 많이 다니고 해요. 북쪽에 있는 친구들도 좀 찾아가고. 그러는 게 좋을 것 같아요."

그 뒤로 그는 몇 번이나 비슷한 얘기들을 했지만, 이제는 더 이상 그런 얘기를 하지 않는다. 오랜 세월이 흐른 뒤에 니노도 우리는 좋은 친구 이상은 될 수 없다는 걸 받아들이게 된 것 같다. 나는 그가 생각하는 이상으로 우리 우정을 소중히 여겨왔다. 그리고 어떤 행사든 간에 우리 둘 중 한 사람만 초대되고 한 사람은 초대되지 않는 경우는 아주 드문 일이 됐다. 우리는 언제부턴가 만나기만 하면 장난처럼 연인인 척 농담을 주고받곤 했는데, 둘 다 애정이 담긴 말싸움을 즐기기 때문이기도 했고 그렇게 하지 않고는 우리 둘 사이에 여전히 존재하는 어색함을 달리 감출 방법을 찾지 못했기 때문이기도 했다. 그러나 이젠 니노가 내게 그런 류의 친밀함을 담아 말하지 않은 지도 벌써 몇 년이나 흘렀고, 우리 둘 다 이 상태에 만족하고 있다.

"프랭크가 어제 시내에 나갔다가 우연히 체리 도슨을 만났대." 니노가 말했다.

나는 그의 식탁 매트를 뚫어지게 보고 있었다. 런던의 랜드마크들이 연필과 수채물감으로 그려진 그 매트들을 니노는 매 끼니마다 식탁에 깔았다. 마치 진이 그렇게 해달라고 부탁하기라도 한 것처럼. 그녀가 세상을 떠난 지 그렇게 오랜 세월이 흘렀는데도 그녀를 온 집 안에서 느낄 수 있었다. 진은 묵직하고 장식이 화려한 가구를 좋아했는데, 니노의 취향과는 정말 안 맞았다. 장례식장 같은 집 안의 이런 분위기가 그를 우울하게 만들지 않는다는 점이 나로서는 놀라울 뿐이었다. 나는 세 피스짜리 응접세트가 놓인 그의 거실에 들어설 때마다 온 거실을 다 뜯어내고 하얀 페인트를 칠하고 싶다는 욕구를 느끼곤 했다.

"아직도 시의회에서 일한대요?"

"그럼. 불런 부부가 그 오래된 굴 농장을 팔았다더라고. 그 자리에 대신 뭐가 들어서게 될지 이러쿵저러쿵 얘기들이 많은 모양이야."

나는 차를 한 번 홀짝였다. 솔직히 이렇게 화려한 꽃무늬 잔도 너무 싫었다. 그냥 아무 머그잔에 주면 더 좋겠다고 말하고 싶었지만, 아무래도 진에 대한 비판처럼 들릴 수도 있을 것 같아 잠자코 받아 마셨다. "땅도 같이 팔았대요?"

"양식장을 포함해서 해변 쪽도 적잖이 팔았나봐. 하지만 내가 궁금한 건 굴 양식장이야."

"물 밑에서 대체 뭘 할 수 있을까요?"

"나도 그게 궁금해."

와인 사업을 시작하기 전엔 니노도 굴 양식장을 시작해볼까 생각하던 시기가 있었다. 불런 씨가 일본에서 수입된 굴 때문에 힘든 시기를 보낼 때 그 양식장을 사들이는 것도 고려했다. 그는 우리 아버지의 조언을 구했지만 아버지는 그를 비웃으며 니노 게인즈처럼 바다에 대해 쥐뿔도 아는 게 없는 사람은 이런 일에 멀찌감치 떨어져 있는 게 좋을 거라 했다. 니노의 포도원이 호주 와인 상을 수상하고 매출액이 처음으로 여섯 자리 숫자를 찍었을 때 아버지 생각이 좀 바뀌지 않았을까 나는 생각하지만, 워낙에 그런 걸 인정하실 분은 아니었다.

"아직도 그 설계도를 갖고 있어요?"

"아니. 당신 아버지 말이 맞았을 거야." 그는 남아 있던 차를 비우고 손목시계를 보았다. 니노는 매일 저녁 사륜 오토바이에 올라타고 자기 땅을 한 바퀴 돌았다. 관개 시스템을 점검하고, 포도나무들이 잿빛곰팡이병이나 흰가루병에 걸리지 않았는지 확인하며 아직까지도 그의 눈에 들어오는 이 땅 모두가 자기 거라는 사실을 음미하며 즐거워했다.

"그쪽 만 지역은 달리 활용하기에 적당하지가 않아. 사실 굴 양식장 말고는 가능한 게 있나 싶어."

니노가 아는 걸 다 말하지 않고 있다는 느낌이 들었다. 그가 더 이상 자세한 얘기는 하지 않을 거라는 걸 눈치챈 후에 나는 말했다. "뭐, 배들이 드나들 수 있도록 수심이 깊은 쪽 수로는 열어놔야 할 테니, 거기서 뭘 하든 우리 선원들한테는 별 영향이 없지 않겠어요? 아, 그러고 보니 생각났는데, 해나가 올해 첫 고래를 봤다고 얘기했던가요?"

"라이자가 드디어 애를 바다로 데리고 나간 거야?"

나는 얼굴을 찌푸렸다. "아니에요. 그러니까 비밀 지켜요. 요시랑 랜스랑 모비1호를 타고 나갔어요. 그날 애가 어찌나 행복해하던지 라이자가 눈치 못 챈 게 신기할 정도라니까. 밤 10시 반에 애 방 앞을 지나갔는데 고래 노래 CD에 맞춰 노래를 부르고 있더라고요."

"결국엔 라이자도 애를 좀 풀어줘야 하지 않겠어? 해나도 이제 쉽지 않은 나이로 들어설 텐데. 만약 라이자가 너무 애를 묶어두려고 하면 애가 완전히 딴 방향으로 엇나갈 수도 있다고." 니노는 낚싯줄을 확 잡아당기는 시늉을 했다. "하지만 당신이 그걸 모르는 것도 아닐 테고."

나는 벽난로 위쪽의 시계를 힐끗 보고 일어났다. 이렇게 늦어진지 전혀 모르고 있었다. 케이크만 주고 올 생각이었는데.

"만나서 반가웠어, 케이트." 내가 돌아가려 하자 니노가 다가와 내 볼에 입을 맞췄고, 나는 그의 팔을 잡았다. 내 애정의 표현이었다. 혹은 그와의 거리를 유지하려는 몸짓이었을 수도.

아버지는 그도 다른 남자들과 똑같은 놈이라고 생각했다. 남자들은 죄다 나의 유명세와 호텔을 노리고 다가오는 거라 장담했다. 나는 이제 와서야 아버지는 왜 자기 딸이 그 자체만으로도 사랑받을 수 있는 사람이라고 믿을 수 없게 만들었을까 원망하게 됐다.

내가 돌아왔을 때 선원들은 모두 야외 테이블에 앉아 있었다. 라이자가 서빙을 한 모양이었다. 그들은 긴 의자에 앉아 맥주와 감자칩 봉지를 들고 있었다. 요시와 랜스는 카드놀이 중이었고, 모두들 플리스와 모자 등을 챙겨 입고 찬 남풍으로부터 몸을 감싸고 있었다. 아무도 스토브를 켤 생각은 못 한 게 분명했다.

"정육점에서 배달 왔어요." 라이자가 지역 신문을 읽고 있다가 손을 들어 보이며 말했다. "이모가 어떤 걸 내놓고 싶어 하실지 몰라서 그냥 전부 냉장고에 집어넣었어요."

"제대로 가져왔는지 확인해야지. 지난번엔 죄다 잘못 가져왔더라고. 모두들 안녕. 오늘은 일찍들 들어왔네."

"오늘은 딱 한 무리 발견했는데, 너무 멀어서 관광객들이 별로 볼 게 없었어요. 어떻게… 애인은 잘 만나고 오셨어요?"

그레그는 말은 내게 하면서도 내 조카를 힐끗거렸지만 라이자는 의도적으로 그를 무시하고 있었다. 아직도 그와 말을 섞지 않는 모양이었다. 내가 다 안된 마음이 들었다. 그레그는 늘 의도는 좋았지만 종종 지난번처럼 자기 무덤 파는 짓을 했다.

나는 문을 향해 다가가다가 복도에서 손님들을 위해 내놓은 신문을 뒤적이는 마이크 도머를 발견했다. 내가 들어서자 그가 신문에서 눈을 들고 고개를 끄떡해 보였다.

"차는 왔어요?" 코트를 벗으려다가 생각해보니 좀 이따 다시 나가게 될 것 같아 그냥 입고 있었다.

"네. 음…." 그는 주머니에서 열쇠를 꺼냈다. "…홀덴이네요."

"그거면 충분하지. 어째 이제 좀 살 만해요?" 아직도 피곤해 보이긴 했다. 시차라는 게 다 극복된 것 같다가도 다시 사람을 힘들게 하긴 하지.

"곧 괜찮아질 거예요. 혹시… 오늘 저녁을 여기서 먹을 수 있을까요?"

"괜찮으면 지금 먹어도 돼요. 선원들한테 수프를 좀 끓여 내주려던 참인데. 재킷만 걸치고 나와서 같이 먹어요."

주저하는 것 같았다. 그런 걸 나는 왜 극구 권했는지 모르겠다. 어쩌면 너무 피곤해서 손님 딱 하나를 위해 저녁을 다 차릴 엄두가 안 났던 것 같기도 하고, 라이자가 그레그가 아닌 남자의 얼굴도 좀 구경하길 바랐는지도 모르겠다.

"이쪽은 마이크야. 우리와 저녁을 함께 먹기로 했네." 선원들은 웅얼웅얼 인사를 건넸다. 그레그의 눈길은 다른 사람들보다 좀 더 날카로웠고, 마이크가 앉은 다음에는 목소리도 더 커지고 농담의 수위도 높아졌다.

수프를 저으며 부엌 창문을 통해 들어오는 그 소리를 다 듣고 있자니 어찌나 속이 빤히 보이는지 하마터면 웃음이 터질 뻔했다.

나는 쟁반 두 개에 음식을 나눠 내갔다(보통 선원들한테는 음식을 고를 기회를 주지 않는다. 그랬다가는 밤새 시중을 들어야 할지도 모른다). 모두들 수프 그릇과 빵을 집어 들기 바빠, 고맙다는 말들을 하면서도 나는 쳐다보지도 않았다. 하지만 마이크는 일어나 벤치에서 몸을 빼내며 말했다. "제가 좀 도와드릴게요." 그리고 두 번째 쟁반을 받아 들었다.

"아이고." 랜스가 활짝 웃었다. "여기 사람이 아닌가보네요."

"정말 고마워요, 도머 씨." 나는 이렇게 말하고 그의 옆에 앉았다.

"마이크라고 하시라니까요. 감사합니다, 정말 언제나 친절하세요."

"아, 우리 캐슬린 이모님 괜히 이상한 착각에 빠지게 하지 말아요." 그 레그가 말했다.

그때 라이자가 고개를 들었다. 그리고 마이크 도머를 힐끗 보는 걸 나는 놓치지 않았다.

마이크는 이 모든 관심에 약간 당황한 것 같았다. 깔끔하게 다린 셔츠를 입은 그는 어쩐지 여기에서 혼자 따로 노는 것 같아 보였다. 그는 그레그보다 결코 어려 보이진 않았지만 둘의 얼굴을 비교해보면 신기할 정도로 주름이 없었다. 늘 사무실에만 갇혀 지내서 그런가보다 생각했다.

"셔츠만 입고 춥지 않아요? 이제 8월이 다 돼가는데." 요시가 물었다.

"저한텐 제법 따뜻하게 느껴지는데요." 마이크가 마치 대기를 둘러보듯 주변을 휙 훑어보았다.

"라이자도 여기 처음 왔을 때 저랬지." 랜스가 라이자를 손가락으로 가리키며 말했다.

"그러더니 이제는 일광욕할 때도 내복을 입잖아."

"원랜 어디 있다 여기 오셨는데요?" 마이크가 물었지만 라이자는 못 들은 것 같았다.

"마이크는 무슨 일을 하죠?" 내가 물었다.

"파이낸스 쪽에서 일해요."

"파이낸스!" 나는 좀 큰 소리로 말했다. 라이자가 들었으면 했기 때문이었다. 마이크에 대해선 별로 걱정할 일이 없을 것 같다는 게 나의 직감이었다.

"어떤 재커루*가 말을 타고 술집에 왔어." 그레그가 목소리를 높여 말하기 시작했다. "그리고 말에서 내려 말 뒤로 가서 꼬리를 들어 올리더니 엉덩이에 입을 맞추는 거야."

"그레그." 내가 경고를 보냈다.

"어떤 카우보이가 술집에 들어서려는 그를 불러 세웠어. 그리고 이렇게 말해. '이봐요, 지금 당신 말 엉덩이에 입을 맞춘 거요?'"

"그레그." 이젠 좀 짜증이 났다.

"'그랬죠.' 그 사람이 대답했어. '왜 그랬는지 혹시 물어봐도 되겠소?' 카우보이가 말했어. '내 입술이 부르텄기 때문이오.'"

그레그는 주위를 둘러보며 온 테이블의 관심이 자기를 향하고 있는지 확인했다. "'그러면 입술이 낫는답니까?' 카우보이가 물었어. '아뇨. 하지만 이러고 나면 내가 자꾸 입술을 핥지 않게 되거든.'" 그레그는 재미있어 죽겠다는 듯 테이블을 내리쳤다. 해나가 낄낄 웃기 시작하자 나는 하늘을 올려다봤다.

"아우, 정말 썰렁해. 심지어 2주 전에 이미 한 얘기거든요." 요시가 말했다.

"그때도 썩 웃기진 않았어." 랜스가 거들었다. 테이블 아래에서 두 사람의 다리가 포개져 있는 게 눈에 들어왔다. 이 두 사람은 아직도 아무도 둘 사이를 모르는 줄 알았다.

"이봐요, 재커루가 뭔지 알아요?" 그레그가 테이블 위로 몸을 내밀며 물었다.

"대충 짐작은 됩니다. 수프가 아주 맛있네요." 마이크가 나를 향해 말했

---

* 양 혹은 소 목장에서 일하는 젊은이.

다. "직접 만드신 건가요?"

"직접 잡아오셨을걸?" 그레그가 받아쳤다.

"실버베이에 대한 감상은 어때요?" 요시가 웃으며 마이크에게 물었다. "오늘 좀 돌아다녀봤어요?"

마이크는 입에 꽉 차 있던 빵을 마저 씹느라 잠시 가만히 있었다. "모스틴 부인… 아, 그러니까 캐슬린의 부엌 밖을 크게 벗어나진 못했어요. 그래도 지금까지 본 건… 어… 아주 좋았어요. 그러니까… 어… 여기 계신 분들은 모두 유람선에서 일하세요?"

"우리는 고래추격꾼이에요." 그레그가 대답했다. "일 년 중 이맘때는 움직이는 기름 덩어리를 찾아다니죠. 인간이 아닌 다양한 바다 동물들 말입니다."

"그래도 그레그는 이것저것 가리는 편은 아니에요."

"고래를 잡으러 다닌단 말이에요?" 마이크의 숟가락이 공중에서 멈췄다. "불법인 줄 알았는데요."

"고래 관광이에요." 내가 끼어들었다. "관광객들이 바다의 고래를 볼 수 있게 배에 태우고 나가는 거예요. 지금부터 9월까지는 혹등고래가 따뜻한 바다를 찾아 북쪽으로 이동하는데 여기서 멀지 않은 곳을 지나가요. 그리고 몇 달 뒤에 돌아갈 때 다시 이곳을 지나고."

"그러니까 우리는 현대판 고래추격꾼인 셈입니다." 랜스가 덧붙였다.

마이크는 좀 놀란 눈치였다.

"난 그 단어가 싫더라." 요시가 말했다. "마치 우리가… 비정한 사람들인 것같이 들려. 우린 고래를 추격하진 않잖아요. 아주 안전한 거리를 두고 바라볼 뿐이지. 그 단어가 잘못된 인상을 심어주는 것 같아."

"만약 요시가 이름을 정했다면 우리는 모두 고래목 그 뭐냐, 암튼 그거의 해양 관찰자로 불려야 할걸?"

"혹등고래의 정확한 학명은 메갑테라 노바앤글리아(*Megaptera novaeangliae*)예요."

"난 그런 생각은 한 번도 해본 적이 없는데. 그냥 여기선 늘 그렇게 불러왔잖아." 랜스가 말했다.

"난 마이크도 그것 땜에 온 건 줄 알았는데요." 내가 마이크에게 말했다. "여기 오는 사람들은 대부분 고래 관광을 하러 오는 거거든요."

그는 수프 그릇만 내려다보고 있었다. "그게… 저도 꼭…. 들어보니 정말 재미있을 것 같네요."

"그래도 그레그의 배를 탈 거면 조심하는 게 좋을 거예요." 요시가 수프 그릇의 가장자리를 빵으로 훑으며 말했다. "가끔씩 승객들을 바다에 빠뜨리는 경향이 있어서. 물론, 일부러 그러는 건 아니지만요."

"그 여자는 자기가 뛰어들었다고. 빌어먹을 미친 여자 같으니라고." 그레그가 반박하고 나섰다. "그래서 내가 배 밖으로 구명 튜브도 던져줬다니까."

"아, 근데 왜 뛰어들었을까?" 랜스가 끼어들었다. "그레그한테 작살을 맞을까봐 무서워서 차라리 물로 뛰어든 거 아냐?"

요시가 낄낄 웃었다.

그레그가 라이자를 힐끗 보며 말했다. "아니거든."

"그런데 왜 나는 나중에 네가 그 여자 번호를 따는 걸 본 거지?"

"내가 번호를 준 건…." 그레그가 느릿느릿 말했다. "그 여자가 나를 은밀한 파티에 데려가고 싶다고 했기 때문이야."

온 테이블에서 웃음이 터졌지만 라이자는 고개조차 들지 않았다. "오오우, 은밀한 파티. 지난 4월에 그 비행기 승무원들에게 네가 열어줬던 그런 파티 말하는 거야?"

마이크는 나의 조카를 가만히 지켜보고 있었다. 라이자는 언제나처럼 거의 아무 말도 하지 않고 있었지만, 그 조용함이 오히려 자신의 의도와 정반대로 그 아이를 두드러지게 하고 있었다. 나는 마이크의 눈을 통해 보이는 라이자의 모습은 어떤 걸까 생각했다. 아직도 아름다운 여자, 서른둘이란 나이보다 나이 들어 보이기도 하고 더 어려 보이기도 하는 여자, 이미 오래전부터 외모에는 아무 신경을 쓰지 않는 듯, 머리를 아무렇게나 질끈 묶고 있는 여자.

"그쪽은요?" 마이크가 라이자 쪽으로 몸을 약간 내밀며 조용히 물었다. "그쪽도 고래를 추격하나요?"

"나는 아무것도 추격하지 않아요." 그렇게 말하는 라이자는 무슨 생각을 하는지 나조차도 알 수 없는 얼굴이었다. "나는 고래가 있을 만한 곳으로 가서 일정 거리를 유지하고 있어요. 대개는 그게 가장 현명한 행동이라고 생각해요."

둘의 눈길이 마주친 순간을 그레그가 지켜보고 있었다. 그리고 라이자가 자리에서 일어나 해나를 데리고 들어가야겠다고 말할 때까지도 그레그의 눈길은 그녀에게서 떨어질 줄 몰랐다. 마이크를 향한 그레그의 미소 속에 숨은 냉랭함이 내 눈에만 띄었길 바랐다. "그렇지, 그렇지. 라이자를 대하는 가장 현명한 행동은…" 그레그는 상어만큼이나 커다랗고 친근하게 웃으며 말했다. "일정 거리를 유지하는 거요."

마이크

이 만은 타리포인트와 외딴 브레이크노즈섬 사이에 약 6킬로미터 길이로 뻗어 있고, 여가 활동을 즐기기에 좋은 항구인 포트스티븐스에서 차로 아주 가까운 거리에 위치해 있다. 바닷물은 맑고 안전해서 수상 스포츠를 즐기기에 적합하며 날씨가 더 따뜻한 시기에는 수영을 하기에도 최적의 조건을 갖추고 있다. 딱히 조수 간만의 차가 심하지 않아 규정할 만한 것도 없어서 수영하기에 특히 안전하다. 고래목의 동물들을 구경하는 소규모 관광업이 성업 중이나 업체 수는 많지 않다.

실버베이는 시드니에서 차로 3~4시간 거리이고 대부분의 주요 고속도로에서 접근이 가능하다. 해안 지구는 반쪽짜리 만 2개로 이루어져 있는데, 북쪽 끝 지점의 만은 사실상 미개발된 지역으로, 실버베이의 실질적 주 거주지인 다른 쪽 만에서 차로 잠깐 운전하거나 걸어서 약 10분 거리에 위치해 있다. 이 지역에는 몇몇 숙박 시설과 소매상들이 자리 잡고 있고, 주로 시드니나 뉴캐슬 주민들을 대상으로 운영되고 있다. 이곳에 위치한 나는 여기서 잠시 멈추고 모니터 화면을 응시했다.

기존 사업체들은 재개발의 시기가 무르익었다고 볼 수 있고, 대부분의 건물들은 경제적 가치가 거의 없는 것으로 평가된다. 이 건물들의 소유주들은 공정한 금전적 합의를 그들 자신과 지역 경제에 이득이 되는 것으로 받아들일 가능성이 아주 높다 하겠다.

경쟁 업체에 관련해서, 규모나 지명도를 갖춘 지역 호텔은 한 곳도 없다. 만 안쪽에 위치한 유일한 호텔은 수십 년 전에 발생한 화재로 원래 규모의 절반만 운영 중에 있다. 숙박과 아침 식사를 제공하는 B&B 방식으로 운영되고 있으며 유흥 시설은 전혀 갖추어져 있지 않다. 만약 소유주가 매각을 원치 않는다고 해도 새 리조트와 경쟁이 될 만한 수준의 숙박 시설이 아니므로 별문제가 되지 않을 것으로 보인다.

이런 걸로는 그 누구에게도 프레젠테이션을 할 수 없겠다고 나는 생각했다. 전혀 두서가 없었다. 지역기획부서와 상공회의소에서 그렇게 많은 정보를 얻어왔음에도 불구하고 나는 여전히 생판 모르는 무언가에 대해 쓰고 있는 느낌이었다.

이곳이 단순명료하게 평가할 수 있는 부지가 아니라는 건, 도착한 즉시 알 수 있었다. 나는 도시의 공간에 익숙한 사람이었다. 이를테면 고급 아파트 단지 혹은 70년대 사무실 건물이 밀집된 블록을 싹 밀어버리고 새로운 헬스&피트니스 체인 시공을 기다리는 곳이나, 어느 기업의 초호화 본사 건물 등과 같은. 그런 일을 맡았을 때는 그 장소로 들어가 사람들 눈에 띄지 않게 주위를 관찰하고, 부동산 가격 대비 지역 임대료와 주변 거주지의 가처분 소득이 얼마인지 산출한 뒤, 하루가 저물어갈 무렵

사라지면 됐다.

하지만 맥주 캔이 수북한 그레그의 트럭에 올라탄 순간, 이곳은 완전히 다를 것임을 나는 직감했다.

이곳에서는 내가 얼마나 눈에 잘 띄는 사람인지 나라고 모르지 않았다. 내게 소금기가 부족해서인지, 먼티에 청바지를 입고 있을 때조차 내가 여기 온 의도가 누설되는 기분이었다. 이곳의 적은 인구에도 불구하고 이상하게도 어떤 면으로는 너무 많은 사람들이 복닥대며 살아가는 것 같았고, 그 사람들이 지역에 미치는 영향도 상당히 크게 느껴졌다. 내게는 정말 새로운 경험이었고, 어찌 된 영문인지 똑바로 보고 판단을 내리기 힘들었다.

나는 한숨을 쉬고, 새 문서를 열고 제목을 쳐 넣기 시작했다. 지형, 경제상황, 지역산업, 경쟁업체. 그러다가 지금 내가 여기서 이러고 있어야 한다는 게 약간 억울해져서 나의 새 2인승 스포츠카를 떠올렸다. 이 거래의 대가로 나 자신에게 약속한 스포츠카. 이미 계산이 끝난 채, 반짝반짝 광이 나는 상태로 전시장에서 나를 기다리고 있을 그 차. 시계를 봤다. 벌써 두 시간이 다 돼가는데 나는 세 문단을 겨우 엮어냈을 뿐이었다. 차 한 잔이 더 필요한 시간이었다.

캐슬린 모스틴 부인은 당신이 '좋은' 방이라고 부르는 방을 내게 내줬다. 다른 손님들은 최근에 다 떠났다며 지난밤에는 차와 커피를 끓여 마실 수 있는 도구까지 쟁반에 받쳐 가져왔다. 지난번 투숙객에게는 주지 않았다고 들릴 듯 말 듯 중얼거리기도 했다. '물이 너무 늦게 끓는다고 불평할 게 뻔하기 때문'이라고 했다. 캐슬린은 영국에서 살았다면 아마도 학교 혹은 대중에게 공개하는 옛날 대저택을 운영했을 그런 여자였다. '세월에 시들지 않는 여자'라는 생각을 갖게 하는 날카로운 눈매에,

지독할 정도로 부지런하고, 여전히 재치가 넘치는 그런 여자. 나는 캐슬린이 좋았다. 아마도 내가 강한 여자를 좋아하는 모양이다. 두 사람분의 신경을 쓰지 않아도 되어서 편리하다고 생각하는 건지. 물론 내 여동생은 이에 대해 다른 이론을 펼치려 들겠지만.

전기 주전자 스위치를 올리고 컵을 꺼내어 창가에 섰다. 방은 화려하지 않았지만 이상하게 편안했다. 내가 주로 묵는 대부분의 특급 호텔과는 완전히 반대인 셈이다. 벽은 하얗게 칠해져 있었고, 목재 틀의 더블베드는 하얀 리넨 천과 파란색, 흰색 줄무늬 담요로 정돈돼 있었다. 한때는 꽤 값나가는 물건들이었음이 분명한, 오래된 가죽 안락의자와 페르시아 양탄자도 갖추어져 있었다. 나는 소나무 목재로 만든 작은 책상과 식탁 의자에 앉아 작업을 했다. 실버베이 호텔을 둘러보면, 일찍이 캐슬린 모스틴이 손님들 구미에 맞게 방을 꾸미려면 엄청난 상상력이 필요하다고 판단하고 모든 것을 하얗게 하는 쪽을 선택했을 거라 짐작할 수 있었다. "청소도 쉽고, 위에 페인트를 다시 칠하기도 쉽고"라고 중얼거리는 캐슬린의 모습을 상상하는 건 어렵지 않았다.

내가 유일한 장기 투숙객이라는 걸 알아차리는 데는 시간이 오래 걸리지 않았다. 이곳은 한때 아주 고급스러운 호텔이었을 거라 짐작할 만한 분위기를 풍기고는 있었지만, 이미 오래전부터 실용 노선을 택한 것으로 보였고 이제는 아예 손님이 많이 오는 것 자체를 반기지 않는 것 같았다. 대부분의 가구는 심미적 조건보다는 실용성에 입각해 선택한 것 같았다. 벽에 걸린 그림들은, 옛날 이 호텔의 찬란했던 시절의 모습을 찍어둔 세피아 톤의 사진이나 바닷가 풍경을 그린 수채화가 대부분이었다. 벽난로나 선반 위에는 특이한 조약돌이나 해안가로 떠내려온 나무 조각 컬렉션이 놓여 있었다. 다른 호텔에서는 그것들이 품격 있는 취향을 드러내는 허세의 도구였겠지만 이곳에서는 그저 일상에서 발견한 물건들의 자리를 찾아준 느낌이었다.

내 방에서는 만이 곧바로 내다보였다. 호텔과 해변 사이에 길 하나조차 지나가지 않았다. 지난밤에는 창문을 열어두고 잤는데 잔잔한 파도 소리가 나를 몇 달 만의 단잠으로 이끌어주었다. 새벽이 밝아오며 어부들이 내는 트럭 소리, 그 타이어들이 젖은 모래를 긁는 소리 그리고 낚시꾼들이 부두의 판자 위를 왔다 갔다 하는 소리들을 희미하게 의식할 수 있었다.

내가 이런 환경을 버네사에게 말해주자 그녀는 내가 운도 지지리 좋은 놈이라며 나만 이런 데 보내주는 법이 어디 있냐고 아버지에게 한바탕 해댔다고 했다. "내가 할 일이 얼마나 많은지 자기는 상상도 못 할 거야." 반쯤은 비난하는 투로 버네사가 말했다. 누가 들으면 내가 런던에 있는 동안 꽤나 도움이 된 줄 알겠네, 나는 생각했다.

"꼭 그런 식으로 결혼해야 하는 건 아니잖아." 그녀가 불평불만을 다 쏟아낸 후에 내가 조심스럽게 말했다. "비행기를 타고 어딘가로 날아가 해변에서 둘이 결혼해도 된다고."

그 말끝에 이어진 침묵은 내가 무슨 짓을 한 것인지 깨달을 정도로 충분히 길었다.

"이 모든 준비를 다 한 뒤에, 이제 와서?" 도저히 믿을 수 없다는 목소리였다. "내가 여태 이 모든 걸 계획하고 준비한 걸 다 보고도 어딘가로 그냥 날아가고 싶다는 소리가 나와? 자기, 대체 언제부터 의견이란 걸 내기로 맘먹은 건데?"

"내가 한 말은 그냥 잊어버려."

"이게 얼마나 힘든 일인지 알기나 해? 나 혼자 이 모든 걸 다 하느라 노력하는 중인데, 그 빌어먹을 하객들의 절반은 아직도 초대장에 답도 안 하고 있어. 너무 무례한 거 아냐? 이제 한 명씩 일일이 다 쫓아다니면서 참석 여부를 물어보게 생겼다고."

"미안해. 내가 여기 오고 싶어서 온 게 아니란 건 자기도 잘 알잖아. 지금 최대한 열심히 일하고 있으니까 금방 돌아갈 수 있을 거야."

버네사는 결국에는 진정됐다. 지금 이곳은 겨울이라는 말에 확실히 기분이 좀 나아진 것 같았다. 버네사는 내가 휴가를 즐기는 타입의 사람이 아니라는 것도 알고 있었다. 나는 지금껏 단 한 번도 일주일씩 느긋하게 해변에 누워 지내본 적이 없었다. 짧은 며칠의 휴가 중에도 내륙을 돌아다니거나 지역 신문을 훑으며 좋은 사업 기회가 있는지 찾았다. "사랑해." 끊기 전에 버네사가 말했다. "빨리 돌아올 수 있게 열심히 일해."

그러나 나 같은 일벌레조차 일하기 힘들게 공모된 듯한 환경에서는 열심히 일하기가 쉽지 않았다. 전화선을 통한 인터넷 연결은 느린 데다 툭하면 끊겼다. 지역 소식을 전하는 지면이 딸린 신문은 정오까지도 배달되지 않았다. 그런가 하면 우아한 곡선에 하얀 모래가 덮인 해변은 어서 와서 걸으라고 내게 손짓했고, 목재로 만들어진 부두는 바다 쪽으로 맨다리를 달랑달랑 걸치고 앉아 쉬라며 나를 불러냈다. 선원들이 돌아와 쉬는 빛바랜 긴 테이블에는 얼음처럼 시원한 맥주와 따뜻한 감자튀김이 놓여 있었다. 그날 아침에는 일부러 출근할 때 입는 셔츠까지 갖춰 입었는데도 좀처럼 동기부여가 되지 않았다.

나는 이메일을 열고 타이핑을 시작했다.

데니스, 몸은 좀 어떠신가요? 어제 계획개발부에 가서 담당자 라일리 씨를 만났습니다. 그분도 우리의 사업 계획에 호감을 갖는 것처럼 보노크 소리에 나는 화들짝 놀라 노트북을 탁 닫아버렸다.

"들어가도 돼요?"

문을 열었더니 라이자 매컬린의 딸, 해나가 샌드위치가 담긴 접시를 들고 서 있었다. "이모가 출출하실 것 같다고, 근데 내려올 생각이 있는지 모르겠다고 하시면서…."

나는 접시를 받아 들었다. 벌써 점심시간이 됐단 말인가? "정말 친절하시네. 감사하다고 좀 전해줄래?"

문틈으로 방을 들여다보던 해나의 시선이 내 컴퓨터에 꽂혔다.

"뭐 하세요?"

"이메일 몇 통 보내고 있었어."

"저거 인터넷에 연결돼요?"

"된다고 볼 수 있지."

"저도 정말 컴퓨터가 너무 갖고 싶어요. 학교 친구들은 거의 다 있어요." 해나는 한 발로 서성였다. "우리 이모할머니, 인터넷에 나오는 거 아세요? 이모할머니가 엄마한테 얘기하는 거, 제가 들었어요."

"호텔들은 거의 다 인터넷에 나와 있을 것 같은데."

"아뇨, 그게 아니라 이모할머니가 인터넷에 나온다고요. 호텔 말고. 이모할머니는 지금은 그 얘기하는 거 별로 안 좋아하시는데 옛날에 상어를 잡아서 유명하셨대요."

나는 할머니가 상어 같은 생물체와 몸싸움을 벌이는 모습을 상상해보았다. 의외로 그리 어려운 상상은 아니었다.

문간에서 계속 서성이고 있는 아이는 서둘러 돌아갈 생각이 없어 보였다. 아이에게는 소녀들이 성인이 되기 직전에 보이는 가볍고, 멀대같이 어딘가 어색한 모습이 있었다. 앞으로 몇 달 혹은 몇 년 간은 이 또래의 아이들이 어떻게 변모할지 도저히 점치기 어려운 시기였다. 미녀로 성장할지 혹은 호르몬과 유전자의 결탁에 의해 코가 과도하게 솟아버리거나 턱이 약간 두터워질지. 해나의 경우에는 아무래도 전자일 것 같다는 생각이 들었다.

너무 대놓고 처다본다고 느낄까봐 나는 얼른 눈길을 떨어뜨렸다. 자기 엄마와 무척 닮은 아이였다.

"도머 아저씨."

"마이크라고 불러."

"마이크 아저씨, 너무 바쁘지 않을 때… 그러니까 계속, 계속 바쁘지 않으심… 언제 한번 아저씨 컴퓨터 좀 써봐도 돼요? 인터넷에 있는 이모할머니 사진 진짜 보고 싶거든요."

태양이 이곳 만 전체를 밝게 비추고 있었고, 그림자는 점점 짧아지며, 보도와 모래는 햇빛을 다시 대기로 반사시키고 있었다. 시드니 킹즈퍼드 스미스 공항에 도착하는 순간부터 나는 내내 물 밖으로 던져진 물고기처럼 불편한 느낌을 갖고 있었다. 그래서인지 내게 익숙한 무언가를 누군가가 부탁해오는 느낌이 나쁘지 않았다. "좋은 생각이 있어. 지금 당장 찾아보자."

그렇게 해서 우리 둘은 거의 한 시간을 함께 앉아 있었고, 나는 해나가 참 착한 아이라는 느낌을 갖게 됐다. 어떤 면에서는 자기 나이보다 좀 어린 것 같았다. 내가 아는 런던의 또래들보다 외모라든가 대중문화, 음악 같은 것에 관심이 훨씬 덜한 점이 그랬다. 그런가 하면 아이의 어린 골격과는 영 조화가 안 되는 슬픔과 수심 어린 갈망 그리고 성숙함을 풍기기도 했다. 원래 나는 아이들과 잘 지내는 편이 아니었지만—일단 애들이랑은 대화의 소재를 찾기도 어려웠다—놀랍게도 해나 매컬린과의 시간을 즐기고 있었다.

해나는 내게 런던에 대해, 내 집에 대해, 반려동물을 기르는지에 대해 물었다. 내가 곧 결혼할 거라는 사실을 알게 된 뒤에는 그 커다랗고 짙은 눈으로 나를 제법 진지하게 처다보며 물었다. "그분이 정말 아저씨 짝이라는 확신이 있어요?"

나는 살짝 당황했지만 똑같이 진지하게 답해줘야 한다고 느꼈다. "그런 것 같아. 정말 오래 함께한 사이거든. 우린 서로의 장점과 단점 들을 다 알고 있지."

"아저씬, 그분한테 잘해주세요?"

나는 잠깐 생각해본 뒤에 대답했다. "나는 내가 모두에게 잘하는 사람이길 바란단다."

해나가 활짝, 아이처럼 활짝 웃었다. "아저씨는 진짜 좋은 사람 같아요." 우리는 수영복을 입은 젊은 아가씨가 상어와 함께 찍은 사진과 그녀를 한 번도 만나지 못한 사람들이 그녀에 대해 쓴 글을 검색했고 인쇄도 했다. 유명한 보이 밴드와 뉴질랜드의 관광지를 찾았고, 해나가 이미 다 외우고 있는 혹등고래에 관한 자세한 정보를 볼 수 있는 웹사이트들도 방문했다. 나는 고래의 폐가 경차만 하다는 것과 갓 태어난 새끼 고래가 1.5톤까지 나간다는 사실, 고래 우유의 농도가 코티지치즈와 같다는 걸 알게 됐다. 마지막 정보는 굳이 알고 싶지 않았지만.

"엄마랑 고래 보러 바다에 자주 나가니?"

"허락을 안 해줘요." 말끝을 듣기 좋게 약간 올리듯 하는, 비음 섞인 호주 억양이 귀에 와 걸렸다. "엄마는 제가 바다에 나가는 걸 안 좋아해요."

내가 도착했던 날 라이자 매컬린과 그레그 사이에 오가던 살벌한 대화가 갑자기 생각났다. 나는 최대한 남의 개인사에는 끼어들지 않으려고 하지만, 그 상황이 해나와 작은 배 때문이었다는 건 어렴풋이 기억이 났다.

해나는 그런 건 별로 신경 쓰지 않는다고 스스로에게 납득시키기라도 하듯 어깨를 으쓱해 보이며 말했다. "엄마는 무엇보다도 내가 안전하길 바라기 때문에 그래요. 우리는…." 해나는 무언가를 말해도 되나 생각하듯 나를 올려다봤다. 그러고는 이내 마음을 바꿨다. "아저씨 컴퓨터로 영국 사진들도 좀 찾아봐도 돼요? 기억이 좀 나긴 하는데 많이는 생각이 안 나서요."

"물론이지. 어떤 걸 찾아보고 싶어?" 나는 단어를 검색창에 치기 시작했다.

그때 라이자 매컬린이 나타났다. "어디 갔나 했잖아." 그녀는 열려 있는 문 앞에 서서 우리 둘을 번갈아 한 번씩 쳐다봤다. 그 눈빛은 우리가 마치 나쁜 짓을 하다 걸린 것처럼 괜한 죄책감이 들게 했다. 그러자니 기분이 썩 좋진 않았다.

"해나가 샌드위치를 갖다줬어요." 나는 약간 날을 세워 말했다. "그리고 제 컴퓨터로 뭘 좀 찾아봐도 좋겠냐고 물어서요."

"인터넷에 혹등고래에 관한 웹페이지가 2만 3,100개나 있어요." 해나가 의기양양하게 말했다.

라이자의 태도가 누그러졌다. "그리고 그 많은 웹페이지에 일일이 다 들어가보고 싶어 했겠죠." 목소리에는 사과의 기미도 담겨 있었다. "해나, 이제 도머 씨 혼자 계시게 해드려야 하지 않을까?"

짙은 녹색 캔버스 진에 플리스 재킷, 노란색 바람막이 점퍼. 라이자는 지난번에 두 번 봤을 때와 똑같은 옷차림이었다. 그때와 마찬가지로 뒤로 넘겨 질끈 묶은 머리의 끝부분은 하얗게 색이 바래 있었다. 버네사는 나와 사귀기 시작한 첫해엔 내가 그녀를 보기 전에 머리를 만지고 화장을 하기 위해 나보다 30분씩 일찍 일어나곤 했다. 나는 그것도 모르고 어떻게 밤새 베개에 립글로스를 하나도 안 묻히고 잘 수 있는지 신기해했고 그 비밀을 알아내는 데는 무려 6개월이나 걸렸다.

"애가 이렇게 방해하고 있었다니 죄송해요." 라이자는 나와 눈을 제대로 맞추지 않으며 말했다.

"전혀 방해 안 됐습니다. 오히려 즐거웠어요. 해나야, 네가 좋다면 아저씨가 밖에 나간 동안 컴퓨터를 쓸 수 있게 아래층에 설치해줄게."

해나의 눈이 커다래졌다. "진짜요? 저 혼자요? 엄마! 그럼 학교 과제도 다 할 수 있어요."

나는 아이의 엄마는 쳐다보지 않았다. 그녀의 반응이 어떨지는 대충 짐작이 됐고, 만약 그 눈빛과 마주치지만 않는다면 그걸 의식하지 않아도 될 테니까. 어쨌든 별일도 아니지 않은가. 나는 노트북의 플러그를 뽑은 뒤 먼저 암호로 잠가둔 파일 창들을 모두 닫았다.

"지금 나가실 거예요?"

그때 한 가지 생각이 떠올랐다. 그날 아침에 캐슬린이 언급했던 어떤 것이었다.

"응." 나는 노트북을 해나의 팔에 안겨주며 말했다. "너희 엄마가 나를 데리고 나가준다면."

실버베이의 빈약한 경제가 거의 전적으로 관광업에 의지하고 있다는 사실로 미루어볼 때, 그리고 지역 정부가 발표한 수치에 따라 이곳의 평균 월급이 1,000파운드에도 미치지 못한다는 점을 감안한다면, 라이자 매컬린은 승객 한 사람이 배를 전세 내는 것을 기뻐해야 마땅했다. 최근 본인 배 수리에 200달러나 들어갔고, 월요일까지 잡힌 관광 일정이 전혀 없으며, 이 여자의 이모 분께서 자기 조카는 육지보다 바다에 있을 때 훨씬 행복해한다는 얘기를 몇 번씩이나 하셨다. 이런 점들을 감안한다면, 이 여자는 바다에 나가 돈까지 벌 수 있는 기회가 있다면 덥석 무는 게 당연했다. 더구나 내가 네 사람의 뱃삯에 상당하는 돈을 내겠다고 제안했다면 말이다. 네 명의 뱃삯, 그게 항해 한 번의 손익분기점을 넘기는 액수라고 했다.

"오늘 오후에는 바다에 안 나가요." 라이자는 두 손을 주머니에 깊숙이 찌르고 말했다.

"왜죠? 저는 지금 180달러를 낼 의향이 있는데요. 그 정도면 나갈 가치가 있지 않나요?"

"글쎄, 오늘 오후에는 안 나간다고요."

"혹시 태풍이 오나요?"

"이모할머니가 오늘은 맑을 거라고 했어요." 해나가 끼어들었다.

"고래에 대한 특별 정보라도 입수했어요? 오늘은 다들 어디 현장학습이라도 간답니까? 오늘 고래를 못 본다고 환불해달라고는 안 할 겁니다. 그냥 바다에 좀 나가보고 싶어서 그래요."

"엄마, 가세요. 마이크 아저씨 컴퓨터 좀 쓰게요."

나는 웃음을 억누르기가 힘들었다.

라이자는 여전히 나를 보고 있지 않았다. "저는 못 나가니까 다른 배를 찾아보시는 게 좋겠어요."

"다른 배들은 큰 배들 아닌가요? 관광객들을 잔뜩 태운? 그건 제 취향이 아니라서."

"제가 그레그한테 전화해드릴게요. 오늘 오후에 혹시 나갈 수 있는지."

"그분은 자기 승객들을 배 밖으로 흘리고 다닌다는 분 아닌가요?"

이 대목에서 캐슬린이 나타나 계단참에 서서 내 방에서 벌어지고 있는 광경을 놀랍다는 듯 지켜보고 있었다.

"그럼 월요일에 탈 수 있는 티켓을 드릴게요." 마침내 라이자가 타협안을 냈다. "그날 다른 손님도 세 분 계시고, 훨씬 좋은 시간 보낼 수 있을 거예요."

왠지 모르게 나는 이 상황을 즐기기 시작했다. "아니, 그렇지 않을 거예요. 제가 사회성이 좀 떨어져서. 그리고 저는 지, 금, 가고 싶다고요."

드디어 라이자는 나를 정면으로 보더니 고개를 설레설레 저으며, 약간은 반항하듯 말했다. "안 되겠는데요."

이 상황의 어떤 면이 캐슬린을 다소 놀라게 한 것 같았다. 그녀는 라이자 뒤에 서서 아무 말 없이, 그러나 흥미진진하게 지켜보고 있었다.

"좋아요…. 300달러 드릴게요." 나는 지갑에서 돈을 꺼내며 말했다. "이 정도면 만선 아닌가요? 300달러 낼 테니 고래에 대해 알아야 할 것들은 전부 알려주셔야 합니다." 옆에서 해나가 헉 소리를 냈다.

라이자가 자기 이모를 쳐다봤다. 캐슬린은 눈썹을 한 번 치켜올릴 뿐이었다. 이 방 안이 진공 상태가 된 것 같았다. "350." 나는 숫자를 높였다.

해나가 키득키득 웃었다.

나는 포기할 뜻이 없었다. 그때 뭐에 홀렸던 건지는 잘 모르겠다. 어쩌면 너무 지루해서 그랬는지도 모르고, 너무 말수가 적은 그녀 때문이었는지도 모르겠다. 어쩌면 그레그의 경고가 오히려 나의 호기심을 발동시켰는지도 모르겠다. 어쨌든 나는 죽어도 그 배를 타고 나갈 참이었다.

"500달러. 자, 현금으로 지금 드릴게요." 나는 돈을 좀 더 꺼냈다. 그렇다고 지폐 뭉치를 그녀 앞에 흔들어댄 것은 아니고, 그냥 손에 쥐고만 있었다.

라이자가 나를 빤히 봤다.

"커피랑 비스킷은 넉넉히 줄 거라 기대해도 되겠죠?"

캐슬린이 콧소리를 내며 웃었다.

"그쪽 돈을 그쪽이 그렇게 쓰겠다면." 마침내 라이자가 입을 뗐다. "밑창이 부드러운 신발이랑 따뜻한 스웨터를 준비하세요. 지금 입고 있는 도시인 복장으론 안 돼요. 15분 후에 출발할게요." 그녀는 내 손가락 사이로 돈을 낚아채서 바지 주머니에 쑤셔 넣었다. 곁눈으로 나를 보는 그녀의 눈은 나더러 미쳤다고 말하고 있었다.

하지만 나는 내가 뭘 하는지 잘 알고 있었다. 데니스가 늘 말했듯이 모두에게는, 모든 것에는 그만한 값이 있는 법이다.

라이자의 배는 부두에 있는 유일한 배였다. 라이자가 작은 강아지 외에는 누구와도 잡담을 거부하듯 나보다 두세 발짝 앞서 걷는 바람에 나는 배를 향해 가는 동안 주변을 둘러볼 기회가 있었다. 부두 근처임에도 불구하고, 실버베이에는 눈길 둘 데가 별로 없었다. 카페 하나, 누가 봐도 매출이 별 볼 일 없을 것 같은—창 안의 진열품에는 먼지가 뽀얬다—기념품 가게 하나, 그리고 만에서 가장 현대식 건물을 자랑하며 시내 중심 쪽으로 위치한 수산물 시장. 시장에는 전용 주차장이 있었는데, 시장과 거의 붙어 있었으므로 신선한 생선을 사려고 시장에 들른 손님들은 근처를 걸어 다니며 다른 상점에 들를 기회가 없을 것 같았다. 깊이 생각하지 않아 생긴 판단 착오였다. 만약 나 같았으면 주차장 위치를 부두의 반대편으로 잡았을 거다.

토요일임에도 불구하고 밖에 나온 사람이 별로 없었다. 그나마 와 있는 관광객들도 다른 고래 관광선을 타고 나가 있는 게 분명했다. 시내 바깥쪽으로 대로를 따라 점점이 박혀 있는 모텔들은 아침 식사가 포함된 빈방을 쓸쓸히 선전하고 있긴 했지만, 실버베이는 비수기에는 어차피 별 기대도 않는다는 듯한 분위기를 풍기고 있었다. 그렇다고 특별히 불안한 기색이 엿보이는 것도 아니었다. 겨울철 영국 해변 마을 특유의 음침하고 버려진 듯한 느낌이 여기에는 없었다. 밝은 햇살이 전반적으로 발랄한 분위기를 만들고 있었고, 사람들은 굉장히 유쾌해 보였다.

라이자만 예외였다.

그녀는 내게 승선하라고 명령하더니 착 가라앉은, 높낮이가 전혀 없는 톤으로 안전 점검표를 일일이 체크하며 나에게는 서서 지켜보게 했다. 그러더니 마지못해 커피를 준비해주길 원하는지 물었다.

"어디 있는지만 가르쳐주세요. 제가 알아서 마실게요."

"걸어 다닐 때는 무릎을 살짝 굽히시고." 라이자는 내게 등을 돌리고 말했다. "갑판에 올라와 있는 동안은 갈매기들한테 먹이를 주면 안 돼요. 그러면 애들이 승객들을 향해 급강하해서 날아오게 돼요. 그리고 아무 데나 똥 싸고." 그러더니 층계를 총총 올라 사라졌다.

아래층 갑판에는 두 개의 테이블과 의자 몇 개, 플라스틱 벤치, 판매용 초콜릿, 고래 비디오와 카세트테이프, 멀미약이 든 유리함이 있었다. 손 글씨로 쓴 경고 문구에는 음료를 쏟는 일이 종종 발생하기 때문에 너무 뜨겁지 않게 드시는 편이 좋다고 적혀 있었다. 나는 차와 커피가 준비된 곳을 찾아 커피를 두 잔 만들었다. 가장자리가 솟아 있는 수납장과 단단히 고정된 커피홀더가 눈에 띄었다. 아마도 파도가 높을 때 포트나 컵이 쏟아지지 않게 하기 위한 장치인 것 같았다. 펄펄 끓는 커피포트를 날

아다니게 하는, 아마도 해나를 바다에 나오지 못하게 하는 이유일 바다
의 모습에 대해선 깊이 생각하고 싶지 않았다. 그때 엔진이 소리를 내기
시작했고, 균형을 잘 잡기 위해서 배의 옆면을 붙잡아야 했다. 우리는 꽤
빠른 속도로 바다로 나아가고 있었다.

나는 약간 비틀거리며 계단을 올라 배 뒤쪽으로 가보았다. 라이자는
조타기 앞에 서 있었고, 그녀의 강아지는 그 뒤편에 널브러져 있었다. 제
일 좋아하는 자리인 모양이었다. 나는 그녀에게 머그잔을 건네고 얼굴로
바람을 느끼며 입술로는 강렬한 소금의 맛을 느꼈다.

이건 그냥 일의 일부야, 라고 생각하며 나는 내가 한 짓을 애써 정당화
했다. 하지만 경비로 청구한다면 아무래도 눈길을 끄는 항목이 되긴 할
것 같았다.

라이자의 시선은 바다에 고정돼 있었다. 나는 그녀가 한사코 나를 태
우고 나오지 않으려고 한 이유가 궁금했다. 어떤 식으로도 그녀의 기분
을 상하게 한 적은 없는 것 같은데. 하긴, 그녀는 누군가의 지시나 강압
에 본능적으로 반항하는 유의 여자처럼 보이기도 했다. 내 태도가 좀 강
경하기도 했고.

"이 일은 얼마나 하셨어요?" 엔진 소리를 뚫기 위해 나는 소리를 질러
야 했다.

"5년요. 이제 6년째로 접어들어요."

"괜찮은 사업인가요?"

"우리한텐 잘 맞아요."

"이 배는 당신 건가요?"

"원래는 캐슬린 이모 것이었는데 저한테 주셨어요."

"인심이 후하시네요." 사실 나는 배를 탄 경험이 한 손으로 꼽고도 남

을 정도였기 때문에 모든 게 흥미로웠다. 나는 라이자에게 배의 몇몇 부분의 이름을 물었고, 어느 쪽이 좌현(port)이고 어느 쪽이 우현(starboard)인지 확인했고(나는 이 두 가지가 늘 헷갈렸다), 다양한 장비들의 이름도 물었다. "그럼 이 정도 크기의 배는 얼마나 하나요?"

"배에 따라 달라요."

"그럼 이 배는 얼마나 해요?"

"그쪽한테는 모든 게 다 돈인가요?"

기분 나쁘라고 한 얘기는 아닌 것 같았지만 이 말에 나는 잠시 멈칫했다. 그래서 커피를 한 모금 넘기고 다시 말을 걸었다. "영국에서 오셨다고요?"

"해나가 그러던가요?"

"아뇨, 그건, 어, 선원들한테 들었어요. 그날 오후에 야외 테이블에 앉아 있다가. 그리고 나도, 아시잖아요, 억양이 들리니까."

라이자는 잠시 생각하다가 대답했다. "네. 영국에서 살았었어요."

"그리운가요?"

"아뇨."

"일부러 여기로 온 건가요?"

"일부러요?"

"고래 관광업을 하려고."

"꼭 그런 건 아니에요."

모든 승객들한테 이런 식일까? 힘든 이혼을 겪었나보다고 나는 짐작했다. 어쩌면 남자라는 족속 자체를 싫어하는 건지도 몰랐다.

"고래는 많이 보나요?"

"정확한 지점을 찾아가면요."

119

"이렇게 사는 것도 제법 괜찮은가요?"

라이자는 타륜*에서 손을 떼고 수상쩍다는 듯 나를 정면으로 봤다. "질문이 좀 많으시네요."

나는 발끈하지 않으려고 작정하고 있었다. 그녀가 천성적으로 적대적인 사람은 아닌 것 같은 느낌이 들었기 때문이다. "워낙 드문 케이스잖아요. 이 근방에 영국 출신 여자 선장은 별로 많을 것 같지 않거든요."

"그걸 어떻게 알죠? 나 같은 사람이 수천 명은 될지." 라이자는 작게 미소 지었다. "사실 포트스티븐스는 영국 출신 여자 선장들이 많기로 유명한 곳인데." 이 정도면 그녀 딴엔 엄청난 유머 감각을 발휘한 걸 거라고 생각했다.

"좋아요, 그렇다면 나도 질문 하나만 할게요. 배 한번 타겠다고 웬 돈을 그렇게 많이 쓰는 거죠?"

당신이 나를 태우고 나오게 하려면 그 방법밖에는 없었으니까. 하지만 이 말을 입 밖에 내지는 않았다. "그보다 적게 낸다고 했으면 날 태워줬을까요?" 나는 말을 돌렸다.

그녀가 웃었다. "물론이죠."

그다음부터 무언가가 달라졌다. 라이자 매컬린은 어느 정도 긴장을 푼 것 같았다. 어쩌면 나란 사람이 자기가 처음 생각했던 것만큼 불쾌하거나 위협적인 사람은 아니라는 결론에 도달했는지도 몰랐다. 아무튼 이 바다 산책에 감돌던 냉기는 조금이나마 해소됐다.

많은 얘기가 오가지는 않았다. 나는 그녀 뒤편의 나무 벤치에 앉아, 내가 전혀 모르는 분야에 능숙한 기술을 가진 한 사람의 솜씨를 조용히 즐

---

* 바퀴 모양의 장치로, 배의 키를 움직이는 데 쓴다.

기며 바다를 지켜봤다. 그녀는 조타기를 돌리며 계기판을 체크했고 다른 배들과 무전을 주고받았다. 강아지 밀리에게 이상한 비스킷을 먹이기도 했다. 가끔씩 길게 뻗어 나온 육지의 땅덩이나 흥미로운 생물체를 가리키며 설명을 잠깐 해주기도 했다. 하지만 그녀가 무슨 말을 했는지는 지금 옮길 수 없다. 왜냐하면 그녀가 내가 본 가장 아름다운 여자도 아니었고, 자기가 남들 눈에 어떻게 보이는지, 자기가 어떤 식으로 말을 하는지 신경도 쓰지 않는 것 같았으며, 함께한 시간의 절반은 등을 돌리고 있거나 나를 쏘아보거나 둘 중 하나였지만, 그럼에도 불구하고 이상하게도 나는 라이자 매컬린에게서 눈을 뗄 수가 없었기 때문이다. 남의 시선에 예민한 여자라는 걸 간파하지 않았더라면 나는 그녀를 빤히 쳐다보고 있었을지도 모른다. 나는 원래 전혀 그런 사람이 아니었건만.

버네사라면 내가 위대한 심리학자감은 아니라고 말해줄 것이다. 내가 알아야 할 필요가 없는 경우라면 나는 다른 사람들이 어떤 걸 불편해하는지 관심이 없다. 하지만 라이자만큼 자신을 내보이는 걸 불편해하는 사람은 본 적이 없다. 아주 짤막한 대화 한 토막이라도 나누려면 거의 그녀 안에서 끄집어내듯 해야 했다. 그녀는 뭔가에 대답해야 할 때는 마치 고문을 당하는 사람 같았다. 내가 커피를 어떻게 마실 거냐고 물었더니 마치 내가 그녀 속옷에 대해 물은 것처럼 인상을 썼다. "설탕 빼고요"라고 대답할 때는 마치 자백을 하는 것 같았다. 그리고 모든 말 한마디 한마디에 뭐랄까… 비애가 서려 있었다.

"랜스가 여기서부터 5킬로미터 지점에서 고래 암컷을 봤다고 하네요." 바다로 나간 지 30분쯤 됐을 때 라이자가 말했다. "계속 가볼까요?"

"네." 실은 고래를 보러 나왔다는 사실 자체를 잊고 있었다. 바다에 나온 경험이 별로 없다면 처음에 당신을 압도하는 것은 오직 그 어마어마한 규모다. 바다, 그것 자체가 하나의 풍경 같다. 시야의 세 면을 끝없는 바다가 다 채울 정도로 멀리 나가면 당신의 시선은 물의 거대한 움직임에 길을 잃고, 태양이 구름 사이로 비추는 눈부시게 빛나는 지점으로 빨려들기도 하고, 저 멀리에서 높이 솟아오르는 하얀 파도에 사로잡히기도 한다. 나는 육지에 익숙한 인간이므로 긴장이 전혀 안 됐다고는 할 수 없지만 내 발밑으로 느껴지는 철썩임과 삐걱거림을, 그 불안정함을 극복하고 나니 혼자라는 느낌이, 다른 사람들의 방해를 받지 않고 움직이는 배의 자유로움이 좋았다. 나는 탁 트인 바다와 하늘을 받아들이며 라이자의 얼굴에서 내내 팽팽하던 경계심이 차츰차츰 풀리는 모습을 지켜보는 게 좋았다.

"우린 지금 저기로 가고 있어요." 라이자가 햇살을 한 손으로 가린 채 조타기를 돌리며 말했다. 어떤 지점으로 새들이 급강하해서 날아드는 모습만 보일 뿐 다른 건 아무것도 보이지 않았다. "저건 바로 저기에 물고기가 있다는 뜻이고, 물고기가 있는 곳엔 대개 고래가 있거든요."

그때 다른 배들도 눈에 들어왔다. 라이자가 그녀의 배와 비슷한 크기인 그레그의 배를 손가락으로 가리켰고, 그보다 좀 더 멀리 '모비2'라는 배도 보였다.

"저기!" 라이자가 말했다. "내뿜어*!"

"내뿜어? 뭘요?"

나의 말에 라이자가 웃었다.

"저기요."

---

* blow라는 단어는 동사로 '불다' '내뿜다'의 뜻도 있지만 명사로 쓰이면 '고래가 뿜어내는 물줄기'라는 뜻도 있다.

나는 라이자가 가리키는 것이 무엇인지 보이지 않아 눈을 찡그렸다. 그녀는 아마도 무의식적으로 나의 팔을 잡아 자기 쪽으로 당겼던 것 같다. "봐요!" 내가 집중할 수 있게 도우려는 듯 그녀가 말했다. "조금 더 다가갈 거예요."

내겐 아무것도 보이지 않았다. 무척 답답한 노릇이었을 거다. 만약 어린아이처럼 좋아하는 그녀 얼굴에 정신이 팔리지 않았다면 말이다. 이런 라이자 매컬린은 내가 지난 엿새간 호텔에서 지내는 동안 한 번도 보지 못한 모습이었다. 환하고 꾸밈없는 미소, 한껏 높아진 목소리.

"아, 예쁜이인 것 같아요. 분명 옆에 새끼도 함께 있을 거예요. 느낌이 왔어요…"

아까 내게 보였던 냉랭함은 아예 싹 잊은 것 같았다. 곧 그녀의 목소리가 무전을 타고 흘렀다. "모비2! 여기는 이스마엘! 우리 아가가 그쪽 배의 좌현, 약 2.5킬로미터 전방에 있다. 새끼도 함께 있는 것 같으니 서서히 이동 바란다."

"이스마엘! 여기는 모비2. 발견했다. 일부러 거리를 유지하고 있다."

"보통 적어도 100미터는 떨어져 있어요." 라이자가 설명했다. "새끼가 같이 있을 땐 300미터로 거리를 넓히죠. 다 어미 고래 나름이긴 해요. 어떤 고래는 호기심이 있어서 새끼들을 데리고 우리 바로 앞으로 오기도 해요. 그런 경우는 괜찮죠. 하지만 그래도 나는 늘… 그런 상황을 권장하고 싶진 않아요." 라이자는 나의 눈을 똑바로 봤다. "고래들이 다음에 만나게 될 배에도 선한 사람들이 타고 있으리란 보장은 없으니까요. 자, 이제 갑니다!"

나는 단단히 붙잡았고, 세 척의 배는 마치 정교하게 연출한 대형대로 움직이듯, 서로의 배에서 손을 흔들고 있는 승객들을 알아볼 수 있을 정도까지 가까이 다가갔다. 배의 엔진이 일제히 꺼지자 바다는 고요했고, 고래가 나타나길 기다리며 나는 라이자 옆에 섰다.

"정말 다시 나타날까요?"

쓸데없는 질문이었다. 불과 10미터도 안 되는 거리에서 고래가 물 밖으로 그 거대한 머리를 내밀자 나도 모르게 '와' 소리가 흘러나왔다. 여태껏 고래 사진을 한 번도 못 본 것도 아니었고 어떻게 생겼는지 짐작하지 못한 것도 아니었건만, 그렇게나 거대한 생명체를, 그의 영역에서 너무나 뜻밖에 마주치니 도저히 어떻게 표현할 수 없는 느낌이었다.

"저길 봐요!" 라이자는 소리를 지르고 있었다. "저기 있어요! 아래쪽을 봐요!" 그러자 정말, 어미의 몸 아래쪽으로 반쯤 몸을 숨긴 회색 혹은 푸른색 살 같은 것이 보였다. 새끼 고래였다. 고래들은 우리 배 앞을 두 번 지나갔고, 그다음에 들려온 환호성 소리로 이들이 다른 배들도 구경하러 갔음을 알 수 있었다.

나는 바보처럼 헤벌쭉 웃고 있었다. 라이자가 나를 보고 미소를 지었는데 그 안에 승리감 같은 것이 있었다. 마치 자기는 뭔가 알고 있었다는 듯, "봤지?"라고 말하는 것 같았다. 기이할 정도로 기다란 지느러미가 쑥 나타나자 라이자가 웃으며 말했다. "손을 흔드는 거예요." 내가 수줍게, 소심하게 같이 손을 흔들어 보이자 라이자는 더 크게 웃었다.

"고래의 배가 위쪽으로 올라왔죠. 그건 저 고래가 우리를 편안하게 느낀다는 거예요. 엄마랑 아기가 서로를 쓰다듬어줄 때 가슴지느러미를 사용하는 거 알아요?"

우리가 그렇게 앉아 있는 동안, 라이자는 멀리 있는 고래를 두 마리나 더 발견했다. 나는 세 척의 배 사이에 오가는 무전 송신을 어렴풋이 인식하고 있었다. 이 뜻밖의 수확에 대한 즐거운 탄성들이었다. 나를 향해 돌아선 라이자의 얼굴이 환히 빛나고 있었다. 그리고 불쑥 말했다. "마법 같은 거, 한번 들어볼래요?"

라이자는 재빨리 배의 주방으로 들어가더니 케이블이 달린 신기한 물건을 들고 나타났다. 그리고 한쪽 끝을 배 옆 쪽의 라디오 같은 것에 꽂더니 다른 한쪽을 물속으로 던져 넣었다. "들어봐요." 라이자가 스위치 몇 개를 켜며 말했다. "수중청음기예요. 근처에 이 고래들을 호위하며 따라온 고래들이 있을 수도 있어요."

한동안 아무 소리도 들리지 않았다. 나는 고래를 찾아보려고 바다를 뚫어지게 봤지만, 들리는 것은 바닷물이 배의 옆면에 와 찰랑이는 소리, 머리 위에서 맴도는 새소리 그리고 간간히 잔잔한 바람을 타고 넘어오는 다른 배의 승객들 소리뿐이었다. 그러다가 낮은 신음과 같은, 길게 끄는 듯한, 신비로우면서도 으스스한 소리가 들렸다. 한 번도 들어본 적 없는 소리였다. 등골이 오싹한 느낌이었다.

"정말 아름답지 않아요?"

나는 그녀를 빤히 봤다. "이게 고래 소리예요?"

"수컷이에요. 수컷은 모두 같은 노래를 불러요. 수컷의 노래에 대한 연구 결과가 있는데, 한번 시작하면 18분이나 이어지고, 매년 같은 무리의 고래들은 전부 같은 노래를 불러요. 새로 나타난 고래가 새로운 노래를 부르면, 나머지 고래들도 그 노래를 터득해요. 저 바다 아래에서 고래들이 서로 노래를 가르쳐주는 모습, 상상이 돼요?" 갑자기 라이자의 얼굴에서 해나의 얼굴이 보였다. 내 컴퓨터를 사용할 수 있다는 생각에 흥분해서 얼굴이 온통 화사해지던 아이의 얼굴. 라이자 매컬린의 얼굴이 아름답지 않다던 내 생각은 틀린 것이었다. 웃을 때 그녀는 눈부시게 아름다웠다.

그런데 갑자기 그 웃음이 증발해버렸다. "이게 대체 무슨…."

쿵쿵대는 소리가 규칙적으로 계속해서 들려왔다. 잠시 어떤 배의 엔진 소리인가 생각해보았지만 소리는 점점 더 커졌다. 그리고 그 소리는 수중청음기와 아무 상관이 없다는 것도 알 수 있었다. 커다란 배 두 척이 장식용 깃발들을 내건 채 승객들을 가득 태우고 곶으로 돌아왔다. 시끄러운 음악 소리가 갑판에 설치된 대형 스피커 네 대를 통해 울려 나오고 있었고, 이만큼 떨어진 우리 배에까지 잔 부딪히는 소리며 만취한 사람들이 자지러지게 웃는 소리가 다 들렸다.

"또 시작이야!" 라이자가 말했다. "고래들은 저 소리를 견디지 못해요. 혼란에 빠지게 된다고요…. 특히 아기들은. 그리고 배가 너무 많아요. 고래가 놀랄 거예요." 라이자는 다이얼을 조작하며 무전을 쳤다. "디스코 배! 여기는 이스마엘. 그쪽 배 이름이 뭔진 모르겠지만, 음악 소리를 줄이도록. 소리가 너무 크다. 들리나? 소리가 너무 크다." 무전의 잡음을 듣고 서 있는 동안, 나는 바닷물을 내려다봤다. 이젠 수면 위로 아무것도 올라오지 않았다. 점점 가까워오는, 쿵쿵 울리는 일관된 리듬 소리 때문에 다른 건 아무것도 들리지 않았다.

그 배들이 다가오는 속도를 인식하자 라이자의 이마가 구겨졌다. "브레이크노즈섬 동북쪽 정체불명의 대형 쌍동선! 여기는 이스마엘. 엔진과 음악을 끄도록. 지금 고래 암컷과 새끼에게 근접해 있다. 수컷도 하나 있을 가능성이 있다. 속도가 너무 빠르다. 고래와 충돌 위험이 있고, 그쪽 선박의 소음이 고래를 고통스럽게 하고 있다. 들리나?"

라이자가 그들과 접속하려고 두 번 더 시도하는 동안 나는 속수무책으로 서 있기만 했다. 내 생각에는 저 베이스 소음을 뚫고 무전음이 그들 귀에 들어갈 가능성은 거의 없어 보였다.

"수잰! 여기는 이스마엘. 그레그, 해안 경비대를 좀 불러줄 수 있어? 경찰이나? 경찰이 쾌속정을 보내줄 수 있나 알아봐줘. 저 배들이 고래들에게 너무 근접해 있어."

"알았어, 라이자. 모비2가 고래들을 다른 경로로 몰아보려고 방향을 바꿨어."

"이스마엘! 여기는 모비2. 라이자, 우리 고래들이 안 보여. 부디 다른 방향을 향해 갔기를 바랄 수밖에 없겠어."

"내가 뭘 하면 좋을까요?" 나는 라이자가 하는 말이 무슨 뜻인지는 전혀 알아듣지 못했지만 대기 중에 감도는 절박함은 분명히 느낄 수 있었다.

"이걸 잡아요." 라이자는 내게 조타기를 넘겼다. 그리고 엔진을 켰다. "이제 저기 디스코 배 쪽으로 방향을 잡고 가다가 내가 돌라고 하면 그때 돌아요. 가는 동안 아무것도 치면 안 되니까."

라이자는 내가 싫다고 말할 새도 없이, 아래층으로 뛰어 내려가더니 뭔가를 하나 가득 들고 올라왔다. 일단 확성기가 눈에 띄었지만 나는 조타기에 집중하느라 다른 것까진 볼 여력이 없었다. 내 손으로 잡은 조타기의 느낌은 너무 낯설었고, 발밑에서 파도가 출렁이는 가운데 이 속도로 움직이고 있다는 사실만으로도 감당하기 벅찼다. 강아지도 긴장감을 감지하고 일어나서 끙끙댔다.

그 배와의 거리를 30미터쯤 남겨두었을 때 라이자는 나더러 평행 코스를 유지하라고 지시했다. 그러고는 배 앞쪽으로 뛰어가 지금의 위치에서 멈추라고 소리쳤다.

라이자는 확성기를 손에 들고 난간 위로 몸을 뻗었다. "나이트스타2, 지금 소리가 너무 크고 이동 속도도 너무 빠르다. 제발 음악 소리를 줄여라. 지금 이주하는 고래들의 서식 지역에 들어와 있다."

어떻게 대낮에 저렇게 만취할 수 있는지 정말 모를 일이었다. 갑판 위에서 춤추는 사람들의 모습은, 술에 완전히 떡이 되어 몸을 가누지 못하는 게 여행의 목적 그 자체인 젊은 애들의 휴가를 떠올리게 했다. 호주에도 똑같은 문화가 있는 건가?

"나이트스타2, 우리는 해안 경비대와 국립공원관리공단 그리고 야생동물보호국에 이 상황을 신고했다. 음악을 줄이고 지금 당장 이 지역에서 떠날 것을 경고한다."

만약 선장이 타고 있었다손 쳐도, 그는 듣지 않는 게 분명했다. 빨간 폴로셔츠를 입은 젊은 승무원 하나가 라이자에게 가운뎃손가락을 들어 보이고 사라졌다. 잠시 후 음악 소리가 현저하게 커졌다. 더 많은 사람들이 춤을 추기 시작했는지 환호 소리도 희미하게 들려왔다. 그 배를 노려보고 있던 라이자가 다시 아래층으로 내려갔다. 내가 서 있는 자리에선 그녀가 무얼 하는지 제대로 볼 수 없었다. 나는 큰 배 옆면의 이름만 빤히 보고 있을 뿐이었다. 그런데 그때 불현듯 좋은 생각이 떠올랐다.

휴대폰을 주머니에서 막 꺼내는데 무전이 들렸다. "라이자? 라이자? 나 그레그야. 국립공원 쪽 사람들이 오고 있어. 자, 이제 돌아가자고. 여기서 돌아다니는 배가 적을수록 고래들한테도 좋아."

나는 휴대폰을 주머니에 도로 집어넣고 잠시 동안 무전 송신기를 쳐다만 보다가 그걸 집어 들고 잠시 머뭇거리며 손으로 꽉 쥐어보았다. "여보세요?"

"여보세요."

"이스마엘! 여기는 수잰. 내 말 들리나?"

"저는, 어… 마이크 도머예요."

잠시 침묵이 흐른 뒤 그레그가 말했다. "라이자가 배 앞에 서서 뭘 하는 거요?"

"모르겠습니다."

그가 욕설로 짐작되는 어떤 말을 중얼거리는 소리가 들려왔다. 그리고 바로 뭔가 폭발하는 소리가 났다. 배 옆쪽으로 뛰어가보니 거대한 불꽃이 디스코 배와 불과 5미터 간격을 두고 위쪽을 향해 날아가고 있었다.

라이자는 뱃머리에 서서 가늘고 긴 무언가를 어떤 발사 장치에 걸고 있었다.

"설마 그걸 쏘려는 건 아니죠?" 내가 그녀에게 소리쳤다. 하지만 듣고 있는 것 같지 않았다. 심장이 쿵쾅거렸다. 다른 배의 갑판에 있는 사람들이 정신없이 뒤로 물러나는 게 보였고, 겁에 질린 비명과 한 남자가 라이자에게 쌍욕을 퍼붓는 소리가 들렸다. 강아지는 미친 듯이 짖어댔다. 라이자는 신호탄을 하나 더 장전해서 하늘 높이 겨누더니, 귀를 찢을 듯한 쩍 소리와 함께 그들에게서 과히 멀지 않은 창공으로 날려 보냈다. 그러고는 뒤로 비틀비틀 물러났다.

그 배들이 마침내 방향을 돌려 다른 쪽으로 이동하기 시작했고 내 귓속은 여전히 웅웅 울리는 와중에 무전을 타고 흘러나오는 목소리가 들렸다. 그 걸걸한 목소리는 기가 차서, 도저히 믿을 수 없다는 듯 말하고 있었다. "이스마엘! 여기는 모비2. 이스마엘! 여기는 모비2. 원 세상에, 라이자, 기어이 이런 사고를 치고 만 거야?"

7

라이자

부두에 도착했을 때 캐슬린 이모는 이미 나에게 소리를 질러대고 있었다. 이모의 단단하고 꼿꼿한 몸이 분노로 부들부들 떨렸다. 나는 배를 묶어서 고정시키고 밀리를 해안에 내려놓은 뒤 씩씩하게 이모에게로 걸어갔다. "잘못한 거 알아요."

이모는 격분해서 두 손을 번쩍 들어 올렸다. "무슨 짓을 했는지 알기는 해? 너 완전히 돌았니?"

나는 이모 앞에 서서 얼굴로 내려온 머리칼을 쓸어 넘겼다. "생각이 짧았어요."

불안이 가득한 이모의 얼굴을 보니 마치 거울에 반사된 내 얼굴을 보는 것 같았다. 사실, 내 손으로 나를 패버리고 싶은 심정이었다. 돌아오는 20분 내내 도저히 다른 생각은 할 수도 없었다.

"그 배에서 곧바로 해양 경찰에 신고했다고, 라이자. 지금 내가 아는 건 경찰이 이리로 오고 있다는 것뿐이야."

"하지만 증거가 없잖아요?"

"과연 그럴까? 네가 두 번째 신호탄을 쏠 때 그 사람들이 해상 무선으로 교신 중이었다는데도?"

내가 바보짓을 했다는 걸 나도 알고 이모도 알았다. 해상 안전 규칙을 어기고, 모든 상식을 벗어나 조난 신호탄 두 발을 발사 장치에 장전했고, 그 배에 탑승해 있던 승객들이 겁을 먹을 정도로 가까운 거리에서 그들을 겨눴다. 신호탄이라는 건 어디로 떨어질지 예측하기 어렵기로 악명이 높았다. 만약 하나라도 잘못 날아갔다면…. 만약 수색구조대가 현장을 목격했다면…. 하지만, 나도 그게 바보짓이라는 걸 알긴 했지만, 달리 어떻게 그 배들을 쫓을 수 있었을까? 내 손에 든 것이 신호탄이 아니라 총이었다 해도 나는 그 배를 쐈을 거라고 이모에게 차마 말할 순 없었다.

나는 눈을 감아버렸다. 그리고 마이크 도머가 내릴 때까지 기다리지도 않았다는 게 생각나 다시 눈을 번쩍 떴다. 그의 구두가 땅의 모래와 흙을 으깨는 듯한 소리에 그가 우리 옆에 와 있음을 알 수 있었다. 돌아올 때 속도를 낸 탓에 그의 머리는 다 헝클어지고 축축했다. "마이크, 안에 좀 들어가 있을래요? 내가 곧 차를 끓여줄 테니까."

그가 사양하려 들었다.

"어서요." 이모의 목소리에는 거역할 수 없는 강철 같은 무엇이 있었다. "우리 둘이서만 할 얘기가 있어서 그래요."

그의 눈길이 내게 머무는 게 느껴졌다. 그는 마지못해 우리에게서 몇 발짝 떨어지더니 영 들어가고 싶지 않다는 듯 밀리를 쓰다듬었다.

"이제 어떡하죠?" 내가 속삭였다.

"너무 호들갑 떨지 말자고. 그냥 주의만 주고 갈지도 몰라."

"하지만 제 신상을 기록해 가려고 할 테고. 경찰에서도 데이터베이스가 다 있을 텐데…."

이모 얼굴을 보니 이미 이 사실을 다 생각하고 있었음을 알 수 있었다. 그리고 아직까지 해결책을 찾지 못했다는 것도. 내 가슴속의 공포감이 점점 더 커져가는 것을 느끼며 나는 수잰호와 모비2호가 정박하는 쪽을 힐끗 돌아봤다. "그냥 도망갈까봐요." 갑자기 나는 해나와 밀리를 차에 되는대로 막 싣고 떠나는 말도 안 되는 상상을 하고 있었다. 그러나 만의 다른 쪽에서 들려오는 엔진 소리가 나의 주의를 끌었다. 눈에 확 띄는 경고등과 로고를 달고 해안 도로를 달려온 건 뉴사우스웨일스 경찰의 하얀색 소형 오픈 트럭이었다.

"아, 젠장."

"웃어." 이모가 말했다. "무조건 웃고, 사고였다고 말해."

경찰은 둘이었다. 그들이 트럭에서 내리는데 늦은 오후의 태양빛을 받은 배지가 번쩍였다. 태도는 또 어찌나 느긋한지 이들이 과연 심각한 목적으로 온 사람들인가 의문이 들 정도였다. 나는 호주 법에 위배되는 일을 하지 않으려고 극도로 조심하며 살아왔고, 주차위반 딱지 한 장 뗀 적도 없었지만, 내가 생각해도 조난 신호탄을 불법으로, 그것도 다른 배를 향해 발사한 것은 옳지 못한 행동이었다.

"안녕하십니까." 키 큰 경찰이 다가오며 모자에 손을 살짝 갖다 댔다. 그는 나의 바람막이 점퍼와 내 손의 열쇠로 시선을 옮겼다. "그레그도 여기 있었네요." 그가 덧붙였다.

"트렌트 경관님." 이모가 웃으며 인사를 건넸다. "날씨가 정말 좋죠?"

"그러네요." 그의 파란 셔츠 소매는 칼같이 다려져 있었다. 그는 부두의 이스마엘호를 가리켰다. "저 배 소유주신가요?"

"네, 맞아요." 내가 입을 열기도 전에 이모가 대답했다. "이스마엘호는 제 앞으로 등록돼 있어요. 벌써 17년 됐네요."

그는 이모와 나를 번갈아 보았다. "오늘 오후에 두 척의 배에서 신고가 접수됐는데, 이 여자분의 인상착의와 일치하는 사람이 배에서 조난 신호탄을 발사했다고 하더군요. 그 점에 대해 할 얘기 없으십니까?"

무슨 말이라도 하고 싶었지만 저 파란 제복을 보니 혀가 입천장에 붙어 떨어지질 않았다. 마이크 도머가 1미터 정도 떨어진 곳에 서서 지켜보고 있다는 것, 경찰이 이제 나의 정면에 서서 대답을 기다리고 있다는 것만 어렴풋이 인식될 뿐이었다. "저는⋯."

그레그가 내 옆에 서 있었다. "네, 경관님." 그가 모자 끝을 살짝 들어 올렸다 내리며 단호하게 대답했다. "그게, 제 잘못인 것 같습니다."

경찰이 그레그 쪽으로 돌아섰다.

"제가 관광객들을 태우고 나가 있었거든요. 애들이 늘 말썽이란 걸 알면서도 철저하게 관리를 못 했어요. 고래를 찾느라고 잠깐 돌아선 사이에 그 애새끼들이 두 발을 날려버렸지 뭡니까."

"애들요?" 경찰이 의심스럽다는 듯 되물었다.

"제가 못 하게 막았어야 했는데." 그레그가 이렇게 말한 뒤 잠시 담뱃불을 붙였다. "여기, 라이자도 꼭 애들이 말썽이라고 했는데. 하지만 애들이 고래랑 돌고래랑 다 볼 수 있게 풀어놓고 싶은 마음을 또 어쩔 수가 없어서. 아시다시피 좋은 교육 아닙니까." 그레그가 나와 잠깐 눈을 맞췄고, 그의 눈빛에서 뭔가를 읽은 나는 고마운 마음과 함께 참 염치없다는 생각이 들었다.

"사고였으면 왜 해상구조대에 경위를 알리지 않았습니까? 우리가 수색 구조 작업을 시작했으면 쉽게 정리가 됐을 거 아닙니까."

"죄송합니다. 애들이 더 이상 아무 짓도 못 하게 빨리 들어오고 싶은 마음뿐이었습니다. 아시다시피 다른 승객분들도 타고 있었고⋯."

"그레그, 당신 배가 어느 거라고 했죠?"

그레그가 손짓을 해 보였다. 우리 배는 둘 다 15미터 규격의 유람용 선박이었다. 그레그가 자기 배에 써놓은 욕 위에 페인트칠하는 걸 내가 도왔기 때문에 두 배는 색깔도 같았다.

"알겠습니다. 그럼 아이들 이름이 뭡니까?" 경찰이 수첩을 꺼내들었다.

이번엔 이모가 끼어들었다. "저흰 그런 건 안 적어요. 우리 배에 타는 사람들의 신상을 일일이 적고 있다간 생전 바다로 나갈 수가 없을걸요." 이모는 트렌트 경관의 팔에 손을 얹었다. "경관님, 경관님도 우리가 돈에만 눈이 멀어 이 부두를 이용해먹는 그런 장사치가 아니란 거, 잘 아시잖아요. 저희 집안이 이곳에 자리 잡은 지도 벌써 70년이 넘어요. 설마 그 바보 같은 애들 때문에 우릴 처벌할 생각은 아니시죠, 경관님?"

"그레그, 왜 신호탄을 제대로 보관 안 했습니까? 애들이 타서 갑판 밑으로 막 돌아다니면 신호탄 같은 건 보관함에 집어넣고 잠가둬야 하잖습니까."

그레그가 고개를 설레설레 저었다. "그 애새끼들이 주머니에서 열쇠를 빼갔어요. 저는 늘 예비 열쇠를 하나 더 갖고 다니거든요. 만일에 대비해서 말이죠."

누가 봐도 경찰은 그레그의 말을 믿지 않고 있었다. 그는 얼굴을 잔뜩 찡그리고 우리 셋을 차례로 봤고, 나는 겁을 집어먹은 표정을 지우고 억울해 보이는 표정을 지으려고 안간힘을 썼다. 경찰은 다시 수첩을 들여다보더니 이번에는 나를 봤다. "신고자는 여자가 본인을 향해 발사했다고 했습니다."

"머리가 길었어요." 그레그가 재빨리 말했다. "요즘은 남자 여자 분간이 안 된다니까요. 빌어먹을 히피들 같으니라고. 저기, 경관님. 다 제 잘못입니다. 제가 조타기를 잡고 있었고 다 제 책임입니다. 제가 중요한 걸 놓쳤어요. 그래도 아무도 안 다쳤으니 얼마나 다행입니까. 안 그래요?"

나는 숨을 고르게 쉬느라 무진 애를 쓰며, 내 손에 난 작은 상처들을 세기 시작했다. 뭐라도 해야 했다.

"신호탄을 무기로 사용하는 것은 총포, 화약류 등의 안전관리에 관한 법률 위반이고, 뉴사우스웨일스 형법에 의거해 폭행죄로 처벌된다는 사실은 알고 있습니까?"

"안 그래도 제가 애들한테 그대로 얘기해줬습니다. 정말 큰 실수 한 거라고. 그러니까 지들도 여기 도착하자마자 토낀 거 아니겠습니까."

"2,000달러의 벌금 혹은 12개월 형에 해당합니다. 그리고 우리가 정말 까다롭게 나가기로 작정하면 항만보안법에 따라 기소될 수도 있습니다."

그레그는 깊이 뉘우치는 표정을 지었다. 나는 그가 경찰에게 이렇게나 고분고분한 모습을 본 적이 없었다.

"이 일이 알코올과는 관련이 없는 게 좋을 겁니다. 6월에 경고받으신 거, 제가 아직 안 잊고 있습니다." 경찰이 계속 몰아붙였다.

"경관님, 원하시면 당장 음주 측정 해보셔도 좋습니다. 제가 근무 중에는 한 방울도 입에 안 댄다니까요."

갑자기 마음이 아파왔다. 그레그가 느낄 모욕감이 내게도 전해졌다. 내 탓이었다.

경찰들이 경찰차 쪽을 힐끗 돌아봤고, 키 작은 경찰이 무전을 받기 위해 차를 향해 갔다.

"경관님." 이모가 입을 뗐다. "제가 차를 좀 준비할 테니 차가 끓는 동안 이 일을 어떻게 처리하실지 생각해보는 게 어떻겠어요? 트렌트 경관님, 원래 차에 설탕 넣으시죠?"

바로 이 시점에 마이크 도머가 다가왔다. 내 심장이 입 밖으로 튀어나올 뻔했다. 얼른 저리 가요, 나는 속으로 말했다. 마이크는 우리가 경관에게 어떻게 말했는지 전혀 모르고 있었다. 그가 입을 열고 진실을 내뱉는 순간 우리는 끝장이었다.

"저기, 제가 한 말씀 드려도 괜찮을까요?"

"마이크, 지금 말고." 이모가 활기차게 말했다. "지금은 우리가 좀 바빠서요."

"경관님, 자, 가시죠." 그레그가 한 발 앞으로 나와 마이크와 경찰 사이를 막아서며 말했다. "피 검사, 음주 측정기, 뭐든 요구하시는 건 다 협조하겠습니다."

"경찰분께 말씀드리고 싶은 게 있어서 그럽니다." 마이크가 좀 더 큰 소리로 말했다. 그러고 보니 이 남자가 내가 한 짓에 대해 어떻게 생각하는지조차 전혀 모르고 있구나, 나는 공포에 떨며 생각했다. 엄청난 짓을 저질렀다는 현실이 머릿속을 울려대는 데다 그저 빨리 뭍으로 돌아가고 싶다는 마음뿐이었던 나는, 돌아오는 내내 그와 한마디도 하지 않았다.

이모도 나와 같은 생각을 하는 것 같았다. 하지만 너무 늦었다. 마이크가 주머니에서 뭔가를 끄집어내고 있었다.

"마이크, 이 일은 그쪽이 도울 수 있는 일이 아닌 것 같네요." 이모가 단호하게 말했다. 그러나 그의 귀에는 아무 말도 들리지 않는 것 같았다.

"마이크…." 나는 금방이라도 쓰러질 것 같았다.

"저희가 바다에 나가 있는 동안 말입니다." 마이크가 말했다. "갑판 위에서 파티를 벌이고 있는 배들이 가까이 다가왔어요. 고래들을 위협할 정도의 소음과 소란을 만들어내고 있었고요. 그런 걸 처벌할 만한 법도 있을 거라 생각합니다만."

첫 번째 경찰관이 팔짱을 꼈다. "맞습니다."

마이크는 보일 듯 말 듯 미소를 짓더니 휴대폰을 들어 올렸다. 그의 영국식 발음과 억양 덕분에 그에게선 부드러운 권위가 풍겼다. "그래서 말인데, 증거가 있으면 도움이 되실 것 같아서요. 제가 휴대폰으로 찍어뒀습니다. 들어보시면 소음이 어느 정도인지 알 수 있어요." 우리가 입을 딱 벌리고 있는 동안 그의 작은 휴대폰 화면에선 나이트스타2의 동영상이 재생됐다. 그 배의 엄청난 운항 속도는 물론이고 갑판 위에서 흥청대는 술꾼들의 윤곽까지 고스란히 담겨 있었다. 쿵쾅거리는 음악 소리도 다 들렸다. 이렇게 신통한 물건은 본 적이 없었다.

"고래가 고통스러워하는 것 같았습니다. 제가 전문가도 뭐도 아니지만." 마이크가 말했다.

"보세요." 내가 작은 이미지를 가리키며 거들었다. "곶 근처인 게 보이시죠? 저희가 해안 경비대에 무전을 쳤는데 제때 출동하질 않았어요." 안도감으로 내 목소리 톤이 올라갔다.

"복사본을 보내드릴 수 있습니다. 혹시 기소하는 과정에 필요하실 것 같으면." 마이크가 말했다.

경찰들이 당황해서 동영상을 들여다봤다. "그게, 어디로 보내는 편이 좋을지 저희도 확실치 않아서." 경찰 하나가 말했다. "대신 그쪽 번호를 주시면 저희가 연락하겠습니다. 그쪽은 어떻게 되시죠?"

"아, 저는 여기 투숙 중인 사람입니다. 마이클 도머라고 합니다. 영국에서 휴가차 왔어요. 원하시면 여권을 가져오겠습니다." 마이크가 손을 쭉 내밀었다. 여기서 경찰에게 악수를 청하는 것이 과연 흔한 경우일까? 경찰들이 악수하며 황당한 표정 짓는 걸 보니, 역시 아닌 모양이었다.

"지금 당장으로선 필요 없을 것 같습니다. 자, 이제 저희도 그만 가봐야겠습니다. 그래도 신호탄은 제대로 잘 잠가둬야 할 겁니다. 아니면 저희가 또 찾아올지도 모릅니다. 그렇게 되면 분위기가 별로 안 좋을 수도 있어요."

"자물통 두 개 채우겠습니다." 그레그가 열쇠를 흔들어 보이며 말했다.

"경관님, 감사드려요." 캐슬린 이모가 경찰들을 쫓아가며 말했다. "건강 잘 챙기시고요."

나는 어떤 말도 할 수 없었다. 경찰들이 트럭에 올라 후진을 하는 동안, 내 흉부에서부터 길고 떨리는 한숨이 새어 나왔고, 다리가 후들거렸다.

"고마워요." 나는 입만 달싹이며 그레그에게 말하고 마이크에겐 살짝 목례를 했다. 그러고는 무슨 말을 해야 할지 몰라 곧장 집 안으로 뛰어 들어갔다.

나는 여러 면에서 호주를 사랑한다. 그렇다고 이곳에 놀러 왔다가 영영 집으로 돌아가지 않은 뻔한 영국 사람의 이야기나 늘어놓으려는 건 아니다. 왜냐하면 보통의 영국 사람들을 여기 눌러앉게 한 이유들—날씨, 햇볕, 탁 트인 자연—이 보너스인 건 인정하지만, 내가 여기 남은 이유는 아니기 때문이다. 좋은 음식과 와인, 아름다운 풍경 혹은 삶의 여유로운 속도가 나의 딸을 여기서 키우는 걸 더 즐겁게 만들어준 건 분명하지만, 이런 것들 역시 나를 여기 남게 한 이유가 아니다. 내가 이곳에 남은 이유는, 실버베이 같은 조용한 세상의 한 귀퉁이에서는 사람들의 아주 작은 관심도 받지 않고 내 삶을 살아갈 수 있기 때문이었다.

호주 사람들은 영국인들과 같은 유산을 공유하고 있지만, 여러모로 다르다는 걸 깨닫기까지는 그리 오래 걸리지 않았다. 이들은 당신을 액면가 그대로 받아들인다. 어쩌면 서로 비교할 계급 같은 것이 아예 없기 때문에 새로 나타난 사람과 자신의 관계에서 누가 어느 위치에 서 있는지 따지고 들 필요가 없는지도 모르겠다. 만약 당신이 그들에게 솔직하면 대체로 그들도 당신에게 솔직할 것이다. 내가 지칠 대로 지친 나의 딸을 데리고 캐슬린 이모네 묵기 시작한 날부터 이모는 이곳 사람들에게 나를 자신의 조카로 소개했고, 내가 그들에게 인사를 하자 그들도 내게 인사를 했다. 우리는 그렇게 거의 아무 설명 없이 실버베이의 공동체로 흡수됐다.

그런 분위기는 내가 뱃사람 공동체의 일원이 되는 데 도움이 됐다. 선원들의 절반쯤은 잠깐 들어왔다 다시 떠나는 뜨내기들이었다. 나머지 사람들은 이곳에 머무는 각자의 이유가 있을 거였다. 어느 쪽이든 간에 아무도 꼬치꼬치 묻지 않았다. 만약 사람들의 질문에 대답하지 않는 쪽을 택했다 해도, 그 역시 문제 삼는 사람은 없었다. 내가 나의 감정을 언제나 꼭꼭 숨길 만큼 철저하지 못했다는 건, 나도 알고 있다. 그래서 고래 추격꾼들이 최고의 사냥꾼의 직감을 보유했음에도 불구하고, 어떤 일은 그냥 덮어두는 편이 더 낫다 이해해준 점을 나는 더더욱 고맙게 생각한다. 지난 5년간 내가 영국을 떠나온 이유를 집요하게 물어댄 건 그레그뿐이었다. 그레그와 극히 사적인 대화를 나누었을 때에는 부끄럽게도 내가 너무 취해 있었기 때문에 그에게 무슨 얘기를 했는지조차 기억나지 않는다.

나는 마이크 도머라는 사람이 나타났을 때 그가 이 모든 평안을 흔들어놓을 거라 직감했던 것 같다. 그가 캐슬린 이모에게 누가 이 만에서 일하고, 사람들이 오면 얼마나 오래 머물며, 우리는 여기에서 얼마나 오래 살았는지에 대해 온갖 질문들을 하는 걸 엿듣고 극도의 불안을 느꼈기 때문이었다. 그는 휴가차 와 있다고 했지만 휴가를 온 사람 중에 그렇게 집중적으로 질문하는 사람은 본 적이 없었다.

내가 나중에 이모에게 얘기했더니 이모는 내가 지나치게 과민하다고 했다. 우리를 이곳에 오래 데리고 있는 동안 이모는 아무도 우리의 삶에 끼어들지 않을 거라 안심하게 된 것 같다. 이모는 모든 게 나의 망상이라 했고, 비록 말은 안 했지만 왜 그런지도 다 이해한다는 듯한 표정이었다.

하지만 나는 마이크란 작자가 나의 영역을 존중해주지 않을 거란 의심이 들었다. 이스마엘호에 관광객 여럿을 태우고 나가면 그들은 자기들끼리 대화를 나눴다. 하지만 한 사람만 태우고 나가면 그들은 나와 얘기를 나누고 싶어 했다. 내게 질문을 하고 싶어 했고, 그들의 바다에서의 경험에 나란 사람의 일부까지 포함시켜 집에 가져가고 싶어 했다. 그게 바로 내가 손님을 하나만 태우고 나가지 않는 이유였다.

그레그도 그 사실을 잘 알고 있었다. "그래서, 어떻게 둘만의 오붓한 외출을 하게 된 거야, 응?" 그리고 기어이 물고 늘어져 내 기분을 망쳐놓아야 직성이 풀릴 사람이었다. 우리는 벤치에 앉아 날이 저물어가는 해변에서 해나가 밀리를 데리고 물에 떠다니는 해초 같은 걸 쫓아다니는 모습을 지켜보고 있었다. 마이크 도머는 자기 방에 있었고, 캐슬린 이모는 맥주를 더 가지러 들어갔다. 그레그는 랜스와 요시가 듣지 못하게 작게 물었다.

"돈이 제일 큰 이유지."

그레그는 나를 위기에서 구해주었으니 당연히 그 정도는 물을 권리가 있다고 생각하는 게 분명했다. 정말, 속이 너무 빤히 보였다. 나는 바지 주머니에서 지폐 뭉치를 꺼냈다. "500달러야. 한 번 다녀오는데."

그레그가 돈을 빤히 봤다. 그리고 평소답지 않게 무슨 말을 할지 생각하는 것 같았다. "당신이랑 한 번 배를 타는 데 웬 돈을 그렇게 쓴대?"

그 질문에까지 답할 필요는 없었다. 그레그 역시 똑같은 짓을 하고도 남을 인물이었기 때문이다.

"그래서 무슨 얘기를 했는데?"

"아, 정말 왜 그래?"

"그냥 궁금해서 그래. 그 인간 말이야, 어느 날 불쑥 나타나서, 무슨 할 일 없는 사람처럼 여기저기 돈이나 뿌리고 다니고…. 도대체 뭐 하는 작자야?"

나는 어깨를 으쓱했다. "알지도 못하지만 내 알 바 아니야. 뭘 그리 신경 써? 금방 떠날 텐데."

"그러는 게 신상에 좋을 거야. 난 그 작자 싫어."

"언제 좋아하는 사람은 있었고?"

"갑자기 어디선가 나타나서 당신한테 알랑거리는 놈들, 난 싫어."

해나가 숨이 턱에 차서 깔깔 웃으며 우리에게 달려왔다. 밀리는 내 발치에 털썩 앉았다. "밀리가 엄청 징그러운 거 위에서 굴렀어요. 냄새가 엄청 나요. 죽은 게였던 것 같아요."

"숙제는 없어?" 나는 아이의 얼굴로 내려온 머리를 뒤로 넘겨주려고 손을 뻗었다. 요즘은 볼 때마다 애가 조금씩 자라 있는 것 같았고, 얼굴에서도 새로운 모습이 계속 보였다. 언젠가는 이 아이가 내게서 떨어지게 될 것임을 알려주는 예고편이었다. 우리 둘을 하나로 묶고 있는 유대를 생각할 때 그게 어떻게 가능할지는 알 수 없었다.

"시험공부만 하면 돼요. 화요일에 과학 시험 보거든요."

"그럼 지금 해버려. 그럼 저녁 내내 자유로울 수 있잖아."

"시험 범위가 뭔데?" 요시가 물었다. "갖고 나와봐. 필요하면 내가 도와줄게."

지난 몇 년 사이 알게 된 건데, 선원들 중에는 해나를 정식으로 가르쳐 줄 수 있을 정도로 전문 지식을 갖춘 사람들이 꽤 많았다. 예를 들어 요시는 생물학과 해양과학에 석사학위를 갖고 있었고, 랜스는 날씨에 관한 한 모르는 게 없었다. 물론 개중엔 내가 감탄하기는 어려운 것들을 가르치는 선원들도 있었다. 예전에 한번 해나에게 욕을 가르쳤던 스코티는 내가 자릴 비운 사이 애한테 담배를 한번 빨아보라고 권하기도 했다. 랜스가 현장을 목격하고 그 자리에서 스코티를 때려눕혔지만. 물론 내 딸에게도 그 아이만의 장기가 있는데, 아마도 내게서 물려받은 거지 싶다. 사람들을 가늠하는 법, 그들이 누구이고 어떤 사람인지 확신이 생길 때까지 거리를 두는 법, 사람들이 많이 있는 자리에서 자기를 안 보이게 하는 법 그리고 슬픔에 대처하는 법.

해나는 이런 것을 너무 일찍부터 배웠다.

요시가 해나와 함께 앉았고, 밤이 우리 곁으로 내려앉는 사이 그 둘은 삼투압과 관련된 내용을 열심히 읽어나갔다. 요시는 나보다 설명을 훨씬 잘했다. 나는 교육을 많이 받았다고 할 수 없고, 그건 해나가 되풀이하지 않길 바라는 실수였다.

그레그는 내가 낮에 있었던 사건으로 충격을 받았다고 생각하고 오늘 자기 배에 탔던 '사랑과 전쟁' 커플의 이야기로 나를 웃게 하려고 노력했다. 그는 수잰이나 자기 배의 운명에 대해서는 언급하지 않았다. 나는 수잰이 조금만 물러나주길 바랐다. 하지만 사실 나의 시선은 계속 해안 도로 쪽을 헤매고 있었다. 다시 그 경찰 트럭이 나타나고, 그 파란 제복의 남자들이 그 차에서 내릴 것만 같았기 때문이다.

그레그가 내 쪽으로 바짝 다가왔다. "오늘 밤 우리 집에 올래? 조선소에 있는 친구한테서 비디오를 잔뜩 빌려왔거든. 새로 나온 코미디들이야. 당신이 좋아할 것 같은데." 그레그는 최대한 가볍게 들리도록 말하고 있었다.

"고맙지만, 됐어."

"그냥 영화만 보자는 거야."

"그레그, 그냥 영화만 본 적 없잖아."

"그럼 다음에." 그의 눈이 내 눈에 머물렀다.

"그래, 다음에."

마지막 남은 빛마저 완전히 사라졌을 때 마이크 도머가 밖으로 나왔다. 스토브가 켜져 있었고, 이모가 두툼한 흰 빵에 베이컨을 넣고 샌드위치를 만들었다. 나는 별로 식욕이 없어서 베이컨만 께적께적대고 있었다. 차가워진 공기 때문에 해나가 목도리를 둘둘 감고 검정 머리카락은 하나로 묶은 채 내 옆에 붙어 앉아 있었다. 아이의 머리에 얼굴을 묻으면 샴푸향이 났다.

이모가 내게 접시를 건넸고, 마이크는 남은 자리에 앉기 위해 테이블 옆쪽으로 돌아왔다. 그는 샤워를 한 것 같았고 배에서 입고 있던 것과 다른 셔츠와 스웨터를 입고 있었다. 깨끗하고 고급스러운 옷 때문에 그의 모습이 더 두드러졌다. 우리들 대부분은 바람막이 점퍼나 비옷으로 가릴 수만 있다면 옷 하나로 몇 날 며칠이고 버틸 수 있었다. 그는 나를 힐끗 보더니 다른 사람들을 보며 작은 목소리로 '좋은 저녁'이라고 인사했다. 실버베이에는 영국 사람들이 많이 오지 않기 때문에 내 나라의 억양을 듣는 건 몇 년 만의 일이었다.

해나가 몸을 내밀었다. "제가 쓴 거 보셨어요?"

그가 고개를 갸우뚱했다.

"아저씨 컴퓨터에 제가 메모를 남겼거든요. 저번에 이거저거 하다가

143

아저씨가 사람들을 검색하는 법이라고 알려준 거 해봤어요."

그가 샌드위치를 집었다.

"캐슬린 이모를 한 번 더 찾아보고, 그다음에 아저씨를 검색했어요."

그가 고개를 번쩍 들었다.

"아저씨 사진도 있어요. 아저씨 얼굴 사진요. 그리고 회사도 나와 있고."

그는 이상할 정도로 불편해 보였다. 자기 삶이 파헤쳐지길 원치 않는 사람들의 마음을 나는 누구보다도 잘 이해한다. 그래서 남의 사생활을 캐내는 거 아니라고 해나를 나무랐다.

"그래서 그게 무슨 일인데요?" 랜스가 물었다. "마약? 인신 매매? 스퀴트*를 좋은 가격에 대줄 수 있는데. 원하신다면 개도 한 마리 덤으로 끼워 드리고."

해나가 랜스의 팔을 쿡 찔렀다. "사실은요, 좀 지루해 보여요." 해나가 씩 웃으며 말했다. "저는 도시에서 일하고 싶진 않을 것 같아요."

"내 생각도 그래." 다시 여유를 찾은 듯한 마이크가 말했다. "너는 여기에서 더 좋은 조건을 찾을 수 있을 거야."

"진짜 무슨 일을 하는데요?" 그레그가 물었다. 그의 적대적인 말투로 그가 아직도 나와 무모한 뱃놀이를 즐긴 마이크를 용서하지 않았다는 걸 알 수 있었다. 그래서였을까, 마이크를 보호해주고 싶은 마음이 들었다.

마이크는 샌드위치를 한입 크게 베어 물고 말했다. "주로 리서치를 해요. 금융 거래의 기반이 되는 정보와 자료를 찾죠." 음식 때문에 그의 말이 또렷이 들리지 않았다.

"아." 그레그가 무시하듯 말했다. "지루한 일이네."

---

* 〈니모를 찾아서〉에 등장하는 아기 바다거북.

"그 회사가 아저씨 거예요?"

아직 입 안이 꽉 차 있는지 마이크가 고개를 저었다.

"돈은 많이 줘요?" 랜스가 물었다.

마이크가 다 씹은 후에 말했다. "괜찮은 편이에요."

나는 해나가 안으로 들어갈 때까지 기다렸다가 그에게 한 번 더 말했다. "저기요, 아까는 미안했어요. 저 때문에 놀라셨죠? 그 배들을 달리 어떻게 쫓아내야 할지 알 수가 없어서. 그래도 바보 같은 짓이었어요. 제가 너무… 경솔했어요. 더구나 손님을 태우고 그러면 안 되는 거였는데."

그는 맥주를 한두 병 마신 상태였고, 자기 나름의 선에선 한껏 풀어진 모습이었다. 스웨터 목 언저리의 셔츠 단추도 풀어놓고 소매는 둘둘 말아 올리고 있었다. 그는 의자에 기대 앉아 원래는 바다가 있을 법한 자리지만 지금은 까맣게 아무것도 보이지 않는 어느 지점을 응시하고 있었다. 구름이 달조차 가렸고, 나는 현관의 불빛에만 의지해서 그의 미소를 알아볼 수 있었다.

"조금 놀라긴 했어요." 그가 말했다. "그 사람들을 작살로 찌를 기세더라고요."

저런 미소를 짓는 사람이 어떻게 나를 경찰에 고발할 거라고 의심할 수가 있었을까. 하지만 나는 그런 사람이다. 특별한 예외가 아닌 경우 나는 일단 의심한다. "그건 뭐, 다음 기회에." 내가 말하자 그가 풋 웃었다.

마이크, 저 남자는 괜찮은 사람이었다. 그리고 내가 남자에 대해 이런 생각을 한 건 정말 오랜만의 일이었다.

내 방은 호텔의 뒤편에 있었다. 복도의 제일 끝, 호텔 건물에서 가장 먼 지점이었고, 바다와 나 사이를 가르고 있는 건 이 건물의 유리와 목재뿐이었다. 해나의 방은 복도에서 하나 안쪽으로 내 옆방이었다. 아이는 어렸을 때 한밤중이면, 우리 둘이 인정하는 것보다는 사실 더 자주, 복도를 따라 살금살금 내 방으로 와 침대 안으로 기어들었다. 그러면 나는 아이를 내 품에 안고 그 존재, 따뜻한 체온과 향긋한 냄새에 감사함을 느꼈다. 나는 내 옆의 아이를 느낄 때만 곤히 잘 수 있었다. 한 번도 그런 얘기를 하진 않았다. 나의 숙면까지 자기 책임이라 생각하게 만들기엔 이미 해나가 짊어져야 할 짐들이 너무 많았다. 하지만 내 이불을 당겨 덮어주기도 전에 곤히 잠드는 모습을 보면 해나 역시 내 옆에서만 잘 잘 수 있는 걸지도 모르겠다는 생각이 들었다.

밀리는 나와 창문 사이, 바닥에 깔린 깔개 위에 몸을 쭉 뻗고 잤다. 나는 여기 도착한 그날부터 늘 창문을 열어두고, 바다의 소리에 마음이 잔잔해지는 것을 느끼며, 시야를 가리는 것 하나 없이 끝없이 펼쳐진 하늘 위로 무수히 박힌 별들에 위안을 받으며 잠들곤 했다. 내게 창을 완전히 닫고 자야 할 만큼 추운 밤은 없었다. 두 층 위로 올라온 나의 방에서 나는 혼자 생각에 잠길 수 있었고, 혼자일 때면 아무도 듣지 않게 울 수 있었다. 그때만이 내가 유일하게 창을 닫는 순간이었다. 내가 내는 그 어떤 소리도 저 아래의 선원들이나 길 잃은 누군가에게 닿지 않도록.

반대의 경우도 마찬가지였다. 동풍이 나의 숨죽인 눈물을 아래쪽으로 싣고 내려가듯이 서쪽에서부터 불어오는 잔잔한 미풍은 그들의 말소리, 웃음소리를 내게 곧장 실어 올려줬다. 그래서 나는 플리스를 머리 위로 당겨 벗어버린 후, 옷을 반만 벗다 만 상태로 그레그의 목소리를 들을 수 있었다. 그는 술에 취해 약간 대담해져 있었고 목소리의 온기도 사라지고 없었다. "그래봤자 그 여자랑 아무것도 할 수 없을 거야." 그레그는 자신 있게 말하고 있었다. "나는 4년을 기다렸다고. 그리고 장담하는데 나만큼 그 여자에게 가까이 다가간 사람은 없어."

몇 초가 흐르고 난 뒤에야 나는 그레그가 내 얘기를 하고 있다는 걸 알아차렸다. 그리고 그의 오만함에, 감히 나를 소유하고 있는 것처럼 구는 태도에, 이런 얘기를 낯선 사람에게 하고 있다는 사실에 너무 화가 나서 당장 도로 옷을 입고 내려가 따지고 싶은 강한 충동이 일었다.

하지만 그러지 않았다. 또 다른 싸움을 시작하기엔 낮에 있었던 사건으로 진이 다 빠져 있었다. 나는 그냥 누워서 그레그 도노호에게 욕을 해주고 말았다. 그리고 영국식 발음으로 들려올 그에 대한 대꾸와 그로 인해 불거질 그다음 상황에 대해선 되도록 생각하지 않으려고 애썼다.

마이크 도머의 반응을 듣지 못했다는 걸 깨달은 건, 한 시간이 족히 지난 뒤였다.

8
캐슬린

그는 내가 모른다고 생각했다. 자신이 그녀를 볼 때마다 얼굴이 횃불처럼 환히 빛난다는 사실을 깨닫지 못하고 있었다. 그에게 경고를 할 수도 있었다. 그레그가 한 말이 영 틀린 얘기는 아니라고 말해줄 수도 있었다. 하지만 그런다고 뭐가 달라진단 말인가. 사람들은 어차피 자기가 듣고 싶은 말만 듣는 법. 그리고 지금까지의 내 경험에 의하면, 남자란 족속은 자기가 무언가를 간절히 원하면 온 세상이 자기를 중심으로 돌아가게 만들 수 있다고 믿어 의심치 않는 사람들인 것을.

그렇긴 하나, 내 조카에게 접근하기 시작한 이상, 나는 영국 런던에서 온 마이클 도머라는 남자를 좀 더 유심히 볼 수밖에 없었다. 순수하게 오가는 대화에서 그의 성격을 알아볼 단서를 찾았고, 그의 개인사에 대해 좀 더 알아보려고 애썼다. 해나는 그가 런던에서 일한다고 했고, 그가 내게 보충해준 내용을 들어봐도 별달리 흥미로운 점은 없는 것 같았다. 그가 돈이 많아 보인다는 사실에 끌리는 사람들도 있겠지만 이곳에선 한 번도 돈이 큰 의미였던 적이 없었고, 나는 물론 관심도 없었다. 게다가 이 호텔을 운영하면서 나는 돈이 인격에 미치는 영향을 익히 보아왔고, 그게 유쾌하게 작용한 경우는 지극히 드물었다. 물론, 마이크 도머는 선해 보였고, 한결같이 예의 바르게 행동했으며, 해나가 아무리 사소한 걸 물어도 언제나 성의 있게 받아주었다. 그리고 이 모든 게 그에게 좋은 점수를 줬다. 게다가 잘생기기까지 했다. 적어도 내 눈에는 그랬다. 물론 해나는 내 눈이 썩 믿을 만한 건 아니라고 했지만 말이다. 그리고 그의 태도가 조용하고 느긋하다고는 해도 결코 만만한 사람은 아니었다. 어느 늦은 밤에 그레그가 이 남자가 내 조카에게 접근하지 못하도록 경고하려 들자 그는 "충고, 고맙습니다"라고 대답했다. 그때 나는 문간에 서서 혹시 무슨 일이 터지는 건 아닌지 지켜보고 있었는데 그가 특유의 딱 부러지는 말투로 이렇게 말했다. "하지만 제가 그쪽 충고를 듣지 않는다 해도 너무 섭섭해하진 마세요. 제 사생활은 그쪽에서 참견할 일은 아니니까요." 그러자 놀랍게도 그레그가—어쩌면 그레그도 나처럼 뜻밖의 반격에 당황했는지도 모른다—물러났다.

실버베이에서 거의 3주나 지냈음에도 불구하고 마이크는 여전히 물밖으로 나온 고기 같아 보였다. 목의 깃이 조금 느슨해지고 바람막이 점퍼도 하나 장만하긴 했지만, 아직도 매일 저녁 선원들과 앉아 있는 모습을 보면 내가 도심 한복판의 어느 대기업 회의실에 앉아 있는 것만큼이나 어색했다.

아, 물론 노력은 하는 것 같았다. 선원들의 농담에 웃으며 열심히 반응했고, 그들이 짓궂게 놀려도 잘 받아넘겼으며 늘 자기가 마신 것보다 돈을 더 많이 냈다. 그리고 아무도 자기를 보고 있지 않는 것 같으면, 나의 조카를 응시했다.

그런데도 마이크 도머의 무언가가 계속 마음에 걸렸다. 어딘지 모르게 우리에게 솔직하지 않은 느낌이 있었다. 그의 가장 중요한 본질이 가려져 있다는 게 계속 불편했다. 왜 싱글 남자가 우리 호텔처럼 이렇게 조용하고 작은 휴양지에 이토록 오래 머문단 말인가? 왜 자기 가족 얘기는 절대로 하지 않는 걸까? 어느 날 아침, 그는 아직 미혼이고 아이도 없다고 말하고는 예의 바르게 주제를 바꿨다. 내가 알기로 대부분의 남자들, 특히 성공한 남자들은 입만 열었다 하면 자기 얘기를 해대느라 바빴지만, 이 남자는 자기 자신에 대한 그 어떤 것도 우리에게 알리고 싶은 마음이 없는 것 같았다.

그러던 어느 날 오후, 우연히 그가 시 의회 사무실에서 나오는 걸 보게 됐다. 나는 해나의 새 교복을 찾으러 시내에 나간 참이었다. 라이자는 그날 고래 관광이 두 차례나 잡혀 있어서 시간을 뺄 수 없었다. 교복값을 찾아 은행 밖에 나와 섰는데 마이크가 커다란 파일을 팔 밑에 끼고 계단을 한 번에 두 개씩 내려오고 있었다.

그 사실 자체만으로는 이상할 게 없었다. 관광 안내 사무소가 그 건물 1층에 있었기 때문에 우리 호텔에 묵는 손님들 중에서도 그곳에 들르는 사람들이 많았고, 내가 나서서 한번 가보시라고 권하기도 했다. 그런데 마이크는, 뭐라고 딱 꼬집어 말할 순 없었지만, 우리 집에서 볼 때보다 어딘가 더 꼿꼿하고 역동적인 느낌이었다. 그리고 나를 발견했을 때의 그의 표정이란. 나는 사람들이 들켰다고 느낄 때의 모습이 어떤지 잘 안다. 흠칫 놀라는 표정. 그의 얼굴에 그 모습이 있었다.

그러나 그는 금방 표정을 수습하고 성큼성큼 길을 건너왔다. 시내에 와서 본 것들에 대해 이런저런 얘기를 했고, 엽서를 사기에 좋은 곳이 어딘지 물었다. 하지만 나는 약간 동요할 수밖에 없었다. 갑자기 마이크가 뭔가 숨기고 있다는 느낌이 들었기 때문이다.

니노는 내가 너무 과잉 반응하는 것 같다고 했다. 그도 라이자의 개인사에 대해 약간—그가 알아야 할 만큼만—알고 있었고 내가 조카를 너무 과보호한다고 생각했다. "다 큰 아이야." 니노는 말했다. "라이자는 여기 도착했을 때랑은 아주 다른 사람이 됐다고. 서른두 살 먹은 조카를 갖고 아직도 그러고 있음 어떡하나." 맞는 말이었다. 사실, 그동안 동생과 라이자가 보내줬던 사진들, 지난 15년간의 라이자의 삶의 기록인 그 사진들을 순서대로 들여다보다 보면 니노의 말이 옳다는 걸 알 수 있다.

사진 속에 담긴 삶이란 것이 특별할 것도 없지만, 라이자의 모습은 그 아이의 상황을 너무나도 노골적으로 반영하고 있었다. 내 동생, 자신의 엄마가 죽었을 때 라이자의 눈 크기만 봐도 알 수 있다. 그로부터 1년 뒤에 라이자는 요란하고 짙은 화장을 하고 있었다. 짐작건대 그 뒤에 숨기고 싶은 무엇이 있었던 것 같다. 하지만 나는 그런 모습이 너무나 낯설었다. 4학년으로서 겪는 고충이나 조랑말에 대해 두서없는 편지를 쓰고, 여기 놀러오면 부두를 따라 재주넘기나 하던 아이가 그렇게 자신을 위장하고 있다는 것을, 나로선 정말 믿기 힘들었다.

그리고 몇 년이 흐른 뒤엔 다른 것이 보였다. 엄마가 되면서 부드러워지고 약간은 연약해진 모습이었다. 출산을 하고 불과 몇 시간 후라 땀에 젖은 머리카락이 얼굴에 가닥가닥 붙은 라이자는 지쳤지만 자랑스러운 모습이었고, 해나가 걸음마를 시작한 후에는 비좁은 증명사진 부스 같은 곳에서 해나의 통통한 볼에 입을 맞추고 있었다. 스티븐이란 남자를 만난 뒤에는 사진이 오지 않았다. 그 시기에 내가 유일하게 받은, 어디에 별로 내놓고 싶지도 않은 그 사진 속에서, 라이자의 어깨에 팔을 두른 스티븐은 아버지가 돼서 자랑스럽다는 듯 우쭐한 표정이다. 니노는 그때도 내 반응이 과민하다고 했다. "라이자는 아주 예쁘구먼. 비싼 옷도 차려입

151

고." 하지만 내가 보기에 라이자의 눈은 무언가를 감추려는 듯 텅 비어 있었다.

라이자가 여기 온 뒤로는 사진이 한 장도 없다. 사진을 찍을 필요가 없었으니까.

5년이 흐른 지금, 라이자의 사진은 무엇을 보여주려나? 더 현명해지고 강해진 여인. 과거와 화해하지 못한, 그리고 과거로부터 필사적으로 달아나려고 하는 여자?

좋은 엄마. 용기 있고 사랑이 많은, 그러나 슬픈, 약간은 지나치게 조심스러운 사람. 이것이 라이자의 사진이 보여줄 모습일 거다. 만약 본인이 찍어도 좋다고 허락만 해준다면 말이다.

다음 날 아침, 해나와 라이자가 부엌 식탁에 앉아 아침을 먹고 있는데 택배 차가 밖의 흙먼지 위로 미끄러지며 멈춰 섰다. 택배 기사는 껌을 짝짝 씹으며 마이크 앞으로 온 상자를 내밀었고, 내가 대신 서명했다. 마이크가 내려왔을 때―이제 그는 거의 매일 우리와 함께 부엌에서 식사를 하고 있었다―해나는 이미 궁금해서 미치기 일보 직전이었다.

"택배가 왔어요!" 마이크가 나타나자 해나가 말했다. "오늘 아침에 왔어요."

상자를 집어 들고 자리에 앉은 그는 내가 이제껏 본 스웨터 중에 제일 부드러워 보이는 스웨터를 입고 있었다. 하마터면 캐시미어냐고 물어볼 뻔했다. "생각보다 빨리 왔네." 마이크는 그렇게 말하더니 라이자에게 쑥 내밀었다. "그쪽 거예요."

라이자의 표정에는 깊은 의심이 담겨 있었다.

"뭐라고요?"

"가지시라고요."

"이게 뭔데요?" 라이자는 만지고 싶지도 않다는 듯 상자를 노려봤다. 라이자는 아직 머리를 묶지 않고 있었고, 양쪽 뺨으로 흘러내린 머리카락 때문에 표정을 읽기가 어려웠다. 어쩌면 그게 라이자의 의도였는지도 모르겠다.

"열어봐요, 엄마." 해나가 말했다. "엄마가 뜯기 싫음 내가 뜯을게요." 해나가 상자로 손을 뻗었고, 라이자는 상자가 손가락 사이로 빠져나가게 뒀다.

내가 빵을 자르는 동안 해나는 잘 안 뜯어지는 부분엔 칼까지 대며 보호 비닐 포장을 벗겨냈다. 얼마 후 포장을 다 뜯어낸 해나는 그 안에 있던 상자를 들여다봤다.

"휴대폰이에요!"

"동영상 촬영 기능도 있어요." 마이크가 사진을 가리키며 말했다. "제 휴대폰처럼. 그 문제의 배들을 촬영하는 데 쓰면 좋을 것 같더라고요."

라이자는 작은 은색 물건을 빤히 보고 있었다. 어찌나 정교하고 작던지, 나 같은 노인네는 현미경과 연필심을 갖고도 자판을 누르기 힘들 것 같았다. 한참을 그렇게 있다가 라이자가 물었다. "이거 얼만가요?"

마이크는 빵에 버터를 바르고 있었다. "그건 신경 쓰지 마세요."

"받을 수 없어요. 엄청 비쌀 텐데."

"이걸로 영화도 찍을 수 있어요?" 해나는 이미 설명서를 찾느라 상자를 뒤지고 있었다.

마이크는 미소를 지었다. "정말로 돈 하나도 안 들었어요. 이 휴대폰 만드는 업체와 예전에 거래한 적이 있어서, 그쪽에서 기꺼이 보내준 거예요." 그리고 자기 주머니를 톡톡 쳤다. "제 것도 그렇게 얻은 거예요."

해나는 감동한 눈치였다. "사람들이 아저씨한테는 물건을 공짜로 막 줘요?"

"그런 걸 비즈니스라고 하는 거야." 마이크가 말했다.

"그러면 원하는 건 뭐든지 다 가질 수 있어요?"

"나한테 뭔가를 주는 사람이 언젠가는 내게서 뭔가를 돌려받을 수 있다고 생각하는 경우에만." 그러더니 서둘러 한마디 덧붙였다. "내 말은, 비즈니스에선 그렇다고."

나는 마이크 앞에 우유를 내려놓으면서 그 말에 대해 생각했다. 그럴 생각은 아니었는데 자꾸만 그의 말 한마디 한마디를 깊이 생각하게 됐다. 요전 날의 우연한 만남에 대해선 생각하지 않으려고 노력했다.

"그럼 말이죠." 라이자가 전화기를 만지려고도 하지 않자 그는 이렇게 말했다. "빌렸다고 생각하세요. 일단 받고 고래 이동 시즌에 활용하세요. 저번 일을 생각하면 저도 마음이 안 좋아서. 나쁜 놈들을 상대할 때 무기를 쥐고 있다 생각하면 훨씬 든든하잖아요."

이 말이 내 조카에게 설득력이 있을 거라는 걸 나는 알았다. 마이크는 라이자가 이번 시즌 내내 매일 두 번씩 손님을 가득 태우고 고래 관광을 나서도 이런 기계를 살 돈은 마련 못 할 거라 짐작했던 모양이었다.

마침내, 라이자는 주저하듯 해나에게서 휴대폰을 받아들었다. "그럼 국립공원 측에 사진을 바로 전송할 수도 있겠네요." 휴대폰을 손에서 뒤집어보며 라이자가 말했다.

"누군가가 잘못된 행동을 하는 걸 본 그 즉시 가능하죠. 캐슬린, 저 커피 조금만 더 마실 수 있을까요?" 마이크가 말했다.

"그런 디스코 배 말고도 뭐든지 다 찍을 수 있을 것 같아요. 낚싯줄에 걸려 고통받는 생명들도. 내가 안 쓸 때 다른 배에 빌려줘도 되겠고."

"나는 돌고래를 찍어 영화를 만들어서 학교에서 발표할 수도 있을 것 같아요. 그러니까 내 말은, 돌고래를 볼 수 있게 엄마가 데리고 나가주기만 한다면." 해나는 엄마를 올려다봤지만 라이자는 여전히 휴대폰만 뚫어져라 보고 있었다.

"무슨 말을 해야 할지 모르겠네요." 라이자가 겨우 말했다.

"별것 아니에요." 마이크가 그런 말은 들을 필요도 없다는 듯 말했다. "정말요. 그런 인사 들을 일이 아니라니까요." 자기 의사를 강조하려는 듯 그는 신문을 집어 들고 읽기 시작했다.

그러나 내 눈에는 다 보였다. 마이크는 신문의 인쇄된 글자들을 읽고 있는 게 아니란 걸. 그 휴대폰에 대해 나는 달리 짚이는 데가 있었고, 나중에 그의 침대를 정리하다가 영수증을 발견했을 때 내 직감이 맞았음을 확인했다. 그 휴대폰은 어떤 인터넷 사이트에서 주문한 것이었고, 이 호텔이 일주일 동안 벌어들이는 돈보다 더 많은 돈을 줘야 살 수 있는 것이었다.

라이자와 해나가 여기 도착했던 날, 나는 시드니 공항까지 꼬박 세 시간을 운전해서 모녀를 데려왔다. 호텔로 돌아오자마자 라이자는 내 침대에 누웠고 아흐레 동안 일어나지 않았다.

사흘째 되던 날, 나는 겁이 나서 의사를 불렀다. 라이자가 일종의 혼수상태에 빠진 것 같았기 때문이었다. 먹지도 않았고, 자지도 않았고, 이따금 내가 침대 옆 탁자에 올려놓은 차만 조금씩 목으로 넘길 뿐 어떤 질문에도 답하기를 거부했다. 대부분의 시간을 한낮의 더위에 땀을 흘리며 모로 누워 벽만 보고 있었다. 금발은 길게 흘러내려 있었고, 얼굴에는 상처가, 팔에는 커다란 멍이 있었다. 암스트롱 선생님이 라이자와 얘기를 해보시더니 건강 상태는 기본적으로 괜찮다며, 바이러스일 수도 있고 어쩌면 노이로제일 수도 있으니 잘 쉬게 놔두어야 한다고 했다.

나는 라이자가 여기 죽으러 온 건 아니라는 사실에 안도했던 것 같다. 하지만 라이자가 오면서 내가 해야 할 일이 많아졌다. 겨우 여섯 살이었던 해나는 매우 불안해했고 잘 떨어지려 하지 않았으며 툭하면 눈물이 그렁그렁해서 울음을 터뜨렸다. 밤에는 흐느끼며 복도를 헤매다가 발견되는 일이 잦았다. 하루 낮과 이틀 밤이 꼬박 걸려 도착한 곳에서 돌봐줄 사람이라곤 한 번 만나본 적도 없는 낯선 할머니뿐이라는 상황을 생각하면 별로 놀라울 일도 아니었다. 때는 한여름이어서 아이는 더위에 발진이 돋았고, 모기에 죽도록 뜯겼으며, 왜 밖에 나가 뛰어놀지 못하는지 이해하지 못했다. 나는 뙤약볕에 아이의 새하얀 피부가 상할까 염려됐고, 물가에 너무 가까이 가는 것도 걱정됐고, 아이가 다시 돌아오지 않을까 봐 불안했다.

내가 집안일에 잠깐 정신이 팔려 아이를 보고 있지 않으면, 아이는 위층으로 몰래 올라가 작은 원숭이처럼 엄마에게 매달렸다. 마치 엄마를 안아서 다시 삶으로 데려오기라도 할 것처럼. 아이가 밤에 우는 소리를 들으면 가슴이 무너져 내렸다. 하늘에 있는 내 동생을 부르며, 너의 아이들을 내가 어떻게 하면 좋겠냐고 묻던 기억이 난다.

9일째 되는 날, 더 이상 이렇게는 안 되겠다는 생각이 들었다. 나는 눈물이 마를 새 없는 아이와 호텔 손님들을 돌보느라 지칠 대로 지쳐 있었다. 아이는 아이대로 자신의 상황을 시원하게 설명하지 못했고 나 역시 아이에게 해줄 수 있는 말이 아무것도 없었다. 나는 내 침대를 다시 되찾고 싶었고, 잠시 잠깐이라도 평화를 원했다. 한 번도 내 식구가 없었던 나는 아이들과 함께 딸려온 혼란에, 그들의 끝없이 변하는 요구사항에 익숙하지 않았고, 점점 날카로워졌다.

그 시점에서 나는 혹시 마약은 아닌가, 반쯤 의심하게 됐다. 라이자는 삶과 너무 괴리된 것처럼 보였고, 너무 창백하고 정신이 완전히 풀려 있는 것 같았다. 나는 약간은 당황스러운 마음으로 무엇이든 원인일 수 있다는 결론을 내리게 됐다. 사실 라이자와는 지난 몇 년간 거의 연락을 하지 않았기 때문에 정말 모르는 일이었다. 좋아. 만약 나의 집까지 그런 걸 가져왔다면 나에게 말해야 마땅했다. 여기에선 나의 규칙에 따라야 했다.

"일어나." 나는 창문을 열어젖히고 새로 끓여온 차를 옆에 내려놓으며 소리쳤다. 아무 반응이 없자 이번에는 이불을 확 젖혔는데 라이자의 몸이 어찌나 앙상하던지 그만 움찔하고 말았다. "라이자, 날씨가 정말 좋아. 그리고 이제 너도 일어날 때가 됐어. 네 딸이 너를 필요로 해. 그리고 나도 할 일이 너무 많아."

그때 라이자가 고개를 돌리던 모습, 다시 살아난 공포로 어두워진 눈동자, 그 모습을 보고 나의 결심이 어떻게 증발해버렸는지까지 지금도 오롯이 기억난다.

"라이자, 왜 그래?" 내가 가만히 물었다. "대체 무슨 일이야?"

라이자가 내게 모든 걸 말했을 때, 나는 내 조카를 가슴에 끌어안고 손마디마디가 하얘지도록 꽉 붙들었다. 그리고 저 멀리 수평선을 응시하고 있는데, 마침내 1만 9,000킬로미터와 몇백 시간을 넘어온 뒤 처음으로 라이자가 흐느껴 울었다.

그날 새끼 고래가 해변으로 흘러왔다는 소식을 들은 건 밤 10시가 넘어서였다. 요시가 그날 오후에 무전으로 고래 암컷 하나가 고통스러워하며 만 입구 근처에서 수면으로 올라왔다 내려갔다 하는 걸 보았다고 했다. 요시가 랜스와 함께 제법 가까이까지 접근해서 살폈지만 뭐가 잘못됐는지 잡아내지 못했다. 확실히 아픈 기미도 보이지 않았고, 고래 몸뚱이로 파고들었을 법한 그물 같은 것도 딸려 있지 않았다. 그저 이상하고 불규칙한 경로를 따라 계속 헤엄을 치기만 할 뿐이었다. 이동하는 고래들에게서 보기 힘든 비정상적인 행동이었다. 그리고 그날 저녁, 뉴캐슬의 보험회사 직원들이 한 배에 가득 타고 밤에 파티를 하러 나갔다가 해변으로 흘러들어온 새끼 고래를 발견했다고 했다.

"우리가 전에 봤던 애예요." 라이자가 무전 송신기를 내려놓으며 말했다. "내가 알아요."

날이 쌀쌀해서 우리는 부엌에 들어와 앉아 있었고, 마이크는 난로 앞에서 신문을 읽는다며 라운지에 가 있었다.

"제가 도울 일이 있을까요?" 우리가 재킷을 입고 부츠를 신는 걸 보고 마이크가 말했다.

"해나가 혼자 있지 않게 여기 있어줄 수 있나요? 혹시 애가 깨더라도 무슨 일인지는 얘기하지 마시고."

나는 라이자가 그에게 그런 부탁을 하는 걸 보고 적잖이 놀랐다. 여기 온 이래로 한 번도 베이비시터한테 아이를 맡긴 적 없는 애였다. 하지만 우린 최대한 빨리 출발해야 했고, 아마 라이자도 마이크의 인격에 대해 나와 같은 결론을 내린 모양인가보다 했다. "좀 걸릴 수도 있어요." 나는 마이크의 팔을 두드리며 말했다. "기다리지 말고, 절대 밀리는 밖으로 못 나가게 해요. 옆에서 개까지 뛰어다니며 거들지 않아도 그 가엾은 고래는 이미 충분히 힘들 테니까."

그는 우리가 트럭에 올라타는 걸 지켜보았다. 마이크도 차라리 우리를 따라와 돕고 싶은 눈치였다. 현관에 우두커니 선 그의 실루엣은 해안 도로가 끝날 때까지 백미러 안에 그대로 남아 있었다.

해변으로 흘러든 새끼 고래만큼 가슴 아픈 광경이 또 있을까. 내가 그런 모습을 칠십 몇 년간 두 번밖에 못 본 건 정말 하늘에 감사할 일이다. 그 아가는 모래 위에 누워 있었다. 2미터 정도 길이에, 해변 위에서는 너무나 이질적이고 미약한, 그러면서도 이상하리만치 낯익은 모습이었다. 집으로 돌아가자며 파도가 살살 달랬고, 바다는 새끼 고래를 가만가만 잡아끌고 있었다. 기껏해야 겨우 몇 개월쯤 된 것 같았다.

"담당 기관에 연락했어요." 이미 와 있던 그레그가 말했다. 그는 새끼 고래가 해변의 모래에 너무 깊이 빠져들지 않도록 애쓰고 있었다. 공식 기관의 도움 없이 고래를 옮기는 것은 이제 불법이었다. 고래가 아픈 상태라면 도우려다 오히려 더 해를 끼칠 수도 있었고, 만약 누군가가 좋은 의도로 고래를 바다 쪽으로 돌려놓으면 고래 떼 전체를 불러들이는 사태가 발생할 수도 있었다. 실제로 그런 일이 있던 다음 날, 가엾은 고래 한 마리를 불쌍히 여기는 고래들이 질겁할 만큼 많은 수가 해변으로 몰려오기도 했다. "아픈 건지도 모르겠어." 그레그가 말했다. "그리고 아주 쇠약해." 그레그는 무릎을 꿇고 있었는지 바지가 절반 이상 젖어 있었다. "아직 엄마 젖을 먹을 나이인데, 우유 없이 얼마 못 버틸 거야. 여기 온 지 이미 몇 시간은 된 것 같은데."

새끼 고래는 코를 해안 쪽으로 두고 옆으로 누워 있었고, 두 눈은 마치 자신의 고통을 응시하듯 반쯤 감겨 있었다. 이런 환경에 혼자 있기에는 아직 영글지 않은 듯 너무나 가련한 모습이었다.

"아파서 여기로 흘러든 게 아니야. 그 망할 놈의 배들 때문이라고." 라이자는 양동이를 채우기 위해 바다 쪽으로 나가며 화가 치미는 듯 낮은 소리로 말했다. "음악 소리가 너무 커서 고래들이 혼란에 빠진다고. 하물며 이렇게 어린 아가들은 어떻겠어."

이쪽 해안 도로에는 인공적인 조명이 전혀 없었고, 우리 셋은 침묵 속에서 거의 한 시간가량 국립공원 직원들이나 인명구조대가 도착하기를 기다렸다. 새끼 고래의 몸이 마르지 않도록 하기 위해 바다로 왔다 갔다 하는 동안 우리의 손전등 불빛만이 앞뒤로 흔들릴 뿐이었다. 우리는 최대한 조용히 있었다. 고래는 몸집의 크기 때문에 아주 건장할 거라 생각하기 쉽지만, 실상은 이 거대한 생명체의 목숨도 잃을라치면 박람회장의 금붕어 목숨만큼이나 쉽게 잃을 수 있다.

"아가야, 힘을 내." 라이자는 이따금 모래 바닥에 무릎을 꿇고 새끼 고래의 머리를 쓰다듬어주었다. "들것을 가져올 때까지만 잘 버텨봐. 엄마가 저기 바다에서 널 기다리고 있잖니."

우리는 정말로 그렇지 않을까 생각하고 있었다. 대략 30분마다 멀리서 뭔가 첨벙이는 아련한 소리가 소나무가 빽빽한 언덕들에 부딪히며 울렸다. 어쩌면 어미 고래가 바다에서 새끼를 찾아다니며 어느 정도까지 들어와도 괜찮을지 가늠하는 소리일지도 몰랐다. 어미의 비통한 소리를 듣는 것도 가슴이 찢어지는 일이었다. 계속 왔다 갔다 하는 동안에도 나는 귀를 막아보려 애썼다. 어미 고래가 자포자기해서 해안으로 나와버릴까 봐 걱정이 됐다.

그레그가 세 번씩 전화를 했고, 나는 안전요원들을 깨워보려고 차를 타고 직접 가보기까지 했지만, 국립공원과 야생동물보호국 사람들이 우릴 찾아온 건 자정이 지난 뒤였다. 제대로 소통이 안 된 게 분명했다. 신고가 엉뚱한 지점으로 접수가 된 데다 유일하게 사용 가능한 들것을 가진 사람이 사라져버렸다고 했다. 라이자는 그들의 설명은 거의 듣지도 않고 말했다. "이보세요, 지금 저 고래를 바다로 데려다주는 게 급해요. 빨리요. 어미가 아직도 저 밖 어딘가에서 기다리고 있어요."

"물에 띄워보겠습니다." 그들은 새끼 고래를 돌고래 들것 위로 굴렸다. 그리고 끙 소리를 내며 들것을 들고 얕은 물속으로 걸어 들어갔다. 무자비할 정도로 차가운 바닷물은 전혀 개의치 않는 모습이었다. 그들이 새끼 고래를 배에 태우고 바다로 나가 어미에게 데려다주는 방법을 의논하는 걸 나는 해변에 서서 지켜봤다. 그러나 국립공원 직원은 새끼 고래가 헤엄을 칠 수 있을지는 물론이고 그런 큰 변화를 극복할 정도의 체력이 있는지조차 확신할 수 없다고 했다. 그리고 어미 고래가 배를 위협으로 생각하고 이 근처를 떠나버릴 경우도 걱정했다.

"상태가 안정되기만 한다면" 누군가가 중얼거리듯 말했다. "만 바깥으로 데리고 나갈 수 있을지도 몰라⋯."

그들은 새끼 고래가 해변에 있는 동안 상실했을지도 모를 물에서의 균형감을 회복할 수 있도록 새끼를 가만히 흔들어보았다. 한 시간쯤 흐른 뒤에는 좀 더 깊이 들어갔다. 라이자와 그레그는 이제 가슴까지 물에 잠겨 있었다. 둘 다 잠수복을 입고 있지 않았고, 계속 덜덜 떨며 어린 생명이 엄마를 찾아 헤엄쳐 갈 수 있도록 격려하고 있었다. 라이자의 이가 딱딱 부딪혔고 나도 무척 추웠다.

그러나 아가는 여전히 움직이지 않았다.

"자, 이제 더 이상 몰아붙이지 않는 편이 좋겠어요." 새끼 고래가 헤엄칠 거라는 희망을 내려놓고, 그들 중 한 남자가 말했다. "그냥 여기 서서 들것에 의지한 채 자기가 어디 있는지 알아내도록 기다려봅시다. 어쩌면 자기 위치를 파악하는 데 시간이 좀 더 필요한지도 모르니까."

부력에 의해 무게의 절반이 줄었다 해도 새끼 고래는 무지막지하게 무겁다. 나는 요시와 함께 해변에 서서 네 사람이 서 있는 모습을 지켜봤다. 라이자는 야윈 어깨로 고래의 무게를 떠받치고 새끼 고래가 어미에게 헤엄쳐 갈 의지가 생기도록 격려의 말을 속삭이고 있었다.

새벽 2시가 다 되어갈 무렵엔, 새끼 고래의 상태가 호전되지 않을 거라는 걸 우리 모두 알고 있었다. 새끼 고래는 너무나 지쳐 보였고, 호흡도 불규칙했으며 눈이 자꾸 감겼다. 어쩌면 전부터 아팠는지도 모른다고, 어미도 그 사실을 알지만 그래도 차마 놓아버릴 수 없었던 건지도 모른다고 나는 생각했다.

이젠 우리가 거기 그렇게 얼마 동안 서 있었는지조차 가늠이 안 됐다. 그날 밤은 추위와 낮은 대화 소리, 그리고 커져만 가는 절망 속으로 시간이 야금야금 흘러가던, 기묘하고도 영원히 끝나지 않을 것만 같은 밤이었다. 해변의 손전등 불빛에 이끌려 차 두 대가 다가왔다. 한 대에는 낄낄거리는 젊은이들이 가득 타고 있었는데, 무슨 생각인지 돕겠다고 나섰다. 우리는 고맙지만 괜찮다며 그들을 쫓아 보냈다. 이 가엾은 생명에게 술 취한 십 대 무리만큼이나 도움 안 되는 것도 없었다. 요시와 나는 옆에 정박하고 있던 모비1호에서 커피를 끓였고, 그다음에 요시는 랜스와 함께 바다로 교대해 들어가 구조요원들이 15분 정도 쉬며 따뜻한 커피로 몸을 좀 덥힐 수 있도록 했다. 그러나 밤은 계속 이어지고 있었고, 나는 이미 재킷을 입고 있었지만 그 위에 덧입기 위해 재킷을 하나 더 빌렸다. 늙은이에겐 추위가 더 깊이 뼛속까지 스며드는 법이다.

그때 그 소리가 들려왔다. 저 먼 바다에서 희미하지만 소름 끼치는, 기묘하고도 애끓는 울음소리가 들려왔다. 수면 위로 고래 노랫소리가 들리는 건 아주 드문 경우였다.

"이 아가의 엄마예요!" 라이자가 소리쳤다. "아가를 부르고 있어요."

요시가 고개를 저었다. "암컷은 노래를 부르지 않아요. 수컷일 확률이 훨씬 높아요."

"수면 위로 들리는 고래 노래를 몇 번이나 들어봤어요?" 라이자가 따져 물었다. "엄마예요. 내가 알아요."

요시는 더 우기지 않았지만, 결국 이렇게 얘기했다. "어미와 새끼를 멀리서 따라다니며 노래 부르는 고래가 존재한다는 연구는 있어요. 호위대 같은 거죠. 그 고래가 어미를 대신해서 찾고 있을 가능성은 있어요."

"하지만 이 어린 친구한테는 별 도움이 안 되는 것 같습니다." 국립공원 직원 하나가 젖은 모래 위에 앉으며 말했다. "더 이상 싸울 기운이 없어 보여요."

라이자는 내 옆에서 고개를 흔들었다. 라이자의 손가락은 추위로 파래져 있었다. "힘을 내야 해요. 지금은 그냥 방향 감각을 잃고 혼란스러운 것뿐이에요. 시간만 충분히 주면 엄마가 어디 있는지 알아낼 거예요. 엄마 소리를 들으면 의지할 무언가가 생길 거예요."

하지만 우리 중 그 누구에게도 어린 새끼가 무엇을 들을 수 있을 거라는 확신이 없었다. 내 눈에는 저 가엾은 것이 이미 반쯤은 죽은 것처럼 보였고, 이제는 숨 쉬는 것조차 힘들어하는 게 역력했다. 이제는 과연 누구를 위하여 그 새끼 고래를 들고 서 있는 것인지조차 알 수 없었다. 그때쯤엔 나 역시 두 발로 서 있기가 어려웠다. 비록 내 체격이 건장한 편이기는 하지만 이제 나도 밤을 새기에는 너무 늙은 몸이었다. 결국 자꾸 앉으라는 요시의 말대로 자리에 앉았고, 잠깐씩 졸다가 저 앞에서 다급하게 의논하는 소리에 다시 깨기를 반복했다.

고래가 해안가로 흘러들어왔을 때 제일 힘든 게 바로 이 점이다. 고래는 어쩌면 죽음을 선택하고 여기로 흘러들어온 건지도 모르는데, 그들을 이해할 길 없는 우리 인간들은 그 죽음에 맞서느라 그들의 고통만을 연장하고 있는 것이다. 매번 고래를 구할 때마다, 고래가 위풍당당하게 바다로 헤엄쳐 나갈 때마다 우리는 우리 행동이 맞다고, 그들을 구하기 위해 끝까지 싸워야 한다고 확신하게 된다. 하지만 때로는 우리가 놓아두고 떠나야 할 때도 있는 거라면? 저 아가가 그냥 떠나고 싶은 거라면? 차라리 우리가 새끼 고래를 놔두고 다 떠났을 때 어미가 다가와 새끼를 살살 달래 떠날 수도 있는 거라면? 나는 그런 일이 실제로 있었다는 얘기를 들은 적도 있다. 우리가 저 짐승의 고통만 가중시키고 있는지도 모른다는 생각만으로도 괴로워져서 나는 차라리 잡다한 집안일을 떠올리며 그 생각을 몰아내려 애썼다. 해나의 운동화, 망가진 주전자, 마지막으로 장부 정리를 한 때가 언제인지 등등. 그러다가 까무룩 잠이 들었다 다시 깨고 했다.

마침내, 해가 곶 위로 떠오르며 해변에 모여 있는 무리 위로 창백한 푸른빛을 비출 무렵, 국립공원 직원이 이제는 가망이 없다고 말했다. 나는 그 소리에 흠칫 놀라 잠에서 깨어났다. "안락사를 시켜야겠어요." 그가 눈을 문지르며 말했다. "더 이상 이대로 놔뒀다간 어미까지 해변으로 올라올 수도 있어요."

"하지만 아직 살아 있잖아요." 라이자가 말했다. 새벽의 흐린 빛 때문에 라이자는 더 창백하고 지쳐 보였다. 젖은 옷 때문에 계속 떨고 있으면서도 요시가 권하는 새 옷으로 갈아입는 것도 거부했다. 다시 들어가면 어차피 또 젖을 테니까. "아직 목숨이 붙어 있는 게 확실한데…."

그레그가 라이자의 어깨에 팔을 두르고 꽉 붙들었다. 그레그의 눈은 빨갛게 충혈됐고 얼굴에는 수염이 까칠하게 자라 있었다. "라이자, 할 수 있는 건 정말 다했어. 이러다간 어미도 위험해져."

"하지만 이 아가는 진짜로 아픈 게 아니란 말이야!" 라이자가 울부짖었다. "다 그 망할 놈의 배들 때문이야. 엄마에게만 데려다줄 수 있으면 이 아가도 괜찮아질 거야."

"그렇지 않습니다." 국립공원 직원이 새끼 고래의 등에 손을 올렸다. "우린 여덟 시간째 이 고래를 데리고 있었어요. 깊은 물로도 데려가봤고, 얕은 물로도 데리고 들어왔고, 하지만 거의 움직이지 않잖아요. 너무 어려서 우리가 기를 수도 없고 바다로 돌아가기에는 너무 약해져 있어요. 만약 깊은 물로 데려가면 그대로 가라앉아 익사할 거예요. 저는 그렇게는 할 수 없습니다. 죄송합니다. 하지만 더 이상은 희망이 없어요."

"뭐 이런 경우가 다 있어." 랜스가 말했다. 요시는 랜스의 팔에 안겨 울기 시작했다. 나 역시도 눈물을 참고 있었다.

"30분만 더요." 라이자가 아가의 몸을 쓰다듬으며 애원했다. "딱 30분만 더요. 엄마에게만 데려다주면…. 만약 정말 가망이 없다면 어미도 알고 있었겠죠? 그렇잖아요? 그랬으면 어미도 떠나버렸을 거예요."

더는 보고 있을 수 없었다. 라이자의 목소리를 듣는 것조차 힘들었다. 그 남자는 트럭으로 향하며 말했다. "이제 어미도 새끼를 도울 수가 없어요. 유감입니다."

"그러면 엄마 옆에서라도 죽게 해주세요." 라이자가 애원했다. "여기서 혼자 죽게 하지 말아주세요. 엄마에게 가까이 데려다줄 수는 있잖아요."

"그럴 수 없습니다. 그쪽으로 이동하는 것 자체가 이 새끼 고래에게 충격일 뿐만 아니라 어미 고래가 우리가 가까이 가도록 놔둔다는 보장도 없습니다. 어미 고래를 더 힘들게만 할 수도 있어요."

나는 그때 그곳을 떠났다. 해나를 학교에 보내기 위해서이기도 했지만, 눈 뜨고 보기 어려운 장면을 피하기 위해서였다. 두 개의 주삿바늘

이 들어가는 것도, 주사 두 개로도 아가를 재우는 데 실패했을 때 국립공원 직원의 괴로운 모습도 보지 못한 걸 나는 다행으로 생각한다. 그 남자가 총을 찾는 데 20분이 더 걸렸고, 그 남자가 총구를 새끼 고래의 머리에 대기 전에 그 가엾은 어린 것이 조용히, 꾸르륵 숨을 내쉬고 죽었다고 요시가 말해줬다. 모두가 새벽안개 속에 떨며 흐느껴 울었다고 했다. 2주 동안 해변으로 쓸려 들어온 고래를 벌써 두 번째 봤다는, 몸집이 커다란 국립공원 직원마저 울었다고 했다.

요시 말로는, 라이자는 완전히 무너져 내렸다고 했다. 너무 격하게 흐느끼느라 숨도 제대로 쉬지 못했고, 그레그는 이미 제정신이 아닌 것 같은 그녀를 걱정스럽게 붙들고 있었다고 했다. 라이자는 몸이 반은 잠길 때까지 바닷물로 휘적휘적 걸어 들어가, 두 팔을 앞으로 내밀고 엄마 고래에게 울며 사과했단다. 마치 자기가 잘못해서 이렇게 되기라도 한 것처럼. 고래의 몸을 지나가는 사람들의 호기심 어린 눈길로부터 보호하기 위해 방수포로 쌀 때는 라이자가 어찌나 심하게 울던지 국립공원 남자들이 랜스에게 저 여자 진짜 괜찮은 거냐고 조용히 물었다고 했다.

그다음부터 라이자가 약간 진정했다고 했다. 그레그가 트럭 사물함에 들어 있던 브랜디를 가득 따라 줬다고 했다. 랜스와 요시가 기운을 차리기 위해 몇 모금 마시는 동안 라이자는 몇 번이나 더 마셨다고 했다. 그리고 얼마의 시간이 더 흘러, 실버베이 위로 떠오른 태양이 해변에 놓인 사체와 그 주변을 둘러싸고 있는 죄 없고 아름다운 자연을 비추고, 제발 어미의 소리가 아니길 바라 마지않았던 울음소리도 멀어져갔을 때, 라이자는 비틀비틀 트럭에 올라 그레그의 집으로 갔다고 했다.

9

마이크

빌어먹을 시차 같으니. 이제 겨우 6시인데 잠이 완전히 달아났다. 나는 방금 데니스와 나눈 대화에 대해 생각하며, 지금 내가 느끼는 감정이 아무 문제 없다고 믿으려 애쓰고 있었다.

무슨 상황인지 굳이 알아내려 노력할 필요도 없었다. 나는 4시가 조금 지난 시간에 잠에서 깼고, 어둠 속에서 불길한 생각이 오가는 상태로 한동안 깨어 있었다. 결국 나는 일어나 앉고 말았다. 나는 빈방들을 헤매고 돌아다녀봤지만, 호텔은 아직도 나와 해나뿐, 텅 비어 있었다. 결국 나는 참지 못하고 내 방으로 캐슬린의 쌍안경을 들고 돌아와 만 쪽으로 난 창에 갖다 대보았다. 손전등의 불빛만 알아볼 수 있었고, 간간이 지나가는 차의 헤드라이트가 비춰주는 장면만 보일 뿐이었다. 빛이 비추어주는 곳을 따라가보니 그레그와 다른 몇몇이 바닷물로 들락날락하고 있었다. 잠시 뒤에는 재킷의 색깔 덕에 라이자가 해변에 앉아 있는 모습, 그리고 두 남자가 방수포로 보이는 무언가의 옆에 서서 얘기하고 있는 걸 볼 수 있었다.

나는 시차를 탓하며, 일주일 넘게 잘만 자다가도 시차 때문에 다시 잠을 망칠 수도 있는 거라고 스스로를 달랬다. 그리고 커튼을 닫고 커피를 끓이며 다시 창밖을 내다보고 싶은 충동과 싸웠다. 동물이라고 할지라도 삶과 죽음이 얽힌 사건에는 눈을 떼기 힘든 강렬한 무언가가 있었다. 그러나 나는 뭔가를 훔쳐보고 싶은 충동에는 꼭 약간의 역겨움이 따라오는 걸 느꼈다. 남을 훔쳐보는 데 관심이 많다는 건 내가 인격적으로 어딘가 결핍되었음을, 어딘가 정당하지 못하다는 걸 의미하는 것 같았다.

더구나 내가 보는 줄 모르고 있는 사람들을 지켜볼 수 있다는 사실은 나의 비밀을 상기시켰다. 버네사에게 말하지 못한 티나와 나의 비밀…. 나의 이중성의 증거로 점점 부풀어 올라 나를 집어삼킬 것같이 위협하고 있는 것들 말이다. 실버베이에서는 그로부터 멀리 떨어져 나와, 다른 시간대를 살아가면서 대부분의 시간 동안 내 실수에 대해 잊고 살 수 있었다. 그리고 지금은 내 시간의 절반 정도는 남의 삶을 사는 것 같은 느낌이기도 했다. 그러나 동트기 전의 고요한 시간에는 나의 정신을 분산시켜줄 만한 게 없었다. 따라서 나라는 인간의 진실에서 도망칠 방법이 없었다.

그런데 이런 생각들과 새벽의 다른 문제들에 대해 더 본격적으로 생각을 하기도 전에 데니스가 전화를 걸어왔다. 시차는 안중에도 없는 게 분명했다. 그는 억지로 침대에 꼼짝없이 누워 있어야 하는 상황에 대한 분노를 있는 대로 분출하며 개발 진행에 관련해서 내가 진행한 모든 대화와 모든 단계에 대해 상세히 얘기하라고 종용해댔다. 워낙에 데니스는 분위기가 아주 좋을 때에도 안심시키기 힘든 인물이었으므로 그가 이런 기분일 때는 거의 불가능하다고 보면 됐다. 사무실에서는 그가 이런 기분일 때면 모두들 있지도 않은 회의나 외부 미팅에 참여하기 위해 사라지거나, 납작 엎드려서 마치 광풍이 몰아치듯 그가 자폭할 때까지 조용히 기다렸다. 이렇게 매우 극단적인 사람이긴 했지만, 데니스는 90퍼센트의 경우에는 아주 너그럽고 낙천적인 인물로 내가 스스로 더 나은 사람이 되고 싶게 만들고, 내가 불가능하다고 생각했던 한계를 뛰어넘게 만드는 사람이었다. 이것이 내가 그의 밑에서 그와 함께 일하길 원하는 몇 가지 이유 중 하나였다. 그러나 그 외의 시간에는 한마디로 아주 지랄 같은 사람이었다.

"개발 허가가 떨어졌어?"

"여기선 일의 진행이 그렇게 빠르질 않습니다." 나는 손가락으로 펜대를 돌리며, 이른바 나의 파트너이자 이제는 지위상으로도 나와 별 차이 없는 이 남자는 어떻게 2만 킬로미터가 떨어진 거리에서도 나를 아이처럼 땀을 삐질삐질 흘리게 할 수 있는지 감탄하고 있었다. "제가 오기 전에도 말씀드렸지 않습니까."

"그게 내가 듣고 싶은 대답이 아닌 건 자네도 알 테고. 마이크, 무조건 성사시켜야 한다고."

"몇 가지 문제가 좀 있을 수도 있습니다…. 생태학적인 면에서."

"그게 도대체 무슨 소리야?"

"수상스포츠가 아무래도… 이 지역 바다 생태계에 부정적인 영향을 줄 수도 있다고 생각하는 것 같습니다."

"거긴 만이잖아!" 그가 씩씩거리며 말했다. "만에는 배도 정박해 있고, 굴 양식장도 있고, 모터보트들도 있고, 없는 게 없다고. 몇백 년 동안 그렇게 활용된 공간이야. 그런데 우리가 그 해안 귀퉁이에서 조금 즐기고 논다고 대체 얼마나, 어떻게 영향을 준다는 거야?"

"고래 관광업자들의 저항이 있을 수도 있어요."

"고래 관광업자? 걔들은 또 뭔데? 그린피스를 사랑하고 콩만 먹고 사는 그런 부류인가?"

"그게, 이 만의 가장 중요한 관광산업이에요."

"그래서 걔들은 허구한 날 뭘 하는데?"

나는 수화기를 가만히 보고 있다가 말했다. "어, 고래… 관광…?"

"내 말이 그 말이야. 그럼 뭘 타고 나가 고래를 구경하는데?"

"배죠."

"요트? 아님 노 젓는 배?"

"모터보트요." 데니스의 의도를 알 것 같았다.

다시 창밖을 내다봤을 땐, 모두가, 심지어 고래도 사라지고 없었다.

6시가 다 돼서야 문 열리는 소리가 들렸고, 계단을 내려가보니 캐슬린이 복도에서 젖은 코트를 벗고 있었다. 새벽의 희미한 빛 아래에서 캐슬린은 몹시 지쳐 보였고, 열두 시간 전보다 어쩐지 좀 더 늙고 쇠약해 보였다. 지쳐서 그런지 움직임도 둔해져 있었다. 라이자는 보이지 않았다.

"코트, 제가 받아드릴게요."

캐슬린은 나를 가볍게 밀어내며 말했다. "수선 떨 거 없어요." 그녀의 목소리에서 새끼 고래의 운명을 짐작할 수 있었다. "해나는 어디 있죠?"

"아직 잡니다." 두 사람이 나가는 그 순간부터 문을 긁어대고 낑낑대던 라이자의 개는 두말할 것도 없이 내내 깨어 있었다.

캐슬린이 고개를 끄덕였다. "고마워요." 그녀의 등이 구부정했다. 처음으로 캐슬린이 노인으로 보이는 순간이었다. "차를 끓일 건데, 한잔 마실래요?"

새끼 고래의 죽음이 캐슬린에게 이렇게 충격을 줄 정도로 흔치 않은 일인가보다, 짐작했다. 그렇다고는 해도 상어를 죽인 것으로 유명한 사람이 다른 바다 생명체의 죽음에는 이렇게 슬픔을 느낄 수 있다는 게 놀랍기도 했다. 캐슬린이 차를 끓이겠다고 고집했기 때문에 나는 부엌 식탁에 앉아 그런 생각들을 하고 있었다. 그러다가 내가 실은, 반쯤은 문소리가 나길, 라이자의 방수복이 벽을 휙 긁으며 들어와 열쇠를 복도 테이블에 툭 내려놓길 기다리고 있다는 사실을 깨달았다.

"가엾은 것 같으니라고." 마침내 캐슬린이 앉으며 말했다. "가망이 없었어요. 처음에 그냥 쏘아버리는 게 나을 뻔했어."

나는 차를 머그잔으로 두 잔이나 마신 후에야 무슨 얘기라도 할 용기를 낼 수 있었다. 그리고 아무렇지도 않게 들리도록 애쓰며 라이자는 아마도 일찍부터 이스마엘호를 타고 나간 모양이라고 말했다. 그 말이 내 입에서 떨어지자마자 캐슬린은 우리 둘 다 이렇게 아닌 척, 모르는 척하는 게 무슨 의미가 있겠냐는 듯한 표정을 지었다. "라이자는 그레그랑 함께 있어요."

한동안 그 말이 공중에 걸려 있었다.

"두 사람이 사귀는 사이인 줄은 몰랐네요." 이상하게 높아진 내 목소리는 거짓말을 하는 듯 들렸다.

"그런 거 아니에요." 캐슬린은 지친 목소리로 말하더니 난데없이 이런 말을 했다. "애가, 새끼 고래의 죽음을 너무 자기 일처럼 힘들어했어요."

아주 긴 침묵이 이어졌다. 그사이 나는 빈 머그잔을 쳐다보며 되도록 다른 생각을 더 하지 않으려고 노력했다. "그래도 라이자가 어떻게 할 수 있는 일은 아니었잖아요." 나는 말했다. 하나 마나 한 소리였다. 하지만 고래의 죽음이 어떻게 그레그와 함께 잘 이유가 되는지 이해되지 않았다.

"이것 봐요, 마이크. 라이자는 5년 전에 아이를 잃었어요. 여기 오기 직전이죠. 이게 그 아이가 그 슬픔에 대응하는 방식이에요." 캐슬린은 목소리를 낮추어 말했고, 머그잔을 가까이 당겨 차를 한 모금 넘겼다. 그녀의 손은 우리 엄마의 손처럼 곱고 부드럽지 않고, 일꾼의 커다란 손 같았다. "안타깝게도 그래서 그 가엾은 바보는 일 년에 한두 번은 자기에게도 기회가 있다고 생각하게 되는 거고."

내가 이 얘기를 소화하려 노력하는 동안 캐슬린은 손바닥을 지렛대처럼 짚고 일어났고, 나오는 하품을 참지 못한 채 해나를 깨워야겠다고 말했다. 화제의 급격한 전환은 이 얘기를 더 이상 하고 싶지 않다는 의사 표현이었다. 부엌 창으로 쏟아져 들어오기 시작한 빛에 더 지쳐 보이는 그녀의 안색은 평소의 혈색 좋은 모습과 현격히 달랐다. 해변에서 도대체 무슨 일을 겪었던 걸까. 그러고 보니 평소엔 그녀의 나이를 너무나 쉽게 잊고 지냈다.

"괜찮으시면 제가 해나를 학교에 태워다줄게요. 어차피 오늘은 별다른 계획이 없어서요." 머리를 비우기 위해서라도 나는 무슨 일이든 해야 했다. 가요 차트와 컴퓨터 수업, 학교 급식에 대해 명랑하게 재잘대는 해나의 목소리가 듣고 싶었다. 차를 몰고 어디라도 가고 싶었고, 이 집에서 나가고 싶었다. "캐슬린, 혹시 제 말 못 들으셨어요? 제가 해나를 데려다줄게요."

"정말요?" 차 열쇠를 가지러 가다가 캐슬린이 진심으로 고마워하는 표정을 보자, 전설의 상어잡이이자 지칠 줄 모르는 호텔 주인 캐슬린 휘티어 모스틴이 얼마나 지친 상태인지 알 것 같았다.

내 여동생이 늘 얘기하듯이, 겉모습으로만 판단하면 내가 선수로 보일 가능성이 높은 건 사실이다. 그러나 그날 밤 티나와의 사건이 있기 전까지, 4년간 버네사와 사귀는 동안에는 다른 여자와 입맞춤 비슷한 것도 한 적이 없었다. 생각조차 안 해봤단 얘기는 아니지만—나도 평범한 인간일 뿐이다—승진 축하 파티가 있던 날 밤까지는 버네사를 두고 바람을 피운다는 것 자체를 상상조차 하지 않고 살았다. 때문에 내가 티나의 날씬하고 탄탄한 몸을 붙들고, 티나가 다급하게 내 바지 앞쪽을 헤집는 와중에도 나의 일부분은 지금 일어나고 있는 일의 어처구니없음에 큰 소리로 웃어버리고 싶었다.

나는 버네사 비커가 비커 홀딩스의 마케팅 부서 임시직으로 일하던 무렵 그녀를 처음 만났다. 많은 사람들이 의심의 눈초리로 쳐다봤지만 나는 그녀와 몇 주간 데이트를 한 뒤에야 그녀의 성이 무엇을 의미하는지 깨달았다. 그녀가 누구인지 알게 된 후엔 오히려 이 관계를 끝내야겠다고 생각했다. 나는 내 일이 정말 좋았고, 이 회사에서 일하는 것이 나의 경력에 얼마나 보탬이 될지 계산이 서 있었다. 따라서 내 커리어를 위태롭게 만들면서까지 확신도 없는 연애를 고수하고 싶지 않았다.

하지만 이 모든 계산은 나의 새 여자 친구와 상의된 것이 아니었다. 버네사는 말도 안 되는 소리 하지 말라며 내가 있는 자리에서 자기 아버지에게 우리 둘의 관계를 알렸다. 우리가 함께하든 헤어지든 그것은 아버지가 걱정할 일은 아니라고 덧붙인 다음, 자기는 내가 자신의 '운명의 짝'이라는 걸 이미 진작부터 알게 됐노라고 선언했다. 그리고 날 보고 웃는 그녀의 미소는 그 선언이 내겐 깜짝 놀랄 일일 수도 있다는 사실은 고려할 필요도 없다고 말하는 것 같았다.

그리고 나 역시도 깊이 생각해보진 않았던 것 같다. 내 동생 모니카는 내가 남녀관계에 있어 너무나 게으르다고 말했다. 나는 매력적인 여자들이 나를 쫓아다니는 걸 즐기긴 했지만, 내가 직접 나서서 관계를 끝내야 했던 적은 한 번밖에 없었다. 버네사는 예뻤고, 때로는 아름답기까지 했고, 밝았고, 자신감이 넘쳤으며, 똑똑했다. 그녀는 매일 나를 사랑한다고 말했지만, 굳이 말하지 않아도 그녀가 나를 사랑한다는 걸 모를 수 없었다. 집에서는 나에게 지나치게 관심을 쏟으며 호들갑을 떨었고, 섹스를 할 때도 까다롭게 굴지 않았으며, 나의 외모와 건강을 염려하는 데에 엄청난 시간과 에너지를 쏟아부었다. 나는 별로 신경 쓰지 않았다. 버네사가 내 대신 모든 걸 다 해주니 그럴 필요도 없었다. 그리고 나는 버네사를 믿었다. 이미 말했듯이 그녀는 똑똑했고, 아버지의 사업 수완까지 갖추고 있었으니까.

내가 왜 내 여동생에게 나의 연애사를 변명해야 하는지 알 수 없었지만, 나는 그렇게 했다. 그것도 아주 자주. 내 동생은 버네사가 활기와 열정이 너무 지나치다고 했다. 동생은 내가 버네사만큼 열심히 노력하는 여자라면 그게 누구든 상관없이 결혼할 거라고도 했다. 나의 삶을 그토록 쉽게 만들어주는 여자라면 누구라도. 동생은 내가 상처를 받아본 적이 한 번도 없으므로 진정한 사랑 역시 한 번도 해본 적이 없다고 했다. 그래서 나는 너의 연애 스타일이야말로 나한텐 마조히즘 비슷하게 들린다고 대꾸해줬다.

내 동생은 지난 15개월간 연애를 하지 않고 있었다. 동생 말로는 자기가 결혼적령기의 남자들이 '너무 복잡하다'고 생각하는 나이로 들어섰기 때문이라고 했다.

"왜 걸었는데?" 내가 전화를 하자 동생이 대뜸 한다는 소리였다.

"다짜고짜 왜 걸었냐니. 반가운 척이라도 하면 안 돼?" 내가 말했다. "지구 반대편의 삶은 어떻게 돌아가고 있어? 직장에선 안 잘리고 잘 버티고 있는 거야?"

"혹시 아예 이민 갈 생각이라는 말해주려고 전화한 거야? 그럼 내가 오빠 보러 갈 땐 경비 다 내주나? 비즈니스 티켓으로 끊어주면 엄마 아빠한텐 내가 대신 말씀드려줄게.”

담뱃불 붙이는 소리가 들렸다. 뒤편에서는 웅얼웅얼 텔레비전 소리가 들렸고 나는 시계를 보며 영국은 지금 몇 시나 됐는지 계산해보았다. “담밴 끊은 줄 알았는데.”

“끊었어.” 동생은 요란하게 연기를 내뿜으며 말했다. “전화선에 무슨 문제가 있나봐. 암튼, 왜 걸었냐고?”

실은, 왜 걸었는지는 나도 몰랐다. “그냥, 누구랑 얘기하고 싶어서.”

이 말에 동생이 충격을 받은 것 같았다. 지금까지 나는 단 한 번도 동생에게 나의 감정적 욕구를 내비친 적이 없었다.

“무슨 일 있어?”

“일은 무슨. 그냥… 그냥 밤에 잠을 설쳤어. 호텔 밖에서 새끼 고래가 죽었는데… 약간 놀랐나봐.”

“우와. 새끼 고래가? 누가 죽인 거야?”

“그런 건 아니고. 자기 스스로 해변으로 올라왔어.”

“아, 그런 얘기 들은 적 있어. 이상하네.” 담배 빠는 소리가 들렸다. “사진도 찍었어? 꽤 흥미로운 기사가 될 수 있을 것 같은데.”

“모니카, 그 글쟁이 티 좀 안 낼 수 없어?”

“너무 점잖은 척 좀 하지 마셔. 그래서 다 같이 노력해서 새끼 고래를 바다로 돌려보낸 거야?”

“나만 빼고 다.”

“왜, 그 명품 바지를 적시고 싶지 않았던 모양이지?”

나에게만 유독 일관되게 솔직하고, 친절하지도 않고, 늘 입바른 소리를 해대거나 빈정거리기만 하는 동생에게 갑자기 확 짜증이 밀려왔다.

'혹시 잘 모르나 해서 하는 말인데, 우린 이제 더 이상 중학생이 아니거든!'이라고 냅다 소리 질러주고 싶었지만 그냥 이렇게만 말했다. "아, 됐어. 끊어."

"오빠, 오빠, 알았어, 알았어. 미안해."

"다음에 다시 통화하자." 사실 버네사에게 전화를 했어야 했다. 그러나 하지 않은 이유를 나는 알고 있었다.

"오빠, 화내지 마. 미안하다고, 알았지? 말해봐, 무슨 얘기를 하고 싶었던 건데?"

하지만 진짜 그게 다였다. 나도 잘 몰랐다. 그리고 그렇게 한 5분을 더 앉아 있은 후에야 나는, 그냥 하는 소리가 아니라, 정말로 무슨 말을 하고 싶은지 모르겠다는 걸 깨달았다.

해나를 학교에 떨어뜨려주고 돌아온 지 30분 정도 지났을 무렵 해안 도로를 걸어오고 있는 그녀의 모습이 보였다. 그녀가 돌아왔다는 기쁨에 개가 요란하게 짖어댔다. 한눈에도 창백하고 많이 지쳐 보였고, 다 젖은 청바지는 온통 모래투성이였다. 내가 해변의 부두 끝자락에 앉아 있는 걸 발견하고도 그녀의 표정에는 변화가 없었지만, 아침 햇살을 한 손으로 가린 채 한 1미터쯤 떨어진 곳에 멈춰 서긴 했다. 걸음걸이가 약간 불안정해 보이는 게 살짝 취한 건가, 하는 생각이 들었다. 새로운 사실을 알고 난 뒤라 그런지 그녀가 다르게 보였다. 라이자 매컬린에게 다른 차원이 하나 더 생긴 느낌이랄까.

"차 타고 장 보러 갈 건데 같이 갈래요?"

그녀의 얼굴은 실루엣으로만 보일 뿐 제대로 볼 수가 없었다. "그쪽이 운전하고요?"

"렌터카 기어 바꾸는 법만 익히셨다면 그쪽이 태워다줬으면 하는데요. 이모는 오늘 장까지 보러 가기엔 너무 피곤할 것 같고, 잠도 좀 주무셔야 하고."

라이자라는 여자로부터 이 이상의 초대를 받기도 어렵지 않겠나 하는 생각이 들어, 나는 차 열쇠를 가지러 안으로 들어갔다.

영국 사람의 눈에, 호주의 슈퍼마켓은 일종의 보물 창고 같은 곳이다. 화려한 빛깔의 과일과 채소들이 쫙 깔려 있는 가운데 영국에선 볼 수 없는 바이올렛 크럼블스*나 그린 팬케이크 셰이크** 같은 이국적인 기쁨들이 간간이 섞여 있는, 낯설면서도 친숙한 그런 곳. 집에서는 식료품 쇼핑을 거의 하지 않고 살았다. 버네사가 알아서 다 하거나 그녀의 지시대로 우리가 늘 구입하는 온라인 사이트의 '반복 주문 리스트'를 클릭하면 '냉동' '냉장' '식품 저장실'—요즘 런던에서 식품 저장실을 갖추고 사는 사람이 과연 있는지는 모르겠지만—이라고 찍힌 각기 다른 색 봉투에 물건이 담겨 깔끔하게 배송됐다. 그런데 휑한 인테리어의 호주 슈퍼마켓 안을 걸어 다니며 뜻밖에도 나는 새로운 식품들을 구경하는 걸 제법 즐기고 있었다. 그리고 물건값을 끊임없이 영국 파운드로 환산하고 있었다. 마치 영국에서 그 물품에 상당하는 값을 알고 있기나 한 것처럼.

라이자는 통로를 부지런히 오가며, 정기적으로 이 일을 하는 사람다운 능숙한 자신감으로 거대한 카트에 물건들을 척척 던져 넣고 있었다. 도저히 밤을 새운 사람이라 생각할 수 없는 민첩한 동작이었다.

"특별히 필요하거나 원하는 거 없어요?" 라이자가 어깨 너머로 물었다.

---

* 호주의 초코바.
** 팬케이크 믹스.

"아무래도 좀 더 묵을 것 같아서 물어보는 거예요." 내가 더 묵든 말든 자기에겐 아무 상관도 없다는 듯 무심한 목소리였다.

"나, 보기보다 무난한 사람이에요." 나는 보고 있던 크래커 봉지를 선반 위에 도로 올려놓으며 말했다. 그리고 나의 그 발언이 여러모로 참 맞는 말이란 생각을 했다.

계산을 할 차례가 됐을 때, 그녀는 물건값을 내기 위해 구겨진 메모지와 동전을 전부 다 꺼내며 주머니를 샅샅이 뒤지기 시작했다. 내가 끼어들려고 앞으로 좀 나섰지만, 경고가 담긴 라이자의 눈빛 때문에 주머니 속에서 손을 지갑에 얹은 채 차마 빼지 못했다. 결국, 주머니를 더듬었던 건 손수건을 찾기 위했던 것인 양 연기하느라 코를 엄청 세게 풀어야 했고, 내 뒤에 서 있던 여자가 질겁을 해서 뒤로 물러났다.

라이자를 지켜보며 나는 그간의 퍼즐 조각들을 맞춰나갔다. 이제 모든 게 이해가 되기 시작했다. 살아남은 자식을 바다에 내보낼 수 없었던 이유. 우수에 찬 그녀의 모습. 어쩌면 그 아이가 익사했던 건지도 몰랐다. 어쩌면 아기였는지도 모른다. 아이와 함께 남편도 동시에 잃었는지도 몰랐다. 문득 내가 그녀에게 질문을 거의 하지 않았구나 하는 생각이 들었다. 그러고 보니 나는 그 누구에게도 질문을 잘 하지 않았다. 어쩌면 데니스 비커에겐 또 다른 가족이 있는지도 몰랐다. 티나 케네디는 사실 2년 전까지 수녀원에 있었는지도 모르는 일이었다. 나는 늘 사람들을 액면가로만 판단했다. 그리고 이제야 갑자기 내가 놓친 것들이 무엇이었는지 궁금해졌다.

라이자 매컬린은 아이를 잃은 적 있었다. 그녀는 나보다 세 살 어렸지만, 갑자기 그녀 옆에 서 있는데, 나의 삶의 경험과 자기 인식의 정도는 아메바와 다를 바 없다는 느낌이 들었다.

우리는 거의 20분 정도를 달린 후에야 다시 얘기를 시작했다.

시의회 사무실 앞을 지날 때는 개발 건과 데니스와의 통화에 대해 생각했다. 그리고 며칠 전에 캐슬린이 내게 해준 얘기도 생각났다. 미개간지였던 실버베이 주변 지역이 이만큼이나마 발달할 수 있었던 유일한 이유는 연합군이 여기에 기지를 세웠기 때문이었다고 했다. 캐슬린은 실버베이에 그녀의 호텔과 몇몇 가정집, 그리고 잡화점 하나만 있던 시절을 기억한다고 했다. 마치 그때가 더 좋았다는 듯, 캐슬린은 너무나 흐뭇한 얼굴이었다. 그 타이밍에서 내가 무슨 얘기라도 했어야 했다는 걸 나도 잘 알고 있다. 아마도 겁이 나서 그러지 못했던 것 같다. 캐슬린이, 다른 모두가 어떻게 반응할지 나는 알고 있었다. 나는 그들이 좋았다. 그리고 그들이 나를 싫어하게 될 거라는 생각이… 나를 막았다.

그즈음 해서, 새끼 고래의 죽음과 비통해하는 라이자를 지켜보며 개발 계획이 우리가 예상했던 것만큼의 정당성이 있는지 더 이상 확신할 수 없었다. 우리가 제안하는 리조트 측과 고래 관광업자들, 양측의 요구를 모두 만족시킬 수 있는 방법이 분명히 있을 것 같았다. 내가 그 문제를 해결해낼 때까진 라이자든 캐슬린이든 누구와도 먼저 상의하고 싶지 않았다. 나의 애매한 행동에 대해 아무리 화를 낼지라도 데니스에게도 마찬가지였다. 나는 내 옆에 앉아 있는 라이자를 지나칠 정도로 의식하면서 최대한 운전에 집중하려고 노력했다. 그녀는 이런저런 생각들에 잠겨 지금 이 공간에서 멀리 멀리 떨어진 어딘가에 가 있는 듯, 머리카락만 배배 꼬고 있었다.

얘깃거리를 열심히 생각해보았다. 그녀가 예의를 차린 대화 뒤로 숨어버릴 기회를 주고 싶진 않았다. 나는 우리가 그 단계는 넘어섰다고 생각했다. 그리고 이상하게도 나는 응당 그녀의 설명을 받을 권리가 있다고도 느꼈다. 그레그가 저녁 때 나를 보고 씩 웃으며 자기가 내게 경고를 한 데는 다 그럴 만한 이유가 있었음을 증명하듯, 두 사람이 함께 보낸 밤에 대해 대놓고 언급하는 모습이 그려졌다. 그레그 같은 부류의 남자들은 어딜 가나 있었다. 카리스마 있고, 시끄럽고, 자기가 관심의 중심이 되어야겠다는 결의에 찬 유치한 부류. 어떻게 그런 남자들이 제일 팬찮은 여자들을 차지하고는 결국엔 막 대하며 사는지 나로선 참으로 불가사의했다. 그레그가 라이자와 함께 벤치에 앉아 마치 소유권을 주장하듯 한쪽 팔을 그녀 어깨에 두르고, 캐슬린의 말마따나 자기에게 기회가 있다고 착각하는 모습을 상상해봤다. 하지만 어쩌면 캐슬린의 생각과 달리 그에게 정말로 기회가 있는지도 몰랐다. 인간의 마음이 하는 선택을 누가 장담할 수 있을까? 어쨌든 라이자는 같이 잘 정도로는 그레그를 좋아했다. 어쩌다 한 번만 있었던 일도 아니라고 했고.

그런데 왜 하필 그레그일까? 왜 그 주정뱅이에, 바람이나 피우고 술독에 빠져 사는 루저를 선택한 걸까?

해안 도로를 반쯤 올라가 호텔이 눈에 들어오기 시작할 때 라이자가 입을 열었다. 고래 부두에 모비1호와 이스마엘호가 정박돼 있었다. 나는 이제 배의 생김새만 보고도 그게 어느 배인지 알 수 있었는데 그게 묘한 만족감을 줬다. 두 척의 배 뒤편으로 펼쳐진 바다는 하늘 높이 떠 있는 해의 빛을 받아 반짝이고 있었고, 산을 촘촘하게 덮은 소나무들은 비정상적으로 무성한 초록빛을 띠고 있었다. 이 배경을 볼 때마다 나는 여행 책자에 실린 이미지가 떠올랐다.

"어젯밤 일은 이미 알고 있겠죠?" 그녀가 나를 보지 않은 채 말했다.

"알아도 내가 상관할 일은 아니니까."

"그렇죠. 아니죠."

나는 왼쪽 깜빡이를 켜고 천천히 호텔 진입로로 올라갔다. 집에 거의 다 온 게 아니라면 얼마나 좋을까, 하는 생각이 불쑥 들었다. 믿기 어려웠지만, 차의 시계는 점심시간을 가리키고 있었다. 나는 그때 이미 하루를 다 보낸 것 같은 기분이었다.

라이자가 다시 입을 열었을 때는 목소리가 한층 더 신중했다. "나는 그레그를 오랫동안 알고 지냈어요. 그 사람은…. 그게, 어젯밤 일 같은 건 그에게도 별일 아니란 걸 알 정도로 나는 그 사람을 잘 알아요. 그게 아무 의미 없다는 얘기예요."

나는 주차장에 차를 세웠다. 엔진이 틱, 틱 소리를 내며 식어가는 동안 우리는 침묵 속에 앉아 있었다. 그녀가 내게 무엇이라도 설명해야 한다는 필요성을 느꼈다는 사실이 묵직하게 다가왔다.

"그쪽 이모님이 당신 아이 얘기를 해주셨어요. 유감입니다."

그녀가 고개를 홱 돌렸다. 그리고 눈자위가 붉어졌다. 잠이 부족해서였을 수도 있고, 마르지 않는 눈물의 결과일 수도 있었다. "그런 얘긴 뭐 하러 하셨을까."

나는 아무 말도 할 수 없었다.

그래서 몸을 앞으로 내밀고, 라이자 매컬린의 지칠 대로 지친, 아름다운 얼굴을 두 손으로 감싼 채 입을 맞췄다. 왜 그랬는지는 설명할 수 없다. 그리고 정말로 놀라운 일이 벌어졌다. 그녀가 다시 내게 키스를 했던 것이다.

10

해나

    나는 라라의 배를 타고 바다로 나갔다. 배 이름은 베이비 드리머(Baby Dreamer). 이 배에는 프램 보우도 있고, 스워트라는 배 중앙을 가르는 벤치도 놓여 있었다. 버뮤다 범선처럼 크고 작은 두 개의 삼각형 모양 주돛과 작은 돛, 바람이 어디에서 불어오는지 알려주는 작은 삼각기가 달려 있었다.

    라라는 항해에서 가장 중요하다 할 수 있는, 배의 방향을 바꾸는 법을 내게 가르쳐줬는데, 그러려면 키와 돛과 선원들의 몸무게를 모두 한꺼번에 이용할 줄 알아야 했다. 라라와 나는 우리의 무게를 배의 한쪽에서 다른 쪽으로 옮겨 싣는 내내 깔깔 웃어댔고, 라라는 가끔 바닷물에 빠지는 척 연기를 했지만 나는 라라가 장난치고 있다는 걸 알았기 때문에 하나도 놀라지 않았다.

    엄마한텐 말하지 않았다. 하지만 라라 엄마는 알고 계셨고—집에서 우릴 계속 지켜보셨다—나는 라라 엄마의 구명조끼를 입었다. 우리 엄마는 다른 엄마들이랑 별로 얘기를 안 하는 편이기 때문에 들킬 걱정은 하지 않아도 될 것 같았다.

라라네 식구들은 전부 항해를 한다. 라라는 아기 때부터 항해를 했다. 라라네 거실에는 아직 기저귀도 떼지 않은 라라가 작고 통통한 손으로 조타기를 잡고 누군가가 라라의 배를 붙들고 있는 사진이 걸려 있다. 라라는 아주 어릴 적에 배에서 잠들고 하던 걸 지금도 기억하고 있다. 라라의 엄마는 라라의 잠버릇이 고약한 이유가 바다 위에서 흔들흔들하며 잠들던 습관 때문이라고 하셨다.

샐러맨더베이의 항해 교실에 참가해본 라라는 항해에 관한 중요한 점들을 잘 알고 있는데, 그 대부분은 나의 배가 바람과 만나는 여러 가지 각도들을 이해하는 거라고 했다. 그중에서 뱃머리를 바람이 불어오는 방향에 정면으로 맞서게 하는 헤드 투 윈드(head‐to‐wind) 기법이 있는데 이 기법은 배를 후진시키고 싶을 때 활용하는 것이고, 또 바람과 수직 방향으로 항해하는 빔 리치(beam reach) 기법은 배를 가장 빨리, 전속력으로 달리게 하고 싶을 때 쓴다고 했다. 라라는 내가 해나스 글로리를 타고 나가도 된다는 허락을 받으면 샐러맨더베이의 항해 교실에 같이 가자고 했다. 그 교실에 참가하면 돛 하나로 항해하는 법이라든가 센터 보드* 없이 항해하는 법을 연습할 수 있다고 했다. 학교가 쉬는 날 열리는 이 항해 교실에서는 아이들이 배를 순서대로 돌아가며 쓰는데, 그 교실의 배를 공유하는 대신 자기 배를 직접 가져가면 진짜 멋지다고 라라는 얘기해줬다. 생일 파티 이후에 나는 그레그 아저씨한테서 선물 받은 작은 배를 타도 되냐고 엄마한테 물어봤는데 대답은 단칼에 '안 돼'였다. 그건 곧 그 문제에 대해선 의논조차 할 수 없다는 뜻이었다. 하지만 이모할머니는

---

* 항해할 때, 작은 보트를 안정시키고 경사를 유지시키기 위한 직사각형 판.

일단은 엄마에게 맡겨두자고, 우리가 똑똑하게만 굴면 엄마도 결국은 생각이 바뀔 거라고 했다. 이모할머니는 이런 게 낚시랑 똑같다고 했다. 원하는 것을 감아올리고 싶으면 먼저 조용히 하는 법과 참을성을 배워야 한다고.

바다에 나와 있는데도 제법 따뜻해서 우리는 플리스만 입고 있었다. 라라의 엄마는 혹시 모르니 구명조끼를 벗지 말라고 하셨고, 구명조끼가 엄청 따뜻해서 재킷은 따로 입을 필요가 없었다. 바다는 잠잠했고, 우리는 선박항로까지 가지만 않는다면 가장 가까운 부표 두 개 사이, 그리고 해안의 왼쪽으로는 올라가도 좋다는 허락을 받았다. 라라는 언제나 엄마 말씀을 잘 들었다. 라라 말로는 라라 아빠가 아는 분 중에 선박항로로 잘못 들어섰다가 철강 컨테이너 선박 밑으로 거의 빨려 들어갈 뻔했던 사람이 있었는데, 그게 다 배가 어디로 가고 있는지 제대로 보고 있지 않아서였다고 했다.

돌고래들이 거의 우리가 있는 지점까지 우리를 보러 왔다. 우리는 초콜릿을 꺼내기 위해 잠시 배를 멈추고 있었는데, 모비 1호에 붙어 있던 사진 속의 브롤리와 브롤리의 아기를 내가 알아봤고, 라라에게 등지느러미를 보여줬다. 그 지느러미는 우산 아래쪽의 우산살과 똑같이 생겼다. 브롤리의 아기가 어찌나 귀엽던지 라라는 거의 울 뻔했다. 우리는 돌고래들이 우리를 알아본다고 거의 확신했다. 돌고래들이 고래 관광선에 늘 가까이 다가오는 건 아니었다. 그런데 라라와 배를 타고 바다로 나온 게 벌써 세 번째였는데 돌고래들은 그때마다 우리에게 다가왔다. 돌고래의 얼굴은 언제 봐도 웃고 있는 것 같았다. 우리는 그 지점에서 거의 한 시간 동안 그냥 앉아서 돌고래들이랑 얘기도 하고 돌고래들이 노는 걸 구경하고 있었다. 브롤리의 아기는 지난번에 봤을 때보다 15센티미터쯤 자라 있었고, 브롤리는 우리가 자기 코를 쓰다듬을 수 있을 정도로 배에 가까이 다가왔다. 우리가 생선을 주지 않는다는 걸 알면서도 말이다. 돌고래들이 모든 인간이 친절하다고 생각하면 안 되기 때문에 너무 가까이 다가오게 격려하면 절대 안 된다고 요시 언니가 말해줬는데도, 나는 브롤리를 만지고 싶은 마음을 참기가 힘들었다. 요시 언니 말로는 작년에, 아무 이유도 없이 어떤 사람이 해안가에서 돌고래를 찔러 죽였다고 했다. 그 사람들은 그냥 제트 스키를 타고 나왔다가 칼로 돌고래를 찔러버렸다고 했다. 나는 울었다. 왜냐하면 그 불쌍한 돌고래가 새 친구를 사귀었다고 생각하면서 너무나도 귀엽게 웃는 얼굴로 제트 스키로 다가가는 모습이 자꾸만 자꾸만 생각났기 때문이었다. 나중에는 내가 하도 심하게 울어서 요시 언니가 나를 달래다 못해 엄마를 데려와야 했다.

돌고래는 레티가 제일 좋아하는 동물이었다. 레티의 화장대 위에는 레티가 다섯 번째 생일에 받은 네 가지 색깔의 크리스털 돌고래가 놓여 있었다. 나는 자주 그 돌고래들의 배치를 바꿔놓았고 레티는 내가 자기 물건을 만진다고 화를 냈다. 우리는 자주 싸웠다. 왜냐하면 레티는 나랑 한 살 차이밖에 안 났고, 엄마는 우리 둘이 똑같다고 했다. 어떨 때는 우리가 싸웠던 일이 생각나기도 하는데, 그러면 정말 마음이 안 좋아진다. 왜냐하면 만약에 무슨 일이 일어날지 미리 알았더라면 나는 매일매일 동생에게 잘해주려고 노력했을 것이기 때문이었다. '노력'했을 거라고 하는 이유는 어떤 사람에게 매일매일 잘해주는 건 정말 어렵기 때문이다. 가끔 엄마가 내 기분을 나쁘게 할 때도 있지만 나는 엄마에겐 늘 잘해준다. 왜냐하면 엄마가 아직도 슬퍼하고 있다는 걸 알고 있고, 엄마에겐 나밖에 남지 않았다는 걸 알기 때문이다. 나는 아직도 그 크리스털 돌고래들을 갖고 있다. 하나는 약간 브롤리를 닮아서 브롤리라고 이름을 지어주었고, 제일 작은 돌고래는 정말로 아기만큼 작은 크기는 아니지만 그냥 브롤리의 아기라고 정했다. 이제는 그 돌고래들을 상자에 다시 넣어두었다. 그것들이 너무나도 소중하기 때문이기도 하고, 또… 꺼내두면 모든 게 다시 생각나기 때문이기도 하다.

라라는 아주 조심해서 그 돌고래들을 집어 들고 물었다. "동생 생각 많이 해?"

나는 그때 라라에게 보여주고 싶었던 뭔가를 잡지에서 찾느라 침대 밑으로 기어 들어가 있었기 때문에 내가 고개를 끄덕이는 걸 라라는 보지 못했다. "동생 얘기는 거의 안 해. 엄마가 너무 속상해하거든." 나는 머리를 부닥치지 않게 조심해서 뒤로 빠져나오면서 말했다. "그렇지만 아직도 보고 싶어." 다른 얘기는 도저히 더 할 수가 없었다. 아직도 그런 얘기는 너무 힘들기 때문이다.

"나는 내 동생 진짜 싫은데." 라라가 말했다. "아주 못돼처먹었어. 나는 진짜 우리 집에 나 하나였음 좋겠어."

라라에게 어떻게 설명해야 될진 모르겠지만 나는 언제나 동생이 있었으면 좋겠다고 생각한다. 레티가 더 이상 우리 곁에 없다는 건 나를 하나로 만드는 게 아니라, 나를 반쪽짜리로 만들었다.

목요일에 엄마는 나더러 마이크 아저씨의 아침을 갖다주라고 했다. 이번 주에만 세 번째였다.

"엄마가 하면 안 돼요?" 내가 물었다. "아직 머리도 못 빗었단 말이에요." 바쁜데 엄마가 저러면 진짜 짜증난다. 나는 학교 가기 전에 머리를 땋는 걸 좋아하는데 땋는 도중에 한번 박자를 놓치면 중간이 불룩 튀어나오기 때문이다. 이모할머니는 자기의 늙은 손가락은 머리를 땋기엔 너

186

무 뻣뻣해졌다고 하고, 엄마는 자기 머리가 어떤지도 신경 쓰지 않는 사람이기 때문에 결국 내 머리를 땋을 사람은 나뿐인 셈이다.

"안 돼." 엄마가 말했다. 엄마가 그렇다면 그걸로 끝이다. 엄마는 쟁반을 내 방 앞에 내려놓고 가버렸다.

엄마는 요즘 정말 이상했다. 엄마가 아저씨를 싫어해서 그런 건지는 모르겠지만 저녁때도 호텔 야외 테이블에 나와 있지 않았다. 어쩌다 나온다 해도, 엄마를 기다리기라도 하듯 매일 밤 나와 있는 마이크 아저씨를 무시해버렸다. 나는 라라에게 엄마의 행동은 정말 너무 유치하다고 말했다. 우리 반 몇몇 여자애들이 자기들 앞에 멀쩡히 서 있는 어떤 애를 마치 없는 애 취급하는 거랑 완전 똑같다고.

"혹시 마이크 아저씨한테 화났어요?" 나는 결국 못 참고 엄마에게 물었다.

엄마는 조금 놀란 눈치였다. "아니. 그건 왜 묻는데?"

"엄마가 아저씨한테 화난 것처럼 보여서요."

엄마는 갑자기 애꿎은 머리를 만지작거리기 시작했다. "내가 왜 아저씨한테 화가 나. 그냥 호텔 손님이랑 너무 가까워지는 건 별로 안 좋은 것 같아서 그러지."

나중에 나는 엄마랑 이모할머니가 부엌에서 얘기하는 걸 들었다. 엄마랑 이모는 내가 TV를 보고 있는 줄 알았다. 고래 관광선 선원들이 야외에 앉아 있었지만 엄마는 나가서 같이 앉아 있으려고 하지 않았다. 표값을 올리는 문제에 대해 꼭 의논을 해야 했는데도 말이다. 기름값이 또 올랐다고 했다. 기름값은 선원 아저씨들이 늘 얘기하는 주제였다.

"난 네가 왜 그리 별것도 아닌 일에 흥분하는지 모르겠다." 이모할머니가 말했다.

"누가 흥분했다고 그래요?"

"이 빠진 내 접시를 봐. 이래도?"

나는 아까 접시가 바닥에 떨어지는 소리와 엄마가 "죄송해요"라고 중얼거리는 소리를 들었다.

"라이자, 애야. 언제까지고 숨어 살 순 없는 법이야."

"왜 안 돼요? 우린 지금 행복하잖아요. 안 그래요? 우리 잘하고 있지 않나요?"

캐슬린 이모할머니는 아무 말도 하지 않았다.

"안 돼요, 아시겠어요? 그건 별로 좋은 생각이 아니에요."

"그럼 그레그는 괜찮고?"

그레그 아저씨는 마이크 아저씨를 좋아하지 않았다. 아저씨는 이모할머니가 마이크 아저씨랑 얘기하고 있고, 아무도 자기 얘기를 못 듣고 있다고 생각할 때 마이크 아저씨를 '개자식'이라고 했다. 나는 다 들었다.

엄마는 엄청 스트레스를 받으며 이렇게 말했다. "이모, 난 그냥 나랑 해나가 사람들이랑 적당히 거리를 두고… 깊이 얽히지 않는 편이 제일 속 편할 것 같아요." 그러고는 방으로 올라가버렸다. 이모할머니는 특유의 콧방귀 뀌는 소리를 냈다.

나는 사전에서 '얽히다'라는 표현을 찾아봤다. 사전에는 '둘 이상의 사람, 사물, 현상 따위가 이리저리 관련되다 / 복잡하다'라고 나와 있었다. 나는 이걸 이모할머니에게 보여드리고 엄마가 말한 '얽히다'는 어느 거냐고 물었지만, 이모는 두 개 모두에 손가락을 갖다 대고 두 가지 다 대충 맞다고만 말씀하셨다.

학교에서 애들은 온통 수학여행에 대한 얘기뿐이었다. 어떤 때는 할 얘기가 정말 이거밖에 없나 하는 생각이 들 정도였다. 아직 몇 달이나 남아 있는 데다 선생님이 다들 열심히 공부하지 않으면 아무도 안 데려갈 거라고 말씀하셨는데도 소용이 없다. 우리는 모두 학교 운동장의 기다란 벤치에 나와 앉아 있었고, 케이티 테일러가 나도 수학여행을 가냐고 물어서 나는 못 갈지도 모르겠다고 말했다. 나는 사실 아무 말도 안 하고 싶었다. 케이티는 다른 애들이 하는 말은 무조건 꼬아서 듣는 애이기 때문이었는데, 역시나 애들이 전부 있는데 큰 소리로 말했다. "왜? 돈이 모자라?"

"돈 때문은 아니거든." 나는 이렇게 대답하고 못 가는 이유를 찾을 수 없어서 얼굴이 빨개졌다.

"그럼 왜 못 가? 우리 학년 애들 전부 다 가는데." 언제나처럼 케이티의 양쪽 귀 옆이 빨개져 있었다. 걔네 엄마가 머리를 있는 대로 세게 잡아당겨 핀을 꽂아주기 때문이다. 라라는 케이티가 매일 못되게 구는 이유가 바로 저것 때문이라고 생각했다.

"전부 다는 아니거든." 라라가 나서서 말했다.

"멍청한 애들 빼곤 전부 다야."

"우린 딴 데 가기로 했기 때문에 안 가는 거야." 나는 내가 무슨 말을 하고 있는지 제대로 생각하지도 않은 채 덮어놓고 말했다. "우린 따로 여행 가."

라라는 마치 이 사실을 옛날부터 다 알고 있다는 듯 고개를 끄덕였다.

"영국으로?"

"그럴 수도 있고, 노던준주로 갈 수도 있어."

"그러니까 어디로 갈지도 모른단 얘기잖아?"

"야, 얘네 엄마가 아직 결정을 못 하셨으니까 그렇지." 라라가 말했다.

라라는 '나랑은 엉기지 않는 게 좋을 거야'라고 말하는 것 같은 목소리를 낼 수 있다. "케이티, 넌 남 일에 신경 좀 꺼. 얘네 가족이 어딜 가건 말건 네가 뭔 상관이야?"

나중에 라라네 집으로 함께 가는 길에 라라는 내 팔에 팔짱을 꼈다. 매주 화요일엔 내가 라라네서 놀고 있으면 엄마가 데리러 왔다. 나는 라라네 집을 제일 좋아하고, 라라는 우리 집을 제일 좋아하는데 라라는 그게 너무 재미있다고 했다.

나는 늘 시끌시끌하고, 서로에게 소리를 질러대면서도 늘 행복한 라라네 집 식구들이 좋았고, 라라네 아빠가 매일 라라를 놀려대고 라라의 맨발바닥을 수염이 꺼칠꺼칠한 아저씨의 턱에 문질러대고, 라라를 '야옹이'라고 부르는 게 좋았다. 랜스 아저씨가 나를 '꼬마'라고 부를 때 라라네 아빠를 떠올려봤지만 그거랑 그거는 달랐다. 나는 라라가 자기 아빠랑 하듯이 랜스 아저씨랑 껴안고 문대고 하지는 않았다. 라라 아빠가 내발을 붙잡고 자기 턱에 한번 문지른 적이 있었는데, 그때 나는 무지 당황했고, 무안했다. 마치 다들 내가 아빠가 없으니까 나를 그 집 식구로 끼워주려고 애쓰는 것 같았기 때문이다.

라라가 우리 집을 좋아하는 이유는 아무도 내 방에 함부로 들어오거나 내 물건을 뒤져대지도 않고, 이모할머니가 박물관 열쇠를 우리에게 주고 감시하는 사람 하나 없이 마음대로 들어가 놀게 해주기 때문이라고 했다. 이모할머니는 우리처럼 착한 애들은 또 없다며 우리가 아무것도 망가뜨리지 않을 거란 걸 알고 있다고 했다. 이모가 아는 아이들 중에 우리가 최고라고도 하셨다. 라라가 자기 엄마 담배를 슬쩍해 와서 우리 둘이 마우이Ⅱ호 뒤쪽 구석에서 속이 이상해질 때까지 피워본 얘기는 하지 않았다.

"해나야." 라라네 집 앞에 거의 다 왔을 때 라라가 나를 불렀다. 라라의 목소리는 자기는 언제까지나 나의 친구라는 걸 보여주고 싶다는 듯 정말 다정했다. "혹시 정말 돈 때문이야? 뉴질랜드에 같이 못 가는 거?"

나는 손톱을 잘근잘근 씹었다. "그게, 좀 복잡해."

"넌 내 베프야. 이유가 뭐든 간에 나는 아무한테도 말 안 할 거야."

"알지." 나는 라라의 팔을 꼬옥 잡았다. 나도 라라에게 정말 말해주고 싶었다. 하지만 사실 나도 확실히 몰랐다. 내가 아는 거라곤 엄마가 나한테 우리는 절대 호주 밖으로 나갈 수 없고, 이 사실을 아무에게도 말하지 말라고 했다는 것뿐이었다.

다음 날 케이티 테일러는 또 그 얘기를 물고 늘어졌다. 케이티는 내가 수학여행을 못 가는 이유가 실버베이 호텔이 망했기 때문이라고 했다. 그러더니 저번에 새끼 고래를 죽인 게 아무래도 이모할머니 같다고 했다. 이모할머니가 옛날에 상어를 죽인 것처럼. 그리고 그 일은 그때 신문에까지 나서 모르는 사람이 없다고 했다. 그러더니 나한테 아빠가 있었으면 수학여행을 갈 수 있었을지도 모른다는 말까지 했다. 그러더니 나보고 아빠 이름이 뭐냐고 물었다. 내가 대답을 못 할 걸 뻔히 알고 그랬다. 그리고 완전 음흉하게 웃어댔고, 결국은 라라가 못 참고 케이티를 밀쳐버렸다. 그러자 케이티가 라라의 손을 붙잡아 손가락을 뒤로 꺾어버렸고 결국 둘이 운동장에서 완전 제대로 싸움이 붙어서 세번 선생님이 달려와서 떼어놔야 했다.

"완전 멍청하고 나쁜 년이야." 같이 화장실로 가는 길에 라라가 내게 말했다. 그리고 바닥에 침을 뱉어댔다. 싸우다가 케이티의 머리카락이 라라의 입속으로 들어갔기 때문이었다. "걔 말에 신경 쓰지도 마." 그런데 그게 문제였다. 갑자기 나는 케이티나 케이티의 바보 같은 친구들에게는 신경이 하나도 안 쓰였다. 대신 엄마에게 화가 났다. 내가 원하는 건 그저 다른 애들이 하는 걸 하는 것뿐인데. 나는 성적도 좋고, 해서는 안 될 말들을 하지도 않고, 심지어 내 동생 레티에 대해 얘기하고 싶을 때도 대부분은 참고 살았다. 다른 사람들의 마음을 아프게 하면 안 되니까. 그런데 이모할머니 말처럼 뉴질랜드 수학여행 갈 돈을 모을 수만 있다면, 그리고 우리 반 애들이 전부 다 간다면—심지어 아직까지 밤에 오줌을 싸고 엄마가 가게에서 돈도 안 내고 물건을 집어 가는 데이비드 돕스도 간다는데—어째서 나만 혼자 남겨져야 하는 걸까? 왜 나만 매번 안된다고 말해야 하는 걸까?

내가 영국에서 왔다는 사실을 제외한다면, 우리 반 전체에서 블루마운틴스*를 벗어나보지 못한 사람은 나밖에 없다.

집에 도착했을 때까지도 나는 화가 나 있었다. 엄마가 나를 데리러왔고, 내가 거의 아무 말도 하지 않았는데도 엄마는 무슨 생각을 하느라 그리 바쁜지 자기 딸이 얼마나 조용한지 눈치도 채지 못했다. 그런데 갑자기 우리 호텔에 아직도 그 끔찍한 가족이 묵고 있다는 게 생각이 났다. 그 집 남자애들 둘은 무슨 멍청이를 보듯 나를 쳐다봤다. 그 생각이 나자 진짜 더 화가 났다.

"숙제 있어?" 호텔 앞에 차를 세우며 엄마가 물었다. 밀리가 저 뒤쪽에서 엄마 손전등을 씹고 있었지만 나는 계속 보고 있으면서도 말리지 않았다.

"아뇨." 나는 엄마가 확인도 하기 전에 차에서 내려버렸다. 엄마가 나를

---

* 뉴사우스웨일스주에서 가장 넓고 야생이 살아 있는 지역. 세계유산으로 지정됐다.

처다보고 있다는 걸 알았지만 케이티의 말이 아직도 귓속에 울려대고 있었기 때문에 내 방에 가서 잠시 혼자 있고 싶었다.

방으로 올라가는데 마이크 아저씨의 방문이 열려 있었다. 아저씨는 통화 중이었고 방을 서성이고 있었는데, 통화가 끝나길 기다려야 할지 말아야 할지 판단이 잘 안 됐다.

아저씨가 돌아서는 걸 보니 내가 거기 있다는 걸 느낀 것 같긴 했다. "S94예요. 네. 맞아요. 그게 가능성을 100퍼센트 올려줄 거라고 했어요." 아저씨가 나를 힐끗 봤다. "네. 데니스, 지금은 통화가 어려워요. 다시 걸게요." 그리고 아저씨는 전화기를 내려놓더니 나를 향해 활짝 웃었다. "안녕. 오늘은 기분이 어때?"

"거지 같아요." 나는 가방을 바닥에 툭 떨어뜨리며 말했다. "다 꼴도 보기 싫어요." 내가 그런 말을 했다는 사실에 나도 놀랐다. 나는 원래 그런 말을 안 하기 때문이다. 그런데 하고 났더니 기분은 확실히 좀 나아졌다.

아저씨는 나에게 그런 말을 하면 안 된다고도, 이모할머니가 늘 하듯이 내가 정말 그렇게 느끼는 건 아닐 거라고도(아니, 내가 내 감정이 어떤지도 모를 줄 아나?) 말하지 않았다. 아저씨는 그냥 고개를 끄덕이더니 이렇게 말했다. "가끔가다 나도 그런 날이 있어."

"혹시 오늘이에요?"

아저씨가 이마를 찌푸렸다. "오늘이 무슨?"

"그런 날이냐고요. 거지 같은, 아주 거지 같은 날."

아저씨는 잠깐 생각하더니 고개를 저었다. 아저씨가 씩 웃는데 그레그 아저씨만큼이나 잘생겼다고, 나는 생각했다.

"아니. 요즘은 거지 같은 날은 거의 없어." 아저씨는 내게 앉으라고 손짓을 했다. "자, 이 중에 하나 기분을 좀 좋게 해줄 만한 게 있을까? 아저씨가 호주의 비스킷이란 비스킷은 다 먹어보는 걸 미션으로 정했거든."

아저씨가 서랍을 열자 내가 제일 좋아하는 것들이 다 들어 있었다. 아이스 보보, 앤잭, 초콜릿 팀탐, 그리고 민트 슬라이스까지. "아저씨 뚱뚱해지겠어요."

"아니, 난 매일 아침 달리거든." 아저씨가 말했다. "나는 신진대사도 아주 좋은 편이야. 그리고 아저씨는 사람들이 살찌는 걸 너무 심하게 걱정하는 경향이 있다고 생각해."

아저씨는 차를 끓이더니 가죽 의자에 앉았고 나는 아저씨 책상에 앉아 아저씨랑 컴퓨터를 하고 놀았다. 아저씨는 사진을 편집할 수 있는 프로그램을 보여줬고, 우리는 재미 삼아 이모할머니랑 상어랑 찍은 사진을 띄워놓고 상어 얼굴에 커다란 스마일 표시를 했고, 사진을 하나 더 띄워서 이번엔 이모할머니의 얼굴에 콧수염이랑 진짜 커다란 발을 그렸고, 손에는 커다란 표지판을 그린 뒤에 '상어 소녀 치약—더 빛나는 미소를 위해'라고 써 넣었다.

거의 다 완성했을 때, 아저씨가 나를 쳐다보고 있다는 걸 느꼈다. 다들 그 느낌을 잘 알 거다. 누군가를 진짜 빤히 쳐다보고 있으면 그 사람을 돌아보게 만들 수 있다는 걸. 나는 아저씨가 내 뒤통수를 뚫어지게 쳐다보고 있다는 걸 느꼈고, 그래서 진짜 재빨리 돌아봤는데, 진짜로 아저씨가 나를 그렇게 보고 있었다. "형제나 자매가 있었니?" 아저씨가 물었다. "그러니까, 내 말은… 죽었다는."

나는 누군가가 그 얘기를 저렇게 대놓고 물어본다는 사실에 완전 깜짝 놀라서 하마터면 초콜릿 팀탐을 뱉을 뻔했다. 어른 중에는 레티 얘기를 하는 사람이 아무도 없다. 아저씨처럼 저렇게 대놓고는 말이다. 이모할머니는 내가 레티의 이름을 얘기할 때마다 그게 너무나 견디기 힘든 일인 것처럼 엄청나게 괴로운 표정을 짓고, 엄마는 내가 동생 얘기를 하면 너무나 슬픈 표정을 지어서 말하기가 딱 싫어진다.

"여동생이오." 나는 잠깐 뜸을 들이다가 대답했다. "이름은 레티였어요." 아저씨가 경악하는 표정을 짓지도 않고, 내가 입을 다물어야 한다는 듯 눈총을 주지도 않아서, 나는 더 얘기했다. "다섯 살 때, 교통사고로 죽었어요."

아저씨는 어깨를 으쓱했다. "진짜 힘들었겠다. 유감이야."

나는 갑자기 정말 울고 싶어졌다. 지금까지 나한테 이런 말을 해준 사람은 아무도 없었다. 동생을 잃는다는 게 내게 어떤 일이었을지는 아무도 생각해주지 않았고, 나에게도 정말 끔찍한 일이었겠다고 말해준 사람도 없었다. 내가 동생을 그리워하는지, 아니면 그 일이 혹시 내 잘못이라고 느끼지는 않는지 내게는 아무도 묻지 않는다. 그러니까 그게, 내가 어리니까 내 감정은 아무 상관 없다고 생각하는 것 같다. 어른들이 이렇게 말하는 것도 들었다. "어린애들은 금방 괜찮아져. 곧 치유될 거야." 이렇게도 말했다. "다 기억하지 못할 테니 얼마나 다행이야." 그리고 "자식을 잃는다는 거, 그것만큼 끔찍한 일이 또 있겠어?"라고도 말했다. 하지만 "그래, 해나야. 우리 레티 얘기를 해볼까? 네가 레티에 대해 그리워하는 것, 너를 슬프게 하는 것들을 다 얘기해보자"라고 얘기하는 사람은 아무도 없었다.

그렇다고 지금 아저씨에게 이런 말들을 할 수는 없을 것 같았다. 나는 그 말들을 꽁꽁 숨겨두기 가장 좋은 자리에 너무나 깊숙이 집어넣고 꽉 잠가버렸기 때문이었다. 그래서 눈물이 나왔을 때, 그냥 수학여행 때문에 화가 난 척하고 말았다. 아저씨한테는 케이티 테일러가 나를 놀린 얘기, 돈 얘기, 그리고 우리 반 전체에서 수학여행 못 가는 애는 나 하나뿐이라는 얘기를 했다. 그렇게 얘기하다 보니 그게 진짜 너무 속상해져서 레티 생각은 어느새 잊어버리고, 학교 수학여행과 나만 빼고 모두 다 뉴질랜드로 가버리면 그게 얼마나 끔찍할지에 대해서만 생각하게 됐고, 정말로 그것 땜에 울어버리고 말았다.

마이크 아저씨는 내게 손수건을 건네주고 내가 진정할 때까지 창밖의 무언가에 정신이 팔린 척했다. 내가 훌쩍거리는 걸 멈추자 아저씨는 조용히 내 옆에 앉더니 내 쪽으로 바짝 다가와 내 눈을 정면으로 보며 말했다. "좋아, 해나 매컬린. 내가 너한테 비즈니스 제안을 하나 할게."

마이크 도머 아저씨는 나에게 만 주변의 사진을 찍어달라고 했다. 그리고 일회용 카메라를 세 개나 사 오더니 내가 찍어온 사진들 중에 쓸 만한 사진 한 장당 1달러씩 주겠다고 했다. 아저씨가 나중에 집에 돌아가면 친구들이 아저씨가 여행 와서 뭘 했는지 보고 싶어 할 텐데 아저씨는 사진 찍는 재주가 영 없단다. 그런데 내가 만 주변의 사진을 다 찍어주면 아저씨가 어디에서 지냈는지, 그리고 이곳의 좋은 곳은 어디인지 다 보여줄 수 있을 거라고 했다. 그러더니 아저씨는 우리 학교와 실버베이의 좋은 점들과 이곳을 더 좋게 만들 수 있는 것들을 적어보라고도 했다. "우리 학교 버스가 고장 났는데 아직 새 버스가 없는 거, 같은 거요? 또 우리 도서관이 아직 임시 건물에 있는 것 같은 거요?"

"그래, 바로 그런 거." 아저씨는 나에게 종이를 건네주며 말했다. "학교에서 좋아하는 애 이름이나 널 놀리는 그 멍청한 여자애 이름 같은 걸 적으라는 게 아니라 프로젝트를 적으라는 거야. 제대로 된 조사를 해야 할거야."

아저씨는 내가 얼마나 일을 잘하느냐에 따라 돈도 더 줄 거라고 했다. "하지만 나는 진짜 프로답게 일해주길 원하는 거야. 대충 얼렁뚱땅 말도 안 되는 소리는 안 돼. 어때, 할 수 있겠어?"

나는 돈을 벌 수 있다는 생각에 신이 나서 고개를 끄덕였다. 마이크 아저씨는 내가 아주 열심히 일하기만 한다면 친구들과 뉴질랜드로 수학여행 갈 돈을 벌지 못할 이유는 없을 거라고 했다.

"그렇지만 아저씨는 여기 언제까지 있을 건데요?" 내가 물었다. 나는 내가 돈을 벌 수 있는 시간이 얼마나 되는지 알아보고 싶었다. 엄마가 도저히 허락하지 않을 수 없게, 내게 돈이 충분하다는 걸 보여드릴 수 있게. 아저씨는 아저씨의 출발 날짜는 인생의 몇 가지 불가지(不可知) 중 하나라고 했고, 나는 하마터면 그게 무슨 뜻이냐고 물어볼 뻔했지만 아저씨가 나를 멍청하다고 생각하는 게 싫어서 그냥 고개를 끄떡끄떡했다. 요시 언니가 내가 모르는 것들에 대해 막 말하기 시작할 때처럼 말이다.

그러고 나서 나는 이모할머니에게 우리가 변조한 이모할머니와 상어의 사진을 보여드렸고, 이모할머니는 두 눈을 커다랗게 뜨고 하느님은 절대로 이모할머니가 상어를 잡은 일을 못 잊게 하시려나보다고 하셨다.

그날 밤, 이상하게도 나는 행복했다. 만약 원래 계획대로 내 방으로 곧장 들어가버렸다면 밤새 슬펐을 게 확실하다. 하지만 우리는 파티를 하는 것만큼이나 정말로 재미난 시간을 보냈다.

호텔 손님들은 어딜 나가 있었기 때문에 라운지를 지날 때마다 바보같이 나를 빤히 보는 그 주근깨투성이 남자애들을 보지 않아도 됐다. 랜스 아저씨는 경마에서 돈을 땄고 피자를 잔뜩 사서 모두에게 돌렸다. 아저씨는 이모할머니한테 어쩌다 한 번이라도 두 다리를 올려놓고 쉬셔야 한다고 했고, 마이크 아저씨가 호텔 손님이긴 하지만 이제는 호텔의 가구 같은 존재가 됐으니 신경 꺼도 된다고도 말했다. 그러자 마이크 아저씨는 아무에게도 들키지 않게 살짝 미소를 지었는데 호텔 가구가 된 게 기쁜 눈치였다. 그리고 아저씨는 피자 위에 있는, 내가 제일 좋아하는 살라미를 내가 다 먹을 수 있게 해줬다.

다른 모비호의 리처드와 톰 아저씨도 우리와 함께 있었는데 그날 브레이크노즈섬 근처까지 나갔다가 고래 떼를 다섯 번이나 보았고, 그 덕에 그 배에 타고 있던 미국 관광객들이 너무 기분이 좋았던 나머지 아저씨들에게 각각 팁을 50달러씩 주었다고 했다. 그리고 니노 할아버지가 와인을 가지고 들렀는데, 이모할머니는 우리가 마시기엔 너무 고급 와인이라고 하면서도 두 병을 다 땄고, 모두가 모이면 늘 그렇듯 함께 옛날 일들을 얘기하기 시작했다.

그레그 아저씨는 없었다. 다른 아저씨들 말로는 그레그 아저씨가 나흘이나 배를 타지 않았다고 했다. 이모할머니는 누군가와 헤어지면 그럴 수 있고, 또 헤어진 뒤에 다른 사람들보다 좀 더 힘들어하는 사람들도 있는 거라고 했다. 나는 이모할머니한테 아저씨가 지금 어디 있냐고 물었고, 이모할머니는 아마도 아저씨가 술독에 빠져 있을 거라고 했다. 이모할머니가 처음에 나한테 이 말을 했을 때 나는 정말 웃기다고 생각했다. 왜냐하면 호주 전체를 다 뒤져도 다 큰 어른이 들어갈 수 있을 정도로 커다란 술독은 없을 거기 때문이다. 게다가 그레그 아저씨는 키도 엄청 큰데 어떻게?

꽤 추운 저녁이었지만 스토브들을 모두 켜놓은 데다, 큰 의자에 둘이 앉은 랜스 아저씨와 요시 언니를 빼곤 모두 한 벤치에 끼어 앉아 있어서 괜찮았다. 이모할머니와 니노 할아버지도 등나무 의자에 쿠션을 놓고 따로 앉아 있었다. 이모할머니는 그 나이가 되면 그 정도의 편안함은 누릴 자격이 있는 거라고 했다. 엄마는 맞은편에 앉아 있었는데 내가 음료수를 다 마신 다음에 마이크 아저씨가 내게 사업을 제안한 것에 대해 말했더니, 뭔가를 못 하게 막으려고 할 때 짓는 바로 그 표정을 지었고, 나는 씹고 있던 피자를 그냥 물고만 있었다.

"애한테 돈을 준다고요? 사진을 찍어오는 대가로 애한테 돈을 주기로 했다고요?"

마이크 아저씨는 와인을 한 모금 넘겼다. "그럼 돈을 그냥 거저 줘야 할까요?"

"그쪽도 그레그랑 별다를 게 없네요." 엄마는 듣는 사람이 좀 기분 나쁘게 말했다.

"나와 그레그는 전혀 다르다는 거, 그쪽도 알 텐데요."

"마이크, 애를 이용하지 말아요." 그러면 내가 못 들을 줄 아는지 엄마는 속삭였다. "나한테 접근하기 위해 애를 이용하지 말라고요. 왜냐하면, 그래봤자 소용없을 테니까."

그러나 마이크 아저씨는 별로 기분 나쁜 것 같지도 않았다. "이 일은 그쪽이랑은 아무 상관 없는데요. 이 일을 해나한테 맡긴 건, 해나가 정말 독보적인 아이이고 나는 일을 맡길 사람이 필요해서입니다. 만약 해나에게 부탁하지 않았으면 다른 사람을 찾아야 하는데 솔직히 난, 다른 그 누구보다도 해나하고 일하고 싶네요."

피자를 한입 완전 크게 베어 물고 다시 말을 시작한 아저씨의 입안이 꽉 차 있었다. 나는 내가 독보적인 아이라는 아저씨의 말에 너무 들뜨지 않으려고 노력했다. 아무래도 마이크 아저씨가 막 좋아지려는 것 같았다.

"아무튼." 아저씨는 계속 씹으면서 말했다. "그쪽은 착각이 좀 심한 편이네요. 누가 당신한테 접근하고 싶다고 했어요?"

엄마가 아저씨를 제법 무섭게 쳐다보는 동안 잠깐의 침묵이 흘렀다. 그러고는 마치 웃고 싶지 않은데 도저히 참기 어렵다는 듯 엄마의 입술이 가볍게 떨리는 걸 나는 봤다. 그래서 나는 좀 안심할 수 있었다. 엄마 성격에 내가 돈 버는 걸 안 된다고 할 거였음 그 순간에 대놓고 바로 말했을 거기 때문이다.

엄마는 무슨 생각을 하는 것처럼 자기 손가락만 한참 내려다보더니 말했다. "그 사진들은 왜 필요한데요?"

마이크 아저씨는 손가락에 묻은 걸 핥아 먹더니 말했다. "그건 말할 수 없어요. 사업 기밀이라. 해나, 한마디도 하면 안 돼." 그러면서 아저씨도 웃었다.

"해나가 사진을 잘 찍긴 해요." 엄마가 말했다.

"그래야 할 겁니다. 시세보다 더 주기로 했으니까."

"얼마를 주기로 했는데요?"

"그것도 기밀 사항입니다." 아저씨가 나에게 눈을 찡긋해 보였다. "본인 딸의 가치를 깎아내리고 싶다면 얼마든지 들어볼 의향이 있습니다만."

두 사람이 무슨 말을 하는지 잘 이해가 안 됐지만 둘 다 기분이 좋아 보였기 때문에 더 이상 걱정은 하지 않기로 했다. 나는 엄마한테 들키지 않고 마이크 아저씨의 맥주를 좀 마셔볼까 궁리하는 중이었다.

"그래서 여기는 얼마나 더 있을 생각이죠?" 엄마가 물었다.

아저씨가 막 대답을 하려는 참에 해안 도로를 따라 자동차 헤드라이트 불빛이 올라오는 게 보였다. 그 불빛이 가까워지는 동안, 저건 또 누군 가 싶어 모두가 조용해졌다. 그레그 아저씨의 트럭은 안개등이 달려 있 기 때문에 아저씨 차가 아닌 건 다들 알고 있었다. "마권업자들일 거야." 니노 할아버지가 랜스 아저씨 앞으로 몸을 내밀며 말했다. "자네 마지막 말이 막 경주를 무사히 마쳤다는 얘길 전하러 온 거겠지." 그러자 입안에 음식이 가득 차 있던 랜스 아저씨는 인사 대신 맥주병을 니노 할아버지

쪽으로 번쩍 들어 올렸다.

하지만 그 차는 택시였다. 택시가 호텔 앞에 멈추자 이모할머니는 자기가 아무래도 편히 쉴 팔자는 못 되나보다고 중얼거리며 테이블에서 일어났다. "남은 음식도 없는데 밥 달라는 소리만 안 했으면 좋겠네."

"말해봐요." 엄마가 마이크 아저씨 쪽을 보며 말했다. "아직 내 질문에 대답 안 했잖아요."

그건 나도 궁금했기 때문에 나도 아저씨 대답을 기다리고 있었다. 그런데 곧 누군가의 여행 가방을 들고 다시 걸어 올라오는 이모할머니 쪽으로 정신이 팔리고 말았다. 이모할머니 뒤를 따라오는 사람은 여자였다. 꽤 젊었고, 길고 곧게 뻗은 금발에 연한 핑크 카디건을 어깨에 걸치고 있었다. 그 여자는 마치 파티에라도 가는 것처럼 보석이 박힌 하이힐을 신고 있었는데 호텔의 조명을 받으며 걸어오는 동안 구두가 반짝거렸다. 이모할머니는 마이크 아저씨 앞으로 걸어와 눈썹을 치켜올리고 여행 가방을 아저씨 앞에 내려놓으며 말했다. "누가 찾아왔네요."

"아빠가 휴가를 주셨어." 그 여자가 말했다. 마이크 아저씨가 내 옆에서 엉거주춤 일어나는 게 느껴졌다. 아저씨가 숨을 헉 들이마시는 소리도 들렸다. "그래서 자기를 좀 도와주러 왔어. 신혼여행 미리 온 셈 치지 뭐."

마이크

정말 이상했다. 오랫동안 떨어져 있던 연인을 맞이하는 장면을 한번 떠올려보자. 슬로모션으로 서로에게 달려가고, 끝없는 키스를 퍼붓고, 간절히 서로를 만지고 끌어안고. 연인들의 해후에는 공식 절차 같은 게 있지 않은가. 감정의 격정적 분출과 더불어 서로가 서로에게 어떤 의미인지 확인하는 그런 과정. 그런데 내가 버네사를 보았을 때 느낌은 참으로 묘한 것이었다. 어릴 때 친구네 집에서 한참 신나게 놀고 있는데, 아직 집에 갈 마음의 준비가 안 돼 있는데, 나를 데리러 온 엄마를 봤을 때의 그런 느낌.

버네사가 기대했을 그 무엇을—어쩌면 나 역시 나 자신에게 기대했을 그 무엇—주지 못한 것에 죄책감이 들었고, 버네사는 즉시 그걸 알아차렸다. 이미 말했듯이, 내 여자 친구는 바보가 아니다.

"자기가 좋아할 줄 알았는데." 그날 밤 둘이 나란히 누워 있을 때 버네사가 말했다. 그 점 역시 이상했다. 우린 서로를 건드리지도 않고 있었다.

"좋아." 내가 말했다. "여기 일이 생각처럼 쉽지 않아서… 일에 몰두하느라고 집안일은 일부러 생각하지 않고 있었던 것뿐이야."

"그래 보여." 버네사가 건조하게 말했다.

나는 어둠 속에서 눈을 감았다. "내가 원래 깜짝쇼 같은 거에 약한 사람인 거, 잘 알잖아. 자기를 실망시키는 게 당연하지."

버네사가 아무 말 않는 걸 보니 적어도 그 말에는 동의하는 모양이었다.

실은 그 해후의 순간이 지금까지 우리 관계에서 가장 어색한 20분이었다. 버네사는 고래 관광선 선원들 앞에 무슨 패션 화보에서 막 튀어나온 사람처럼 차려입고 서서, 한 사람 한 사람 시선을 옮기며 자기가 여기 온 게 큰 실수였음을 깨달았고, 그사이 신중하게 준비했던 미소마저 희미하게 사라지고 말았다. 캐슬린은 버네사에게 마실 것을 가져다주기 위해 부엌으로 들어갔다. 내 옆에 앉아 있던 해나는 어수선해진 상황을 틈타 몰래 누군가의 맥주를 한 모금 들이켰다. 게인즈 씨는 버네사가 무슨 대단히 이국적인 존재라도 되는 듯 버네사가 앉을 의자를 마련하고, 과장된 몸짓으로 쿠션을 털어냈다. 그리고 랜스는 계속, 내가 알고 보니 다 크호스였다는 농담을 했는데, 어찌나 그 얘기를 하고 또 하는지 버네사의 자신감이 다 흔들리는 것 같았다. 내가 호주에 머무는 동안 자기 얘기를 얼마나 안 했으면 저 남자가 저럴까 생각하기 시작하는 것 같았고 나는 그런 그녀의 모습을 보고만 있었다.

라이자는 내 옆에 앉아 있었다. 마치 일본 가면 같은 얼굴에, 두 눈은 냉랭하게 이 뜻밖의 상황을 지켜보고 있었다. 나는 그녀를 한쪽으로 따로 불러내 설명하고 싶었지만, 그건 불가능한 일이었다. 그렇게 10분쯤 흐른 뒤, 온기는 없지만 예의를 갖춘 소개가 오갔다. 그리고 라이자는 버네사와 악수를 하고, 모두에게 미안하지만 해나가 내일 아침 일찍 학교 갈 준비를 해야 하기 때문에 그만 들어가봐야겠다고 양해를 구했다.

복도의 반대편 끝에 자리한 그녀의 존재감이, 핵폭발로 인한 에너지 방출과 같은 강도로 내게 전해지는 느낌이었다.

그렇게 몇 시간이 흐른 뒤, 나는 어렴풋한 분노와 죄책감을 동시에 느꼈다. 버네사가 이 방에 있다는 게 영 이상했다. 이 방은 온전한 나의 공간이 돼 있었는데 버네사가 나타나자 런던에 두고 왔던 나의 다른 삶이 되살아났다. 나는 이 호텔 방의 여백의 미에 익숙해져 있었고, 런던 집의 온갖 장식과 격식에서 벗어나 자유롭게 살며 해방감까지 느끼고 있었다. 그런데 버네사와 함께 그녀의 색깔을 맞춘 여행 가방들과 끝없이 늘어선 구두들, 줄지어 세워둔 화장품 병들—그녀의 존재 그 자체—이 들어오니 이 방의 균형이 깨지는 것 같았다. 그것들은 런던에서의 나의 삶을 다시금 상기시켰고, 그곳에서 과연 내가 행복하긴 했었나 생각해보게 됐다.

그리고 그런 생각만으로도 왠지 나쁜 놈이 되는 느낌이었다. 나는 옆으로 돌아누워 실크 같은 천으로 덮인 버네사의 배에 내 손을 올려놓았다. "버네사." 나는 그녀를 안심시키려고 했다. "그냥 뭔가 좀 어색했어. 그 사람들은 개발 건에 대해 아무것도 모르고 있잖아. 자기가 여기까지 오는 바람에 상황이 좀 더 복잡해졌어."

"여기 사람들이랑 제법… 돈독해진 것 같더라." 버네사가 말했다.

나는 가만히 누운 채, 이게 무슨 뜻으로 한 말일까 궁리했다.

"여기가 너무 작은 공간이라, 그러지 않는 편이 오히려 불가능하겠다 싶긴 해. 내 말은, 자기가 사람들이랑 알고 지내야 했을 거라고."

"여긴…." 나는 더듬거렸다. "…자기가 보통 묵는 그런 고급 호텔 같은 덴 아니야."

"그 정도는 나도 알아."

"가족이 함께 운영하는 곳이야."

"그래, 다들 좋아 보이더라."

"맞아. 내가 익숙했던, 아니, 우리가 익숙했던 환경이랑은 많이 달라."
버네사가 내 얼굴을 못 본다는 게 다행스러웠다.

"자기는 뭐랄까…. 집에 있는 것처럼 편안해 보이더라." 버네사가 몸을
뒤척이자 침대가 삐걱거렸다. "그 많은 사람들 속에서 내가 자기한테 걸
어가는데 기분이 엄청 이상했어. 자기는 청바지에 낚시꾼 재킷인지 뭔지
모를 옷을 입고 있고. 내가 진짜 외부인처럼 느껴졌어. 자기랑 함께 있는
데도."

버네사가 일어나 앉더니 다리를 침대 옆으로 내려놓고 나를 등지고 앉
았다. 어둠 속에서는 그녀의 윤곽, 그리고 누워 있다 일어난 바람에 헝클
어진 머리만 보였는데, 그 모습에 그녀를 향한 마음이 이상하게도 물렁
물렁해졌다. 머리가 헝클어진 버네사는 좀처럼 보기 어려우니까.

"자기 없이 지내려니까 너무 이상했어." 버네사가 말했다.

나는 다시 베개를 베고 누웠다. "당신 아버지가 사고만 안 당하셨어도
난 여기에 오지도 않았을 거야."

"겨우 3주 반밖에 안 됐는데, 몇 년은 된 느낌이었어." 그녀가 머리를
뒤로 젖혔다. "자기가 전화라도 좀 자주 할 줄 알았어."

"거기가 낮일 때 여기가 밤이니까…. 알잖아."

"나한텐 아무 때나 걸어도 되는데." 그녀의 향수 냄새가 너무 강했다.
사실 지금까지 이 방에서는 소금 냄새가 났었다.

"버네사, 난 일 때문에 왔잖아. 자기도 비즈니스란 게 어떤 건지 알잖
아. 내가 어떤 사람인지도 알고."

"그래, 알아. 미안해. 나도 내가 왜 이러는지 잘 모르겠어. 그냥 느낌이
뭔가…."

"시차 때문에 그럴 거야." 나는 평소답지 않게 흔들리는 그녀 모습에 좀 놀랐다. 버네사는 무엇에든 확신이 넘치는 여자였다. 그 점이 내가 그녀를 좋아하는 가장 큰 이유이기도 했다. "나도 막 도착했을 땐 며칠이나 기분이 이상했어." 내가 그녀를 흔들어놓았다는 생각이 제일 불편했다. 나는 한 번도 버네사의 행복에 책임을 느낀 적이 없었다. 그녀의 행복에, 내가 생각했던 것보다 내 책임이 더 클 수도 있다는 생각은 별로 하고 싶지 않았다.

나는 다시 누우라고 설득하려고 그녀에게 손을 뻗었다. 우리가 사랑을 나누면 서로를 덜 낯설게 느끼게 되지 않을까 생각하면서. 그러나 버네사는 나를 피해 물 흐르듯 유연하게 일어나 침대를 돌아 창가로 다가섰다. 달은 높고, 밤은 투명하고 맑아 만 전체가 선명히 내려다보였다. 바다는 마법처럼 반짝이고 있었다. 만을 둘러싸고 있는 어둑한 산과 언덕들은 비밀스럽게 어둠에 잠겨 있는 가운데, 멀리 떠 있는 배의 불빛들은 칠흑 같은 물결을 가르며 작은 계단처럼 층층이 놓인 빛의 문양을 드러내 보이고 있었다.

"아름다워." 그녀가 가만히 말했다. "자기가 아름답다고 했었어."

"아름다운 건 당신이야." 내가 말했다. 달빛을 받은 실루엣과 얇은 천을 통해 어렴풋이 비치는 그녀의 몸의 굴곡이 마치 그녀를 영화 속 존재처럼 보이게 했다.

괜찮다, 라고 나는 소리 없이 내게 말했다. 만약 그녀에게 이런 감정을 느낄 수 있다면, 그러면 괜찮은 거라고. 예전 사건은 잠깐의 일탈이었을 뿐이라고.

그녀는 나를 향해 돌아섰다. 이 사람이 바로 나의 아내가 될 여자다, 라고 나는 스스로에게 되뇌었다. 이 사람이 바로 내가 죽을 때까지 사랑할 여자다. 그녀가 나를 보았고, 나는 갑자기 모든 게 다 괜찮아질 거라는 희망을 느꼈다.

그때, 버네사가 물었다. "그래서, 우리 개발 허가는 어디까지 진척됐지?"

∞

버네사에게도 말했던 것처럼, 우리 개발 계획에는 몇 가지 난제가 있었다. 그 전날 나는 의회의 기획부서에서 채워야 할 서류들을 작성하고 관련 공무원들을 만나며 몇 시간을 보냈다. 지난 몇 주간 기획부에서 가장 높은 사람인 라일리 씨를 만날 수 있었다. 나는 그가 마음에 들었다. 큰 키에 주근깨가 난 그는 이 부서에 있는 동안 웬만한 기획안은 다 본 것 같은 사람의 분위기를 풍겼다. 나는 조용히 들어가 필요하다면 우리의 개발 계획을 수정할 의사가 얼마든지 있음을 아주 분명하게 밝혔다. 그리고 그를 존중하는 태도를 고수했다. 그가 우리를, 자기 관할 지역을 멋대로 남용하는 외국인 자본으로 보지 않길 바랐기 때문이다. 사실 그게 바로 우리이긴 했지만.

나의 접근법은 어느 정도 효과가 있었다. 여러 번의 미팅을 거치며 라일리 씨는 우리의 설계도와 고용 기회, 그리고 전통적으로 경제적 활황과는 거리가 멀었던 이 지역의 경제적 부활 가능성이 마음에 든다고 했다. 그는 지역 경제와 상인들에게 미칠 수 있는 도미노 효과도 긍정적으로 생각했고, 나는 그동안 수집한 호주 동부 해안의 리조트의 사례들을 들어가며 비슷한 개발이 지역 경제에 미친 긍정적인 영향에 대해 강조했다. 건축물은 지역과 조화를 이루도록 지을 계획이었고, 자재는 모두 그 지역 내에서 조달할 예정이었다. 나는 지역 주민들이 접근 가능한, 개발 계획 관련 웹사이트를 열어 주민들이 자유롭게 질문을 하고, 만약 개발이 시작됐을 때의 고용 기회에도 관심을 표명할 수 있는 장을 마련했다. 라일리 씨는 이 대목에서 내가 너무 과감한 모험을 한 것 아니냐는 듯 한쪽 눈썹을 치켜올렸다. 그러나 나의 준비가 철저했다는 것만큼은 높이 사는 것 같았다.

그가 마뜩잖아한 부분은, 내가 염려하고 있었듯, 개발이 환경에 미칠 잠재적 영향이었다. 특히 국립공원에 매우 근접한 지역의 특성상 건축 과정의 소음과 혼란도 문제지만, 실버베이의 주민들은 그들의 바다의 개발 문제에 대해 목소리가 아주 높은 편이라고 했다. 예전에 이 근처 만에 진주 양식장을 만들려는 시도가 있었는데 주민들이 거세게 들고일어나 결국은 무산됐다고 했다.

"그 건과 우리 개발 계획의 차이라면, 고용 창출과 기타 혜택 면에서 우리가 훨씬 강하다는 거죠." 내가 말했다.

라일리 씨는 바보가 아니었다. "어떤 면으로는 그렇게 볼 수 있겠죠. 하지만 우리도 이런 개발 계획을 처음 접하는 게 아닙니다. 당신네가 리조트의 이익을 지역 사회에 환원하고 지역에 투자할 거라고 말할 순 없지 않습니까. 이 개발의 뒤에는 벤처 투자가들이 있으니까요. 그것도 영국 벤처 투자가들이죠. 그 사람들은 수익이 자기 주머니로 돌아오길 바랄 테고요. 제 말이 틀립니까? 당신은 주주들의 손안에 든 사람이고요. 당신이 제안하는 이 개발 건이 사회봉사 차원의 일은 아니죠."

나는 기획안을 손으로 가리켰다. "라일리 씨, 발전을 막을 수 없다는 사실은 라일리 씨도 저만큼이나 잘 알고 계시지 않습니까. 이곳은 호주 해안 중에서도 최고의 지역입니다. 휴가를 즐기고 싶어 찾아오는 가족들, 호주의 가족들을 위한 완벽한 환경이죠. 우리는 그저 그걸 가능하게 만들고 싶은 것뿐입니다."

라일리 씨는 한숨을 쉬고 두 손으로 깍지를 끼더니 이내 다시 서류를 가리켰다. "마이크, 마이크라고 불러도 되죠? 먼저 지난 몇 년간 이곳 상황이 아주 많이 변했다는 걸 이해할 필요가 있어요. 맞아요, 제안하신 개발 건은 허용이 가능한 쪽으로 분류되는 건 사실이에요. 하지만 이제는 함께 고려되어야 할 문제들이 있어요. 예를 들어, 환경에 미치는 영향은 어떻게 최소화할 생각입니까? 아직도 제가 안심할 만한 답을 주지 않으셨습니다. 이 지역은 고래와 돌고래 보호에 대한 의식이 점점 높아지고 있고, 이곳 사람들은 그들에게 해를 끼칠 만한 일은 원하지 않습니다. 경제적인 면만 놓고 생각해도, 고래와 돌고래들 자체가 관광객 유치를 증가시키고 있어요."

"우리는 진주 채취업자들과는 다릅니다. 우리는 이 해안의 거대한 영역을 뚝 떼어 금을 그어놓을 생각이 없습니다."

"그래도 어느 정도는 주민들의 접근이 제한되겠죠."

"보통 관광객들이 즐기는 수상 활동들 정도만 하게 될 거예요. 규모가 엄청 크거나 논란거리가 될 만한 것들은 없습니다."

"바로 그게 문제예요. 원래 이 지역엔 그런 유의 관광객들이 찾아오지 않아요. 어쨌든 실버베이는 그렇단 말입니다. 수영을 하거나 기껏해야 작은 보트를 타고 노를 젓는 정도지, 제트 스키나 수상 스키 같은 건 훨씬 시끄럽고 훨씬 더 요란하죠."

"라일리 씨, 이런 지역에서 개발은 그저 시간문제일 뿐이라는 거 잘 아시지 않습니까. 저희가 아니더라도 결국엔 다른 회사에서 하게 될 겁니다."

라일리 씨는 펜을 내려놓고, 적대감과 연민이 섞인 듯한 복잡한 눈길로 나를 보았다. "이것 봐요, 우린 지역 사회에 도움이 된다면 어떤 개발도 찬성입니다. 고용과 인프라가 필요하다는 걸 우리라고 왜 모르겠습니까. 그러나 우리의 바다 생물들, 우리의 야생동물들이 뒷전일 순 없습니다. 우린 유럽의 도시들과는 달라요. 그들은 일단 개발하고 본 다음에 뒤늦게 환경 걱정을 하죠. 우리는 개발과 환경을 분리해서 생각하지 않습니다. 그리고 당신도 환경 문제를 해결하기 전에는 이 지역 사람들을 설득할 수 없을 겁니다."

"잘 알겠습니다, 라일리 씨." 나는 서류들을 챙기며 말했다. "정말 맞는 말씀입니다. 만약 제가 이번 주에 디스코텍을 방불케 하는 요란한 배에 탄 관광객들 때문에 고래 두 마리가 거의 죽을 뻔한 상황을 보지 않았다면, 라일리 씨 말씀에 동감할 수도 있었을 것 같네요. 그 배들은 라일리 씨의 이 구역에서 그 어떤 관리 감독도 받지 않는 것 같아 보였어요. 저희 개발이 이 지역에 부정적인 영향을 줄 거라 염려하시는 걸 이해 못 하는 건 아닙니다만, 솔직히 고래에 대한 위협은 이미 가해지고 있어요. 정도에 있어서도 우리가 제안하는 그 어떤 수상 활동보다 훨씬 더 심하다고 봅니다. 그리고 제가 아는 한, 아무도 그 어떤 조치도 취하지 않고 있죠. 우리가 제안하는 건 극히 제한된 개발입니다. 우리는 환경 문제에 최대한 신경 쓸 의향이 있고, 전문가의 조언을 듣고 필요하다면 면허도 취득할 생각입니다. 다만, 라일리 씨 관할의 이 지역이 환경 문제에 우수한 모델이라고 말씀하실 순 없을 것 같습니다. 왜냐하면 저는 새끼 고래가 죽는 것도 봤고, 그 죽음을 야기한 게 무엇인지도 목격했으니까요. 저도 고래 관광을 해봤는데, 이런 말씀드리기 죄송스럽지만, 그 자체가 이미 환경에 대한 침해입니다."

"그건 그렇게 단정 지을 수 없는 문제죠."

"그렇다면 라일리 씨도 제트 스키 몇 대가 수세기 동안 이어진 고래의 이동에 정말로 영향을 줄 거라고 장담할 수 있습니까? 그렇게 오래 이어진 데는 분명 이유가 있을 겁니다."

"의논을 좀 해보겠습니다. 하지만 공청회가 열린다 해도 너무 놀라진 마십쇼. 사람들은 이 개발 건에 대해 벌써 낌새를 채고 있고, 몇몇은 이미 불안해하고 있으니까요."

나는 아주 안 좋은 기분으로 돌아와 데니스에게 전화를 했다. 시차를 계산해보고 그가 얼마밖에 못 잤을지 알고 나니 심술궂게도 기분이 좀 나아졌다. 그런데 이번 미팅의 결과를 브리핑하고 나선 당황할 수밖에 없었다. 그는 갑자기 깊은 잠에 잠겨 있다가도 몽롱한 중간 과정을 거치지 않고 바로 활짝 깰 수 있는 사람이었다. 데니스는 마치 잠자는 중에도 이 모든 과정을 처리하던 사람 같았다. "데니스, 문제가 좀 복잡해요. 아니라고는 못 하겠어요. 하지만 다소 급진적인 아이디어가 있긴 해요. 만약에… 수상스포츠 쪽을 아예 포기해버리고, 스파 체험 쪽을 더 강화하면 어떨까요? 정말 제대로 만들어서 「보그」에 실릴 만한 그런 분위기로 만드는 겁니다. 유명 인사들이 가는 그런 곳으로요."

"무슨 소리야, 빌어먹을 수상스포츠가 우리만의 특화된 셀링 포인트잖아." 데니스가 소리를 질렀다. "바로 그것 땜에 벤처 투자자들이 관심을 보이는 거고. 스포츠가 들어가야만 해. 건강한 몸을 유지하는, 토털 바디 체험의 이미지 같은 걸로, 여성뿐만 아니라 남성 고객층까지 겨냥하는 거라고. 아주 럭셔리한 레저 체험인 거지. 설마 또 그 거지 같은 고래 일당들 때문에 그러는 거야? 그 인간들이 뭐라는데?"

"그 사람들이 뭐라고 하는 게 아닙니다. 그들은 아직 알지도 못해요."

"그럼 도대체 뭐가 문제야?"

"저는 이 개발 건이 모든 면을 다 만족시키길 바랍니다."

"그게 대체 뭔 소리야."

"데니스, 제 말 좀 들어보세요. 만약 바다 생물들에게 어떤 위협도 주지 않는다면 여기 기획부 사람들과 훨씬 얘기가 쉬울 것 같아요."

"만약 자네가 일만 똑바로 했다면, 그래서 이 개발 건이 그 불황 지역에 얼마나 환상적인 기회인지, 모두가 얼마나 많은 돈을 손에 쥐게 될지 충분히 강조하기만 했어도 이미 얘긴 다 끝났을 거야."

"돈이 다가 아니에…."

"모든 게, 언제나, 돈이야."

"네, 네. 하지만 여기 한번 와보시면, 느끼시게 될 거예요." 나는 손으로 머리를 쓸어 올렸다. "…고래가 얼마나 중요한지."

데니스는 잠시 말이 없었다. "고래가, 얼마나, 중요한지?"

나는 마음을 단단히 먹고 다음 말을 기다렸다.

"마이크, 난 자네에게서 이런 말을 기대하진 않았네. 이런 말이나 들으려고 내가 자넬 승진시킨 줄 알아? 자네가 거기 간 지 3주가 다 지나도록 허가 하나 제대로 따내지 못하고 있는, 무려 1억 3,000만 파운드짜리 초호화 호텔 개발 건에 대해서 이런 소리나 들으려고 내가 영국에 꼼짝없이 처박혀 낮이나 밤이나 기다리고 있는 줄 알아? 우린 허가를 따내야 해, 지금 당장. 몇 달 안에 시공에 들어가야 한다고. 그러니까 고래 노래를 부르든 뭘 하든 그 반사회적인 고래 친구들 잘 구워삶고, 그 라일리라는 작자한테 돈을 집어 주든 리투아니아 출신 술집 아가씨랑 뒹굴고 있는 사진을 찍든, 수단과 방법을 가리지 말고! 앞으로 48시간 안에, 내가 밸런스 에쿼티 사람들에게 제시할 수 있는 구체적이고도 실질적인 계획을 내놓도록 해! 안 그랬다간 자네도 고래들이랑 같이 징징 짜고 있게 될 테니까."

데니스는 씩씩거리며 깊이 숨을 들이마셨다. 우리가 수천 킬로미터 떨어져 있다는 게 어찌나 다행인지 몰랐다. "이봐, 자네, 파트너가 되고 싶어 했지. 그럼 그럴 만한 사람이란 걸 증명해야 할 거야. 그러지 않으면 내가 아무리 자네를 아들처럼 아낀다고 해도 자네 엉덩짝에 내 부츠 자국이 새겨지게 될 테니까. 이 회사에서의 자네 앞날이 걸려 있는 건 물론이고. 알아들어?"

그보다 더 분명한 설명이 있을까 싶었다. 나는 의자에 등을 기대어 눈을 감고 지난 몇 년간 내가 이루어온 모든 일들과, 앞으로 내가 기대해왔던 모든 일들을 생각했다. 그러다가 해나가 학교 스쿨버스에 대해 한 얘기가 생각났다. 부족한 도서관 얘기도.

"알겠습니다…. 이걸 뚫을 만한 방법이 하나 있긴 해요. 제가 얘기한 S94, 혹시 기억하세요?"

라일리 씨가 내게 설명한 내용은 이랬다. 실버베이 지역의 모든 관광 개발 건에 관련해서 의회는 도로, 주차장, 복지 시설, 소방서와 긴급 구조 서비스 등과 같은 지역 공공시설에 개발업체에서 50퍼센트 정도의 재정적 분담을 해주길 기대하는 것이 관행이라고 했다. 나도 처음 들어보는 얘기는 아니었다. 다른 개발 건에서도 이런 비슷한 조항을 접해본 적이 있었는데, 그런 조항에는 만약 해당 개발이 지역 사회에 확실한 혜택을 주는 것으로 판단되면 그 조항을 포기한다는 조건이 따라붙었다. 이는 실버베이 역시 마찬가지였다. 나는 주로 이 포기 서류를 조사의 시작 단계에서 얻어내곤 했다. 데니스 역시 그랬는데, 그는 지역의 기업들에게 높은 수익을 약속하는 건설 계약서와 뇌물을 암시하는 방법을 활용했다. 그는 "고양이 가죽을 벗기는 데는 한 가지 방법만 있는 게 아니지"라는 표현을 썼다. 그리고 돈으로는 정말 안 될 게 없었다.

의회의 관련 서류는 철저한 조사를 거쳐 작성된 것이었다. 지역의 상세한 인구 추계는 물론이고, 그 개발 건을 수용하기 위해 필요할 것으로 판단되는 편의시설 건설 비용까지 제시하고 있었다. 나는 우리가 부담해야 할 비용을 계산하고, 공공에 돌아갈 가장 긍정적인 영향들은 형광펜으로 표시하며 그 문서를 꼼꼼하게 검토해나갔다.

> 전통적으로 관광업이 성했던 해안 주변뿐만 아니라 지역 전반에 걸친 관광숙박업의 지속적인 증가는, 관련 편의시설 공급의 필요성을 불러올 것으로 예상되고 있다. 관련 편의시설 필요의 정도는 해당 관광숙박업의 유형과 영업 지속 기간에 따라 변동될 수 있으나 그것이 증가세에 있다는 것은 분명하며 추계 인구에 대한…

나는 똑바로 앉아 서류를 들여다보았다. S94를 검토하는 과정에서 문득 이 문제를 완전히 다른 각도에서 생각할 수 있지 않겠나 하는 생각이 들었다. 공공 편의시설에 일정 부분 기여하는 정도를 완전히 넘어서는 수준을 우리 회사가 제안하면 어떨까? 예를 들면, 실버베이 학교에 아예 새 도서관을 지어주거나 새 스쿨버스를 구입해주고, 고래잡이 박물관을 리모델링해주는 것 같은.

미팅을 하는 동안 라일리 씨는 이런 얘긴 이미 수도 없이 들어본 사람의 표정을 짓고 있긴 했다. 아마도 지난 몇 년간 이런 접근법을 수없이 보아왔을 테고 승인한 것만큼이나 거절한 것들도 많았을 터였다. 그러나 비커 홀딩스는 다른 대부분의 개발업체들처럼 리조트 건설을 위해 공공에게 제공할 물질적 혜택을 어떻게든 최소화하려고 기를 쓰지 않을 것이었다. 대신 책임 있는 개발 모델을 제시할 계획이었다. 지역의 요구를 월

등히 넘어서는 혜택을 제공하며 그 과정에서 창의적이고도 배포 있는 모습을 보여, 가능하다면 이 개발을 다음 개발의 모범 사례로 활용할 터였다. 솔직히 지방 정부의 예산 기획안이라는 게 보통은 흥미진진한 내용과는 거리가 먼 것이었지만, 그날 오후 지방 재정 문건을 그토록 흥분해서 들여다본 나는 전무후무할 정도로 무척 신이 나 있었다. 해나가 올라와 일을 방해하기 시작하기 전까진 말이다.

버네사는 다음 날 오전 11시가 넘도록 일어나지 못했다. 동이 튼 후 나는 얼마간 그 옆에 누워 버네사의 얼굴을 들여다보았고 그녀가 잠결에 이불 안에서 뒤척이는 모습을 지켜봤다. 그러다가 머릿속이 너무 복잡해지기 시작해서 버네사를 깨우지 않고 혼자 침대에서 나왔다. 7시 반쯤 나는 소리 없이 아래층으로 내려가 밖으로 빠져나갔고, 해안 도로를 따라 왕복 8킬로미터 코스를 달렸다. 오직 달리기를 통해 누릴 수 있는 조용하고 고독한 느낌, 그리고 아침 공기의 촉촉한 냉기가 좋았다.

입고 나간 옷을 몇 겹이나 벗으며 평소보다 더 오래 더 열심히 달렸지만 특별히 더 지치는 느낌도 없었다. 생각할 시간을 갖기 위해 나는 몸을 움직일 필요가 있었다. 해변과 보도를 가르는 흙길을 달리는 동안 머릿속에 새 리조트를 그려보았다. 어쩌면 직원들을 위한 저가의 주택단지를 세워도 좋을 것 같았다. 호주도 영국과 마찬가지로 주택 공급 문제가 제법 심각하다는 걸 나는 최근에 알게 됐다. 또 수상스포츠와 관련된 용품점과 카페를 짓는 방안도 괜찮을 것 같았다. 만약 정말 높은 수익을 얻게 되면 의료 센터 설립도 가능한 일이었다. 달려서 돌아오는 길에는 되도록 실버베이 호텔은 쳐다보지 않으려고 했다. 개발이 진행되면 잘해야 리조트에 가려 빛이 바래는 정도일 것이고, 최악의 경우에는 철거가 불가피할 터였다.

이제는 내 얼굴을 알아보게 된 낚시꾼과 개를 산책시켜주러 나온 사람들이 나에게 손을 들어 인사를 했다. 나도 그들에게 손을 흔들며 이 사람들은 내가 진행하는 개발에 대해 어떻게 생각할지 궁금한 마음이 들었다. 그들에게 나는 영국에서 온 이방인도, 물 밖으로 튀어나온 생선도, 청혼을 받은 약혼자도, 이런저런 걸 캐묻고 다니는 사람도, 다른 남자의 여자를 넘보는 도둑놈도 아니었으니까. 데니스, 재무 담당 부서, 라일리 씨 등 내가 긴급하게 전화를 걸어야 할 사람들의 명단을 머릿속으로 짚어가면서 내게 손을 흔드는 사람들에 대해 다시 생각했다. 저들은 대체 누구에게 손을 흔들고 있는 걸까?

실버베이의 해안 도로를 따라 달리던 나는 불현듯 어떤 깨달음을 얻었다. 이 개발 건에 골몰해왔던 지난 몇 달간 나는 오직 이 개발이 나의 커리어와 회사에 어떤 의미인지에 대해서만 생각해왔다. 그러나 이제는 이 개발의 잠재적 손실과 대면하게 됐다. 그리고 이제 나의 첫 번째 관심사도 더 이상 돈과 야망이 아니라 한없이 더 어려운 것, 바로 성공적인 타협안이었다. 나는 이 개발의 결과에 그 날카로운 눈매의 벤처 투자자들만큼이나 캐슬린과 라이자도 만족하길 바랐다. 나는 고래와 돌고래들이 이 개발에 영향받지 않고 계속해서 그들의 삶을 잘 살아가길 바랐다. 아니, 인간과 가까이 사는 어떤 생명이든지 간에 이 개발에 영향을 받지 않길 바랐다. 아직 제대로 정리가 되진 않았지만 머릿속에 보호구역과 기념박물관에 대한 생각으로 꽉 찬 가운데 나는 마침내 어떤 방도든 생각해낼 수 있을 거라 느꼈다.

8시 반쯤 호텔로 돌아왔을 땐 온몸이 땀에 젖어 있었다. 너무 열심히 생각한 나머지, 머리가 멍한 가운데 아무와도 마주치지 않고 혼자 아침을 챙겨먹을 수 있기를 바라는 마음도 반쯤 있었다. 좀 부끄러운 얘기지만 라이자가 해나와 학교에 가는 길에 마주치지 않게끔 나는 시간을 맞춰서 돌아왔고, 호텔은 비어 있을 확률이 높았다.

그러나 이미 한참 전에 아침 식사를 마친 캐슬린이 아직 부엌 식탁을 지키고 있었다. 그녀는 흰머리를 뒤로 묶었는데, 위에 걸친 짙은 남색 스웨터가 겨울이 왔음을 알렸다. 캐슬린은 내 자리를 마련해두고 커피와 시리얼을 차려놓았다. 그 옆에는 보란 듯이 다른 한 사람의 자리도 준비돼 있었다. "저 자리는 일부러 비워뒀어요." 내가 앉는 동안 캐슬린은 펼쳐든 신문 뒤에서 말했다.

그렇게 말을 하니, 실은 그녀를 데려오는 걸 잊고 있었다고는 차마 말할 수 없었다.

12
그레그

아주 바짝 붙어서 본 일이 없다면 라이자 매컬린의 얼굴에 난 흉터를 눈치채기 어렵다. 손으로 그녀의 뺨을 훑어 내리고 머리카락을 그녀의 귀 뒤로 넘겨본 적이 없다면 말이다. 흉터는 이제 제법 희미해졌다. 족히 몇 년은 된 것 같으니 이제 그럴 만도 하다. 진줏빛 피부가 살짝 솟아 있고, 다쳤을 때 제대로 치료를 받지 않았는지 약간 삐죽삐죽 밀려 있었다. 라이자는 낡은 야구 모자를 늘 쓰고 있다시피 했기 때문에 그쪽 얼굴은 항상 그늘이 져 있었다. 모자를 벗고 있을 때는, 묶고 있던 머리카락이 바람에 빠져나와 잔머리가 얼굴을 가렸다. 그녀가 웃을 때면, 바다와 태양이 그녀의 눈가에 그어놓은 잔잔한 주름들 때문에 흉터는 더더욱 눈에 띄지 않았다.

하지만 나는 그 흉터를 봤다. 그리고 그 흉터가 없었다 해도 라이자는 어딘가 평범치 않은 구석이 있었다.

처음 그녀를 만났을 때 그녀는 유령 같았다. 이렇게 얘기하면 과장도 심하다 하겠지만 맹세컨대 정말로 그녀 몸을 통과해서 다른 게 다 보이는 것 같았다. 마치 바다 안개 같은 그녀는, 하늘로 증발해버리길 바라는 사람 같았다. "이 애는 내 조카야." 어느 날 오후, 우리가 맥주를 기다리며 앉아 있는데 캐슬린이 말했다. 우리 대부분이 존재조차 몰랐던 어떤 사람의 등장에 대해 캐슬린은 할 말이 그것밖에 없는 사람처럼 말했다. "그리고 이 아인 애 딸, 해나고. 영국에서 왔고. 여기서 지낼 거야."

나는 안녕하시냐고 했고, 다른 선원들 몇몇도 나를 따라 인사를 건넸다. 그러자 라이자는 그 누구와도 눈을 맞추지 않고 고개만 까딱하며 아주 이상하게 인사를 했다. 긴 비행과 시차 때문에 지쳐서 그럴 수도 있겠다 생각했다. 사실 아이가 며칠 전에 캐슬린 손에 매달려 있는 걸 봤지만 그때만 해도 어느 손님의 아이겠거니 했었다. 그 아이가 캐슬린의 가족이라는 것도 놀라웠지만 며칠 동안이나 라이자라는 그 여자가 호텔에 있었다는데 우리가 전혀 몰랐다는 사실이 더 놀라웠다. 그녀를 훑어봤는데 (금발에 다리가 긴, 딱 내 스타일) 그때만 해도 별다른 느낌은 없었다. 얼굴은 창백했고, 눈가엔 커다란 다크서클이 짙게 자리 잡았고, 머리카락은 커튼처럼 얼굴을 감싸고 드리워져 있었다. 그때는 그녀에게 관심이 있었다기보다는 그냥 궁금했다.

하지만 해나는…. 나는 그 아이를 처음 본 순간부터 그 아이를 사랑하게 됐다. 해나도 나를 좋아했다고 나는 제법 확신한다. 해나는 주머니쥐같이 커다란 갈색 눈을 하고 캐슬린 뒤에 서 있었는데, 누군가가 "워!" 하고 놀라게 했다가는 그 자리에서 기절해서 바로 죽을 것 같은 얼굴을 하고 있었다. 그래서 나는 바로 무릎을 꿇고—그때만 해도 해나는 정말 작았다—이렇게 말했다. "안녕, 해나야. 이모할머니가 네 방 바깥에 뭐가 있는지 알려주셨니?"

내가 귀신이나 뭐 그딴 걸 얘기할 거라고 생각한 캐슬린은 나를 무섭게 노려봤다. 나는 아랑곳하지 않고 계속 말했다. "돌고래가 있어. 저기 바닷속에. 돌고래만큼 똑똑하고 장난기 많은 동물은 없다니까. 창밖을 열심히 내다보면 꼭 보게 될 거야. 그리고 있지, 돌고래들은 워낙에 똑똑해서 걔들도 네가 거기 있나 확인하려고 물 위로 얼굴을 내밀지도 몰라."

"저 만은 돌고래로 가득하지." 캐슬린이 말했다.

"아주 가까이에서 돌고래 본 적 있어?"

해나는 그 자그마한 머리를 가로저었고, 나는 아이의 관심을 얻는 데 성공했다.

"정말 아름다워. 우리가 배를 타고 나가면 우리랑 놀기도 해. 점프도 하고 물 밑에서 헤엄도 치고. 너나 나만큼이나 똑똑하지. 그런데 참견쟁이기도 해. 우리가 뭐 하는지 꼭 보러 온다니까. 이 만에서 산 지 30~40년 된 돌고래 떼가 있거든. 안 그래요, 캐슬린?"

캐슬린이 고개를 끄덕였다.

"네가 원하면 아저씨가 바다로 데리고 나가서 보여줄게."

"안 돼요." 그때 누군가가 불쑥 말했다.

나는 일어섰다. 죽은 사람 같던 캐슬린의 조카라는 여자가 살아났던 거였다.

"안 돼요." 그녀의 아래턱이 딱딱하게 굳어 있었다. "얘는 바다로 나가면 안 돼요."

"저랑 가면 안전은 걱정 마십쇼. 캐슬린에게 물어보세요. 돌고래 투어를 해온 지 15년이 다 되가는 사람입니다. 나 참⋯. 나랑 모비호는 캐슬린 다음으로 여기서 오래 일했어요. 그리고 애들은 꼭 구명조끼를 입히니까. 아, 캐슬린, 얘기 좀 해줘요."

그러나 캐슬린은 평소와 좀 달라 보였다. "다들 적응할 시간이 좀 필요할 거야. 그다음에 해나가 할 만한 재미난 일들을 생각하기로 하지. 급할 건 하나도 없으니까."

아주 어색한 침묵이 흘렀다. 라이자는 어디 한 번만 더 그런 소릴 해보라는 듯 나를 노려보고 있었다. 마치 내가 어린아이에게 뭔가 끔찍한 짓을 하자고 한 것 같은 분위기였다. 캐슬린은 마치 사과하듯 나를 보고 웃었다. 이건 자기 능력 밖의 일이라는 듯. 처음 보는 캐슬린의 모습이었다.

나는 단순한 놈이라, 골치 아픈 일을 파고드는 짓은 안 한다. 그날은 그렇게 그냥 수잰과 일찌감치 잠자리에 들기로 했다. 물론, 그때는 그 여자가 피트니스 트레이너와 놀아나기 전이었다.

"해나야, 만나서 반가웠다. 이제부터 돌고래들을 잘 지켜봐." 내가 모자를 살짝 젖히며 말했고, 아이가 언뜻 웃자 나를 뺀 나머지 모든 것들이 다 지워지는 것 같았다. 그리고 라이자 매컬린이란 여자는 이미 내가 거기에 있다는 것조차 잊은 듯한 모습이었다.

"이봐, 그레그. 이거 봤나?"

나는 고래 부두에서 걸어서 5분 거리인 맥이버 시푸드 바&그릴에 앉아 파이 한 조각과 커피로 지끈거리는 두통을 달래보려는 중이었다. 건너뛴 아침과 평소에 거의 거르고 넘어가는 점심 대신 때우기도 할 겸. 집에 들어가는 건 별 의미가 없었다. 그날은 영업이 끝난 뒤까지 주인장인 델과 바에 남아 있다가 새벽 2시가 넘어서야 나왔고, 샤워를 마치자마자 왔던 길을 되짚어 다시 그곳으로 갔다.

바는 조용했다. 해는 아직도 만 위로 긴 그림자를 드리우고 있었다. 강해진 겨울바람이 그나마 남아 있던 관광객들마저 해안에서 쓸어가버렸기 때문에, 한가해진 델은 내가 앉아 있는 쪽으로 와 자리를 잡았다. 그는 테이블 위로 신문을 밀었다.

"뭔데?" 집중하기가 힘들었다.

"1면에. 실버베이에 엄청난 개발이 시작된다고."

"뭐라는 거야?" 나는 눈을 가늘게 뜨고 신문을 내 쪽으로 가져와 '대규모 관광 부양책'이란 제목 아래 실린 1면 기사를 훑어보았다. 캐슬린의 호텔에서부터 시작되는 만 지역에 수백만 달러 규모의 개발 사업이 허가가 났다는 얘기였다. 거대 국제 기업이 이 지역 일대의 자연과 바다 생태계에 유례없는 보호 조치들을 약속하며 개발 허가를 따냈다고 했다.

이 개발의 자본을 대는 투자법인 밸런스 에퀴티는 관광객들에게 포트스 티븐스 바다 생물들에 대한 인식을 높여줄 새로운 해양 박물관, 고래 보호 지침이 수반된 고래 친화적 수상스포츠, 실버베이 초등학교의 새 도서관과 스쿨버스 등 일련의 추가적 혜택이 담긴 제안서를 제시해왔다.

"우리는 이 개발이 지역 사회에 이익이 되는 파트너십의 첫걸음이 되길 희망하고 있습니다." 영국에 본사를 둔 개발업체 비커 홀딩스의 데니스 비커 씨가 말했다. "우리는 더 나아가 이 관계가 이 지역에서 책임 있는 건설의 기준을 제시하길 바랍니다."

실버베이의 시장인 돈 브라운은 이렇게 말했다. "우리는 이 개발의 타당성에 대해 오랜 시간 깊이 숙고했습니다. 그리고 장기간의 기획 과정을 거친 후 이 새 호텔 단지가 불러올 고용과 인프라 혜택을 기쁜 마음으로 환영하기로 했습니다. 그러나 무엇보다도, 우리 바다에 대한 이 회사의 책임 있고 사려 깊은 태도를 가장 환영하는 바입니다."

"그리고 제 뒷주머니에 찔러 넣어준 두둑한 뇌물도 환영합니다.'" 델이 조롱하며 말했다. "캐슬린은 알고 있나?"

"몰라. 난, 난 요 며칠 거기 안 들렀어."

"뭐, 이젠 알고 있겠네." 델은 마른 행주를 어깨에 걸치고 뒤뚱거리며 그릴 쪽으로 다가갔다. 버거 패티가 환풍기 쪽으로 불꽃과 연기를 피워 올리고 있었다.

"고래 친화적 수상스포츠?" 내가 말했다. "'고래 친화적 수상스포츠'란 게 대체 뭔데?"

"고래들한테 싱크로나이즈드스위밍이라도 가르칠 생각인가보지." 델이 씩 웃으며 말했다. "아니면 수상 스키를 끌도록 훈련시키거나."

머리가 갑자기 맑아지기 시작했다. "이건 완전 재앙이야." 나는 기사를 계속 읽으며 말했다. "불런 부부가 살던 땅이랑 그 근처 바다를 다 사들였잖아."

델은 아무 말 없이 버거 패티를 뒤집고 있었다. 나는 계속 읽어나갔다. "이젠 그 쪽으로 배를 띄우려면 허가를 받아야 할 판이구먼. 도저히 믿을 수가 없네."

"그레그, 이게 우리에게 필요하지 않다고는 말할 수 없어."

"정말 그렇게 생각해?" 나는 문득 관광객의 눈으로 델의 바&그릴을 둘러봤다. 바닥재는 내가 실버베이에 살아온 15년간 한 번도 바뀌지 않았고 테이블과 의자들은 편안하긴 했지만 유행과는 거리가 멀었다. 하지만 우린 그게 좋았다. 나는, 그게 좋았다.

얼마 후 나는 매표소로 향했다. 겨울 동안에만 학생인 레오니가 일을 보고 있었다. 돌고래에 환장해서 아주 적은 돈만 받고도 일을 할 사람을 찾는 건 어려운 일이 아니었다. "오늘 오후에 손님 네 명 있어요." 레오니는 명세서를 흔들어 보이며 말했다. "수요일 아침엔 한 가족인 여섯 명,

금요일엔 둘. 근데 금요일은 일기예보가 별로 안 좋아서 다시 확인해야 한다고 말해뒀어요."

나는 레오니는 거의 쳐다보지도 않고 고개만 끄덕였다.

"아, 그리고 라이자가 오늘 오후에 나온댔어요. 기사에 난 개발 문제 때문에 아저씨랑 다른 아저씨들이랑 전부 상의 좀 했으면 한대요. 좀 걱정되나봐요."

"걱정되긴 나도 마찬가지야." 나는 그렇게 말하고 담배에 불을 붙인 뒤 트럭에 올랐다.

내가 라이자 매컬린과 처음 함께 잤을 때 그녀는 너무 취해 있었다. 그래서 우리 일을 기억이나 하는지, 지금도 난 잘 모르겠다. 그녀가 이곳에 온 지 1년쯤 됐을 무렵이었다. 라이자는 처음보단 조금 온기가 생겼지만—내가 늘 말하지만 열대의 더위라기보단 북극의 해빙 정도—여전히 모두와 냉랭한 상태였다. 대화에도 별 소질이 없었다. 그리고 캐슬린과 이스마엘호를 타고 바다에 나가기 시작했다. 아이가 학교에 간 동안 캐슬린이 라이자를 가르쳤고, 바다에서 보내는 시간이 길어질수록 더 행복해지는 것 같았다. 나는 라이자가 경쟁심이 장난 아닌 것 같다는 둥 농담을 해댔다. 캐슬린은 그런 내게 경고성 눈빛을 보내다가 내가 상어 아가씨 농담을 하자 여기 오지 말고 다른 데 가서 그 같잖은 푼돈을 쓰는 게 어떻겠냐고 했다. 농담이었을 거다.

그 무렵부터 라이자는 나와도 말을 하기 시작했다. 어떤 밤에는 나와 다른 고래추격꾼들—모비2호의 네드 두리킨과 콧수염이 있는 프랑스 아가씨—과 어울려 앉아 있기도 했다. 그리고 한두 마디를 나누기도 했지만 '안녕하세요' '네' '고마워요' 정도의 말도 마치 바위에서 피를 뽑아내는 것만큼 힘들어했다.

그래도 나는 굴하지 않고 늘 그녀에게 농담을 했다. 그때쯤 라이자는 내게 슬슬 짜증이 나기 시작했던 것 같다. 나는 여자를 웃게 만드는 걸 좋아하는데 라이자가 신경 쓰여서 어떤 밤에는 미소 한 번 짓는 것조차 힘들게 느껴졌다. 나는 라이자에게 너무 골몰하고 있었고, 솔직히 말하자면, 아마 그 무렵부터 수잰이 더 이상은 못 참겠다고 생각한 것 같다. 나는 캐슬린의 야외 테이블에서 밤새 마시다가 어느새 잔뜩 취해 집으로 돌아갔고 그러면 수잰이 시꺼멓게 탄 저녁을 앞에 놓고 우거지상을 하고 앉아 있었다.

그런데 그날 밤은 뭔가 달랐다. 라이자는 나오지도 않았고 캐슬린은 입을 꾹 다물고 호텔 안에 있겠다고 했다. 그래서 나는 안으로 들어가 부엌에 있는 그녀를 발견하고 자리를 잡았다. 라이자는 어떤 사진을 들여다보고 있다가 내가 들어가자 아무에게도 보여주고 싶지 않다는 듯 급히 재킷 주머니에 쑤셔 넣었다. 그래서 나는 아무 말도 하지 않았다. 울고 있었는지 눈이 빨갰다. 나는 머리털 나고 처음으로 내 커다란 입을 닥치고 있었다. 왜냐하면 평소와는 분위기가 달랐고, 내가 신중하기만 하다면 일이 잘될 수도 있을 것 같았기 때문이었다.

라이자는 그렇게 얼마간 앉아 있었고, 나는 의자에서 몸을 들썩이지 않으려고 애쓰고 있었다(아주 어릴 때부터 가만히 앉아 있는 건 정말 질색이었다). 그리고 라이자가 나를 보는데 그 큰 두 눈망울이 어찌나 슬퍼 보이던지 나까지 울고 싶어졌다. "그레그, 오늘 나 좀 취하게 해줄 수 있어요? 내 말은, 정말, 완전히 취할 때까지."

"그거야 뭐." 나는 내 무릎을 치며 말했다. "실버베이에서 그 방면으로 나를 따를 자가 없죠." 우리는 캐슬린에게 말 한 마디 없이 빠져나와 내 트럭에 올라탔고 그길로 델의 바로 갔다. 라이자는 거기 앉아 위스키를 들이붓다시피 마셔댔다.

우리는 바가 문을 닫은 뒤까지 마시다가 나왔고 그때쯤에 라이자는 완전히 맛이 가서 혼자 서 있기도 힘들어했다. 수잰은 취하면 노래를 불러대고 사람들에게 덤벼들며 망가지는 쪽이었는데, 그럴 때면 매력적이지 않다고 말해주곤 했었다. 그러나 라이자는 그런 모습을 보이지도 않았고, 그렇다고 취해서 화를 내는 것도 아니었다. 그녀는 힘들게 하는 그 무언가가 안에서부터 자기를 갉아먹고 있는 듯 행동했다.

"아직도 덜 취했어." 내가 트럭 안에 밀어 넣자 라이자는 이렇게 중얼거렸다. "술이 더 필요해."

"바는 이제 문을 닫았어요. 이 근처에 문 연 데는 없을 거예요." 나도 좀 마시긴 했지만 누군가가 옆에서 작정을 하고 퍼마셔대면 아무래도 너무 취하지 않도록 조심하게 되는 법이다.

"이모네로 가요. 이모네로 가서 더 마셔요." 그녀가 말했다.

우리가 새벽에 상어 여사님의 바를 습격하는 걸 그분이 좋아하실 리가 없었지만, 뭐, 내 결정은 아니었으니까.

날은 여전히 더워서 옷이 몸에 들러붙었고 우리는 맥주를 들고 바깥에 앉아 있었다. 달빛 아래 나는 그녀의 살갗에서 땀이 반짝이는 걸 볼 수 있었다. 그날 밤엔 모든 게 다 묘하게 느껴졌다. 분위기가 고조돼 있었고, 무슨 일이라도 일어날 수 있을 것 같았다. 바다에 나가면 갑자기 태풍을 만날 것만 같은 그런 밤이었다. 나는 해변에 부서지는 파도 소리와 귀뚜라미 소리를 들으며 내 옆에 앉아 맥주를 들이키는 여자 생각은 하지 않으려고 애썼다. 그러다가 어느 순간 둘이 신발을 벗어던졌던 게 기억난다. 누군가가 헤엄을 치고 놀자고 했던 것 같다. 그녀가 어쩌나 실성한 사람처럼 웃어대던지 사실은 웃는 게 아니라 울고 있는 것 아닌가 생각될 정도였다. 그러다가 그녀가 부두 위에서 균형을 잃고 내 품 안으로 넘어졌다. 나는 아직도 나의 입술을 향해 다가오던 그녀의 입술의 맛을 기억하고 있다. 위스키와 절망의 맛이었다. 어여쁜 조합은 아니었다.

하지만 그것이 나를 멈추게 하진 않았다.

두 번째는 그로부터 반년 뒤였다. 나와 별거 중이던 수잰은 뉴캐슬에 있는 언니 집에서 지내고 있었다. 라이자는 그전보다 더 엉망으로 취했고, 겨우 정신을 수습하고 내 트럭에 올라타기 전에 나는 그녀가 토할 수 있도록 머리카락을 붙들어줘야 했다. 그러고 난 뒤에도 나는 그녀가 우리 집에서 게인즈 씨의 최고급 와인을 한 병 다 비우는 걸 굳이 말리지 않았다. 참 이상한 여자였다. 평소에는 매일 밤 얼음장처럼 냉정을 유지했으면서 잊을 만하면 한두 번씩 아주 작정을 하고 기절할 정도로 마셔댔다. 그날 밤 새벽에 일어나보니 그녀가 내 옆에서 흐느끼고 있었다. 나를 등지고 누워 있던 그녀는 두 손으로 얼굴을 가리고 어깨를 들썩이고 있었다.

"내가 뭐 잘못했어?" 나는 잠이 덜 깬 상태였다. 그래도 같이 잔 뒤에 여자가 울고 있는 걸 바랄 남자가 어디 있겠는가? "라이자? 왜 그래?"

그리고 그녀의 어깨를 건드렸는데 잠들어 있는 게 아닌가. 나는 너무 이상해서 이름을 부르며 흔들어 깨웠다.

"왜?" 라이자가 묻더니 방 안을 둘러보았다. "어머, 내가 지금 어디에 있는 거야?"

"당신, 울고 있었어. 자면서. 나는… 나는 혹시 내가 뭘 잘못했나 해서."

라이자는 이미 침대에서 내려가 바지를 찾아 입고 있었다. 솔직히, 나도 잔뜩 취한 상태가 아니었다면 모욕당한 기분이었을 것 같다. "잠깐,

잠깐, 그렇게 서두를 거 없어. 그렇게 도망치듯 가지 않아도 된다고. 난 그냥 괜찮은지 확인하려고 했던 것뿐이야." 그녀가 브래지어 후크를 채우는 사이 하얀 빛이 반짝했다.

"그레그, 당신이랑은 아무 상관 없어. 미안해, 가야겠어."

남자 같았다. 수잰을 만나기 전, 술에 취한 뒤의 나를 보는 것 같았다. 나도 그 시절엔 다음 날 아침에 일어나 옆에 누운 여자를 보면 그 자리에서 달아나기 위해서 팔이라도 자를 기세였으니까.

그녀가 떠나고 10분쯤 흘렀을까, 그녀에게 차가 없다는 사실이 떠올랐다. 하지만 내가 아래층으로 내려갔을 때 그녀는 이미 나간 뒤였다. 집에 가기 위해 벌써 해안 도로를 반쯤은 달려갔을 거라는 생각이 들었다. 그러고도 남을 여자였다. 마치 아무것도 두렵지 않다는 듯. ("글쎄 걔가 왜 그랬을까? 이미 할 건 다 한 뒤일 텐데 왜 도망을 간담?" 내가 캐슬린에게 라이자가 대체 왜 그러는 거냐고 묻자 캐슬린은 그렇게 애매하게 넘어가고 말았다.)

다음 날, 내가 라이자 옆에 앉자 그녀는 아무 일도 없었다는 듯이 행동했다.

그리고 네 번이나 더 내게 그 짓을 했다. 단 한 번도 그녀가 맨정신인 적은 없었다. 내가 조금이라도 매력이 떨어지는 사람이었다면 솔직히 좀 걱정이 될 법도 했다.

어쩌면 화가 나야 정상인지도 몰랐다. 하지만 라이자에겐 그럴 수 없었다. 라이자에겐 뭔가 특별한 데가 있었다. 내가 아는 다른 여자들과는 많이 달랐다.

마침내 내게 아기 얘기를 했을 때, 그녀는 맑은 정신이었다. 그리고 내게 한 마디도 하지 말고, 어떤 질문에도 답하지 않겠노라 했다. 아기가 어떻게 죽었는지도 말해주지 않았다. 내게 그 얘기를 해준 이유는, 내가 화가 나서, 왜 나랑 자기 위해선 그렇게 떡이 되도록 취해야 하는 거냐고 단도직입으로 물었기 때문이었다.

"당신이랑 자기 위해 술의 힘을 빌리는 거 아냐." 그녀가 말했다. "잊어 버리려고 술에 취하는 거야. 당신이랑 자는 건 그것의 부작용일 뿐이고." 그렇게 대놓고 말했다. 마치 내가 전혀 상처받을 말이 아니라는 듯, 그렇게. "그리고 해나를 쫓아다니면서 물어볼 생각은 하지도 마." 벌써 내게 말한 걸 후회하는 눈치였다. "문제 만드는 거 너무 싫어. 다시 그 일을 생각나게 하는 거, 애한테도 할 짓이 아니야."

"나 원, 나란 사람을 몰라도 너무 모르는군." 내가 말했다.

"아니, 난 그냥 조심하는 것뿐이야." 그녀는 두 주먹을 꽉 쥐었다. "이제 난 무조건 조심하면서 살기로 했으니까."

델은 기꺼이 이 모임의 장소를 제공했지만—매상을 좀 더 올릴 수 있을 거란 걸 알고 있었으니까—사전에 내게 자기는 이 개발에 반대 입장이 아니라고 솔직하게 밝혔다. 리조트 부지와 불과 몇 미터밖에 떨어지지 않은 가게의 위치를 생각할 때 잘하면 큰돈을 벌 수도 있지 않겠냐고, 그는 앞치마에 두 손을 문지르며 말했다. 글쎄, 그런 고급 리조트를 찾는 고객들이 과연 이 구질구질한 맥이버에 들러 점심을 먹을지는 의문이다. 내가 델, 그 친구의 생각을 바꿀 수 없다는 건 알았지만, 죄책감 때문에 내게 베이컨 롤 하나 정도는 만들어줄 거란 예측은 들어맞았다. 나는 모임 시간이 다가오는 동안 바깥에 앉아서 베이컨 롤과 함께 진한 커피도 한잔했다.

나는 이 지역의 몇몇 호텔 주인, 어부, 고래 관광업자 등 여기저기에 이

모임을 알렸고, 이 개발로 영향을 받을 만한 사람들은 모두 온다고 했다. 우리는 맥이버 바 앞에, 몇몇은 앉고 몇몇은 서서 사람들이 다 모여들길 기다렸다. 기사가 난 신문을 들고 온 사람들도 있었고, 모여서 수군대고 있는 사람들도 있었고, 그런가 하면 전혀 아무 일도 없다는 듯 평소처럼 수다를 떨고 있는 사람들도 있었다.

라이자가 도착했을 때 나는 따로 말을 걸지 않았다. 라이자 역시 나랑 긴히 할 말이 있는 것 같지 않았다. 하지만 나는 해나에게는 손을 흔들었고 해나는 다가와 내 옆에 앉았다. "네 배는 아직도 창고에 잘 있어." 아이가 웃는 걸 보고 싶어 나는 조용히 말했다.

"돌고래들이 다른 데로 다 가버릴까요?" 해나가 물었다.

막 도착한 캐슬린이 해나의 어깨에 손을 얹었다. "이보다 더한 일도 견딘 애들인걸. 전쟁 때는 만에 군함도 떠다녔고, 머리 위로는 폭격기가 날아다녔고, 잠수함도 있었는데… 그래도 돌고래들은 아직도 우리 곁에 있잖니. 걱정 안 해도 돼."

"돌고래들은 똑똑하잖아요, 그쵸? 사람들을 잘 피해 다니는 법을 잘 알 거예요."

"여기에 있는 대부분의 사람들보다 더 똑똑하지." 캐슬린은 그렇게 말하면서 약간 기분 나쁘게 나를 곁눈으로 보았다.

랜스가 일어나서 이야기를 시작했다. 우리는 모두 여러모로 랜스가 제일 낫겠다는 데 의견을 모았다. 나는 절대 대중 앞에서 말을 잘하는 스타일이 아니고 라이자는 사람들 앞에 나서느니 차라리 죽는 편이 낫다고 할 사람이란 것도 다들 아는 사실이었다. 랜스는 개발이 이 지역에 경제적 이득을 가져다줄 거란 건 인정하지만 수상스포츠 교실이 이 지역의 관광 산업을 발전시키는 유일한 요소를 파괴할 위험이 있다고 강조했다.

바로 고래와 돌고래들이었다. "여기 계신 분들 중에서도 어떻게 되든 별 상관 없다고 하실 분들이 많다는 거, 알고 있습니다. 하지만 실버베이를 다른 수많은 관광지와 완전히 차별화시키는 게 바로 고래와 돌고래입니다. 관광객들이 우리 배를 타러 나왔다가 들어가는 길에 주변 카페나 상점에 들르고, 여러분의 호텔이나 모텔에 묵는다는 건 여러분들도 잘 알고 계실 거고요."

다들 동의한다는 듯 웅성웅성했다.

"이 개발의 자본은 외국 돈입니다. 물론, 일자리 몇 개쯤은 생겨나겠죠. 하지만 그 리조트에서 생기는 이익이 실버베이에 남지 않을 거란 사실엔 제 목숨을 걸어도 좋아요. 그렇다고 뉴사우스웨일스로 이익이 돌아가지도 않을 겁니다. 외국 자본의 투자란 건 이익도 외국으로 돌아간단 얘깁니다. 게다가 우린 이 개발의 내용도 제대로 파악하지 못하고 있어요. 만약 이 리조트가 자기들의 카페와 바까지 자체적으로 다 만들어버린다면, 얻는 것만큼 잃는 것도 많아질 게 뻔합니다."

"그래도 겨울 장사는 조금 좋아지지 않겠어요?" 뒤쪽에서 누군가가 말했다.

"무슨 근거로요? 만약 고래와 돌고래들이 사라지면 겨울 장사는 아예 접어야 할 겁니다." 랜스가 말했다. "솔직해집시다. 고래 부두가 없었다면 6, 7, 8월에 사람들이 몇이나 올까요? 안 그래요?"

모두 조용했다.

해나는 내 옆에 앉아 신문을 읽고 있었다. 이 아이가 얼마나 빨리 자라는지 얼마 안 있어 운전도 하고 다닐 것 같았다. "그레그 아저씨." 해나가 이마를 찌푸리며 나를 불렀다.

"왜 그래?" 나는 속삭였다. "뭐 먹을 것 좀 시켜줄까?"

"이거 마이크 아저씨 회사예요." 해나의 작은 손가락이 신문의 인쇄된 글자를 가리키고 있었다. "비커 홀딩스. 이 회사 웹사이트에 마이크 아저씨 사진이 있었어요."

나는 1~2분이 지나서야 애가 무슨 소리를 하고 있는 건지 제대로 파악이 됐다. 그리고 그게 무엇을 의미하는지 알아차리는 데는 그보다 시간이 좀 더 걸렸다. "비커 홀딩스. 해나야, 확실하니?"

"비커(Beaker)라는 이름이 새 부리(beak)랑 비슷해서 제가 기억해요. 그러면 마이크 아저씨가 실버베이를 샀다는 말이에요?"

그다음부터는 모임이 진행되는 내내 정신을 차리기 힘들었다. 랜스가 탄원서를 준비하자고 할 때에야 겨우 정신을 수습했고, 개발기획부 방문과 탄원서 접수에 대한 투표를 할 때 겨우 찬성 쪽에 손을 들었다. 그리고 모두가 흩어지기 시작했을 때 캐슬린에게 마이크가 아직도 호텔에 묵고 있는지 물었다.

"방에 있어. 그 여자 친구는 쇼핑 갔을 거야." 캐슬린이 콧방귀를 끼며 말했다. "쇼핑을 아주 좋아하더라고." 그리고 나를 올려다봤다. "그레그? 왜 그러나?"

"라이자 좀 불러주실 수 있으세요?" 나는 애 앞에서 목소리의 날을 세우지 않으려고 애쓰며 말했다. "좀 아셔야 할 일이 있어요."

내가 라이자와 같이 한 침대에 들어가는 데는 18개월이 걸렸고, 자기 딸 얘기를 할 수 있을 정도로 나를 신뢰하게 만드는 데는 거의 2년이란 시간이 걸렸다.

그래서 새끼 고래가 죽은 그날, 라이자가 언제나처럼 도망치듯 집으로 가느라 두고 간 열쇠를 갖다주려고 호텔까지 트럭을 몰고 왔을 때 내가 목격한 광경을 도지히 믿기 어려웠다. 그날 이후로 캐슬린의 호텔에 가지 않은 것도 그래서였다. 왜냐하면 아무리 여러 병의 맥주를 목구멍으로 들이부어도 그 모습이 내 머릿속에 박혀 지워지지 않고 나를 고통스럽게 했기 때문이었다. 어떻게 내 침대에서 막 빠져나간 여자가 뻔뻔스럽게도 곧장 그 영국 놈 품 안으로 들어가 그렇게 꼭 안겨 있을 수 있는 건지.

그는 부엌에 떡하니 앉아 있었다. 캐슬린의 식구들만 들어가는 그곳에 마치 자기가 무슨 권리라도 있는 양. 우리가 문가에 나타나자 그는 고급 셔츠를 입고 낡은 여행안내 책자를 읽고 있다가 고개를 들었다. 그 자리에서 그러고 있는 모습을 보니 바로 한 대 날려주고 싶었다.

그가 상황을 파악하는 데는 시간이 좀 걸렸다. 하지만 라이자는 더 이상 기다려주지 않았다. 라이자는 바로 신문을 부엌 식탁에 탁 던졌다.

"그런 식으로 조사를 하고 있었던 거였어요? 그래요?"

그는 기사 제목을 읽더니 정말로 새하얗게 질렸다. 나는 그런 걸 한 번도 본 적이 없었는데 정말 얼굴에서 혈색이 너무나 빨리, 완전히 사라져버려서 나는 하마터면 바닥에 피가 뚝뚝 떨어져 고이고 있는 건 아닌지 아래쪽을 내려다볼 뻔했다.

"우리 호텔에 죽치고 앉아 친구를 사귀고, 이것저것 물어보고, 내 딸이랑 수다를 떠는 내내 우리를 망가뜨릴 계획을 짜고 있었단 말이에요?"

그는 신문의 1면만 보고 있을 뿐이었다.

"다른 사람들이 다 그런다고 해도, 다른 사람들이 다 그런다고 해도…… 당신은! 우리에 대해 알 만한 것들을 다 알면서, 어떻게 이럴 수가, 어떻게 이럴 수가 있어요?"

나는 맹세코, 라이자가 저렇게 화가 난 건 한 번도 본 적이 없었다. 그녀는 전기가 오른 것처럼 날뛰고 있었다. 머리카락이 한 올 한 올 다 일어설 것만 같았다.

그가 일어섰다. "라이자, 내가 설명을⋯."

"설명? 뭘 설명할 건데? 휴가 온 척 여기 와서는 그 망할 놈의 의회 사람들이랑 우릴 망가뜨릴 계획을 짜고 있었던 걸 설명할 건가요?"

"당신도, 고래도 망가뜨리지 않아요. 필요한 모든 보호 장치들을 집어넣으려고 많이 노력했어요."

그러자 라이자가 웃기 시작했다. 미친 사람처럼, 텅빈 헛웃음 같은 미소였다. 이 대목에선 솔직히 나도 그 여자가 좀 무서워지기 시작했다.

"보호 장치? 보호 방치겠죠. 우리 바다 한가운데를 휘저을 빌어먹을 수상스포츠 파크가 대체 어떻게 보호 장치가 된다는 거죠? 모터보트들이 수상 스키를 끌고 쌩쌩 지나다닐 테고, 제트 스키에 뭐에. 이런 것들이 고래한테 어떤 영향을 줄지 알기나 해요?"

"당신이 하는 일보다 더 나쁠 게 뭐가 있어요? 그냥 보트 엔진일 뿐이잖아요. 고래 이동 경로는 피할 거예요. 규칙이 있을 거고, 주의와 경고를 다 줄 거예요."

"규칙? 당신이 뭘 알아? 제트 스키를 탄 열여덟 살짜리 남자애들이 규칙 따위를 들으려고나 할 것 같아?" 라이자는 분노로 부들부들 떨고 있었다. "우리가 그 새끼 고래를 살려보려고 노력하는 것도 다 봤으면서, 이제 와서 그 망할 놈의 수상스포츠 파크가 그들에게 영향을 안 준다고 말할 수 있어? 더 나쁜 건, 내 딸을 구슬려서 꼭 필요한 게 뭔지 알아낸 다음에 그걸로 개발기획부 놈들을 구워삶는 짓이나 하고."

"좋은 일이라고 생각했어요. 해나가 필요한 것들이 있다고 했단 말이에요."

"그 빌어먹을 기획부를 당신 편으로 만들기 위해 당신한테 필요한 것들이었겠지. 당신 역겨워, 그거 알아? 역겹다고!"

"이건 내 결정이 아니에요." 그가 무력하게 말했다. "나는 그래도 모두에게 좋은 쪽으로 해보려고 최선을 다했어요."

"당신 주머니를 채우려고 최선을 다했겠지." 내가 말하며 한 걸음 다가갔고, 한 대 맞을 준비를 하라는 듯 정면으로 노려봤다.

라이자는 이제 눈물이 그렁그렁해서 돌아봤다. 그리고 고개를 저으며 쓰게 말했다. "당신 정말… 당신이 말한 모든 게 거짓말이었어. 모든 게."

그러자 그가 처음으로 화가 난 것 같았다. "아니에요." 그가 손을 뻗으며 다급하게 말했다. "전부 다는 아니에요. 얘기하고 싶었어요. 지금도 얘기하고 싶은데…."

라이자는 그와 닿기도 싫다는 듯 그를 밀쳐냈다. "당신이 하고 싶은 얘기 중에 내가 듣고 싶은 소리가 정말 단 하나라도 있을 것 같아요?"

"미안해요. 개발 문제에 대해 얘기하고 싶었어요. 하지만 그 전에 먼저 일이 되게끔 계획이 필요했어요. 나도 고래가 당신들한테 어떤 의미인지 깨닫고 나니 모두가 행복할 수 있는 방법을 찾고 싶었어요."

"그래요, 정말 축하해요." 라이자가 내뱉듯 말했다. "정말 행복하시겠어요. 왜냐하면 이 개발이 우릴 다 죽일 거니까. 그리고 고래도 다 죽일 거고. 하지만 당신 투자자들 주머니만 불릴 수 있다면야 뭐, 그걸로 다 되는 거 아니겠어요?"

그때 내가 나서서 놈을 한 대 쳐줄까, 하고 물었다.

"아, 정말 그런 바보 같은 짓 좀 하지 마." 라이자는 그렇게 말하고 우리 둘 다 비키라는 듯 손을 내저으며 나를 밀쳐내고 부엌에서 나가버렸다.

복도에는 웬 금발의 여자가 비싼 옷을 입고 아주 작은 핸드백을 끼고 서 있었다. 그리고 라이자가 지나가도록 옆으로 비켜서더니 물었다. "무슨 일 있는 건가요?" 영국 말씨였다. 저놈 여자 친구인가보다고 나는 생각했다. 저런 놈에겐 과분한 여자였다.

"당신, 내가 가만 안 놔둘 거야." 나는 손가락으로 그의 얼굴을 가리키며 말했다. "이대로 그냥 넘어갈 거라고 생각하지 마."

"그레그, 그만 진정해." 캐슬린이 지친 목소리로 말하더니 나를 부엌 밖으로 밀어냈다. 마치 내 잘못인 것처럼. 마치 이 모든 게 다 내 잘못인 것처럼.

"버네사, 들어와서 좀 앉지 그래요. 차를 끓여줄게요."

캐슬린

「뉴캐슬 업저버」, 1939. 4. 11.

뉴사우스웨일스 역사상 가장 큰 모래뱀상어가 포트스티븐스 북쪽의 어촌 지역에서 잡혔다. 그 주인공은 열일곱 살 소녀다.

실버베이 호텔의 소유주인 앵거스 모스틴의 장녀인 캐슬린 휘티어 모스틴은 지난 수요일 오후, 브레이크노즈섬 근처의 바다에서 상어를 낚아 올렸다. 캐슬린 양은 아버지가 잠깐 음식을 가지러 호텔로 돌아간 사이 누구의 도움도 없이 상어를 작은 노 젓는 배 위로 끌어 올렸다.

부친 앵거스 모스틴 씨는 이렇게 말했다. "캐슬린이 잡은 물건을 제게 보여줬을 땐 정말 엄청 놀랐습니다. 저희는 일단 그놈을 해안으로 끌고 와서 관계 당국에 연락을 했어요. 아무래도 우리 애가 기록을 깬 것 같다는 생각이 들었거든요."

어업계 관계자는 캐슬린 양이 잡은 상어가 이 지역에서 그물로 잡은 상어 중에 가장 큰 상어임을 확인해주었다. "어린 아가씨로서는 정말 대단한 성과가 아닐 수 없습니다"라며 솔 톰슨 씨는 놀라움을 감추지 못했다. "이

상어는 전문 레저 낚시꾼조차도 잡기 힘들었을 겁니다."

이 지역 낚시꾼들과 상어를 보기 위해 제법 먼 거리에서 찾아오는 관광객들로 이 상어는 이미 세간의 엄청난 관심을 끌고 있다. 모스틴 씨는 딸의 경이로운 성과를 기념하기 위해 상어를 박제해서 호텔에 전시할 계획이다. "그걸 지탱할 만큼 벽이 탄탄해야 할 텐데요"라고 모스틴 씨는 농담을 하기도 했다.

호텔 직원의 말로는 모스틴 양의 상어에 대한 뉴스가 전해지면서 호텔 예약이 세 배로 늘었고, 모스틴 양의 쾌거로 이 지역이 레저 낚시 명소라는 명성 또한 높아질 전망이다.

나는 액자 유리의 먼지를 털어내고 누렇게 바래고 있는 신문 기사를 다시 박제된 상어 사진들 옆에 나란히 걸었다. 상어의 박제는 그다지 성공적이지 않았다. 아버지가 빨리 전시하고 싶은 마음에 너무 서두른 나머지 제대로 된 기술자에게 일을 맡기지 않았던 것 같다. 그래서 그 박제 상어를 호텔에서 박물관으로 옮겼을 땐 지느러미와 꼬리가 연결되는 부분의 솔기에서 속이 다 비어져 나오며 너덜너덜해져버리고 말았다. 결국 우리는 패배를 인정하고 상어 박제를 쓰레기와 함께 밖에 내놓았고, 나는 청소부 아저씨들이 쓰레기를 수거하러 온 날 창밖으로 구경하며 재미있어했던 기억이 있다.

호텔에 들어오는 손님들마다 상어를 만져본 것도 썩 도움이 되진 않았다. 박제된 상어에겐 사람들이 만지지 않고는 못 배기게 하는 무언가가 있는 것 같다. 어쩌면 일반적인 상황에서는 팔다리가 절단 나거나 죽음을 각오하지 않고는 상어 근처에도 갈 수 없다는 사실 때문에 전율 같은 걸 느끼는 걸 수도 있고, 상어를 만짐으로써 묘하게도 사람들은 자신이

238

강자가 된 것 같은 느낌을 받는지도 모르겠다. 혹은 우리에겐 우리를 파괴할지도 모르는 것들에게 가까이 다가가보고 싶은 비뚤어진 욕구가 있는지도 모른다.

나는 일부러 사진들에 눈길을 주지 않으며 다른 전시품과 수집품 들의 먼지를 살살 털어냈다. 그리고 초호화 수상스포츠 파크를 찾을 관광객들의 눈으로, 혹은 신문 기사에 난 대로 '제대로 된' 고래와 돌고래 박물관에 관심을 가질 사람들의 눈으로 박물관을 둘러봤다. 이곳엔 열흘간 방문객이 하나도 없었다. 나는 작살을 조심스럽게 고리에 도로 걸어놓으며, 어쩌면 관광객들을 탓할 문제는 아닌 것 같다고 생각했다. 이곳은 점점 박물관이라기보단 물고기 뼈들만 잔뜩 모아둔 다 쓰러져가는 창고에 가까워져가고 있었다. 내가 이곳을 계속 유지하는 건 오직 아버지 때문이었다.

사람들은 모두 호텔 야외 테이블에 모여 앉아 맥주와 감자칩을 앞에 놓고 개발안에 어떻게 맞서 싸워야 할지에 대해 목소리를 높이고 있었다. 나는 그들 사이에 별로 끼어 있고 싶지 않았다. 바다의 자유로운 생명들에게 아직 가해지지도 않은 범죄에 연민을 가장하고 싶은 생각도 없었다. 나의 감정은, 나만의 걱정은 다른 것이었다.

문이 삐걱 열리는 소리가 나서 돌아섰더니 마이크 도머가 와 있었다. 빛을 등지고 선 그의 얼굴이 잘 보이지 않아 나는 이리 오라는 손짓을 했다.

"어쩌다 보니 여기는 한 번도 안 와 봤네요." 마이크가 곧 어둠에 적응된 눈으로 주위를 돌아보며 말했다. 그는 주머니에 두 손을 깊숙이 찌르고, 평소의 꼿꼿한 자세는 간데없이 마치 사과하듯 구부정하게 서 있었다.

"그래요, 안 왔죠."

그는 천천히 박물관 안을 걸어 다니며, 오래된 낚싯줄, 그물과 부표,

1930년대 고래잡이들의 작업복이 걸려 있는 기둥을 올려다봤다. 일반적인 관람객들은 거의 관심을 갖지 않는 모든 것들을 그는 정말로 관심 있게 지켜봤다.

"저, 이 사진은 본 적 있어요." 마이크는 신문 기사 액자 앞에 멈춰 서서 말했다.

"그래요. 우리가 마이크에 대해 제대로 알고 있는 거 한 가지가 조사 하나는 참 제대로 한다는 거니까."

의도했던 것보다 말이 좀 심하게 나가긴 했지만, 사실 나는 너무나 피곤한 상태였고, 그를 그렇게 오랫동안 나의 지붕 아래 데리고 있었으면서도 제대로 파악하지 못했다는 사실 때문에 마음이 편치 않았다.

"죄송합니다. 그런 말 들어도 싸요."

나는 콧방귀를 뀌고 낡은 계산대 옆 테이블에 전시된 기념품들의 먼지를 털기 시작했다. 갑자기 그 모든 것들이 너무나 조잡하고 한심해 보였다. 고래 열쇠고리, 안쪽에 돌고래가 달려 있는 투명 플라스틱 공, 바다 생물들의 웃는 얼굴이 그려진 엽서와 수건. 아이들을 위한 선물용 기념품들이었다. 하지만 아이들이 더 이상 오지도 않는다면 이런 것들이 다 무슨 소용인지.

"캐슬린, 지금 저랑 얘기하고 싶지 않을 거란 거 알지만, 드릴 말씀이 있어요. 저는 캐슬린만이라도 저를 이해해주시면 정말 좋을 것 같아요."

"아, 이해해요, 하고말고요."

"아뇨, 잘 모르세요. 진작부터 하고 싶은 얘기가 있었어요. 솔직히, 제가 여기 처음에 왔을 때만 해도 이 개발 건을 간단하게 끝내고 갈 생각이었어요. 그냥 왔다가 바로 돌아가게 될 테고, 아무도 별문제 삼지 않을 곳에 짓게 될 거라고 생각했어요. 그런데 이 지역의 개발이 그런 문제가 아니라는 걸 알았을 때, 영국에 있는 나의 상사도 만족하고 여기 사람들도 만족할 수 있는 해결책을 찾기 위해 노력했어요. 그러자니 먼저 제가 알아낼 수 있는 모든 걸 다 알아내야만 했어요."

"그럼 우리랑 의논했으면 좋았잖아요. 우리가 어떤 식으로든 보탬이 될 수도 있었을 거 아니에요. 더군다나 나는 여기서 70년을 넘게 산 사람인데요."

"그랬군요, 그 생각은 못 했습니다." 그의 구두가 많이 닳아 있는 걸 보니 이상하게 마음이 좀 나아지는 느낌이었다. "근데 여기 사람들을 모두 알게 되고 나니 그런 해결책은 불가능하다는 걸 알게 됐어요."

"특히 라이자 얘기겠죠." 나는 그냥 한번 던져보았다.

"네." 그가 말했다. "네, 라이자도요."

"마이크, 그쪽처럼 조용한 사람이 이렇게나 큰 파장을 일으킬 줄은 정말 생각도 못 했어요." 나는 달리 뭘 해야 할지 몰라 계속 닦던 것들을 닦았다. 그를 마주하고 서 있고 싶지는 않았다. 내가 그에게 등을 보이고 일하는 동안 얼마간 침묵이 흘렀고, 나는 계속 그의 시선을 느꼈다.

"아무튼." 그가 기침을 하며 말했다. "이제 상황이 달라졌다는 걸 저도 잘 압니다. 그래서 여기저기 전화를 좀 해봤어요. 그리고 해안 위쪽에 있는 호텔에 묵기로 했어요. 오늘 오후에 방을 비울게요. 많이 죄송하단 말씀 드리고 싶었어요. 이 개발로 인한 영향을 완화할 방법이 있다면, 무엇이든 좋으니 알려주시면 감사하겠습니다."

나는 마른 걸레를 손에 든 채 잠시 멈춰 그를 향해 돌아섰다. 막상 말을 시작하니 휑한 공간에서 목소리가 엄청 크게 울렸다. "이봐요, 마이크. 70년이 넘게 이어져온 한 집안의 사업을 죽여 없애는 일을 대체 어떻게 완화할 수 있다는 거죠?"

그러자 그는 내 예상대로 엄청 충격을 받은 것 같았다.

"솔직히 말해볼까요? 어떻게 생각할지 모르겠지만, 나는 호텔이 어떻게 되든 말든 사실 상관없어요. 저런 건물 같은 건 원래 나한테 별로 중요하지도 않고, 어차피 조금씩 무너지기 시작한 지 벌써 몇 년이나 됐다고요. 솔직히 여기 만에 대해서도 다른 사람들처럼 야단법석 떨고 싶은 마음도 없어요. 그리고 고래랑 돌고래 들도 그런 일에 나서기 좋아하는 사람들이 다 알아서 보호해줄 거라 생각하고, 그러길 바라고 있어요."

나는 내 체중을 다른 쪽 발로 옮기고, 걸레를 다른 손으로 옮겨 쥐었다. "하지만 마이크 도머 씨, 당신이 알아야 할 게 하나 있어요. 이곳을 망가뜨리는 건, 곧 해나의 안전을 망가뜨리는 거예요. 이 세상천지에서 그 아이가 걱정 없이, 안전하게 잘 자랄 수 있는 곳은 딱 여기뿐이에요. 그보다 더는 내가 설명할 수 없지만, 그 점을 알고나 있으라고요. 당신의 그 행동이 우리 아가한테 영향을 주게 될 거라고. 바로 그 점 때문에 나는 당신을 용서할 수 없어요."

"하지만… 왜 여기를 떠나야 합니까?"

"손님도 없는 호텔에서 무슨 돈으로, 무슨 수로 살아요, 그러면?"

"왜 손님이 하나도 안 올 거라고 생각하세요? 실버베이 호텔은 우리가 계획하는 리조트와는 완전히 달라요. 실버베이 호텔 같은 곳에는 언제나 손님들이 찾아올 거예요."

"옆집에 호화 욕실과 위성 TV를 갖춘 객실이 150개씩 있는 호텔이 들어서는데? 그 호텔은 겨울 시즌엔 2박 요금에 3박을 제공하고, 따뜻한 물이 콸콸 나오는 실내 풀까지 있는데? 그건 아니죠. 우리 호텔의 장점이 하나 있다면 그건 바로 세상과 격리돼 있다는 거예요. 여기까지 찾아오는 사람들은 인적 없는 조용한 곳을 찾아오는 사람들이에요. 그런 사람들은 밤에는 바닷소리를 듣고 언덕 위에 피어난 풀들이 속삭이는 소리를 듣고 싶어 한다고요. 라운지에서 울려 퍼지는 음악 소리나 주차장에서 차 48대가 들락날락하는 소리 같은 건 듣고 싶어 하지 않는다고. 생각을 좀 해봐요, 마이크. 당신은 계산이 복잡한 거래도 하고, 상업적인 면으로 연구도 많이 하는 사람일 거 아니에요. 그런데 우리 같은 호텔이 대체 어떻게 이 상황에서 버틸 수 있을지 어디 한번 얘길 해봐요."

그는 마치 무슨 말을 할 듯하더니 아무 말 없이 고개를 가로저었다.

"그쪽 상사한테 돌아가요. 가서 시킨 일을 다 했다고 말해요. 가서 거래를 종결지었다고, 그쪽 도시 사람들은 이럴 때 어떤 용어를 쓰는지 모르겠지만, 아무튼 가서 그렇게 말해요."

나는 거의 눈물을 쏟을 뻔했고, 그게 너무 화가 나서 그가 내 얼굴을 보지 못하도록 다시 먼지를 닦아내기 시작했다. 일흔여섯씩 먹고도 사춘기 소녀처럼 울려고 하다니. 하지만 통제가 잘되지 않았다. 라이자와 해나가 다시 사라질 거라고, 그 아이들이 떠돌다 여기서 멀리 떨어진 어딘가에 다시 정착하고, 새롭게 다시 시작해야 한다는 생각을 할 때마다 숨을 쉬기가 어려웠다.

너무 오래 등을 돌리고 서 있었기 때문에 이제는 갔겠지, 생각하며 다시 돌아섰다. 그런데 그는 여전히 그 자리에 서서, 여전히 바닥만 내려다보며, 여전히 생각에 잠겨 있었다.

그러다 그가 마침내 고개를 들고 이렇게 말했다. "제가 바꾸어놓을게요. 캐슬린, 제가 어떻게 해야 할지는 모르겠지만, 바로잡을게요."

그러더니 주머니에 손을 깊이 찌르고 돌아서서 호텔 쪽으로 걸어갔다.

다음 날, 나는 해나를 학교에 데려다주고, 그길로 내륙으로 향하는 국도를 타고 니노 게인즈를 만나러 갔다. 그는 내가 돈 얘기를 터놓고 할 수 있는 몇 안 되는 사람이다. 지금 사정이 좋지 않다는 얘기를 하면 라이자는 더 불안해질 게 뻔했다. 나는 라이자가 고래 관광으로 벌어들이는 돈이 가계에 거의 보탬이 안 되고 있다는 얘기도 애써 숨기며 살고 있던 터였다.

"그래서, 가진 돈이 얼마나 되나?" 우리는 니노의 사무실에 앉아 있었다. 창밖으로, 그날따라 유독 잿빛을 띤 하늘 아래, 아직은 헐벗은 포도나무들이 앙상한 가지를 드러내고 사열 받는 병사들처럼 줄지어 서 있었다. 니노의 뒤쪽으론 와인에 관한 책들이 꽂혀 있었고, 처음으로 니노의 와인이 실렸던 슈퍼마켓 전단지가 액자 속에 걸려 있었다. 나는 니노의 사무실이 좋았다. 그의 사무실은 고령인 그의 나이에도 불구하고 탄탄한 그의 사업을, 그가 이룬 혁신과 성공을 증명해주었다.

나는 내 앞에 있던 메모지에 숫자 몇 개를 적어 그의 쪽으로 밀었다. 바보 같은 소리처럼 들릴지도 모르겠지만 나는 돈 얘기를 하는 것이 예의 없는 것이라 배우며 자랐고 지금 이 나이를 먹고서도 대놓고 돈 얘기를 하기가 어렵다. "그건 세전 수익이고, 그 아래는 대략적인 매출액이에요. 그걸로 그럭저럭 살아가고 있어요. 하지만 호텔 지붕을 새로 하거나, 뭐 그런 비슷한 일이 생기면 배를 팔아야 해요."

"그렇게 빠듯한가?"

"그렇게 빠듯해요."

니노는 제법 놀란 눈치였다. 우리가 처음 만났을 때 나의 아버지가 이 지역의 유명 인사였기 때문에 그는 아직도 내게 상당한 저축금이 있다고 생각했던 모양이다. 하지만 그에게도 설명했지만, 호텔의 전성기가 지나간 지 이미 50년이나 됐고, 실버베이에 관광객이 끊임없이 몰려들던 것도 벌써 10년 전 얘기다. 세금, 호텔 수리비, 그리고 갑자기 둘이나 늘어난 식구—그중 하나에겐 끝없이 신발, 책, 옷 값이 들어갔다—로 인해 내가 따로 모아뒀던 돈은 이미 바닥난 지 오래였다.

니노는 차를 한 모금 마셨다. 좀 전에 프랭크는 쟁반에 차와 비스킷 접시를 함께 올려서 내왔다. 레이스가 달린 접시받침 위에 접시를 올려서 내온 걸 보고 나는 아직 장가를 가지 않은 니노 아들의 새로운 면을 다시 보게 됐다. 물론 니노는 이런 장식은 날 위해서 특별히 한 거라 생각하는 것 같았지만.

"내가 투자를 할 테니 호텔 리노베이션을 해보는 건 어때? 객실들도 좀 새로 정비하고, 위성 TV도 설치하고? 안 그래도 최근 몇 년 와인 사업이 잘 돼서 새로운 곳에 투자를 좀 해볼까 하던 중이었어." 그가 씩 웃었다. "분산 투자. 우리 회계사가 거기에 집중하라고 하더군. 당신이 나의 분산 투자 대상이 되면 어때?"

"그게 무슨 의미가 있겠어요. 당신도 알다시피 부두 옆으로 그 괴물이 올라가기 시작하면 우리는 그 마당의 끝자락에 있는 오두막처럼 보일 텐데요."

"고래 관광선에서 벌어들이는 돈으로는 부족한가? 라이자가 관광객들을 더 부지런히 실어 날라야 하는 거 아냐? 배 한 척에 더 투자해서 다른 사람에게 일을 맡기는 건 어때?"

"그렇게 되면 그걸로 끝이에요. 라이자는 사람들이 많아지면 더 이상 여기에 붙어 있지 않을 거예요. 그 애는, 아마도 그 애는 더 불안해질 거예요. 라이자는 조용한 곳에서 살아야 해요." 이렇게 얘기하니 내 귀에도 라이자가 너무 나약한 사람처럼 들렸다. 사실 수수께끼 같은 나의 조카의 행동을 정당화하는 건 이미 오래전에 포기했다.

니노가 내 말을 소화시키는 동안 우리는 말없이 앉아 있었다. 나는 차를 다 마신 후 컵을 쟁반 위에 올려놓았다. 그러자 니노는 책상 위로 몸을 쑥 내밀며 말했다. "좋아, 케이트. 내가 한 번도 참견하지 않았던 거, 당신도 알지? 하지만 이번엔 물어봐야겠어." 그가 목소리를 확 낮췄다. "도대체 라이자는 무엇으로부터 도망치고 있는 거야?"

그 말이 떨어지기도 전에 눈물이 흐르기 시작했고, 당황스러웠지만 멈출 수가 없었다. 가슴과 어깨는 마치 누가 줄에 묶어 잡아당기는 것처럼 들썩였다. 어른이 된 이후로는 그렇게 울어본 적이 없었던 것 같았다. 게다가 멈출 수도 없었다. 우리 애들을 너무나도 간절히 보호하고 싶었건만 마이크 도머라는 작자와 우리를 기만한 그의 멍청한 계획은 우리 애들이 얼마나 연약한 존재인지 뼈저리게 깨닫게 했다. 만 끝자락의 우리 안식처라 생각한 곳이 이렇게 쉽게 산산조각이 날 줄이야.

겨우 감정을 추스르고 그를 바라봤다.

연민 어린 미소를 짓고 있는 그의 눈에는 걱정이 담겨 있었다. "나한테 말할 수 없는 거지?"

나는 두 손으로 머리를 감쌌다.

"정말 심각한 일인가보군. 그렇지 않고서야 당신이 이렇게 힘들어할 리가 없지."

"그 아이에 대해 나쁘게 생각하진 마세요." 나는 손가락 사이로 중얼거렸다. 내 손가락 사이로 낡았지만 부드러운 손수건이 비집고 들어왔고, 나는 되는대로 눈가를 닦았다. "그 아이보다 더 힘든 일을 겪은 사람은 또 없을 거예요."

"걱정하지 마. 나도 라이자와 해나를 보아왔지만, 그 아이들에게 악의라곤 털끝만큼도 없다는 걸 잘 아니까. 다시는 안 물어볼게. 누군가에게

라도 털어놓으면… 그게 무슨 얘기든 간에… 당신이 조금이라도 편해질
줄 알고 그랬어."

나는 손을 뻗어 그의 늙고 굳센 손을 잡았다. 그도 내 손을 꽉 잡았다.
그의 커다란 손 마디마디가 내 손에 포개졌고, 나는 생각했던 것보다 훨
씬 큰 위안을 얻었다.

벽난로 위의 시계가 째깍거리는 가운데, 나는 그의 손에서 전해지는
낯선 온기를 느끼며 얼마간 그대로 앉아 있었다. 집으로 돌아가기 싫었
다. 이미 불안감으로 거의 제정신이 아닌 라이자를 안심시킬 기운이 내
겐 남아 있지 않았다. 마이크 도머와 패션 잡지에서 튀어나온 듯한 그의
여자 친구에게 친절하고 싶지도, 그들이 내게 한 짓을 생각하고 싶지도
않았다. 그들의 숙박비를 계산하는 것조차 싫었다. 나는 그저 고요한 골
짜기의 조용한 방 안에 앉아 나를 돌봐주는 누군가와 있고 싶었다.

"우리 집으로 들어와도 돼." 그의 목소리가 부드러웠다.

"그럴 수 없어요."

"왜?"

"말했잖아요. 애들을 남겨둘 수 없다고."

"애들까지 데리고 오라는 얘기야. 안 될 게 뭐야? 방도 많고. 운전하는
것만 괜찮다면 해나 학교에서도 그리 멀지 않고. 이 낡고 오래된 집을 좀
봐. 이 집의 방들도 어린 사람들이 들어오는 걸 반길걸? 프랭크 녀석이
여기를 떠나지 못하는 이유가 나를 혼자 두는 게 마음에 걸려서야."

나는 아무 말도 하지 않았다. 머릿속이 복잡했다.

"들어와서 나랑 살아. 당신이 원하는 대로 하면 돼. 당신은 당신 방에서
따로 지내도 되고, 아니면…."

그의 두툼한 눈꺼풀 아래, 그의 눈동자가 간절히 나를 보고 있었다. 그

안에서 50년 전, 자신만만했던 젊은 공군의 모습이 보이는 것 같았다.

"또다시 묻지는 않을게. 하지만 그러면 우리 둘 다 행복할 거라는 건 당신도 잘 알 거야. 그리고 당신이 그렇게 걱정하는 것으로부터 아이들을 보호할 수 있도록 도울게. 여기처럼 인적 드문 곳이 없다는 거 알잖아. 그 골칫덩이 집배원도 툭하면 집을 못 찾고 헤맨다니까."

나도 모르게 웃어버렸다. 전에도 말했지만 니노 게인스는 늘 나를 웃게 했다.

나의 손을 잡은 그의 손에 힘이 들어갔다. "케이트, 당신도 나를 사랑한다는 거, 알고 있어." 내가 아무 말도 하지 않자 그가 계속 말했다. "나는 아직도 그날 밤 일을 기억해. 매 순간순간을. 그리고 그게 무슨 의미였는지도 알고 있어."

내가 고개를 확 들었다. 그리고 쏘아붙였다. "그날 밤 얘기는 듣고 싶지 않아요."

"그것 때문에 나랑 결혼하지 않으려는 건가? 죄책감 때문에? 케이트, 딱 하룻밤이었고, 20년 전의 일이야. 그보다 훨씬 더한 남편들이 널렸다고. 딱 하룻밤이었어. 다시는 반복하지 않겠다고 우리 둘이 약속했던, 딱 하룻밤이었어."

나는 고개를 저었다.

"그리고 약속을 지켰잖아. 안 그래? 내가 진에게 좋은 남편이었다는 건 당신도 잘 알고 있잖아."

잘 알다마다. 나는 내 인생의 절반을 그 생각을 하며 보냈다.

"그럼, 왜 그래? 진은 눈을 감으면서, 내가 행복하길 바란다고 말했어. 그건 우리 둘이 함께하라고 말한 거나 마찬가지야. 무엇이 우리 사이를 가로막고 있는 거지? 무엇이 당신을 막고 있는 거냐고."

집으로 가기 위해 일어나야 했다. 나는 한 손으로 입을 가린 채 다른 손을 그에게 흔들고는 휘청거리며 차를 타러 갔다.

도저히 말할 수 없었다. 그에게 진실을 말할 수 없었다. 진이 니노에게 한 말이 실은 내게 보내는 메시지였다는 걸. 그녀는 그를 통해서 내게, 자기는 모든 걸 알고 있었노라고, 그 수많은 세월이 흐른 뒤에 말하고 있었다. 그리고 그 여자는 우리 사이를 알고 있었다는 사실이 나를 남은 평생 죄책감에 시달리게 할 것임을 알고 있었다. 진 게인즈는 니노가 생각했던 것보다 우리에 대해 훨씬 잘 알고 있었다.

그날 밤, 나는 선원들이 모여 앉은 곳에 나가보지 않았다. 그들의 분노가 저녁 내내 이어질 게 분명했기에 두통을 핑계로 라이자에게 그들 시중을 들게 했다. 그리고 나는 장부를 정리하곤 하는 부엌 뒤의 작은 사무실에 틀어박혀 호텔의 역사가 기록된 거래 원장과 장부들을 빤히 보고 있었다. 1946년부터 1960년까지의 두툼한 묶음은 책등의 폭으로 당시 호텔의 인기를 말해주고 있었다. 때때로 나는 그걸 펼쳐서 이제 양피지 같이 돼버린 소고기, 수입 브랜디, 그리고 시가 청구서들을 보았다. 그것들은 좋은 시절을 축하하고 기념하던 증거들이었다. 아버지는 영수증을 전부 모아두셨고, 나도 그 습관을 물려받았다. 당시는 이곳의 바다가 사람들로 가득했고, 호텔 라운지는 웃음소리로 요란했고, 우리의 삶은 단순했으며, 우리의 가장 큰 관심사는 종전 기념과 그 뒤로 예정된 번영이었다.

작년 장부의 책등은 그 당시 것들보다 1센티미터 정도 얇다. 나는 손가락 끝으로 점점 줄어드는 책등의 폭을 절감하며 가죽 장정의 장부들을 손으로 쓸어보았다. 그리고 결혼 예복을 입고 근엄하게 나를 내려다보고 있는 부모님의 사진을 올려다봤다. 부모님이 지금 곤경에 빠진 나를 보면 어떤 생각을 하실까? 니노는 호텔업자에게 실버베이 호텔을 파는 게 어떠냐고 했다. 노련한 협상가에게 맡기면 값을 올려 받을 수 있을 거라고. 그럼 그걸 밑천으로 새로운 곳에서 새롭게 시작할 수 있지 않겠냐고. 하지만 새로 살 집을 구하러 다니기에도, 내 삶에 남은 것들을 성냥갑처럼 작은 집에 쑤셔 넣기에도 나는 이제 너무 늙었다. 나는 새로운 병원이나 슈퍼마켓을 찾으러 다니는 것도, 새로운 이웃과 예의를 차리고 대화를 나누는 것도 원치 않았다. 나의 삶은 이 벽 안에, 이 장부들 안에 있었다. 내게 조금이라도 의미가 있었던 모든 것들이 이 안에 존재했다. 장부들을 가만히 응시하며 나는 내가 인정했던 것보다 더 많이 이 집을 필요로 한다는 사실을 깨달았다.

내가 술을 즐기는 사람은 아니지만, 그날 밤엔 아버지 책상 서랍 속에서 은빛 휴대용 플라스크를 꺼내어 나 자신에게 위스키 한 모금을 허락했다.

라이자가 사무실 문을 두드린 건 10시 15분이 다 돼갈 무렵이었다. "두통은 좀 어떠세요?" 문을 닫고 들어오며 라이자가 물었다.

"좋아졌어." 나는 내가 일하던 중으로 보였기를 바라며 장부를 닫았다. 머리는 아프지 않았다. 아픈 건 나 자체였다. 모든 게 피곤할 뿐이었다.

"마이크 도머가 방금 들어와서 곧장 방으로 올라갔어요. 마치 아무 데로도 안 갈 생각인 것 같아요. 아무래도 이모가 한마디 하셔야겠어요."

"있어도 좋다고 했어." 나는 장부들을 책꽂이에 도로 꽂아놓기 위해 일어서며 조용히 말했다.

"뭘 어쩌셨다고요?"

"들었잖니."

"왜요? 우린 그 인간을 가까이 두기 싫어요."

나는 라이자를 보지 않았다. 굳이 그럴 필요가 없었다. 격앙된 목소리만 들어도 분노로 얼굴이 벌게져 있을 거란 걸 알 수 있었으니까. "이달 말까지 이미 돈을 다 냈어."

"그럼 돌려주면 되잖아요."

"그 정도 돈은 그냥 내버려도 된다고 생각하니?" 나는 쏘아붙이듯 말했다. "마이크 도머한테는 일반 손님들보다 세 배나 더 받고 있는데?"

"이모, 돈이 문제가 아니잖아요."

"라이자, 돈이 문제야. 왜냐하면 지금 우린 한 푼이 아쉬운 상황이거든. 그러니까 난 여기에 묵길 원하는 손님은 누구라도 환영할 생각이야. 피가 거꾸로 솟는다 해도 할 수 없어."

라이자는 충격을 받은 것 같았다. "하지만 그 사람이 무슨 짓을 했는지 생각해보세요."

"1박에 250달러야. 나는 그것만 생각할 거야. 거기다 그 여자 친구 밥값으로 더 벌 수 있지. 달리 그만한 돈을 만들 수 있는 방법이 있으면 어디 얘기해봐."

"고래 관광선 선원들이 있잖아요. 매일 밤 여기 오잖아요."

"그걸로 내가 얼마나 번다고 생각하니? 맥주 한 병에 몇 센트, 한 끼에 기껏해야 1~2달러. 그 사람들 중 절반이 무료 비스킷으로 끼니를 때우는 걸 아는데, 내가 그 사람들한테 제대로 돈을 받을 수 있을 거라고 생각해? 원 세상에. 요시는 그마저도 낼 수 없을 때가 태반이라는 걸, 넌 정말 모르는 거야?"

"하지만 그 남자는 우리를 망하게 할 사람이에요. 그런데 이모는 그 사람이 그런 짓을 하는 동안에 우리 호텔의 제일 좋은 방에 묵게 할 생각이

세요?"

"이미 끝났어. 그 호텔이 들어서는 건 우리가 바꿀 수 있는 일이 아니야. 지금 우리는 이 호텔을 운영할 수 있을 때 최대한 많은 돈을 버는 것만 생각해야 해."

"이모는 원칙 같은 것도 없어요?"

"원칙이 밥 먹여주지 않는다, 그게 현실이야. 해나가 학교에 신고 갈 신발을 계속 사주고 싶다면 그딴 원칙은 잊어버려."

나는 라이자가 진짜 하고 싶은 말이 무엇인지, 우리 둘 다 감히 입 밖에 내지 않고 있는 말이 무엇인지 잘 알고 있었다. 그나마 겨우 남아 있던 라이자의 마음을 조각내버린 남자를 어떻게 이렇게 기꺼이 품을 수 있는 건지…. 어떻게 라이자에게, 마이크와 그 여자가 애정을 과시하며 유유히 이 집 안을 돌아다니는 걸 지켜보며 아파하라는 건지….

우리는 서로를 노려보았다. 나는 숨이 막힐 것 같아 균형을 잡기 위해 손을 내밀었다. 라이자는 상처와 분노로 입을 앙다물고 있었다. "이모, 그거 아세요? 저는 어떨 땐 정말 이모를 이해할 수 없어요."

"꼭 이해할 필요 없어." 나는 책상을 정리하며 퉁명스럽게 말했다. "너는 네 할 일이나 잘하고, 나는 호텔을 잘 운영할 수 있게 놔두면 된다."

라이자가 이곳에서 지낸 지난 5년간 우리는 한 번도 다툰 적이 없었기 때문에 이번 일은 우리 둘 모두에게 적잖이 충격이었다. 아버지의 위스키 플라스크가 간절했지만 라이자 앞에서는 꺼내지 않았다. 내가 하는 걸 보고 라이자까지 잔뜩 취해서 또 그레그와 그 끔찍한 만남을 갖는 건 정말 원치 않았다.

결국 라이자는 휙 돌아서더니 말 한마디 없이 나가버렸다.

나는 입술을 깨물었다. 내 결정의 진짜 이유를 말할 순 없었다. 라이자가 동의하지 않으리란 걸 알았으니까. 내 생각을 아주 조금만 암시해도 펄펄 뛸 게 분명했다. 내가 마이크 도머를 놔두는 이유는 돈 때문만은 아니었다. 다른 사람들은 몰라도 나는 그 젊은이가 이 상황에 말려든 정황을 이해하기 때문이었다. 그리고 그보다 더 중요한 건, 그가 나의 미끼라는 거였다. 지금까지 일어난 모든 일에도 불구하고 나의 직감은 마이크 도머를 우리 곁에 두는 것만이 우리가 살길이라고 말하고 있었다.

14
마이크

개를 산책시키는 사람들은 이제 내게 손을 흔들지 않는다. 처음에 그들 앞으로 지나갈 땐 날 못 봤겠지 했다. 어쩌면 모자를 너무 깊이 눌러써서 그런지도 모른다고 생각했다. 어느새 나는 아침에 사람들과 인사를 주고받는 것에 익숙해져서 나도 모르게 낯익은 얼굴들을 찾고 있었다. 하지만 두 번째 아침, 내가 손을 들자 그들은 고개를 돌려버렸다. 나는 한낱 이름 모를 어떤 남자에서 어느새 실버베이의 공공의 적으로 등극했음을 알 수 있었다.

차에 기름을 넣기 위해 들렀던 동네 주유소에서도, 슈퍼마켓 계산대에서도, 부둣가의 작은 시푸드 카페에서 커피를 한 잔 주문하려고 했을 때도 모두 마찬가지였다. 40분간 몇 번을 다시 얘기한 뒤에야 겨우 내가 앉은 자리로 커피가 나왔다.

버네사는 낙관적이었다. "어차피 모두를 만족시키고 살 순 없어"라며 대수롭지 않게 말했다. "런던 동부의 학교 개발 건, 생각 안 나? 자기네 집값이 올라가는 걸 보기 전까지 그 맞은편 아파트 주민들이 얼마나 이상하게 나왔어?"

그건은 달랐다고 말하고 싶었다. 그 사람들이 나를 어떻게 생각하건 말건 나는 상관하지 않았다. 게다가 버네사는 라이자와 마주칠 일도 없었다. 라이자는 마치 내가 아예 존재하지 않는 것처럼 행동하거나 얼음장같이 차가운 분노로 나를 대했다.

한번은 버네사는 위층에 있고 나 혼자 부엌에 있는 라이자와 마주치게 되어 "그쪽 이모님에게도 말씀드렸지만 어떻게든 개발을 막아볼 거예요. 미안합니다"라고 말했다.

그때 나를 보던 눈빛은 나를 그 자리에 얼어붙게 만들었다. "뭐가 미안하죠? 가짜로 위장하고 여기서 묵었던 거요? 아님 우리를 망하게 하려고 했던 거요? 아니면 여자 친구도 없는 것처럼 사기 친…."

"남자를 사귈 생각이 없다고 한 건 그쪽이에요."

"이미 사귀는 사람이 있다는 얘기는 하지도 않았잖아요." 그녀는 이 말을 뱉자마자 이미 너무 많은 말을 해버렸다고 느꼈는지 더는 말하지 않았다. 하지만 나는 그녀의 감정이 어떤 건지 알 수 있었다. 나는 마치 머릿속에서 필름이 내장돼 있는 것처럼 그날 차 안에서의 순간을 수없이 돌려보았다. 우리가 주고받은 말들도 그대로 읊을 수 있었다. 하지만 그러다 보면 지난 내 행동의 이중성을 견디기 어려워, 데니스에게 전화를 걸거나 개발과 관련된 행정적 업무를 찾아 처리했다. 그게 바로 일의 미덕이다. 무수히 많은 문제들에서 도피할 수 있다는 것. 나는 일과 관련해서는 늘 상황을 확실히 판단할 수 있다.

나는 버네사에게 이 개발의 원안이 왜 옳지 않다고 생각하는지 얘기했다. 버네사는 내 말을 믿지 않았고, 그래서 나는 몇몇 관광객과 함께 모비1호를 타고 버네사와 돌고래를 보러 바다에 나갔다. 요시와 랜스는 예의 있게 행동했지만 유머 넘치던 대화의 부재는 나를 무척 불편하게 만들었고, 랜스의 짓궂은 농담들을 그립게 했다. 이제 나는 더 이상 그들의 일원이 아니었다. 나도 그들도 그 사실을 알고 있었다.

나를 향한 무언의 반감은 내내 나를 따라다녔고, 심지어 갑판 위의 한국인 관광객들까지 나의 잘못이 무엇인지 알고 있는 것 같았다. "차라리 손에 작살을 들고 '고래 킬러'라고 써 붙이고 다닐까봐." 그 침묵을 도서히 참을 수 없는 지경에 다다르자 나는 이렇게 말했다.

버네사는 내가 너무 과민하다고 했다. "저 사람들이 어떻게 생각하든 말든 뭘 그렇게 신경 써? 어차피 며칠 있음 다시 볼 일도 없는데."

"일을 바로잡고 싶으니까 신경을 쓰는 거야. 그리고 나는 우리가 바로잡을 수 있다고 생각해. 윤리적인 면과 상업적인 면 모두." 데니스가 개발 계획을 수정하도록 설득하려면 버네사를 내 편으로 만들어야만 했다.

"윤리적인 비즈니스?" 버네사는 한쪽 눈썹을 치켜올리긴 했지만 내 의견을 아예 묵살하진 않았다.

그리고 마치 나의 기도에 대한 응답과도 같이 바다가 열렸다. 고래가 나타나면 어김없이 한껏 고조되는 요시의 목소리가 방송을 통해 흘러나왔다. "신사 숙녀 여러분, 좌측 창문을 내다보면 혹등고래를 보실 수 있습니다. 고래가 우리를 향해 오고 있을지도 모르니 지금부터 엔진을 끄고 기다려보겠습니다."

갑판 위에서는 흥분한 사람들의 목소리가 점점 커져갔다. 나는 머플러를 얼굴 쪽으로 끌어올리고 내가 고래의 물줄기를 발견한 쪽을 가리켰다. 이 순간이 결정적인 순간이 될 거란 걸 아는 나는, 고래가 어떻게 해야 자기 신상에 이로운지 알고 있기를, 그래서 버네사를 감동시켜주길 기도하며 그녀의 얼굴을 보았다.

그리고 그때, 마치 나의 기도가 신호가 되기라도 한 듯, 우리와 10미터도 채 안 되는 거리에서 고래가 얼굴을 내밀더니 그 거대한 태곳적의 얼굴을 돌리며 다시 물속으로 첨벙 들어갔다. 버네사도 나처럼 숨이 턱 막히는 것 같았다. 그리고 마치 어린아이처럼 좋아했다. 그 순간 그녀에게서 내가 이곳으로 오기 전에 사랑했던 여자의 모습이 보였다. 나는 그녀의 손을 꽉 쥐었다. 그녀도 내 손을 꼭 잡았다.

"내 말이 무슨 말인지 알겠지? 왜 우리 개발이 안 되는지 알겠지?"

"하지만 그 개발은 이미 진행 중이잖아." 버네사가 겨우 고래에게서 눈을 떼며 말했다. "자기가 성사시켰잖아."

"그러면 못 견딜 것 같아. 어떤 일이 벌어질지 내가 직접 봤고, 그래서 이곳의 무언가를 망친 책임을 평생 짊어지고 살고 싶지 않아."

우리는 고래가 다시 나타나는 모습을 함께 바라봤다. 이번에는 조금 멀리에서 나타났다가 다시 파도 밑으로 사라졌다. 그리고 더 이상은 호기심에 이끌리지 않고 북쪽으로의 여정을 이어나갔다. 우리 주위의 관광객들은 고래가 다시 나타나길 바라며 난간에 매달려 있다가, 하나둘씩 플라스틱 의자와 벤치로 돌아가 카메라 속의 이미지들을 비교하며 이야기꽃을 피웠다. 아래층 조타실에서는 랜스가 또 하나의 고래 관광 여행을 성공적으로 마치고 안도의 한숨을 내쉬고 있을 것이었다. 어쩌면 랜스와 요시는 고래의 이동 경로에 대해 토론하며 다른 배들과 이제 어느 쪽으로 방향을 잡아야 할지 무전으로 얘기를 나누고 있을지도 몰랐다. 버네사가 이런 것들을 이해하게만 된다면 나는 우리의 일에도 승산이 있다고 생각했다.

나는 선 채로 360도 사방을 쭉 훑으며 커다란 육지의 보초병처럼 쭉 늘어선 자잘한 무인도들과 먼 해안선을 둘러보았다. 새들이 우리 머리 위에서 급강하하며 물속으로 잠수해 들어가는 걸 지켜보며, 나는 선원들이 가르쳐준 이름들을 기억해보려 했다. 물수리, 개닛, 흰가슴바다수리. 우리를 둘러싸고 오르락내리락하는 바다의 한쪽은 반짝거리고 있었지만, 다른 한쪽 끝은 어둡고 고분고분하지 않은 모습이었다. 나는 이제 더이상 바다에서 이방인이라는 느낌을 받지 않았다. 그들이 아무리 돈이 부족하고, 생활이 불안정하고, 싸구려 비스킷으로 연명을 한다 해도, 나는 고래추격꾼들이 부러웠다.

그런 생각을 하고 있는데 버네사가 입을 열었다. 모자를 눈 바로 위까지 당겨 쓰고 있어서 얼굴이 잘 안 보였다. "마이크?"

나는 버네사를 향해 돌아섰다. 그녀는 내가 서른 번째 생일에 선물한 다이아몬드 귀걸이를 하고 있었다.

"무슨 일이 있었다는 거, 알아." 버네사가 조심스럽게 말했다. "내가 자기의 작은 일부를 잃었다는 거, 알고 있어. 하지만 아무 일도 일어나지 않은 척할 거야. 자기랑 나랑은 아직도 괜찮은 척할 거야. 자기는 그냥 결혼이라는 큰일을 앞두고 약간 방황한 것뿐이라고 생각할 거야."

심장이 덜컹 했다. "버네사, 아무 일도 없…" 버네사는 손을 내저으며 나의 말을 막았다.

나를 바라보는 그녀의 상처받은 눈빛을 보자 나 자신이 원망스러웠다.

"설명할 필요 없어. 나한테 무슨 말이라도 해야겠다는 의무감 같은 거, 느끼지 않았으면 해. 자기가 괜찮을 거라 생각한다면, 계속 나를 사랑할 수 있고, 내게 충실할 수 있다면, 그러면 그냥 여태껏 해온 것처럼 그렇게 계속 살아가길 바랄 뿐이야. 우리가 결혼하고, 이 일은 잊고 우리의 삶을 살아가는 것, 그게 내가 원하는 거야."

배의 엔진이 다시 살아났다. 발바닥 아래에 진동이 느껴졌고, 배가 방향을 돌리자 바람이 일기 시작했다. 그리고 랜스가 방송으로 뭔가 얘기하는 바람에 버네사가 무슨 말을 했는지 확실히 알 수 없었다.

버네사는 다시 바다를 보고 서서 옷깃을 턱까지 끌어올리더니, "알았지?"라고 말했다. 그리고 한 번 더 말했다. "알았지?"

"알았어"라고 대답하고 한 발 앞으로 다가섰다. 버네사는 내가 자기를 안도록 허락했다. 이미 말했지만, 내 여자 친구는 영리한 여자다.

시드니로 돌아가기 전에 남은 닷새간 버네사와 나는 대부분의 시간을 방 안에만 처박혀 지냈다. 캐슬린과 라이자는 이상한 상상을 했을지도 모르겠다. 우린 컴퓨터 앞에 앉아 버네사의 아버지와 벤처 투자자들을 만족시키면서도 개발 계획을 수정할 방법을 연구하고 있었다. 결코 쉽지 않았다.

"USP*만 확보한다면 승산이 있어." 버네사가 말했다. 그녀가 마케팅에 유능하다는 것이 이토록 감사한 일일 줄은 몰랐다. "수상스포츠가 빠지면 고래들이 USP가 되는 거야. 우리는 고래 관광업에 종사하는 사람들을 적으로 만들지 않으면서 고래들을 활용할 만한 방법을 생각해야 해. 그건 곧, 우리가 단독으로 관광 프로그램을 운영해서는 안 된다는 걸 의미하고, 나도 무조건 그 편이 낫다고 봐. 바다 생물들에 접근이 가능한 다른 방법이 있어야만 해." 버네사는 국립공원과 야생동물보호국과 돌고래에 대해 의논했지만 그들은 지금 허용하고 있는 선을 넘어서는 동물들과의 접촉은 권장하지 않는다는 입장을 밝혔다.

"좀 더 과감하게, 만의 입구에 바다 밑을 볼 수 있는 일종의 플랫폼 같

---

* Unique Selling Point, 독창적인 판매 제안, 제품의 차별적 우위.

은 걸 만드는 건 어떨까?"

"비용이 너무 많이 들어. 그리고 선박을 운영하는 사람들이 반대할 가능성이 커. 위층에는 레스토랑을 만들고 그 아래에는 전망 공간을 갖춘 새 부두는 만들 수 있을지도 몰라."

"그렇게 육지와 바로 붙은 곳에서 보면 뭘 얼마나 볼 수 있겠어?" 버네사는 펜 끝을 입에 넣었다. "스파에 더 과감한 변화를 주는 건 어떨까?"

"당신 아버지가 스파는 별로 안 좋아하시더라고."

"아니면 계획 자체를 다 밀어버리고 다른 부지를 찾는 거야. 수상스포츠를 통째로 빼버리고 호텔이 지금 형태를 유지할 방법은 없는 것 같아. 지금 활용 가능한 것들 중에는 이 호텔을 차별화할 게 없어."

"테니스? 승마 체험?" 내가 말했다.

"새로운 부지. 닷새 안에 1억 3,000만 파운드짜리 개발을 위한 새로운 해안 부지를 찾아내야 해." 우리는 둘이 마주 보고 웃기 시작했다. 그렇게 딱 말해버리고 나니 우리의 현실이 너무나 어처구니없는 일로 들렸다.

하지만 버네사 비커가 괜히 그 아버지의 딸은 아니었다. 그것만이 성공으로 갈 수 있는 길이라고 전격 결정한 지 한 시간 만에 버네사는 캐슬린의 오래된 전화번호부를 옆에 끼고 전화를 돌리기 시작했고, 네 시간 안에 케언스와 멜버른 사이의 거의 모든 토지 공인중개사들과 통화를 마쳤다.

"사진을 이메일로 좀 보내주실 수 있나요?" 내가 휴대폰으로 전화를 하는 사이사이에 계속해서 버네사가 같은 요청을 반복하는 게 들려왔고, 역시 같은 질문들이 이어졌다.

"바다가 보호구역으로 지정되지는 않았나요?"

"개발에 영향받을 수 있는 바다 포유류나 토착 생물은 없나요?"

"그쪽에서 매매 의사가 있을까요?"

"협상 가능성이 있을까요?"

그리고 둘째 날이 저물어갈 무렵, 우리는 가능성이 있는 후보지 두 곳을 낙점하기에 이르렀다. 하나는 브리즈번에서 남쪽으로 한 시간가량 떨어진 곳에 위치한 호텔 개발지로, 그곳의 강점은 지금껏 별문제 없이 수상스포츠가 진행되어온 전용 보호만이 있다는 것이었다. 그러나 주변 풍광은 실버베이의 반만큼도 아름답지 않았고, 이미 그 인근에 5성급 호텔이 빽빽이 들어서 있었다. 다른 한 곳은 번더버그에서 30분가량 떨어진 곳으로 접근성은 더 좋았지만 가격이 30퍼센트 정도 더 비쌌다.

"아빠는 안 좋아하실 거야." 버네사는 그렇게 말하더니 나를 보고 밝게 웃었다. "하지만 불가능한 건 없으니까, 그렇지? 우리가 더 열심히 하기만 하면? 그렇잖아, 지금까지 우리가 해낸 걸 좀 봐."

"당신은…." 나는 그녀의 얼굴로 쏟아진 머리를 뒤로 쓸어 넘기며 애정을 듬뿍 담아 말했다. "최고야."

"그걸 절대 잊지 말라고." 버네사가 말했다. 그녀 목소리에서 날이 느껴진 건 그저 내 짐작에 불과하다고 생각하기로 했다.

우리는 그날 밤, 버네사가 실버베이로 온 이후 처음으로 사랑을 나눴다. 예전의 우리의 육체적 욕구를 감안할 때 그때까지 무슨 일이 있었던 건지 나조차도 설명하기 어렵지만, 분위기가 어딘가 계속 이상했던 것만은 분명했다. 우리 둘 다 상대의 반응 따윈 상관 않던 예전의 자신감을 찾기 어려웠다. 우리는 이 확신의 부재를 너무 피곤하다는 말, 혹은 와인을 너무 많이 마셨다는 말 뒤로 숨겼다. 읽고 있는 책에서 눈을 뗄 수가 없다고 말하기도 했고, 나는 이상하게도 너무 얇은 호텔 벽을 계속 신경 쓰고 있었다.

　우리는 시내로 나가 저녁을 먹고 만을 따라 손을 잡고 슬렁슬렁 걸어서 돌아왔다. 와인과 달빛 그리고 내 손으로 망쳐놓을 뻔했던 실버베이의 운명을 구할 수 있을지도 모른다는 희망이 한데 어우러져 버네사와의 신체적 접촉에서 느껴지던 이상한 저항감을 해소해주는 것 같았다.

　거의 망쳐버릴 뻔했다고, 둘이 말없이 길을 거닐며 스스로에게 되뇌었다. 하지만 아직 늦지는 않았다고. 우리는 이 개발도 살리고, 고래도 살리고, 우리의 관계도 살릴 거라고. 우리는 서로에게서 새로운 것들을 이해하게 됐고, 내게는 또 한 번의 기회가 주어졌다고.

　우리는 방으로 들어와 불을 켜지 않은 채 말없이 옷을 벗었다. 마치 텔레파시로 바로 오늘 밤이 그 밤이라고 함께 결정하기라도 한 것처럼. 서로에게 다가가는 동안 나는 버네사의 관능적인 실루엣의 아름다움에 집중했고, 낡은 침대에 몸을 눕히며 의식적으로 육체적인 느낌만을 따라가려 했다. 살과 살이 포개지고, 그녀의 손은 나를 능숙하게 더듬어나갔다. 그녀의 입술에선 쾌감이 실린 작은 숨소리가 새어 나왔다. 나는 손으로 그녀의 가슴을, 살갗을 더듬었다. 그리고 나의 얼굴을 그녀의 머리카락에 묻었다. 그녀의 향기, 그녀의 감촉, 손가락 아래 느껴지는 익숙한 그녀의 굴곡이 모두 되살아났다. 그리고 마침내 나는 모든 것을 잊고, 해방감과 함께 절망 섞인 탄성을 내지르며 그녀 안으로 깊이 들어갔다.

　얼마 뒤, 마치 무겁고 우울한 무언가가 우리를 둘러싼 어둠 속으로 내려앉은 것처럼 우리는 조용히 누워 있었다.

　"괜찮아?" 내가 그녀의 손으로 내 손을 뻗으며 물었다.

　"괜찮아." 얼마간의 침묵 후에 그녀가 말했다.

　나는 어둠 속을 올려다보며 모래사장에 밀려와 부서지는 파도 소리,

멀리서 차 문 닫히는 소리와 시동 걸리는 소리를 들었다. 그리고 나의 가장 깊은 곳에서는 분명 무언가가 결여됐음을 알고 있다는 생각을 했다. 그리고 내가 상실한 것들을 생각했다.

　우리는 토요일에 떠났다. 나는 아침 일찍 아래층에 내려가 캐슬린에게 숙박비를 계산했다. 절반을 현금으로 지불한 건 캐슬린에게 신용카드보다 현금이 더 유용할 것 같아서였다. "연락드릴게요. 일이 신속하게 진행되고 있어요. 정말입니다."

　캐슬린은 견고한 눈빛으로 나를 봤다. "그래야죠." 그리고 세어보지도 않고 책상 아래 깡통에 돈뭉치를 쑤셔 넣었다. 별것 아닐 수도 있지만 나는 그것이 그녀가 나를 다시 신뢰하고 있다는 의미이길 바랐다. 나는 안도감으로 마음이 좀 가벼워지는 걸 느꼈고, 뭔가 좋은 일이 일어날 수도 있겠다는 자신감이 생겼다.

　"저기… 라이자는 나갔나요?" 캐슬린이 먼저 알아서 말해주지 않을 거란 걸 깨닫고 내가 물었다.

　"이스마엘호를 타고 나갔어요."

　"그럼 대신 인사 좀 전해주세요." 내가 느끼는 어색함이 전해지지 않길 바라며 말했다. 어느새 층계를 내려와 내 뒤에 서 있는 버네사가 무척 의식될 수밖에 없었다.

　캐슬린은 내 말엔 대답하지 않고 버네사와 악수를 나눴다. "안녕히 가세요. 두 분 결혼에 행운을 빌어요."

　그 말이 꼭 한 가지 의미로만 해석되진 않겠다고 생각하며 나는 가방을 가지러 위층으로 올라갔다. 하지만 어느 쪽도 내겐 좋은 의미로 와닿지 않았다. 가방만 챙겨 곧장 아래층으로 내려갈 수도 있었지만 복도를 지나는데 음악 소리가 들려 잠시 멈춰 섰다. 해나가 아직 거기 있었다. 개발 건이 드러난 이후로는 나와 거의 말을 섞지 않았다. 아이의 침묵은 다른 그 무엇보다도 나의 실패를 확신하게 했다.

나는 문 앞에 서서 노크를 했다. 한참 만에 아이가 문을 열자 음악 소리가 터져 나오며 그 뒤의 공간을 채웠다.

"인사는 하고 가고 싶어서." 내가 말했다.

아이는 대답이 없었다.

"아… 그리고 이거 주려고." 나는 봉투를 내밀었다. "네가 번 돈이야. 사진은 정말 좋더라."

아이는 잠자코 그것을 보기만 하다가 마침내 입을 열었다. "엄마가 아저씨 돈 받으면 안 된다고 했어요." 아이의 목소리에 미안한 기색은 전혀 없었다.

"알았다." 나는 당황스러움을 최대한 들키지 않도록 애쓰며 말했다. "그럼, 저기 복도 테이블에 두고 갈게. 정말로 받아선 안 되는 거면, 돌고래들을 위한 자선단체에 기부해. 너 돌고래 많이 사랑하잖아."

아래층에서 버네사의 휴대폰이 울려대는 소리가 들렸다. 나는 마치 그 소리가 퇴장의 구실인 양 고개를 끄떡해 보였다.

해나는 문가에 서서 날 살폈다. "아저씨, 왜 우리한테 거짓말했어요?"

나는 다시 한 걸음 아이에게 다가섰다. "글쎄, 잘 모르겠다. 아저씨가 큰 실수를 한 것 같아. 그리고 이제 바로잡으려고 노력하는 중이야."

해나가 시선을 떨어뜨렸다.

"어른들도 실수를 해. 하지만 이제 바로잡으려고 노력 중이야. 난 네가… 네가 날 믿어줬음 좋겠다."

해나가 고개를 들었고 나는 아이의 얼굴에서, 이 아이는 이미 오래전에 그 사실을 배웠다는 걸 알 수 있었다. 내가 한 짓은 어른들이 얼마나 오류를 잘 범하곤 하는지, 그래서 애꿎은 자기 인생에까지 피해를 주곤 하는지 다시 한번 확인해줬을 뿐이라고.

도시에서 온 잘나가는 남자와 어린 소녀, 우리 둘은 그렇게 얼마 동안 잠자코 서 있었다. 나는 숨을 한 번 들이쉬고, 거의 본능적으로 손을 내밀었다. 한참 만에 해나가 그 손을 잡고 악수를 했다.

"아저씨 휴대폰은 어떻게 해요?" 계단을 막 내려가려던 참에 해나가 물었다. "아직도 우리가 갖고 있는데요."

"가져." 나는 아직 아이에게 나의 잘못을 만회할 수 있을지도 모를 무언가를, 아니 무엇이라도 줄 수 있다는 사실에 감사함을 느끼며 말했다. "해나야, 그걸로 좋은 일을 하도록 해. 진심이야."

버네사는 이미 차에 앉아 기다리고 있었다. 버네사는 본인이 여행용 복장이라 부르는, 구겨지지 않는 옷감의 정장을 입고 있었고, 더플백 맨 위쪽엔 히스로 공항에 내리기 직전에 갈아입을 깨끗한 셔츠와 캐시미어 카디건이 준비돼 있었다. 나는 대체 누굴 만나려고 그렇게 신경을 쓰냐고 장난처럼 물었고, 버네사는 내가 더 이상 외모에 신경 쓰지 않는다고 자기까지 추레한 게으름뱅이가 되라는 법은 없는 거라 대답했다. 아마도 내가 거의 매일 입다시피 하는 청바지를 겨냥해서 한 말이었던 것 같다. 그 바지는 오래 입어서 이제 내 몸에 아주 편안하게 맞았고 비행기에 정장을 입고 타는 건 너무 과하다는 게 나의 생각이었다.

"그럼, 잘 가요." 캐슬린은 팔짱을 낀 채 우리를 차까지 배웅하며 말했다. 그녀는 5주 전에 나를 맞아들였던 캐슬린과는 무척 다른 사람이 돼 있었다.

"안녕히 계세요." 나는 악수를 시도하지는 않았다. 단단하게 낀 팔짱이 그건 쓸데없는 짓임을 암시하고 있었기 때문이었다. "실망시켜드리지 않을 겁니다." 내가 조용히 말하자 캐슬린은 고개를 까딱해 보였다. 마치 그것이 자기가 내게 허락할 수 있는 전부라는 듯.

라이자는 이스마엘호를 몰고 바다로 나갔다고 했다. 내 안의 일부는 어쩌면 그녀를 다시는 보지 못하는 게 최선일 수도 있다고 생각했다. 라이자도 말했지만, 그녀가 듣고 싶은 말 중에 내가 해줄 수 있는 말이 있을까?

그런데 우리가 길을 따라 달리며 고래 부두를 지날 무렵 나는 백미러를 통해 봤다. 마른 금발의 여자가 길 끝에 서 있었고, 반짝거리는 바다를 배경으로 그녀의 윤곽이 분명하게 드러났다. 두 손을 주머니에 깊숙이 찌른 그녀의 발치에 그녀의 개가 서 있었다. 우리가 탄 하얀 차가 해안 도로를 지나가는 것을 그녀는 분명히 지켜보고 있었다.

돌아오는 비행기에서는 딱 스물네 시간의 비행에서 기대할 수 있는, 그렇고 그런 시간을 보냈다. 우리는 나란히 앉아 우리가 내릴 터미널에 대한 언쟁을 벌였고, 기내식이 나오면 서로 원치 않는 것들을 바꿔 먹었으며, 영화 몇 편을 보았다. 그중에 내용이 기억나는 건 하나도 없지만 그래도 정신을 팔 데가 있다는 것이 감사했다. 그러다 설핏 잠이 들기도 했는데 깨어보면 옆에서 버네사가 숫자 여러 개가 적힌 리스트를 점검하고 있다는 걸 어렴풋이 알 수 있었다. 나를 기꺼이 돕고 있는 그녀가 새삼 고마웠다.

우리는 새벽 6시쯤 착륙했지만, 입국 심사를 마쳤을 땐 7시가 다 돼 있었다.

아직도 한창 여름이라고 해도 될 만한 시기에, 심지어 이렇게 이른 시간에도 히스로 공항은 사람들로 복작였고, 혼잡했고, 우울하게 느껴졌다. 하지만 해외에 나갔다가 돌아오며 기분이 좋을 사람이 누가 있겠나, 라고 스스로를 달랬다. 짐을 찾는 곳으로 걸어가는 동안 경련이 난 목을 문질러댔다. 그런 기분은 비행기 연착이나 도저히 먹을 수 없는 기내식처럼 여행의 필수 요소 중 하나였다.

예상대로 짐은 아무리 기다려도 나오지 않았다. 사과하는 어투의 방송이 흘러나왔다. 짐을 담당하는 팀이 딱 하나인데 지난 한 시간 사이 네 대의 비행기가 도착하는 바람에 인력 부족으로 지체되고 있다고 했다. 그리고 '약간의 지연을 이해' 부탁드린다고 덧붙였다. '약간'이라니, 너무나도 절제된 표현이 아닐 수 없었다.

"커피를 마실 수 있다면 살인이라도 하겠어." 버네사가 말했다. "어딘가에 커피숍이 있을 텐데."

"나는 화장실 좀 다녀와야 할 것 같아." 내가 말했다. 비행기에서 잠을 잘 못 자는 버네사는 화장과 머리를 공들여 고치고 매만졌음에도 불구하고 많이 지쳐 보였다. "커피숍은 세관을 지나야 나와. 가방 나오는지나 잘 보고 있어."

나도 많이 지친 상태였지만 재빨리 걸음을 옮겼다. 지난 한 달간 나는 혼자 지내는 데 익숙해져서 버네사와 함께 일하고, 함께 자며 일주일 내내 거의 한시도 떨어지지 않고 계속 붙어 있는 게 쉬운 일은 아니었다. 더 이상 우리와 얘기하고 싶어 하는 사람이 거의 없다는 현실, 그래서 다른 사람들과 어울리거나 고래 관광선 선원들과 함께 앉아 있는 게 거의 불가능했기 때문에 더 힘들었던 것 같다. 나는 사실 시도할 엄두조차 내지 못했다. 욱하는 그레그의 성격상 자기가 진실이라고 추측한 사실을 버네사에게 폭로할까봐 두려웠다. 버네사와 나는 더 이상 거론하지 않기로 한 그 무언가를 극복해내기로 약속했다. 하지만 만약 진실이 우리 앞에 모습을 드러내면 그런 평정을 유지할 수 있을지에 대해선 솔직히 확신이 없었다.

히스로 공항의 삐걱거리는 바닥재를 가로지르는 그 짧은 거리가 8일 만에 주어진 나 혼자만의 시간이었고, 어쩐지 안도감이 느껴졌다. 나는 그런 의리 없는 생각에 죄책감을 느끼며, 그래도 나는 옳은 일을 한 거라고 스스로를 위로했다. 나는 이제 옳은 일을 할 거라고.

수도꼭지 아래 얼굴을 집어넣었다 뺀 뒤라 얼굴에 물기가 묻은 채로 나는 몇 분 만에 돌아왔다. 가까이 다가가니 수하물 벨트가 돌아가며 짐이 나오고 있는 게 보였다. 삐걱거리며 돌아가는 컨베이어 벨트 위에 우리의 짐이 외롭게 앉아 있는 게 뻔히 보이는데 이상하게도 버네사는 짐을 내리지 않고 있었다.

"무지 피곤한가보네." 나는 얼른 짐을 향해 다가가며 말했다.

그러나 끙끙대며 짐 가방을 끌어내리고 돌아섰을 때—내 여자 친구는 가벼운 여행의 개념을 이해하지 못하는 분이다—버네사는 휴대폰을 들여다보고 있었다. "당신 아버지는 아니지?" 내가 지친 목소리로 말했다. "설마, 벌써부터." 집에 가서 샤워할 시간도 못 준단 말인가? 분명히 대립적인 만남이 될 것임을 알고 있었기 때문에, 아무리 버네사가 함께한다고 해도 나는 그 만남이 두려웠고, 준비할 시간이 필요했다.

"아니." 버네사가 평소답지 않게 창백한 얼굴로 말했다. "이거 자기 전화기야. 문자 왔네. 티나한테서." 그러고는 문자를 내 코앞에 들이밀더니 수하물 벨트를 따라 돌고 있는 자신의 가방을 그대로 남겨둔 채 공항 밖으로 걸어 나갔다.

그 뒤로 버네사를 본 건 거의 스물여덟 시간 후, 내가 데니스와의 중대한 만남을 위해 사무실에 들어왔을 때였다. 이제 다시 두 발로 설 수 있게 된 데니스는 다시 회복된 육체적 기동성 때문인지 에너지가 미친 듯이 솟구치는 모양이었다. "어떻게 돼가는 거야?" 그는 개발 문건들이 들어 있는 내 파일을 잡으며 계속 물었다. "어떻게 돼가고 있냐고, 응?"

사무실은 너무 생경하게 느껴졌다. 도시는 너무나 시끄럽고 혼잡해서 내가 이렇게 정신을 못 차리는 것이 단순히 시차 때문이라고만 할 수 있을지 의심스러웠다. 눈을 감으면 실버베이의 고요한 수평선이 펼쳐졌다. 눈을 뜨면 잿빛 보도, 더러운 배수로, 141번 버스가 내뿜고 가는 보랏빛 매연이 보였다. 그리고 사무실. 한때는 내 집보다도 더 익숙한 곳이었던 비커 홀딩스가 이제는 획일적이고 험악하게만 보였다. 나는 건물 밖에서 잠시 머뭇거리며 시차가 호주에서도 나를 나가떨어지게 만들더니 영국에 돌아와서도 마찬가지인 것 같다고 혼잣말을 했다.

그리고 거기엔 데니스가 기다리고 있었고, 나는 다른 건 아무것도 생각할 수 없었다.

"기분은 좀 어때? 크게 한 건 해냈는데, 기분 좋아야지? 투자자들은 아주 신났어. 그렇다니까. 아주 좋아죽는다니까."

데니스는 꼼짝 못 하고 지내는 동안 몸무게가 불어나 있었다. 지난 한 달간 내가 함께 지냈던 사람들, 바닷바람에 깎일 대로 깎여 군살이라고는 찾을 수 없던 사람들에 비해 그는 비대하고, 혈색도 붉었다.

"자넨, 꼴이 말이 아니군." 그가 말했다. "커피가 필요하겠어. 우리 여직원 하나만 내보내서 사 오라고 하자고. 여기서 타주는 그 구정물 같은 인스턴트커피 말고, 제대로 된 커피 말이야."

데니스가 회의실을 잠깐 비운 사이 나는 버네사 옆에 앉았다. 평소에 자기가 파워 정장이라 부르는 옷을 입고, 나와 눈을 맞추지 않겠다고 작심한 사람처럼 텅 빈 메모지를 앞에 놓고 앉아 있었다.

"미안해." 내가 웅얼거리듯 말했다. "꼭 보이는 대로가 아니야. 정말이야. 이따 만나. 내가 설명할게."

"보이는 대로가 아니다?" 버네사는 메모지에 뭔가를 끼적이며 말했다. "내가 보기에 그 귀국 환영 인사말은 굳이 따로 설명하고 자시고 할 게 없어 보이던데."

"버네사, 제발. 당신, 내 전화도 안 받을 거잖아. 딱 5분만 줘. 이거 끝나고 딱 5분."

"알았어." 한참 만에 버네사가 겨우 대답했다.

"고마워." 나는 버네사의 팔을 한 번 꽉 잡았다 놓고 당장 눈앞에 닥친 임무를 위해 마음의 준비를 했다.

데니스는 내가 실버베이에서 작업한 내용을 브리핑하는 걸 신중하게 듣고 있었다. 데니스와 회사 회계사 대런, 그리고 기획부장 에드는, 내가 개발이 생태계에 끼칠 영향을 설명하는 동안 이런저런 메모를 하며 경청했다. 나는 S94안을 밀고 나간 것이 왜 실수였는지, 진주 양식장의 사례와 마찬가지로 이번 개발 건에 대한 공청회가 열리게 되면 왜 우리에게 도리어 역효과를 줄 수 있는지에 대해 설명했다.

"결론은, 우리의 개발 목적과, 이 개발의 USP는…."

나는 이 대목에서 버네사를 힐끗 보았다. "…여전히 옳은 결정이라 생각하지만, 기존의 계획은 앞서 제시한 모든 이유들 때문에 틀린 거라 생각하게 됐습니다." 나는 그들에게 그날 아침에 복사한 문서들을 나누어 주었다. 대체 부지 목록과 개발 계획 전환에 발생할 비용을 분석한 것이었다. "저희는 이미 새로운 부지를 찾아내어 지역 부동산 중개인과 얘기도 마쳤습니다. 조사를 해본 결과, 이 대체 부지들은 잠재적인 여론의 불리함을 감안해도 그렇고, 우리에게 새롭게 추가된 USP인 책임 있는 지역 친화적 개발을 고려할 때 훨씬 나은 옵션이라고 생각합니다."

나는 테이블을 가리키며 말했다. "버네사도 저와 함께 현장에 있었습니다. 바다의 생명체들을 직접 보았고, 고래 서식지도 보았고, 그것에 대한 그곳 사람들의 강한 애착도 보았습니다. 우리 회사를 위한 최선의 길은 이 두 가지 대체 안이라는 데 버네사도 동의했습니다. 시간적인 면에서 불리하다는 것도 알고, 기존 부지를 매각해야 한다는 것도 알고 있습니다만, 만약 저를 밸런스 에퀴터에 데려가신다면 저희와 같은 생각을 갖도록 설득할 수 있다고 자신합니다."

"뭐야, 이거." 데니스가 숫자를 열심히 들여다보며 말했다. "계획을 완전 바꾸자는 얘기잖아?" 데니스는 입맛을 다시며 보고서 마지막 두 장을 획획 넘겼다. "이러면 이거, 전체 예산의 20퍼센트나 더 들어가는데?"

다행히 그는 이 안을 아예 묵살해버리진 않았다.

"그렇지만 기존 부지로 밀고 가게 될 경우 들어가는 S94 비용을 절감할 수 있습니다. 여기 세 번째 단락을 보시면 최종적인 단가는 크게 차이가 나지 않아요. 이 안이 리스크가 훨씬 적다고 봅니다."

"리스크가 적다?" 데니스는 버네사 쪽으로 돌아앉았다. "원래 계획을 다 버리자고? 너도 정말로 이 개발 건 전체를 두 번째 후보지로 옮겨야 한다고 생각하는 거냐?"

버네사는 데니스를 잠시 보더니 시선을 천천히 내게로 옮겼다. 눈빛이 차가웠다. "아뇨. 정말 심사숙고했는데요, 저는 원안대로 밀고 가야 한다고 생각합니다."

15
라이자

    나는 오늘 고래를 봤다. 이번 시즌의 마지막 무리 중 하나일 거다. 그 고래는 새끼를 데리고 배 바로 앞까지 왔다. 마치 이 넓디넓은 세상에 할 일이라곤 그것밖에 없다는 듯 투명한 푸른 바닷속, 배의 오른편에 머물며 하염없이 우리를 보고 있었다. 고래는 적정거리보다 더 가까이 와 있었다. 엄마 고래의 '지문', 그 작은 결 하나하나, 꼬리지느러미의 무늬, 그리고 새끼가 엄마의 배 아래쪽에 의지한 채 가만히 행복하게 누워 있는 모습을 다 볼 수 있을 정도로 가까웠다. 관광객들은 흥분했다. 그들은 비명에 가까운 소리를 지르며 사진과 동영상을 찍었고, 이건 자기 인생을 바꾸어놓을 경험이고 평생 잊지 못할 사건이라고 큰 소리로 말했다. 내게 고래를 찾아내는 재주가 있다더니 이제 보니 그 소문이 진짜였다며 저마다 친구들에게 나를 소개하겠다고 했다. 하지만 나는 웃을 수 없었다. 나는 고래에게 아가를 데리고 어서 멀리멀리 가라고 소리치고 싶었다. 해변으로 올라와버린, 방수포에 덮여 있던 새끼 고래가 자꾸만 눈에 밟혔다. 나는 우리를 믿었던 그 고래와는 달리 이 고래가 우리를 믿지 않길 바랐다.

어쩌면 마이크가 한 짓이 충격까지 받을 일은 아니었는지도 모른다. 하지만 나는 충격을 받았다. 나름 별의별 일을 다 겪고 난 뒤로 나는 그런 사람을 몇 킬로미터 밖에서도 알아볼 수 있을 거라 생각했었다. 그러나 내가 실패했다는 생각이 나를 갉아먹었고, 가뜩이나 잘 못 자는 잠에서 자꾸 깨어나게 했다. 깨어 있을 때는 그 생각이 나를 내려다보며 비웃어댔고, 내가 살아오며 잘한 일이 거의 없다고 나무라는 다른 목소리들과 함께 어울려 합창을 했다.

그 당시 나의 원초적 분노는 나 자신을 향하고 있었던 것 같다. 내 어리석음에 대한 분노였다. 우리 모두의 눈을 가린 채 위험 속으로 걸어 들어가게 했던 것에 대해. 그리고 아주 잠시 잠깐이었는지 몰라도, 아주 오래전에 체념해버린 내 삶이 어쩌면 다른 방향으로 갈 수도 있지 않을까 착각한 나 자신에 대해.

사실 나는 거의 모두에게 화가 나 있었다. 우리 모두를 속인 마이크에게, 고래를 고려하지 않고 마이크의 제안을 받아들인 공무원들에게, 마이크를 그냥 묶게 두는 바람에 향수 냄새 진동하는 그의 공범이 번쩍이는 약혼반지를 보란 듯이 과시하며 다른 일은 아무것도 상관없다는 듯 온 집 안을 휘젓고 다니는 걸 보고 있게 만든 캐슬린 이모에게, 그리고 늘 바보같이 구는 그레그에게도. 그레그는 매일 나타났다. 반쯤은 내게 화가 나 있었고, 반쯤은 나의 용서를 바라는 것 같았다. 우리는 만났다 하면 서로에게 소리를 질러대며 헤어졌다. 우리는 둘 다 한동안 엉망이었고, 서로에게 친절하게 대할 기운조차 없었던 것 같다.

이유는 모르겠지만—이런 감정은 정말 오랜만에 느끼는 것이었다— 마이크와 그 여자 친구가 호텔에 머물던 첫 주의 며칠간은 침대에서 몸을 일으키는 것조차 힘들었다. 그리고 얼마 후 그가 떠났다. 그런데 어찌 된 일인지 그 뒤에도 침대에서 일어나는 게 쉬워지질 않았다.

해나는 모든 걸 금방 눈치챘다. 그리고 약간은 반항적으로 마이크가 자기에게 사진값을 줬다고 말하며 지폐가 담긴 갈색 봉투를 보여줬다. 그리고 내가 뭐라고 한마디 할 틈도 주지 않고 바다 생물들을 돕도록 국립공원에 기부할 거라고 잘라 말했다. 이미 국립공원 쪽과 통화를 했는데 그 돈이면 돌고래를 위한 새 들것을 사고도 좀 남길 수 있다고 했다. 거기다 대고 무슨 말을 할 수 있을까? 난 딸의 마음 한구석엔 마이크를 두둔하고 싶은 마음이 있다는 걸 알았고, 그래서 마이크가 더 미웠다.

해나는 무척 가라앉아 보였다. 뉴질랜드 수학여행에 대해서도 더 이상 물어보지 않았고 대부분의 시간을 자기 방에서 보냈다. 내가 혹시 무슨 일이 있는 거냐고 물으면, 내가 곁에 있는 걸 원치 않는다는 뜻을 분명히 전달하면서도 무척 공손하게 자기는 아무렇지도 않다고 말했다. 나는 내 딸이 그리웠다. 그래도 아직은 밤이면, 내 방으로 살금살금 들어오는 때가 있었다. 그러면 나는 내 딸이 더 이상 다가오지 않기로 한 낮 시간들을 만회하기라도 하듯 잠든 아이를 꼭 안고 있었다. 그러니까 올 겨울, 우리 가족은 온전히 하나이지 못했다.

고래 관광선 선원들은, 함께 앉아 있으면 앞으로 닥칠 상실감만 더 커질 걸 염려한 듯 발길이 뜸해졌다. 랜스는 미친 듯이 담배를 피우며, 요시가 그만뒀던 학업을 다시 시작할지도 모른다는 소식을 전했다. 그레그와 함께 살았던 동거녀는 마침내 수잰호에 대한 권리를 포기했지만 그레그는 그게 무슨 대단한 승리는 아니라는 것처럼 굴었다. 내 생각에는, 수잰과 배를 놓고 싸우던 걸 그만두고 나니 머릿속에 자기가 잃은 것이 무엇인지 생각할 수 있는 여력이 생겼던 것 같다. 그렇지만 그레그란 사람

자체가 자기 성찰과 잘 맞는 사람은 아니었다.

불런 부부가 살던 집의 철거는 8월 말에 진행됐다. 밤사이 울타리가 둘러쳐졌고 타지에서 건설업자들이 낡은 노란색 기계들과 함께 들어와 건물을 조각조각 부숴 긁어냈다. 72시간도 채 되지 않아 울타리마저 철거됐고 낡은 집과 헛간이 있던 자리를 파낸 흔적만 덩그러니 남았다. 내가 만을 들고 날 때면 그 부분은 땅의 거대한 흉터처럼, 마치 이 모든 상황에 항거하는 애절한 입 모양처럼 보였다.

이 우울한 분위기에 더해 하늘마저 이상할 정도로 우중충하고 삭막했다. 잿빛에 둘러싸인 해안 마을은 기쁨이란 걸 몽땅 뽑아내버린 공간 같아진다. 손님 수가 줄어들자 모텔들은 주말 매상을 회복하기 위해 숙박 요금을 떨어뜨렸다. 우리는 이곳에 불어닥친 바람에 몸을 한껏 낮추고 될 수 있는 한 너무 깊이 생각하지 않으려고 했다. 그리고 그놈의 배들은 줄곧 바다를 휘젓고 다녔다. 마치 호텔 단지가 들어선다는 소식을 듣고 이제 마음껏 활개를 쳐도 된다고 생각하는 것 같았다. 나는 브레이크노즈섬 근처에 나갔다가 그 3층 갑판의 배들이 해안을 따라 나타나 술 취한 인간들을 가득 태운 채 온 바다가 떠나가게 음악을 쿵쿵 울려대는 걸 두 번이나 목격했다. 그중에 어떤 배는 '고래 관광의 모든 즐거움'을 제공한다는 광고를 지역 일간지에 버젓이 실었다. 내가 신문사에 직접 전화를 걸어 그딴 광고를 싣는 것에 대한 내 생각을 여과 없이 전달하고 끊었더니, 이모는 계속 그런 식으로 행동하다간 궤양에 걸리고 말 거라고 말했다.

이모는 우리가 처한 운명에 너무나 이상할 정도로 쉽게 순응하는 것 같았다. 그날 이모 사무실에서 언쟁을 벌인 후 우리는 그 일에 관해선 서로 말을 아꼈다. 나는 이모가 왜 마이크를 그렇게 싸고도는지 이해할 수 없었고, 이모는 나를 이해시키려 애쓰지 않았다. 밤이면 밤마다 이모는 이 집의 제일 끝 방에 누웠다. 나는 복도의 다른 쪽 끝의 작은 방에 누워 바다의 소리를 들으며, 나와 해나가 결국 쫓기듯 가방을 챙겨 떠날 때까지 얼마나 더 이 소리를 들을 수 있을지 생각했다.

9월 초에 시의회에서는 곧 개최될 개발 공청회에서 누구든지 발언권을 가질 수 있다고 발표했다. 실버베이에서는 우리의 의견이 상황을 바꿀 수 있을 거란 희망을 갖는 사람이 별로 없었다. 우리는 지난 몇 년간 다양한 만에서 이런 개발 건을 여럿 봐왔는데, 열에 아홉은 주민들의 거센 반대를 묵살하고 그대로 진행됐다. 마이크가 속한 회사가 제공하기로 한 혜택의 규모를 생각할 때, 이 공청회가 우리에게 립 서비스 이상의 무엇을 줄 수 있다고는 생각되지 않았다.

게다가 개발에 대한 반대도 무척 복잡한 문제였다. 이 문제는 마을 전체를 반으로 갈라버렸다. 고래추격꾼들이 고래의 곤경을 너무 과장한다고 비난하는 사람들도 있었고, 어느 쪽으로 결정되든 크게 상관하지 않는 사람들이 대다수였다. 그런가 하면 우리가 하는 일이 이미 자연을 침범하는 행위라고 지적하는 사람들도 있었다. 반박하기 힘든 주장이었다. 특히 훨씬 느슨한 규칙을 적용하는 배들이 점차 늘고 있었고, 그들이 우리의 바다를 자기 앞마당처럼 누비기 시작한 지금의 상황에서는 더 그랬다. 카페 소유주들과 상점 매니저들은 더 크고 활기찬 마을에 관심을 보이고 있었고, 이상하게 들릴 수도 있겠지만 나는 그들에게 약간의 연민을 느꼈다. 우리는 모두 생계를 꾸려가야 하는 입장이었고 어떤 시즌은 특히 더 어렵다는 걸 나는 누구보다도 잘 알고 있기 때문이었다.

그런가 하면 고래추격꾼들, 낚시꾼들, 그저 돌고래와 고래의 존재를 즐기는 사람들 그리고 이미 그런 변화를 겪은 다른 곳들처럼 우리의 조용한 바다가 시끄럽고 북적이는 걸 원하지 않는 사람들이 있었다. 우리 같은 부류의 사람들은 그런 곳을 피할 수 있다면 돈을 더 많이 쓰는 건 개의치 않았다. 하지만 우리는 다른 이들에 비해 조용한 사람들이었다. 우리의 목소리는 잘 들리지도 않을 것 같았다.

신문들은 이 논란을 재미있다는 듯, 건전하지 않은 방식으로 다루고 있었다(이 사건은 84년도의 술집 대화재 이후 가장 흥미 있는 기삿거리였다). 그들은 쌍방에서 모두 편향된 기사라는 욕을 먹으면서도, 자기 자신들조차 신물이 날 때까지 계속해서 개발 기획자, 개발업자, 담당 공무원들에게 해명을 촉구했다. 기사에서 마이크의 이름은 두 번 눈에 띄었는데, 나도 모르게 그가 한 말을 읽게 됐다. 두 번 다 그는 절충안에 대해 얘기했다. 두 번 다 그가 직접 말하고 있는 것처럼 그의 목소리가 들리는 것 같았고, 나는 그걸 읽으며 그렇게 많은 말 속에 그렇게 아무 의미가 없기도 쉽지 않겠다고 생각했다.

혹등고래에 대한 얘기를 좀 해볼까 한다. 처음 그 고래를 본 건 내가 여덟 살 때였다. 우리는 휴가 중이었고 나는 캐슬린 이모 그리고 나를 이모와 단둘이 배에 태우는 걸 염려한 엄마와 함께 낚시를 나가 있었다. 엄마는 자기 언니인 캐슬린 이모가 커다란 물고기와 마주한 상황에선 다른 건 전부 다 잊어버리고도 남을 사람이라며, 캐슬린 이모가 물고기를 감아올리는 동안 내가 배 밖으로 풍덩 빠져버리는 상황은 원치 않는다고 농담처럼 말했다. 이제 와 드는 생각이지만, 엄마는 자기 언니와 함께 시간을 보낼 핑곗거리를 원했던 건지도 모르겠다. 그때 엄마와 이모는 이미 몇 년째 다른 대륙에 살고 있었고, 그 먼 거리를 둘 다 힘들어했다.

나는 그렇게 보내는 휴가가 정말 좋았다. 안전한 느낌이 좋았고 존재조차 알지 못했던 가족에게 둘러싸인 느낌도 좋았다. 영국에 내 아버지는 없었다. 엄마는 레이 매컬린을 '무심한' 사람이라고 했고, 이모는 아버지에 대해 더 강한 표현을 썼는데, 그러면 엄마는 내 앞에서는 해서는 안 되는 말인 것처럼 고개를 저었다. 사실 내가 아니라 그 누구 앞에서도 하면 안 되는 말이긴 했다. 나는 여자들의 손에서 자라났다. 영국에서는 엄마가 나를 키웠고, 호주에 계신 할머니와 캐슬린 이모가 돈을 보내주기도 했다. 캐슬린 이모의 엄마, 그러니까 나의 할머니는 눈에 잘 띄는 분이 아니었다. 그래서 캐슬린 이모에 대한 기억이 또렷한 데 비해 할머니에 대한 기억은 희미하다. 할머니는 별다른 관심사도 없이 그저 가족에게 밥을 해주고 아이들을 길렀다. 그 임무에서 놓여났을 때는 약간 길을 잃은 듯 보였다. 할머니는 그 시대의 여성이라고, 캐슬린 이모는 말했다. 할머니에 대한 몇 안 되는 기억은 어릴 적 두 번 할머니 댁을 방문했을 때의 일이다. 할머니는 유순하지만 생각은 딴 데 가 있는 사람 같았고, 호텔 뒷방에 앉아 텔레비전 드라마에 빠져 있거나 내 나이에 걸맞지 않는 질문을 하셨다.

캐슬린 이모는 딱 그 아버지에 그 딸이라고, 할아버지를 기억할 정도로 나이가 많은 분들은 모두 그렇게 얘기했다. 이모는 늘 무언가를 하고 있었다. 생선을 손질하거나, 나를 데리고 몰래 고래잡이 박물관에 숨어들었는데, 여덟 살짜리 아이에겐 그보다 더 자유를 느낄 만한 일이 별로 없었다. 이모보다 열다섯 살이나 어린 우리 엄마는 완벽한 머리와 화장에 항상 신경 써서 옷을 갖춰 입었고, 늘 자매 중에 더 성숙한 사람으로 보였다. 다 닳아빠진 바지를 입고 머리는 빗지도 않고 다니는 캐슬린 이모의 약간 거친 말투와 상어에 관한 일화는 내겐 제법 놀라운 발견이었다. 이모가 내게 하느님 같은 존재로 등극한 것은 두 번째 호주를 방문했

을 때였다. 이모는 엄마와 나를 바다낚시에 데리고 나갔는데 그날 우리
는 뜻밖의 손님을 만났다.

이모는 준비한 미끼의 차이점을 차근차근 설명한 뒤 낚싯줄에 끼우고
있었는데 우리 배에서 3미터도 안 되는 지점에서, 가만히 물을 가르는
소리 외엔 아무 소리도 내지 않으며, 흰색과 검은색의 거대한 머리가 수
면 위로 쑥 올라왔다. 숨이 목구멍에 딱 걸렸고 심장은 어찌나 쿵쾅대던
지 저 무서운 생명체가 그 소리를 들을 것만 같았다.

"이모." 나는 속삭였다. 엄마는 립스틱을 바른 입술을 살짝 벌리고 침상
에 누워 잠들어 있었다. 순간적으로 아무것도 모른 채 차라리 잠든 채 죽
는 게 더 나은 건 아닌가 생각했던 기억이 난다.

"저, 저게 뭐야?"

솔직히 나는 정말 우리가 잡아먹히는 줄 알았다. 이빨로 추정되는 것
과 우리를 가늠하는 듯한 커다란 눈이 보였다. 나는 무시무시한 바다짐
승들의 오래전 판화 작품들을 본 적이 있었고, 박물관에서 인간에 대한
대자연의 분노의 증거인, 두 동강 난 마우이 II 호도 봤었다. 이 거대한 짐
승은 우리가 유혹적인 한입 거리 음식이라도 되는 듯 우리를 살피고 있
는 것 같았다.

하지만 이모는 그냥 뒤를 한번 힐끗 보더니 다시 미끼 작업으로 돌아
갔다. "저 귀염둥이는 혹등고래야. 신경 안 써도 돼. 그냥 궁금해서 저러
는 거니까. 조금 있으면 갈 거야."

이모는 고래에게 갈매기만큼도 신경을 안 쓰고 있었다. 그리고 정말,
얼마 후에 그 거대한 머리는 파도 밑으로 미끄러져 들어갔고, 그렇게 고
래는 사라져버렸다.

이게 바로 내가 그들을 사랑하는 이유다. 엄청난 힘과 근육, 무시무시

한 외모를 가졌음에도 불구하고 고래는 매우 온순한 동물 중 하나다. 우리를 보러 왔다가, 그냥 가면 그뿐이다. 만약 당신을 싫어하면 그때는 확실한 신호를 준다. 만약 돌고래들이 내 배의 관광객들로부터 너무 많은 관심을 독차지한다 싶으면 고래들은 때때로 만의 적정한 지점까지 들어와 마치 질투라도 하듯 그들의 관심을 빼앗는다. 고래의 행동에선 종종 어린아이 같은 장난기도 엿볼 수 있다. 그리고 고래들은 무슨 일이 벌어지고 있는지 궁금해 못 배기겠다는 모습을 보이기도 한다.

수년 전, 초기 고래잡이들은 혹등고래가 하는 짓을 보고 그들을 '즐거운 고래'라고 불렀다. 그리고 5년 전 고래 관광선을 몰기 시작하며 나는 이 별명이 아주 딱 맞는 것임을 알게 됐다. 하루는 고래가 수면에서 거꾸로 누워 헤엄치며 한쪽 지느러미로 손을 흔드는 걸 보고 다른 고래 관광선에 무전을 쳤다. 그랬는데 그다음에는 물 밖으로 완전히 나와 마치 특대 사이즈의 발레리나가 환희에 차서 피루엣 동작을 하는 듯한 고래를 만나기도 했다.

나는 절대로 '즐거운' 사람이라는 소리를 들을 수 없을 거라 확신하지만, 캐슬린 이모는 내가 고래에게 그렇게 끈끈한 유대감을 느끼는 이유는 그들이 고독한 존재이기 때문인 것 같다고 말한 적이 있다. 고래들 사이에는 수컷과 암컷의 유대라는 게 없다. 있다 해도 절대 지속적이지 않다는 얘기다. 수컷은 이렇다 할 부모 노릇을 전혀 하지 않는다. 이모는 암컷들도 일부종사를 하지 않는다는 얘기는 덧붙이지 않았지만—그때는 굳이 그럴 필요가 없었다—암컷들은 감탄스러울 정도로 훌륭한 엄마라고 했다. 나는 새끼를 깊은 바다로 살살 몰고 가기 위해 위험을 감수하며 해변 쪽으로 올라오는 어미 고래를 본 적도 있다. 나는 바닷속 가장 깊은 곳의 적막을 깨고 울리는 어미 고래의 사랑, 상실에 관한 노래를 들었고, 함께 울었다. 그 노래에서 우리는 자신의 행복을 새끼에게 볼모 잡힌 엄마의 기쁨과 고통을 모두 들을 수 있다.

레티가 죽은 뒤, 내겐 절대로, 다시는 행복해질 수 없다고 생각했던 시기가 있었다. 아이를 잃은 것에 대한 구원은 있을 수 없으며, 그것을 통해 배울 수 있는 가치 있는 교훈 같은 것도 없다. 자식을 잃는다는 건, 너무나도 엄청나고, 압도적이며 막막한 것이어서 도저히 말로 표현할 길이 없다. 그것은 암울하고, 감당하기 힘든 육체적 고통이며, 그 강렬함은 충격적이다. 그리고 그로부터 아주 조금 벗어났다고 생각하는 순간 그 기억은 다시 커다란 물결처럼 높이 치솟아, 마치 걷잡을 수 없는 해일처럼 당신을 집어삼켜 허우적거리게 만들어버린다.

아이의 죽음이 당신 탓이라고 생각한다면 그 물결 위로 얼굴을 내놓을 수 있는 가능성은 더 희박해진다. 아이를 잃고 얼마 되지 않았을 때, 나는 딸이 둘이었다는 사실조차 기억하기 힘들었다. 지금은 내가 존재하는 것이 모두 해나 덕이라고 생각하지만, 우리가 이곳에 막 도착했던 무렵만 해도 나는 제정신이 아니었고 그래서 해나에게 줄 수 있는 것이 아무것도 없었다. 어떠한 위안도, 육체적인 안락함도, 사랑도 없었다. 나는 아무도 닿을 수 없는 어딘가에 갇혀 있었고, 나의 모든 신경은 고통으로 불타는 것 같았다. 내가 웅크리고 있던 그곳은 너무나도 추악해서 해나가 다가오지 못하도록 보호하고 싶은 마음도 있었던 것 같다.

어쩌면 바다가 나를 구원할 수 있는 유일한 기회일 수도 있겠다는 생각이 든 게 그 무렵이었다. 나에게 바다란 아름다운 대상 혹은 그 영원함이 주는 위안 같은 것이라기보다 마치 알코올 중독자가 아무도 모르게 숨겨둔 위스키 병 같은 것이었다. 그것이 거기 있다는 사실 그 자체와, 그것이 약속하는 잠재적 위안을 음미하는 것이었다. 왜냐하면 레티의 부재를 위안해줄 수 있는 건 아무것도 없었기 때문이었다. 악몽으로 점철되어 계속 깨기를 반복하며 잠을 잘 때나 깨어 있을 때나 마찬가지였다. 아이가 내 어깨에 기대어 있는 것처럼 느끼고 아이 머리에서 나는 꿀 향기를 맡다가, 지금 아이가 어디에 누워 있는지를 깨닫는 순간 비명을 지르며 깨어나곤 했다. 적막 속에서도 아이의 목소리가 들렸고, 머릿속에서는 우리가 헤어지던 순간의 비통한 비명 소리가 메아리쳤다. 아이의 무게가 실리던 나의 팔에는 구멍이 생겼고, 다른 딸이 존재함에도 불구하고 그 부분은 깊은 구렁처럼 커져만 갔다.

이모는 바보가 아니었다. 내가 배에 관심을 보였을 때 이모는 나의 의도를 짐작한 게 틀림없었다. 절망에 빠져 모든 것에 무감해진 나는, 내 의도가 빤히 들여다보일 수도 있다는 생각 같은 건 하지도 못했다. 이모와 내가 배를 타고 바다에 나가 닻을 내리고 있던 어느 날 오후, 이모가 이스마엘호를 고정시키더니 내게 등을 돌리고 싸늘하게 말했다. "자, 어서 해."

나는 이모의 등만 보고 있었다. 아주 화창한 오후였고, 나는 이모가 선크림을 바르지 않았다는 생각만 멍하니 하고 있었다. "뭘 어서 해요?"

"뛰어내리라고. 네 계획이 그거 아녔니?"

나는 어떤 느낌에도 무감각하다고 생각하고 있었는데 이모의 그 말에 배를 정통으로 걷어차인 느낌이었다.

이모가 돌아서더니 나를 뚫을 듯이 노려봤다. "내가 지켜보지 않는 것 정도는 이해해라. 네 딸한테 자기 엄마에게 무슨 일이 있었는지 거짓말을 하고 싶진 않으니까. 보지 않으면 그냥 사고로 떨어졌다고 말해도 되지 않겠니."

그 말을 듣고 기침 같은 것이 자꾸 올라왔다. 가슴속 공기가 작은 한숨

같은 것이 되어 나오기 시작했고 나는 말을 할 수 없었다.

"그 어린 것은 이미 너무 많은 걸 겪었다." 이모가 다시 말을 이어갔다. "어미라는 사람이 자기 곁에 있어주지도 못할 정도로 자기를 사랑하지 않았다는 걸 알게 되면 그 애도 더 이상은 못 버틸 거야. 그러니까 만약에 하고 싶으면 내가 등을 돌리고 있을 때 해. 앞으로 아이에게 이 사실을 어떻게 숨겨야 할지 몇 달씩 고민하며 전전긍긍 살고 싶지 않으니까."

나는 어느새 고개를 젓고 있었다. 말은 할 수 없었지만, 내 머리가 천천히 양옆으로 도리질을 치고 있었다. 마치 이모에게, 그리고 나 자신에게 나는 이모가 예상했던 그 일을 하지 않을 거라고 말하기라도 하듯이. 그렇게 나는 살기로 결정을 내렸다. 비록 나의 몸이 그런 결정을 내리긴 했지만 내 머릿속의 한 켠에선 이런 생각을 하고 있었다. 하지만 어떻게 살아야 하나? 이런 고통을 끌어안고 살아가는 것이 정말 가능하기는 할까? 그때는 내 안에 이 모든 걸 품은 채 계속 살아나가야 한다는 생각 자체를 감당하기 어려웠다.

그때 나는 그들을 보았다. 고래 일곱 마리가 이모의 배 주위를 돌며 물 위로 솟아올랐다가 내려가는데 바닷물에 젖은 몸이 반들반들했다. 그들의 몸짓에는 그들의 여정을 말해주는 것 같은 거침없이 이어지는 연속성, 우아한 리듬 같은 것이 있었다. 배 주위를 다 돌고 난 뒤 고래들은 다시 물속으로 들어갔다. 그리고 하나씩 잠깐 모습을 드러내곤 다시 물결 밑으로 사라졌다.

이것은 내 평생의 가장 절망적인 생각을 잠시나마 잊을 수 있는 엄청난 광경이었다. 집으로 돌아간 뒤, 살아남아 아직도 슬픔 속을 헤매고 있는 내 가엾은 아이를 안았을 때, 내가 비록 '징후' 같은 것을 믿는 사람은 아니지만, 그날 내가 본 광경에는 메시지가 담겨 있었음을 알 수 있었다.

그것은 삶, 죽음 그리고 순환에 대한 메시지였다. 모든 것이 덧없으며, 모든 것은 결국 지나간다는 깨달음을 줬던 것 같다. 언젠가는 분명 나의 레티와 다시 만나게 되겠지. 그날을 내가 직접 정하겠다는 생각은 이제 버렸지만.

해나가 가끔 내게 말해주듯이 만약 신이 존재한다면, 우리가 어둠 속에 혼자일 때 그는 이해할 것이다. 내가 나쁜 사람이 아니란 걸. 그리고 나는 내 딸을 꼭 안고 어쩌면, 정말 어쩌면 이 아이의 존재가 그 증거일지도 모른다고 생각하게 되는 것이다.

그날 이후, 나는 늘 쉽게 혹등고래를 찾을 수 있었다. 이모는 내가 고래 냄새를 맡는 재주가 있다고 말했고, 이상하게 들리긴 하겠지만 그게 영 틀린 말은 아니었다. 나는 고래가 어디에 있는지 그냥 알고 있는 것 같았다. 말도 안 되는 소리 같겠지만, 그냥 직감에 의지해 가다가 저 물결이 고래의 코나 지느러미로 변하길 바라며 뚫어지게 보고 있으면, 정말 열에 아홉은 고래가 모습을 보여줬다.

그러나 겨울이 끝나갈 무렵 이상한 일이 일어났다. 처음에는 철썩거림으로 나타났다. 고래가 인간이나 다른 고래에게 경고를 보낼 때는 '꼬리지느러미의 철썩임'을 이용한다. 꼬리지느러미의 갈라진 부분으로 물을 내리치거나, 가끔은 꼬리의 평평한 면을 아래로 해서 그냥 수면을 철썩이며 수 킬로미터 떨어진 곳까지 소리가 울려 퍼지도록 하는 것이다. 자주 볼 수 있는 모습이 아닌데—우리는 고래의 심기를 건드리지 않으려고 노력하니까—어느 순간부터 수면 위로 나타난 고래들은 전부 이런 모습을 보이고 있었다.

그러더니 이동 패턴에 따르면 원래 일정보다 적어도 2주나 빨리 모두 사라져버리고 말았다. 어쩌면 바다를 오가는 배의 수가 늘어난 때문일 수도 있고, 무언가 변하고 있다는 걸 고래들이 감지하고 이제 우리에게 그들을 볼 수 있는 영광을 허락하지 않기로 결정한 것인지도 몰랐다. 어느 쪽이 됐든 고래 부두에서 고래 관광선을 운영하는 우리들은 그들을 발견하는 게 점점 더 어려워졌다. 원래는 한 번의 항해에서 두세 번 모습을 나타내는 시기에도 마찬가지였다. 처음에는 우리끼리도 서로 그 사실을 인정하지 않았다. 고래를 발견하는 것은 일종의 명예였기에 미첼 드레이 같은 치들이 아니라면 다른 배의 꽁무니를 따라다니지 않았다. 결국 상황을 서로 터놓았을 때, 우리는 혼자만 그런 일을 겪고 있는 게 아니었다는 걸 깨닫게 됐다. 9월 중순에는 상황이 너무 나빠져서 결국 모비1호와 모비2호 모두 일시적으로 돌고래 관광으로 돌아섰다. 수익은 덜했지만 손님들이 실망하는 상황을 줄일 수 있었고, 그러면 무엇보다도 그에 따라 환불해줄 일도 줄었다.

그러더니 돌고래들마저 사라지기 시작하는 것 같았다. 어떤 날은 그 수가 너무 적어서 남은 돌고래들의 얼굴을 다 알아볼 수 있을 정도였고, 그들을 괴롭히고 있는 건 아닌지 걱정이 되기 시작했다. 10월로 접어들면서 매일 바다로 나가는 배는 내 배뿐이었고, 나조차도 그들을 볼 수 있다는 기대보다는 막연한 희망을 품고 바다로 나갔다. 화창한 날조차도 내 주위를 일렁이는 바다의 빛깔은 어두웠고, 낯설게 보였다. 고래의 부재는 내가 사랑하는 모든 것들의 부재로 다가왔다. 그렇게 많던 바다 친구들이 그냥 이렇게 우리를 떠났다는 게, 몇 세기 동안 이어오던 습성을 하루아침에 바꿔버렸다는 게 믿어지지 않았다. 그리고 지난 몇 주간의 일들을 슬퍼하던 중에 상실감까지 더해져 마음이 심란해진 나는, 어느 날 배를 타고 나가 바다에 대고 소리를 질러댔다. 점점 더 불친절해지는 세상으로부터 숨어버리기로 작정한, 저 아래에서 헤엄치고 있을지도 모를 생명체들로부터 외면당한 채. 나는 서서 조타기를 잡고 있었고, 내 목소리는 물결에 부딪혀 흩어졌다.

"나는 어떡하라고?" 그렇게 밀리가 일어나서 불안해하며 낑낑거릴 때까지 소리를 질렀다. 하지만 그러면서도 나는 어쩌면 이 모든 게 다 내 잘못일지도 모른다고 생각하고 있었던 것 같다. 내가 사식들을 실망시켰듯이 바다의 생명들도 실망시켰다고. 나의 질문은 바람에 휩쓸려 멀리멀리 사라져버렸다. "대체 나는 어떡하라고?"

9월의 마지막 목요일, 오후 4시에 존존이 전화를 해서 게인즈 씨가 심장마비를 일으켰다는 소식을 전했다. 나의 이모는 강한 여인이었다. 괜히 이모를 상어 여사라고 부르는 게 아니었다. 나는 그날 처음으로 이모가 우는 걸 봤다.

16
마이크

모니카 집의 손님방은 차마 손님방이라고 부르기도 민망한 방이었다. 그 방에는 상자 열네 개, 전자 기타 두 대, 산악용 자전거 한 대, 신발 마흔아홉 켤레, 1960년대 목재 서랍장, 생전 듣도 보도 못한 록 그룹의 포스터 액자들 그리고 내가 어릴 때 갖고 놀던 기차놀이 세트와 함께 간이침대 하나가 빽빽이 들어차 있었다. 손님을 위한 건 눈을 씻고 봐도 찾을 수 없었다.

"내가 방을 좀 치워둘게." 호텔 장기 투숙이 경제적으로 너무 말이 안 되는 일이라는 결론을 내린 후, 머뭇거리며 동생에게 혹시 잠시 들어가 살아도 되겠냐고 물었을 때 모니카는 그렇게 약속했다. 그러나 모니카의 세계에서는 그것이 상자들을 좀 치워준다거나 자전거를 복도로 옮겨준다는 의미가 아니었고, 그저 옷가지가 든 쓰레기 봉지 한두 개를 치워서 간이침대를 펼칠 수 있는 정도의 공간만을 마련하는 걸 의미했다.

밤이면 밤마다 나는 그 침대에 누워, 매트리스를 뚫고 나올 기세로 등을 파고드는 스프링과 먼지 날리는 방에서 내 동생의 오래된 구두들이 뿜어내는 가죽 냄새를 견디며, 무슨 회개하는 사람처럼 한때는 꽤 괜찮다고 자부했던 내 삶이 어쩌다가 이 모양 이 꼴이 됐는지 생각했다.

나의 전 약혼녀는 나에 대한 증오로, 내가 원하지 않는 새 호텔을 단독으로 실현시키겠다는 결심을 불태우고 있었다. 나는 이제 집도 없었다. 전 약혼녀께서 그 집의 절반에 해당하는 나의 지분을 돈으로 받는 것에 동의해달라고 서면으로 통보해왔고, 차도 마찬가지였다. 버네사는 시세대로 쳐주겠다고 약속했지만, 나는 시세가 얼마나 되는지 확인해보지도 않고 그냥 동의해버렸다. 이젠 그런 것들이 아무 의미가 없기도 했거니와 만약 내가 버네사에게 몇천 정도 손해 보는 것으로 그녀의 기분이 조금이라도 나아진다면 그 정도는 기꺼이 감수할 용의가 있었다.

직장에서 나는 이미 없는 사람 같았다. 아직 파트너 자리에서 쫓겨나진 않았지만, 진행 중인 거래에 관련해 내 의견을 따르는 건 고사하고 아무도, 심지어 비서들마저도 내게 상의조차 하지 않았다. 실버베이 프로젝트 회의에서 버네사가 나를 정면으로 반박하고 나선 순간, 나의 권위는 치명적인 손상을 입었다. 외부에서 열린 중요한 회의들에 어찌 된 일인지 나는 초대되지 않았고, 내게 온 메시지들은 다른 사람들에게 전해졌다. 데니스는 나를 없는 사람 취급했다. 심지어 티나마저 내 지위가 강등된 사실을 감지하고 더 이상 내게서 매력을 발견하지 못하는 것 같았다. 이 모든 상황을 감안할 때 내가 선택할 수 있는 건 둘 중 하나였다. 데니스의 너무나도 고상한 표현대로, 이 회사를 좌지우지하는 제일 커다란 물건이 되기 위해 나의 앞길을 막아서는 자는 누구든 무찌르며 내 자리를 지키기 위해 투쟁하거나, 그나마 남아 있는 내 평판을 조용히 수습해서 이 회사의 라이벌 회사로 옮겨 가는 것이었다. 그러나 둘 다 구미가 당기지 않는 건 마찬가지였다.

그중에서도 제일 힘들었던 건, 밸런스 에쿼티와의 미팅 자리에 참석해서 복사된 문건들을 모두 읽고, 실버베이와 실버베이 호텔에 살고 있는 사람들의 삶을 파괴할 프로젝트가 서서히 진척돼가는 과정을 수천 킬로미터 떨어진 이곳에서 속수무책으로 지켜보는 것이었다. 부지가 확정되면서 버려진 불런가의 부동산은 이미 불도저가 밀어버렸다. 개발에 관한 공청회가 예정돼 있었지만, 이쪽에서는 그런 건 다 형식적일 뿐 곧 일사천리로 처리될 거라 확신하고 있었다. 데니스가 나를 이 자리에 붙잡아두는 이유는, 자기 팀의 핵심 인물이 중대한 시점에 빠져나가면 투자자들이 상황을 재고할지도 모르기 때문이라는 걸 나도 알고 있었다.

이 개발 건 이후에도 커리어 면에서 살아남으려면 정신을 바짝 차려야한다는 것도 알고 있었다. 그러나 나는 어쩐지 꼼짝을 할 수가 없었다. 죄책감과 망설임에 마비되어버렸는지 나의 장기인 냉철한 분석력을 일에 전혀 적용할 수 없었다.

그리고 밤이면 밤마다 간이침대에 누워, 동생 삶의 쓰레기들에 둘러싸인 채 나의 삶이 다시 정상으로 돌아오길 기다렸다.

그래도 하나만은 분명했다. 그 개발 건을 그대로 밀고 나가야 한다고 말한 순간 버네사는 나를 놓아주었다는 것이었다. 그날 나를 바라보는 그녀의 눈길엔 한 톨의 사랑도 남아 있지 않았고, 나는 그녀의 적대감에 정신이 번쩍 들었다.

"젠장. 버네사를 탓할 순 없다고 봐." 모니카는 내게 와인 잔을 건네며 말했다. 내가 동생 모니카의 집에 얹혀사는 데 걸린 수많은 조건 중 하나가 동생이 몇 주 전에 구입한 서랍장을 조립해주는 것이었다. 그리하여 나는 여러 장의 합판과 나사 뭉치가 들어 있는 비닐봉지들 한가운데에 앉아 있었다. 사실 효율적인 작업을 위해서는 몇 잔째 마시고 있던 와인을 진작 치웠어야 했다.

그달에 나는 많은 일을 겪었고, 사실 대부분의 시간을 취한 채 보냈다. 그렇다고 동네방네 소문이 나도록 마셔대진 않았다. 나는 그레그처럼 시끄럽고 통제도 안 되며 주위 사람들을 귀찮게 하는 사람이 아니었다. 세 번째 더블 위스키는 은밀하게 목을 타고 내려갔다. 한 잔의 와인은 곧 한 병 반이 됐다. 내게 중독적인 성향이 있는 건 아니었지만 결별은 남성의 행동 패턴과는 잘 맞지 않았다. 우리 남성들에겐 편을 들어주며 전 애인의 행위를 끝없이 분석해주는 친구 군단 같은 지원 부대가 없었다. 그렇다고 '나를 소중히 가꾸어주는' 향초 냄새를 맡으며 아로마세러피 목욕을 하는 데 취미가 있는 것도 아니었고, 마음을 다잡기 위해 잡지에 실린 영감을 팍팍 주는 이야기들을 찾아 읽지도 않았다. 우리는 그저 술집에 가거나 술 한 잔을 들고 TV 앞에 혼자 앉아 있거나, 둘 중 하나를 할 뿐이었다.

"탓하는 거 아냐." 내가 말했다. "다 내 탓이라는 거 알아."

"연쇄 섹스범, 우리 오빠. 그 나사 잘 잡아. 빠지려고 하잖아."

"나 연쇄 섹스범 아니거든."

"키스범." 모니카가 낄낄 웃었다. "그럼, 연쇄 키스범." 나도 도저히 웃음을 참을 수 없었다. 솔직히 너무 웃기잖은가?

"이거 봐, 이거 봐." 깔개 위에 책상다리를 하고 앉아 있던 모니카는 담배로 나를 가리키며 말했다. "거 봐. 모르겠어? 오빠 버네사를 정말 사랑한 게 아니야. 그랬다면 지금 이렇게 웃고 있겠어? 완전 망가졌겠지. 내 말이 맞다고 했잖아."

"너는 정말 피도 눈물도 없어."

하지만 어쩌면 모니카의 말이 맞는지도 몰랐다. 마음이 안 좋은 건 사실이었다. 죄책감도 느꼈고, 약간은 끔찍한 기분이 들기도 했다. 하지만 내가 술을 마시는 이유는 버네사를 잃었기 때문이 아니었다. 내가 술을 마시는 건 이제 더 이상 내가 누군지 알 수 없어서였다. 나는 아파트, 차, 비커 홀딩스에서 나의 지위 같은 물질적인 것만 잃은 게 아니라 나라는 사람을 규정한다고 생각하던 것들도 잃어버렸다. 나의 분석적인 능력, 나의 투지와 추진력, 비즈니스 거래를 위한 전략적 집중력, 나의 갈망까지 다 잃어버렸다. 그렇다고 최근에 자각하게 된 나의 다른 특징들이 마음에 드는지에 대해서도 확신이 없었다.

그리고 어떻게 해도 나의 뇌리에서 떠나지 않는 한 가지 생각 때문에 나는 술을 마셨다. 바로, 맞서 싸울 무기 하나 없는 세 사람의 삶을 내가 무심코 망가뜨렸다는 것. "모니카, 난 어떡하면 좋지? 어떻게 하면 그걸 막을 수 있을까?" 나는 드라이버를 내 옆에 내려놓으며 말했다.

"그게 왜 그렇게 중요해?" 모니카는 드라이버를 집어 들고 설명서를 들여다보며 물었다. "그 개발을 막으면 직장도 잃는 거 아냐?"

나는 차 소리가 벽을 뚫고 들어오는 좁아터지고 엉망진창인 아파트 안에 앉아 내 앞에 놓인, 별로 나무로 보이지도 않는 나무토막들을 물끄러미 보고 있었다. 문득 그리움이 느껴졌다.

"그냥 중요하니까."

"오빠, 거기서 대체 무슨 일이 있었던 거야? 거기 갈 때만 해도 잘나가는 도시의 거물이었던 사람이 왜 이렇게 엉망으로 망가져서 왔어?"

그래서 나는 동생에게 얘기했다. 모든 걸 다 얘기했다. 그리고 신기하게도 그 얘기를 하는 동안 내게 무슨 일이 일어나고 있는지 깨닫게 됐다. 물론 몇 잔의 와인과 두 시간 정도의 시간이 더 필요하긴 했지만, 나는 스톡웰의 어수선하고 좁아터진 아파트에 내 동생과 앉아 새벽까지 계속 얘기했다. 캐슬린과 호텔, 해나, 라이자와 고래추격꾼들에 대해 얘기하는 동안 그들의 얼굴이 하나하나 되살아났고, 잠깐이나마 나는 그곳의 탁 트인 공간으로 돌아가 귀로는 오직 바다의 소리만, 그리고 피부로는 소금기 어린 바람을 느꼈다. 나는 모니카에게 레티와 새끼 고래의 죽음, 그리고 라이자가 그 청음기를 바다로 던져 넣었을 때 들었던 소리에 대해서도 얘기했다. 그리고… 마른 금발의 어떤 여자가 점점 작아지던 모습을 백미러로 지켜보던 얘기를 하는 대목에 이르러서야 나는 비로소 알게 됐다. "내가 사랑에 빠졌구나." 그 말이 그냥 그렇게 무심코 튀어나왔다. 나는 멍해져서 소파에 기대 앉아 다시 한번 말했다. "맙소사. 사랑에 빠진 거였어."

"할렐루야!" 모니카는 담뱃불을 비벼 끄며 말했다. "나 이제 자러 가도 돼? 나는 오빠가 여기 온 날부터 그걸 깨닫기를 기다리고 있었다고."

데니스 비커는 하품을 할 때, 커다란 개가 아침에 처음으로 하품을 하는 것과 똑같은 소리를 냈다. 그건 정말 도저히 흉내 내기도 어려운 진짜 하품 소리였다. 정말 신기한 일이었다. 왜냐하면 데니스의 그 하품은, 아랫사람들이나 경쟁업체에서 프레젠테이션을 할 때 혹은 누군가가 듣기 싫은 얘기를 하려고 할 때 그들을 흔들기 위해 쓰는 전략이란 걸 나는 알고 있었기 때문이다. 자주 있는 일이었다.

데니스는 가죽 의자에 기대어 앉아 어찌나 커다랗게 하품을 하는지 위턱 쪽의 아말감으로 때운 충치 개수를 셀 수 있을 정도였다. "미안해, 마이크. 무슨 얘기를 하고 싶다고?"

나는 그의 앞에 서서 차분히 말했다. "그만두겠습니다." 나는 할 말을 미리 준비했고, 몇 시간씩 잠을 설치며 수정하기까지 했지만 막상 그 순간이 닥치니 내가 하고 싶은 말은 그것뿐이었다.

"뭐라고?"

"따로 사직서는 썼습니다. 먼저 알려드리는 겁니다."

데니스는 하품을 순식간에 멈췄다. 그는 양미간을 찌푸리고 나를 바라보더니 다시 의자에 기대어 앉았다. "말도 안 되는 소리 하지 말고. 봄에 카터 거래를 앞두고 있잖아. 그 건은 자네가 처음부터 맡아서 해왔던 일이야."

나는 어깨를 으쓱했다. "카터 건은 상관 안 합니다. 저는 그냥 당장 저를 내보내주시길 바랄 뿐이에요. 월급은 기꺼이 포기하겠습니다."

"마이크, 나 열받게 하지 마. 지금 이럴 시간 없다고."

"저, 지금 완전 진지합니다."

"오후에 얘기하자고, 얼른. 나가. 지금 도쿄에서 전화가 오기로 했단 말이야."

"그땐 제가 여기 없을 겁니다."

그제야 데니스는 내가 진짜로 진지하다는 걸 알았다. 그는 마치 내가 무슨 거래라도 시도하려는 거라고 생각했는지 짜증이 난 것 같았다. "돈 때문에 이러는 거야? 1월에 연봉 인상을 검토할 거라고 얘기했잖아."

"돈 문제가 아닙니다."

"그리고 더 좋은 조건의 개인 건강 보험도 도입할 거야. 적용 폭이 훨씬 확대된다고. 원한다면 성형수술도 들어가. 개인 분담금도 낼 필요가 없다니까."

순간, 셔츠의 옷깃이 불편하게 느껴져서 넥타이를 헐겁게 풀고 싶은 충동을 억눌러야 했다.

"그럼 버네사 때문에 그래? 내가 자네를 쫓아내려고 하는 것 같아?"

"제가 떠나길 바라시잖아요, 물론 버네사 때문은 아니지만. 다만 지금 떠나길 바라지 않으시는 이유는 밸런스 에퀴티에서 주저하고 있기 때문이란 거, 저도 다 압니다."

"밸런스 애들이 주저한다고 누가 그래?"

"저도 바보는 아닙니다. 상황은 읽을 줄 알아요."

데니스는 펜을 집어 들었다. 그리고 무언가를 생각하듯 방을 천천히 둘러봤다. 마침내 그의 시선이 내게 와 멈췄을 때 그는 마지못해 고개를 끄덕였다. "아, 이리 앉아봐. 자네가 그러고 있으니 정신 산란해죽겠어."

그해 가을, 런던은 별로 아름답지 않았다. 하늘은 부루퉁하게 금방이라도 비를 뿌릴 듯 낮게 내려앉아 있었고, 비는 한 번 오면 억수같이 쏟아져 울퉁불퉁한 보도에 고인 빗물이 내 바지를 타고 올라왔다. 때로는 구름이 빌딩 꼭대기 너무 가까이까지 내려앉아 폐소공포증마저 느낄 지경이었다. 하지만 내가 바깥에서 보내는 시간을 감안할 때 사실 어느 계절이나 별 차이는 없을 거라고, 나는 창밖을 내다보며 생각했다. 겨울에는 때때로 코트를 들고 오기도 했고, 여름에는 좀 더 얇은 셔츠를 입긴 하겠지만, 날이면 날마다 이중창과 냉난방 시설 사이에 봉인된 채 전철이나 택시를 타고 직장을 오가다 보면, 계절에 적응할 필요를 전혀 느끼지 못한 채 몇 년씩 잘도 흘러갔다.

나는 앉으라는 대로 앉았다. 바깥에서는 자동차 경적 소리와 누군가가 언쟁하는 소리가 들려왔다. 평소의 데니스는 싸움 구경을 워낙 좋아해서 뭘 하고 있다가도 멈추고 바깥을 내다봤겠지만, 지금 그는 자기 손만 들여다보고 있었다. 생각하며, 기다리며.

"버네사 일은 죄송합니다." 나는 정적을 깨고 마침내 입을 열었다. "절대 버네사에게 상처 줄 마음은 없었어요."

그 말에 데니스의 태도가 변했다. 어깨의 긴장이 풀리는 것 같더니 표정도 풀리며 내 쪽으로 바짝 다가왔다. "이겨내겠지. 더 좋은 사람을 만날 거야. 버네사가 내 딸이니까 내가 자네한테 화가 많이 나야 당연하겠지만, 티나 고것이 보통내기가 아니라는 건, 내가 잘 알지. 나도 자네 같은 일을 저지를 뻔한 적이 몇 번이나 있었다고. 하지만 우리 재산이 거의 다 애 엄마 명의로 돼있으니 내가 감히 엄두를 못 내지." 데니스가 소리를 죽여 웃었다. "게다가 내가 한눈팔았다간 문진으로 내 거시기를 날려버릴 거라고 했다니까."

데니스는 엄청나게 큰 한숨을 내쉬더니 펜을 내 쪽으로 던졌다. "빌어먹을, 마이크. 대체 어쩌다가 이 지경이 된 거야?"

나는 펜을 잡아 다시 데니스 앞에 올려놓았다. "저는 이 개발 건을 함께할 수 없습니다. 말씀드렸잖아요."

"빌어먹을 생선 몇 마리 때문에?"

"고래 때문만은 아니에요. 모든 게 다 문제예요. 우리는… 거기 사람들의 삶을 망쳐놓게 될 거예요."

"자네, 전에는 한 번도 그딴 거에 신경 안 썼잖아."

"신경 썼어야 했는지도 모르죠."

"발전으로부터 사람들을 보호할 순 없어. 잘 알잖아."

"발전이라고 누가 그럽니까? 어쨌든 보호가 필요한 사람들도 있어요."

"빌어먹을 호텔일 뿐이라고, 마이크. 핵폐기물 공장을 짓자는 게 아니잖아?"

"그곳에 미칠 영향을 생각하면 차라리 그 편이 나을 수도 있어요."

데니스는 내게서 이런 말을 듣고 있다는 걸 도저히 믿을 수 없다는 표정이었다. 그는 고개를 설레설레 젓더니 메모지에 격자무늬 몇 개를 끼적였다. 그리고 다시 나를 봤다. "마이크, 이러지 마. 자네가 돌아온 다음에 밖으로 내돌린 거, 그래, 인정해. 하지만 갑자기 빌어먹을 성인군자가 돼서 나타나니 어떡하겠나. 나와 100퍼센트 함께이지 않는 한 자네를 믿을 수는 없는 거잖아."

"저는 언제나 함께입니다. 단지 이번 개발만 아니에요."

"다시 놀아가기엔 이미 너무 많이 와버린 거 사네도 알잖아."

"그렇지 않습니다. 대체 부지를 두 군데나 찾았어요. 두 곳 다 승산이 있어요, 아시잖아요."

"돈이 더 많이 들잖아."

"S94 비용을 절감하면 그렇지도 않아요. 제가 다 검토했어요."

"자네가 동의하든 안 하든 그 건은 그대로 갈 거야." 데니스는 막 밀어붙인다기보다는 오히려 미안해하는 듯했다. 그제야 나는 이것이 사업적인 문제가 아니라는 걸 불현듯 깨달았다. 버네사 때문이었다. 데니스는 나를 용서할 수 있었는지는 몰라도, 딸의 권위를 공개적으로 흔들 수는 없었을 것이다. 그것까지 바라는 건 무리였다. "마이크, 미안하네만, 이건은 계획대로 진행될 거야."

나는 유감스러운 듯 고개를 저었다. "그럼 저는 그만둘 수밖에 없습니다." 나는 자리에서 일어나 손을 내밀었다. "정말 죄송합니다. 제가 얼마나 죄송한지 아마 모르실 거예요."

데니스가 내 손을 잡지 않자, 나는 문을 향해 걸어갔다.

격분해서 다소 올라간 그의 목소리가 나를 따라왔다. "이게 말이나 된다고 생각해? 그렇게 하늘 높은 줄 모르고 쭉쭉 잘나가던 커리어를 생선 몇 마리 때문에 망치겠다고? 정신 차려, 이 친구야. 우리 친구잖아, 안 그래? 우린 이 일도 다 극복할 수 있어."

나는 문 앞에서 잠시 망설였다. 나는 그의 목소리에서 그도 나와 똑같은 감정을 느끼고 있음을 알 수 있었다. 버네사와 헤어질 때 경험했던 것보다 더 애석한 감정이었다. "죄송합니다."

내가 문을 열자 그가 말했다. "이 건으로 나에게 대항할 생각은 하지 마, 마이크." 그 말은 선언이기도 하고 질문이기도 했다. "꼭 그래야겠다면 떠나는 건 좋은데, 내 사업은 건드리지 않는 게 좋아."

그 말은 하지 않기를 바랐다. "그냥 손 놓고 앉아서 보고 있을 수만은 없습니다." 나는 어렵게 감정을 억누르며 말했다.

"그렇게 나온다면 가만두지 않을 거야." 그는 내가 확실히 알아듣도록 고개를 끄덕였다.

"알고 있습니다."

"런던 전체에 자네가 천하에 나쁜 놈이라고 소문을 낼 거야. 절대 괜찮은 직장을 구하지 못하게 만들 거야."

"알고 있습니다."

"내가 가만히 있을 거란 기대는 하지 마. 내가 한다면 할 수 있다는 거 알지?"

나는 고개를 끄덕였다. 그 누구보다도 잘 알고 있었다.

우리는 서로를 뚫어지게 봤다.

"아, 이런 젠장." 데니스가 다가오더니 두 팔을 활짝 벌려 나를 품에 꽉 안았다. 도쿄에서 온 전화가 연결됐다는 티나의 목소리가 인터콤을 타고 흘러들어올 때까지.

나는 신문사 사무실 근처 바에서 모니카를 만났다. 모니카는 한잔만 하려고 잠깐 들렀다고, 기사 때문에 곧 사무실로 돌아가 늦게까지 책상에 앉아 있어야 한다고 했다. 그때까지도 데니스와의 만남을 곱씹고 있던 나는 진짜 관심이 있어서라기보단 예의상 무슨 기사냐고 물었고, 모니카는 영농 사기와 EU 보조금에 대한 기사라고 대강 말해줬다. 그러더니 순간 욱하는 것 같았다. "재무와 관련된 기사는 정말 딱 질색이야. 그 숫자들이 뭘 의미하는지 이해하려고 몇 주씩 끙끙대다가 겨우 기사를 내면 아무도 관심이 없어. 왜냐, 사람들이 관심을 가질 내용이 아니거든."

"내가 좀 도와줘?" 내가 대뜸 말했다. "공인 회계사는 아니지만 내가 숫자랑 도표에는 강하거든."

모니카는 약간 놀란 눈치였다. "그럼 좋지." 그리고 살짝 웃으며 얼굴이 밝아졌다. "잘 안 풀리면 집에 가져갈 테니까 오빠가 좀 봐주라."

내 인생 대참사에서 얻은 뜻밖의 좋은 점 하나가 바로, 나와 내 동생이―둘 다 놀랄 일이었지만―서로를 좋아한다는 사실의 발견이었다. 물론 내 동생이 심하게 빈정대고, 야심도 지나치고, 정신이 하나도 없으며, 남자 보는 눈이 형편없다는 생각에는 여전히 변함이 없다. 하지만 그 빈정거림은 불안정함에서 나오는 것이었음을 이제는 이해하게 됐다. 모니카의 야심이 지나친 데는 커리어의 사다리를 별 노력 없이 올라간 오빠와, 오빠의 그 성공을 생각 없이 동생에게 악용한 부모가 한몫했다는 것도 알게 됐다. 그리고 본인은 아직 인정할 준비가 안 됐지만 모니카는 사실 남자 친구를 원하고 있으며, 혼자 사는 시간이 길어질수록 남자를 만나기 위해 집 밖을 나가는 시간이 줄어들고 있다는 게 내 나름의 진단이었다. 만약 우리가 계속 친하게 지낸다면, 그래서 이런 얘기를 나눌 만한 문을 계속 열어둘 수 있다면 언젠가는 동생과 이 얘기도 나눌 생각이다. 언젠가는 말이다.

"사진은 가져왔어?"

나는 주머니에서 작은 종이봉투를 꺼내 모니카에게 건넸다. 모니카는 고개를 숙이고 사진들을 다양한 각도로 빛에 비추며 휙휙 넘겼다. "생각 해봤는데, 오빠의 가장 큰 희망은 언론이야. 밸런스 에퀴티 같은 회사는 언론에 민감할 거라고 생각하지 않아? 그러니까 오빠가 할 일은 그 개발 계획에 맞설 괜찮은 얼굴마담과 대변인을 낙점해서 그 지역을 중심으로, 그리고 전국적으로 이차원적 접근을 해야 돼."

"어떻게?"

"지역적인 접근은 전단지, 포스터, 지역 신문사 등등을 통해 반대 여론 을 고조시키는 거고, 전국적으로는, 아니 더 나아가서 전 세계적인 접근 을 하려면 TV 방송에서 다룰 만한 괜찮은 기사 몇 개를 뽑을 필요가 있 어. 야생동물 전문가의 도움을 빌어도 좋겠고, 최근의 새로운 연구 보고 같은 걸 활용해도 돼. 뭐든 찾아낼 필요가 있어. 고래 보호 단체 같은 게 있으면 도움을 받을 수 있지 않겠어?"

나는 모니카가 하는 말을 받아 적기 시작했다. 동생의 이런 면은 처음 이었고, 이런 정보는 너무나 값진 것이었다. "고래 보호 단체." 나는 중얼 거렸다. "돌고래도?"

모니카는 해나가 찍은 사진 한 장을 집어 들었다. 고래 부두에 서 있는 라이자의 모습이었다. 그녀는 고개를 옆으로 젖히고 카메라를 정면으로 보며 웃고 있었다. 딸을 보며 웃을 때마다 보이던 따뜻하고 사랑이 넘치 는 표정이었다. 라이자는 평소와 달리 머리를 풀고 있었고, 개는 숭배하 듯 그녀를 올려다보고 있었다. 그 감정이 어떤 건지는 나도 잘 알았다.

"이 여자야?"

나는 잠시 조용히 고개만 끄덕였다.

"예쁘네. 저번에 야생동물 관련해서 TV에 나왔던 여자랑 좀 닮았어."

누굴 얘기하는 건지는 전혀 알 수 없었다.

모니카는 사진들을 다시 내게 밀어주고 맨 위에 놓인 그 사진을 톡톡 두드렸다. "이 여자가 직접 나서게 만들어야 돼. 이 캠페인의 얼굴마담을 시켜. 일단 인물이 좋잖아. 보통 사람들은 이런 일에 나서는 사람들은 예민하고 신경질적일 거란 편견이 있거든. 어쩌면 내가 이 여자에 대한 기사를 한두 편 낼 수 있을지도 몰라. 이 여자랑 그 할머니를 함께 내세운다면 더욱 효과적일 거야. 「선데이 타임스」의 '상대적 가치' 같은 코너 기사 비슷하게 한번 만들어봐. 그 할머니에 대한 옛날 기사가 있다고 하지 않았어?"

"인터넷에 찾으면 나올 거야."

"그때 이후로 그분에 대한 기사가 한 번도 난 적이 없다면 기삿거리가 될 수 있을 거야. 아, 지역 라디오 얘기는 했나? 아, 맞다. 무엇보다도 먼저 해야 할 일은 언론에 공식 입장을 쫙 뿌리는 거야. 모든 뉴스 매체에 오빠 연락처도 같이 정확히 적어서. 그러고 난 뒤에는 마음을 단단히 먹어야 해. 나가서 싸워야 하니까."

"내가?"

모니카가 나를 멀거니 봤다.

"나는 '그 사람들이' 어떻게 해야 할지 물어본 거였는데?"

"오빠는 안 돕고?"

"글쎄, 나야 뭐, 여기서 할 수 있는 일은 해야지."

내 동생의 얼굴에 실망이 번졌다.

바텐더가 우리에게 리필을 원하는지 물었지만 모니카는 잠깐 동안 그의 말을 못 듣는 것 같았다. 그러더니 이내 시계를 보고는 거절했다. "그리고 이 아저씨도 안 마실 거예요." 모니카는 내 쪽으로 고갯짓을 해보이며 덧붙였다.

"나도?"

"오빠 그 여자 사랑한다며." 바텐더가 다른 쪽으로 가버리자 모니카가 비난하듯 말했다.

"그렇다고 그 여자도 날 사랑한다는 뜻은 아니야." 나는 내 잔의 마지막 한 모금을 마시며 말했다. "실은, 나를 무지하게 싫어한다고 자신 있게 말할 순 있지."

내 동생이 눈썹을 치켜올리는 모습을 보니 다시 어린 시절로 돌아간 느낌이었다. 남자들이 얼마나 등신 같으며, 그에 비해 자기는 얼마나 월등하게 우월한지 말하고 있는 몸짓이었다. 동생의 그 표정은 내가 또 한 번 틀렸다고, 그리고 어쩌면 내게는 이 정도밖에 기대할 수 없을지도 모르겠다고 말하고 있었다. 정말 그 순간에는 그 표정을 멈추게 하기 위해서라면 몸싸움을 벌여 모니카를 바닥에 패대기치고 그 위에 올라타 누가 윗사람인지 증명하고 싶은 마음이 간절했다.

그러나 좀 짜증이 나긴 했지만, 이번에는 동생이 옳다는 걸 인정해야 했다. 모니카는 바 의자에 기대 앉아 팔짱을 꼈다. "오빠, 도대체 여기 왜 이러고 앉아 있는 거야?"

"왜냐하면 나는 내 삶을 구원할 결정조차도 못 내리는 바보 같은 놈이니까?"

내 동생은 고개를 저었다.

"아니, 아니." 그리고 웃으며 말했다. "오빠는 이미 결정을 내렸어. 그걸 아직 깨닫지 못할 정도로 멍청해서 그렇지."

성인이 된 후 처음으로, 나는 비행기표 가격과 조건을 비교하지 않았다. 가격 대비 다리를 뻗을 수 있는 공간을 비교하지 않았고, 마일리지 적립 혜택과 비행사의 기내식의 질 중 어느 것을 선택할지 고심하지도 않았다. 그냥 시드니행 비행기 중 가장 빨리 탈 수 있는 자리를 예약했다. 그리고 깊이 생각해볼 틈도 없이 꼭 필요한 것만 챙겨 여행 가방을 쌌고 동생이 공항까지 태워다줬다.

"잘하는 거야." 모니카는 나를 내려준 후, 우리 둘이 공항 밖에 서 있을 때 내 재킷의 구김을 펴주며, 거의 다정하다고 할 만한 목소리로 말했다. "정말. 진짜 잘하는 거야."

"나한테 말도 안 하려고 할 거야." 내가 말했다.

"그럼 머리털 나고 처음으로 잘되게끔 노력이란 걸 해봐."

비행기를 타고 가는 동안 점점 더 초조해졌다. 연료를 보충하기 위해 홍콩에 잠시 착륙했을 때는 시차 때문이라고만 설명하기는 어려울 정도로 불안정해졌다. 그녀를 만났을 때 무슨 말을 해야 할지 생각해보려고 했지만 대화를 열기 위한 적절한 말을 도저히 찾을 수가 없었다. 사실, 내가 거기 나타난다는 것 자체가 부적절한 일이었다. 모니카가 수천 킬로미터 떨어져 있는 상황에서, 어렴풋하게나마 꿈꿨던 감격적인 재회 같은 건 일찌감치 저 맑은 하늘 위의 비행기 연료 흔적처럼 산산이 흩어져버렸다.

나는 개발을 막겠다는 캐슬린과의 약속을 지키지 못했다. 오히려 개발은 이제 무서운 속도로 진행되고 있었다. 라이자를 향한 내 감정이 어떻든 난 여전히 그녀의 말대로 사기꾼일 뿐이었다. 만약 티나가 나의 죄를 드러내는 문자를 보내지 않았어도 나는 버네사와 헤어졌을까? 어찌 됐든 결국은 헤어졌을 거라고 나 자신을 속일 수 있을지 모른다. 하지만 요즘은 나조차 내 감정을 알 수 없었기 때문에 그게 전적으로 진실이라 주장할 자신은 없었다.

라이자를 만나면 하려고 중얼중얼 연습한 말들은 곧 다른 목소리들에 잠겨버리고 말았다. 해나가 마치 은방울 굴러가듯 맑고 또랑또랑한 목소리로 "아저씨, 왜 우리한테 거짓말했어요?"라고 말하는 소리가 들리는가 하면 그다음에는 그 아이의 엄마가 내가 했던 모든 말과 행동들이 거짓이었다고 비난했다. 내 휴대폰의 문자를 본 버네사의 황량한 표정도 불쑥불쑥 떠올랐고, 나는 이제 두 번 다시 그 누구에게도 그런 고통을 주지 않길 바랄 뿐이었다.

동쪽을 향해 날아가고 있는 비행기에 앉아, 제일 먼저 골라 보기 시작한 영화가 끝나기도 전에, 내가 지금 대체 무슨 짓을 하고 있는지 모르겠다는 생각이 들었다. 설령 이 개발에 반대하기 위해 내가 해야 할 일이 무엇인지 제대로 알고 있다 한들 캐슬린과 라이자가 내 도움을 바랄 것 같지는 않았다. 그 마을에서 나를 환영할 사람도 없을 터였다. 내가 묵을 곳이나 찾을 수 있을지 의문이었다.

동생의 당부를 저버리고 나는 비행기에서 술을 많이 마셨다. 내가 긴장을 풀 수 있는 유일한 방법이기 때문이기도 했고, 와인을 홀짝이는 것 말고는 달리 두 손으로 할 만한 일이 없기 때문이기도 했다. 나는 계속자다 깨다를 반복했고 비행기가 목적지에 가까워질수록 점점 더 배 속이 불편하게 꼬여가는 걸 느꼈다.

거의 서른 시간이 경과한 후, 나는 시드니에서 실버베이까지 몰고 온 렌터카에서 내려 밝은 햇살 아래 섰다. 그리고 그대로 다시 차에 기어올라 공항으로 돌아가고 싶은 강렬한 충동과 싸워야 했다.

나는 엄마가 우는 걸 딱 한 번 봤는데, 애지중지하던 양치기 소녀 도자기 인형을 아버지 머리에 던진 다음이었다. 물론, 도자기는 박살이 났다. 어떤 장식품도 그만한 충격을 이겨내긴 어려웠다. 그것이 박살 난 다음에 엄마는 바닥에 털썩 주저앉아 마치 무슨 끔찍한 사고의 현장을 목격한 것처럼 깨진 조각들을 어루만지며 흐느꼈다. 문가에 서 있던 나는 엄마의 평소답지 않은 절망의 표출에 충격을 받았고, 더는 다가가지 못했다. 아버지는 관자놀이에서 피를 흘리며 소파 옆에 서서 아무 말도 하지 않았다. 마치 그 모든 게 당신 잘못임을 인정한다는 듯이.

아버지는 작은 토건 회사를 운영했다. 부모님은 모든 직원에게 발언권을 주고 이익은 다 같이 나누기 위해 최선을 다하는, 히피 스타일로 회사를 꾸려갔다. 놀랍게도 한 10년간 사업이 꽤 잘 돌아갔다. 회사는 성장했고, 부모님은 더 큰 야심을 갖게 됐다. 결국 한 시간 정도의 거리에 두 번째 공장을 열기로 결정했다. 우리도 이사를 해야 했다. 가진 돈을 전부 사업에 투자했던 부모님은 세가 엄청나게 싼, 폐허에 가까운 커다란 시골 저택을 발견하고 무척 기뻐했다. 온수 설비는 정말 특이했고 방의 절반은 안에 들어가 살기 어려울 정도로 눅눅했다. 하지만 그때만 해도 이렇게 현대식 주택이 아닌 집들이 제법 있었고 중앙난방도 필수적이지 않았다. 동생과 나는 그 집을 사랑했다. 우리는 5년간 숲속을 뛰어다니고, 사용하지 않는 별채에서 캠핑을 하고 지내며, 습기가 퍼져서 거주가 가능한 방의 수가 줄어가는 것에 그다지 신경을 쓰지 않았다. 사업에 완전히 정신이 팔려 있던 부모님은 최소한의 수리 외에는 집에 손을 대지 않았다.

결국 집주인은 더 이상 계약을 연장하지 않겠다고 통고해왔다. 아버지는 대수롭지 않게 받아들였다. 이제 우리도 우리 집을 장만할 때가 됐다고 생각하신 것 같았다.

그런데 집주인이 계약서의 세부 항목을 근거로 문제를 제기했다. 아버지는 '보수와 복원' 항목에 서명을 했고, 따라서 수십 년 전의, 우리로선 어땠는지 알 수도 없는 상태로 집을 복원해야 한다는 거였다. "말도 안 되는 소리 하지 마십쇼." 아버지가 항의했다. "이 집은 우리가 이사 들어올 때 이미 사람이 살 수 있는 상태가 아니었어요." 그러나 변호사는 계약서의 글자만을 가리킬 뿐이었다. 그는 아버지가 계약서를 꼼꼼히 읽었어야 했다고 말했다. 아버지는 이사 들어오기 전에 집의 상태를 사진으로 찍어두고 부동산의 처음 상태에 대해 주인과 동의했어야 했다. 계약서에 찍혀 있는 글자에 반박할 방법은 없었다. 변호사가 수리 견적을 내서 금액을 알려줬을 때 부모님은 우리가 망했다는 걸 알았다. 그리고 양치기 소녀 조각은 그 첫 번째 사상자였다.

우리 남매는 좋지 않은 학군으로 전학을 갔고, 아주 음산한 작은 집에서 방 하나를 함께 써야 했다. 그리고 그 뒤로 몇 년 동안이나 싸구려 바닷가 마을의 낡은 캠핑카를 빌리는 것 외에 휴가는 꿈도 못 꿨다. 나는 오랫동안 그 도자기 장식품을 우리가 당한 일의 상징이라 생각하며 살았다. 교활한 사기에 걸려들면 어떻게 되는지, 계약이나 거래를 완벽하게 파악하지 않고 덤볐다간 어떻게 되는지, 사람들이 다들 천성적으로 공정한 거래를 할 거라 믿으면 어떻게 되는지. 물론 이제는 그때의 일을 다르게 보는 시각이 생겼다. 아버지는 사업을 재건해서 결국은 훨씬 더 성공적인 회사를 일궈냈고, 더 효율적인 생산 라인을 돌리고 있다. 우리 남매는 어린 시절의 어려웠던 경험으로 어쩌면 좀 더 강한 회복력과 더 큰 꿈을 갖게 됐는지도 모른다.

부모님은 아직도 함께 살고 계신다. 양치기 소녀 조각은 아주 어렵게 다시 붙었고 지금도 벽난로 위에 놓여 있다. "저게 우리한테 정말 중요한 게 뭔지 가르쳐줬지." 엄마는 애정 어린 손길로 조각의 금이 가 있는 부분을 만지며 말하곤 했다.

바보같이 들리겠지만, 엄마가 말한 중요한 것이 계약서의 작은 글씨를 읽어야 한다는 게 아니었음을, 나는 이제야 깨닫게 됐다.

뒷문을 세 번 두드리고 나서야 메모가 눈에 띄었다.

> 랜스/요시: 알아서 챙겨 먹어. 우린 지금 병원. 금방 올 거야. 먹은 건 장부에 적어두면 고맙겠어. L.

그녀가 적은 작은 메모지를 들고 있자니 숨이 막히는 것 같아 한동안 그대로 서 있다가 부두 쪽을 내려다봤다. 이스마엘호를 빼고는 배가 한 척도 없었다. 이제 겨우 오전 10시 15분이라는 점을 감안할 때 라이자와 캐슬린은 족히 몇 시간은 있어야 돌아올 확률이 컸다. 나는 몇 분 정도 빈 벤치에 앉아 있다가 맥이버 시푸드 바&그릴로 가서 커피를 시켰다. 사실 내 몸은 커피를 원하고 있지 않았다. 내 눈에 보이는 풍경과는 정반대로 내 몸은 지금이 늦은 밤이라고 말하고 있었다. 나는 커피를 반만 마시고, 남은 커피가 식어가며 옅은 파란색 컵 안쪽에 짙은 갈색 고리 모양 얼룩을 남기도록 내버려두고 있었다.

"혹시, 그 영국 분 아니세요?"

더러운 앞치마를 걸친 덩치 큰 주인이 나를 빤히 보고 있었다.

"네." 어떤 영국 사람을 말하는 거냐고 물을 필요도 없었다.

"그 개발 회사 분 맞죠, 그렇죠? 신문에 나왔던?"

"그냥 조용히 커피나 한잔하려고 들어온 겁니다. 혹시 개발 문제로 싸움을 걸고 싶은 거라면, 지금 그냥 일어나겠습니다."

나는 지갑을 주머니에 넣고 여행 가방을 집어 들었다.

"싸우긴 왜 싸워요." 그가 접시를 집어 들고 자기 앞치마보다 더 더러운 행주로 접시의 물기를 닦아내며 말했다. "나는 개발을 기대하고 있는데. 장사가 더 잘 될 것 같아 좋아요."

나는 아무 말도 하지 않았다.

"신문에서 뭐라고 떠들든 간에 모두가 다 개발을 반대하는 건 아니에요. 나처럼 이 마을에 약간의 투자가 필요하다고 생각하는 사람들도 많다고."

그가 내 테이블로 다가와 맞은편에 털썩 앉아 계속 얘기를 하는 걸 보니 내가 믿을 수 없다는 표정을 지었던 모양이다. "그 고래 친구들을 내가 존중하지 않는 건 아니에요. 그레그랑은 오랜 친구기도 하고요. 그래도 그렇지, 그 친구들은 고래를 가지고 너무 오버하는 감이 있어요. 그커다란 물고기들은 이 바다를 백만 년간 헤엄쳐 다녔다고. 작은 제트 바이크 몇 대가 좀 다닌다고 해서 무슨 큰일이 나는 건 아니라고요. 아, 물론 잠깐은 좀 잠잠해질지 모르지만 다시 돌아올 거예요."

"잠잠해져요?"

그는 부두 쪽을 엄지손가락으로 가리켰다. "아, 벌써 다 떠나버렸다고 얼마나 우는 소리를 하는지 몰라요. 마치 앞으로 닥칠 일을 미리 안 것처럼 가버렸다고. 그게 말이 됩니까?"

"누가 떠나버려요?" 나는 대화를 따라가기가 벅차다고 느꼈다.

"고래들요. 하나도 안 나타나고 있어요. 그래서 다들 고래 관광을 일찍 접고 돌고래 관광만 다니고 있고. 나는 매상에는 별 차이가 없을 거라고 봅니다. 고래 관광 한 번 다녀올 시간이면 돌고래 관광을 두 번 다녀올 수 있으니까. 도대체 뭘 그렇게 불평하는지 모르겠어요."

나는 이 얘기를 소화하느라 한동안 그냥 앉아 있었다. 그러다가 그를 보고 말했다. "혹시 저한테 술을 팔기 싫다거나 그런 건 아니시죠?" 앞으로 라이자와의 예정된 대화를 위해선 아무래도 술의 힘을 빌려야 할 것 같다는 느낌이 강하게 들었다.

그는 두툼한 햄 조각 같은 손으로 테이블을 짚고 그걸 지렛대처럼 이용해서 육중한 몸을 일으켰다. "이봐요, 그쪽 사람들은 앞으로 나를 크게 도와줄 사람인데 무슨 소리예요. 서비스로 그냥 드릴게요."

해안 도로를 따라 실버베이 호텔까지 다시 걸어 올라가는 데는 거의 한 시간이나 걸렸다. 예전엔 이 길을 달리면 10분도 채 걸리지 않았고, 걸어서도 보통 20분밖에 안 걸리는 거리였다. 그러나 시차 적응이 안 된 상태에서 나의 새로운 절친인 맥이버 시푸드 바&그릴의 델이 강권한 커다란 스카치 몇 잔까지 더해져, 해안선이 아주 완만한 곡선이었음에도 불구하고 똑바로 걸어가기가 무척 힘들었다. 나는 몇 번이나 여행 가방 위에 걸터앉아 나의 여정을 계속해나갈 가장 좋은 방법이 무엇인지 고심했다. 호텔은 바로 저기, 손 뻗으면 닿을 거리에 있었건만, 어찌 된 일인지 마치 사막의 신기루처럼 자꾸만 내게서 멀어져만 갔다. 바닷속에 뛰어들어 헤엄을 치는 방법도 한번 생각해봤는데—물은 매우 유혹적으로 보였고 날씨도 예전에 왔을 때보다 훨씬 따뜻해져 있었다—이유는 잘 떠오르지 않았지만 깔끔하게 보이는 것이 중요하다는 생각이 들었다. 게다가 그 상황에서는 신발을 어떻게 벗어야 하는지도 기억이 안 났다.

정신이 들어 일어난 뒤, 몇 분이 지나서야 가방을 모래사장에 남겨두고 왔다는 게 기억난 것만 두 차례였다. 결국 가방을 찾으러 돌아가야 했고, 가방 손잡이가 어디에 있는지 찾다가 가방 위로 엎어졌다. 온몸이 모래였다. 콧속에, 머리에, 신발 안에. 그러나 지갑만큼은 단단히 붙잡고 계속 내 눈에 띄도록 몸 앞으로 내밀어 들고 걸었다. 낯선 나라에 갔을 때는 지갑을 꽉 붙들고 다녀야 한다는 게 우리 부모님의 가르침이었다.

겨우 호텔에 도착했을 땐 성취감에 희열마저 느꼈다. 물론 여기까지 오는 게 왜 그리 중요한 일이었는지 더 이상 기억이 안 나는 바람에 그 느낌이 좀 반감되긴 했지만. 문 앞에 여행 가방을 툭 내려놓고 메모를 읽으려는데 메모지가 내 눈앞에서 빙빙 돌아다녔다. 움직이는 종이를 붙잡으려고 나는 허공에서 몇 번이나 헛손질을 했다.

그러다가 갑자기 참을 수 없을 정도로 지쳐버린 나는 좀 눕기로 결정했다. 나무 벤치는 폭이 너무 좁아서 눕는 건 고사하고 앉을 수나 있을지도 의문이었고, 이쪽 끝의 해변에는 자갈이 깔려 있었다. 그러다가 마침 가까운 거리에 있는 고래잡이 박물관의 어둑한 실내가 눈에 들어왔고, 저기가 괜찮겠다 싶어 비틀거리며 그곳으로 향했다. 저기서 잠깐 눈을 붙이고 일어나면, 내가 애초에 여기에 왜 왔는지 기억날지도 몰랐다.

누군가 소리치는 소리에 눈을 떴다. 처음에는 꿈속에서 들리는 소리였다. 나는 비행기에 타고 있었는데 승무원이 승객들을 전부 깨우려고 애쓰고 있었다. 우리가 모두 함께 날개를 펼쳐야만 비행기가 이륙을 할 수 있다는 거였다. 그러다가 시차와 위스키가 만든 안개를 뚫고 아주 천천히, 주위 상황이 인식되기 시작했다. 분명 승무원이 사라져버렸는데도 그녀의 고함 소리는 커지고 있었고, 심지어 내 팔을 불편할 정도로 세게 잡고 있었다.

"이거 놔요." 나는 그녀로부터 벗어나려고 애쓰며 중얼거렸다. "땅콩은 안 먹는다니까요."

그러나 마침내 눈을 뜨고 빛에 점차 적응이 되자 내 팔을 붙잡고 있던 사람이 내가 아는 얼굴이란 걸 알 수 있었다. 내 앞에 서서 마치 무슨 커다란 새의 날개처럼 노란색 바람막이를 펄럭이고 있는 여자는 바로 라이자 매컬린이었다. 그리고 그녀는 내게 소리를 지르고 있었다. "정말 어이가 없어서! 누가 보면 우리가 오매불망 기다린 줄 알겠네. 그 죽일 놈의 마이크 도머가 술이 떡이 돼서 여기 나타날 줄이야. 냄새 난다고, 그거 알아요? 위스키 냄새가 진동을 한다고. 그리고 여기가 당신 집이야? 어딜 마음대로 들어와요, 들어오길!"

묘한 평온이 나를 감싸는 걸 느끼며 나는 도로 천천히 눈을 감았다. 진짜 이상한 건, 하늘에 맹세하는데 눈을 감기 직전에 캐슬린이 라이자 뒤에 서서 미소를 짓고 있는 걸 봤다는 거다.

캐슬린

마이크는 내가 나서야 한다고 했다. 이런 일을 잘 아는 기자 여동생과 의논했는데, 내가 '고래를 살리려고 나선 상어 할머니'인가 뭔가 하는 기사의 주인공이 되는 게 좋겠다는 거였다. 우리에겐 언론만이 개발 반대 목소리를 증폭할 수 있는 유일한 기회이며, 여기 사람들 중 대다수가 어떻게 되건 상관하지 않는 분위기를 감안할 때 이 마을 밖으로 그 여론이 퍼져 나가야 한다고 했다.

나는 새삼스레 그런 관심을 다시 불러일으키길 원하지도 않고, 그 어떤 신문의 기사에 실리는 건 더더욱 원치 않는다고 말했다. 마이크는 지금 제정신이냐는 듯한 얼굴로 나를 쳐다봤다. "언론의 관심을 받게 될 거예요. 우리에게 도움이 되는 언론요."

"동네 사람 몇 명 정도야 관심을 보일지 몰라도, 옛날에 상어 한 번 잡았던 일흔다섯 먹은 할머니가 관심을 끌면 얼마나 끌겠어. 그냥 이대로 조용히 있는 게 나아요."

"일흔여섯 아니셨어요?"

나는 내가 해나 나이였다면 찍소리 못 하고 입을 다물었을, 그런 눈빛을 해나에게 쏘아주었다. 하지만 요즘 애들은 보면 그런 눈치도 별로 없었다.

"캐슬린, 제가 이 문제를 바로잡겠다고 했잖아요. 그리고 지금 최선을 다하고 있어요. 하지만 그러자면 전략이 필요하고, 지금 이 순간엔 이것만이 우리의 유일한 전략이에요. 믿어주세요."

마이크가 정상 컨디션을 되찾는 데는 사흘이 걸렸고, 여전히 피곤해 보이긴 했지만 예전에 이곳을 찾았을 때의 모습을 연상시키는 그 사람 특유의 독립적이고 프로다운 면모를 되찾았다. 오히려 이번에 돌아온 뒤로는 더 진지해진 것 같았다. 고래잡이 박물관에서 그를 우연히 발견했던 그날, 그는 열정적으로 자기가 우릴 구하러 돌아왔다고 선언했다. 그래서 나는 나중에, 아무리 간절히 기다려오던 구세주라고 해도, 젖은 신발을 신고 콧구멍에 미역을 꽂은 채 술에 취해 바닥에 누워 있는 남자의 말을 진지하게 받아들이기는 어렵지 않겠냐고 해줬다. 그는 이 말에 마음이 좀 상한 것 같았다.

"정말이에요. 이 문제에 대해 미디어 전문가의 조언을 받았다니까요." 그는 다림질한 셔츠를 입고 있었다. 마치 그러면 우리가 그를 진지하게 상대해줄 거라 생각하기라도 했는지.

"마이크, 좋은 의도로 이런다는 것도 알겠고, 우리를 돕겠다는 결심으로 여기까지 온 것도 정말 감동인데, 아까도 말했지만, 상어 아가씨 일을 다시 들먹이고 싶지 않다고. 그 일로 평생 골치 아팠는데, 또다시 관심의 대상이 되고 싶지 않아요."

"저는 그 일을 자랑스러워하시는 줄 알았는데요."

"그러니까 자네가 나를 그 정도로 모른다는 얘기야."

312

"당연히 자랑스러우셔야죠." 해나가 신이 나서 말했다. 해나는 마이크가 다시 돌아왔다는 사실에 놀라울 정도로 기뻐했다. 물론 자기 엄마보다 훨씬 더. "나 같으면 상어를 잡은 게 자랑스러울 것 같아요."

"뭔가를 죽이는 건 절대로 자랑스러운 일이 될 수 없어." 내가 중얼거렸다.

"그럼, 상어의 죽음을 고래를 돕는 데 이용하세요." 마이크가 내게 고개를 끄덕였다.

"나는 다시 상어 아가씨가 될 생각 없어요. 그 일을 다시 들추어내지 않아도 이미 할 일이 너무 많아 벅차다고." 나는 그가 그쯤까지만 하고 말길 바라며 입을 꼭 다물었다.

"그러면 라이자요." 그가 대뜸 말했다. 라이자는 신문에 고개를 묻고 마이크를 무시하기 위해 최선을 다하고 있는 중이었다. 하지만 평소 숨고 싶을 때 애용하는 자기 방이나 이스마엘호를 놔두고 라이자가 굳이 부엌에 앉아 있다는 걸 나는 놓치지 않고 있었다.

"라이자, 뭐요?" 라이자는 신문에서 눈을 떼지 않고 말했다.

"이번 캠페인의 얼굴마담으로 딱이라고요."

"왜요?"

"그건… 일단 여자 선장들이 흔한 것도 아니고. 고래에 대해서도 아주 많이 알고. 또…." 이 대목에서 마이크는 헛기침도 한번 하고 얼굴도 붉힐 정도의 순수함과 예의는 갖추고 있었다. "…외모가 출중하시니까. 이런 일의 생리에 대해 내가 얘기를 다 들었는데…."

"싫어요." 라이자가 딱 잘랐다.

나는 싱크대 앞에 가만히 서서 라이자가 그다음에 무슨 말을 할지 기다렸다.

잠시 후 라이자는 약간 방어적으로 한마디 덧붙였다. "나는 해나가 노출되고 그러는 걸… 원치 않아요."

"난 괜찮은데요?" 해나가 말했다. "나는 신문에 나오면 좋겠어요."

"이것만이 개발을 막을 유일한 방법이에요." 마이크가 그 틈을 놓치지 않고 말했다. "가능한 한 많은 지지를 끌어모아야 해요. 일단 사람들이 무슨 일이 벌어지고 있는지 알게 되면…."

"싫어요."

마이크가 라이자를 쳐다봤다. "왜 이렇게 고집을 부리는 거예요?"

"고집부리는 거 아니에요."

"고래를 위해서라면 뭐라도 할 줄 알았어요."

"감히 내가 고래를 위해서 뭘 해야 한다 말아야 한다, 말하지 말아요." 라이자는 신문을 접어서 식탁 위에 탁 내려놓았다. "당신만 아니었으면 이런 일이 아예 일어나지도 않았을 거고, 우리 삶이 이렇게 엉망이 되지도 않았을 거예요."

"라이자…." 내가 입을 열었다.

"정말 그렇다고 생각해요?" 마이크가 치고 나왔다. "정말로 아무도 이 지역을 영원히 안 건드릴 거라 생각해요?"

"아뇨, 그렇지만 이렇게 빠르진 않았겠죠. 우리에겐 시간이 더 허락됐을 거고…." 라이자의 말끝이 흐려졌다.

"시간이 더 허락되다니, 그게 무슨 말이에요?"

작은 방이 조용해졌다. 해나가 고개를 들었다가 다시 숙제로 눈길을 떨어뜨렸다.

라이자는 나를 보고 눈에 띄지 않게 가만히 고개를 저었다.

하지만 마이크는 그 모습을 보았고 그의 얼굴에 실망이 어리는 걸 나는 지켜보고 있었다. 분위기를 바꿔보려고 내가 빈 잔들을 치우기 시작했다. 마이크와 라이자는 그렇게 해줘서 고맙다는 듯 각자 자기 잔을 내게 건넸다.

"이봐요." 마침내 마이크가 입을 열었다. "둘 중에 한 명이라도 나서줘야 해요. 두 사람이 나서야만 우리가 이 개발을 막을 가능성이 생겨요. 지금으로선 사실 그렇게 한다 해도 가능성이 희박해요. 저는 제가 할 수 있는 건 다 할 거예요. 그리고 지금 이미 할 수 있는 건 정말 다하고 있어요. 그러니까 제발 좀 도와주세요."

"싫어요." 라이자가 말했다. "마이크, 이것만은 분명히 해둬야 할 것 같네요. 해나든 나든 어떤 언론에도 나서지 않을 거예요. 그쪽에서 제안하는 다른 건 뭐든지 하겠지만, 그것만은 안 해요. 그러니까 더 이상 얘기해봤자 소용없어요."

그 말을 끝으로 라이자는 일어나서 부엌을 나가버렸고, 밀리가 라이자의 발뒤꿈치에 바짝 붙어 따라 나갔다.

"그래서, 그러면 뭘 할 건데요?" 마이크가 라이자의 뒤통수에 대고 말했다. "저번에 그 배에 그랬던 것처럼 제트 스키에 로켓이라도 발사할 건가요?"

해나도 식탁 위의 자기 물건들을 챙겨 들고, 마이크에게 미안하다는 듯한 미소를 지어 보이고는 자기 엄마를 따라 나갔다.

마이크가 땅이 꺼져라 한숨을 쉬었다.

"마이크, 내가 생각해볼게요." 나는 진짜 생각이 있어서라기보단 그의 기분을 생각해서 말했다. 너무 실망한 것 같아서 무슨 말이라도 해야 했다. 마이크는 마치 마지막 식사를 눈앞에서 빼앗긴 굶주린 남자 같은 얼굴을 하고 멀어져가는 라이자의 등을 보고 있었다. 그의 감정이 너무나도 뻔히 드러나서 나는 눈길을 돌려야 했다.

"좋아요." 마이크가 입을 열었다. "그럼 제2안으로 갑니다." 그는 내게 한쪽 입꼬리가 처진 채로 웃어 보이더니 새 종이를 펼쳤다. "제2안은 이제부터 만들어야 하지만."

나는 마이크가 모든 걸 포기하고 실버베이로 왔다는 사실을 얼마 지나지 않아 알게 됐다. 그는 이제 더 이상 직장도, 여자 친구도, 심지어 주소조차 없다는 사실을 인정했다. "그래도 숙박비는 낼 수 있어요." 그는 예전에 쓰던 방을 달라고 하며 말했다. "은행 잔고가… 그러니까, 아직 돈 걱정은 안 해도 돼요."

여길 떠나 있던 한 달 동안 그는 이상하게 변해 있었다. 모든 면에서 능숙해 보이던 면이 사라지고 예전엔 볼 수 없었던 반신반의하는 모습이 그 자리를 채우고 있었다. 그냥 말하기보다는 먼저 묻는 쪽을 택했고, 그의 감정도 표면에 확실하게 드러냈다. 더 이상 아무렇지도 않다는 듯한 기만적인 태도로 감정을 감추려고 하지 않았다. 술도 더 많이 마셨다. 그래서 내가 어렵사리 그 얘기를 언급했더니 그 자리에서 하던 걸 멈추고 가만히 있다가, "그렇게 심한가요?"라고 조용히 물었다. "그 문제에 대해선 일부러 생각하지 않으려고 했던 것 같아요."

"충분히 이해할 수 있어요." 내가 말했다. "술은 단기적인 조치가 될 순 있으니까."

그는 내 말을 알아듣는 것 같았다. 나는 새로운 마이크 도머가 더 사랑스러웠다. 그것이 우리 호텔에 묵어도 좋다고 허락한 이유 중 하나였다. 나중에 라이자에게 살짝 말해주고 싶은 몇 가지 중에 하나이기도 했고.

한편 이제는, 고래는 고사하고 커다란 정어리 한번 본 적 밖에 없는 별 볼일 없는 선박들과 시끄러운 디스코 배들은, 너도나도 에코 투어라는 이름을 내걸고 고래 관광선 선원들이 자기 영역이라고 생각했던 곳으로 밀고 들어왔다. 마치 우리를 떠보기라도 하듯, 그들이 우리 사업을 어느 정도까지 침범할 수 있는지 가늠해보는 것 같았다. 해안 경비대는 다른 배들이 더 들어올 수 있도록 고래 부두 확장에 대한 얘기가 나왔다는 소식을 내게 전해줬다. 디스코 배들이 우리 만에 들어오는 빈도가 두 배로 늘었고, 이 배들이 고래가 사라진 원인인 것 같다며 랜스는 국립공원 측과 야생동물보호국에 항의를 넣었다. 고래의 이동 패턴이 변화했을 수도 있고, 지구 온난화가 이동의 시기나 거리에 변화를 주었을 수도 있다는 게 그들의 공식 입장이었다. 고래추격꾼들은 그 말을 믿지 않았다. 요시가 학계에 있는 옛 친구들과 얘기를 해봤는데 이 현상이 특정 지역의 문제인 것 같다는 게 그들의 의견이라고 했다. 돌고래들은 아직 우리 만에 남아 있었지만, 혹여 혹사당한다고 느낄까봐 걱정이 됐다. 여기서 유일하게 볼 수 있는 바다 생물이 되고만 돌고래들에게 매일 너무 많은 관광객들의 관심이 집중됐기 때문이었다. 이제는 우리 만의 모든 돌고래 떼들이 한 번 출현할 때마다, 관광객들을 실은 두세 척의 배들이 그들 가까이로 몰려들었고, 관광객들은 돌고래들에게 카메라를 들이댔다.

라이자가 고래 문제와―본인은 인정하지 않겠지만―마이크의 귀환으로 정신이 산란해진 틈을 타서 나는 해나를 항해 교실에 보내자고 설득하는 데 성공했다. 나는 해나 친구와 해나를 샐러맨더베이의 항해 교실 첫 시간에 데려갔는데, 바다에 나간 모습을 보니 딱 봐도 혼자 처음 배를 몰아본 실력이 아니었다. 나중에 해나는 씩 웃으며 내 생각이 맞다고 고백했고, 우리는 엄마에게는 말하지 않는 게 좋겠다는 데 생각을 같이했다.

"엄마가 해나스 글로리를 타고 나가게 허락해줄까요?" 집으로 돌아오는 길에 해나가 자기 어깨에 행복하게 침을 흘리고 있는 개를 안고 물었다. "선생님이 제 실력이 배를 몰아도 될 정도가 됐다고 말하면요."

"이러다 쟤가 네 샌드위치까지 먹어버리겠어." 나는 밀리의 코를 밀면서 말했다.

화창한 날이었지만, 서쪽에서부터 어둡고 으스스한 구름들이 선을 그리며 다가오고 있었다. "그건 장담 못 하겠다. 한 번에 한 발짝씩 나가보도록 하자."

"그레그 아저씨는 엄마가 절대 허락 안 할 거랬어요. 아저씨 기분을 나쁘게 하기 위해서라도."

"너한테 그런 말을 했어?"

"랜스 아저씨한테 말하는 걸 들었어요. 제가 듣는지 모르고 얘기한 거예요."

아무래도 그레그와 얘기를 좀 해야 할 것 같았다. "그 문제는 네 엄마랑 그레그 아저씨의 관계랑은 아무 상관 없는 일이야. 해나야, 언젠가는 네 배를 탈 수 있게 될 거야. 하지만 전에도 말했듯이 인내심을 가져야 해."

나는 수산 시장에서 자전거를 타고 돌아오는 헨더슨 씨에게 인사를 하기 위해 속도를 줄였다. 해나는 창밖을 내다보고 있었다. "배 이름은 바꿔도 되는 건가요?" 해나는 먼 곳을 응시하며 물었다.

"그건 왜?"

"제 배 이름을 바꾸면 어떨까 해서요. 배를 타고 나가도 된다고 허락받으면, 그때."

"안 될 건 없지." 나는 저녁엔 또 뭘 해 먹나 생각하느라 반쯤 정신이 팔려 있었다. 이제는 고래 관광선 선원들이 얼마나 올지 예상하기도 힘들었다. 오늘 시장에 나온 물건 중에 특별한 게 뭐였는지 물어볼걸. "그래도 안 바꾸는 게 나을지도 몰라. 그러면 재수가 없어진다고 말하는 사람들도 있거든."

"만약 바꾼다면 '달링 레티(Darling Letty)'라고 할 거예요."

브레이크를 너무 심하게 밟은 바람에 하마터면 뒷자리에 있던 개가 내 무릎으로 날아올 뻔했다.

잠시 동안 둘 다 아무 말도 하지 않았고, 곧 해나의 눈이 커다래졌다. "이름도 말하면 안 돼요?" 해나가 소리쳤다.

나는 차를 갓길에 세우고 바로 뒤에서 급정거를 해야 했던 밴에 손을 흔들어 사과했다. 밴이 사라진 후에 나는 돌아앉아 해나의 볼을 쓰다듬으며 애써 당황한 기색을 감췄다. "해나야, 말하고 싶은 건 뭐든 말해도 돼. 미안하다. 그냥 좀 놀라서 그랬어."

"레티는 내 동생이에요." 해나의 두 눈에 눈물이 차올랐다. "내 동생이었다고요. 저도 가끔은 동생 얘기를 하고 싶어요."

"알지, 그럼." 개가 낑낑대며 해나의 무릎 위로 기어 올라갔다. 밀리는 누가 우는 걸 아주 싫어했다.

"배에 동생 이름을 붙이면 분위기를 썰렁하게 만들지 않으면서도 부르고 싶을 때 맘껏 부를 수 있겠다고 생각했어요."

나의 종손녀를 잠자코 바라보며 이 아이가 여태껏 숨겨왔던 힘든 감정을 덜어줄 수 있는 말이 뭐라도 하나 떠오르면 좋겠다고 생각했다.

"레티에 대해 말해도 엄마가 당장이라도 쓰러질 것같이 그러지 않으면 좋겠어요."

"정말 좋은 생각을 해냈구나, 우리 해나. 아주 똑똑해. 하지만 그렇게 될 수 있을지는 모르겠다. 시간이 많이 걸릴 일이야."

집으로 돌아온 뒤에 나는 내 방으로 올라와 라이자와 어린 두 딸의 사진을 보관하고 있던 서랍을 열었다. 사진 끝이 고르지 않았다. 내가 다소 과도한 결기로 그 남자를 잘라내버린 자리였다. 라이자는 해나와 자신을 보호할 수 있는 유일한 방법이 레티를 기억 속에 묻는 거라 생각했다. 그것만이 라이자 자신이 계속해서 살아가고 모녀가 안전하게 존재할 수 있는 유일한 길이라고.

그러나 그건 그렇게 간단한 일이 아니었다. 라이자와 해나는 그때에도 레티를 묻지 못했고, 지금도 묻지 못하고 있다.

그리고 아닌 척하며 살아가는 것 역시 못 할 노릇이긴 마찬가지였다.

나는 매일 오후 니노 게인즈의 병실을 찾았다. 그의 머리를 빗겨주고, 깨끗이 세탁한 파자마도 갖다 놓고, 좀 더 용기를 낼 수 있는 날엔 면도도 해줬다. 얘기 안 해도 알겠지만, 감상적인 기분에 젖어서가 아니라 나 말고는 해줄 사람이 없었기 때문이었다. 맞다, 프랭크가 해줄 수도 있었고, 존존이나 어쩌면 존존의 아내가 해줄 수도 있긴 했다. 하지만 젊은이들은 늘 바쁘니까. 그 아이들은 각자의 삶을 살아가기도 바빴다. 그래서 내가 자진해서 매일 몇 시간이고 병실을 지키며 신문에서 니노가 좋아할 만한 기사를 읽어주고, 때때로 그를 대신해서 간호사들을 나무라기도 했다.

오지 않을 수가 없었다. 니노는 여기 혼자 있는 걸 싫어할 게 분명했으니까. 콧속을 가득 메우는 소독약 냄새, 그의 강건하고 늙은 몸에 연결된 삐, 삐 소리를 내는 모니터들과, 뭔지도 모를 것들을 그에게 주입하고 있는 튜브들을 참아내며 혼자 있긴 정말 싫을 거라 나는 생각했다. 니노는 야외형 인간이었다. 그는 줄지어 늘어선 포도나무들을 따라 거인처럼 성큼성큼 걸어 다니다가, 때때로 모자를 벗고 몸을 구부리고 이런저런 포도들을 자세히 살펴보며 꽃이나 산도에 대해 중얼거리곤 했다. 나는 니노를 지금의 이 모습으로 보지 않으려고 노력했다. 병원 침대에 누워 있기엔 체격이 너무 큰 그였지만 다소 줄어든 것만 같은 모습이었다. 그는 지금 잠시 잠들어 있는 것뿐이라고 끝없이 되뇌어봤지만, 결코 그냥 잠자고 있는 게 아니란 건 분명했다.

그의 가족들은 내가 이곳을 지키는 걸 좋아했다. 그들은 음식을 가져왔고, 그것들은 니노의 옆에서 썩어갔다. 그들은 니노가 눈을 뜰 경우를 대비해 사진들도 가져왔고, 그가 혹시나 들을 수 있을까 싶어 음악도 준비해왔다. 그들은 자기들끼리 속삭였다가, 니노의 손을 잡은 채 모여서 의사들과 앞으로의 상황과 약물치료에 대해 의논했다가, 그의 뇌가 정상적으로 작동하고 있음을 증명하는 뇌전도를 보며 안심하기도 했다.

나는 니노에게 많은 얘기를 했다. 포도밭에 관해서는 올해 포도 농사의 첫 번째 싹이 올라오기 시작했다는 것과 어느 슈퍼마켓 관계자가 니노의 와인의 명성을 듣고 슈퍼마켓에 진열하고 싶어 퍼스에서부터 일부러 찾아왔다는 얘기를 해줬다. 공청회 얘기도 했다. 유례없는 주민들의 반대 의견이 접수됐는데 그중에는 이곳의 고래들이 폼 나는 새 스쿨버스보다 더 소중하다고 밝힌 실버베이 초등학교 아이들의 의견이 폴더 하나 가득 들어 있었다는 것도 전했다. 나는 마이크가 자기 방에 혼자 틀어박혀 개발을 막기 위해 할 수 있는 모든 걸 다하고 있다는 것도 얘기했다. 나는 니노에게 마이크가 우리에게 한 짓에도 불구하고 그 젊은이가 자꾸만 좋아지고 있다는 얘기도 했다. 마이크의 두 눈에 담긴 신중함은 다른 사람들뿐만 아니라, 자기 자신에 대한 기대치를 반영하고 있는 걸로 보인다는 말도 했다. 그리고 그의 눈길이 나의 조카에게 머물 때면 내가 그를 우리 호텔에 받아들인 게 잘한 일이라고 느껴진다는 얘기도 했다.

나는 또, 사라지고 있는 고래들과 사람들의 관심에 포위돼 괴롭힘을 당하고 있는 돌고래들에 대해 얘기했고, 자기 삶에 마이크 도머가 다시 나타났다는 사실에 너무 당황한 나머지 갈피를 못 잡고 헤매고 있는 라이자 얘기도 했다. 라이자는 바쁘기도 했고, 바쁘지 않기도 했다. 라이자는 혼자서 이스마엘호를 타고 나갔다가, 집에서 나설 때보다 더 기분이 나빠져서 돌아왔다. 끼니때마다 마이크를 무시하다가도 자기 딸이 똑같이 행동하면 그걸 꾸짖었다. 그리고 그를 우리 호텔에 묵게 한 것 때문에 우리 둘 다에게 화가 나 있었다. 자기는 절대 마이크에게 아무 감정도 없다고 맹세했고, 내가 겨우겨우 이렇게 뻔히 보이는 걸 너는 왜 못 보냐고 말하자 감히 내게 '사돈 남 말 하고 있다'고 받아쳤다.

라이자는 바보였고, 니노는 늙은 바보였다. 그는 그의 몸으로 들고 나는 튜브들을 꽂은 채 평소답지 않게 가만히 누워만 있었다. 그는 아무 말도, 아무것도 하지 않았고, 그저 세상사에 아무 관심도 없는 사람처럼 내가 나의 근심거리들을 쏟아내게 놔두고 있었다. 때론 내가 희망을 품고 병실을 나오는 날도 있었다. 때론 미동도 하지 않는 그에게 화가 나기도 했다. 하루는 내가 너무나도 격하게 "일어나라고!"라고 소리치는 걸 목격한 간호사가 위협을 느껴 의사를 부르러 가기도 했다.

하지만 나 홀로 그 작은 방을 지킬 때면, 투명에 가까운 살갗 안으로 약물을 주입하는 관이 꽂히지 않은 그의 나이 든 손등에 내 볼을 얹을 때면, 내 눈물을 느낄 수 있는 사람은 오직 니노 게인즈뿐이었다.

내 예상대로 오후 내내 내리던 비가 해 질 녘에는 폭풍우로 변해 있었다. 우리 아버지는 이런 폭풍을 구식 폭풍이라고 했고, 그러면 엄마는 폭풍이 다 똑같은 폭풍이지 그런 게 어디 있냐고 꿍얼대셨다. 하지만 나는 아버지가 무슨 뜻으로 그러는지 이해했다. 이런 폭풍은 그야말로 장난이 아닌 엄청난 것으로, 호주 북부 다윈의 우기에 찾아오는 폭풍처럼, 이가 절로 딱딱 부딪히게 만드는 천둥소리와 바다 위로 번쩍이며 떨어지는 번개를 달고 나타났다. 나는 병원에서 돌아오자마자 해안 경비대에 전화를 걸었고, 그쪽에선 가장 큰 고비는 이미 지나갔으니 크게 걱정하지 않아도 될 거라고 했다. 바다 위의 용오름과 토네이도는 꼭 하늘에서 내려온 신의 손가락 같은 모습을 하고 있지만, 그 행태는 마치 악마의 손길 같았기에 우리는 그것들을 늘 경계했다. 나는 덧문을 닫고 장작을 땐 후, 해나, 라이자와 함께 TV 앞에 앉아 있었다. 해나는 TV에 빨려들 기세로 좋아하는 프로그램을 보고 있었고, 라이자와 나는 각자의 생각에 잠겨 있었다. 마치 우리가 아직 신의 자비 안에 거하고 있음을 상기시키듯 그 사이에도 바람은 계속 요란하게 불어댔고 전등은 깜빡거렸다. 6시 15분쯤 됐을까, 복도에서 소리가 나서 나가보니 요시, 랜스, 그레그가 비에 젖어 번들거리는 얼굴로 차고 축축한 공기를 몰고, 비옷을 벗으며 들어서고 있었다.

"캐슬린, 여기서 잠깐 쉬었다 가도 괜찮을까요? 집에 가기 전에 목이라도 좀 축이려고요." 랜스가 자기 신발 때문에 바닥에 물이 고인 걸 사과하며 말했다.

"이 날씨에 여태 바다에 나가 있었단 말이야? 제정신이야?"

"누구누구가 일기예보를 확인 안 했답니다." 요시가 랜스를 보며 말했다. "혹시 고래를 찾을 수 있을까 해서, 이번엔 조금 더 멀리 카구리섬까지 가보려고 했는데, 갑자기 엄청나게 퍼붓더라고요."

"괜찮아요. 손님은 하나도 안 태우고 있었으니까." 그레그가 말했다. "그래도 돌아올 땐 파도가 좀 약해졌어요. 바람은 계속 역방향으로 불어댔지만. 아무튼 여태 바다에 있었던 건 아니고, 배들을 전부 고정시키느라고요. 이스마엘도 두어 번 더 묶어뒀어요."

"들어와서 얼른들 앉아." 내가 말했다. "해나야, 옆으로 좀 가. 나는 수프를 좀 올리고 올 테니까." 좀 귀찮게 된 것처럼 수선을 떨긴 했지만 실은 그 친구들이 와서 좋았다. 최근 들어 텅 비어버린 호텔에 그들이 오니 어쩐지 안심이 됐다.

"고래는 못 찾았고?" 라이자가 신문을 내려놓으며 말했다.

"코빼기도 안 보여요." 요시가 주머니 속을 더듬거리더니 빗을 꺼냈다. "정말 이상한 일이 벌어지고 있어요. 정말이에요. 오늘은 돌고래도 없어요. 돌고래마저 다 가버리면 그땐 정말 큰일이에요."

"어딜 가요?" 해나가 고개를 들었다.

라이자가 요시에게 경고의 눈빛을 보냈지만, 이미 늦은 뒤였다. "돌고래들은 날씨가 좋아질 때까지 잠깐 숨어 있는 거야." 라이자가 힘주어 말했다. "금방 돌아와."

"바위 틈에 대피해 있을지도 몰라요. 그 작은 만 같은 데 숨어 있을 것 같기도 하고."

"꼬마야, 듣고 보니 진짜 그럴 것 같은데." 그리고 랜스는 맥주 한 모금을 들이켰다. "아, 이 맛이야."

요시는 부엌의 문틀에 기대섰다. "캐슬린, 저는 차 한잔 마실 수 있을까요? 몸을 좀 덥혀야 할 것 같아요."

폭풍의 가장 큰 고비를 넘겼다는 걸 깨달은 다음부터는 나도 마음이 좀 편안해져 있었다. 나는 아주 어릴 때부터 천둥소리가 들린 다음 번개가 칠 때까지 몇 초가 걸리는지 세면서 폭풍이 얼마나 멀리 떨어져 있는지 계산을 해보곤 했다. 실은 이제야 폭풍의 가장 무서운 기세가 꺾여 바다 밖으로 물러갔다는 게 확실해졌고, 주위의 대화에 집중할 수 있었다. 나는 아직도 48년도의 폭풍을 기억한다. 그때 유람선 두 대가 해안에 좌초됐고, 아버지와 다른 남자들은 밤새 바다에 나가 생존자를 건져 올렸다. 그때 시신도 수습했는데, 기관에서 나올 때까지 시체들이 박물관 바닥에 누워 있었다는 건 몇 년이 흐른 뒤에야 엄마가 얘기해줘서 알았다.

그레그는 라이자 옆에 앉았다. 그리고 라이자에게 뭐라고 속삭였고 라이자는 보일 듯 말 듯하게 고개만 끄덕였다. 그러다가 갑자기 그레그가 눈살을 찌푸리더니 날 선 목소리로 말했다. "저놈은 대체 여기서 뭐 하는 거야?"

종이 뭉치를 들고 문가에 서 있던 마이크는 라운지에 사람이 너무 많아 좀 놀란 눈치였다.

"자기 할 일을 하고 있지. 다른 사람들처럼." 나는 그레그에게 마이크의 귀환에 대해 얘기하지 않았다. 굳이 내가 말 안 해도 결국에는 알 게 될 거였고, 어차피 그레그가 상관할 일은 아니었으니까.

라이자도 짐짓 무관심한 척 가만히 있는 걸 보니, 나와 같은 결론을 냈던 모양이었다.

그레그는 뭐라고 더 말하려다가 내 표정에 눌려 입을 다문 것 같았다. 다 들리게 헛기침을 하더니 라이자 옆에 다시 자리를 잡고 앉았다.

그리고 마이크가 내게 다가와 조용히 말했다. "전화선이 불통된 것 같아요. 인터넷 연결이 안 돼요."

"비가 심하게 오면 잘 그래요. 잠깐 기다리면 곧 다시 될 거예요. 비가 밤새 올 것 같진 않으니까."

"대체 뭘 하는 건데? 누구 일을 더 망치려고?"

"신경 꺼, 그레그." 라이자가 쏘아붙였다.

"왜 저놈 편을 드는데? 저놈이 한 짓을 생각하면 어떻게 여기 와 있게 할 수가 있어?" 그레그의 목소리는 매우 듣기 거슬리는 톤으로 올라갔고, 두 눈은 마이크를 노려보고 있었다.

"편드는 거 아냐."

"귀를 잡아끌어 밖에 던져버렸어야지."

"그레그 당신이 상관할 일이 아니잖…." 라이자가 시작하는데 마이크가 중간에 치고 들어왔다.

"제가 벌여놓은 일을 수습해보려는 겁니다. 알았어요? 이제는 더 이상 비커 홀딩스 직원도 아니에요. 나도 개발을 막고 싶다고요."

"그래, 말은 그렇게 하겠지."

"그게 대체 무슨 뜻이죠?"

그레그가 내게로 시선을 옮겼다. "저놈이 첩자가 아니라는 걸 어떻게 알아요?"

그건 한 번도 해보지 않은 생각이었다.

"그 회사에서도 여기서 반대 여론이 끓어오른다는 걸 알고 있을 게 뻔한데. 저놈을 보내서 상황이 어떻게 돌아가는지 알아내려고 한 거 아니겠어요?"

마이크가 그레그에게 한 걸음 다가서더니 목소리를 낮게 깔고 말했다. "지금 내가 거짓말하고 있다는 거예요?"

분위기가 심상치 않게 돌아가는 것을 느끼며 나는 숨을 죽였다.

그레그는 마이크의 영국식 발음을 조롱하며 흉내 냈다. "지금 내가 거짓말하고 있다는 거예요?"

"정말 이 정도면 참을 만큼 참았다고."

"그래, 난 네가 거짓말쟁이라고 생각한다, 왜? 협잡꾼, 사기나 치는 재

수 없는 샌님, 사기꾼은 어때?"

첫 방은 그레그가 먼저 날렸다. 그의 왼쪽 주먹이 허공을 가르며 마이크 옆통수에 비스듬히 꽂혔다. 마이크가 휘청하자 그레그는 다시 한번 주먹을 날렸지만 랜스가 그 사이로 들어와 몸으로 막아내며 신음을 토했다. 마이크는 바로 두 주먹을 올리고 자세를 잡았다. "물러서!" 랜스가 뒤로 돌아서며 마이크를 뒤로 밀쳤고, 그러다가 사이드 테이블을 넘어뜨렸다. "물러서라고!"

심장이 어찌나 쿵쾅대는지 어지러울 정도였다. 장정 셋이 육탄전을 벌이자 공간이 갑자기 확 좁아지는 느낌이었다. 사방에서 가구가 박살나고 사람들이 비명을 질러대는 것 같았다.

마이크가 한쪽 손을 들어 올리더니 손가락에 피가 나는 걸 보고 다시 앞으로 돌진했다. "이 나쁜 새끼…!"

요시가 비명을 질렀다.

"그만! 둘 다 정말 한심해!" 라이자가 둘 사이로 들어가서 두 손을 번쩍 들었다. "나가! 내 집에서 이러는 거 못 참아. 용납 못 한다고." 그리고 거실에서 내보낼 생각으로 그레그를 밀쳤다.

"내가 뭘 어쨌는데?" 요시와 랜스가 그를 부엌으로 끌고 가는 동안 그레그가 소리쳤다.

"내가 그레그, 당신한테 왜 이런 취급 받아야 해?" 마이크도 소리쳤다.

둘을 겨우 다른 공간으로 분리시킨 뒤에야 나는 숨을 제대로 쉴 수 있었다.

"이게 웬 난리야." 랜스가 다시 라운지로 들어왔다. 마이크는 팔을 몇 번 털어내더니 손수건으로 광대뼈를 닦았다. 마이크가 테이블을 세워 놓으려고 몸을 구부리는데, 내 조카와 그레그가 서로 고함을 질러대는 소리가 들려왔다.

내가 해나를 인식한 건 바로 그때였다. 해나는 소파 끝에 몸을 웅크리고 밀리를 꽉 껴안고 있었다. "해나야." 나는 목소리가 흔들리지 않도록 애쓰며 말했다. "괜찮아. 폭풍 때문에 다들 신경이 곤두섰던 것뿐이야."

"또 싸우진 않겠죠, 그렇죠?" 해나의 갈색 눈동자가 공포로 커다래져 있었다. "제발 또 싸우지 말라고 해주세요."

마이크는 자기가 한 짓이 아이에게 어떤 영향을 줬는지 보고는 충격을 받은 것 같았다. 나는 그런 마이크를 흘낏 올려다봤다.

"해나야, 괜찮아." 마이크가 말했다. "겁먹을 거 하나도 없어."

해나는 이제 완전히 낯선 사람을 보듯 마이크를 보고 있었다.

"진짜로." 마이크는 무릎을 꿇고 앉았다. "미안해. 잠깐 정신이 나갔나봐. 하지만 별일 아니야."

해나는 전혀 못 믿겠다는 듯 그에게서 움찔 물러났다.

"이제 괜찮아, 진짜야."

"나 바보 아니에요." 해나가 분노와 공포가 어린 얼굴로 속삭였다.

우리는 모두 서로의 얼굴만 보고 있었다.

"그럼, 내가 보여줄게." 내가 해나를 안고 있는 동안 마이크가 벌떡 일어서더니 부엌으로 향했다. "그레그?" 마이크가 그레그를 부르자 해나가 내 품에서 또 움찔했다.

"그레그?" 마이크가 잠시 사라졌다가 그레그와 함께 나타났다. "봐." 마이크는 손을 내밀며 말했다. 죽기보다 싫은 걸 참고 있는 얼굴이었다. "우린 친구야, 진짜야. 캐슬린 말처럼 폭풍 때문에 다들 좀 예민해졌던 것뿐이야."

"맞아." 그레그가 마이크가 내민 손을 잡으며 말했다. "무서워할 것 없어. 진짜 미안해."

해나가 나를 한 번 보고 자기 엄마를 봤다. 라이자의 미소가 해나를 안심시키는 것 같았다.

"진짜야. 우린 이제 가볼게." 마이크가 애써 미소를 지으며 그레그에게 사과했다. "미안해요."

"나도 미안하게 됐소." 그레그가 말했다. "이제 가봐야겠어요. 그리고, 라이자." 그레그는 의미심장하게 라이자에게 말했다. "내가 어디에 있는 진 알지?"

라이자가 뭐라고 말하고 싶은 것 같았지만 그때 전화가 울리기 시작했고, 라이자는 그레그를 그냥 지나쳐 전화를 받으러 갔다.

"캐슬린. 해나." 그레그는 이제 기가 꺾여 있었다. "정말 미안해요. 나는 절대 해나를 놀라게 할 사람이 아니야. 그건 알지?" 나는 해나의 어깨를 꼭 잡았지만 아이는 아직도 별로 대꾸하고 싶지 않은 눈치였다.

그때 라이자가 이미 비옷을 반쯤 입은 채로 방으로 뛰어 들어왔다. 싸움에 대해선 다 잊은 얼굴이었다. "아까 전화 톰이었는데." 라이자의 목소리가 바짝 긴장해 있었다. "유령 그물이 만으로 흘러들어오고 있대."

마이크

내 눈엔 그들의 모습이 전부 번져 보일 정도로 모두들 휙휙 정신없이 움직였다. 나만 피가 흐르는 얼굴을 손수건으로 누른 채 그 한가운데에 멈춰 서 있었다. 유령 그물이 뭐냐고 묻고 싶었지만 그들은 마치 나만 들을 수 없는 북소리에 맞춰 행진하는 사람들 같았다.

"나도 같이 가야겠다." 캐슬린이 장갑을 끼며 라이자에게 말했다. "네가 그물을 자르는 동안 내가 키를 잡을게."

요시는 이미 재킷을 입고 물었다. "누구 해안 경비대에 연락했나요?"

랜스가 휴대폰을 귀에 붙인 채 말했다. "신호가 안 가."

"해나, 너는 여기 있어." 라이자가 해나에게 말했다.

"싫어요." 방금까지의 여린 모습은 온데간데없었다. "나도 도울래요."

라이자의 얼굴이 단호했다. "아니. 넌 여기 있어. 위험해."

"하지만 나도 돕고 싶단…."

"그럼 여기 있어야 해. 그리고 전화선이 다시 연결되면 연락을 맡아. 국립공원이랑, 고래와 돌고래랑 관련된 사람들은 누구든, 생각나는 사람은 전부 다. 그 사람들이 최대한 많은 사람들을 보내줄 수 있게. 알았지? 전화번호는 복도 테이블 위에 있어." 라이자는 무릎을 꿇고 딸의 눈을 똑바로 들여다봤다. "해나야, 네가 할 일은 아주 중요한 일이야. 우린 가능한 한 많은 사람이 필요해."

해나는 진정이 된 것 같았다. "알겠어요."

캐슬린은 비옷을 입고, 커다란 손전등을 팔에 끼고 다시 나타났다. "잠수복은 뒷자리에 실었어. 그리고 손전등도 하나 더…. 다들 절단기는 챙겼나?"

그레그가 털모자를 뒤집어쓰며 말했다. "제 창고에 여분이 하나 더 있어요. 얼른 가져올게요. 랜스, 태워다줘. 그 편이 훨씬 빠를 거야."

나는 처음 여기에 왔을 때와 같은 기분으로 라이자를 보고 있었다. 나는 아무짝에 쓸모없는 아웃사이더일 뿐이었다. "나는 뭘 할까요?" 내가 물었다. 사실 둘이만 조용히 얘기를 하고 싶었다. 나와 그레그의 바보짓에 대해 사과하고 뭐라도 도울 수 있는 방법을 찾고 싶었지만, 그녀의 마음은 이미 딴 데 가 있었다.

"여기 있어요." 라이자가 해나를 곁눈질로 보며 말했다. "집에 누구라도 있어야 마음이 놓여요. 그리고 개가 바깥으로 못 나가게 해줘요. 이모, 날씨는 좀 어떤 것 같아요?" 라이자는 머리를 모자 안으로 집어넣으며 바깥을 내다봤다.

"좀 얌전해졌어. 하지만 날씨는 어차피 우리 맘처럼 안 되는 거니까. 자, 이제 가자. 무전으로 서로 연락하기로 하고."

그들이 일제히 몰려 나간 뒤에 해나는 수 킬로미터 길이의 거대한 어획용 그물에 대해 설명해줬다. 윗부분은 뜨고 아랫부분은 무겁게 가라앉는 그 그물이 이곳 만으로 흘러들었다는 거였다. '죽음의 장막'이라 불리는 그 그물은 이제 호주 바다에서는 불법으로 규정됐는데, 그 결과 오히려 많은 사람들이 배 밖으로 그물을 그냥 던져버리거나 배에서 끊어내버렸고, 그렇게 길 잃은 그물들이 바닷속을 떠다니고 있다고 했다. 그 안에 걸려서 죽어버린 바다 생물들의 무게로 바다 밑바닥에 완전히 가라앉을 때까지 계속. "학교에서 배웠어요. 하지만 여기까지 들어올 줄은 정말 몰랐어요." 해나는 입술을 깨물었다. "우리 돌고래들이 무사해야 하는데."

"너희 엄마랑 다른 사람들이 돌고래들이 다치지 않도록 최선을 다하실 거야. 자, 전화해야 하지 않아?"

전화선도 복구됐고, 휴대폰도 다시 연결됐다. 나는 해나가 자동응답기에 긴급 메시지를 남기고, 관계 기관 사람으로 추정되는 누군가와 통화하는 소리를 들으며 차를 끓였다. 열한 살짜리치고 놀라울 정도로 침착했다. 그러고 보니, 해나만큼 돌고래에 대해 박식한 열한 살짜리도 만나본 적이 없었다.

천둥과 번개는 물러갔지만 비는 무자비할 정도로 쏟아졌다. 유리창엔 마치 누군가 강물을 흘려보내는 듯했고, 현관의 평평한 지붕은 누군가가 망치로 쉴 새 없이 두드려대는 것 같았다. 나는 벽난로에 장작 두어 개를 더 던져 넣고, 부엌을 서성이며 밀리의 눈동자가 나를 봤다 문을 봤다 다시 나를 보는 모습을 지켜봤다.

"전화 다 했어?" 해나가 들어오자 내가 물었다.

"거의 다요. 해안 경비대는 이미 출동한 것 같아요. 제가 도움이 된 거면 좋겠어요." 해나는 빗방울이 후두두 떨어지는 창을 간절한 눈빛으로 내다봤다.

"당연히 도움이 됐지. 누군가는 연락을 해야 하지 않겠어?"

"진짜 도움은 아니잖아요. 아저씨 여기 멍들었어요." 해나가 내 옆얼굴을 가리키며 말했다.

"그래도 싸지 뭐." 내가 씩 웃었다.

나는 밀리에게로 손을 뻗었고, 밀리는 해나의 코를 핥았다. "위층에서 창밖을 내다봤는데 불을 켠 배들이 바다에 진짜 많았어요."

"거봐. 괜찮을 거라고 했잖아. 다들 나가서 돕고 있으니까."

하지만 해나 귀엔 내 말이 들리지 않는 것 같았다.

그때 위층에서 요란한 소리가 들렸다. 내 휴대폰이었다. "금방 올게." 언뜻 라이자가 건 게 아닐까 하는 생각에 나는 계단을 한 번에 두 개씩 뛰어 올라갔다. 해나가 통화를 하는 동안 혹시 라이자가 집으로 걸고 있었던 건 아닌가 하는 생각이 들었다.

그러나 내 방으로 가서 주머니를 뒤져 휴대폰을 꺼냈더니 그 작은 화면은 뜻밖의 얘기를 하고 있었다. 나는 액정에 뜬 이름을 잠자코 보다가 전화를 받았다. "여보세요?"

침묵.

"버네사?"

"마이크."

나는 창밖의 캄캄한 밤을 내다봤다. 빗줄기 사이로 배의 불빛들이 칠흑 같은 까만 바탕을 밝히고 있는 게 보였다. 무슨 말을 해야 할까.

"그만뒀다는 얘기 들었어." 버네사의 목소리는 마치 옆방에 있는 것처럼 또렷했다.

나는 가죽 의자에 앉았다. "일주일 전에. 난, 어… 그냥 바로 관뒀어." 그게 벌써 옛날 일처럼 느껴졌다.

"나도 회사에 안 나가고 있었어." 버네사가 말했다. "그래서 몰랐어. 아빠가 아무 얘기 안 하셨어."

"내가 전화를 할까 했는데, 그게….”

"그래."

다시 긴 침묵.

"회사에 나가기 싫었어. 자기랑, 그리고… 그 여자도 계속 다니고 있으니까.”

나는 손바닥에 고개를 묻고 깊은 숨을 쉬었다. "버네사, 정말 미안해.”

또다시 침묵. 그 침묵 속의 아픔이 느껴졌다. 마음이 너무 안 좋았다.

"버네사, 이 말만은 하고 싶었어…. 정말 바보 같은 짓이었고, 당신한테 그러면 정말 안 되는 건데. 하지만 정말 딱 한 번이었고, 말할 수 없이 후회했어. 정말이야.”

또 한 번의 침묵. 내 말을 소화하고 있는 거겠지, 생각했다.

"왜 그만뒀어?"

나는 이마를 찌푸렸다. "무슨 뜻이야?"

"아빠가 그만두랬어? 왜냐하면 난 정말 자기가 직장을 잃기를 바란 건 아니었어. 그래, 내가 그날 회의에서 자기한테 반대하고 나서긴 했지만… 그건 내가 그냥, 그땐 내가 너무….”

"당신 아버지가 그러신 거 아냐. 내가 혼자 결정한 일이야. 내 생각엔… 그 편이… 제일 낫겠다고 생각했어. 상황이….” 그때 개 짖는 소리에 신경이 분산되기 시작했다. "당신 아버지는 남으라고 하셨어.”

"다행이야." 버네사가 말했다. "걱정하고 있었거든. 마이크?"

"응?" 밀리가 짖는 소리를 들어보니 현관 앞에 있는 것 같았다. 내려가 봐야 하나 잠시 생각했지만 만약 계속 저렇게 짖어댄다면 버네사가 하는 말을 한마디도 들을 수 없을 것 같았다. 그리고 우리에겐 이 대화를 잘 매듭짓는 게 중요했다. "버네사, 난….”

"이게 무슨 소리야?"

밀리는 이제 낑낑대며 뭔가를 긁어대고 있었다. 나는 일어나서 문으로 갔다. 아까 나간 사람들 중에 누군가가 들어오려고 하는 건 아닐까 생각을 해봤지만 사실 여기선 문을 잠그는 일이 거의 없었다.

"강아지." 내가 무심코 말했다.

"개 안 키우잖아?"

"내 개가 아니고." 나는 손으로 전화기를 막았다. "해나?"

"지금 어디야?"

나는 잠시 주저했다.

"마이크?"

"나, 지금 호주야."

누군가의 정신이 아득해지며 야기된 침묵은 다른 침묵들과는 아주 다르다는 걸, 나는 그 순간에 깨달았다. 그 침묵은 엄청난 무게감을 지니고 아득히 늘어나다가 말하지 못한 질문들의 무게 아래로 파열되는 그런 종류의 것이었다.

"호주라고?" 버네사가 힘없이 물었다.

"돌아와야 했어." 나는 계단 난간 위로 몸을 빼며 말했다. "이 개발은 실수라고 생각한다고 말했잖아. 그래서 바로잡으러 왔어. 이제 끊어야겠어. 여기 일이 좀 생겼어. 그리고 정말 미안해, 알았지? 모든 게 다 미안해. 이제 끊을게." 나는 전화를 끊고 아래층으로 뛰어 내려갔다. 밀리는 미친듯이 짖어대며 현관문에 몸을 던지고 있었다.

"해나?" 나는 해나가 상황을 설명해주겠지 싶어 부엌문 사이로 머리를 디밀고 주위를 둘러보았다.

하지만 해나는 부엌에도 거실에도 없었고, 자기 방에도, 위층의 어느 방에도 없었다. 복도의 전화기 옆에도 없었다. 버네사와의 통화로 정신이 멍한 상태였던 나는, 한참이 지나서야 해나의 재킷도 보이지 않는다는 사실을 알아차렸다.

나는 비어 있는 벽면의 옷걸이를 맥없이 보다가 밀리를 내려다봤다. 밀리는 뭐라도 하라고 말하듯 내 주위를 돌면서 나를 올려다보며 계속 짖어대고 있었다. 심장이 철렁 내려앉았다.

"하느님, 맙소사." 나는 방수 재킷을 집어 들고, 개 목줄을 찾아 밀리에게 걸었다. "자, 밀리." 나는 문을 열면서 말했다. "해나가 간 곳으로 데려가줘."

폭풍의 가장 심한 고비는 지나갔는지 몰라도 비는 여전히 인정사정없이 쏟아지고 있었다. 세상의 다른 모든 소리들은 빗소리에 잠겨버렸고, 밀리를 따라 해안 도로를 철벅철벅 달려가는 내 발 위로는 거의 강물이 흘러가는 것 같았다. 이런 비는 태어나서 처음이지 싶었다. 비는 해나의 이름을 부르는 내 입속으로도 들어왔고, 몇 초 만에 바지와 신발을 홀딱 적셔버렸다. 젖지 않은 건 방수 재킷 안에 가려진 상체뿐이었다.

밀리의 몸은 마치 번쩍이는 미사일처럼 어두컴컴한 길을 내달렸다. 자신을 지체시키는 건 목줄을 잡은 채 자꾸만 처지는 나뿐인 듯했다. "조금만 천천히!" 소리쳤지만 나의 말은 바람에 날아가버렸다. 나는 도로의 움푹 팬 부분이 어디어디였는지 기억해내려 애쓰며 어둠 속을 달렸다. 트럭들이 부둣가에 속속 도착하는 게 보였다. 헤드라이트 불빛들마저 공기 중의 물기에 뭉개지고 있었다. 만이 가까워지자 배의 불빛들이 보였다. 배들은 30미터쯤 떨어진 곳에서 파도에 맞서 힘겹게 오르락내리락하고 있었다.

"해나!" 의미가 없다는 걸 알면서도 나는 있는 힘껏 외쳐보았다. 우리가 누굴 찾고 있는 건지 밀리가 제발 알고 있기를, 그래서 라이자에게로 나를 안내하지 않기를 기도했다.

밀리는 어떤 커다란 창고 앞에서 미끄러지며 급하게 멈췄다. 고래추격꾼들이 장비를 보관하는 곳이었다. 바다에 빨리 나가기 급급해서 자기 소유물을 지켜야겠다는 생각은 미처 못 한 듯 문 몇 개가 활짝 열려 있고, 밀리는 그 안으로 들어가 콘크리트 바닥을 앞발로 긁어댔다.

비에 젖은 개의 목줄이 미끄러지며 손가락 사이에서 자꾸 빠지려고 했다. 사방이 갑자기 조용해진 그 안에서 나는 주저주저하며, 주변 상황을 제대로 파악하려고 노력했다. "해나?" 비는 평평한 지붕을 두드리며 홈통의 금 간 틈 사이로 쉴 새 없이 흘러내리고 있었다. 천장 중앙에 별로 밝지 않은 전구가 달려 있었고, 벽에는 바다의 깊이를 표시한 듯한 등고선 지도가 걸려 있었다. 맞은편 벽 앞에는 다양한 플라스틱 통과 이런저런 장비들이 가득 담긴 목재 상자들이 일렬로 늘어서 있었고, 로프, 부표, 둘둘 말린 캔버스 천도 보였고, 기름 냄새가 났다.

"해나?"

벽에 걸린 액자 속의 면허증을 들여다봤다. 그레그 도노호. 그레그의 창고였다. 그 정적 속에서 불현듯 해나의 금지된 작은 보트에 대한 대화를 들었던 일이 떠올랐다. 그레그의 창고에 보관돼 있다는 바로 그 보트.

"하느님 맙소사." 나는 나를 둘러싼 텅 빈 공간에 대고 말했다. 밀리도 나와 같은 결론에 도달했는지 쏜살같이 부둣가로 뛰어나갔고 나는 그쪽으로 손전등을 비췄다.

나는 달렸다. 밀리의 목줄을 손가락에 단단히 말아 쥐고, 바다가 가까워질수록 점점 커져가는 공포를 떨치려 애쓰며 배들이 작업하는 상황을 살폈다. 화창한 아침에 조깅하며 행복한 마음으로 지켜봤던 파도는 온데

간데없고, 그 파도의 막돼먹은 사촌과도 같은, 무서운 파도가 해안을 할퀴고 때리며 해변에서 부서지고 있었다. 800미터쯤 떨어진 바다에서 배들은 끼익 끽, 엔진 돌아가는 소리와 함께 물결에 오르내리며 필사적으로 균형을 잡으려 안간힘을 쓰고 있었고, 요란한 빗소리 위로 차차 사람 목소리도 들리기 시작했다. 나는 밀리를 다리 사이에 끼고 눈에서 빗물을 닦아내려 애쓰며 수평선을 훑어보았다. 아이가 칠흑 같은 어둠 속 그 어디에 있을지는 도저히 감조차 잡을 수 없었지만, 저 바다에서는 노련한 선원들도 고군분투할 수밖에 없다는 건 한눈에도 알 수 있었다.

"해나!" 나는 소리쳤다.

나는 손전등의 얇은 빛줄기로 내 앞의 땅을 비추며 부두를 향해 내달렸다. 두 남자가 작은 모터보트를 바다 쪽으로 밀고 있었다. 둘 다 구명조끼를 입고 있었고, 얼굴은 거의 알아볼 수 없었다. "도움이 필요해요." 나는 숨을 몰아쉬며 말했다. "애가 있어요. 여자아이예요. 혼자 바다로 나간 것 같아요."

"뭐라고요?" 한 남자가 나를 향해 다가섰고, 나는 그가 이곳에서 개를 산책시키던 남자라는 걸 알아볼 수 있었다. "소리를 질러야 돼요! 그래선 하나도 안 들려요!"

"여자아이요." 나는 만 쪽을 가리키며 다시 소리쳤다. "배를 타고 혼자 바다에 나간 것 같아요. 아직 애라고요."

두 남자는 서로 마주보고, 배를 한 번 봤다. 그러더니 그중 하나가 소리쳤다. "구명조끼를 입어요." 밀리를 어디에 둬야 할지 몰라 함께 배에 태웠다. 그리고 두 남자를 도와 배를 바다로 밀었다.

"해나 매컬린." 엔진이 우르릉 살아나기 시작하자 내가 소리쳤다. "호텔에 사는 여자아이예요." 한 남자가 내게 손전등을 바다 쪽으로 비추라고 손짓했다. 나는 물에 빠지지 않으려고 다른 한 손으로 배 옆면을 꽉 붙들었고, 그 남자는 물결을 살피며 자기 손전등을 배 앞쪽에 걸었다.

만약 해나가 그렇게 걱정되지 않았다면 많이 두려웠을 것 같다. 나는 위험한 상황은 피하고 보는 사람이었다. 배가 파도에 튀어 올랐다가, 물결 위로 철썩 떨어지며 나를 뒤흔드는 상황에서, 나는 이 바다 위만 아니라면 세상 어디에라도 갈 수 있을 것 같았다.

"뭐가 좀 보여요?" 파란색 모자를 쓴 남자가 소리쳤다. 나는 고개를 저었다. 몸이 자꾸만 떨려서 밀리를 다리 사이에 안전하게 끼고 있기가 어려웠다. 나는 배의 난간에 밀리의 목줄을 묶었다. 해나를 찾는 일에 집중해야 했다.

"그물을 조심해. 프로펠러가 그물에 걸리면 진짜 꼼짝 못 하게 된다고." 남자 하나가 소리쳤다.

나는 그들의 계획을 머리로 정리했다. 부두 끝에서부터 시작해서 만 전체를 훑어나가며 눈에 띄는 배라는 배는 전부 다 확인하며 그중에 해나의 배가 있는지 찾기로 했다. 물결을 넘을 때마다 배 속이 요동치는 것을 느끼며 마음을 단단히 먹고 배 옆에 붙어 서 있었지만, 손전등의 빛줄기가 이리저리 흔들리며 비추는 건 우리 아래에서 휘돌고 있는 컴컴한 물뿐이었다. 배들 쪽에 근접하자 실버베이의 절반은 채운 듯한 커다란 유람선, 작은 모터보트가 드러났다. 잠수복을 입은 사람들이 보였고, 방수복을 입고 절단기를 건네는 사람들도 보였다. 그들은 오로지 배의 균형을 잡으려 애쓰며 각자의 임무에 집중하느라 우리를 의식하지 못하고 있었다.

"너무 큰 놈이야." 남자들 중 하나가 소리쳤다. 아마도 그물 얘기를 하는 것 같았지만 내 눈에는 보이지 않았다. 우리는 힘겹게 파도를 헤치며 다음 배를 향해 나아갔다. 해나는 없었다. 혹시 내가 잘못 생각한 건 아닐까? 어쩌면 그 작은 보트는 이미 그레그의 창고에서 다른 데로 옮겨졌을지도 몰랐다. 어쩌면 해나는 지금 집에 있는데 내가 잘못 판단한 것이었는지도 몰랐다. 하지만 그때 밀리의 반응이 생각났다. 밀리의 눈은 빛나고 있었고, 무척 긴장한 얼굴이었다. 나는 밀리를 믿어보기로 했다. 해나가 바다에 나오지 않았을 거라 생각했다가 만약에 아니면? 그런 모험은 할 수 없었다.

여섯 번째, 혹은 일곱 번째 배를 지나 만의 입구 쪽으로 가면서 나는 유령 그물의 정체를 조금씩 알게 됐다. 모비호 한 척과 다른 큰 유람선 옆으로 지나갈 때 그 배들의 밝은 조명이 밝힌 물결의 위쪽만 겨우 볼 수 있었는데 그쪽에 엉켜 있는 그물 같은 것이 언뜻 눈에 띄었다. 나는 그 그물에 걸린, 정체를 알 수 없는 형태의 것들이 무엇인지 식별해내려 애썼다.

그때 갑자기 밀리가 엄청 불안한 듯 짖기 시작하더니 곧이어 비명이 들려왔다.

밀리는 목줄을 팽팽히 당기며 벌떡 일어섰다. 나는 손전등을 휙 돌리며 남자들에게 소리쳤다. "엔진을 꺼보세요!" 엔진이 멈추자 공포에 질린 해나의 희미한 비명 소리가 들렸다. 남자들이 다시 엔진을 켜고 내가 가리키는 쪽으로 배를 모는 사이, 손전등의 희미한 빛이 잠깐 비춘 어느 지점에 위험천만하게 흔들리고 있는 작은 배와 그 옆에 매달려 있는 작은 몸이 시야에 들어왔다.

"해나!" 내가 소리침과 동시에 우리의 모터보트가 아이가 있는 쪽으로 내달렸고, 그사이 배의 엔진 소리가 다 묻혀버릴 정도로 개가 짖어댔다. "해나!" 이제 배의 조명이 그쪽을 비추고 있었고 나는 아이를 똑똑히 볼 수 있었다. 두 손으로 배의 옆면을 붙잡고 있는 해나의 얼굴은 공포로 일그러져 있었고, 계속 떨어지는 빗줄기로 머리카락이 온 얼굴에 달라붙어 있었다.

"괜찮아!"라고 나는 소리쳤지만 아이가 듣고 있는지는 확신이 없었다.

"도와주세요!" 해나는 흐느끼고 있었다. "키가 그물에 완전히 걸렸어요. 움직일 수가 없어요."

"해나야, 괜찮아!" 나는 눈에서 빗물을 훔쳐내며 아이를 달랬다. "우리가 가고 있어." 엔진 속도가 줄어드는 걸 느끼고 나는 몸을 돌렸다. "더 가까이요!" 나는 남자들에게 소리쳤다. "더 가까이 붙여요!"

한 남자가 큰 소리로 욕을 내뱉고는 소리쳤다. "더는 못 가요! 우리도 그물에 걸려버릴 거예요. 무전으로 구명정을 부를게요."

"저쪽으로 로프를 던지면 안 될까요?"

"키가 그물에 걸려버렸으면 그것도 도움이 안 돼요."

해나의 비명은 거대한 파도처럼 나를 때렸다. "내가 데려올게요." 나는 신발을 벗어던지며 소리쳤다.

"진짜 괜찮겠어요?"

"다른 방법이 없잖아요?"

내가 재킷을 벗어버리자 남자 하나가 내게 절단기를 건넸다. 다른 남자는 내 구명조끼를 앞으로 당겨 단단히 채워주며 소리쳤다. "그물에 걸리지 않도록 조심해요. 당신 쪽을 비추려고 노력할 테니까, 내가 비추는 쪽으로 헤엄쳐 가요. 빛을 따라서."

아무리 구명조끼를 입고 있어도 바닷물이 힘이 어찌나 세고 차가운지 정신을 차리기 어려웠다. 파도가 한 번 더 나를 덮치자 숨이 턱 막히는 것 같았고, 염분 때문에 눈이 따가웠다. 나는 필사적으로 수면 위로 올라가 어느 방향으로 가야 하는지 가늠하기 위해 빛을 향해 눈을 가늘게 떴다. 그리고 절단기를 손목에 감아서 걸고, 파도가 다시 나를 내리쳤을 때 헤엄쳐 나가기 시작했다.

해나는 10미터 정도밖에 안 떨어져 있는 것 같았지만 내 평생 거기까지 헤엄쳐 가는 것보다 더 힘든 여정은 결코 없었다. 파도와 해류는 나를 자꾸 해나로부터 멀어지게 했고 너울이 내 머리를 집어삼킬 때마다 해나의 비명도 사라졌다. 나는 가능한 순간마다 얼른 숨을 몰아쉬고는 다시 머리를 물에 집어넣고 해나가 있다고 생각되는 쪽을 향해 헤엄쳐나갔다. 뒤쪽에서 남자들의 외침이 들려왔고 해나의 비명은 차츰차츰 커져가고 있었다. 나는 내 몸을 자꾸 잡아당기는 물속으로 양팔을 차례로 넣고 마치 기계처럼 돌려댔다. 눈앞에 보이는 건 신경 쓰지 말자고 했다. 그저 나를 향해 다가오는 파도를 넘으며 팔을 한 번 돌릴 때마다 그 작은 배에 점점 가까워지고 있다고 스스로를 독려해야 했다.

해나와의 거리가 3미터 정도로 좁혀들었을 때 아이가 구명조끼를 입고 있는 게 보였다. 하느님 감사합니다! "해나!" 해나가 나를 향해 배 위로 몸을 내밀었을 때 내가 말했다. "헤엄칠 수 있겠니?"

그리고 그때 나는 보고 말았다. 아마도 나를 태우고 온 배가 접근하면서 조명이 더 밝아졌고, 너울이 해나 배의 키를 감고 있는 그물을 들어올린 순간 갑자기 컴컴한 물이 환해졌다. 그리고 나는 평생 잊지 못할 광경을 보고 말았다. 엉켜버린 가는 그물 사이로, 아주 잠깐이었지만, 물고기, 바닷새의 몸체, 그리고 일주일 전쯤에 이미 죽은 것으로 보이는 생물들의 조각조각들이 거의 보이지도 않는 가느다란 그물, 바다를 떠다니는 죽음의 장막에 걸려 있었다. 아기 거북과 앨버트로스로도 보이는 거대한 갈매기가 날개가 반쯤 찢겨나간 채 걸려 있었다. 그보다 더 참혹한 것은 돌고래가 눈을 뜬 채 그물에 완전히 묶이다시피 걸린 모습이었다. 바다 생물에 대해 아는 게 별로 없는 나도 돌고래가 살아 있다는 건 분명히 알 수 있었다. 해나는 배 가장자리에 매달린 채 이 모든 걸 보았다. 해나는 찢어질 듯한 비명을 질렀다. 내가 배의 옆면으로 다가가자 아이의 커다란 두 눈엔 나도 함께 목격한 것들에 대한 공포가 담겨 있었다. 나는 몸서리를 치며 내 팔다리가 아래의 썩어가는 생물들에 닿지 않기를 기도하며 팔을 뻗었다.

"해나! 헤엄쳐서 저쪽으로 가야 해. 어서."

불빛은 내게서 멀어지더니 다시 돌아왔다. 찰나의 순간이었지만 나는 해나의 얼굴이 하얗게 질린 채 바다에 시선이 고정돼 있는 걸 볼 수 있었다. 이제 자기 아래 무엇이 있는지 알게 된 해나는 충격에 얼어붙어서 내 존재는 안중에도 없는 듯 흐느껴 울기만 했다.

"해나!" 나는 애원했다. 내가 배 위로 기어 올라가는 건 불가능했다. 팔다리는 거의 얼어 있었고 의지해서 잡고 올라갈 만한 것도 없었다.

"해나!" 그리고 발이 무언가와 부딪히는 느낌에 나도 모르게 다리를 오므렸다.

그때, 빗소리와 나의 고함 뒤에서 밀리가 짖어대는 소리를 뚫고 해나의 절망에 찬 울부짖음이 들렸다. "브롤리!"

정말 살면서 다시 보기 어려운, 생지옥 그 자체였다.

해나가 나를 향해 손을 뻗었고, 내가 등을 돌리자 15미터 정도 되는 유령 그물과 소름 끼치는 모습으로 무력하게 그물에 걸려 있는 생물들의 모습이 조명에 환히 드러났다. 저 그물의 전체 길이는 과연 얼마나 될지, 그 아래에서 고요히 죽어가고 있는 생명의 수는 또 얼마나 될지 생각하며 나는 오한이 이는 걸 느꼈다. 그리고 살아 있는 생명들을 그물을 잘라서 구하려고 애쓰고 있을 고래추격꾼들을 떠올렸다.

"브롤리를 구해주세요!" 해나가 소리를 질러댔다. "꼭 구해야 돼요!"

"해나야, 우린 저 배까지 가야 해!" 나도 소리를 질렀다.

그러나 해나는 거의 발작을 하고 있었다. "브롤리를 구해주세요! 아저씨, 제발요. 그물을 잘라서 구해주세요!"

애와 언쟁을 벌일 시간은 없었다. 나는 깊이 숨을 들이 마시고 조명이 다시 한번 춤을 추며 지나가자 절단기를 움켜쥐고 물속으로 들어갔다.

가장 놀라운 건 고요함이었다. 온갖 소음과 바람과 비와 해나의 비명을 듣고 난 뒤라 그랬을까, 그 모든 혼란에서 벗어났다는 묘한 안도감이 느껴졌다. 그물에 걸린 돌고래의 희미한 몸체가 시야에 들어와 그쪽으로 돌진하는 중에 내 팔다리도 까닥하다간 그 그물에 걸리겠다 싶었고, 물 밑으로 딸려 들어가는 것도 순식간이겠다 싶었다. 유령 그물이 깜짝 놀랄 정도의 힘으로 내 손을 벗어나려고 했고, 나는 그것을 놓치지 않기 위해 안간힘을 쓰며 절단기를 그물을 향해 휘둘렀다. 그물과 씨름을 하면서 잘라내는데 나일론 같은 실이 헐거워지는 게 느껴졌다. 죽은 듯이 기진해 있던 돌고래는 이 새로운 위협에 놀랐는지 몸을 비틀었다. 불빛이 방향을 낮추며 우리를 덮치자 나는 돌고래가 피를 흘리고 있다는 걸, 등지느러미가 잘려 나가기 직전이라는 걸, 돌고래는 질긴 그물과 사투를 벌이다가 상처를 입었다는 걸 알 수 있었다. 이미 죽은 바다 생물들의 사체가 자꾸 내 옆으로 떠올라 나는 계속 눈을 감아야 했다. 그물은 계속 소용돌이치며 나마저 그 끔찍한 그물의 일부로 만들려고 위협해오고 있었다.

"아저씨!"

멀리서 해나가 울부짖는 소리가 희미하게 들려왔다. 그리고 바로 그때,

나는 그물의 마지막 부분을 잘라냈고 돌고래는 머뭇머뭇 캄캄한 어둠 속으로 달아났다. 돌고래가 향하는 곳이 드넓은 바다이길 나는 바랐다.

그리고 물을 게워내며 안도감에 입을 벌리고 수면 위로 떠올랐다. "해나!" 나는 절단기를 들어 올리며 소리쳤다. 해나는 그제야 하얗게 질린 얼굴로 배 가장자리에서 미끄러지며 나의 품 안으로 안겼다. 그리고 우리를 둘러싼 광경을 더 이상 보고 싶지 않다는 듯 얼굴을 내 품에 묻었다.

해나는 내가 돌고래를 풀어줬다는 것을 확인한 뒤로는 해안으로 돌아오는 내내 아무 말도 하지 않았다. 입술을 내 귀에 바짝 붙이고 혹시 돌고래의 아기도 보았냐고 묻기는 했는데, 내가 보지 못했다고 말하자 얼굴을 밀리의 젖은 목덜미에 묻었다.

물살에 저항하며 배로 돌아가는 동안 나는 해나를 꽉 붙들었고, 너무 격렬하게 떨지 않으려고 노력했다. 그리고 배에서 기다리던 두 남자와 눈빛을 교환할 땐 우리가 얼마나 운이 좋았던 건지 느낄 수 있었다.

부두에 도착했을 때 라이자는 이미 우리를 향해 달려오고 있었다. 잠수복을 입고 있는 그녀의 두 눈엔 공포가 가득했다. 필사적으로 딸을 품에 안으려는 그녀의 눈에 나는 아예 안 보이는 것 같았다.

"엄마, 미안해요." 얼어붙어서 핏기 없는 두 팔로 해나는 엄마의 목을 꼭 끌어안으며 울었다. "난 그냥 돌고래들을 돕고 싶었어요."

"알아, 우리 딸, 알아…."

"그런데 브롤리가…." 해나가 격하게 흐느끼기 시작했다. "내가 봤어…."

라이자는 누군가 그녀 쪽으로 건넨 담요를 받아 딸을 그 안에 싸서 허벅지로 받쳐 안은 채, 해나가 열한 살짜리가 아니라 훨씬 어린아이인 것처럼 가만가만 흔들고 있었다. 몇몇 사람들이 자동차의 불빛을 받은 채 어두운 모래사장 위로 모여들었다. "아, 해나야." 라이자는 계속 해나의 이름을 되뇌었고 그 무너진 듯한 목소리의 무언가가 나를 죽도록 괴롭게 만들었다.

"라이자, 정말 미안해요." 마침내 라이자가 나를 올려다봤을 때 나는 말했다. 누군가가 내 어깨에 담요를 둘러줬음에도 불구하고 나는 몹시 떨고 있었다. "위층에 딱 5분 올라가 있었는데…."

그녀는 말없이 고개를 저었고, 그 어둠 속에서 나는 그것이 나를 용서한다는 것인지 아니면 더 이상 다가오지 말라는 것인지 알 도리가 없었다. 어쩌면 15분이라는 짧은 시간 동안 열한 살짜리 애 하나 제대로 보지 못한 남자의 무능함을 도저히 믿을 수 없다는 고갯짓인지도 몰랐다.

"그 배는 가망이 없는 것 같아요." 누군가가 말했다. "그물이 키를 완전히 둘둘 감아버렸어요. 가라앉지 않는다면 이상한 일이에요."

"배는 어떻게 되든 상관없어요." 라이자는 딸의 얼굴에 얼굴을 맞대고 있었다. 그러다가 해나의 울음소리가 높아지자 "괜찮아, 아가. 이제 안전해"라고 말했다. 해나를 달래는 건지 자기 자신을 달래는 건지 알 수 없는 말이었다.

나도 두 팔로 그 둘을 감싸 안고 싶다고 생각하며 나는 그들을 물끄러미 보고만 있었다. 내가 라이자와의 마지막 기회조차 날려버렸다는 것과 나의 실수로 그녀가 엄청난 일을 겪을 뻔했다는 것을 깨닫자, 아까 그물과 사투를 벌일 때 아래로 끌려 내려가는 것 같던 느낌이 다시금 되살아났다.

심장에 뭔가 턱 걸리는 느낌이 들어 나는 결국 고개를 떨어뜨렸다. 그때 누군가가 큰 배가 그물에 걸렸다고 외쳤고 몇몇 사람들이 다시 부두를 향해 해변을 달려 내려갔다.

어떤 모르는 여자가 머그잔에 차를 따라 내게 건넸다. 그걸 마시다가 입을 데었지만 상관없었다. 그때 캐슬린이 뒤에서 나타났다. "호텔로 돌아갑시다." 캐슬린은 내 어깨에 울퉁불퉁한 손을 얹었다.

그리고 그레그가 갑자기 어둠을 뚫고 우리를 향해 달려왔다. "라이자?" 그는 소리치고 있었다. "라이자?" 그의 목소리에도 두려움이 가득했다. "방금 들었어. 해나는 괜찮은 거야?" 그레그의 두려움은 너무나 구체적으로 다가왔고, 처음으로 나는 분노보다는 동정을 느꼈다.

"미안해요." 나는 라이자가 듣기를 바라며 어둠에 대고 한 번 더 말했다. 그리고 모르는 사람들에게 이리저리 치이다가, 돌아서서 천천히 호텔 쪽으로 난 길을 따라 올라갔다.

새벽 1시가 되어서야 몸이 온기를 되찾기 시작하는 것 같았다. 내가 그렇게 원했는데도 캐슬린은 따뜻한 물에 목욕을 하지 못하게 했다. 대신 내가 이제 제발 그만 달라고 애원할 때까지 계속 차를 끓여서 댔다. 캐슬린은 내 방의 벽난로에 불을 때주었고―나는 여태 그 벽난로가 장식용인 줄만 알았다―내가 이불 몇 겹을 덮고도 계속 떨자 따뜻한 레몬, 꿀, 그리고 매콤한 맛이 나는 무언가와 브랜디를 섞어 나름의 비법으로 조제한 음료를 가져다줬다. "정말 조심해야 돼요." 캐슬린은 마치 어린아이 다루듯 이불을 더 당겨 덮어주며 말했다. "바닷물에 그렇게 들어가 있다가 몸이 어떤 지경이 되는지 알면 아마 깜짝 놀랄걸."

"해나는 어떤가요?" 캐슬린이 벽난로에 장작을 하나 더 던져 넣고 방을 나가는데 내가 물었다.

"자요." 캐슬린은 바지에 있지도 않은 먼지를 털어내며 말했다. "어린

게 완전 나가떨어졌어. 하지만 괜찮아요. 지금 둘이 똑같은 처치를 받고 있어요. 브랜디만 빼고 말이지."

"해나는… 못 볼 걸 보고 너무 많이 놀랐어요."

캐슬린의 얼굴이 잠시 엄숙해졌다. "그런 광경은 그 누구도 보지 않으면 좋으련만. 그래도 우리는 할 수 있는 일을 다 했어요. 힐먼가 근처에서 고래도 그물에서 풀어줬고, 지금도 계속 작업하고 있어요. 그 그물을 발견 못 했더라면 정말 생각만 해도…."

다시 그 칠흑 같은 바다와 거기 떠 있던 사체들이 눈앞에 펼쳐졌다. 나는 몇 시간째 그 광경을 떨쳐내려 애쓰고 있었다. 라이자가 아직도 거기 나가 있는지 궁금했다. 그 그물과 싸우기 위해 그 거친 바다에 몸을 던지고 있는지.

"캐슬린." 나는 조용히 말했다. "죄송해요."

하지만 캐슬린이 내 말을 끊었다. "쉬어야지." 목소리가 단호했다. "정말 쉬어야 해요. 이불 속에 파묻혀서 눈 좀 붙여요." 그리고 마침내, 뼛속까지 지칠 대로 지쳐 있던 나는 그 말을 순순히 따랐다.

∞

무슨 소리가 들렸을 때는, 내가 몇 시간을 잤는지 몇 분을 잤는지 전혀 감이 잡히지 않았다. 런던에 오래 살면서 밤에 들리는 예기치 않은 소리에 예민해진 나는 팔꿈치로 침대를 받치고 몸을 일으킨 뒤, 여전히 꿈과 현실 사이의 기묘한 공간 사이에서 헤매며 어둠 속에서 눈을 깜빡거리고 있었다.

얼마 동안은 내가 어디에 있는지조차 기억나지 않았지만 벽난로에서 빨갛게 타들어가고 있는 장작불을 보니 생각이 났다. 내가 일어나 앉자 이불 여러 겹이 흘러내렸고 두 눈은 어둠에 적응하기 시작했다.

그런데 누군가가 내 침대 옆에 서 있었다.

"뭐…."

라이자 매컬린이 가까이 다가오더니 내 입술에 손가락을 가져다 댔다. "아무 말도 하지 말아요."

나는 잠깐 내가 아직도 꿈을 꾸고 있는 건 아닌가 생각했다. 깜깜한 방 안에선 그녀의 윤곽조차 식별하기 어려웠으니까. 하지만 내가 꾸던 꿈들 은 아주 변덕스럽고 소름 끼치는 것들이었다. 숨을 쉴 수 없을 정도로 물 과 조각난 사체들이 가득 차 있는 악몽. 그러나 여기, 이 따뜻한 어둠 속 에서 나는 그녀에게서 바다 내음을 맡을 수 있었고, 그녀 손이 내 손에 와 닿으며 그녀의 살갗에서 모래의 깔끄러움을 희미하게 느낄 수 있었 다. 그리고 가까이 다가온 그녀의 숨결도 느낄 수 있었고, 곧 그녀의 입 술이 내 입술에 포개지며 충격적인 부드러움이 나의 감각을 마비시켰다.

"라이자." 그렇게 이름을 부르면서도, 그녀의 이름이 내 생각 속에서 흘 러가는 것인지 아니면 내가 정말 소리 내어 부르고 있는 것인지 확실히 알 수 없었다. '라이자.'

그녀는 아무 말 없이 침대 속으로 미끄러지듯 들어왔다. 그녀의 팔다 리는 밤공기 때문에 아직도 차갑고 축축했다. 그녀의 손가락이 내 얼굴 의 윤곽을 따라가다가 그레그가 만든 멍 위에, 머리카락 속의 상처에 잠 시 머물렀다. 이어진 그녀의 격렬한 키스로 나는 내 의지대로 움직일 수 없었다. 멀리서 장작이 탁탁 타는 소리가 들려오는 가운데 내 몸 위로 다 가오는 그녀의 가녀린 무게를 느낄 수 있었다. 그녀가 셔츠를 머리 위로 벗자 갑자기 살갗의 서늘한 감촉이 느껴졌다. 머릿속이 복잡해졌지만 나는 그녀를 붙들었다. 그리고 그녀의 얼굴을 두 손으로 잡고 그녀를 보려고 했다. 내가 지금 무슨 태풍 속으로 빨려 들어가고 있는지 알아야 했다. "라이자, 난 이해가 안 돼요."

그녀가 내 위에서 잠시 가만히 있었다. 그녀가 나를 보고 있다는 걸, 보았다기보다는 느낄 수 있었다. "고마워요." 그녀가 속삭였다. "내 딸을 내게 데려와줘서 고마워요."

그녀는 마치 전기가 오른 것 같았다. 그녀의 모든 신경 하나하나가 어떤 에너지로 고동치듯, 마치 도저히 막을 수 없는 대자연의 힘 같기도, 램프 밖으로 나온 지니 같기도 했다. 솔직히 나는 몇 주씩 이런 장면을 상상해왔다. 그녀의 비애를 나의 키스로 떠나보내며, 이 슬픈 여자와 가만가만히 사랑을 나누는 장면을. 하지만 지금 나를 감싸고 있는 사람은 내가 상상했던 그 사람이 아니었다. 그녀는 탐욕스러웠고, 모든 걸 포용하려 했고, 살아 있었다. 그녀의 몸은 마치 장어처럼 유연했지만 나를 향해 다가올 때는 가차 없는 파도와도 같았다. 이렇게 쉽게 자신을 내게 던졌다는 사실에 나는 몸 둘 바를 몰랐다. 언뜻언뜻 제정신이 들 때마다, 이게 그녀가 고맙다고 말하는 방식일까, 묻고 싶었다. 아니면 혹시 지난밤의 충격에 대한 반응일까? 나는 기억의 구석진 어느 곳에서 캐슬린이 했던 말을 끄집어냈다. 라이자는 바다 생물의 죽음을 받아들이기 힘들어한다고. "그리고 그러면, 1년에 두 번쯤, 그 가엾은 바보는 자기에게도 기회가 있다고 생각하는 거고." 내가 뭐라고 말을 하려는데, 라이자의 입술이 내 입술 안으로 녹아들었다. 그녀의 살갗이 따뜻해지고 내 몸 위에서 맹렬히 불타오르기 시작하면서 마침내 그 열기가 내 안으로 전해지는 걸 느낄 수 있었다. 나는 아무 말도, 아무 생각도 할 수 없었다.

눈을 떴을 땐 침대가 비어 있었다. 잠이 깨어 맑은 정신으로 생각이란 걸 해보기도 전에 나는 이미 그 사실을 알고 있었던 것 같다. 그리고 간밤의 일이 내게 천천히 스며드는 동안 새벽의 빛에 눈을 깜빡이고만 있었다.

그녀가 나를 허락했다. 나는 그 무지갯빛 두 눈을 들여다보았고 그녀의 영혼을 만났다. 마침내 그녀가 나를 자기 안으로 받아들였을 때, 그녀와 함께이길 바랐던, 평생토록 되고 싶었던 바로 그 남자가 될 수 있게 해줬다. 어쭙잖게 사랑을 흉내 내는 게 아니라, 강하고 확신에 찬, 열정이 가득한 그런 남자. 그녀를 보호할 수 있고, 소중히 여기며, 순수한 자기 의지로 그녀를 기쁘게 만들 수 있는 남자. 나는 마치 스무 살이 된 것 같았다. 소년이 된 것 같았다. 맨손으로 건물도 무너뜨릴 수 있을 것만 같았다.

눈이 빛에 적응하자 나는 벌떡 일어나 앉았다. 내가 받은 것을 생각하며 기뻐해야 할까, 이미 그것을 빼앗겼다는 사실에 슬퍼해야 할까, 혼란스러웠다.

나는 아침에 눈을 떴을 때 내가 혼자일 거라는 걸 너무나 확신하고 있었기 때문에 이 방 안에 내가 혼자가 아니라는 걸 깨닫기까지는 시간이 좀 걸렸다. 라이자가 가죽 의자를 창가로 끌어다 놓고 앉아 있었다. 그녀는 청바지를 입고 두 팔로 무릎을 감싸 안은 채 거기에 볼을 묻고 있었다. 시계를 보았다. 5시 15분.

나는 그녀를 응시했다. 영원토록 그녀를 이렇게 보고 있을 수 있으면 좋겠다고, 그러나 내가 깼다는 사실을 그녀가 알아챈 순간 그 마음은 숨겨야 마땅할 거라고 생각했다. 갑자기 그레그의 마음을 이해할 수 있을 것 같았다. 나 역시, 닿을 수 없는 누군가를 사랑하는 게 어떤 건지 알게 됐으니까.

"굿 모닝." 나는 나직이 인사를 했다. 그리고 제발, 너무 멀리만 달아나지 말아요, 라고 속으로 말했다. 어제 일을 너무 대놓고 후회하는 내색은 하지 말아요, 라고.

그녀가 천천히 돌아앉았다. 그녀의 두 눈이 내 눈과 맞물렸다. 그녀의 생각까지 읽을 수는 없었지만, 나에게서 멀리 있다는 건 알 것 같았다. 어떻게 그럴 수 있을까, 얼마 전까지만 해도 그녀의 몸이 내 몸에 아로새겨지는 느낌이었는데? 그녀의 피가 이제는 내 혈관을 타고 흐르는 느낌인데?

"마이크." 그녀가 입을 열었다. "언론에 대해 좀 안다고 했죠?"

머릿속이 갈팡질팡했지만 나는 최대한 그녀의 말을 따라가려고 애썼다. "그랬… 죠."

"만약 정말 나쁜 짓을 한 사람이 죄를 자백하면 어떻게 될까요? 지금까지 아무도 모르고 있는 일을 말이에요. 그러면 언론의 관심을 받을 수 있겠죠, 그렇죠?"

나는 손으로 머리를 쓸었다. "미안해요, 지금 무슨 말을 하는지…."

"레티가 어떻게 죽었는지 얘기해줄게요." 그녀는 나직하지만 또렷한 목소리로 말했다. "그러면 나의 그 얘기가 누구를 구원할 수 있을지 당신이 말해줘요."

라이자

니트라제팜. 제품명은 모가돈. 한 병에 마흔두 개의 알약이 들어 있다. 내가 잠을 잘 수 있게 돕는 이 약은 완전히 합법적이며, 나의 산후 우울증과 육아 스트레스를 감안할 때 충분히 복용할 만한 것이었다. 의사는 전혀 거리낌 없이 내게 이 약을 처방해줬다. 오히려 자기가 간단히 해결해줄 수 있는 문제를 가진 사람을 만난 걸 기뻐하느라 별로 신경을 쓰는 것 같지도 않았다. 의사와는 꽤 오래 알고 지낸 사이였다. 그는 임신 기간 내내 나를 봤고, 나의 시어머니와 아기 아빠도 알았으며, 나의 배경도 알았다. "잠을 좀 제대로 자고 싶어요." 나는 말했다. "얼마 동안만 먹으면 돼요. 좀 지나면 괜찮아질 거란 걸 제가 알아요."

그는 한 치의 망설임도 없이 내게 처방전을 건네고는 다음 환자를 맞을 준비를 하느라 컴퓨터 모니터를 향해 돌아앉았다. 얼마 후, 나는 약국 주차장에 서서 내 손 안의 약병 라벨을 들여다보고 있었다. 수면제. 잘못 쓰면 목숨도 앗아갈 수 있는 약. 그 약병을 손에 들고 있자니 묘한, 공허한 흥분 같은 게 느껴졌다. 내 삶을 다시 찾아줄 약이었다.

내가 호주에서 살기 시작했을 때—내가 근근이 존재만 하던 기간이 아닌, 나의 진짜 삶이 시작됐을 때—이모는 잠을 좀 잘 수 있게 의사를 만나보라고 나를 설득했다. 나는 그때도 베개에 머리를 갖다 대기도 겁날 정도로 악몽에 시달리고 있었다. 잠이 들면 공포에 질린 레티의 얼굴이 보였고 나를 부르는 목소리가 들려, 나는 제발 다 잊게 해달라고 기도해야 했다. 비록 제품명이 다르긴 했지만, 호주 의사가 내게 권한 첫 번째 해결책이 바로 저 약이었다. 그 의사가 내게 준 처방전을 보고 그 약이 무엇인지 알아차린 나는 비틀거리며 그 의사 앞으로 한 걸음 다가가다가 그대로 기절해버리고 말았다.

잘 모르는 사람들은 내가 결손가정 출신이라고 말했지만, 나는 우리 집이 불완전하다고 느껴본 적이 한 번도 없었다. 아버지의 부재도 느끼지 못했다. 선천적으로 강렬한 모성애와 자부심, 불굴의 의지를 타고난 우리 엄마는 누구에게라도 부족함이 없는 부모였고, 내가 좋은 교육을 받아서 엄마와 같은 실수를 반복하게 하지 않겠다는 집념이 대단했다. 엄마는 나를 인도했고, 재촉했고, 꾸중했고, 사랑했다. 비록 우리가 부자도 아니고 일반적인 가정이 아니라는 것도 명백했지만 나는 그 무엇에도 부족함을 느끼지 못했다. 나는 아이였음에도 나 자신이 행운아라고 생각했다. 엄마는 내 곁에서 할 수 있는, 낮은 급여의 파트타임 위주로 쉬지 않고 일했다. 내가 잠든 동안 일하는 경우도 잦았는데, 이제 와 생각해보면 그렇게 힘들게 일하며 어떻게 따뜻한 아침을 차려놓고 웃는 얼굴로 나를 깨웠는지 놀라울 따름이다.

우리는 런던에서 약간 벗어난 도시 외곽 지역의 작은 집에 살았다. 한때 엄마를 고용했던 어떤 여자가 세를 준 집이었다. 우리 집 반경 1킬로미터 안에는 친구들이 스무 명 남짓 살았고, 그 안에서 내가 원하는 것은 대략 다 할 수 있는 자유를 누렸다. 어린 시절, 우리는 두 번 호주를 방문했고, 그 덕에 나는 내 또래들 사이에서 글로벌 문제 전문가로 등극할 수 있었다. 어느 날, 엄마는 내게 나중에 호주로 가서 캐슬린 이모와 같이 살자고 약속했다. 하지만 엄마가 할아버지, 할머니 곁에 살고 싶었던 것 같진 않다. 한 번도 그분들에 대해 좋은 얘기를 한 적 없었으니까. 그러다가 할아버지가 돌아가시고 나자 엄마는 삶을 뿌리째 뽑아 지구의 반대편으로 옮겨 가지 않아도 될 다른 이유들을 찾았다. 최근에 다니기 시작한 직장, 나의 학교 문제, 새로 좋아지기 시작한 남자 등등.

그리고 결국은 너무 늦어버리고 말았다. 엄마의 암은 충격적으로 진행이 빨랐다. 일단 체중이 줄었다. 체중 감소가 처음에는 엄마의 자랑거리였지만 엄마가 칼로리를 꼼꼼히 따진 결과만은 아니라는 사실을 깨닫게 되면서 바로 걱정거리로 둔갑했다. 당시 엄마가 만나던 '좋은 남자'—기차로 한 시간 정도 거리에 살던 이혼남—는 엄마의 치료 과정이 골치 아파지고, 힘들어지고, 엄마의 감정적인 요구들이 커지면서 우리에게 오지 않을 구실들을 찾기 시작하더니 결국 발길을 끊고 말았다. 그 남자의 태도에 상처를 받아서였을까, 마지막까지 독립적이었던 엄마는 캐슬린 이모에게 자기가 죽어가고 있다는 사실을 알리지 않았다. 엄마가 자신이 죽은 다음에야 이모에게 도착할 편지를 썼다는 사실은 나중에야 알게 됐다. 그 편지에 엄마는 이모에게, 내게 꼭 호주로 가야 한다는 부담을 줄 필요는 없다면서, 그저 내가 어디에 있고 싶어 하든 나를 지지해달라고 썼다. 그것이 엄마가 엄마로서 내린 딱 한 가지 잘못된 결정이었다.

엄마를 잃어도 괜찮은 나이라는 건 결코 있을 수 없겠지만, 열일곱 살이었던 나는 혼자서 삶을 대면할 준비가 돼 있지 않았다. 나는 나의 그

당당하던 엄마가, 매력 넘치던 엄마가 움츠러들고 작아지는 모습을 지켜봤다. 모르핀과 혼돈 속에서 엄마의 삶에 대한 욕구가 사라지는 것도 지켜봤다. 처음에는 나도 엄마를 돌보기 위해 최선을 다했다. 그러다가 엄마의 간호를 맡게 된 간호사가 내게 차마 할 수 없었던 말이 무엇인지 깨닫게 되면서 물러났다. 나는 이건 꿈일 거라고 나 자신에게 말했다. 엄마 친구들은 손으로 입을 가린 채 내가 얼마나 용감하고, 똑똑한지 모르겠다고 말했다. 하지만 나는 혼자 집에 앉아 쌓여가는 비정한 고지서들을 응시하며, 나의 삶만 피할 수 있다면 그 누구의 삶이라도 기꺼이 살 수 있을 것 같다는 생각을 했다.

엄마는 11월의 어느 어둡고 고통스러운 밤에 죽었다. 나는 엄마와 함께 있었다. 이제 사과는 제발 그만하라고, 나는 괜찮을 거라고, 내가 사랑받았다는 걸 잘 안다고 말했다. "내 파란색 가방에 돈이 있어." 엄마는 그나마 맑은 정신이 남아 있을 때 쉰 목소리로 내게 말해줬다. "그 돈으로 캐슬린 이모에게 가. 이모가 널 돌봐줄 거야." 하지만 나중에 확인해보니 100파운드도 안 되는 돈이 남아 있을 뿐이었다. 호주는 고사하고 스코틀랜드도 못 갈 돈이었다. 나의 어려움을 이모에게 말하지 않은 건 자존심 때문이었을까? 예상대로 나는 정도에서 이탈하기 시작했다. 학교를 그만두고 슈퍼마켓에서 상품 진열하는 일을 시작했지만, 그 일로는 엄마와 살던 집에서 살기 어렵다는 사실을 곧 깨달았다. 월세는 계속 밀렸고, 결국 엄마 친구분은 미안하다는 듯, 나를 그냥 계속 머물게 할 여건이 안 된다고 말했다. 그분이 내게 다른 집 입주 보모 자리로 들어가면 어떻겠냐고 묻기에 나는 친구와 함께 살게 됐다고 말했고, 그러자 그분은 안심하는 눈치였다.

내 삶은 혼돈 그 자체가 돼버렸다. 얼마 안 되는 엄마의 귀금속을 조금

씩 팔기 시작했지만 그것만으론 입에 풀칠하기도 어려웠다. 나는 무허가 건물에서 살았고, 나이트클럽을 찾아 바에서 일했다. 밤마다 집으로 돌아갈 시간이면 내가 얼마나 외로운지 잊기 위해 반드시 취하려고 노력했다. 한동안 나는 고스족으로 지냈고, 스물한 살이 됐을 때는 빅토리아의 그 무허가 건물을 지나쳐간 여러 남자 중 한 남자의 아이를 가졌다. 내 수중에 인사불성으로 취할 만한 돈이 있었던 어느 밤에 일어난 일이었다. 성은 물어본 적도 없는 그 거구의 남자는 정말 맛있는 렌틸 스튜*를 만들었고 내 머리칼을 쓰다듬으며 나를 '아기'라고 불렀다.

내가 임신했다는 사실을 알게 되자 모든 게 달라졌다. 호르몬의 영향인지 아니면 그저 우리 엄마의 모성을 물려받은 것인지 모르겠지만, 스스로를 보호해야겠다는 본능이 내 안에 자리 잡았다. 나는 지난 4년 동안은 애써 생각하지 않으려했던 것들을, 우리 엄마가 내가 어디에 있는지 볼 수 있다면 내게 무슨 말을 했을까를 생각했다. 아이를 지우는 것은 고려조차 하지 않았다. 오히려 다시 나만의 가족을, 같은 피를 나눈 누군가를 가질 수 있다는 사실이 기뻤다. 그래서 보라색으로 염색했던 머리카락을 잘라버리고 입주 보모로 들어갔다. 그리고 해나가 태어나자 그 가족 친구분의 표구사에 취직했다. 그들은 두말 않고, 해나를 놀이방에서 데리고 와야 하는 1시 반까지만 일하도록 배려해줬다. 나는 가끔씩 캐슬린 이모에게 편지와 사진을 보냈는데 그러면 이모는 언제나 곧바로 답장을 보냈고, 그 안에는 '아기에게 뭐라도 사주라며' 동봉한 돈과 내가 혼자 일군 삶이 무척 자랑스럽다는 말이 적혀 있었다. 결코 쉬운 삶은 아니었고, 경제적으로 안정적인 삶도 아니었지만 충분히 행복했다. 이모가

---

* 히피 음식

357

늘 내게 말하곤 했듯이, 엄마는 그런 나를 보며 기뻐했을 것 같다. 그러던 어느 날, 스티븐 빌리어스가 가게에 들어섰다. 그는 자기가 구입한 사진을 금빛 틀에 짙은 녹색 바탕지로 표구하고 싶다고 했다. 그리고 내가 일군 나의 삶은 그날 영원히 바뀌고 말았다.

짐작 가능하겠지만, 나는 외로웠다. 나와 아기를 참아줄 가족을 만났다는 게 정말 행운임을 모르진 않았지만, 그들이 식탁에 둘러앉아 있는 모습이나 그들이 텔레비전 앞에 앉아 농담하는 모습을 지켜보는 게 쉽지는 않았다. 아이들은 추레한 스웨터를 걸친, 한없이 사람 좋은 그 집 아빠를 발로 쿡쿡 찔러대기도 했다. 심지어 그들이 싸우는 모습마저 부러웠다. 나도 싸울 수 있는 누군가가 있다면 얼마나 좋을까, 생각했다.

솜털이 보송보송한 새끼 고양이처럼 앙앙 울기만 하던 아기 해나가 너무나 환하고도 사랑스러운 얼굴로 걸음마를 떼는 모습을 지켜보며 나도 그 가족과 같은 걸 원하게 됐다. 나의 딸을 사랑해주고, 마당에서 안아 올려 빙빙 돌려주고, 목말을 태워주고, 웃으며 아이의 기저귀에 대해 투덜거릴 아빠를 원했다. 나는 내 아이에 대한 얘기를 나눌 수 있는 누군가를 원했다. 내가 아이 연령에 맞게 제대로 잘 먹이고 있는지 참견을 하고, 아이의 학교나 신발에 대해 생각해줄 누군가를 원했다.

그러나 남자들은 아기가 있는 여자들에게는 관심이 없었다. 적어도 내가 아는 남자들은 그랬다. 그들은 내가 저녁에 그들을 펍에서 만날 수 없는 이유에 관심이 없었고, 내가 일요일 점심에 만나자고 하는 이유에도 관심이 없었다. 그들은 내 금발 아기의 아름다움은 보지 않았고, 나를 구속하는 존재로만 봤다. 그래서 스티븐 빌리어스가 나를 슈퍼마켓 밖에서 만났을 때, 해나를 무슨 돌림병을 옮게 할 존재로 보지 않았을 뿐만 아니라 내가 장 본 물건들을 좀 더 편하게 들고 갈 수 있도록 유모차를 밀어

주겠다고 했을 때, 나는 그에게 빠져들 수밖에 없었다.

처음에는 그를 보면 내가 함께 살고 있는 가족의 아빠를 연상하게 됐다. 비싸고 좋은 옷을 허름해질 때까지 입은 듯한 옷차림이 그랬다. 하지만 두 사람의 공통점은 그것뿐이었다. 스티븐은 키가 작은 편이었지만 어쩐지 커 보이는 인상을 줬다. 그에게는 일종의 내재된 권위 같은 것이 있었다. 왜 그런지는 딱히 설명할 수 없지만 사람을 한 발 물러서게 만드는 그런 사람들처럼. 그리고 한 번도 결혼한 적 없는 남자치고는 놀라울 정도로 나이가 많았다. 그는 내 눈을 똑바로 쳐다보며 아직 임자를 못 만난 것뿐이라고 말했다. 그는 버지니아워터의 아름다운 집에서 어머니와 함께 살고 있었다. 거대한 생울타리가 깔끔하게 손질돼 있고 방마다 전부 화장실이 딸린, 고급 부동산 잡지에나 나올 법한 집이었다. 내가 그의 부유함에 입을 떡 벌리자 그는 오히려 놀라는 눈치였다. 그는 자기의 삶이 표준이라고 생각하고 그 이상은 더 궁금해하지 않는 그런 부류의 남자였다.

그의 배경과 재산을 고려할 때 과연 그가 나의 무엇을 본 것이었을지 나는 오랫동안 이해하기 어려웠다. 나는 중고 가게의 옷을 입었다. 더 이상 이상한 차림으로 다니지는 않았지만 나는 그가 함께 자라난 돈 많은 여자들의 부티 나는 모습과는 완전히 동떨어져 있었다. 나는 아무것도 내놓을 만한 게 없었다. 하지만 그때의 사진들을 들여다보면 이제는 조금 알 것도 같다. 나는 아름다웠다. 안 좋은 형편에도 불구하고 남자들이 매력을 느낄 만한 세속적이지 않은 순수함이 있었다. 나는 친구도 없었고 정신적으로 의지할 만한 사람도 없었기 때문에 외부의 영향을 잘 받는 편이었다. 그리고 그때까지도 나의 딸이 태어났다는 사실에 들떠 있었고, 어디에서라도 사랑을 발견하고 싶었으며, 내가 딸에게 느끼는 감정을 내 주위의 모든 사람들에게 나눠주고 싶어 안달이 나 있었다. 그가 나의 구원자라고 생각했고, 내가 했던 말과 행동들은 스티븐에게도 같은 생각을 심어주었을 것이다. 아마 그도 자신을 나의 구원자로 생각했을 가능성이 크다.

내가 처음 그와 잠자리를 함께한 날, 나는 그의 품 안에 누워 나의 삶에 대해, 내가 저지른 실수들에 대해 털어놓았고, 그는 나를 꼭 안고 머리 위에 입을 맞추며 나를 지켜주겠다고 말했다. 늘 약자로, 늘 혼자 살던 사람에게는 '지켜주겠다'는 말처럼 마음을 끄는 말도 없다. 그는 나와 함께 할 운명이었다고, 내가 그의 사명이라고 말했다. 나는 너무나도 감사했고, 그에게 너무나도 깊이 빠져 있었기 때문에 그의 말에서 어떤 걱정스러운 면도 발견하지 못했다.

우리가 만난 지 6주 만에 그가 내게 청혼했다. 그리고 나는 그 모자가 살고 있는 집으로 들어갔다. 그 같은 남자의 약혼녀에게 걸맞도록 나의 옷들은 일반적인 것들로 바뀌었고—그가 나를 데리고 쇼핑을 갔다—머리도 더 단정해졌다. 나는 장차 시어머니가 되실 분의 단순명료한 가르침에 서서히 적응해나가며 늘어가는 살림 솜씨에 자부심을 갖기 시작했다. 사소한 문제들이 없진 않았지만 해나와 나는 그 집 지붕 아래에서 함께 사는 법을 배워나갔다. 나는 이제 철이 들었다고, 스스로에게 말했다. 그리고 사람들과 어울려 사는 법을 즐기기 시작했다.

그리고 넉 달 후쯤, 내가 임신했다는 사실을 알게 됐다. 스티븐은 처음에 좀 놀랐지만 금방 기뻐하게 됐다. 레티는 4월 16일 새벽, 주위가 밝아오기 시작할 무렵 태어났다. 나는 해나와 스티븐이 감탄하며 아기를 들여다보는 모습을 지켜보며, 마침내 나의 가족이, 완전한 가족이 완성된 것을 신께 감사드렸다.

레티는 세상에서 제일 예쁜 아기라고는 말할 순 없었지만—실은, 샤페이처럼 얼굴이 쭈글쭈글한 상태가 다른 아기들보다는 좀 오래갔다— 제일 많이 사랑받는 아기였다. 나는 레티를 향한 스티븐의 조건 없는 단순한 사랑과 할머니의 애정 어린 호들갑을 보며 해나도 같은 걸 받았으면 얼마나 좋았을까, 생각했다. 레티는 천성이 더없이 순하고 밝은 아기였다.

어쩌면 잠이 부족한 탓이었는지도 몰랐고, 어쩌면 새로 아기가 태어나며 하루하루가 너무 정신없이 돌아간 탓일지도 모르겠지만, 레티가 태어난 후 몇 달이 지난 뒤에야 나는 스티븐이 해나의 존재를 거의 의식하지 않는다는 사실을 깨달았다. 그때까지만 해도 나는 그가 해나를 사랑한다고, 그가 종종 보이는 무심함은 고의적이라기보다는 남자들의 특징 같은 거라고 스스로를 달랬다. 짐작 가능하겠지만 나는 남자에 대해 아는 게 별로 없었다. 엄마 혼자 나를 키웠고, 할아버지는 거의 못 만나고 살았으니 남자들의 성향에 대해 보고 배운 게 없었다. 그의 어머니가 늘 나에게 얘기했듯이 스티븐은 가족을 성실히 부양하는 남자였고, 양육이나 일상적인 규칙에 대해 잘 아는 사람이었다. 그런 그가 두 살짜리 해나가 떼를 쓰거나 편식을 했다고 방으로 들여보냈다면 그럴 만했던 것 아니었을까? 갓 태어난 레티가 그토록 사랑스러운데, 해나의 행동이 부족해 보일 수도 있는 것 아니었을까?

이제 와 생각해보면 둘째가 태어나고 할 일이 많아지면서 내 눈이 멀었던 것 같다. 사람들은 보고 싶은 것만 보는 법이니까. 하지만 마음 깊은 곳에서 나는 알았어야 했다. 내 딸이 점점 더 말이 없어지는 게 동생을 봐서만은 아니란 걸, 좀 더 일찍 알아차렸어야 했다. 시어머니와 스티븐이 해나에게 가혹해졌고, 점점 더 대놓고 비난한다는 걸 직시했어야 했다. 무엇보다도 그 여자의 태도에서 짐작을 했어야만 했다.

그 여자는 잘나가는 자기 아들에게 자식도 아닌 아이를 짐 지운 나를 절대로 용서하지 못했다. 그 여자 말대로 내가 이렇다 할 내력도 없다는 것도 못마땅했다. 아, 처음에는 정말 예의를 차렸었다. 어쨌거나 그 여자는 까맣게 염색해서 한껏 힘준 머리에 예거* 카디건을 입고 브리지 카드 게임을 하는 부류의 여자였으니까. 그리고 내가 렌틸 스튜를 만들든 두 살짜리 해나를 데리고 같이 자든, 그녀 눈에 내가 하는 모든 행동들은 무책임하고 쓸데없기 짝이 없는 것들이었다.

스티븐과 내가 막 시작된 둘만의 사랑의 비눗방울 안에 싸여 있던 초기에는 그 여자도 감히 아무 말도 하지 못했었다. 스티븐이 나에 대한 타박이나 불평을 원치 않았고, 스티븐의 아버지가 돌아가신 뒤에 그 여자는 스티븐이 가장 노릇을 하도록 이끌었기 때문에 어찌 보면 자기가 자기 손발을 묶은 꼴이었다. 그런데 레티가 태어나자 나는 그들 모자의 기준을 맞출 수가 없었다. 내게 스티븐과 그 여자의 기준에 맞춰 두 어린아이들을 돌볼 능력이 없다는 사실이 차츰차츰 드러나기 시작했다. 바닥에 장난감이 널브러지고, 오후까지 침대 정리도 안 돼 있고, 내 옷에는 늘 분유가 묻어 있고, 해나가 뭔가를 잘못해놓고 구석에 서서 소리를 질러대기 시작하자, 그 여자는 하고 싶은 대로 말하고 행동하기 시작했다.

상황이 아주 나빠지기 전에 나는 한 번 용기를 내어 스티븐에게 분가해서 살면 어떻겠냐고, 우리끼리 살면 좀 더 행복하게 살 수 있지 않겠냐고 물은 적이 있었다. 그러나 그때 그의 표정에 나는 더 위축되고 말았다. "혼자서는 애들 옷도 제대로 못 입히면서? 한 집안의 살림을 어떻게 맡아서 할래? 어머니 없이는 5분도 못 버틸 거면서."

---

* 영국의 고급 의류 브랜드.

지금 되돌아보면, 그때의 그 여자가 나였다는 사실조차 믿기 힘들다. 이모가 스티븐을 오려내고 갖고 있는 사진 속에는 어울리지도 않는 기이한 머리를 하고 얌전한 옷을 입은, 어딘가가 이상한, 방향을 잃은 듯한 여자가 서 있다. 그녀의 두 눈엔 자기가 제 발로 걸어 들어온 곳이 어디인지 알고 싶지 않다는 두려움에 찬 결의 같은 것이 담겨 있다. 대안이 없기 때문이었다. 내겐 아무것도 없었다. 집도 없고, 돈도 없고, 의지할 데도 없었다. 내겐 어린 두 딸과 그들의 아버지이자 내가 살면서 저질러온 실수들을 용서해주기로 한 남자가 있었다. 내겐 또 아름다운 집에 내가 들어와 사는 걸 감내할 준비가 된 시어머니가 있었다. 내 살림 솜씨는 아직 완전하지 않았고, 스티븐이 시의원으로 선출되고 은행에서도 더 잘 나가기 시작하자 나의 부족한 교양이 그들을 종종 실망시켰다.

　만약 한 번도 그런 경험을 하지 못했다면, 한 사람이 학대받기가 얼마나 쉬운 일인지 이해하기 어려울 것이다. 제 어머니의 도움 덕분에 스티븐은 몇 년 사이 나의 실수들을 점점 더 많이 인식하기 시작했다. 우리의 결혼에 대한 얘기는 점점 줄더니 곧 싹 들어가버렸다. 해나는 먹는 동안에는 입을 다물어야 한다는 것, 고분고분 굴어야 덜 혼난다는 것을 터득했고, 나는 긴 소매를 입으면 놀이터에서 만난 엄마들이 내 몸의 멍에 대해 얘기하지 않는다는 걸 터득했다.

　내가 어릴 때는, 이런 일은 완전히 절망적인 집에서나 일어나는 일인 줄 알았다. 가난 때문에, 혹은 배우지 못해 일어나는 일들인 줄 알았다. 스티븐과 살면서 나는 그것이 나의 부족함 때문이고, 그가 내게 보여준 신뢰에 부응하지 못해서고, 나의 외모를 제대로 꾸미지 못해서고, 정말 심하게는 잠자리에서 내가 무능하기 때문이라고 생각하게 됐다.

　처음에 그가 내게 손을 댔을 때 너무 충격을 받은 나머지 사고일 거라고 생각했다. 우리는 위층에 있었고, 애들이 싸구려 플라스틱 장난감을 놓고 싸우다가 울고 있었다. 나는 애들한테 정신을 빼앗겨서 다리미가 그의 셔츠를 태우고 있다는 걸 잊고 말았다. 그는 소란에 화가 머리끝까지 난 상태로 방에 들어와 애들에게 고함을 지른 후, 셔츠를 보고는 마치 동네 개를 치듯 나를 쳤다.

"아! 아파!" 나는 소리쳤다. 그러자 그는 믿을 수 없다는 얼굴로 나를 향해 돌아섰다. 마치 그게 무슨 의미인지 정말 못 알아듣고 이러는 거냐는 표정이었다. 욱신거리는 귀를 붙잡고 서 있는 나를 놔두고 그는 마치 아무 일도 없었다는 듯 성큼성큼 아래층으로 내려가버렸다.

나중에 사과를 하긴 했다. 일 스트레스인지 뭔지 때문에 그랬다고 했다. 하지만 내 생각에는 그 첫 번째 사건이 그의 티핑 포인트였던 것 같다. 일단 한 번 선을 넘자 다시 넘는 건 쉬웠다. 아무 일도 없이 몇 달씩 지나가기도 했지만, 내가 아무 짓도 하지 않았는데―감자 껍질을 너무 두껍게 벗겼다고, 혹은 구두를 닦아놓지 않았다고―주먹이나 손이 날아오기도 했다. 그는 절대 싸움을 만들지 않았고―그러기엔 너무 영리한 사람이었다―누가 위인지 내게 가르쳐주는 정도에서 그쳤다.

내가 진작 어떻게 했어야 했다는 걸 깨달았을 때 나는 이미 그림자 같은 존재가 돼 있었다. 내 의견이란 걸 내지 않고, 말대답을 하거나 주목을 받지 않는 게 상책이며, 비록 기억은 남을지 몰라도 상처는 금방 희미해진다는 걸 아는 여자가 됐다. 그러나 내 딸이 옅은 녹색 카펫 위에 신발을 벗지 않고 올라갔다는 이유로 그가 내 딸을 때린 날, 내 딸아이의 표정을 보았을 때 나의 의지라는 게 꿈틀꿈틀 생기기 시작했다.

나는 몰래 돈을 모으기 시작했다. 레티 코트를 사게 돈을 좀 달라고 한 뒤에―자기 딸을 위해선 아무것도 거부할 수 없는 남자라는 걸 알았기 때문에—중고 가게에서 흠잡을 데 없는 코트를 사고 차액을 챙겼다. 오랫동안 그렇게 살아왔기 때문에 나는 돈을 거의 쓰지 않고 사는 데는 자신이 있었다. 그리고 그들은 아무것도 의심하지 않았다. 나는 완전히 짓밟혀 있었기 때문이었다.

그즈음에 나는 그를 증오하고 있었다. 우울로 인한 안개가 걷혔고 내게 무슨 일이 일어났는지 똑똑히 볼 수 있었다. 나는 그의 냉정함, 거만함 그리고 맹목적인 야망을 봤다. 나는 이제 겨우 여섯 살인 내 큰딸이 자신을 이 집의 하층계급이라고 생각하게 만들려는 그의 의도를 볼 수 있었다. 다른 집들은 우리처럼 살지 않는다는 것도 알게 됐다. 그의 계급, 그의 배경 그리고 경제적 위치가 결코 그의 폭력을 막지 않는다는 것도 깨닫게 됐다. 그럼에도 불구하고, 너무나 다행스러웠던 것은 나의 딸들이 서로 사랑한다는 것, 자매의 애정, 놀이, 말다툼은 다른 집 자매들과 같다는 거였다. 레티의 가무잡잡하고 통통한 팔이 너무나도 스스럼없이 해나의 목을 감고 있는 걸 볼 수 있었고, 혀 짧은 발음으로 해나에게 어린이집에서 무얼 하고 놀았는지 들려주고 머리를 예쁘게 해달라고 졸라대는 소리를 들을 수 있었다. 밤이면 해나가 레티에게 동화책을 읽어주고, 레티를 옆에 끼고 누우면 두 아이의 금발이 한데 뒤엉키고 파스텔톤 잠옷이 한데 얽혔다. 아직까진 그가 내 아이들은 망가뜨리지 못했던 거였다.

그러나 현실을 직시하는 것이 내게 결코 도움이 되진 않았다. 내가 해나와 떠나는 건 사실 문제가 아니었다. 그들은 눈 하나 깜짝하지 않을 게 분명했다(그는 내가 쓸데없이 공간만 차지하고 있다는 소리를 입에 달고 살았으니까). 그러나 레티는 절대로 넘겨줄 리 없었다. 한 번은 다투던 중에 애 둘을 데리고 떠나겠다고 협박했더니 그가 나를 비웃었다. "대체 어떤 정신 나간 판사가 당신이 내 딸을 데려가게 해줄 것 같아? 당신이 애한테 해줄 수 있는 게 뭐야? 당신이 살아온 내력을 생각해봐. 무허가 건물에서 살면서 교육을 제대로 받길 했나, 전망이 있길 하나. 하지만 내가 애한테 해줄 수 있는 걸 생각해봐. 당신에겐 승산이 없어."

아마도 그때 그에겐 다른 여자가 생겼던 것 같다. 육체적인 요구가 한층 줄어들었기 때문이었다. 그나마 큰 위안이었다. 그는 내게 병적으로 굴었다. 내가 잘 차려입으면 못생겼다고 구박했고, 내가 애정을 갖고 다가가면 꼴도 보기 싫다고 했다. 다른 남자가 내게 눈길을 주면, 청바지에 헐렁한 셔츠를 아무렇게나 입고 있는데도, 두 손으로 내 얼굴을 움켜쥐고 다른 어떤 놈도 내 몸에 손대는 걸 허락하지 않겠다고 했다. 그의 직장 동료가 내 다리가 예쁘다고 감탄한 날 밤에는 강제로 나를 범해서 다음 날 아침에 제대로 걸을 수도 없게 만들어놓았다.

나를 계속 살게 한 것은 내 초록색 코트 안감 속, 불어나고 있는 돈이었다. 그들이 내가 아무 생각 없이 다림질을 하고, 빨래를 하고, 아이들을 데리고 공원에 앉아 있다고 생각할 때에, 나는 평화로운 얼굴 뒤에 불타오르는 의지를 숨긴 채 탈출을 계획하고 있었다.

그들은 정해진 일정대로 딱딱 움직이는 사람들이었다. 매주 화요일과 목요일에 그 여자는 브리지 카드 게임을 했다. 그는 몇 년째 목요일과 금요일 저녁마다 '클럽에 갔고'—다른 여자를 만난다는 완곡한 의미—토요일에는 골프를 쳤다. 목요일 저녁은 내게 정말 소중한 시간이었다. 열쇠 돌아가는 소리가 들리고 다시 주눅이 들어 입을 다물 때까지 다만 몇 시간이라도 아이들과 함께 웃고, 뛰어다니고, 바보 같은 짓을 하며 나의 원래 모습을 기억할 수 있었기 때문이었다.

그러던 어느 목요일에 갑자기 스티븐이 일찍 돌아왔고, 내가 캐슬린 이모에게 쓰고 있던 편지를 발견했다. 그 편지에는 그가 내게 한 짓이 적혀 있었다. 그가 모든 분노를 다 터뜨리고는 자기 엄마에게 나를 혼자 둬서는 안 되겠다고 말한 것 같았다. 그날 이후, 내가 집에 있을 때는 둘 중 하나가 무조건 집을 지켰다. 그리고 내가 밖으로 나갈 때는 무슨 구실을 찾아서라도 레티는 공원에 데리고 가거나 집에 남겨뒀다. 그 시점부터 나는 한 번도 내 두 딸들과 우리만의 시간을 보낼 수 없었다. 아마 그는 그때부터 나에 대한 통제력을 잃고 있다고 생각했나보다. 이모에게 쓴 편지(주소를 아직 적지 않은 게 얼마나 다행이었는지)를 읽고 충격을 받은 모양이었다. 내가 그가 한 짓을 다른 사람에게 말할 용기가 있다는 것에도 놀랐겠지만, 그보다는 그 편지에 자기가 한 짓의 민낯이 고스란히 드러나 있었는데, 그건 결코 아름답지 않았기 때문이었다. 그때까지만 해도 그는 자기 행위가 합당하며, 그의 매질은 나의 잘못을 교정하기 위해 불가피한 거라고 스스로를 납득시켰던 것 같다. 그런데 잔인한 말들, 찢어진 입술과 부러진 손가락에 대해 쓴 글을 보자, 자신의 행동—약자를 괴롭히는 자의 행동—을 있는 그대로 마주하자 본인 눈에도 자신이 떳떳치 않게 보였던 것 같다.

나는 때를 기다렸다. 인내심을 갖고 기다렸다. 캐슬린 이모에게만 가면 됐다. 일단 가서 거기서 모든 걸 해나가면 될 터였다. 이모의 집은, 내 삶의 어둠을 감당하기 힘든 밤마다 내가 끌어안고 버티는 신기루였다. 스티븐은 내게 멀리 사는 이모가 있다는 것만 알았지 그 이모가 어디에 사는지는 전혀 알지 못했다.

계획을 완성하고 실행 날짜까지 잡고 나자 어찌나 긴장이 되던지 그들이 눈치채지 못하는 게 오히려 신기할 정도였다. 몇 주간 제대로 먹지도 못했으니까. 뱃속의 긴장감은 내 행동을 어설프게 만들었고 머릿속으로 계획을 끝없이 반복하느라 다른 건 자꾸 잊어버렸다. 두 사람은 나의 쓸모없음에 혀를 차며 해나에게도 정신을 똑바로 차리지 않으면 나처럼 될거라고 경고했다. 아이들은 뭔가 이상하다는 걸 감지했는지는 몰라도 내색은 하지 않았다. 다행히도 아이들은 순간을 즐기며 살아가는 존재들이므로. 나는 아이들이 게임을 하고, 자기들끼리 비밀 얘기를 속닥거리고, 멍하니 피시 핑거를 먹는 걸 지켜보며 아이들이 호주의 고래 부두를 뛰어다니는 모습을 상상했다. 그리고 아이들에게 그 자유를 허락해달라고 신께 조용히 기도드렸다. 나는 아이들이 자유롭고, 강하고, 독립적이고, 행복하길 바랐다. 나 자신도 그러길 바랐다. 하지만 그땐 내가 정말 누구인지조차 알기 어려웠다.

"애들 머리를 좀 잘라줘야겠어." 그날 아침 그가 말했다. "토요일에 의회 선거 전단에 실을 가족사진을 찍을 거야. 제발 당신이랑 저 아이랑 남 앞에 내놓을 만큼은 되도록 노력 좀 해봐. 당신 파란 원피스도 깨끗하게 준비하고." 그는 내 볼에 입을 맞췄다. 자기 어머니에게 보이기 위한 차갑고, 형식적인 제스처라고 나는 생각했다. 그 여자가 나를 싫어하긴 했지만 그가 바람을 피우는 건 더 싫어할 테니까.

"저녁은 집에 와서 먹을 건가요?" 나는 애써 아무렇지도 않은 듯 가볍게 물었다.

그는 그런 걸 묻는 것조차 짜증이 나는 모양이었다. "오늘 저녁에는 미팅이 있어. 하지만 어머니가 나가시기 전엔 들어올 거야."

비가 억수같이 쏟아져서 애들이 집 안에 갇혀 티격태격하고 있었다는 것 외에는 그날에 대한 기억이 거의 나지 않는다. 그날은 학교가 쉬는 날이었고, 해나가 종일 집에 있는 게 너무나 거슬렸던 시어머니는 '두통'이 생겼다고 했다. 그리고 애들을 조용히 시키지 않으면 스티븐이 해결할

거렸다. 나는 웃으며 사과드리고 저 두통이 암의 전조이길 빌었던 기억이 난다.

여권을 30분마다 확인했던 것 같다. 여권과 비행기 표는 내 코트 안감에 들어 있었다. 그 여자가 잠든 사이 나는 가장 기본적인 것들만 더플백두 개에 챙겼다. 애들 서랍을 얼핏 봐서는 우리가 사라졌다는 것을 알 수없도록. 그런데 해나가 불쑥 들어와 뭘 하는 거냐고 물었다. 해나가 침실문을 열었을 때 심장이 어찌나 방망이질 치던지 심장이 그대로 튀어나갈것 같았다. 나는 손가락을 입술에 대고 불안한 얼굴을 하지 않으려고 애쓰면서 얼른 아래층에 내려가 있으라고 했다. 엄마가 깜짝 놀라게 해줄일을 준비했는데, 해나가 비밀을 지켜줘야만 가능하다고.

"우리 놀러 가요?" 해나가 물었고 나는 아이 입을 막아버리고 싶은 충동을 눌러야 했다.

"비슷해. 작은 모험 같은 거야." 나는 속삭였다. "해나, 이제 아래층에내려가. 레티한테는 아무 말도 하지 말고. 절대로 말하면 안 돼."

해나가 또 무슨 말을 하려고 입을 열었지만 나는 애를 거의 문 밖으로떠밀다시피 했다. "해나, 어서. 할머니를 깨웠다가는 아빠가 엄청 화를 낼거야." 비열한 행동일지도 모르지만 나는 그만큼 절박했다.

해나는 두 번 말할 필요가 없는 아이였다. 해나는 그대로 방을 나갔고,나는 최대한 소리 나지 않게 가방들을 손님방 침대 밑에 밀어 넣었다.

예상했던 대로 그는 그날 늦게 들어왔다. 목요일 저녁은 '그녀'를 만나는 날이라고 나는 짐작하고 있었고, 시어머니는 그가 집에 오겠다고 한시간을 넘기자 점점 더 불안해했다.

"애 때문에 내가 브리지 모임에 늦겠구나." 그 말만 벌써 열여덟 번째였다. 그 여자는 잔뜩 화가 난 채 비에 젖은 진입로를 내다보고 있었다.

나는 아무 말도 하지 않았다. 그게 가장 안전한 길이란 걸 터득한 지는 꽤 오래됐다.

그런데 그때, 기적적으로 그 여자가 벌떡 일어섰다. "더는 못 기다리겠다. 스티븐한테 너무 늦어서 기다릴 수 없었다고 말하고, 캐서롤 태우지 않게 주의하고. 너는 불을 너무 세게 하더라."

아마도 그 캐서롤이 그 여자를 안심시켰던 것 같다. 음식을 하다 말고 내가 어디를 나갈 수는 없을 거라고 생각했던 모양이다.

"즐거운 시간 보내세요." 나는 최대한 덤덤한 얼굴로 말했다. 그 여자가 나를 날카롭게 쳐다봤고, 나는 상을 차리는 것처럼 접시를 들고 부지런히 움직였다.

"오븐에 빵 넣어둔 거 잊지 말고." 그렇게 말하고 그 여자는 코트 자락을 날리며 밖으로 나갔다. 나는 부엌에 서 있었고 아이들은 내 발치에 앉아 자기들이 하던 게임에 대해 얘기하고 있는데 자유가 어찌나 가깝게 느껴지는지 입에서 쇳내가 다 나는 것 같았다.

그 여자의 차가 빠져나간 뒤에 나는 위층으로 뛰어 올라가 옷장에 숨겨두었던 약을 꺼냈다. 그리고 아래층으로 내려와 애들이 비디오를 보는 동안 캡슐 몇 개를 유리잔에 쪼개 털어 넣고 와인을 조금 부은 후 마구 젓고 맛을 봤다. 약맛은 느껴지지 않았다. 나는 와인을 조금 더 붓고 확실히 하기 위해 캡슐을 네 개 더 털어 넣었다. 그리고 다시 맛을 봤다. 캐서롤이 충분히 매콤하기만 하다면 그는 아무 맛도 느끼지 못할 거였다. 그때가 거의 7시 반이었다.

그는 저녁을 먹고 깊은 잠에 빠져들 것이었고, 그러면 나는 그 여자가 들어오기 전에 몇 시간을 확보할 수 있었다. 그의 차를 몰고 근처의 히스로 공항으로 가서 비행기에 탑승할 수 있는 몇 시간이었다. 그 여자의 목요일 모임은 11시 반 혹은 자정까지 이어지곤 했다. 운이 좋다면, 그는 그 여자가 돌아올 때까지 잠들어 있을 테고, 우리는 이미 하늘을 날아가고 있겠지. 좋은 계획이었다. 거의 완벽에 가까운.

스티븐의 차가 진입로에 들어오는 소리를 들으며 나는 계획을 실행하기 시작했다. 그리고 요동치는 속을 가라앉히려고 노력했다. 전에는 그가 집에 일찍 들어오길 기도한 적이 한 번도 없었다. 열쇠 돌아가는 소리를 들으며 내가 지은 미소는 지난 수년간 지어왔던 미소와 거의 근접해 있었다.

"라이자." 그가 내 이름을 불렀다.

마이크가 내 손을 잡고 있었다. "괜찮아요." 선한 눈의 그가 말했다. "괜찮아요."

숨을 제대로 쉴 수 없었다. 눈물이 볼을 타고 내려왔다. "못 하겠어요." 나는 고개를 저었다. "못 하겠어요." 가슴이 너무 조여와서 숨을 거의 쉴 수가 없었다. 가까스로 숨을 들이마시자 폐가 부풀어 오르며 통증이 느껴졌다.

그의 팔이 나를 감쌌다. "아무 말, 안 해도 돼요." 그가 내 귀에 대고 속삭였다. "아무 말도 하지 말아요."

"레티는, 나는….."

그때 그가 나를 안았다. 그는 내가 마음껏 무너지도록 아무 말 없이 나를 안고만 있었다. 그리고 꼼짝하지 않았다. 그저 그렇게 앉아, 그의 피부가 내 눈물을 다 흡수할 정도로 자기 얼굴을 내 얼굴에 꼭 붙이고 있었다. 그의 팔이 나를 두르고 있었다. 내가 안심할 만큼 단단히. 자유를 느낄 수 있을 만큼 느슨히.

"엄마?"

어느새 잠옷을 입은 해나가 문가에 와 서 있었다. 해나는 나를 보고 마이크를 보더니 다시 나를 봤다. 머리카락은 자고 일어나 뭉쳐 있었다.

해나의 존재가 벼랑 끝에 있던 나를 제자리로 돌려놨다. 나는 마이크에게서 벗어나 눈가를 닦았다. 나의 아름다운 딸. 나의 아름다운, 겁에 질린, 용감한, 살아 숨 쉬는 나의 딸.

"엄마 왜 울어요?" 해나가 속삭였다.

나는 아이에게 말해주고 싶었지만, 아이를 보호해주고 싶었다. 지난 몇 년간 나는 해나 앞에서 레티에 대해 말하지 않았다. 해나가 얼마나 기억하는지 알 수 없었지만, 지난 몇 년간 나는 그 끔찍한 밤의 기억으로부터 아이를 지켜주고 싶었다. 내가 한 짓 때문에 우리의 삶이 결딴나버린 그 밤으로부터.

"해나···." 나는 아이를 만지려고 손을 뻗었다. 목소리가 목구멍에 걸려 더 나오지 않았다.

그때 마이크의 목소리가 방을 가로질렀다. 조용하지만 견고한 목소리였다. "레티." 그가 나직이 말했다. "해나야, 우리는 레티 얘기를 하고 있었어." 그리고 해나가 그가 내민 손을 잡으려고 한 걸음 다가오자, 내 심장이 감당할 수 없이 무너져 내렸다. 고통 때문이 아니라, 내가 잃은 불쌍한 딸에 대한 기억 때문이 아니라, 여기에 자리한 너무나도 충만한 사랑 때문이었다. 그리고 나는 손으로 입을 가리고 그 방에서 도망치듯 나와버렸다.

해나

엄마는 우리가 여기 오고 나서 2주나 말을 하지 않았다. 죽은 사람처럼 침대에 그냥 누워만 있었다. 그러더니 한동안 그냥 멍하니 있는 것 같았다. 거기 있지만 진짜로는 없는 것처럼, 마치 방 안의 구멍인 것처럼. 캐슬린 이모할머니가 나를 돌봐주셨다. 나를 먹이고, 무슨 일이 있었는지 간단히 설명도 해주고, 내가 울음을 그치지 못하면 안아주셨다. 어느 날, 나를 이대로 혼자 두면 안 되겠다고 생각하셨는지 라라를 불렀고 마치 우리의 우정을 구워내듯 함께 케이크를 굽도록 도와주셨다. 레티를 대신할 수 있는 친구를 찾아주시려는 것 같았다. 그리고 엄마가 왜 저러는 거냐고, 왜 아래층에 내려와 나와 함께 있지 않는 거냐고 묻자 이모할머니는 이렇게 말씀하셨다. "엄마랑 너는 정말 상상도 하기 힘든 일을 겪었어. 그런데 엄마는 우리 해나처럼 잘 이겨내지는 못하고 있단다. 엄마한테 시간을 좀 줘야 할 것 같구나."

그리고 이모할머니는 엄마에게 시간을 줬다. 그러고도 조금 더 줬다. 어느 날 이제 더는 안 되겠다고 생각했던 것 같다. "할머니가 엄마랑 애기를 좀 해야 할 것 같구나. 요시가 있을 거니까 라라랑 놀고 있어. 개도 잘 보고." 무슨 얘기를 나눴는지는 잘 모르지만, 엄마랑 둘이서 이모할머니의 배를 타고 나갔고, 돌아왔을 때는 엄마가 예전보다는 좀 덜 어두워 보였다. 엄마는 고래 부두에 내려 내게 걸어오더니 나를 안았다. 정말 오랜만에, 처음으로 엄마가 나를 본 것 같은 느낌이었다. "엄마, 진짜 미안해요." 눈물이 났다. 셔츠 밑으로 엄마 뼈가 만져졌다.

엄마의 목소리가 달라져 있었다. "네가 뭐가 미안해. 넌 잘못한 거 하나도 없어. 다 엄마 잘못이야."

하지만 내가 스티븐 아저씨 앞에서 레티와 싸우지 않았다면…. 만약 레티가 휴가 가기 싫다고 말하지 않았다면…. 갑자기 레티가 너무 보고 싶었다. 레티가 더 이상 살아 있지 않다는 게 도저히 믿기지 않았다. "레티가 여기 있으면 좋겠어요." 나는 울며 말했다.

엄마의 가슴에서 커다란 흐느낌이 느껴졌다. 엄마는 나를 꼭 안았다. "엄마도." 엄마는 가만히 말했다. "엄마도."

엄마는 나한테 아무것도 말하면 안 된다고 했다. 엄마는 방에 서서 절대로 말하면 안 된다고 했다. 하지만 나는 엄마랑 나랑 레티랑 셋이서 어딜 간다는 생각에, 셋이서 할머니가 못 하게 하던 걸 다 하면서 깔깔 웃으며 놀 수 있을 거란 생각에 너무 신이 났다. "레티한테 말하려고 했던 건 아니었어요." 내가 속삭이자 엄마는 내 어깨를 잡고 나의 눈을 봤다. 엄마의 눈은 마치 하늘처럼 맑고도 맑은 파란색이었고, 뾰족뾰족한 눈썹은 눈물 때문에 별처럼 반짝거렸다. "동생이 죽은 건 네 잘못이 아니야. 알았니?" 엄마는 마치 나를 혼낼 때처럼 무서운 목소리로 말했다. "해나야, 그 일에서 네가 잘못한 건 정말 요만큼도 없어. 정말이야. 그리고 그런 일이 있었다는 것도 다 잊어."

그로부터 몇 주가 지난 어느 월요일 저녁, 차를 마신 후 우리는 레티를 위한 어떤 의식을 치렀다. 바다에서. 나, 엄마, 캐슬린 이모할머니 그리고 밀리 이렇게 넷이서만. 우리는 이스마엘호를 타고 이모할머니가 호주 전체에서 가장 예쁜 곳이라고 한 장소로 갔다. 돌고래들이 옆으로 지나다니고, 해가 빨갛게 빛나고, 구름 몇 개가 하늘 높이 떠가고 있을 때, 이모할머니는 레티의 삶에 감사를 드리고 비록 우리가 지구 반대편에 있다고는 해도 레티의 영혼이 어디에 있을지는 분명히 알 수 있다고 했다. 나는 돌고래가 우리 옆으로 와서 무슨 신호처럼 머릴 내밀기를 바랐지만, 아무리 한참 동안 쳐다봐도 더 이상은 가까이 오지 않았다.

우리가 두 번째 더플백을 풀었을 때, 엄마가 레티의 크리스털 돌고래들을 발견했다. 작은 지느러미 하나 깨지지 않은 걸 보면 엄마가 엄청 조심스럽게 포장을 했나보다. 엄마는 아주아주 오랫동안 그 돌고래 하나를 손에 들고 있었다. 그리고 크게 한숨을 쉬더니 그걸 내 손에 쥐여줬다. "이제부터 네가 돌봐줘." 엄마가 말했다. "잘 갖고 있어…. 안전하게 잘."

그게 우리가 레티에 대해 마지막으로 한 얘기였다.

이제는 나 혼자 기억한다. 그 기억은 나와 레티가 우리 방에 천막을 치고 놀았던 것, 마당을 함께 뛰어다니며 서로에게 호스로 물을 뿌리던 일 같은 것들이다. 나는 이것들을 머릿속에 간직하려고 노력한다. 왜냐하면 레티의 기억이 조금씩 사라지다가 내가 레티를 아예 기억하지 못하게 될까봐 걱정이 되기 때문이다. 내 서랍에는 레티 사진이 두 장 있는데 매일 밤 그걸 보지 않으면 기억이 잘 안 날 것 같다. 레티의 얼굴이 어떻게 생겼는지, 이가 빠진 채 웃던 레티의 얼굴이 어땠는지, 엄지손가락을 빨 때 어떻게 코를 만졌는지, 나랑 같이 잘 때 느낌이 어땠는지. 그렇지만 잊어버리고 싶은 기억들도 있다. 할머니가 나가자마자 엄마가 나와 레티를 안고 이제 모든 게 달라질 거라고 했던 그날 밤 일들이다. 엄마가 가방을 싸던 걸 보게 된 것, 엄마가 내가 잘 때 꼭 안고 자야 하는 강아지 인형 스파이크도 챙기는 걸 보고 안심했던 것, 깜짝 선물 같은 거니까 할머니나 아빠에게는 절대로 말하면 안 된다고 엄마가 말했던 것. 엄마는 내가 안 보고 있는 줄 알았겠지만 나는 엄마가 손님방에 가방들을 숨기는 것까지 다 지켜봤다. 엄마 팔에 든 보라색 멍을 본 것도 기억난다. 내가 식탁에 사인펜을 묻힌 것 때문에 화가 난 스티븐 아저씨가 의자에 앉아 있던 나를 끌어내렸을 때 나한테도 비슷한 멍이 들었었다.

그리고 크리스마스 때처럼 너무나도 신이 나서 레티에게 무슨 말이라도 할 수밖에 없었던 것, 비밀은 절대로 아무에게도 말하면 안 된다고 다짐했던 것도 기억난다.

그날은 주말도 아닌데 피노키오 비디오를 봤다. 그리고 스티븐 아저씨가 집에 왔을 때 이미 술 냄새가 나는데도 엄마가 커다란 잔에 와인을 따라주고 웃으며 서 있던 것도 기억난다. 아저씨는 그런 엄마가 바보 같아 보인다고 했다. 아저씨에게 저녁을 차려준 엄마는 마치 무언가를 기다리는 사람처럼 곁눈질로 아저씨를 보고 있었다.

그런데 유치하게도 레티와 내가 크레용 때문에 싸우기 시작했다. 우리 둘 다 초록색을 가지려다 그랬다. 황록색은 칠하면 제대로 색이 안 보여서 둘 다 싫어했다. 그러다가 언니니까 내가 이겼고, 그러자 레티가 울기 시작하더니 자기는 가기 싫다고 말했고, 스티븐 아저씨가 "어딜 가?" 하고 물었다. 그리고 아저씨가 엄마를 쳐다봤고 둘이서 몇 초 정도 그렇게 보고만 있었다. 그러더니 아저씨가 엄마를 밀쳐내고 위층으로 올라갔고, 서랍이란 서랍은 전부 다 여는 소리가 들렸다. 아저씨가 다시 아래층으로 내려왔을 때는 너무 화가 많이 나 보여서 나는 레티를 데리고 테이블 밑으로 기어들어가 숨어버렸다. 아저씨가 소리 지르는 게 들렸다. "여권 어디 있어?" 아저씨 말이 좀 뭉개지는 것 같았다. 나는 눈을 질끈 감았다. 눈을 감고 있는 동안 탕탕 부딪히는 소리가 엄청 많이 들렸고, 엄마가 바닥에 쓰러지며 머리를 부딪쳤고, 곧 아저씨 손이 테이블 밑으로 들어와 레티를 안아 올리는 소리가 들렸다. 레티는 비명을 질러댔고, 아저씨는 자기가 죽기 전엔 레티를 아무 데도 못 데려간다고 말했는데, 아저씨 목소리가 꼭 물속에 잠겨 있는 것처럼 이상했다. 나는 레티의 손을 잡으려고 했지만 아저씨가 나를 너무너무 세게 밀어버렸다. 아저씨는 레티를 무슨 감자 자루처럼 팔에 꼈는데, 레티는 계속 비명을 질러댔다. 엄마가 일어났을 땐 이미 아저씨 차가 자갈들을 튀기며 진입로를 내려가는 소리가 들렸고, 엄마가 "어떡하지, 어떡하지" 하며 울기 시작했다. 엄마는 얼굴에서 피가 나는 것도 모르는 것 같았고, 나는 아저씨가 레티를 어디로 데려갔는지 너무 무서워서 엄마한테 매달렸다.

우리 둘이 얼마나 앉아 있었는지는 잘 모르겠다.

엄마한테 레티가 어디 갔냐고 물었더니 엄마는 나를 꼭 안고 "금방 돌아올 거야"라고 말했다. 엄마가 정말 그렇게 생각하는지는 솔직히 알 수 없었다. 아저씨가 돌아온다고 해도 정말 화가 많이 났을 테니까 나는 그게 더 무서웠다.

몇 시간 정도 지나서 전화가 왔다. 엄마는 머리에 피가 묻은 채로 바닥에 주저앉아 떨기만 했다. 내가 전화를 받았더니 할머니가 마치 모르는 사람한테 말하는 것처럼 평소랑은 다른 이상한 목소리로 말했다. "엄마 좀 바꿔주겠니?" 그리고 엄마에게 고함을 질러대는 소리가 나한테까지 다 들렸다. 엄마는 얼굴이 하얘져서 울먹거렸고, 나는 엄마 다리가 떨리는 걸 멈추게 해보려고 엄마 다리를 꼭 안았다. 엄마는 "내가 무슨 짓을 한 거지? 내가 무슨 짓을 한 거지?"라고 말했다. 내가 기억하는 가장 긴 밤이었다. 날이 밝아오기 시작하자 엄마가 나를 깨웠던 게 생각난다. 나는 바닥에서 잠이 들어버렸고 춥고 몸이 뻣뻣했다. 엄마는 이상한 목소리로 이제 우린 가야 한다고 했다. 내가 "레티는 어떡하고?"라고 물었더니 엄마는 사고가 났다고, 스티븐 아저씨가 사고를 냈는데 레티가 병원에서 죽었다고, 그게 다 엄마 잘못이라고 했다. 엄마는 너무 차가운 물속에서 수영하고 난 것처럼 이가 딱딱 부딪혔다. 그다음은 별로 기억이 나질 않는다. 택시에 탔고, 비행기를 탔고, 내가 가기 싫다며 울었더니 엄마는 이렇게 하는 것 말고는 나를 보호할 수 있는 방법이 없다고 말했다. 나는 엄마가 화장실에 갈 때마다 울었다. 엄마까지 없어지고 나만 남게 될까봐 겁이 나서 그랬던 것 같다. 그리고 캐슬린 이모할머니가 공항에서 기다리고 있다가 마치 나를 잘 아는 것처럼 꼭 안아주고 나한테 모든 게 다 괜찮을 거라고 말해줬던 것도 생각난다. 아무것도, 하나도 괜찮지 않았는데도 말이다.

나는 계속 엄마한테 이렇게 말하고 싶었다. "하지만 레티를 두고 가면 어떡해?" 레티가 죽지 않았으면? 죽지 않고 우리를 병원에서 기다리고 있는 거면? 그리고 죽었다고 해도 우리는 레티를 데리고 왔어야 했다고. 그렇게 멀리멀리 남겨두고 와서, 그래서 레티 무덤에 꽃도 놓아줄 수 없고, 우리가 아직도 사랑한다고 말할 수도 없게 됐다고. 하지만 아무 말도 하지 않았다. 왜냐하면 아주, 아주 오랫동안 엄마는 말을 아예 할 수 없었으니까.

이게 그날 아침, 마이크 아저씨의 방에서 아저씨가 엄마 손을 잡고 있는 걸 본 날에 내가 아저씨에게 들려준 얘기다. 엄마가 나간 다음에, 그동안 누구에게도 말하지 못했던 이 얘기를, 심지어 이모할머니에게도 전부 다하진 못했던 이야기를 아저씨한테는 했다. 왜냐면 나는 무언가가 달라졌다는 걸 느꼈고, 엄마도 마이크 아저씨가 알아도 괜찮다고 생각할 것 같아서 그랬다.

남자 어른이 우는 건 그날 처음 봤다.

마이크

다음 날 아침, 실버베이 전체가 늦도록 잠든, 맑고 파란 하늘 아래 바다도 고요한 시간. 그곳에서 몇 킬로미터 떨어진 포트 서머 병원, 작은 기계음이 울리던 방에서 니노 게인즈가 깨어났다.

캐슬린은 그의 침대 발치, 파란색 의자에 앉아 팔걸이에 몸을 기대고 있었다. 캐슬린은 그날 밤, 나와 해나를 침대에 눕히고 이불을 덮어준 다음 곧장 병원으로 갔다고 했다. 나중에 들으니, 자신의 가장 오랜 친구에게 그날 밤의 엄청난 사건을 얘기해주고 싶은 마음이었다고. 동이 틀 무렵 갑자기 피로가 밀려와 잠시 졸고 일어난 캐슬린은, 전날 신문을 읽다가 니노가 관심을 보일 만한 부분을 소리 내어 읽었다고 했다. 그때 읽은 기사는 니노의 지인이 음식점을 차렸다는 내용이었다. "얼마 안 가 쫄딱 망하겠군." 그때 그가 완전히 쉰 목소리로 말했다. 하지만 해나의 실종과 유령 그물의 참혹함 때문에 놀랄 대로 놀라고 지칠 대로 지쳐 있던 캐슬린 휘티어 모스틴은 두 문장을 더 읽어 내려간 다음에야 자기가 무슨 소리를 들었는지 깨달을 수 있었다.

좀 더 노쇠했고, 정신이 좀 없는 것 같긴 했지만, 하얀 환자복을 입고 여러 가닥의 튜브와 전선에 연결된 그는 틀림없는 니노 게인즈였고, 그 사실에 온 실버베이 사람들이 감사했다. 의사들은 검사란 검사는 다 실시했고, 니노는 '빌어먹을 시간 낭비'라며 투덜거렸다. 그들은 뇌 사진을 찍고, 심전도 검사를 하고 의학 서적을 참고한 끝에 마침내 그가 그 나이에 그렇게 여러 날 의식을 잃었던 남자치고는 놀라울 정도로 건강한 상태라고 선언했다. 일어나 앉아도 된다는 허락이 떨어졌고, 그의 팔에 꽂혀 있던 튜브도 몇 개 뽑아냈으며, 많지는 않아도 꾸준했던 방문객 수는 급류처럼 물밀듯 쏟아져 들어오기 시작했다. 캐슬린은 그 시간 내내 니노의 침대 맡에 앉아 있었다. 보통은 아내에게만 허용되는 특권이었지만, 환자의 혈압을 올리지 않는다는 조건하에 캐슬린에게 그 자리가 허락됐다.

"이 여자가 50년 넘도록 내 혈압을 올려온 여자라오." 캐슬린이 뻔히 앉아 있는데 니노가 간호사들에게 얘기했다. "그러니 내 몸이 얼마나 상했겠냐고." 그러면 캐슬린은 환하게 웃었다. 그리고 줄곧 그 환한 웃음을 거두지 않았다.

세상에 몇 안 되는 행운아들은 일찍부터 자신의 삶의 목표를 발견한다. 그것이 종교이든, 예술이든, 스토리텔링이든, 신성시돼오던 관습의 타파이든 간에 자기의 사명을 깨닫는 거다. 나는 호주의 봄이 시작되던 그 맑은 새벽, 열한 살짜리 아이가 내 손을 잡고 자기의 비밀을 들려준 순간 마침내 내 삶의 목표를 찾았다. 그 순간부터 내 안의 모든 걸 이 아이와, 아이의 엄마를 보호하는 데 쓰게 될 것임을 나는 알았다.

유령 그물이 나타난 그 밤 이후의 며칠을 떠올려보면 내 감정은 거의 병적이었던 것 같다. 라이자와 사랑에 빠지고—아마도 내게 찾아온 첫사랑—그걸 마침내 마음껏 표현할 수 있다는 사실에 행복했다. 그리고 그녀도 나를 사랑하는 것 같았다. 레티 얘기를 들려준 후에 라이자는 내가 자기를 다르게 볼까봐 두려워했다. 뻔뻔하고, 정직하지 않은 사람, 더 나아가서는 살인자라고도 볼 수 있다고 생각했던 것 같다. 그녀는 자기 방으로 돌아가 고통스러운 얼굴로 창가에 앉아 있었다. 내가 마음을 겨우 진정시키고(내가 울자 해나가 두 팔로 나를 안아줬다. 참기 어려울 정도로 감동적인 몸짓이었다) 방에 들어가 문을 닫은 후, 무릎을 꿇고 그녀를 안은 후 아무 말도 하지 않았다. 내가 그녀를 찾아갔다는 사실 하나가 백 마디 말을 대신 해줄 거라 믿었다.

그 얘기를 내게 한 이유는 그로부터 한참이 지난 후에야 알 수 있었다. "꼭 자수할 필요는 없을 것 같아요"라고 나는 말했다.

그녀는 내 어깨에 묻었던 얼굴을 들었다. "해야 돼요."

"당신 잘못도 아닌 일로 스스로를 벌주고 있어요. 그 남자가 그렇게 나올 줄 어떻게 알았겠어요? 그 사람이 사고를 낼 거란 걸 어떻게 알았겠어요. 생각해봐요. 당신은 그 남자에게 맞고 살았잖아요. 당신은 그때…." 나는 적당한 말을 찾지 못해 고심했다. "…일시적으로 제정신이 아니었다고 말하면 될 거예요. 이런 사건에선 그렇게들 말하는 걸 들었어요. 뉴스에서도 봤고."

"해야만 해요." 눈물이 맺힌 그녀 눈엔 분명한 의지가 담겨 있었다. "내 딸을 내 손으로 죽인 거나 마찬가지예요. 아이 아빠도 죽었을지도 몰라요. 내가 자백을 해서 언론의 관심이 집중되면 그때 여기에서 벌어지고 있는 일을 얘기해요."

"공연한 짓이 될 수도 있어요. 모든 일이 다 허사로 돌아갈 수도 있다고요."

"그러니까 당신이 안다는, 언론 매체에 있는 사람과 얘기하게 해줘요. 그분은 이게 도움이 될지 안 될지 알고 있을 테니까."

"라이자, 잘 모르나본데, 만약 이 모든 게… 당신이 말한 대로라면, 감옥에 갈 수도 있어요."

"내가 그걸 모르는 것 같아요?"

"당신 없이 해나는 어떻게 살라고요? 그 아이는 이미 겪을 만큼 겪지 않았나요?"

라이자는 코를 풀었다. "아직 이모가 살아 계실 때 몇 년만 나와 떨어져 있는 편이 나아요. 그다음에 다시 시작하면 돼요. 나, 새롭게 시작할 수 있어요. 그리고 누군가는 내 얘기를 들어줄 거예요."

나는 일어서서 방 안을 서성이기 시작했다. "이건 아니에요. 만약 그러고도 개발을 막을 수 없다면? 사람들이 동정할진 몰라도, 어떤 한 사람 때문에 이 개발을 저지할 수 있을 거라 단언할 순 없어요."

"그럼 다른 방법이 있어요?"

달리 할 말이 없었다.

라이자가 내 손을 잡았다. "마이크, 나는 몇 년씩이나 반쪽짜리 삶을 살았어요. 아닌 척하며 살았지만 늘 두려움에 떠는 반쪽짜리였어요. 난 해나가 그렇게 자라길 바라지 않아요. 나는 해나가 가고 싶은 데도 가고, 만나고 싶은 사람도 만나며 살길 원해요. 나는 해나가 사랑하는 사람들 사이에 둘러싸여 행복한 어린 시절을 보내길 원해요. 지금 이게 해나에게 어떤 삶일까요?"

"엄청 좋은 삶이에요." 내가 항변했지만 라이자는 고개를 저었다.

"해나는 호주 밖으로 나갈 수도 없어요. 해나의 여권을 보는 순간 우리

383

는 체포될 거예요. 실버베이를 벗어날 수도 없어요. 안전을 확신할 수 있는 곳은 여기뿐이니까."

라이자가 가까이 다가왔다. 그녀가 하는 말들은, 마치 여러 해 동안 그녀 머릿속 풍랑에 깎이고 다듬어지고 둥글어진 것처럼, 완전한 형태를 갖추고 있었다. "그동안 유령 그물과 함께 살아왔던 것 같아요. 그 모든 일들…. 내가 한 짓, 레티, 스티븐…. 비록 수천 킬로미터 떨어져 있지만, 우리를 잡으려고 분명코 어딘가에 도사리고 있다가 나를 옭죄어서 나락으로 끌어내려버리고 말 유령 그물. 그렇게 몇 년을 살았어요." 라이자는 머리를 귀 뒤로 쓸어 넘겼고, 나는 작고 하얀 흉터를 보았다. "만약 개발이 진행되면 어차피 우리는 어디론가 가야겠죠. 그럼 우리가 어디로 가든 그 그물이 조용히 우리를 따라서 떠내려올 거예요."

나는 두 손으로 얼굴을 감쌌다. "다 내 잘못이에요. 내가 여기에 아예 오지 않았더라면…. 아, 내가 여기까지 당신을 밀어 넣었어요."

내 머리카락을 만지는 그녀의 손길이 느껴졌다. "당신은 몰랐으니까. 그리고 당신이 아니었다면 결국은 다른 누군가가 했을 거예요. 난 이렇게 영원히 살 수 있을 거라고 생각할 만큼 순진하지 않아요."

라이자는 감정을 억누르고 말했다. "잘 들어요. 내가 밤새 생각을 정리했어요. 내가 자수하면 해나에게 자유를 줄 수 있고, 고래들에게 관심을 불러일으킬 수 있어요. 사람들은 들을 수밖에 없을 거예요." 그녀는 애써 미소를 지었다. "그리고 나도 해방되는 거예요. 마이크, 당신이 이해해줘야만 해요. 나도 여기서 해방되어야 한다는 걸."

나는 그녀가 나의 손아귀에서 스르르 빠져나가는 걸 느끼며 그녀를 가만히 보고만 있었다. 그녀는 또다시 그렇게 내게서 멀리멀리 아득히 멀어지려 하고 있었다. "부탁 하나만 할게요." 나는 다시 그녀에게 다가서며 말했다. "내가 어떤 사람이랑 먼저 의논을 할 때까진 아무것도 하지 말고 있어요."

그날 저녁 나는 동생에게 전화를 걸었다. 그리고 목숨이 날아간다 해도 그 누구에게도 아무것도 말해선 안 된다는 약속을 받아낸 다음에 라이자에게서 들은 얘기를 최대한 자세하게 옮겼다.

긴 침묵이 이어진 끝에 동생이 입을 열었다. "세상에, 오빠, 정말 제대로도 골랐다." 감탄한 목소리였다. 그리고 뭔가를 적는 소리가 들렸다. "다 진짜 맞지? 지어낸 얘기 아닌 거지?"

나는 라이자를 떠올리며 고개를 저었다. "지어낸 얘기 아니야. 어때? 기삿거리가 되겠어?"

"장난해? 데스크에서 오줌을 지릴걸."

"만약에…." 나는 정신을 바짝 차리려고 노력했다. "만약에 이걸 터뜨리면, 모니카 잘 들어, 라이자에게 최대한 동정 여론이 일게 해야만 해. 이여자가 어쩌다가 그런 상황까지 몰리게 됐는지 사람들이 꼭 알아야 한다고. 만약 네가… 만약 네가 이 여자가 어떤 사람인지, 어떤 엄마인지 안다면…."

"오빠, 지금 나한테 그 기사를 맡기는 거야?" 동생은 믿기지 않는다는 듯 물었다.

"다른 사람은 아무도 못 믿어."

짧은 침묵이 흘렀다.

"고마워, 고마워, 오빠. 내가…." 동생은 메모한 걸 훑고 있는지 신경이 좀 분산되는 것 같았다. "동정 여론이 일도록 쓸 수 있을 것 같아. 일단 여기 변호사랑 얘기를 좀 해보고—물론 익명으로— 법적 상황이 어떻게 되는지 자문을 좀 구해야겠어. 심리 중인 사건에 대한 기사는 쓰면 안 되니까…. 그랬다간 사건이 재판으로 갔을 때 문제가 될 수 있거든."

나는 라이자가 처한 상황의 불편한 진실에 대해 들으며 수화기를 내려다보고 있었다. 그리고 그 말들이 무엇을 의미하는지 생각했다. "그럼 네 생각엔… 라이자가 그렇게 할 수밖에 없었던 이유를 강조할 수 있을 것 같아?"

"만약 이제 세상에 나오는 이유가 과오를 바로잡기 위해서만이 아니라 새끼 고래들을 보호하기 위함이라는 걸 분명히 밝힌다면 라이자라는 분에게 여론이 호의적일 거야. 대중은 모두 고래 같은 동물을 사랑하는 데다, 괴짜를 좋아하거든. 그런데 그 괴짜가 금발의 미녀라면 더할 나위 없겠지."

"만약 네가 직접 라이자를 인터뷰했다면 이 모든 이야기가 진실이란 걸 확신할 수 있었을 거야. 라이자의 말이 전부 다 있는 그대로의 진실이라는 걸."

"오빠, 나는 있지도 않은 일을 지어내거나 진실을 바꾸진 않을 거야. 난 그렇게 비열한 사람 아니거든. 그런데 라이자에게 정말로 이걸 원하는 건지는 다시 잘 물어보는 게 좋을 것 같아. 왜냐하면 만약 오빠가 내게 한 말이 모두 진실이라면, 일단 이 이야기가 공개된 다음에 라이자에게 무슨 일이 일어날지 확신할 수 없을 것 같아. 다른 신문들은 이 이야기를 물고 자기 입맛대로 왜곡할 거야. 라이자를 다룰 노선도 마음대로 정하겠지. 일단 도망친 게 모양새가 좋진 않으니까."

"어린 딸은 이미 죽었어. 스티븐은 중상을 입었다고 들었고. 해나를 보호하기 위해서라도 움직여야 했어."

"하지만 아무리 나나 다른 사람들이 라이자를 천사로 보이게 쓴다고 해도, 체포돼서 감옥에 갈 수도 있어. 만약에 그 남자가 죽었다면 가능성은 더 높아지지. 만약에 검찰에서 라이자가 그 남자가 그 약을 먹을 걸 알았고, 차를 탈 거란 것도 알면서 약을 줬다는 걸 입증하면, 그럼, 이런 말 하고 싶지 않지만 과실치사가 최선일 거야."

"최악의 경우는 살인이고."

"그건 나도 몰라. 내가 범죄 전문 기자가 아니라서. 하지만 너무 앞서가진 말자. 그 남자 이름이 어떻게 되는지 정확히 다시 불러줘. 내가 알아볼 수 있는 데까지 알아보고 다시 연락할게."

니노 게인즈에게 찾아온 행운과 함께 나머지 실버베이 주민들의 운도 상승세를 타기 시작했다고 말할 수 있었다면 얼마나 좋았을까. 하지만 현실은 그렇지 못했다. 공청회에서 제출된 반대 의견은 모두의 예상대로 보기 좋게 묵살됐다. 신문들은 이제 '만약 개발이 시작된다면'이라고 하지 않고, 그냥 '개발이 시작되면'이라고 쓰기 시작했다. 그리고 개발의 시작을 입증이라도 하듯, 철거가 이루어진 부지를 두르고 있는 철망 위에 '가슴 뛰는 새로운 투자 기회! 근처에서 유일무이한 레저를 즐길 수 있는 방2, 방3, 방4개의 휴가 별장' 같은 광고판이 달리기 시작했다.

나는 내가 제안했던 광고 문구가 역겨웠다. 거의 사막에 가까운 해변과는 전혀 어울리지 않게 번쩍번쩍 빛나는 3~4미터 높이의 광고 간판 때문에 실버베이 호텔의 허름한 모습이 부각됐다. 그렇지만 호텔의 벗겨진 페인트와 너덜너덜해진 판자가 내 눈엔 오히려 자부심의 상징으로 보였다. 호텔은 마치 잃어버린 시절을 묵묵히 지키고 있는 보초병처럼 거기 서 있었다. 그 호텔이 유일무이하고도 화려한 레저를 즐길 수 있는 곳도, 좋은 투자 기회도 아닌, 그냥 어디론가 훌쩍 떠나고 싶을 때 찾아갈 수 있는 곳이었던 시절을.

어느 날 아침, 또 한 대의 승합차가 도착했다. 거기서 정체 모를 사람들이 줄줄이 내려 클립보드를 들고 돌아다니며 휴대폰에 대고 얘기하는 모습을 지켜보고 있다가 돌아서니 캐슬린이 내 옆에 서 있었다. 이런 광경자체가 캐슬린에게는 침범당하는 느낌일 거라는 생각이 들었다. 평생을바다와만 벗하며 살던 그녀의 집 앞에 낯선 사람들이 끝도 없이 밀려들게 생겼으니.

캐슬린은 아무 말도 하지 않았다. 그들을 지켜보고 있는, 세월에 깎인그녀의 옆얼굴이 날카로워보였다. 그리고 계속 정면을 주시한 채 캐슬린은 이렇게 말했다. "그래서, 우린 언제부터 짐을 싸면 될까?"

속이 요동쳤다. "캐슬린, 아직 끝난 건 아니에요."

캐슬린은 듣고만 있었다.

"설사 개발과의 전쟁에서 진다고 해도 이 호텔에 미칠 영향을 최소한으로 줄일 방법이 많이 있어요. 제가 사업 계획을 짜볼게요. 호텔을 현대적으로 바꿀 방법들을 생각해볼 수도…."

캐슬린이 내 팔에 손을 얹으며 말을 잘랐다. "마이크 도머 씨, 나는 이미 그쪽을 여러 면에서 높이 사고 있어요. 그런데 거기다가 나한테 항상진실을 말해줄 거라는 믿음까지 생긴다면, 당신을 더 많이 존중할 수 있을 것 같은데."

달리 할 말을 찾을 수 없었다. 요시는 고래와 돌고래 보호 단체와 접촉하는 중이었다. 그들은 고래목의 동물들에게 소음이 미치는 부정적인 영향에 대한 연구 보고서 완성을 서두르고 있는 중이었다. 요시는 모터보트나 제트 스키 엔진의 영향에 대해 포함시킬 만한 것이 있는지도 문의했다. 우리는 거의 1,700명이 서명한 탄원서를 준비했다. 우리가 만든 웹

사이트 일일 방문자 수는 몇백 명을 찍었고, 그곳에 전 세계로부터 우리를 응원하고 지지하는 글이 쇄도했다. 다른 지역에서 고래 관광업을 하는 사람들이 의회에 항의 서한을 보내오기도 했다.

해나는 다른 아이들의 동참을 더 많이 유도하기 위해, 학교에 다녀오면 다른 학교들에 이메일을 보냈다. 이제 내 컴퓨터는 사실상 해나 것이 돼버렸고 나는 종일 전화를 붙들고 지역 주민들이 반대 입장에 서도록 설득했다. 그렇게 동생의 조언대로 지역적, 전국적 관심을 불러일으키기 위해 최선을 다했지만, 그 어떤 것도 상황을 바꾸지는 못하는 것 같았다. 매번 밖에 나갈 때마다 상흔처럼 파헤쳐진 개발 예정지에는 새로운 관심이 집중되는 것 같아 보였다. 정장 차림의 남자들과 안전모를 쓴 건설 노동자들의 수도 늘어 있었다. 지역 신문에는 흥분되는 새로운 개발을 약속하는 광고뿐만 아니라 지역 소매상인들에게 '이 모험에 동참'하라고 제안하는 광고들도 실리기 시작했다. 비어 있던 상점 두 곳에 '매매 문의'라는 새로운 팻말이 내걸렸다. 아마도 새 리조트와 근접한 거리에 기대를 걸어본 것 같았다.

나는 고개를 저었다. "아직 끝난 게 아니에요." 무엇보다도 나는 나 자신에게 확신을 주고 싶었다.

캐슬린은 호텔 쪽으로 난 길을 터덜터덜 걸어 올라가기 시작했다. "내가 보기엔 이미 게임 다 끝난 것 같은데." 그녀의 어깨 너머로 들려온 말이었다.

예상했던 대로 해나스 글로리는 그날 밤 바다 밑으로 가라앉았다. 배의 키가 유령 그물에 칭칭 감긴 걸, 높은 파도가 와서 삼켜버렸다. 이제 바다는 텅 빈 물결로 덮여 있다. 바다가 모든 걸 삼켜버렸다. 애초에 그 무엇도 존재하지 않았던 것처럼. 작은 배도, 그물도, 죽어가던 바다 생물들도. 배가 바다 밑으로 가라앉은 것이 기정사실이 된 후엔 아무도 그 배에 대해 얘기하지 않았다. 그레그도 나처럼 본의 아니게 해나를 잃을 뻔한 사건에 일조했다는 것 때문에 마음이 불편한 것 같았다. 그 배를 몰고 바다에 나간 해나의 모습을 그려보는 건 그리 어려운 일이 아니었으니까.

그러던 어느 날 아침을 먹던 중에 라이자가 난데없이 해나에게 배를 하나 찾아줄 생각이라고 선언했다.

"뭐라고요?"

물론 해나스 글로리를 말한 건 아니었다.

"너도 이제 다 컸으니까. 피터 소여한테 하나 찾아봐달라고 부탁해뒀어. 라라 것처럼 자그마한 걸로. 하지만 수업은 들어야 해. 그리고 허락 안받고 바다에 나갔다가 걸리면 그걸로 끝이야. 영원히 배는 없을 줄 알아."

해나는 숟가락을 떨어뜨리고 의자에서 벌떡 일어나더니 엄마 목에 두 팔을 감았다. "엄마한테 말 안 하고는 절대 아무 데도 안 갈게요. 아무 짓도 안 할게요. 진짜 말 잘 들을게요. 아, 고마워요, 엄마."

라이자는 해나가 자기를 끌어안고, 신이 나서 방방 뛰는 동안 엄격한 표정을 지으려고 애쓰고 있었다. "그래, 엄만 너 믿어."

해나가 눈을 반짝이며 고개를 끄덕였다. "라라한테 전화해서 얘기해줘도 돼요?"

"30분 있으면 학교에서 만날 거잖아."

"제발요." 엄마가 망설인다는 건 된다는 뜻이나 다름없었다. 복도를 따라 신나서 뛰어가는 해나의 발소리에 이어 한껏 높아진 통화 목소리가 들려왔다.

라이자는 180도 달라진 자기 태도가 멋쩍은 듯 아침 상만 내려다보았고 캐슬린과 나는 그런 라이자로부터 눈을 떼지 못하고 있었다. 아마도 나는 입을 쩍 벌리고 있었을 가능성이 크다.

"바닷가에 살잖아요. 언젠가는 배워야죠." 라이자가 마침내 말문을 열었다.

"맞는 말이다." 캐슬린이 스토브를 향해 돌아서며 말했다. "피터가 좋은 놈으로 찾아줄 거야."

"그리고…." 라이자는 나와 눈을 아주 잠시 마주치며 말했다. "이렇게 하는 게 맞아요. 내가 언제까지나 애를 지켜줄 수는 없을 테니까."

∞

라이자와 나는 '우리' 얘기는 하지 않았다. 비록 우리가 캐슬린, 해나 혹은 다른 고래추격꾼들 앞에서 애정을 과시하지 않기로 무언의 동의를 하긴 했지만, 나는 몇 주째 '우리' 사이란 것이 존재한다는 걸 인식하고 있었다. 비록 아주 적은 수이긴 했지만 남쪽으로의 고래 이동이 시작됐고, 가끔씩 휴식이 필요할 때 나는 라이자와 함께 배를 타고 바다로 나갔다. 말없는 조수로서 그녀 배의 갑판에 앉아 그녀가 중심을 단단히 잡으며 돌아다니는 모습을 지켜봤다. 나는 고래 얘기를 할 때면 밝아지는 그녀의 목소리가, 조타기를 돌리며 밀리의 귀를 문지르는 무심한 듯 애정어린 모습이 그리고 익숙한 물줄기를 발견했을 때의 기쁨에 찬 외침이 참 좋았다. 나는 그녀가 나를 스치고 지나갈 때, 조타기를 돌리거나 난간에 기대 있을 때의 그 유연하고 나긋나긋한 몸짓을 온몸으로 느꼈다. 배가 마치 그녀의 몸의 연장선인 듯 모든 부분을 완전히 편안하게 다루는 그녀의 모습도 좋았다. 아이러니하게도 개발에 대한 반대 시위 때문에 관광객들의 발걸음은 아침에서 오후로 계속 이어졌고 그래서 다들 바빠졌다. 하지만 라이자와 배를 타고 나갈 땐 우리 둘만 갔다. 내가 다른 사람들을 의식하지 않을 수가 없었기 때문이었다.

해나는 예외였다. 나는 해나의 엄마를 사랑하는 마음의 연장선에서 해나를 사랑했다. 그리고 해나가 이미 겪어야 했던 종류의 공포로부터 아이를 지키고 보호하고 싶은 강렬한 충동을 느꼈다. 그리고 라이자의 마음을, 왜 그녀가 해나를 안전하게 지키기 위해 모든 걸 포기했던 건지도 이해할 수 있었다. 해나는 나와 자기 엄마의 관계에 대해 알고 있으면서도 아무 말 하지 않았다. 하지만 해나가 공모자의 웃음을 내게 지어 보일 때나 이따금씩 스르륵 내 손을 잡을 때면 아이의 무언의 지지에 마음이 벅차 숨이 막힐 것 같았다. 만약 내가 아이를 갖게 된다면, 그 아이가 해나를 닮으면 좋을 듯했다. 나는 라이자가 허락하기만 한다면 해나의 삶에 계속 머물고 싶었다.

우리가 사랑이란 말을 직접 언급하진 않았지만, 나의 모든 신경은 사랑으로 욱신욱신 아렸다. 나는 나를 둘러싸고 있는 구름에 사랑을 담아 마치 바다 안개처럼 몰고 다녔다. 라이자의 밝은 태도나 흔해진 미소 그리고 얼굴의 홍조는, 그녀의 마음도 나와 같다는 걸 말해주었다. 나는 버네사가 내게 요구했던 것처럼 라이자에게 사랑을 말로 표현해달라고 강요할 필요가 없었다. 거의 모든 걸 잃었던 이 여자는, 신뢰했던 사람에게서 너무나 폭력적인 배신을 당했던 이 여자는 내게 육체적 접근뿐만 아니라 마음까지 허락해주었다. 밤이면 그녀는 발소리를 죽여 복도를 따라 내 방으로 건너왔고, 나는 어둑한 방 안에서 이불을 젖히고 그녀를 맞아들였다. 손가락 끝으로 내 얼굴을 만질 때 그녀는 진지하면서도 약간은 믿을 수 없다는 듯한 표정이었고, 내 표정도 그와 같을 것임을 나는 알고 있었다.

그때만큼 행복한 때가 또 있었나 싶다. 아마도 그녀가 오기를 기다리던 때의 기대감 때문이었던 것 같다. 아래층에서 그녀가 캐슬린과 해나와 대화하는 소리, 화장실 문소리, 그리고 여러 차례 오가는 잘 자라는 인사를 들으며 이제 몇 시간이면 혹은 몇 분 후면 그녀가 온전히 내 것이 될 거라는 걸 아는 기쁨. 캐슬린이 알고 있었는지는 모르겠지만 사실 캐슬린도 우리를 신경 쓸 여력은 없었다. 게인즈 씨를 퇴원시키고 건강을 회복시키는 데 완전히 정신이 팔려 있었기 때문이었다. 그때 우리는 만약 행운이 어쩌다 우연히 우리 앞으로 잠깐 불어온 것이라면 그 행복을 정말 소중히 여겨야 한다는 걸 잘 알고 있었다.

그리고 나의 행운은 바로 라이자였다. 그녀의 무엇 하나 내 감탄을 자아내지 않는 구석이 없었다. 나는 언제나 바닷바람을 맞은 듯한 그녀의 머리카락을 사랑했고, 이제는 내가 잘 아는 희미한 흉터와 늘 야외에서 지내 생긴 주근깨, 소금기가 밴 듯한 그녀의 피부도 사랑했다. 그리고 때로는 생각에 잠긴 듯 읽기 어려운 눈이었다가 나를 볼 때는 은밀하게 탐욕적이고 강렬한 빛을 띠는 그녀의 눈동자도 사랑했다. 우리가 사랑을 나눌 때 나는 그녀의 눈에서 내 눈을 떼지 않았고, 절정에 달한 순간에는 그녀의 눈동자에 빠져 죽을 것 같았다. 그녀는 온전히 나의 것이었다. 나는 그것을 잘 알았고, 절절하게 감사했다.

어느 날 밤, 함께 누워 조용히 얘기를 나누고 있었는데 라이자가, 아이를 가지면 인간이 느낄 수 있는 가장 큰 사랑과 가장 큰 두려움을 동시에 느끼게 된다는 얘기를 했다. 이제 나는 그 얘기를 이해할 수 있었다. 왜냐하면 나의 그녀를 발견하고 나니 그녀를 다시 잃는다는 건 생각조차 할 수 없기 때문이었다. 밤이면 나는 잠을 이루지 못하고 그녀를 지켜보

며, 여기서부터 수백만 킬로미터 떨어진 춥고 음울한 나라의 감옥 안에
갇혀 험악한 사람들 틈에 둘러싸인 그녀의 모습을 그려보려 했다. 하지
만 도저히 그런 이미지가 떠오르지 않았다. 그 둘의 조합 자체가 아예 말
이 안 됐다. 라이자는 그런 얘기를 하는 나를 비웃었다.

"난 괜찮을 거예요." 내게 파고들며 라이자가 말했다.

나는 그녀의 무게를 축복처럼 느꼈다. "바다와 떨어져 있는 당신 모습
이 상상이 안 돼."

"내가 무슨 고랜 줄 아나봐. 나 물 밖에서도 잘 살 수 있거든요." 그녀의
목소리에 웃음이 배어 있었다.

하지만 무슨 이유인지 나는 확신이 없었다. "내가 해나를 돌보고 있을
게요. 당신만 괜찮다면."

"나는 당신이 여기를 지키고 있길 바라지 않아요."

"내가 해나가 좋아서 그래요."

"하지만 내가 돌아오는 데 얼마가 걸릴지 몰라요."

"그러니까 더더욱 내가 있어야죠."

그녀의 숨소리가 들려왔다. 그리고 다시 입을 열었을 땐 목소리에 염
려가 묻어 있었다. "나는 해나가… 해나가 누군가를 잃기를 바라지 않아
요. 해나가 당신한테 마음을 다 줬는데, 몇 년이 흐른 다음에 당신이 감
당하기 어렵다고 느낄 수도 있어요. 기다리는 거 말이에요."

"정말 내가 그럴 거라 생각해요?"

"앞일은 모르는 거예요." 그리고 잠시 뜸을 들이다 말했다. "늘 생각했
던 대로 상황이 돌아가지 않는다는 걸 나보다 더 잘 알 사람이 있겠어
요? 그리고 이건 평범한 상황이 아니잖아요."

나는 그녀 옆에 누운 채 그녀가 내게 한 말을 곱씹었다.

"당신 탓 안 해요." 라이자가 나직이 말했다. "내가 떠날 때 떠난다 해도. 당신은 정말… 우리에게 좋은 친구였어요."

"난 아무 데도 안 가요"라고 나는 말했다. 그리고 그 말이 떨어짐과 함께 어둠 속, 우리 두 사람을 둘러싼 기운이 영원한 어떤 것으로 변하는 걸 느꼈다. 그 말을 해야겠다고 생각한 것도 아니었는데 말은 이미 내 입을 떠나 있었다. 나 자신이, 내 진심이 그대로 투영된 말이었다. 나는 그녀의 손을 잡았고, 내 손가락 사이로 힘이 꼭 들어간 그녀의 손가락 관절들을 어루만졌다.

라이자의 목소리가 갈라졌다. "해나에겐 친구가 정말 많이 필요하긴 할 거예요."

복도를 따라 밀리가 잠결에 낑낑대는 소리가 들려왔다. 라이자가 방으로 돌아올 때까지는 제대로 잠들지 못할 모양이었다. 나는 그 순간이 지나갔다고 느낄 때까지 그녀를 안고 있었다. 라이자는 자신이 옳다고 생각하는 일을 하기 위해 이미 자기 딸을 마음속에서 밀어내며, 자신과 딸 사이를 분리시키고 있었다. 그런 순간들이 올 때마다 나는 그녀를 위해 함께 아파하며 그녀 대신 내가 아파줄 수 있기를 바랐다.

"그 일, 꼭 하지 않아도 돼요." 백 번도 넘게 한 말을 나는 또 했다.

그녀는 키스로 내 말을 막았다. "이해하기 힘들다는 거 잘 알지만, 나는 이제야 무언가를 한다는 기분이 들어요. 내 평생 처음으로 나는 내 삶을 주관하게 됐어요." 어둠 속에서 그녀의 용감한 미소가 보이는 것 같았다. "이제 내가 배의 키를 잡고 있어요."

"역시, 나의 선장님." 나는 그녀를 안고 말했다.

"쉽진 않지만 노력 중이랍니다." 라이자는 한숨을 쉬며 다리로 내 몸을 감쌌다.

동생은 그날 새벽 3시 15분에 전화를 해왔다. 워낙에 시차라는 걸 신경 쓰는 애는 아니었다. 라이자가 내 옆에서 몸을 뒤척였고 나는 더듬더듬 휴대폰을 집어 들었다.

"자, 좋은 소식부터 들을래, 나쁜 소식부터 들을래?"

나는 팔꿈치로 침대를 짚고 몸을 일으켰다. "몰라." 그리고 아직 반쯤 잠든 상태로 눈을 비볐다. "아무거나."

"좋은 소식은 그 남자를 찾았다는 거야. 살아 있어. 성 두 개를 붙여 쓰고 있어서 찾는 데 시간이 좀 걸렸어. 아내의 성까지 같이 쓰고 있는 것 같아. 애들 할머니는 죽었어. 그 남자에게 유리한 증언을 해줄 사람이 적어진 거니까 그건 도움이 될 거야. 그러니까 오빠 여자 친구한테 살인죄는 적용되지 않는다는 뜻이야."

내가 이 얘기를 소화하며 애써 안도감을 느끼려고 노력하는 동안 모니카는 잠시 기다렸다.

"나쁜 소식은, 그가 시의원이라는 거야. 지역 사회에서 존경받는 사람이야. 아까 말했듯이 결혼해서 애가 둘이고, 나무랄 데 없이 안정적인 가정을 이루고 살고 있어. 정책 토론회, 자선사업, 참여 안 하는 게 없어. 그리고 국회로 진출할 야망도 갖고 있는 것 같아. 그 남자에 대한 신문 기사들은 전부 경찰청장 같은 사람들과 악수를 하고 있거나 좋은 일에 쓰라고 돈을 기부하는 사진이 같이 실려 있어. 전부 오빠 여자 친구 사건에는 결코 도움이 되지 않는 것들이야."

22
라이자

마이크는 개발을 저지하기 위해 밤낮없이 일했다. 어떤 날은 너무 늦게까지 일해서 병이 날까 걱정이 됐다. 이모가 음식을 해서 올려다 주라고 하면 나는 그걸 받아들고 올라가 그의 옆에 앉아 할 수 있는 것들을 하며 도우려 했지만, 나는 워낙에 사람들을 상대하는 재주가 없다. 그가 사람들을 구슬리고 그들의 마음을 사로잡고, 마치 그의 말이 절대 원칙인 것처럼 권위 있게 말하는 걸 듣고 있다 보면 머릿속이 빙글빙글 돌았다. 그는 그 누구와 얘기하는 것도 두려워하지 않았다. 누구와 전화를 하든 간에 그 윗사람을 바꾸라고 요구할 줄 알았고, 그들에게서도 만족스러운 답을 얻지 못하면 그 사람의 윗사람을 바꾸라고 했다. 숫자에 관한 기억력은 또 어찌나 좋은지 대화하다가 마치 앞에 적어놓고 읽는 것처럼 통계 자료를 줄줄 읊었다. 그는 통화 상대에게 소음과 공해 수치, 추가로 들어가게 될 비용과 위축될 사업들에 대해 경고했다. 지역 술집이나 식당 그리고 작은 호텔들의 고객들을 빼앗기게 될 거라는 얘기도 했다. 새 리조트에서 창출되는 이윤이 어디로 흘러갈지 설명하며 결코 실버베이에 남아 있지 않을 거라는 점도 지적했다.

하지만 그 정도로도 그는 만족하지 않았다. 그는 요시를 설득해서 학계에 있는 요시의 친구들에게 소음이 고래에게 미치는 영향에 대해 조사해달라고 했다. 하지만 요시가 그가 없을 때 말해줬듯이 그런 일에는 시간이 필요했다. 고래 한 마리를 배양접시 같은 데 띄워놓고 쿡쿡 찔러보며 어떤 반응을 보이는지 볼 수는 없는 노릇이었다. 남쪽으로의 이주는 이미 진행 중이었고, 고래들은 다시 남극으로 돌아가고 있었다. 11월 이후부터 몇 달 동안은 우리 앞바다에서 고래를 볼 수 없게 될 테고, 그러면 그땐 이미 늦은 일이 될 터였다. 내가 아무리 이런 얘기를 해도, 그는 들리지 않는지 머리를 숙이고 다시 전화 버튼을 누를 뿐이었다.

그는 자기가 이 개발을 막을 수 있다면 내가 영국으로 돌아가지 않을 것이고 그러면 모든 게 다 괜찮아질 거라 생각하는 것 같았다. 나는 어쨌든 무조건 갈 거랬더니 그는 내가 마조히스트라고 했다. 사실 나는 내 '이야기'가 고래들을 구하기에 충분치 않을까봐 그것이 두려울 뿐, 다른 것은 무엇도 두렵지 않았다.

마이크는 모든 배에서 탄원서를 받고 있었고, 블루 숄스 호텔에서 건축 모형이 발표되는 날 항의 집회를 열려고 애쓰고 있었다. 그는 개발이 진행돼가는 걸 보기 힘들어했다. 이제는 많은 사람들이 새 리조트를 기정사실로 받아들이고 있었고 그 리조트가 들어온다는 전제하에 돈을 벌 수 있는 방법들을 궁리하고 있었다. 심지어 새 리조트를 찬성하지 않는 사람들도 함께 행동할 거라는 보장을 할 순 없었다. 실버베이 사람들은 쉽게 목소리를 내는 사람들이 아니었다. 바다의 영향이었다. 내 힘으로 전혀 통제할 수 없는 무언가에 가까이 붙어살다 보면 운명에 순응하게 되는 것 같다.

해나만은 마이크의 강력한 지원군이었다. 마이크는 해나와 라라에게 새로운 개발과 관련된 것이라면 그들의 학교는 돈도, 새로운 시설도 원하지 않는다는 내용의 현수막을 만들게 했다. 새로운 탄원서를 작성했고, 같은 반 친구들의 지지를 결집했고, 지역 라디오에 출연해서 실버베이의 돌고래들의 다른 성격과 개성에 대해 이야기하기도 했다. 이모와 함께 라디오에서 흘러나오는 해나의 목소리를 듣는데 어찌나 자랑스럽던지 가슴이 터질 것 같았다. 마이크는 해나가 인터넷에서 검색해낸 고래와 돌고래 협회들에 이 사건을 알릴 수 있도록 이메일 계정을 만들어줬다. 덕분에 해나의 관심이 그쪽으로 집중되면서 유령 그물로 받은 충격을 잊을 수 있었다. 낮의 해나는 더 자신 있고, 열정적이고, 결의에 찬, 다른 아이였다.

그러나 아직도 밤이면 여섯 살 때 그랬던 것처럼, 발소리를 죽이고 복도를 따라 내 방으로 건너와 나의 품에 파고들었다.

∞

내 딸에겐, 내 딴엔 최대한 빨리 말해줬다. 어느 따뜻한 금요일 오후, 학교가 끝난 뒤 해나에게 아이스크림을 하나 사서 들려주고 우리는 함께 고래 부두에 앉았다. 밀리가 혹시나 하는 기대를 품고 우리의 어깨에 침을 흘리는 동안, 우린 작은 은빛 물고기들이 우리의 발가락 끝을 야금야금 물게 놔두고 있었다. 변호사는 내가 영국으로 돌아가면 법정으로 가게 될 것이고 나는 모든 일을 설명해야 할 거라고 했다. 해나도 조사를 받게 될 가능성이 높았기 때문에 마이크에게 했던 것처럼 그들에게 모든 걸 얘기해야 할 거라고 말해주었다.

해나는 아이스크림은 손도 대지 않은 채 마냥 앉아만 있었다. "영국으로 돌아가면 나는 다시 스티븐 아저씨랑 살아야 해요?"

그의 이름을 듣기만 해도 오싹해지는 느낌이었다. "아니야. 너는 캐슬린 이모할머니랑 살 거야. 이모할머니가 엄마 다음으로 너랑 가장 가까운 가족이니까." 늘 품고 있는 마음이었지만, 나는 스티븐과 결혼하지 않도록 도운 신께 또 한 번 감사드렸다. 적어도 그는 해나에게는 어떠한 권리도 없었다.

"엄마는 감옥에 가요?"

내 딸에게 거짓말은 하지 않을 생각이었기 때문에 나는 그럴 수도 있다고 했다. 하지만 운이 좋아서 내게 일시적인 정신적 문제나 뭐 그런 비슷한 게 있었다고 판사가 판단한다면 아주 짧게 살거나 어쩌면 집행유예가 될 수도 있다고 말해줬다.

그 전날 마이크와 내가 변호사의 사무실에 앉아 있을 때 변호사가 해준 얘기였다. 마이크는 심각한 얼굴을 하고 책상 밑으로 내 손을 잡고 있었다. "그게 이 사람 잘못이 아니었다는 걸 아시겠어요?" 그는 마치 설득시켜야 할 사람이 그 여자이기라도 한 것처럼 계속 그 말을 반복해댔다. 나중에야 그가 왜 그랬는지 알 것 같았다. 그는 내게 별다른 동정심을 느끼지 않는 사람들 귀에 이 사건이 어떻게 들리는지, 어떤 반응을 얻게 될지 가늠해보고 있던 거였다. 마이크가 상담료를 넉넉하게 지불했음에도 불구하고 그 여자는 냉정한 사람이었다. 마이크가 그녀에게서 얻어낼 수 있었던 최선은 그날의 일이 '불운했다'는 걸 인정하는 정도였다. 그리고 그 변호사는 이 사건에 대한 판결은 자기의 역할이 아니라고 말했다. 하지만 말투에서 나는 이미 그녀가 어떤 판결을 내렸는지 감지할 수 있었다.

나는 억지로 웃어 보이며, 가장 중요한 건 이 모든 게 다 끝나고 나면 우리는 자유롭게 우리의 삶을 살 수 있다는 거라고 해나에게 말해줬다. 가고 싶은 곳을 자유롭게 갈 수 있고, 레티에 대해서도 마음껏 얘기할 수 있고, 고래와 돌고래들도 힘껏 도울 수 있을 거라고. "해나야." 나는 해나의 어깨를 붙들고 말했다. "뉴질랜드도 갈 수 있을 거야. 네가 얘기했던 학교 수학여행 말이야. 좋지 않아?"

처음에는 아이의 표정을 볼 수 없었다. 해나는 내게서 고개를 돌리고 먼 바다를 보고 있었다. 그러다가 다시 나를 향해 고개를 돌렸을 때 아이의 얼굴에는 공포가 어려 있었다. "뉴질랜드에 가고 싶지 않아요." 해나의 얼굴이 일그러졌다. "나는 엄마랑 같이 있고 싶어요."

아이는 나의 말은 듣지도 않았다. 아이의 두 눈엔 공포와 절망뿐이었다. 그걸 심어준 것이 나라는 사실을 견디기 어려웠다.

"모두 나만 남겨두고 떠나는 것 같아요." 아이가 속삭였다.

"해나야, 아니야. 그건…."

"그리고 이제 엄마까지 가버리면 나한텐 아무도 없어요."

아이는 한동안 울었고, 나는 아이스크림을 그대로 떨어뜨리고 함께 울지 않으려고 애쓰며 아이를 안았다. 사실 내 딸과 떨어져 지내야 한다는 생각만으로도 이미 나는 견디기 어려웠다. 이제 아이를 안을 때는 더 이상 예전처럼 기분이 좋은 것이 아니라, 마치 아이를 내 몸에 각인하려고 애쓰고 있는 느낌이었다. 이제 아이를 바라볼 때는 아이의 모습을 내 눈꺼풀에 새겨 넣으려고 노력하고 있었다. 나는 이미 아이를 품에 안는 특권을 잃어버리게 될 몇 달, 혹은 몇 년을 준비하고 있었다.

이런 힘든 감정들과 앞으로 예정된 상실들로 나는 밤에 잠을 이루지 못했다. 아이는 예민한 청소년기를 엄마 없이 혼자 겪어나가야 할 것이었고, 나는 앞으로 아이가 어떻게 성장할지 지켜볼 수 없을 거였다. 해나는 나를 용서할까? 해나는 스스로를 용서할 수 있을까? 나는 아이의 머리 냄새를 들이마시며, 그로부터 레티의 향기를 느끼며 눈을 감았다. 그러다가 균형을 잃을 것 같아 아이를 놓아주고 나도 물러나 앉았다.

해나는 곧 감정을 수습했다. 나는 내 딸의 용기와 절제력에 애가 끓었다. 해나는 손바닥으로 눈가를 훔치더니 사과를 했다. "울지 않으려고 했는데."

"지금은 마음이 많이 안 좋겠지만 차차 나아질 거야." 나는 나조차 갖고 있지 못한 확신을 아이에게 심어주려고 애쓰며 말했다. "서로에게 편지를 쓸 수도 있고 통화도 할 수 있고 그러다 보면 어느새 다시 함께할 수 있을 거야." 나는 해나의 머리카락에 붙은 해초를 떼어냈다.

해나가 코를 훌쩍였다.

"그리고 이건 진짜 중요한 건데, 내가 레티에 대해서 얘기하게 되면 고래들에 대해서도 꼭 얘기할 거야. 돌고래들도 마찬가지고."

"그러면 새 리조트가 들어오는 걸 막을 수 있어요?"

"아마 그럴 거야. 그러면 레티의 삶과 죽음이 뜻깊은 것이 될 수 있지 않을까?"

우리는 거기 그렇게 앉아 바다를 바라보며 내가 한 얘기들을 곱씹고 있었다. 해나는 엄마 말이 틀렸다고, 레티의 죽음을 뜻깊은 것으로 만들 수 있는 건 아무것도 없다고 말하기에는 너무나 착한 아이였다. "영국에 레티의 무덤이 있어요? 꽃을 놓아줄 수 있는?"

모른다고 말해줘야 했다. 나는 내 딸을 화장했는지 땅에 묻었는지조차 모르고 있었다.

"사실 레티가 어디에 있건, 그건 상관없어요." 해나는 내가 불편해하는 걸 감지했는지 이렇게 말했다. "왜냐하면 레티는 언제나 여기에 있으니까." 그리고 내 손을 잡아 자기 심장에 갖다 댔다. 그리고 그다음 말은 하지 않았지만 아이의 눈빛과 꼭 다문 입술에서 나는 읽을 수 있었다. '엄마도 마찬가지예요.' 나는 그것을 약속이라 생각해야 할지 비난으로 들어야 할지 알 수가 없었다.

캐슬린 이모는 파티를 즐기는 사람이 아니었다. 호텔을 경영하고 있긴 했지만, 내가 아는 사람 중에 이모보다 더 내성적인 사람도 찾기 어려웠다. 이모는 손님들이나 방문객들과 대화를 나눌 때보다는 혼자 부엌에 있거나 배를 탈 때 더 행복한 사람이었다. 바로 그 점이 우리가 서로를 잘 이해할 수 있는 몇 가지 이유 중 하나이기도 했다. 그래서 해나와 내가 대화를 나눈 날로부터 이틀 뒤, 이모가 니노 게인즈 씨의 퇴원 기념 파티를 열겠다고 했을 때 나는 놀랄 수밖에 없었다. 이모는 게인즈 씨가 신선한 공기를 마시고 바다도 보고 친구들도 모두 만날 수 있도록 야외 파티를 열겠다고 했다.

"랜스, 그렇게 입을 딱 벌릴 거 없어. 이 추레하고 누추한 집구석에서도 파티 한 번쯤 열 때도 됐지 뭘 그래." 고래추격꾼들이 잠시 말문이 막혀 조용히 앉아 있는 동안 이모는 말했다.

"아무튼 그렇게 하루 휠체어에 태우고 나와 앉아 있으면 사람들이 앞으로 몇 주에 걸쳐 아무 때나 집으로 찾아가진 않을 거 아니야. 병문안한답시고 문턱이 닳도록 사람들이 드나드는 것만큼 진 빠지는 일도 없더라고."

사흘 후, 여름의 기미를 느낄 수 있을 정도로 따뜻한 어느 오후에 우리는 정성껏 준비한 천막 아래에 모여 앉아 있었다. 그리고 이모의 차가 호텔 앞에 와서 멈췄고 뒷좌석 문이 열렸다. 잠시 후 프랭크가 제 아버지를 부축해서 내렸다.

"환영합니다!" 우리가 모두 함께 소리쳤고 해나가 달려가 안겼다. 니노 게인즈 씨는 해나에게 할아버지나 다름없는 사람이었다.

그는 똑바로 서는 것도 약간 힘들어 보였다. 목과 옷깃 사이에 공간이 남을 정도로 체중이 줄어 있었고, 지팡이를 짚고도 약간 불안해 보일 정도로 쇠약해져 있었다. 그는 한 손으로 열린 차 문을 붙들고 모자챙 아래로 우리를 향해 눈을 가늘게 떴다. "케이트, 퇴원을 축하해준다더니 기껏 불러 모은 사람들이 이 인간들이란 말이야? 아, 병원으로 다시 데려다줘." 다시 차에 타는 시늉을 하는 그를 보고 나도 웃을 수밖에 없었다.

"감사할 줄 모르는 늙은이 같으니라고." 이모는 게인즈 씨의 가방을 끌어내며 말했다.

"내가 뭘 원하든 다 받아줘야지. 내가 언제 다시 쓰러져버릴지 나도 모른다고."

"자꾸 이런 식으로 나오면 정말로 그렇게 만들어버리는 수가 있어요." 이모는 그렇게 말하고는 차 문을 탁 닫았다.

"니노 할아버지, 제 옆에 앉으세요." 천천히 걷기 시작한 그의 한쪽 손을 잡고 해나가 말했다. "그 자리가 특별석이에요."

"설마 환자용 소변기를 밑에 붙여둔 건 아니겠지?" 그의 말에 해나가 깔깔 웃었다.

"쿠션을 잔뜩 갖다 놨어요."

"아, 그렇다면 좋지."

그는 내게 눈을 찡긋해보였고, 나는 한 걸음 다가가 그를 안았다. "퇴원하셔서 정말 기뻐요."

"그러게, 누군가는 자네 이모를 바쁘게 만들어줘야지, 안 그런가? 시들

404

어버리게 놔둘 수야 없지."

게인즈 씨가 너무 애쓰고 있는 것 같았지만 이해 못 할 바는 아니었다. 게인즈 씨 같은 남자는 환자 취급받는 게 그 무엇보다도 견디기 어려울 것 같았으니까.

눈부시도록 아름다운 오후였다. 선원들도 모두 일을 접고 모여들었고, 무언의 합의하에 아무도 개발이나 앞으로의 운명에 대해선 일절 얘기하지 않았다. 우리는 날씨, 축구 경기 결과, 끔찍한 병원 밥, 그리고 누군가가 엘리너섬 근처를 지나다가 봤다는 참고래에 대한 얘기들을 나눴다. 우리는 한잔씩 하며 해나, 라라, 밀리가 해변을 뛰어다니는 모습을 지켜봤다. 랜스와 요시는 해나가 틀어놓은 음악에 맞춰 춤을 췄고, 이웃 주민과 낚시꾼들 그리고 게인즈 씨의 친척들이 들러 맥주를 함께 나눴다. 마이크는 내 옆에 앉아 있었고, 이따금씩 테이블 아래로 내 손을 잡았다. 그 손의 부드러움과 강인함은, 나의 마음을 오후 3시 반에 열리고 있는 가족 파티에선 상상할 수 없는 곳들로 달려가게 했다.

날 좀 봐, 라고 나는 스스로에게 말하며, 내 삶으로 찾아들어 이제 내 옆에 앉아 있는 남자를 은밀히 바라봤다. 해나, 이모와 니노 게인즈 씨를 좀 봐. 그리고 고래추격꾼들을 좀 봐. 이들은 지난 몇 년간, 다른 사람들이 혈연으로 맺어진 가족들에게 받는 것보다 더 진한 우정을 줬고 나를 지탱하게 해줬다. 내게도 가족이 있었다. 나는 많은 일들을 겪었고, 비록 나의 가장 깊은 곳에는 그 누구도 대신 채워줄 수 없는 빈 공간이 있지만, 내겐 가족이 있었다. 그 생각에 나는 불현듯 행복감을 느꼈다. 마이크는 이런 내 생각을 알아차렸는지 내게 무언의 질문을 던지듯 한쪽 눈썹을 치켜올렸다. 나는 그냥 웃었고, 그는 모두가 보는 앞에서 내 손을 들어 내 손가락에 입을 맞췄다.

니노 게인즈 씨는 놀랍다는 듯 케이트 이모를 향해 눈썹을 치켜올리며 물었다. "내가 얼마 동안이나 의식이 없었다고?"

"나한테 묻지 말아요." 이모는 그의 말을 묵살하듯 손을 흔들었다. "요즘 젊은이들 진도는 나도 따라가기 힘들다고요."

"그레그 아저씨는 어디 갔어요?" 테이블 끝에서 해나가 물었다. "지금쯤이면 온다고 했는데."

"오늘 오전 내내 수상쩍게 굴더라고." 이모가 말했다. "수산 시장에서 만났는데 무슨 미션을 수행 중이라나 뭐라나."

"그래? 그 여자 이름은 뭔데?" 니노 게인즈 씨는 모자를 눈 근처까지 푹 눌러쓰고 의자에 기댔다. "아, 케이트, 다시 돌아오니 정말 좋네."

놀랍게도 이모는 아저씨의 이마에 입을 맞췄다. "나도 당신이 돌아와서 좋아요, 이 늙은 바보 양반아."

그리고 누가 뭐라고 말하기도 전에 그레그의 트럭 소리가 저 아래편에서 들려오더니, 그 소리를 신호로 그레그의 트럭이 호텔 앞으로 천천히 나타나 멈춰 섰다. "방해해서 미안합니다." 그레그가 트럭에서 내리며 말했다. 그는 평소에는 좀처럼 보기 어려운, 빳빳하게 다린 셔츠를 입고 말끔하게 면도를 한 모습이었고, 요즘 들어 드물게 기분이 좋아 보였다. "여러분 모두 30분 내로 제 창고에 한번 들러달라는 말씀 드리러 왔어요. 아주 중요한 일이에요."

"혹시 잘 모르나 싶어 말해주는 건데, 우리는 지금 파티 중이라고." 이모가 두 손을 허리에 얹고 말했다. "그리고 자네는 두 시간 전부터 와 있을 예정이었고 말이야."

"아, 정말 죄송해요. 하지만 정말 중요한 일이 있어서."

"그레그, 무슨 일인데?" 내가 물었다. 그는 재미있는 장난을 혼자만 알고 있는 초등학생처럼 웃음을 멈추려고 애쓰고 있었다.

"보여줄 게 있어서 그러지." 그는 마이크는 아예 무시한 채 말했다. 별로 놀랄 일은 아니었다. 마이크와 내가 사귀고 있다는 걸 짐작한 순간부터 그레그는 줄곧 마이크를 아예 없는 사람 취급했다. 그는 자기 발치를 한 번 내려다보고 이모를 한 번 보더니 말했다.

"요시, 준비는 돼 있지?"

내가 힐끗 봤더니 요시가 고개를 끄덕이고 있었다.

"좋아. 자, 여러분 모두에게 보여줄 게 있어요. 게인즈 씨, 다시 이렇게 뵈니 정말 좋네요. 나중에 같이 맥주나 한잔해요." 그는 모자를 살짝 벗었다가 다시 쓰고는 눈에 띄게 거들먹거리면서—평소 그레그의 걸음걸이를 감안한다 해도—트럭으로 돌아가더니 먼지와 흙을 사방으로 흩뿌리며 차를 돌려 자기 창고로 향했다.

"요즘 다시 술독에 빠져 살기 시작한 건가?" 게인즈 씨가 그레그를 눈으로 좇으며 말했다.

요시와 랜스가 눈빛을 교환했다. 그들은 뭔가 아는 것 같았지만 우리한테는 얘기하지 않을 작정인 것 같았다. "그레그는 정말 언제나 우리를 놀라게 해준다니까." 캐슬린 이모가 어깨를 으쓱하며 말했다.

해나는 활짝 웃고 있었지만, 나는 사실 가슴이 철렁했다. 또 배를 준비한 건 아니어야 할 텐데.

더 오래 기다리고 있을 시간이 없었다. 니노 게인즈 씨는 해나와 함께 호텔에 남고 나머지는 전부 일어나 햇빛을 즐기며 해안 길을 천천히 내려갔다. 의외로 그레그의 창고 앞에는 많은 사람들이 몰려들어 있었고 기자와 카메라를 든 사진 기자들도 눈에 띄었다. 문득 카메라가 전부 나를 향할 때의 기분은 어떨지 생각해봤다. 영화에서도 본 적이 있는 광경이었다. 법정 입구에 기자들이 스크럼을 짜고 몰려 서 있을까? 그들이 나를 따라다니며 괴롭힐까? 날이 그렇게 따뜻한데도 몸에 전율이 일었고, 나는 애써 그런 생각들을 밀어냈다.

"요시?" 아무리 불러도 어째 요시는 못 들은 척이었다.

아까도 얘기를 좀 들어보려고 했지만, 요시는 비밀이라는 듯 손가락을 입에 가져다 댔고 랜스는 무표정한 얼굴을 가장하고 있었다.

"니노가 혼자서도 괜찮아야 할 텐데. 혼자 두고 온 게 마음에 걸리네." 이모가 안절부절못하는 것 같았다.

"5분간의 평화를 즐기고 계실 거예요. 아무래도 좀 피곤하셨을 텐데." 마이크가 말했다.

"나만 돌아갈까?"

"이모, 무슨 일이 생기면 해나가 우릴 부르러 올 거예요." 나는 이모를 쿡 찔렀다. "게인즈 씨는 즐거운 시간을 보내고 계세요. 그 어느 때보다도 행복하시다고요."

"정말 좋아 보이지? 그렇지?" 이모의 눈길이 저만치 보이는 호텔로 이어진 길을 따라 올라가더니 좀 민망했는지 괜히 한마디 덧붙였다. "바보 같은 늙은이."

그레그는 창고 앞에 서서 담배를 피우고 있었다. 그리고 모두 다 왔는지 확인하려는 듯 몰려든 사람들을 둘러보고, 옆에 선 낚시꾼들과 농담을 몇 차례 주고받았다. 웬일인지 그레그의 트럭은 창고 앞에 서 있지 않았다.

무슨 일인지 알아내보려고 했지만 도무지 알 수 없었다. 평소의 그레그답지 않은 행동이라는 것만은 분명했다.

마침내 그레그는 담배를 바닥에 던지고 뒷굽으로 비벼 껐다. 그러고는 열쇠로 자물통을 따고, 끙 하고 힘을 주어 비바람에 낡아버린 문 두 짝을 열어젖힌 뒤, 불을 켰다. 그리고 우리가 어두운 창고 안을 들여다보는데 트럭 짐칸의 방수포를 휙 젖혔다. 거기에는 거대한 뱀상어가 누워 있었다. 눈동자는 아직도 또렷했고, 분노로 살짝 열려 있는 입은 모나고 뾰족한 이빨을 드러내고 있었다. 사람들이 헉 하고 놀라는 소리가 들렸다. 이미 죽어서 와이어에 꼼짝없이 묶여 있는데도 상어의 모습은 충분히 공포스러웠다.

"오늘 아침 일찍 제가 낚시를 나갔습니다." 그레그는 상어의 살갗을 쓰다듬으며 기자들을 향해 말했다. "저기, 만 입구까지만 나갔죠. 거기서 가끔 괜찮은 것들이 낚이거든요. 처음에는 청새치인 줄만 알았어요. 그런데 제가 뭘 낚았는지 좀 보세요! 배 위에서 제가 얼마나 이리저리 끌려다녔는지 직접 보기 전엔 믿기 어려우실 거예요. 토니, 차를 뒤로 좀 빼봐!" 그레그는 트럭에 타고 있는 남자에게 말했다. 그레그가 한 발 옆으로 물러나자 트럭이 후진을 하며 빛 아래 모습을 드러냈다. 카메라 몇 대가 찰칵였다.

"제가 여러분을 이렇게 불러 모은 것은 아직까지는 우리가 뱀상어를 이렇게 가까이에서 본 적이 없기도 해서고, 또 이곳에 살고 계신 모든 분들에게 애들을 바다에 내보내지 말라고 당부도 드릴 겸 해서입니다. 이 괴물들이 또 들어오지 말란 법은 없으니까요. 뱀상어는 아주 사납기로 유명한 놈이고, 지난번에 유령 그물에 걸린 것들을 다들 봤겠지만 별의별 게 다 해안 근처까지 들어오지 않습니까."

그레그는 감탄스럽다는 듯 상어를 철썩 쳤다.

"오늘 수산시장에 가져가서 어떤 상어인지 확인하고 무게도 달아봤습니다. 그리고 이놈이 우리 앞바다에서 잡힌 유일한 상어가 아니라는 얘기도 들었습니다."

상어의 모습을 보는 것만으로도 등골이 오싹해졌다. 높은 파도가 몰아치던 캄캄한 바다에서 사투를 벌이던 마이크와 해나의 모습, 마이크의 다리에 자꾸 무언가가 와서 부딪혔다는 얘기가 생각났다.

마이크도 비슷한 걸 느낀 모양이었는지 내 뒤로 다가와 내 손을 꽉 잡았다.

요시가 한 걸음 앞으로 나서더니 기자들에게 뱀상어에 대한 정보를 쏟아내기 시작했다. "뱀상어는 눈에 보이는 건 닥치는 대로 다 먹어치우는 습성 때문에 바다의 쓰레기통이라고도 불립니다. 이 상어는 아마도 유령 그물을 따라 이곳으로 들어온 것으로 추정할 수 있어요. 유령 그물에는 이미 바다 생물들의 사체가 많이 달려 있었으니까요. 그렇다면 다른 상어들도 따라 들어왔을 가능성이 높다고 볼 수 있고, 그들은 앞으로 한동안 이곳을 배회하게 될 겁니다. 뱀상어는 뭐든지 다 먹어치웁니다. 물고기, 바다거북, 사람…." 요시는 사람들이 걱정스러운 얼굴로 서로를 쳐다볼 때까지 마지막 단어에 충분히 힘을 주며 여운을 남겼다. "이건 저 혼자만의 생각이 아닙니다. 환경부에 문의하셔도 이 상어 옆에 가지 않는 게 좋을 거라는 권고를 받으실 거예요."

"상어 그물이 필요한 거 아닐까요?" 모여든 사람들 속에서 누군가가 말했다. "다른 해변에는 설치가 돼 있다고 들었는데요."

"돌고래가 이렇게 많이 오가는 만에 상어 그물을 설치하면 어떡합니까?" 그레그가 날카롭게 말했다. "그랬다가는 고래까지 걸리게 됩니다. 상어 그물을 치려면 저를 먼저 죽이고 해야 할 겁니다."

"저 인간은 그러고도 남을걸?" 누군가가 웃으며 말했다.

"상어는 아주 영리합니다." 요시가 다시 얘기를 시작했다. "만약 만 입구에 그물을 치면 상어들은 그물 위나 아래로 넘어 다닐 거예요. 여기 숫자를 확인하시면 아시겠지만, 상어에 의한 인명 피해 비율은 상어 그물설치 여부와 상관이 없습니다."

"제가 보기엔 아무것도 아닌 일로 법석을 떠는 것 같은데요." 호텔 관계자들 중 하나였다. 봄 시즌이 막 시작되는 참에 이런 일로 언론의 관심을 끄는 것이 달갑지 않을 만도 했다. "통계만 봐도, 상어에 물려 죽는 것보다는 차라리 번개에 맞아 죽을 확률이 더 높다는 것쯤은 누구나 알 수있어요."

"아마 이놈도 통계 따위는 신경도 안 썼겠죠." 그레그는 어뢰처럼 생긴상어의 몸에 기대며 말했다. "이 친구는 자기가 누군가의 낚싯줄을 삼킬확률은 백만 분의 일도 안 될 거라 생각했을 겁니다."

사람들이 웃었다.

"뱀상어를 조심하시는 게 좋습니다. 왜냐하면 이 상어들은 바다거북을 따라서 해안으로 가까이 들어올 수 있어요." 요시가 열심히 설명했다. "그리고 이 뱀상어들은 상당히 집요합니다. 백상아리와는 다른 부류예요. 한 입밖에 못 먹은 건 끝까지 기억하고 있다가 나머지를 집어삼키기위해 다시 돌아오는 상어가 뱀상어예요."

호텔 관계자가 고개를 설레설레 저었다. 그레그는 그를 보며 목소리를더 높였다. "앨프, 좋아요, 그럼 당신은 저 바다에 나가 마음껏 수영하고즐기세요. 나는 저 바다에 뭐가 기다리고 있는지 모두에게 알려주는 게마땅한 도리라고 생각한 것뿐이니까."

"상어의 공격 빈도는 증가세에 있습니다." 요시가 다시 설명을 이어나갔다. "이미 잘 알려진 사실이에요. 하지만 해결책이 분명히 있어요. 수영을 해도 안전한 구역을 부표와 그물로 표시하면 됩니다. 해안 경비대에서 그 정도는 할 수 있을 거라고 확신합니다."

"그때까지만이라도…." 그레그는 눈이 잘 안 보일 정도로 모자를 내려쓰며 말했다. "애들은 바다에 들어가지 못하게 하시라고 권해드립니다. 만약에 상어를 이 근방에서 또 발견하게 되면 바로 해안 경비대에 신고하겠습니다. 다른 낚시꾼들도 그렇게 할 거고요."

사람들이 걱정스럽다는 듯 웅성거렸다. 몇몇 사람들은 휴대폰을 귀에 붙이며 돌아섰고 몇몇은 상어를 만져보고 싶어 트럭 가까이로 다가왔다. 나는 해나에게 배를 구해주겠다고 한 약속을 떠올렸다. 실버베이에 상어가 돌아다니고 있는 마당에 아이를 작은 배에 태워 바다에 내보낼 사람은 당연히 없을 터였다. 하지만 이미 한 약속을 번복하는 것도 쉽지는 않을 것 같았다. 내가 한참 그 생각을 하고 있는 중에 캐슬린 이모가 앞으로 나가더니 트럭 짐칸에 실려 있는 죽은 상어를 들여다봤다. "상어라 이거지?" 이모는 팔짱을 끼고 미간을 찌푸렸다.

"이모님은 잘 아시겠네요." 그레그는 기자들이 더 나은 사진을 찍을 수 있도록 상어를 살짝 들어 올리며 말했다.

"이 사람이 지금 어디서 무슨 소릴…."

"자, 여러분." 그레그는 이모가 말을 마치기도 전에 이모 쪽을 가리키며 말했다. "이분이 바로, 실버베이의 상어 아가씨로 유명했던, 캐슬린 휘티어 모스틴 되십니다. 이분은 50년 전에 이 상어보다 더 큰 상어를 잡았죠. 뉴사우스웨일스주 일대에서 잡혔던 상어 중에 가장 큰 모래뱀상어였어요. 캐슬린, 그렇지 않나요? 이것도 좋은 기삿거리 아닙니까?"

캐슬린은 말없이 그레그를 노려보았다. 이모의 눈에 노골적으로 드러난 적의는 누구라도 슬금슬금 도망치게 만들 만했건만 그레그는 아랑곳

하지 않고 계속 떠들어댔다. "그러니, 보세요, 실버베이에 또 상어가 나타난 겁니다. 야생동물 사냥을 즐기는 사람들은 즐거울 일이지만 우리 선량한 시민들께는 상어의 공격이라는 위협이 존재하는 한 수영, 윈드서핑을 비롯한 그 어떤 수상스포츠도 피하시라 경고하고 싶네요."

기자들이 캐슬린 이모를 둘러싸고 수첩과 마이크를 이모 앞에 들이댔다. 플래시가 몇 번 터졌다. 그레그는 상어 옆에서 계속 포즈를 취하고 있었다. 유령 그물의 공포가 지나간 지 2주 만에 또다시 훌륭한 1면 기삿감을 찾은 지역 일간지 기자들의 목소리에서 쉽게 기쁨을 감지할 수 있었다.

"아, 깜빡했는데요, 혹시 원하시는 분이 계시면, 이 녀석 판매합니다." 그레그가 말했다. "아주 신선해요. 최고급 횟감이죠."

"나는 돌고래와 상어가 같은 해역에 공생하지 않는 줄 알았어요." 둘이 함께 호텔로 돌아가는 길에 마이크가 말했다. 아주 맑고 화창한 오후였다. 저 멀리에서 바다가 은은하게 반짝이고 있었다. 나는 맥주도 몇 잔 마신 데다 평소답지 않게 많은 걸 집어 먹었다. 저만치 앞에서 해나와 라라가 게인즈 씨를 앉혀놓고 춤을 추다가 깔깔거리며 모래 위로 쓰러지는 게 보였다. 때때로 이런 날이면 내가 좋은 세상에서 살고 있구나, 라고 스스로를 납득시킬 수 있을 것 같았다.

"어떨 때는 이 세상 전체가 온통 뒤죽박죽인 것 같다는 생각이 들어요." 나는 얼굴로 흘러내린 머리칼을 쓸어 올리며 그를 올려다봤다. 그리고 그에게 키스하고 싶어졌다. 사실 그에게 키스하고 싶지 않은 때는 거의 없었다.

이런 순간들을 기억해야만 해, 라고 나는 스스로에게 말했다. 그리고 마이크의 작은 휴대폰처럼 이런 순간들을 잔뜩 저장해두었다가 아주, 아주 먼 미래에도 완벽한 화질로 계속 반복 재생할 수 있다면 얼마나 좋을까 생각했다.

"가지 말아요." 그날 밤, 마이크가 말했다. 그는 허리에 타월을 두르고 화장실에 서서 이를 닦고 있었고, 나는 물 한 잔을 가지러 그의 뒤로 들어갔다.

"어딜요?" 나는 물컵을 수도꼭지 밑에 갖다 대며 물었다. 나는 다음 날에 해야 할 일들을 생각하는 중이었다. 이제 생각해야 할 때가 된 사소한 것들, 이를테면 해나가 앞으로 몇 년간 입을 교복을 준비해둔다거나, 위임장에 서명을 하는 것, 캐슬린 이모와 나의 공동 계좌를 트는 일 같은 것들이었다. 변호사는 내 얘기를 발표하기 전에 개인적인 신변 정리를 해두는 것이 현명한 일이라고 조언했고, 나는 정리해야 할 일들을 생각하느라 정신이 없었다.

"하지 말아요. 미친 짓이에요. 생각해봤는데 이건 정말 미친 짓이에요." 거울에 비친 그의 반영이 나를 뚫어지게 보고 있었다. 그의 벗은 등의 경직된 모습은 그날 저녁 내가 그의 얼굴에서 읽은 긴장감이 나의 상상이 아니었음을 증명하고 있었다.

아무리 그레그가 쉴 새 없이 떠들어대고 고래추격꾼들이 있는 대로 취해서 말을 할 새가 없긴 했어도 마이크는 몇 시간 동안 거의 한마디도 하지 않았다. 그레그가 마이크의 기분을 건드리려고 최선을 다한 것과 무관하지 않을 거라 나는 생각했었다. "기분 나쁘게 듣지는 마시고." 그레그가 마이크에게 가시 돋친 말을 한 다음에는 꼭 그 말을 덧붙였고 마이크는 굳은 표정으로 웃고 말았다. 나만 그의 턱이 움찔하는 걸 눈치챌 수 있었다. 파티 주인공인 게인즈 씨는 일찌감치 잠자리에 들기 위해 집으로 돌아갔지만 아래층은 아직도 떠들썩했다.

나는 한숨을 쉬었다. "마이크, 지금 그 얘긴 하고 싶지 않아요." 나는 오늘 하루를 이대로 즐기고 음미하며 평화롭게 잠자리에 들고 싶었다.

"아무것도 개발을 막진 못할 거예요." 마이크는 치약을 뱉느라 잠시 말을 멈추었다가 다시 말했다. "비커 홀딩스가 어떤 회사인지 난 알아요. 그들은 이게 큰돈을 벌어들일 거란 사실을 보았고, 데니스 비커가 돈을 본 이상 아무것도 그를 막을 수 없어요. 이미 너무 많이 진척돼버렸어요. 당신은 당신과 해나의 삶을 아무 의미 없이 망치기만 할 거예요."

"아무 의미가 없다니 그게 무슨 소리예요? 나와 해나의 마음의 평화가 아무것도 아니란 말이에요?"

"하지만 당신은 괜찮잖아요." 그가 말했다. 그의 턱에 치약이 묻어 있었지만 지금 그걸 알려준다고 별로 고마워할 것 같진 않았다. "둘 다 잘 살고 있잖아요. 그래요, 원하는 걸 다 하고 살진 못하겠죠. 하지만 하고 싶은 걸 다 하고 사는 사람이 어디 있어요? 해나는 자기가 사랑하는 사람들 틈에 둘러싸여서 행복하고 안전해요. 당신도 행복하잖아요. 내가 여태껏 보아온 당신 모습 중에 가장 행복해 보여요. 그 스티븐이라는 남자도 살아 있다고 하고, 결혼까지 해서 애도 있으니, 그 인간마저 행복할 수도 있어요. 아무도 당신을 알아보지 못할 거예요. 이렇게 시간이 많이 흐른 마당에 어떻게 알아보겠어요? 우리 둘이 함께, 여기에 살면서⋯ 어떻게 될지 지켜보기로 해요. 안 될 수도 있는 일에 왜 무모하게 모든 걸 걸려고 해요?"

"마이크, 우리 이 얘기 백만 번도 더 했잖아요. 이게 우리 고래들을 위한 유일한 방법이에요. 그리고 지금은 정말 이 얘기 하고 싶지 않아요. 오늘은 그냥 잘래."

"왜 안 돼요? 내가 이 얘기 꺼낼 때마다 당신, 그러잖아. 지금 얘기하면 왜 안 되는데요?"

"피곤해요."

"안 피곤한 사람 하나도 없어요. 사람은 누구나 피곤해요."

"알았어요. 그럼 지금은 피곤해서 얘기할 기운이 없어요." 그의 말이 틀리지 않다는 사실이 짜증이 났다. 나는 그냥 그 얘기가 하기 싫었다. 그 얘기를 하다 보면 내가 앞으로 해야 할 일들에 대해 깊이 생각하게 됐고, 누군가가 너무 강하게 몰아붙이면 내 결심이 사라져버릴까봐 두려웠다.

아래층에서는 그레그가 노래를 부르기 시작했다. 다른 사람들이 환호했고 랜스는 휘파람을 불어댔다.

"이 일로 영향받을 사람은 당신만이 아니란 걸 알아야죠."

"내가 그걸 모를까봐 그래요?"

"해나는 당신 곁을 거의 떠나질 않아요. 오늘 저녁에도 딱 달라붙어 있잖아요."

나는 그를 노려봤다. "대단히 감사하지만, 내 딸에 관해서 당신이 굳이 말해줄 필요는 없어요." 나는 발끈하고 말았다. 굳이 그걸 지적하는 그가 원망스러웠다. 해나의 두려움을 읽어낸 그가 미웠다.

"누군가는 당신과 얘기해야 하지 않겠어요? 당신, 캐슬린이랑도 의논 안 했잖아요."

"마음의 준비가 되면 이모랑 얘기할 거예요."

"캐슬린도 나랑 똑같은 얘기를 할 거란 거 아니까 얘기하기 싫잖아요. 감옥이란 게 진짜 어떤 걸 의미하는지 생각은 해봤어요?"

"지금 날 가르치려는 거예요?"

"하루에 스물세 시간 갇혀 있는 거? 다른 수감자들한테 자기 자식을 죽인 어미로 낙인찍히는 거? 이런 걸 다 이겨낼 수 있을 것 같아요?"

"지금 이 얘기 안 하고 싶어요." 나는 옷을 챙기기 시작하며 말했다.

"지금 내가 하는 얘기조차 견뎌내지 못하면서 법정에서는 어떻게 견딜 생각이에요? 경찰서에서는? 당신을 상처 주려고 하는 사람들 앞에서는? 그런 사람들이 진실에 관심이나 있을 것 같아요?"

"나한테 지금 왜 이러는 거예요?"

"왜냐하면 당신이 제대로 생각해보지 않은 것 같으니까. 당신이 자기를 어디에 던져 넣으려고 하는지 잘 모르는 것 같으니까!"

"나도 내 한 몸 정도는 돌볼 수 있어요."

"어떻게 알아요? 한 번도 그럴 필요가 없었는데."

나는 그를 정면으로 노려봤다. "그레그 때문에 이러는 거죠, 그렇죠?"

"그레그랑은 아무 상관 없어요. 내가 얘기하고 싶은 건…."

"다 그레그 때문이야. 그 사람이 저녁 내내 당신 화를 돋웠고, 그렇게 당하고 있다 보니 내가 당신하고만 사귀었던 게 아니었다는 사실이 기억났을 테고." 그가 나를 마주하고 앉아, 내 말을 듣고 싶지 않다는 듯 눈을 감았다. 그러거나 말거나 나는 계속 해댔다. "그러니까 나한테 화를 내는 거잖아요. 좋아요, 나한테 싸움을 걸고 싶은 거면, 나는 그냥…."

"또 도망가게요? 내가 보기엔, 이제 이 문제는 고래와는 더 이상 아무 상관도 없는 것 같아요."

"뭐라고요?"

"당신은 레티의 죽음에 대해서 당신 자신을 벌주기로 작정한 것 같아요. 이 개발 문제가 당신에게 그동안 있었던 일들을 다시 돌아보게 했고, 이제 당신은 자기 자신을 희생해서 속죄하고 싶은 거라고."

아래층에서 노랫소리가 멈췄다. 창문이 열려 있었지만 나는 상관하지 않았다.

"하지만 그건 아무 의미 없어요. 당신은 그 사건에 대해서 이미 치를 만큼 치렀어요. 백만 배도 넘는 고통을 받았다고요."

"나는 완전히 깨끗해지길 원해요. 그리고 우리는….'

"그래요, 고래를 구해야죠. 알아요."

"그런데 대체 왜 이러는 거예요?"

"왜냐하면 당신이 틀렸으니까. 그리고 잘못된 명분 때문에 행동하려 하니까."

"당신이 뭔데 감히 내 명분을 비난해요?"

"비난하는 거 아니에요. 당신이 잘 생각해볼 필요가 있어요. 당신이 이 일을 감행함으로써….'

"당신이야말로 내 일에서 빠질 필요가 있어요."

"…감행함으로써 해나까지 무너지게 만들 거라고요."

피가 다 식어버리는 느낌이었다. 그가 이런 식으로 나를 공격했다는 사실이 믿어지지 않았다. 그의 말들이 마치 비수처럼 내게 꽂히지 않았다면 그렇게까지 말하진 않았을지도 모르겠다. "우릴 이런 상황으로 몬 사람이 누군데요? 다음부턴 나를 비난하기 전에 그것부터 기억했으면 좋겠네요. 당신 말대로, 우린 여기서 잘 살고 있었어요. 행복했다고요. 만약 해나와 내가 앞으로 5년간 생이별을 해야 한다면, 그게 과연 누구 잘못인지 생각 좀 해보라고요."

안과 밖, 모두 조용했다. 들리는 건 오직 바닷소리, 그리고 얼마 후 아래층에서 누군가가 빈 잔들을 조용히 챙기기 시작하며 낮게 의자 긁히는 소리만 들려왔다.

나는 잿빛이 된 마이크의 얼굴을 보고나서야 내가 뱉은 말들을 주워

담고 싶어졌다. "마이크…."

그가 두 손을 들어올렸다. "당신 말이 다 맞아. 미안해요."

그제야 속이 아프게 요동치며 그의 진심을 헤아릴 수 있었다. 그는 내게 상처를 주려고 한 게 아니었다. 그저 나를 잃는다는 생각을 견디기 어려웠던 것뿐이었다.

모니카

지난 몇 달간 우리 오빠의 행보는 정말 놀라웠다. 만약 누가 작년 이맘때쯤 오빠의 삶이 어떻게 될지 내기하자고 했다면 나는 주저하지 않고 이렇게 말했을 것이다. 3월에 오빠는 버네사와 결혼을 하고, 버네사는 곧바로 아기를 갖기 위한 노력에 들어갈 것이고, 오빠는 그 부동산 개발 회사에서 승승장구하며 승진을 거듭할 것이라고. 근사한 아파트에 살거나, 어쩌면 새 집을 장만했을 수도 있고, 요즘 핫하다는 곳에 휴가 별장을 구입했을 수도 있다. 번쩍거리는 새 차를 한 대 더 뽑고, 스키에, 고급 음식점에 뭐 그렇고 그런 생활을 하고 있겠지. 오빠가 감행할 수 있는 가장 급진적인 변화라면 애프터셰이브 로션을 바꾸거나 넥타이 색을 바꾸는 것 정도?

하지만 이제는 3월에 오빠가 어디에 있을지조차 솔직히 감이 안 잡힌다. 호주에 있을 수도 있고, 뉴질랜드에 있을 수도 있고, 어쩌면 갈라파고스에서 배를 만들고 있을지도 모르겠다. 여러 가닥으로 꼰 레게머리를 하고 있을 수도, 어딘가에서 도망 온 여자와 그 여자의 아이를 보호하며 고래를 구하는 일에 앞장설 수도 있겠지. 부모님께 오빠 얘기를 반쯤 말씀드렸을 때(오빠는 나를 용서해야 할 거다. 도저히 참을 수가 없었다) 나는 아빠의 틀니가 튀어나오는 줄 알았다. "직장을 관뒀다니 그게 무슨 소리야?" 아빠는 씩씩거리며 말했고, 뒤에서 엄마가 혈압을 생각하시라고 말하는 소리가 들렸다. "호주에는 얼마나 있을 생각이라는 거야?" 그리고 그다음엔 "싱글맘? 버네사는 어쩌고?"라는 질문 공세가 이어졌다.

나는 오빠가 중년의 위기를 좀 앞당겨 겪고 있는지도 모른다고 생각했다. 라이자가 오빠의 첫사랑일지도 모르겠다고. 사람들은 처음으로 사랑에 빠지면 이상한 짓들을 하곤 하니까. 어쩌면 부동산 개발이 이 모든 일의 사단이 아닐 수도 있었다.

그랬는데 지난주에 오빠가 불쑥 전화를 걸어서 그 얘기를 했다. 거짓말은 못 하겠다. 처음에 바로 든 생각은 오빠 말대로 '우리가 그녀를 어떻게 보호해야 할까?'가 아니었다. 엄청난 기삿거리였다. 정치적 야심을 가진 남자에게 맞고 살던 동거녀가 사고로 자식을 죽이고 나라 밖으로 도망쳤다. 그 이야기에는 모든 게 다 들어 있었다. 폭력으로 얼룩진 범죄, 오래 묵은 비밀, 비극, 죽은 아이, 금발의 미녀. 심지어 고래와 돌고래들까지! 나는 여기에 캥거루만 하나 더 있으면 모든 걸 완벽하게 다 갖춘 셈이라고 말했지만 오빠는 웃지 않았다.

그런데 아귀가 안 맞는 부분이 있었다. 나는 그 남자의 모든 기사를 다 찾아봤다. 이름을 바꾼 이후의 것들까지 전부 다. 그렇게 얻은 정보들을 내가 찾을 수 있는 모든 자료들과 대조하며 검토했다. 거의 일주일간 아무것도 하지 않고 그 사건의 사실 관계들만을 조사하며 데스크의 속을 뒤집어놓았다. 내가 뭘 하는 중인지 아직 말씀드릴 수 없었기 때문이다. 그런데 여전히 이 이야기에는 앞뒤가 맞지 않는 구석이 있었다.

마이크

밀리는 완전 위축됐다. 거의 먹지도 않았고 잠도 자다 말다 했다. 계속 경계를 늦추지 않았고, 불안해 보였고, 신경이 날카로웠다. 이스마엘호 위에서 두 번이나 승객들에게 이를 드러내며 체면을 구겼고, 한번은 호텔 라운지 카펫 위에 실례를 했다. 우울함이 초래한 행동으로, 그래도 자기도 당황할 정도의 품위는 남아 있었다. 라이자가 어디를 가건 그녀의 뒤꿈치에 본드를 칠해놓은 듯, 마치 하얀색과 검정색 얼룩 그림자처럼 붙어 다녔다. 밀리는 개들 특유의 직감으로 자기 주인의 떠날 계획을 감지한 것 같았다. 경계를 늦추었다가는 라이자가 사라질까봐 두려운 모양이었다.

나도 밀리가 느끼는 게 뭔지 알고 있었다. 불안 그리고 무력함. 파티가 열렸던 밤 이후, 우리는 더 이상 라이자의 계획에 대해 얘기하지 않았다. 나는 예전보다 더 일에만 매달렸다. 그것만이 그녀를 막을 수 있는 유일한 방법이라 생각했기 때문이기도 했고, 그녀와 함께 있는 게 점점 더 고통스럽게 느껴졌기 때문이기도 했다. 그녀를 쳐다보고, 만지고, 입 맞출 때마다 그녀가 떠난 뒤의 내 감정을 생각하지 않을 수 없었다. 이런 상황을 속된 경제 용어로 표현한다면, 곧 빼앗길 것에 더 이상 무언가를 투자할 수 없었다.

결국 라이자의 계획에 대해 알게 된 캐슬린은—둘이 대화를 나눈 모양이었다—지금껏 늘 그렇게 살아왔듯이, 현실적으로 주어진 상황에서 최선을 다하며 살아가는 방식으로 대처해나갔다. 나는 캐슬린과 따로 그 얘기를 하진 않았다. 내가 그렇게 나설 일이 아닌 것 같았다. 하지만 캐슬린은 여행 계획도 짜고 이런저런 특별한 활동도 계획하며 해나에게 더 신경을 쓰고 있었다. 자기만의 방식으로 준비를 하고 있는 거였다. 게인 즈 씨는 이제 거의 매일 찾아왔고, 해나가 학교에 간 동안 두 사람은 함께 부엌 식탁에 앉아 소곤소곤 대화를 나누거나 평화롭게 신문을 읽고 라디오를 들었다. 두 사람의 그런 모습이 보기 좋았다. 나는 캐슬린이 그 일을 혼자 겪지 않아도 된다는 사실이 기뻤다. 그리고 두 사람의 행복이 약간은 부럽기도 했다. 그 많은 일들을 겪은 라이자도 그 정도의 행복은 누릴 자격이 있었건만, 또 벌을 받으려 하고 있었다.

라이자는 지난번에 그런 식으로 감정을 폭발시켰던 나를 이미 용서했다. 나에게 다정하게 대했고, 가끔씩 두 눈에 연민을 가득 담고 내 옆얼굴을 손가락으로 쓸어내리곤 했다. 밤이면 마치 우리에게 남아 있는 시간 안에서 마지막 남은 한 톨의 행복까지 끌어모으려는 듯 점점 더 열정적으로 변해갔다. 내가 도저히 안 되겠다고 말할 수밖에 없을 때도 있었다. 앞으로 일어날 일을 생각하면 너무 슬프고 화가 나서 도저히 엄두가 안 났다.

그녀는 절대 나를 비난하지 않았다. 그저 그 야윈 팔다리로 내 몸을 감고, 내 뒷덜미에 얼굴을 묻고 우리는 그렇게 어둠 속에 누워 있었다. 둘

다 서로가 깨어 있다는 사실을 알면서도 둘 다 할 말은 찾지 못했다.

라이자는 내게 동생이 언제쯤 전화를 할 것 같은지, 언제쯤 인터뷰를 할 수 있을 것 같은지 여러 번 물었다. 무심하게 물어보는 척했지만, 준비를 시작하려면 자기에게 남은 시간이 어느 정도 되는지 알아야 한다는 것쯤은 나도 알고 있었다. 처음에는 시간만 끌다가, 나중에는 모니카에게 몇 번 전화를 걸어봤지만 번번이 음성사서함으로 연결돼버리고 말았다. 매번 통화가 안 될 때마다 나는 그저 안도할 뿐이었다.

가뜩이나 낙담해 있는데 거침없이 진행되고 있는 리조트 개발은 나를 더 괴롭게 했다. 나는 새로운 아이디어도, 에너지도 바닥나고 있었고, 그렇게 노력을 했건만 건축 모형이 전시되는 날 계획했던 집회도 결국 무산되고 말았다. 블루 숄스 호텔 대표가 내게 전화를 걸어 내가 하는 일을 지지하지 않는 것은 아니나, 그날 점심시간에 호텔의 연회장에서 어느 집 아기의 세례 파티가 잡혀 있는지라 '문제를 일으키지 않았으면' 좋겠다고 양해를 구해왔고, 나도 이해했다. 통화해보니 그는 좋은 사람 같았고, 어느 가족의 특별한 날을 망칠 수는 없겠다는 생각이 들어 결국 취소하고 말았다. 내가 그 얘기를 했더니 캐슬린은 무미건조하게 웃으며 혁명가 하나 나는 줄 알았는데 아쉽게 됐다고 말했다. 어차피 이 시위에 동참하겠다고 관심을 보인 사람들도 얼마 되지 않는다는 얘기는 굳이 하고 싶지 않았다.

라이자는 이스마엘호를 타고 바다에, 해나는 학교에 가 있는 동안, 나는 내 책상 위에서 나만의 싸움에 도전하고 실패하기를 반복하던 끝에 블루 숄스 호텔로 향했다. 나도 모르게 맑고 파란 하늘과 따뜻한 바람을 즐기고 있었다. 날씨가 따뜻해지기 시작하면서 요즘 실버베이는 지구상에서 가장 아름다운 곳으로 보였다. 어느새 이곳 풍경도 친숙하게 느껴졌다. 화산들로 이루어진 수평선도 눈에 편안하게 들어왔고, 몇 줄씩 이어진 방갈로와 휴가용 임대 주택들도 더 이상 거슬리지 않았다. 파이를 파는 빵집과 주류 판매점은 이제 내 단골집이 됐다. 살아가는 데 필요한 모든 게 세상의 이 작은 귀퉁이에 다 갖춰져 있다고 나는 생각했다. 그나마 나 자신을 위로할 수 있는, 몇 안 되는 확실한 것들 중 하나는 내가 남기로 결정했다는 거였다. 나는 여기서 살아남고자 필사적으로 노력할 캐슬린을 곁에서 돕고 해나를 돌볼 생각이었다. 라이자가 돌아올 그날까지.

그것이 지금의 상황에서 그나마 내가 할 수 있는 일 같았다.

호텔 프런트에는 나 빼곤 아무도 없었다. 프런트 직원은 내가 누군지 알아봤는지, 엄지손가락으로 L자 형태의 로비 쪽을 가리켰다. 그곳에는 예상 방문객 수와 지역 사회로 돌아갈 혜택들을 보여주고 있는 화면을 양옆에 끼고, 투명 아크릴 함에 담긴, 대략 가로 1미터 세로 2미터 정도 돼 보이는 건축 모형이 놓여 있었다.

내가 그려보았던 모습 그대로였다. 아니, 몸을 숙이고 자세히 보니, 그 이상이라는 걸 알 수 있었다. 일련의 정원과 수영장을 둘러싸고 네 채의 건물이 우아하게 자리하고 있었다. 건물 위의 태양열 덮개들은 건물 뒤편 산의 형태를 닮아 있었다. 하얀색 건축 모형은 화려했고, 흠 잡을 데 하나 없이 깔끔했고 고급스러웠다. 건축 모형이라면 갖고 있기 마련인 특유의 죽어 있는 듯한 정체감에도 불구하고, 수영장 주변에 모여 있는 사람들, 해변에서 하루를 보내고 한가롭게 각자의 방으로 돌아가고 있는 사람들의 모습이 저절로 그려졌다. 만 안쪽으로 깊이 들어온 부분의 수상스포츠 구역은 작은 플라스틱 보트들과 뒤로 궤적을 그리고 있는 물보라까지 재현한 수상 스키 두 대로 마무리돼 있었다. 고래 부두에는 하얀색 고급 요트와 쌍동선들이 늘어서 있었다. 모래도 하얀 빛깔, 건물들도 하얀 페인트와 유리로 반짝이고 있었다. 건물들 뒤편의 산 위에는 작은 소나무들이 빽빽했고, 바다는 옥빛이었다. 그곳은 언제라도 달려가 몸을 던져버리고 싶은 곳, 낙원의 어느 끝자락처럼 보인다는 것을 나는 인정할 수밖에 없었다. 그리고 내 안의 사업가 기질은 내 실력에 삐딱한 감탄을 느낄 수밖에 없었다. 그러다가 미니어처로 표현된 만을 살펴보았는데 캐슬린의 호텔과 고래잡이 박물관이 존재하지 않았다. 하얀 모래와 곶뿐, 다른 건 아무것도 없었다.

순간, 다시 분노가 치밀어 올랐다.

"제법 멋지지 않아요?"

고개를 들어보니 시청 개발부의 라일리 씨가 아크릴 함 안을 들여다보고 있었다. 그는 더워진 날씨에 미처 대비하지 못한 듯, 짧은 소매 셔츠를 입고 재킷을 어깨 위에 걸치고 있었다. "그쪽이 해낸 일이니 무척 흡족하시겠네요."

나는 허리를 펴고 똑바로 섰다.

"이런 작은 모형들은 어디서 구하는지 늘 궁금했어요." 그가 말했다.

"이런 것만 제작하는 전문 회사가 있습니다." 나는 딱딱하게 잘라 말했다. "주문을 넣으면 다 만들어줍니다."

"우리 아들은 철도 모형에 아주 푹 빠져 있어요." 그는 눈높이를 맞춰서 보려고 쭈그려 앉으며 계속 말했다. "그 회사에 연락해서 모형을 좀 만들어줘야겠네요. 진짜 좋아할 겁니다."

나는 그의 말에 대꾸하지 않고 캐슬린의 호텔이 있어야 할 자리만 뚫어지게 쳐다보고 있었다.

"확실히 3D로 보니까 완전히 다르네요. 도면으로만 봤을 때도 감이 오긴 했지만 이렇게 만들어놓으니 진짜 같아요."

"실수하는 거예요"라고 나는 말했다. "이 지역에 재앙이 될 거예요."

라일리 씨는 살짝 김이 새서 일어섰다. "이곳에 와서 살기 시작했다는 얘기는 들었어요. 마이크, 정말 사람을 놀라게 하는 재주가 있네요. 이걸 실현하기 위해서 그렇게 힘들게 일해놓고."

"저는 이걸로 인해 잃게 될 것들이 보입니다. 그리고 나는 그 과정의 일부가 되고 싶지 않아요."

"우리가 잃을 건 별로 없을 것 같은데요?"

"고래와 돌고래들만 잃게 되겠죠."

"이보세요, 너무 극단적으로 생각하는 거 아닙니까? 해안 경비대가 그 요란한 디스코 배들도 단속하고 있어요. 열흘 넘도록 한 대도 안 나타났다고요. 이제 알아들었을 거예요."

"건축이 시작되기 전까진 그렇겠죠."

"마이크, 해안에 건축을 하는 게 동물들에게 스트레스를 준다는 증거는 전혀 없어요."

"하지만 수상스포츠는 영향을 줄 거예요."

"비커 홀딩스에서 굉장히 엄격한 규제를 약속했어요."

"제트 스키를 타는 열여덟 살짜리들이 규제 같은 게 안중에 있을 것 같아요? 라일리 씨, 이런 것들이 다 쌓이고 쌓여서 고래들에게 스트레스를 주게 되는 거라고요."

"난 동의할 수 없어요. 이번 주에만 혹등고래가 두 마리나 지나갔어요. 시즌이 끝나가는 지금 이 시점에서는 정상적인 빈도예요. 돌고래들도 다 그대로고. 이런 말, 실례일지는 모르겠지만 나는 마이크 당신이 왜 이렇게 반대를 하는지 이해가 잘 안 가네요."

우리는 거대한 아크릴 함을 사이에 두고 마주 보고 서 있었다. 나는 평소의 나답지 않게 그를 한 대 치고 싶은 충동과 함께 다른 상황에서 만났다면 그를 좋아했을지도 모른다는 안타까운 마음이 동시에 들었다. 나는 심호흡을 하고 모형을 가리켰다. "라일리 씨, 이걸 보면 무엇이 보이십니까?"

그는 주머니에 두 손을 찔러 넣었다. "나도 여기서 묵고 싶다는 생각은 빼고요? 많은 고용 창출이 보이고, 지금은 우리 지역에 많이 부족한 활기도 보이고, 학교의 새 스쿨버스와 벽돌로 지은 도서관도 보이고, 활발한 서민 경제도 보이고, 기회가 보입니다." 그는 내게 쓴웃음을 지어 보이며 말했다. "마이크, 이런 걸 다 볼 수 있게 만든 사람이 당신이란 걸 기억하세요."

"제 눈엔 뭐가 보이는지 알려드릴까요? 저는 맥주를 잔뜩 마신 남자들이 모터보트를 타고 과속으로 만을 활보하는 게 보입니다. 제때 피하지 못한 돌고래들이 다치는 모습이 보입니다. 시끄러운 디스코 배들이 한철 장사에 열을 올리고 너무 늘어난 돌고래 관광객들 때문에 스트레스를 받고 혼란스러워진 고래들이 저 새하얀 모래사장으로 스스로 올라와버리는 모습이 보입니다. 그나마 남아 있던 혹등고래들이 여기서 수 킬로미터 떨어진 곳을 통해 이동하고, 그 과정에서 이곳을 지나가던 고래의 수가 급감하고, 고래 관광에 의지해 살아가던 사람들이 일자리를 잃는 게 보입니다. 그리고 70년 넘게 이곳을 지켜온, 어느 가족이 대대로 운영해왔던 정말 멋진 호텔이 마땅히 있어야 할 자리에 빌어먹을 커다란 구멍만 있는 게 보이네요."

"새 리조트 옆에 실버베이 호텔이 존재하지 말라는 법이 어디 있겠습니까?"

나는 모형을 가리키며 말했다. "이 사람들이 생각하는 건 좀 다른 것 같은데요."

"이 지역의 모든 건물을 여기에 만들어놓길 바랄 순 없지 않습니까."

"라일리 씨, 혹시 내기 좋아하십니까? 이 리조트가 완공된 지 1년 후에 실버베이 호텔이 계속 여기 있을 거다, 여기에 500달러 거시겠어요?"

우리는 얼마간 말없이 서 있었다. 노부부 한 쌍이 호텔 입구에 서서 불안하게 우리를 쳐다보고 있었다. 내가 소리를 지르고 있었던 모양이었다. 정신을 단단히 차려야 했다. 나는 지칠 대로 지쳐 있었고, 평정심을 잃고 있었다. 라일리 씨는 그들을 안심시키려는 듯 그들에게 고개를 끄떡해 보이고는 다시 나를 보고 말했다. "정말 놀랄 일입니다. 사람이 어떻게 이렇게 변합니까?" 그렇지만 목소리가 적대적이지는 않았다. "마이크, 지금은 개발에 반대 입장으로 돌아섰지만, 한때는 개발의 이점을 봤을 것 아니에요. 이걸 실현시키기 위해 그렇게 열심히 노력했던 이유가 분명히 있을 것 같은데요. 그러니까 얘기 좀 해봐요. 몇 달 전에 나를 찾아와 이 개발을 원한다고 했을 때, 이 개발에서 봤던 게 뭔가요? 정말 솔직하게요."

나는 그 모형을, 도저히 막을 수 없는 힘으로 진행되는 개발을 바라보며 마음이 납덩이처럼 가라앉는 느낌이었다. "돈, 나는 돈만 봤습니다."

돌아왔을 땐 해나가 내 방에서 컴퓨터로 뭔가를 하고 있었다. 창이 열려 있었고, 하얗게 칠한 마룻바닥 위로 쏟아져 들어온 밝은 햇살이 페르시안 카펫의 빛바랜 색들과 아침 조깅 후 내 운동화가 바닥에 찍어놓은 모래 발자국을 환히 드러내고 있었다. 바깥에서 누군가의 차가 엄청난 음량으로 쿵쿵거리는 음악 소리를 뿜어냈고, 멀리서 오토바이가 끼익 소리를 내며 모래 언덕을 지나갔다. 나는 요즘 문을 아예 열어놓고 지냈다.

몇 주째 호텔에 손님이 없었고, 캐슬린은 나를 마치 거기 사는 사람처럼 대했다. 심지어 숙박비도 받지 않으려고 했다.

"마이크!" 해나가 나를 보더니 의자를 빙글 돌려 나더러 가까이 오라고 손짓했다. 그리고 하와이에서 비슷한 개발을 저지한 사람이 보내왔다는 이메일을 보여줬다. "그분이 그때 자기를 도왔던 단체들 리스트를 보내 주겠대요. 우리도 그 단체들의 도움을 받을 수도 있어요."

"정말 잘됐다." 나는 애써 긍정적으로 들리도록 말했다. 실은 두 손으로 얼굴을 감싸 쥐고 싶은 심정이었다. "잘했어!"

"라라랑 나랑 둘이서 모두에게 이메일을 보내고 있어요. 진짜로 저희가 아는 모든 사람들에게 다요. 사우스 베이 이그재미너(South Bay Examiner)란 단체에서 전화를 해서 탄원서에 쓰게 우리 사진을 찍고 싶다고도 했어요."

"엄마는 뭐라고 했니?"

"아저씨한테 물어보라고 하시던데요." 해나가 씩 웃었다. "오늘 한 일을 리스트로 만들어서 여기 화면 구석의 파란색 폴더 안에 저장했어요. 지금 하키 클럽에 가야 하는데요, 갔다 와서 마저 할게요. 아저씨, 이따 엄마랑 나랑 나가는 거죠?"

"응?" 나는 라일리 씨가 한 말을 생각하고 있었다. 이제 사흘 후면 개발 공청회가 끝나는데 패널들의 마음을 바꿀 만큼 설득력 있는 자료는 제출되지 않고 있다고도 했다.

"엄마가 우리 셋이 다 같이 이스마엘호를 타고 나가자고 했었잖아요, 생각 안 나요?"

"아." 나는 억지로 미소를 지어 보이며 말했다. "가야지."

해나는 학교 카디건을 꿰어 입으며 내게 신문을 내밀었다. "이모할머니가 상어랑 같이 나온 사진 봤어요? 이모할머니가 엄청 화났어요. 그레 그 아저씨는 이제 진짜 죽었어요."

기사의 제목은 이랬다. '왕년의 상어 아가씨가 뱀상어의 귀환에 보내는 경고' 그 아래에는 캐슬린이 그레그를 향해 다가가는 모습을 포착한 사진이 실려 있었는데 표정이 죽은 상어만큼이나 험악했다. 그리고 그 옆에는, 이제 내게도 낯익은 열일곱 캐슬린이 수영복을 입은 사진이 함께 실려 있었다.

"스캔해뒀어요. 이 신문은 니노 할아버지한테 돌려드려야 돼요. 할아버지가 이모할머니가 알면 절대 안 된다고, 알게 되면 아저씨도 작살을 맞을지도 모른다고 했어요. 읽고 싶으면 다른 신문 두 개랑 같이 책상 위에 뒀으니까 보세요. 「센티널」이랑 「실버베이 애드버타이저」에도 실렸는데 사진은 이것만 못해요."

가엾은 캐슬린. 죽는 날까지 상어에게 쫓기게 될 거란 캐슬린의 말은 틀린 말이 아니었다.

나는 해나가 자기 물건을 챙겨서 발랄하게 손을 흔들고 계단을 내려가는 모습을 지켜봤다. 엄마가 떠날 시간이 임박했다는 사실은 아예 잊고 지내기로 작정한 것 같았다. 어쩌면 열한 살 아이가 생각하고 감당하기에는 너무 벅찬 일들도 있는 거겠지. 어쩌면 해나도 나처럼 중간에 신이 개입해주지 않을까, 바라고 있는지도 몰랐다.

나는 해나가 친구들과 함께 하키를 하러 가며 재잘거리는 소리를 듣고 있었다. 그리고 벌써 몇 번째인지 알 수도 없는 무언의 사과를 했다.

내 전화가 울린 건 바로 그때였다.

"모니카?" 시계를 확인했다. 영국은 새벽 2시가 다 됐을 텐데.

"어떻게 돼가는 중이야?" 버네사였다.

처음 언뜻 지나간 생각은 '내 동생은 대체 어디서 뭘 하고 있는 거지?' 였고, 그다음엔 짜증이 났다. 버네사는 개발 저지를 위한 나의 노력이 아무 성과를 내지 못하고 있다는 걸 아주 잘 알고 있을 터였다.

"뭐가 어떻게 돼가냐고 묻는 거야?"

"삶, 그 밖의 일들. 개발 얘기를 한 건 아니었어."

"잘 지내."

"아직도 호주에 있다고 들었는데. 저번에 어머님이랑 통화했어."

"여전히 아무 성과 없이 힘만 빼는 중이야. 도저히 막을 수 없는 물결에 맞서서."

저쪽 편 배경에서 둔탁한 소음이 들려왔다. 갑자기 우리 아파트의 모습이 떠올랐다. 날렵한 평면 TV와 거대한 스웨이드 소파, 값비싼 가구들. 그런 건 전혀 그립지 않았다.

"아빠가 기사 스크랩 파일을 받고 있어. 자기가 개발에 맞서기 위해 낸 모든 기사들 말이야. 매일 거기다가 뭘 집어 던지시더라고."

"이런 얘기, 나한테 왜 하는 거지?"

"글쎄. 자기가 하는 일이 아무짝에 쓸모없는 건 아니라고 얘기하고 싶은 걸까?"

"하지만 막지는 못하고 있지."

잠깐의 침묵이 흘렀다.

"그렇지." 버네사가 인정했다.

밖에는 앵무새 한 떼가 날아와 나무에 앉았다. 나는 그 새들을 바라보며, 이렇게 강렬한 빛깔의 새들이 야생에서 살아갈 수 있다는 사실에 새삼 놀랐다.

"티나가 관뒀어."

그래서 어쩌라고, 라고 말하고 싶었지만, 나는 창밖만 멀뚱멀뚱 내다봤다.

나는 눈을 감았다. 너무 피곤했다. 낮에는 온종일 꿈쩍하지 않는 상대와 씨름을 하며, 머리로는 쉴 새 없이 가능한 모든 기회들과 틈새들을 확인하고 따져보았고, 밤이면 그녀가 사라져버리기 전 마지막 순간을 혹시라도 놓칠 새라 불안에 떨며 뜬눈으로 라이자를 지켜봤다.

"보고 싶어." 버네사가 말했다.

나는 아무 말도 하지 않았다.

"마이크, 난 당신 이런 모습 한 번도 본 적이 없어. 당신, 너무 변했어. 알고 보니 내가 생각했던 것보다 훨씬 강한 남자였어."

"그래서?"

"그래서… 생각을 좀 해봤어." 버네사는 한숨을 쉬었다. "내가 아빠를 멈추게 할 수 있어. 내 말은 들으실 거란 거, 알아."

순간, 세상이 회전을 멈추는 것 같은 느낌이었다. "뭐라고?"

"이게 자기에게 그토록 중요한 일이라면, 내가 멈추게 해준다고. 하지만 부탁할게. 우리 다시 한번만 노력해보자."

커다란 거품처럼 둥실 떠올랐던 나의 숨이 가슴속에서 바로 탁 터져버렸다. "나랑 당신이랑?"

"우리 좋은 팀이었잖아, 안 그래?" 버네사는 자신 없는 목소리로 애원하고 있었다. "우리, 내가 생각했던 것보다 잘 살 수 있어. 자기가 그걸 이해하게 해줬어."

"아."

"자기는 나한테 상처를 줬어. 그걸 부인하진 않겠어. 하지만 아빠 말로는 티나가 워낙 말썽이 많았다고 하고, 나는 자기가 일부러 나를 속일 사람이라고는 생각하지 않아. 그러니까… 그래서 그 일로 우리가 가졌던 걸 잃어버리고 싶진 않아. 우리는 팀이었잖아. 정말 멋진 한 팀."

나는 바닥을 보고 있었지만 아무것도 눈에 들어오지 않았다.

말을 하려는데 입술이 바짝 말라 말이 잘 나오지 않았다. "그러니까 내가 당신에게 돌아가면 개발을 멈추겠다는 거야?"

"그렇게 말하면 내가 너무 나쁜 것 같잖아. 그렇게 보상하겠다는 얘기가 아니야. 하지만 자기가 그리워. 나는 이 일이 자기한테 어떤 의미인지 몰랐고, 그래서 이제 바로잡고 싶은 거야. 우리가 함께 다른 대안을 찾아서 제대로 된 비즈니스를 해내면 될 거야."

"내가 당신에게 돌아간다면 말이지."

"그게, 내가 좋아하지도 않는 사람을 위해서 그 골치 아프고 복잡한 일을 할 순 없지 않아?" 버네사는 화가 많이 난 것 같았다. "그렇게 생각만 해도 끔찍한 일인 거야? 우리 둘이 다시 함께한다는 게? 우리가 마지막으로 통화했을 때 나는…."

나는 고개를 저었다. 생각을 정리해야 했다.

"마이크?"

"버네사, 지금 당신 얘기… 너무 갑작스러워. 저기, 나 지금 나가봐야 하거든. 내가 나중에 다시 전화하면 어때? 내가 다시 걸게. 그쪽 시간으로 아침에." 버네사가 뭔가 더 말하려 했지만 나는 그렇게 잘라 말했다.

전화를 끊고 앉아 있는데 귓속이 윙윙 울렸다. 벼랑 끝에 몰린 기분이었다. 세상천지에 이 개발을 멈추게 할 수 있는 사람은 오직 버네사 비커뿐이었다.

나는 막판에 핑계를 대고 빠졌다. 두통이 난 데다 전화도 몇 군데 돌려야 한다고 말했다. 못 가는 이유를 하나만 대도 충분한 상황에서 두 개를 말해버리자 라이자는 즉시 상황을 파악했다. 약속된 나들이를 가지 않기로 한 나의 결정 뒤엔 다른 이유가 있다는 것을. 해나는 얼굴에 실망감을 고스란히 드러낸 채 그냥 같이 가자고 졸랐고, 라이자는 궁금한 눈으로 나를 봤지만 아무 말도 하지 않았다. 나중에 생각해보니 라이자는 내 행동을 요즘 내 감정의 연장선상에서 봤을 수도 있겠다는 생각이 들었다. 내가 일부러 조금씩 그녀와 떨어져 있는 편을 택하며… 앞으로 받을 상처에서 나 자신을 보호하려 한다고.

"다녀와서 보자고요." 나는 애써 아무렇지도 않게 말했다.

"편할 대로 해요. 우린 두어 시간 있음 돌아올 거예요." 라이자가 말했다. 강아지도 벌써 다리 위로 올라가 두 사람을 바짝 쫓아가고 있었다.

나도 이러고 싶진 않았지만 생각을 할 시간이 필요했다. 요즘 라이자와 나는 서로의 감정과 생각에 예민해졌다. 몇 분만 더 함께 있어도 라이자가 내 생각을 금방 간파할 게 뻔했다. 배의 엔진이 돌아가기 시작하자 나는 배를 향해 손을 흔들었고 배는 물결을 넘어 내게서 멀어져갔다. 나는 그들을 더 이상 볼 수 없을 때까지 계속 손을 흔들었다. 배가 완전히 사라지자 누가 보든 말든 모래사장에 털썩 앉아 무릎을 끌어당기고 얼굴을 두 손에 묻었다.

내 평생 가장 길었던 오후는 그렇게 시작됐다. 그렇게 앉아 있다가 더 이상 호텔을 보고 있기 힘들어진 나는 일어나서 해안 도로를 따라 걸어 내려가기 시작했다. 모래 언덕을 넘어, 내가 어디로 가고 있는지도 알지 못한 채, 주변에 무엇이 있는지조차 인식하지 못한 채 걷고 또 걸었다. 걸어야만 했다. 왜냐하면 그 생각들을 머릿속에 담고 가만히 있는 건 더 힘들었기 때문이다.

나는 주머니에 두 손을 찌르고 고개를 숙인 채 걸었다. 내게 인사를 건네는 사람에겐 고개만 끄덕해 보였고 인사를 하지 않는 사람들과는 눈도 마주치지 않았다. 바닥이 평평하지 않았음에도 불구하고 나의 발걸음은 마치 짐 나르는 말처럼 일정하고 꾸준했다. 모자도 없고, 지갑도 없고, 아무 목적도 없어 보이는 나의 모습에 몇몇 사람들이 호기심 어린 눈빛을 보냈을 수도 있었겠다. 그러나 설사 그랬다 해도 나는 알지 못했다. 강한 봄볕에 익숙하지 않았던 나는 금방 탔고 소나무 숲을 통과해서 뉴캐슬 도로 옆으로 접어들었을 즈음에는 콧대 부분의 살갗이 팽팽하게 땅겼다. 밤마다 잠을 설쳤음에도 불구하고 나는 더위도, 갈증도, 피로도 느끼지 못했다. 걸으며 계속 생각했지만 해결책이라고 떠오르는 모든 것들이 다 허망하게 느껴졌다.

나, 마이클 도머, 자타공인 탁월한 판단력과 의사 결정 능력의 소유자이자, 어떤 상황에서도 각각의 장단점을 정확하게 파악해서 정답을 찾아내던 내가, 지금은 어떤 안을 선택하든 무릎에 얼굴을 파묻고 아이처럼 울고 싶은 마음뿐이었다. 그리고 내가 조언을 구하고 싶은 딱 한 사람, 의견을 존중하고 따르고 싶은 그 사람은, 내가 아는 사실로부터 보호해 주어야 할 한 사람이었다.

라이자와 해나가 돌아왔을 때 나는 고래 부두로 돌아와 있었다. 그들 눈엔 내가 줄곧 거기에 있었던 것처럼 보였을 거다. 맥주 한두 병을 비우고 그렇게 앉아 있는데, 문득 내가 너무나 더러운 청바지를 입은 채 한 손엔 맥주병까지 들고 있다는 게 의식됐다. 모자라도 하나 썼다가는 나를 그레그라고 해도 믿을 판이었다.

나는 이스마엘호가 곶을 향해 다가오는 모습을 지켜봤다. 하얀 작은

점에서 하얀 배가 되어 가만가만히 다가오고 있는 이스마엘호. 수영 그
물인 붐네트가 하활*에서 뻗어 나와 있었다. 해나가 돌고래들을 가까이
에서 볼 수 있게 설치해준 것 같았다. 배가 더 가까이 다가오면서 수영복
에 반바지, 구명조끼를 입고 갑판에 발을 단단히 딛고 선 해나가 보였다.
밀리는 라이자 앞, 조타기에 발을 딛고 서서, 매일 아침 바다에 나갈 시간
을 기다릴 때만큼이나 즐거운 모습으로 집으로 돌아갈 시간을 기대하고
있었다. 그들은 아름답고 행복해 보였다. 지금 내 상황이 이렇지만 않았다
면 바다 위 그들의 모습은 내 마음을 노래하게 만들었으리라.

　해나는 뱃머리에서 내릴 준비를 하고 있었다. 그리고 나를 보자 몸무
게 전체를 이쪽 발에서 저쪽 발로 옮겨 실으며 마치 거대한 와이퍼를 작
동시키듯 팔을 흔들어 보였다. 사춘기로 접어든 호리호리하면서도 단단
한 해나의 다리에는 군살이라고는 없었고, 어쩌다가 언뜻 비치고 금방
사라지는 우아한 몸짓에서는 아이 엄마의 모습이 보였다.

　"브롤리를 봤어요!" 해나는 소리치고 있었다. 배가 더 가까이오면서 해
나는 배의 엔진 소리와 선체에 와 부딪히는 물결의 소리를 뚫기 위해 더
크게 소리를 질렀다. "멀쩡했어요! 상처도 뭐도 없었어요. 아저씨, 그때
그물에 걸렸던 아이가 브롤리가 아니었나봐요. 아저씨가 풀어준 아이가
브롤리가 아니었어요! 아기도 데리고 있었어요!" 해나는 눈부시게 활짝
웃고 있었다. 둘 다 같은 표정이었다. 라이자는 천진하게 기뻐하는 딸을
보며 엄마로서의 기쁨을 즐기고 있었다.

　이들을 따라 나갔더라면 좋았겠다, 작은 행복으로 충만한 소박한 나들
이를 함께 했더라면 좋았겠다, 생각하며 나는 일어섰다.

---

* 돛의 맨 밑에 댄 장대.

또 다른 사건들도 있었다. 비록 가까이 다가오진 않았지만 혹등고래를 보았고, 정말 큰 바다거북도 봤으며 해협 근처에서 고래수염 조각을 발견해서 건져 올렸는데 잠시 한눈을 파는 사이 밀리가 일부를 먹어버렸다고 했다. 비스킷 몇 조각도 함께.

"그때 그 돌고래가 마음에 걸리긴 해요." 라이자가 천천히 배를 몰고 들어오는 사이 해나가 부두로 뛰어내렸고, 배의 엔진이 서서히 소리를 죽이다가 멈췄다. "하지만 아저씨가 살렸을 수도 있는 거죠? 바다로 잘 헤엄쳐 나갔을 수도 있는 거니까. 브롤리가 괜찮아서 진짜 좋아요. 나를 확실히 알아본 것 같았어요. 엄마한테 허락받고 붐네트에 내려가 앉아 있었는데 브롤리가 배 옆에서 진짜 한참 동안 놀았어요."

라이자가 민첩하게 부두로 뛰어내리고 밧줄로 배를 고정하기 시작했다. 모자를 쓰고 있었기 때문에 얼굴은 잘 안 보였다.

"처음에 브롤리를 봤을 땐 정말 믿어지지 않았어요." 해나가 숨 가쁘게 말하더니 밀리를 집어 올려 가슴에 안았다. "진짜 안 믿겨요."

"거봐. 살다 보면 그렇게 좋은 일도 생기는 거야." 라이자는 배를 묶어 고정시키느라 얼굴이 발그레해져서 말했다. "그러니까 믿음을 가져야 하는 거야."

나는 라이자의 말에 대꾸를 하지 않았다. 해나의 빛나는 미소가 나의 결정을 대신 내려준 게 아닐까 하는 생각도 들었고, 이제는 더 이상 라이자의 말이 옳다고 확신할 수가 없었기 때문이었다.

그날 밤 나는 혼자 잠자리에 들었다. 아니, 그랬다기보다는 나의 생각들이 라이자의 밧줄처럼 온통 비틀리고 해질 때까지 낡은 가죽 안락의자에 앉아 있었다. 내가 오늘 유독 말수가 적은 이유를 라이자에게 설명할 필요는 없었다. 해나의 기분이 저녁부터 갑자기 가라앉아버렸기 때문이었다. 낮에 기분이 하늘을 찌를 듯이 좋았던 만큼이나 깊이 가라앉은 것 같았고, 그래서 엄마와 밤을 함께 보냈다. 깜깜한 창밖, 고기잡이배들의 불빛을 내다보고 있는데 해나가 흐느끼는 소리와 라이자가 조용조용 달래는 소리가 들려왔다. 새벽에 차 한잔 마시려고 내려갔다가 가운을 입고 있는 캐슬린을 만났다. 캐슬린은 나를 보더니 고개를 흔들며 말했다. "그 애에겐 너무 힘든 일이지." 둘 중 누구 얘기를 하는 건지 솔직히 알 수 없었다.

엄마의 유전자는 자식의 울음을 그치게 하고 싶게끔 프로그램 돼 있다고 하는데, 그날 밤엔 사실 나도 해나의 눈물을 멈추게 할 수 있다면 못할 게 없을 것 같았다. 해나의 울음 속에서, 나는 아이가 그동안 겪은 상실과 그 아이 앞에 준비된 상실의 소리를 들을 수 있었다. 나는 나 자신을 감정적인 사람이라고 생각해본 적이 없었지만 그날 밤만은 정말 슬펐다. 심장이 납덩이로 만들어진 사람이 아니고서야 그 소리에 마음이 아프지 않을 수가 없었다.

사위가 밝아오기 시작하며 내가 겨우 잠들었을 때, 해나도 몇 시간 동안 잠잠했다. 하지만 나는 해나의 그 평안이 얼마나 깨지기 쉬운 것인지 느낄 수 있었다. 저 복도를 지나 라이자의 존재를 고스란히 느낄 수 있는 것처럼. 그리고 6미터 떨어진 곳, 하얀색 목재 문 뒤에 그녀도 깨어 있음을 나는 알고 있었다.

다음 날 아침, 라이자가 해나를 학교에 데려다주고 돌아왔을 때 나는 주차장에서 그녀를 기다리고 있었다. 아무도 나를 볼 수 없는 자리인 호텔 뒤쪽 벽에 몸을 붙이고 기대선 채.

"안녕, 자기." 라이자가 후진해 들어오며 말했다. 그녀의 미소에는 만

하루를 떨어져 있다가 단둘이 만났다는 안도감 같은 것이 들어 있었다. "오늘따라 왜 이렇게 멋져 보이는 거지?" 라이자는 차에서 내리고 문을 닫았다.

"같이 좀 걸어요." 내가 말했다.

그녀는 눈을 깜빡이며 수상하다는 듯 나를 봤다.

"무슨 일 있어요?"

누구도 서로를 향해 다가서지 않았다. 보통 때 같았으면 잠깐의 고독감도 견디지 못하고 그녀의 살갗을 나의 살갗으로 느끼고 싶어, 그녀를 내게로 바짝 당겨 벌써 내 팔 안에 안았을 거다.

"마이크?"

나는 최대한 건조한 표정을 지었다. "할 말이 있어요." 그리고 마음의 준비를 단단히 하고 말했다. "내가 개발을 막을 거예요. 개발의 배후에 있는 사람과 얘기를 했는데, 부지를 다른 곳으로 설득할 수 있을 것 같아요."

라이자는 내 얼굴을 더 잘 보기 위해 한 손을 이마에 대고 햇빛을 가렸다. 그녀의 얼굴은 눈가의 연보랏빛 그늘과 피로로 얼룩져 있었다.

"뭐라고요?"

"내가 막을 수 있을 것 같아요. 아니, 막을 수 있어요."

라이자가 이마를 찌푸렸다. "개발이 그냥 멈춘다고요? 공청회를 더 여는 것도 아니고? 그냥? 그냥 갑자기?"

나는 마른침을 삼켰다. "그럴 것 같아요."

"하지만 어떻게?" 내 말이 정말인지 확실히 알기 전까진 감히 웃지 못하겠다는 듯 그녀의 미소는 입가에서 맴돌고만 있었다.

"일이 확실해지기 전까지는 아무에게도 아무 말도 할 수 없어요. 나, 런던으로 돌아가요."

"런던으로요?" 반쯤 보이던 미소가 자취를 감췄다.

"그러니까 라이자, 당신은 갈 필요 없어요." 나는 천천히 말했다. "아무 데도 갈 필요 없어요."

라이자는 나를 힐끗 보더니 한동안 자기 발만 내려다보고 있다가 다시 바다로 시선을 보냈다. 나를 제외한 모든 것으로 시선을 돌리는 중이었다. "개발 문제는 내가 가기로 결심한 이유의 절반일 뿐이라는 거, 알잖아요. 나는 새사람이 되고 싶어요. 이제 더 이상은 도망 다닐 수 없어요."

"그럼, 해나가 더 크면 그렇게 해요. 해나가 지금처럼 당신을 필요로 하지 않을 때 자수해요. 그래도 안 늦어요."

그녀는 거기 그렇게 서 있었고, 나는 내 머릿속을 이미 다 거쳐 간 생각들이 마치 하늘 위를 휙휙 지나가는 구름처럼 그녀의 얼굴 위를 차례로 스쳐 지나가는 모습을 지켜봤다. 떠나지 않아도 된다는 것만큼 다행스러운 일은 없었다. 그러나 그녀는 이미 떠나기로 완전히 결심을 하고 마음을 정리한 상태였기 때문에 갑자기 계획이 바뀌었다는 걸 받아들이기 힘든 것 같았다. 마침내 라이자가 나를 보고 섰다. "마이크, 도대체 무슨 일이에요?"

"나는 당신이 안전하게 살 수 있도록, 그리고 해나가 엄마 품에서 자랄 수 있도록 할 거예요."

그녀는 의문이 가득 담긴 눈으로 나를 한동안 응시했다. 그러고는 내가 웃고 있지 않다는 사실을 깨달은 것 같았다. 내가 이룬 성과를 생각하면 웃고 있어야만 했다. 그리고 나는 그녀의 다음 질문이 무엇일지 알고 있었다. 라이자는 자갈을 발로 툭툭 찼다. "돌아오긴 하나요? 한다는 그 일이 끝나면?"

"아마 못 올 거예요."

그렇게, 나는 그 말을 하고 말았다.

"나는 당신이… 당신이 우리와 함께 있길 원하는 줄 알았는데."

나는 아무 말도 하지 않았다. 할 수 있는 말이 없었다.

"왜 대답 안 해요?"

"당신은 나를 믿어줘야 해요." 내가 말했다.

"하지만 당신은 안 돌아온다는 거잖아요. 무슨 일이 있어도."

나는 고개를 끄덕였다.

그녀의 아래턱이 굳어졌다. 자기를 사랑한다 해놓고 어떻게 이럴 수 있는지 묻고 싶겠지. 그녀가 묻고 싶은 게 백만 가지는 될 거라는 걸, 그리고 가장 중요한 질문에 대한 답은 그녀 자신조차 알지 못한다는 걸 나는 알았다. 내게 떠나지 말라고 말하고 싶어 한다는 것도 알았다. 하지만 그보단 딸과 함께 살고 싶은 마음이 더 크다는 것도 나는 알았다.

"아무 설명도 못 해줄 정도로 나를 못 믿는 건, 왜죠?"

왜냐하면 당신이 선택하도록 만들 수 없기 때문이에요, 라고 나는 마음속으로 말했다. 하지만 당신을 위해서라면 그 부담을 내가 대신 질 수 있어요. "원래 이렇게 질문이 많아요?" 나는 농담하듯 말했지만 웃지는 못했다. 나는 한 걸음 다가가 그녀를 안았다. 내 품에서 그녀의 몸이 뻣뻣하게 굳어 있었고, 내 심장은 무너지고 있었다.

실버베이의 밤은 빠르게 내려앉는다. 그리고 보통의 작은 마을들이 다그렇듯 자기만의 리듬으로 밤은 찾아온다. 새들은 점점 더 열정적으로 지저귀며 하루의 끝을 선언하고는 일순 조용해지고, 차들이 집 앞으로 돌아와 멈추고, 집집마다 아이들을 부르는 소리가 들리면 아이들은 깡충거리며, 발을 질질 끌며 저녁을 먹으러 들어가고, 저 멀리 어딘가에서 작은 개들이 마치 세상의 종말을 예고하듯 발작적으로 짖어댄다. 실버베이의 일몰은 이보다 더 여러 겹의 갈래들과 함께 내려앉곤 했다. 열린 부엌창에서 새어 나오는 냄비 덜그럭대는 소리, 뒤틀린 창고 문이 삐걱거리는 소리, 바다로 나갈 채비를 하러 오는 낚시꾼들의 차바퀴가 해안 도로의 모래를 갈고 긁는 소리, 배를 바다로 띄우는 사람들의 서로를 향한 반가운 외침까지. 그러다가 해가 언덕 뒤로 천천히 넘어가면 만의 불빛들이 깜빡거리며 나타나고, 적막감과 함께 이따금 수평선 위의 유조선 불빛이 멀리서 빛나기도 했다가, 마침내 암흑이 찾아온다. 그 위로 무엇이든 투영해 볼 수 있는 철저한 암흑 말이다. 보이지 않는 고래의 노래나, 심장의 고동 소리 그리고 끝이 보이지 않는 원치 않는 미래까지도.

가죽 안락의자에 앉아 나는 그 모든 걸 보았다. 앞으로 일어날 일과 이미 일어난 일의 중대함을 고려할 때, 그날 내가 나눈 마지막 대화는 실망스러울 정도로 싱거운 것이었다.

"버네사?"

두 번째 신호가 갔을 때 그녀가 전화를 받았다. 나는 창밖을 응시하다가, 어쩌면 의도했던 것보다 훨씬 과격하게 블라인드를 내려버렸다.

"마이크…." 그녀가 한숨을 길게 내쉬었다. "언제 걸지 몰라서 계속 기다렸어."

확신이 없는 목소리였다. 얼마나 기다렸던 걸까. 내가 걸기로 약속한 시간이 몇 시간이나 지나도록 나는 방 안에 앉아 전화기를 망연히 보고만 있었다. 손가락이 움직이길 거부하는 것 같았다. "마이크?"

"아직도 나를 원해?"

"자기는 나를 원해?"

나는 눈을 질끈 감았다. "우리는 많은 일을 겪었어. 서로에게 상처도 줬고. 하지만 한 번 더 노력해보고 싶어. 다시 한번 해보고 싶어."

그녀가 아무 말도 하지 않자 나는 차라리 안도감 비슷한 것을 느꼈다.

그리고 그녀가 말했다. "돌아오는 비행 편은 언제야?"

모니카

오빠에게는 나의 계획을 말하지 않았다. 오빠가 못 하게 할까봐, 의논한 대로만 진행하고 그런 세세한 내용은 신경 쓰지 말라고 할까봐 그랬다. 오빠는 나한테 엄청 화나 있는 것 같았다. 음성사서함에 점점 더 험악한 메시지를 남기고, 휴대폰을 켤 때마다 호주에서 걸려온 부재중 전화 알림이 뜨는 것만 봐도 알 수 있었다. 지난밤에는 자기와 의논하기 전에는 아무에게도 얘기하지 말라는 경고를 하려고 내게 백 번쯤 전화를 한 것 같았다.

하지만 적어도 이 이야기가 말이 되기 전까지는 나는 오빠에게 전화를 할 수 없었다. 무슨 일이 벌어지고 있는 건지 내가 먼저 이해해야만 오빠와 얘기를 할 수 있을 것 같았다. 내가 무슨 대단한 기자는 아니지만—나는 밥벌이를 위해 그저 그런 기사 나부랭이나 쓰는 기자라고 확실하게 주제 파악을 하고 있다—뭔가 이상하다 싶은 감은 정확했고 그러면 피가 끓는 걸 느꼈다. 적어도 한 가지 면에서 나는 오빠와 닮았다. 한 번 했다 하면 철저해야 했다. 그래서 평일 중 하루 쉬는 날, 나는 서리로 향했

445

고, 기차역에서 택시를 잡아타고 메모지에 적어온 주소로 갔다. 그로부터 10분 후, 나는 버지니아워터의 어느 커다란 집 앞에 서 있었다.

"집 좋네요." 택시 기사가 영수증을 적다 말고 창밖을 보며 말했다.

"네. 지금 제가 포르노 영화 촬영지 헌팅을 하는 중이라서. 여기 평이 아주 좋더라고요." 택시가 출발하는 걸 보며 나는 씩 웃었다. 나중에 오빠 여자 친구가 뭐라 할 수도 있겠다 싶었다.

내려서 잘 보니 원래 계획대로 그 집을 둘러보기는 글렀다는 생각이 금방 들었다. 집은 높은 울타리로 둘러싸여 있는 데다 도로에서 너무나 멀찍이 떨어져 있어서 일단 집 앞까지 걸어가다 보면 주위의 시선을 끌 수밖에 없었다. 원래는 주위를 조용히 쓱 둘러보며 이 집에 사는 사람들과 그들의 내력에 대한 정보를 주워듣고 내가 찾아내려 했던 사실을 확인할 참이었다. 하지만 결국 나는 창살 다섯 개가 달린 대문 밖, 진입로 끝에 서서 나무에 반쯤 몸을 숨긴 채 기다릴 수밖에 없었다.

격자무늬 창들이 달린 커다란 튜더 양식의 그 집을 보며, 회계사들의 드림하우스가 이런 집이 아닐까 하는 생각이 들었다(이런 말은 회계사와 튜더 양식의 집, 둘 다에 대한 비방으로 들릴 수도 있겠으나, 햄버거 가게 위 방 두 개짜리 연립에 살며 친구들에게 감각이 형편없다는 소릴 듣는 내가 한 소리니 귀담아들을 말은 아니다). 10월임에도 불구하고 깔끔하게 정리돼 있는 잔디와 화단에서 정원사의 부지런한 손길을 느낄 수 있었다. 길가에서 올려다보니 방은 대여섯 개 정도 되는 것 같았다. 화장실도 최소 세 개, 그리고 카펫과 고급 커튼으로 도배가 돼 있겠지. 볼보 스테이션 왜건이 진입로에 주차돼 있었고 마당에는 엄청 고급스러운 원목 놀이 기구들이 갖추어져 있었다. 두꺼운 코트를 입고 있었는데도 몸이 떨렸다. 누가 봐도 부유함 그 자체인 이 집에선 이상하게 한기가 느껴졌고, 그게 꼭 내 상상 속의 느낌만은 아닌 것 같았다. 이 집 안에서 일어났던 일을 오빠로부터 다 들어서였을까. 창밖을 내다보고 있는 저 젊은 여자가 탈출을 계획하고 있는 건 아닐까, 하는 상상을 하게 됐다.

차 몇 대가 지나갔고 나를 보느라 차 안에 탄 사람들의 고개가 돌아갔다. 보통은 사람들이 걸어서 다니는 지역이 아니어서 내 존재가 엄청 눈에 띄는 모양이었다. 어디로 자리를 옮겨야 하나 궁리를 하는 중에 한 여자가 위층 창문 앞을 지나가는 게 눈에 띄었다. 옅은 색 스웨터에 검은색 짧은 단발머리였다. 아마도 아내가 아닐까. 그는 아내에게 자신의 과거를 어떻게 얘기했을까? 저 여자 역시 도주를 계획하고 있을까, 아니면 그가 이 여자에겐 잘해주고 있을까? 어쩌면 끼리끼리의 결혼이었을 수도 있겠지? 그리고 라이자가 오빠에게 했던 얘기를 다시 떠올리며 혹시 사랑에 눈이 멀어 라이자가 거짓말을 했을 가능성을 오빠가 생각 못 한 건 아닌지 따져봤다. 그렇지 않고서야 이 상황을 대체 어떻게 설명할 수 있을까? 라이자가 한 얘기에 이렇게 커다란 구멍이 있다는 걸 어떻게 설명할 수 있을까?

이제 뭘 해야 할지 생각하고 있는데 청바지에 도톰한 파란 스웨터를 입은 여자아이가 집 옆쪽에서 걸어 나왔다. 문을 열어뒀는지 안에서 웅웅거리는 라디오 소리에 이어 아기가 울다가 다시 잠잠해지는 소리가 들렸다. 나는 급히 뒤로 물러났고, 그 아이는 내 쪽을 향해 걸어오더니 진입로 끝까지 다가와 우편함에서 우편물을 꺼내려는 것 같았다. 나는 나무 뒤에서 나와 지나가던 사람인 양 물었다. "안녕하세요. 혹시 빌리어스 씨 계신가요?" 내 입김이 작은 구름을 만들었다.

"의회 일로 오신 거면, 금요일에만 사람들을 만나시는데요." 아이가 말했다.

"아, 금요일요."

아이가 고개를 끄덕였다.

"사무실에서는 오늘 집에서 일하신다고 하더라고요." 왜 그런 거짓말이 튀어나왔는지는 나도 모르겠다. 아마도 계속 얘기를 이어가야 뭐라도 더 알게 되지 않을까 싶어서 그랬던 것 같다.

"런던에 가셨는데요. 목요일 밤에는 언제나 런던에 계세요."

"아, 그럼 제가 잘못 알았나보네요. 아직 은행에 다니시죠?"

"네."

"신문에서 봤어요. 아주 중요한 인물이신 것 같던데요?"

아이는 우편함에서 우편물을 끄집어내서 훑어보더니 나를 보고 말했다. "필요하시면, 전화번호를 드릴게요."

나는 내 수첩을 힐끗 보고 말했다. "번호는 있어요. 어쨌든 고마워요."

잠깐 들어가도 되냐고 묻고 싶었다. 하지만 그의 아내를 대면하면 뭐라고 해야 할지 알 수가 없었다. 그럴듯하게 생각해둔 구실도 없었고, 나를 누구라고 소개해야 할지 작전이 서지 않은 상태에서 무작정 들어가는 건 의미가 없었다. '안녕하세요, 빌리어스 부인. 저는 기자랍니다. 이 지역 사회의 훌륭한 일꾼이신 남편분께서 사실은 아내를 구타하는 소시오패스가 아닌지 혹시 말씀해주실 수 있나요? 혹시 그분이 약자를 괴롭히고 외도를 일삼는 독단적인 인간이며, 자식의 죽음에도 일조했다는 건 알고 계시나요? 아, 그리고 커튼이 참 예쁘네요.' 이럴 수는 없는 노릇.

"그럼 사무실로 전화를 드릴게요. 고맙습니다." 나는 상냥하게, 그러면서도 마치 별로 중요한 일은 아니었다는 듯 지극히 사무적인 미소를 지어 보였다. 이 근처 어디에 들어가 커피라도 한잔할까 싶었다. 어떤 식으로 접근할지 계획만 서면 언제라도 다시 오면 됐다. 어쩌면 그의 아내가

448

열쇠일 수도 있었다. 나는 지역 신문사의 전문 기고가인 척, 빌리어스 가족의 삶에 대한 기사를 쓰고 싶어 안달 난 사람인 척해도 될 것 같았다. 일단 그의 아내와 단둘이 차 한 잔을 놓고 마주 앉을 수만 있다면, 그 여자가 어떤 사실을 인정할지는 알 수 없는 거니까.

"그럼, 안녕히 계세요."

"안녕히 가세요."

내 앞에 서 있는 아이는, 내가 가거나 말거나 별 관심이 없는 듯 머리를 귀 뒤로 넘겼다. 그러고는 천천히 집을 향해 걸어가는데 다리를 절고 있다는 걸 분명히 알 수 있었다. 그리고 그 순간 내 심장이 아주 이상하게 반응했다.

예전에 들어본 표현이었다. 그 아이만 빼고 세상 전체가 저만치 물러나는 것 같았다. 나는 상투적인 표현을 정말 싫어하는 사람이다. 그래서 기사를 쓸 때에도 그런 표현을 피하려고 언제나 노력해왔다. 하지만 그 순간 뇌리에 떠오른 표현은 그것뿐이었다.

나는 가방을 인도에 내려놓고 가만히 서서 그녀의 뒷모습을 뚫어지게 보았다.

"저기, 잠깐만요!" 누가 듣든 말든 나는 큰 소리로 아이를 불렀다. "잠깐만요!"

그 아이가 돌아서서 다시 느릿느릿 나를 향해 올 때까지 나는 소리를 질렀다.

"왜요?" 고개를 한쪽으로 기울인 채 아이가 물었다. 그때 나는 보고 말았다. 한순간 모든 게 멈추는 느낌이었다.

"이름이… 이름이 뭐예요?"

26

캐슬린

문이 쾅 닫히는 소리가 온 집 안을 울렸을 때 나는 해나의 점심을 만드는 중이었다. 이 집에서 그 정도야 늘 있는 일이었다. 개도 있고, 십 대 청소년에, 커다란 헛간 문 닫듯 우악스럽게 닫거나, 아예 바닷바람이 닫도록 내버려두는 손님들이 있다 보니 그랬다. 하지만 방금 전, 오래된 문짝이 떨어져나갈 정도의 충격과 곧이어 체구가 작지도 않은 마이크가 한번에 계단을 두세 개씩 오르며 쿵쾅대는 소리에는 슬그머니 욕이 나오려고 했다. 마이크의 발소리는 마치 성벽을 두들겨 부수는 망치 소리 같았다. 방 창문이 열려 있었는지 마이크가 방에 들어서자 이번에는 방문 닫히는 소리가 요란하게 울려 퍼지며 온 집 안이 뒤흔들렸다.

"집을 벌써부터 때려 부술 필요는 없을 것 같은데!" 나는 손을 앞치마에 문지르며 천정을 향해 소리를 질렀다. "이 집 마룻바닥을 해먹으면 다 물어내라 할 거라고!"

우리는 라디오를 틀어놓고 있었기 때문에 처음에는 마이크가 뭐라고 소리를 질러대는지 도통 알아들을 수 없었지만, 나와 해나는 그의 방에서 들려오는 소란에 잠시 숨을 죽였다.

"또 누구랑 싸우는 것 같죠?" 해나가 말했다.

"숙제나 열심히 하세요, 아가씨." 해나한테는 그렇게 말해놓고 나는 라디오를 껐다.

이 집 자체가 무척 오래된 데다 목재로 지어졌고, 여기저기가 곧 무너져 내릴 듯 삐걱거려서 부엌에 있다 보면 위층의 움직임을 대부분 감지할 수 있었다. 마이크가 방 안으로 뛰어 들어가 책상에서 의자를 끄집어내는 소리를 들으니 저 친구가 화가 단단히 나서 길길이 뛰는 게 분명했다.

"거미한테 물렸는지도 몰라요." 해나가 급관심을 보이며 말했다.

"모니카?" 마이크는 전화에 대고 소리를 질러대고 있었다. "지금 보내. 지금 당장 보내라고."

해나와 나는 서로 눈빛을 주고받았다.

"아저씨 동생이에요." 해나가 조용히 말했다. 동생이라면 그 기자라는 데에 생각이 미치자, 평화롭던 나의 마음이 무너지기 시작했다.

치즈 오믈렛을 만들고 있던 나는 계란을 미친 듯이 풀었다. 자꾸만 고개를 드는 나쁜 생각들을 집안일을 통해 쫓으려는 노력이었다. 라이자의 계획을 듣고 난 뒤로 내 평생 그렇게 열심히 음식을 만든 적도, 호텔 청소를 그보다 더 깨끗이 한 적도 없었다. 다른 손님들이 하나도 없다는 게 참 유감이었다. 정말 드문 오성급 호텔의 서비스를 받을 수 있었을 텐데. 나는 고개를 숙인 채 무아지경이 될 때까지 계란을 풀며 저어댔고, 계란은 너무 부풀어서 금방이라도 사발에서 날아갈 것 같았다. 그렇게 몇 분이 흐른 뒤에야 마이크가 아까 소리를 지른 이후로 위층에서 아무 소리도 들리지 않고 있다는 데에 생각이 미쳤다. 책상에서 안락의자로 옮겨갈 때 흔히 들리곤 하던 발소리도, 침대에 누울 때 삐걱거리는 소리도 전혀 들리지 않았다.

해나는 다시 숙제에 몰두하고 있었지만 위층이 이상하리만치 조용하자 나는 오히려 더 궁금해졌다.

결국 프라이팬의 불을 끄고 문가로 향했다. "마이크?" 그리고 위층을 향해 소리를 질렀다. "별일 없는 거지?"

대꾸가 없었다.

"마이크?" 나는 계단 난간을 붙들고 한 계단 올라섰다.

"캐슬린." 그의 목소리가 떨렸다. "아무래도 좀 올라오셔야겠어요."

방에 들어서자 마이크가 나보고 침대에 앉으라고 했다. 마이크의 얼굴이 너무 창백하고 평소와 너무 달라서 나는 얼마간 그대로 서 있다가 시키는 대로 했다. 마이크는 내게 다가와 마치 프러포즈라도 하는 사람처럼 내 앞에 쪼그려 앉았다. 그리고 마이크가 하는 말을 들은 나는 얼굴에서 핏기가 싹 가시는 걸 느꼈다. 나중에 마이크가 한 얘긴데, 나도 니노 게인즈처럼 심장마비가 오는 건 아닌가 걱정이 될 정도였다고.

이 친구가 바본가보네, 그나마 일부는 작동하고 있는 머리로 나는 그렇게 생각했다. 아니면 미친놈인가보네. 여태 이런 미친놈을 데리고 있었다니. "대체 그게 무슨 소린가?" 목소리가 다시 돌아왔을 때 나는 물었다. "농담을 해도 어떻게 이런 농담을 하나?" 갑자기 너무나 노여웠다. 마이크는 손을 흔들며, 평소답지 않게 무례하게 조용히 하라고, 자기가 컴퓨터를 켤 때까지 기다리라고 말했다.

내가 뭐라고 받아치려는데 마이크가 벌떡 일어서더니 수많은 메일들을 훑어 내려갔다. 나는 방을 그대로 나가버려야 하는 건 아닌가, 잠시 고민하고 있는데 컴퓨터 화면에 작은 창이 뜨면서 그 아이가 나타났다.

도저히 믿어지지 않는 모습으로. 총천연색으로. 그 아이는 나와 똑같은 경계의 눈빛으로, 도무지 상황 파악이 안 된다는 얼굴로 우리를 빤히 보고 있었다. 내 손이 떨리기 시작했다.

"오늘 모니카가 찍은 사진이에요. 그 아이처럼 생겼죠, 그렇죠?"

나는 입을 벌리고 손은 가슴께로 모아 쥐고 그렇게 서 있었다. 그 얼굴에서 도저히 눈을 뗄 수가 없었다. 마이크는 동생에게 들은 얘기를 토막토막 끊어가며 내게 전했다.

"해나." 나는 목이 쉰 채 말했다. "해나를 좀 불러와야겠어."

하지만 해나는 위층에서 무슨 일이 벌어지고 있는지 궁금했던 모양이다. 컴퓨터에서 눈을 떼고 보니 손에 펜을 그대로 쥔 채 문 앞에 와 있었다. 해나의 눈이 나를 향했다가 마이크에게로 갔다 다시 내게 돌아왔다.

"해나야, 아가." 나는 떨리는 손으로 컴퓨터를 가리켰다. "이걸 좀 봐봐. 네가 보기에 이 아이가, 이 애가…."

"레티." 해나가 컴퓨터 모니터를 향해 다가와, 손가락을 들어 자기 동생의 코의 윤곽을 따라 그렸다. "레티."

"이 애가 살아있대, 아가." 눈물이 흐르는 걸 느끼며 나는 말했다. 얼마간은 도저히 제대로 말을 할 수 없었다. 내 어깨에 마이크의 손이 닿는 게 느껴졌다. "하느님, 감사합니다. 이 애가 살아있다니." 그리고 해나가 걱정되기 시작했다. 나보다 충격도 더 크고, 더 믿기 어렵지 않을까 염려됐다. 머릿속은 빙빙 돌았고 심장은 그 아이의 모습으로 감각이 없어진 것 같았다. 한 번도 본 적은 없지만 마치 내 자식이었던 것처럼 그의 삶과 죽음이 우리 집 전체를 지배하고 있던 바로 그 아이였다. 해나가 이 충격을 어떻게 이겨낼 수 있을까?

하지만 우리 중에 해나만 울지 않고 있었다.

"저는 알고 있었어요." 커다란 미소를 얼굴 전체에 꽃피우며 해나는 말했다. "죽었을 리가 없다고 생각했어요. 바닷속의 동물들처럼. 레티가 죽었다고 느낀 적은 한 번도 없었어요." 해나는 다시 컴퓨터 화면을 들여다보며 동생의 얼굴을 어루만졌다. 둘은 너무 닮아서 마치 해나가 거울을 들여다보고 있는 것 같았다. 이제 보니 아닐 수도 있다고 의심했다는 사실을 믿기 힘들 정도였다.

마이크는 어느새 창 앞에 서 있었다. 그는 뒤통수를 문지르고 있었다. "개자식." 해나가 있다는 것도 잊은 것 같았다. "어떻게 이렇게 몇 년씩 진실을 숨길 수가 있어요? 어떻게 라이자에게 이럴 수가 있어요? 어떻게 아이한테 이럴 수가 있어요?"

그들이 얼마나 엄청나게 우리를 기만했는지에 생각이 미치자, 내 입에서는 전쟁 때 호텔 바에서 일할 무렵 이후론 들어보지 못했던 말들이 튀어나오기 시작했다. "나쁜 새끼! 비열한 놈, 미친 개놈의 새끼! 상어…."

"상어요?" 마이크가 한쪽 눈썹을 치켜올리며 말했다.

"상어." 나는 해나를 힐끗 보며 마이크의 말을 받았다. "그래, 상어. 내가 그놈을 잡으면 상어처럼 내장을 다 발라내버리겠어."

"나라면 쏘아버릴 거예요." 마이크가 말했다.

"쏘아 죽이는 건 너무 관대하지." 불현듯 고래잡이 박물관 벽에 전시돼 있는 나의 작살 발사포, 올드해리의 이미지가 떠올랐고, 나를 아는 사람들이라면 충격받을 만한 생각을 잠시 해보았다. 마이크도 같은 생각을 하는 것 같았다. 그때 해나가 입을 열었다. "내 동생이 살아 있대요." 해나의 목소리에 담긴 순수한 기쁨이 우리 둘의 나쁜 생각을 돌려세웠다. "보세요! 내 동생이에요." 그리고 해나는 자기 얼굴을 커다랗게 확대된 이미지 옆에 갖다 댔고, 그 덕에 해나의 그 말이 생생한 현실로 다가왔다. 마이크와 나는 서로 얼굴을 마주보고 동시에 외쳤다.

"라이자!"

어떻게 말해줘야 할까. 이 소식을 라이자에게 어떻게 알려야 좋을지 머리가 잘 돌아가지 않았다. 라이자는 배를 몰고 나가 있었는데 무전으로 얘기하기에는 너무 엄청나고 충격적인 소식이었다. 그렇다고 돌아올 때까지 마냥 기다리고 있을 수도 없었다. 결국 우리는 샘 그레이디의 작은 배를 빌렸다. 마이크와 해나가 뱃머리에 앉고 내가 키의 손잡이를 잡고 브레이크노즈섬으로 향했다. 가벼운 미풍이 불었고, 바다는 잔잔했다. 몇 분 지나지 않아 돌고래 떼가 나타나 우리와 동행했다. 돌고래들의 기쁨에 찬 몸짓은 우리 배 분위기의 메아리 같았다. 우리가 물결을 헤치며 나아가는 동안 해나는 배 가장자리에 기대 그들에게도 소식을 전했다. "돌고래들도 알아요!" 해나가 웃으며 말했다. "얘들도 다 알고 우리한테 온 거예요!" 이번만큼은 해나의 말에 다른 의견을 내지 않았다. 삶의 순리에 대해 감히 내가 무얼 안다고? 내가 뭐라고 저 생명체들이 그 일에 대해 나보다 더 모르고 있었다고 말할 수 있단 말인가? 그 순간만큼은 어떤 일이 일어난다고 해도 놀라지 않을 것 같았다.

그리고 저만치서 라이자가 돌아오고 있었다. 밀리를 옆에 두고 조타기 앞에 서서 벌써부터 육지로 돌아갈 기대에 차 있는 모습이었다. 오늘 라이자의 배는 만선이었고 대부분이 대만 관광객들이었다. 관광객들은 우리 배가 왜 다가오고 있는지 궁금하다는 듯 난간에 기대 몸을 내밀었고, 몇몇은 우리와 함께 가고 있는 돌고래들을 보고 미친 듯이 카메라 셔터를 눌러댔다.

라이자가 우리를 발견하고 다가왔을 때 그 애의 등을 비추고 있는 태양 때문에 마치 머리카락에 불이 붙은 것처럼 보였다. 우리가 배를 나란히 갖다 대자 라이자가 외쳤다. "무슨 일이에요?" 라이자는 해나가 구명조끼를 안 입었다고 화를 내는 것조차 잊은 것 같았다. 우리 셋이 그 작은 배에 끼어 타고 나타난 걸 보고 이게 보통 일은 아닐 거라 짐작한 모양이었다.

나는 마이크를 쳐다봤고, 그가 내게 고개를 끄덕였다. 그래서 나는 소리치기 시작했다. 하지만 말이 나오기도 전에 이미 눈물이 볼을 타고 흘렀다. 목소리가 잘 나오지 않았다. 몇 번을 더 시도하고 마이크가 건넨 손수건을 받아든 끝에 겨우 목소리를 낼 수 있었다.

"살아 있단다. 레티가 살아 있대."

라이자는 나를 보고, 마이크를 보고, 다시 나를 봤다. 우리 머리 위로 갈매기 두 마리가 빙빙 돌며 내 말을 조롱하듯 울었다.

"정말이야! 레티가 살아 있어! 마이크 동생이 직접 봤단다. 진짜로, 정말로 살아 있다고." 나는 마이크가 프린트해준 사진을 펼쳐 보였지만 바람에 가만히 있지 않았고, 내 손과 라이자의 거리는 너무 멀었다.

"대체 왜 이런 소릴 하는 거예요?" 라이자의 목소리가 고통으로 갈라졌다. 라이자는 이 모습을 뚫어지게 보고 있는 승객들을 한번 둘러보았다. 얼굴에는 핏기가 싹 가셔 있었다. "그게 무슨 소리예요?"

균형을 잡으려 안간힘을 쓰며 나는 두 손으로 사진을 활짝 펼쳐서 마치 플래카드처럼 머리 위로 들어올렸다. "이것 봐!" 나는 소리를 질러대고 있었다. "이것 보라고! 그 사람들이 너한테 거짓말을 했어! 그 나쁜 놈이 너한테 거짓말을 했다고! 교통사고로 죽지 않았대. 레티는 살아 있대. 그리고 우리에게 오고 있대."

관광객들이 조용해졌다. 그리고 대만 관광객 몇몇이 이 엄청난 상황을 감지했는지 마음에서 우러난 박수를 치기 시작했다. 우리는 기쁨과 기대가 가득한 얼굴을 하고 기다렸다. 갈매기 몇 마리가 예정돼 있던 방향으로 날아오르기 시작하자 라이자는 잠깐 하늘을 향해 고개를 드는 것 같더니 그대로 기절해버리고 말았다.

마이크는 자기가 동생을 얼마나 사랑하는지 그날 처음 깨달았다고 했다. 동생과 무려 세 시간 동안 통화를 하는 동안 그때까지도 충격으로 얼굴이 창백한 라이자는 마이크에게 바짝 달라붙어 있었다. 마이크의 동생은 스티븐 빌리어스와 그의 사무실에서 만날 약속을 잡았고, 일단 그를 만난 뒤에는 차 한 잔을 손에 들고는, 자기는 지금 예전 동거녀와 그녀의 딸을 억지로 갈라놓기 위해 동거녀에게 딸이 죽었다고 거짓말을 하고 살아온, 존경받는 의원의 이야기를 취재 중이라고 말했단다. 그 의원은 지속적으로 동거녀를 구타했고 결국 그녀가 생명의 위협까지 느껴 도망치게 만들었다고. 그리고 그 동거녀는 구타의 흔적들을 사진으로 찍어 의사의 진단서까지 받아두었다고. 뭐, 모니카가 약간의 거짓말을 보탠 건 사실이지만, 그 얘기를 할 때쯤엔 이미 자기도 눈에 뵈는 게 없었고, 일을 확실하게 하고 싶은 생각에서 그런 거라고 했으니 다 이해한다. 목소리만 들었지만 나는 벌써 모니카 도머가 마음에 들었다.

놀라운 건, 스티븐 빌리어스가 너무 쉽게 항복했다는 거였다. 그는 아주 조용해지더니 이렇게 말했다고 했다. "그래서 원하는 게 뭐요?" 알다시피 그는 이미 결혼을 해서 어린 두 아들이 있었고, 모니카는 레티도 결국은 당신이 한 짓을, 진실을 알게 될 거라고 말했다고 했다. 그러자 그의 목소리에서 그 역시 언젠가 이런 대화를 하게 될 날이 올 거라 예상하고 있었다는 걸 느낄 수 있었다고 했다. 그들의 거래는 이렇게 정리됐다.

아이를 엄마에게 돌려준다. 대신 이 일은 가족 간의 문제로 덮는다. 그가 너무 선선히 동의하는 걸 보니 이들이 그렇게 행복한 가정은 아니었나보다고, 모니카는 생각했다고 했다.

제일 놀라운 사실이 아직 남아 있었다. 스티븐은 라이자가 어디에 있는지 이미 몇 년 전부터 다 알고 있었다고 했다. 아마도 경찰 쪽 연줄을 통했거나 사립 탐정을 고용해서 알아낸 모양이었다. 너무나 아이러니한 것은 라이자가 그와 멀리 멀리 떨어져 있길 원한 만큼 그 역시 그녀가 최대한 멀리 떨어져 있기를 바랐다는 거였다. 자기 어머니가 아이가 죽었다고 얘기했던 데엔 물론 악의적 의도도 있었지만, 그 순간에는 정말 그럴 수도 있다고 생각했기 때문이었다고도 했다. 그리고 라이자가 사라져버렸다는 사실을 알았을 때는 그렇게 믿도록 두는 편이 그녀를 자기들의 삶에서 멀리하는 데 더 도움이 될 거라고 판단했다. 그들에게 라이자는 어디로 튈지 모르는 공 같았다. 그의 경력과 미래에 대한 위협이며, 우아한 검은 머리 데버라와의 행복한 삶의 장애물일 뿐이었다. 그래도 스티븐에겐 부끄러워할 줄은 아는 정도의 품위는 남아 있었다고 했다. 그는 언제든지 딸을 볼 수 있길 원했다고도 했다. 그는 어찌 됐든 자기에게 통제권이 있다고 생각하고 싶어 하는 부류의 남자였다. 그래서 모니카는 그의 딸이 원한다면 언제든지 볼 수 있도록 하겠다고 약속했단다.

곧 그들은 아동 심리치료사를 대기시키고(아이를 직접 다뤄본 적이 한 번도 없었던 마이크의 여동생은 이때부터 좀 걱정이 됐다고 했다), 변호사와 함께 레티를 만나러 그 집으로 가서 이제 당분간 휴가를 떠나게 될 거라고 말했다고 했다. 모든 절차가 순식간에 이루어졌다. 실은 엄마가 자기를 버린 게 아니었다는 얘기를 들은 아이가 모든 걸 받아들이기엔 상황이 너무 급박하게 돌아간 것은 아니었는지 적잖이 염려됐다. 그러나 모니카는 평소답지 않게 불안한 목소리로 그 집 진입로를 완전히 빠져나올 때까지 스티븐 빌리어스가 마음을 바꿀까봐 너무나 불안했다고, 그래서 어쩔 수 없었다고 했다.

너무나 많은 거짓말과 너무나 많은 비밀의 진실들이 레티를 기다리고 있었다. 마이크 동생에 따르면 레티는 총명한 아이였고, 모든 걸 빠짐없이 다 알고 싶어 했다고. 지금 그쪽은 밤 시간이어서 아이를 재워야 하지만 아침에, 그러니까 우리 시간으로는 저녁 때 모니카가 전화를 해주기로 했다. 라이자는 5년 만에 딸의 목소리를 들을 수 있게 됐다. 내 조카의 둘째 딸, 죽음에서 살아 돌아온 아가의 목소리를.

그날 밤, 밀리가 마지막 산책을 다녀오도록 내보내주는데 고래잡이 박물관에 불이 켜진 게 보였다. 누군지 바로 알 것 같았다. 나는 박물관을 거의 잠가놓지 않고 지냈다. 훔쳐갈 만한 돈 되는 물건도 없었을뿐더러 나쁜 의도로 낯선 사람이 접근한다면 밀리가 알려줄 것이기 때문이었다.

라이자와 해나는 위층에서 전화 통화를 하고 있었고 둘만 있게 피해주는 게 좋을 것 같아 나는 맥주 두어 병을 꺼내들고 박물관으로 향했다. 그도 어쩌면 나와 비슷한 감정이었는지도 모른다. 약간은 겉돌 수밖에 없는 느낌. 지금은 해나와 라이자를 위한 시간이었다. 그 아이들의 일로 우리도 정말 기뻤고, 그 기쁨으로 벅찰 정도였지만, 사실 레티를 잘 모르는 우리로서는 어쩔 수 없이 그 애들이 느끼는 감정을 똑같이 느낄 수는 없었다. 게다가 셋이 통화하는 중에 그 안에 들어간다는 건 마치 남의 연애사를 엿듣는 것처럼 그들만의 시간을 침범하는 것 같았다.

그것 말고도 나는 요전 날, 그러니까 라이자의 세상이 뒤집히기 직전에, 라이자가 개발이 중단될 수도 있을 것 같다고 한 말이 궁금하던 참이었다. 아직 확실한 건 아니고, 확정될 때까진 사실 아무에게도 얘기하면 안 된다고 했다. 라이자는 이 일이 마이크가 한 일이라며 얼굴이 어두워졌고, 그가 내일 이곳을 영영 떠날 거라고 덧붙이더니 더 이상은 아무 말도 하지 않았다.

처음에 마이크는 내 소리를 듣지 못하는 것 같았다. 그는 마우이Ⅱ호의 썩어가는 목재 위에 앉아 한 손을 그 위에 걸치고 있었고, 어깨는 마치 엄청난 무게를 걸머진 것처럼 구부정했다. 그가 이룬 성과와는 어울리지 않는 자세였다.

밀리가 뛰어 들어오더니 나를 쌩 지나쳐 꼬리를 치며 마이크에게 다가갔고 그제야 그가 고개를 들었다. "아, 오셨어요?" 형광등 바로 밑에 앉아 있는 그의 얼굴 위로 긴 그림자가 드리워졌다.

"이거 생각이 간절할 것 같아서 왔지." 나는 맥주 한 병을 건네며 말했다. 그가 맥주를 받아들자 나도 좀 떨어진 의자에 자리를 잡고 내 것도 한 병 땄다.

"저야 뭐, 캐슬린만 하겠어요?"

"오늘처럼 특별한 날은 또 없을 것 같네."

우린 함께 침묵을 즐기며 맥주를 마셨다. 열려 있는 문을 통해 어둠 속에서 해안선과 멀리서 달려가는 자동차 불빛, 야간작업을 준비하는 낚시꾼들의 배가 보였다. 실버베이의 조용하고 단조로운 삶이, 지난 반백 년간 그래왔듯 느긋하게 흘러가고 있었다. 나는 아직도 내가 들은 얘기를 실감하지 못하고 있었다. 마이크가 우리를 벼랑 끝에서 건져 올릴 수도 있다는 것을, 어쩌면 우리가 얼마간이라도 더 지금처럼 방해받지 않고 살아갈 수 있을지도 모른다는 것을.

"고맙네." 나는 나직이 말했다. "정말 고마워."

그는 맥주병에서 고개를 들었다.

"전부 다. 어떻게 그 모든 걸 다 해냈는지, 정말 고마워."

마이크는 다시 고개를 떨구었고, 나는 뭔가가 잘못됐다는 느낌이 들었다. 생각에 잠긴 듯한 그의 어두운 표정을 보니, 마이크는 라이자에게 자리를 비워주려고 여기 나와 있던 게 아니라 본인이 혼자 있고 싶었던 것이었음을 짐작할 수 있었다.

나는 가만히 앉아 잠자코 기다렸다. 오랜 세월을 살다 보니, 물고기는 조용히 가만히 앉아 있을 때 훨씬 더 많이 잡을 수 있다는 것쯤은 터득하고 있었다.

"저는 정말로 떠나고 싶지 않아요." 마이크가 입을 열었다. "하지만 그것 말고는 개발을 중단시킬 방법이 없어요."

"이게 무슨 소린지 나는…."

"두 가지 중에 선택해야 했어요…. 하지만 라이자에게 선택하게 만들 순 없었어요. 이미 너무 힘든 결정들을 하며 살아온 사람이잖아요."

마이크는 너무 많은 걸 혼자 감당하느라 움직이기조차 힘들어 보였다.

"이것 하나만은 꼭 알아주셨으면 해요. 나중에 무슨 얘기를 듣는다고 해도, 저에 대한 어떤 얘기를 들어도, 제가 사랑한 건 그녀였다는 걸 라이자가 꼭 알았으면 해요." 그의 눈빛이 나를 태울 듯했다. 그 강렬함이 약간은 불편하게 느껴질 정도로.

"캐슬린도 나중에 저를 나쁜 놈이라 생각하지 않으셨음 좋겠어요." 마이크는 목이 메었다. "하지만 제가 한 어떤 약속 때문에…."

"이게 다 무슨 얘긴지 정말 나한테도 얘기할 수 없는 건가?"

그가 고개를 저었다.

그를 몰아붙이고 싶진 않았다. 내 생각이 구닥다리라고 해도 할 수 없지만 남자들은 자기의 감정에 대해 너무 캐물으면 온몸으로 불편해한다고 나는 생각하기 때문이다.

"마이크." 내가 한참 있다 말했다. "자네가 라이자를 살렸어. 우리 애들을 살려줬지. 나는 그거면 됐다고 생각해."

"라이자는 행복하겠죠?" 그는 이제 나를 처다보려고도 하지 않았다. 왜 그러는 건지 아무래도 불길했다.

"그 애는 잘 살 거야. 딸들이 있으니까."

그는 나를 등지고 천천히 방 안을 서성였다. 그 순간 나 역시 그와의 이별을 너무나 아쉬워하고 있다는 걸 알 수 있었다. 그가 예전에 무슨 잘못을 했든 간에 그는 모든 걸 바로잡고 그보다 더 큰 선물까지 안겨줬다. 나는 로맨틱한 사람은 못 되지만—니노 게인즈가 그건 확실히 말해줄 수 있을 거다—마이크와 라이자 두 사람만큼은 해피엔딩이기를 바랐다. 이제 나는 마이크가 훌륭한 젊은이라는 것도 알게 됐고, 이래저래 마음에 드는 구석도 참 많았다. 그에게 이런 얘길 다 해줄 수도 있겠지만 그러면 우리 둘 다 당황스러울 것 같아 말았다.

그는 나의 '상어 아가씨' 사진 앞에 가서 섰다. 내가 좀 더 다가가면 마이크가 더 편할 것 같단 생각이 들어 나도 의자에서 몸을 일으켜 그의 옆으로 걸어갔다.

액자틀 속에서 세월에 색이 누렇게 바랜 채, 여전히 나의 아버지와 브렌트 뉴헤이븐 씨, 그리고 그들의 보이지 않는 와이어 사이에 내가 서 있었다. 수영복을 입은 열일곱의 내가 카메라를 향해 웃어 보이며, 나에게 펼쳐질 날들을 헤쳐 나갈 준비를 하며, 그렇게 서 있었다.

나는 크게 심호흡을 했다. "내가 비밀 하나를 알려주지. 저 상어를 잡은 건 내가 아니었네."

마이크는 무척 놀란 눈치였다. 그리고 그제야 나를 쳐다봤다.

"그래, 내가 아녔어. 아버지의 동업자가 잡았지. 내가 잡았다고 하면 호텔에도 더 좋고, 더 유명해질 거라고 했지." 나는 맥주를 한 모금 더 마셨다. "난 거짓말하는 게 너무 싫었어. 지금도 싫은 건 마찬가지야. 하지만 이제 이해할 수 있는 게 있어. 만약 그렇게 하지 않았으면 이 호텔은 5년 안에 망하고 말았을 거야."

"그리고 6층짜리 호텔로 개발됐을지도 모르죠." 마이크는 씁쓸하게 말했다.

나는 사진을 도로 벽에 걸었다. "때로는 거짓말이 모두에게 평안이 될 때도 있는 법이야." 그는 이제 돌아가야겠다는 듯 문 쪽을 향해 고개를 끄덕였다. 우리는 함께 집 쪽을 바라봤다. 어둠 속에서 아직도 밝게 빛나고 있는 라이자 방의 불빛을.

"혹시, 그거 아나? 나는 단 한 번도 이 만에서 뱀상어를 본 일이 없네." 내가 어둠 속으로 나가며 말했다.

"그레그는 봤잖아요." 마이크가 따라 나와 문을 닫으며 말했다.

"자네, 내 말을 제대로 안 들었구먼."

마이크

아직도 여행 가방이 한 개 반이나 비어 있었다. 공간이 어찌나 많이 남았는지 여행 가방 하나 안에 다른 하나를 포개 넣는 것도 가능할 정도였다. 그 텅 빈 공간은 마치 내 마음의 상태를 그대로 반영하는 것 같았다. 짐의 무게 허용치를 이렇게 심하게 밑도는 가방을 준비한 승객은 내가 유일하지 않을까. 어찌하다 보니, 이곳에 와서 지내는 동안 내 옷의 절반을 없애버렸고, 이제는 매일매일 청바지 두 개와 티셔츠 하나, 그리고 진짜 더운 날에 입는 반바지 하나만 돌려 입고 있었다. 남은 옷가지를 침대 위에 펼쳐놓으며, 내 인생의 가장 파란만장했던 시기치고는 참으로 보여줄 게 별로 남지 않았다는 생각이 들었다. 적어도 면세점에서 부모님 선물은 원도 한도 없이 살 수 있겠군.

방수 재킷은 가져가지 않기로 했다. 너무 여기를 생각나게 할 것 같은 데다 완전히 생뚱맞은 환경에 걸려 있는 모습도 보고 싶지 않았다. 정장은 실버베이 자선 단체의 중고가게에 줘버렸기 때문에 없었다. 라이자가 처음 내 침대로 들어온 날 입고 있었던 티셔츠도 챙기지 않았고, 우리

464

가 새벽 2시까지 함께 바깥에 앉아 있던 날 그녀에게 빌려줬던, 그래서 그녀가 갖고 싶어 했으면 좋겠다, 남몰래 생각한 스웨터도 남겨뒀다. 노트북도 가져가지 않기로 했다. 나보다 해나가 더 필요할 것 같아서 해나가 쓸 수 있도록 거실에 그대로 남겨뒀다. 그리고 비록 몇 시간만 더 있으면 레티가 오기로 돼 있긴 했어도, 해나와 라이자를 레티의 이미지로부터 떼어놓는 짓은 차마 할 수 없었다. 이상하게 들리겠지만 그래도 어쩐지 그들을 다시 떼어놓는 것처럼 느껴졌기 때문이다. 라이자와 해나는 몇 시간이고 그 앞에 앉아 해나와 레티의 얼굴을 비교해가며 어떤 점은 변했고, 어떤 점은 그대로인지 끝없이 이야기꽃을 피웠다.

라이자는 이스마엘호를 몰고 바다에 나가 있었다. 공항으로 가기 전에 예정된 마지막 항해였다. 이틀 정도 라이자의 얼굴을 거의 구경하지 못한 나는, 어쩌면 작별 인사 없이 조용히 떠나는 게 우리 둘 다를 위한 최선이 아닌가 생각하게 됐다. 오늘 오후까진 레티의 방 준비를 마무리할 거라 했으니까 어차피 두 사람은 오늘도 계속 분주할 것이었다. 해나는 학교를 하루 쉬기로 하고 라이자와 함께 엊저녁부터 방에 페인트칠을 하고, 새 커튼을 달고, 열 살짜리 소녀가 좋아할 만한 것들을 채워 넣은 뒤 레티의 돌고래들로 꾸며놓았다. 해나는 지금도 그 방 안에서 음악을 커다랗게 틀어놓고 이런저런 포스터를 붙였다가 떼어내기를 반복하고 있다. "이 그룹이 영국에서 인기가 있을까요? 영국 여자애들은 뭘 좋아해요?" 해나는 마치 내가 뭘 알기라도 한다는 듯, 내 생각이 도움이 될 거라 생각하는 듯 초조하게 내 의견을 물었다.

나는 이 모든 걸 거리를 두고 지켜봤다. 예정된 나의 상실에서 도저히 벗어날 길을 찾지 못해, 그들의 행복에서 동떨어진 채. 이들도 나를 약간은 그리워할 수도 있겠지만, 그들의 마음속을 채워줄 훨씬 더 큰 기쁨과 새로운 삶이 기다리고 있었다. 오늘 밤 눈물을 흘릴 사람은 나뿐인 것 같았다. 나는 작은 만을, 먼 산을, 여기저기 흩어진 실버베이의 옥상들을 바라봤다. 새들의 노랫소리, 멀리서 들려오는 엔진 소리, 내 위쪽에서 쿵쿵 울리고 있는 해나의 음악 소리를 들으며 마치 무언가가 나를 내 집에서 끌어내고 있다는 기분이 들었다. 나는 대체 어디로 돌아가는 걸까? 이제는 나를 질식시키는 도시로, 내가 사랑할 수 있을지 확신조차 없는 여자에게로?

나의 예전 삶으로 돌아간다는 것에 대해 생각해보았다. 듣기 싫은 소리로 웃고 떠드는 도시의 지인들과 함께 한때는 익숙했던 식당과 술집에 다시 드나들고, 혼잡한 거리의 인파를 헤치며 다니고, 밋밋한 사무실들이 즐비한 곳에 위치한 나의 새 직장에 나를 억지로 끼워 넣게 되겠지. 데니스는 돌아오라고 설득할 게 분명했다. 어차피 대안도 없었다. 그리고 새 양복을 입고 전철에 앉아 눈을 감고 해나와 밀리가 해변을 뛰어다니는 모습을 생각하는 내 모습을 그려봤다. 버네사의 미소, 그녀의 향수와 하이힐, 우리의 고급 아파트, 나의 스포츠카, 예전 우리의 삶을 장식하던 것들을 떠올려봤다. 속이 불편해지는 느낌과 함께 이런 것들이 내게 아무 의미가 없다는 걸 다시금 확인했다. 나의 마지막 세포 하나하나까지 이곳에 남길 원했다.

그중에서도 가장 나를 힘들게 하는 건, 내가 아직도 버네사를 좋아한다는 거였다. 나는 아직도 그녀가 행복하길 바랐다. 그리고 나는 진실되고 도덕적으로 살고 싶었다. 그런 이유만으로도 버네사가 약속을 지키는 한 나도 약속을 지켜야만 했다.

이런 것들이 내가 하루에도 몇백 번씩 나 자신에게 되풀이하는 말들이었다. 그러다가 나는 또 앞으로의 날들을 그려보기도 했다. 밤이면 라이자가 드문드문 보여주던 미소, 다 안다는 듯 나를 지켜보던 그녀의 눈길이 계속 떠올라 뜬눈으로 지새우게 되겠지. 나는 그녀의 향기가 남아 있을지 모를 딱 한 장의 티셔츠에 얼굴을 묻고 있겠지. 그리고 내 몸과 본능적으로 하나가 될 수 없는 사람과 사랑을 나누겠지.

정신 차리자, 나는 나 자신에게 단호하게 말했다. 그리고 호텔 바로 앞쪽으로 대놓으려 렌터카를 향해 활기차게 걸어갔다. 라이자는 딸들을 다시 품에 안았고, 나는 그들의 미래를 확실하게 지켜줄 수 있다. 셋 중 둘을 얻었으면 정말 괜찮은 승률이다. 나는 호텔 앞쪽으로 차를 후진해서 댄 뒤 그대로 앉아 계기판을 멍하니 보고 있었다. 이 차의 이상한 기어에 겨우 숙달됐건만, 시동을 끄면서 그 아무것도 아닌 사실이 무엇보다도 속상하게 느껴졌다.

내 비행기는 다음 날 아침에야 출발하는 거였지만 여기 이대로 서 있다가는 이러저런 생각들에 빠져들어 헤어 나올 수 없게 될 것 같아 차라리 당장 떠나기로 마음먹었다. 시내로 나가 그곳 호텔에서 하룻밤을 보내리라. 한 시간이라도 더 머물렀다간 내 결심이 무너져버릴지도 몰랐다. 그건 곧 내 동생도 만날 수 없고 모녀의 상봉도 지켜볼 수 없다는 걸 의미했지만, 모니카는 이해해줄 거란 걸 나는 알았다. 만약 내일까지 머무른다면, 만약 내가 이 새로운 가족의 일부라고 단 5분만이라도 착각하게 된다면, 나는 내가 한 약속을 지킬 수 없게 될지도 몰랐다.

차에서 내리는데 익숙한 차 소리가 들려 돌아섰다. 그레그의 트럭이 진입로를 미끄러져 들어오더니 내 차와 그 차의 범퍼가 닿기 직전에 부르르 떨며 멈췄다. 짐칸의 부표와 낚시 그물들이 요란하게 서로 부딪히는 소리가 들렸다.

그레그가 모자챙을 눈이 보이도록 끌어올리며 트럭에서 내렸다. "어린

애 소식 들었어요. 정말 믿을 수가 없네, 믿을 수가 없어."

"소문이 빠르긴 하네요"라고 말하긴 했지만, 그냥 한 소리였다. 엊저녁에 해나가 부두를 뛰어다니며 고래추격꾼들에게 일일이 소식을 전했다는 걸 나도 알고 있었다. 사건의 전말은 알지 못했다고 해도 그들은 라이자에겐 영국에 딸이 하나 더 있었고, 이제 그 딸이 돌아온다는 것은 알고 있었다. 그리고 들은 얘기 이상을 알려고 하지 않을 정도로는 눈치들이 있었다. 그러니까 대놓고는 말이다.

"오늘 밤에 온다고 들었는데, 그래요?"

나는 고개를 끄덕였다. 그레그는 주머니에서 담뱃갑을 꺼내 한 개비에 불을 붙였다. "정말 좋은 일 하셨네. 그쪽을 좋아하는 척은 못 하겠지만 죽은 아이를 살려서 데려온 걸 트집 잡을 수는 없지, 안 그래요?"

그레그는 담배를 깊이 빨았다. 그리고 우리 둘은 그레그의 배만 남아 있는 부두를 잠자코 바라봤다.

"고마워요." 한참을 그냥 있다가 내가 말했다.

"뭐, 사실이니까."

우리 뒤로, 호텔 안에서 전화가 울렸다. 새로 올 손님이겠지. 모니카는 이미 몇 시간 전부터 하늘을 날고 있을 테니 모니카는 아닐 테고. 캐슬린은 모니카에게 원할 때까지 호텔에 있으라고 했다. 그게 자기가 해줄 수 있는 최소한이라며 캐슬린은 활짝 웃었다. 나는 갑자기 내 동생에게 너무나 질투가 났다. 내일이면 모니카는 내가 여태 내 방이라 생각했던 곳에서 잠들겠지. 실버베이의 날들은 이제 모두 추억으로 귀속될 예정이었다. 내가 아련하게 돌아보게 될 내 인생의 어느 이상하고도 특별했던 짧은 한때. '만약에 그때 이렇게 했다면'이라는 일련의 가정들을 허락하지 않는 편이 좋을 그 시기.

동생 생각을 하고 있자니 내 여행 가방들이 생각나 그것들을 가지러 안으로 들어갔다. 가방들을 들고 나왔을 때까지도 그레그는 자기 트럭에 기대서 있었다. 그는 내 짐을 보더니 물었다. "어디 가나보네?"

"런던이오." 나는 트렁크에 가방을 싣고, 쿵 닫았다.

"영국 런던?"

굳이 대꾸하지 않았다.

"오래 있을 건가?"

거짓을 얘기해주고 싶었지만 그게 다 무슨 소용이란 말인가. 어차피 곧 알게 될 터였다. "네."

그는 잠시 입을 다물고 계산기를 두드리는 것 같았다. "혹시 아예 안 돌아와요?"

"안 돌아옵니다."

그의 얼굴이 확 밝아졌다. 정말 아이처럼 속이 빤히 들여다보이는 인간이었다. "돌아오지 않을 생각이라니. 저런, 아쉽게 됐네. 그러니까 그쪽 한텐 그렇겠다, 그 말이오."

그는 담배를 한 모금 더 빨더니 "안 그래도 늘 참 이상한 사람이다 생각했는데, 이제 보니 내 생각이 맞았네"라고 말하는데 그의 목소리에서 웃음소리가 들리는 것 같았다.

"심리학자라도 되세요?" 나는 아래턱이 굳는 것을 느끼며 말했다. 제발 좀 가줬으면 하는 생각뿐이었다.

"우리를 다 놔두고 떠난다고? 잘 생각하고 내린 결정인가? 하긴 자기 한테 잘 맞는 곳에서 살아야지, 안 그런가? 라이자도 잘 이겨낼 거요. 이 제는 성격이 달라지지 않을까 싶어요. 훨씬 더 행복한 사람이 되겠지. 아, 그리고 걱정일랑 하지 말고. 내가 계속 신경 써줄 테니까."

그는 기쁨이 넘치는 얼굴로 나를 보며 한쪽 눈썹을 치켜올렸다. 해나가 보고 있을 수도 있다는 생각만 안 들었어도 그 바보 같은 면상을 한 대 쳤을 것 같다. 그도 반쯤은 그걸 원하고 있다는 걸 나는 다 알았다. 몇 주째 나와 싸우고 싶은 걸 참고 있었으니까. "이봐요, 그레그. 내 기억력이 정확하다면, 라이자가 관심 있는 사람은 그쪽이 아닐 텐데요."

그는 담배를 마지막 한 모금 빨더니 바닥에 던져버렸다. "아, 이봐요. 라이자랑 나는 역사가 아주 길어요. 나는 마음이 넓은 남자라고. 우리 관계를 생각하면 그쪽은 잠깐의 바람 같은 거였지." 그는 엄지와 검지를 살짝 떼어 보이며 말했다. "오래된 레이더에 생긴 일시적 장애 같은?"

잠깐 분위기가 험악해졌다. 바로 그때 캐슬린이 밖으로 나온 게 다행이라면 다행이었다. "마이크!" 화가 난 목소리였다. "여행 가방을 들고 뭐 하는 거야? 나는 내일 가는 걸로 알고 있었는데."

나는 시선을 그레그에서 뜯어내다시피 해서 겨우 캐슬린 쪽으로 옮겼다. "전화를 기다리고 있었는데, 그러다가 그냥 가야겠다고 생각이 들어서요."

캐슬린은 나를 빤히 보더니 그레그에게로 시선을 옮겼다.

"왜 날 그렇게 봐요?" 그레그가 씩 웃으며 말했다. "내가 얼마나 열심히, 다들 남길 바랄 거란 얘기를 하고 있었는데."

"잠깐만 안으로 들어와보게." 캐슬린이 나에게 말했다.

"저는 신경 안 쓰셔도 됩니다." 그레그가 어깨를 으쓱했다.

"신경 쓴 적 한 번도 없네."

나는 캐슬린을 따라 거실로 들어갔다.

"지금 이렇게 가는 법이 어디 있나." 캐슬린은 두 손으로 허리를 짚고 말했다. "레티도 안 보고. 아무한테도 작별 인사도 안 하고. 원 세상에. 오늘 내가 파티도 열어줄 생각이었는데."

"정말 고맙습니다. 하지만 이대로 가는 게 좋을 것 같아요."

"라이자가 돌아올 때까지도 안 기다리고? 인사도 안 하고?"

"그러는 편이 낫겠어요."

캐슬린이 잠자코 나를 봤다. 그녀의 얼굴에 어린 것이 동정인지 좌절인지 나로선 알 수 없었다. "정말 잠깐도 더 못 있겠나? 점심때까지만이라도?"

위층, 해나의 스피커에서 디스코 음악 소리가 울려 퍼지고, 나의 심장이 계속 목적 잃은 아드레날린을 뿜어내고 있는 가운데에서도 나는 똑똑히 생각을 하려 애썼다. 해나의 노랫소리가 들렸다. 해나는 숨이 가쁜 듯, 살짝 불안한 음정으로 아슬아슬한 고음을 내지르고 있었다. 나는 한 발 앞으로 다가가 손을 내밀었다. "여러 가지로 정말 감사했습니다. 혹시 오늘 오후에 저를 찾는 전화가 오면 제 휴대폰 번호를 좀 알려주시겠어요? 그리고 개발 건에 대해선 확실히 알게 되는 대로 바로 전화드릴게요."

내 손만 보고 있던 캐슬린의 시선이 내 얼굴로 향했다. 캐슬린의 눈을 똑바로 보기 어려웠다. 캐슬린이 나를 안았다. 나를 안은 그녀의 나이든 팔은 놀라울 정도로 강건했다. "전화 꼭 해요." 캐슬린이 내 어깨에 대고 말했다. "이렇게 그냥 사라지는 법은 없는 거야. 꼭 개발 문제가 아니더라도 전화 꼭 해."

나는 거실을 벗어나 호텔에서 나왔다. 그녀의 목소리에서 느껴지는 아픔이 내 마음을 바꿔놓기 전에 얼른 차에 올랐다.

해안 도로에선 속력을 낼 수 없었다. 여기저기 움푹 패고 울퉁불퉁한 길 때문이 아니라 내 두 눈에 뭔가가 고여 앞을 똑바로 볼 수 없었기 때문이다. 고래 부두에 도착했을 때에는 그것을 훔쳐내려 잠시 차를 세웠다. 그리고 이스마엘호가 만으로 들어오는 모습을 볼 수 있지는 않을까, 가망 없는 희망을 걸어보았다. 개를 옆에 앉히고 배를 몰고 들어오고 있는 그 마른 몸을, 머리카락이 야구 모자 밑에서 나부끼는 모습을 마지막으로 딱 한 번만이라도 볼 수는 없는 걸까. 내가 지구의 반대편에서 이곳과 완전히 분리된 삶을 살아가기 전에 마지막 일별을 기대할 순 없을까.

그러나 오직 바닷물만 반짝이고 있을 뿐이었다. 그리고 그 위로 배의 물길을 표시하고 있는 일련의 부표들과 저 멀리 푸른 하늘을 향해 몸을 쭉쭉 뻗고 있는 산비탈의 소나무들뿐.

그녀가 돌아와서 내가 떠난 걸 알게 되면 뭐라고 할까. 편지 한 장조차 남길 수 없었다. 나의 감정을 얘기한다는 건 결국 진실을 얘기한다는 의미였으므로 도저히 그럴 수 없었다. 나는 다시 해안 도로를 향해 차를 몰며 잘한 거야, 라고 스스로를 타일렀다. 그래, 태어나서 처음으로 좋은 일을 한 거야, 라고.

나는 그간 좀처럼 옳은 일을 해본 적이 없었기 때문에 이 끔찍한 두려움이 그에 걸맞은 합당한 감정인지는 솔직히 알 수 없었다.

전화벨이 울리기 시작했을 땐 이미 고속도로를 20분 가까이 달리고 있는 중이었다. 나는 갓길에 차를 세우고 재킷 주머니를 뒤졌다.

"마이크? 폴 라일리입니다. 당신을 예우하는 차원에서 드리는 전화예요. 개발이 중단됐다는 사실을 제일 먼저 알려줘야 할 사람이 마이크, 당신인 것 같아서요."

버네사가 움직였구나. 나는 긴 한숨을 내쉬었다. 버네사가 약속을 지켰다는 안도감 때문인지, 우리 거래의 약속을 지킬 수밖에 없게 됐다는 체념 때문인지는 알 수가 없었다.

"네." 트럭 한 대가 길을 우르르 울리며 지나가 내 차까지 진동했다. "우리 생각이 다르다는 건 알고 있지만, 제겐 반가운 얘기네요. 번더버그가 훨씬 좋은 대안이라고 생각합니다."

"내 생각은 달라요. 나는 개발이 이 지역에 정말 호재가 될 거라고 생각했어요."

"라일리 씨, 실버베이는 정말 특별한 곳입니다. 언젠가는 라일리 씨도, 실버베이의 다른 사람들도 그걸 깨닫게 될 거라 생각합니다."

"이렇게 진행된 시점에서 개발을 중단하는 일이 흔한 일은 아니에요. 이번 주에 이미 건물 기반도 다 닦아놓지 않았습니까." 아쉬움에 그가 목소리를 높였다. "하지만 돈줄을 쥔 사람 마음이니 어떡하겠어요."

"비커 홀딩스에서도 나름대로 조사를 해봤겠죠. 그쪽에서 번더버그가 더 수익이 높을 걸로 판단했다면…."

"비커 홀딩스요? 그쪽이 아닌데요."

"죄송합니다. 지금 뭐라고 하셨죠?" 차와 트럭들이 계속 지나가는 통에 그의 목소리가 산발적으로 파묻혔다.

"벤처 투자자들이 마음을 바꾼 거예요. 자본이 빠진 겁니다. 그 사람들이 부지를 바꾸지 않으면 돈을 거두어들이겠다고 한 거예요."

"그게 무슨 말씀이신지."

"상어 때문에 좌불안석이 됐던 모양이에요. 바닷물에 들어가지 말라는 경고가 실린 신문 기사를 보고 겁을 먹은 거죠." 라일리 씨가 한숨을 쉬었다. "그 사람들은 상어가 있다고 하면 수상스포츠 휴가지로 판매가 어렵다 판단한 것 같은데, 내가 보기엔 정말 별것도 아닌 것에 너무 과하게 반응한 듯싶어요."

라일리 씨는 무척 실망한 목소리로 한마디 덧붙였다.

"영국 사람들은 '상어'라는 말을 들으면 이성을 잃는 모양인지."

버네사는 왜 밸런스 에퀴티를 먼저 찾아갔던 걸까? 궁금했다.

"놀라운 소식이네요." 나는 생각을 정리하며 말했다. "라일리 씨, 전화 주셔서 감사합니다. 하지만 전화를 좀 해봐야 해서 오늘은 이만 끊겠습니다."

내 옆으로 질주하는 차들을 거의 의식하지 못한 채 나는 얼마간 그렇게 앉아 있었다. 그러다가 서류 가방을 열고 노트북을 한참 찾은 뒤에야 호텔에 두고 왔다는 사실이 떠올랐다. 나는 여행 가방들을 한참 보고 있다가 다시 고속도로 위로 올라가 다음 출구까지 정신없이 액셀을 밟았다.

"데니스?"

"마이크? 안 그래도 자네가 언제쯤 전화를 걸려나 하고 있었지. 고소해 하려고 전화한 거지, 그렇지?" 제법 취한 목소리였다. 그쪽 시간은 거의 밤 11시가 다 돼 있었고, 데니스를 잘 아는 사람인 나는 그가 이미 몇 잔 걸쳤을 거라 짐작할 수 있었다. 그래, 어쩌면 몇 잔보다는 몇 잔 더.

"제가 그런 사람 아니라는 거, 아시잖습니까." 나는 운전을 하며 통화 중이었기 때문에 전화를 내 귀와 어깨 사이에 끼운 채 실버베이로 돌아가는 로터리로 접어들고 있었다. 호텔 쪽으로 차를 모는 동안 차는 움푹 팬 길 위를 요동쳤고 나는 렌터카 회사에 수리비를 얼마나 물어줘야 할까 잠시 생각했다.

"아, 자네가 빌어먹을 마더 테레사로 다시 태어났다는 사실을 잠시 잊었네. 뭘 원하나? 예전 자리를 다시 구걸하려고 전화한 건가?"

그의 말을 무시하고 나는 물었다. "그래서 부지는 어디로 옮기게 되는 건가요?"

"번더버그 외곽 작은 마을이네." 그가 뭔가를 마시는 소리가 들렸다. "훨씬 잘됐어. 벤처 투자자들도 흡족해하고, 지역 의회도 우리를 100퍼센트 지지해주고, 똑같은 모델을 활용할 거야. 세금 우대도 훨씬 더 받고. 솔직히 말해서 자네가 우리한테 좋은 일 했어."

호텔 바깥쪽엔 아무도 없었다. 나는 정문으로 걸어 들어가 복도를 지나 텅 빈 라운지로 들어갔고, 전화기를 귀에 붙인 채 노트북으로 향했다. 노트북은 내가 놓고 온 자리에 그대로 있었다. 위층에선 해나가 틀어놓은 음악이 울려대고 있었다. 내가 떠났던 사실을 알고나 있을까 싶었다.

"제가 좋은 일을 했다고요?"

"벤처 투자자들을 완전 쫄게 만들었잖아. 자네 로비스트들이 상어 기사로 아주 폭격을 하다시피."

"제 로비스트요?"

이게 대체 무슨 소린지.

"데니스, 전…."

"어떻게 한 거야? 그린피스에서 반체제 전문 인사를 고용한 거야?" 그가 목소리를 낮췄다. "우리끼리 하는 소리지만, 자네 일 하나는 참 잘한다는 걸 인정할 수밖에 없어. 그 상어에 대한 신문 기사들을 다 보내다니. 처음에는 나도 솔직히 열받았지. 이 거래를 깨지 않고 밸런스 에퀴티를 붙잡기 위해 나흘 밤낮을 고생했으니까. 그런데 지금 생각해보면, 상어가 출몰하는 바다에서는 돈을 벌 수 없었을 것 같아. 거기서 철수하길 훨씬 잘했어. 그러니까, 누구야? 그보다 그 인간들한테 돈을 얼마나 준 거야? 전문 선동꾼들은 절대 싼값에 부리지 못한다는 걸 내가 잘 알지."

데니스는 버네사 얘기는 한마디도 하지 않고 있었다. 그가 계속 떠드는 동안 나는 노트북을 열고, 보낸 메일함에 있는 이메일들을 훑어보며 대체 무슨 일이 있었던 건지 알아내려 했다.

"그래서 이젠 뭘 할 건가? 아예 그쪽 길로 들어설 생각인가? 잘 알겠지만, 난 내 약속을 확실히 지켰네. 이 동네에선 자네를 거들떠보는 사람이 없을 거야."

나는 보낸 메일함에 있는 메일의 수신인을 살펴보다가 밸런스 에쿼티의 투자자들에게 보낸 이메일을 발견했다. 하나를 열었더니 스캔한 신문이 첨부돼 있었다. 나는 그 메일을 읽기 시작했다.

"이봐, 만약에 일자리가 너무 절실해서 그러는 거면, 내가 어쩌면 작은 자리 하나쯤은 마련해줄 수도 있어. 옛정을 생각해서. 이해하겠지만 월급은 예전처럼은 못 주네."

이메일은 '담당자님께'로 시작됐다.

'저는 실버베이에 새롭게 개발이 진행되고 있는 곳에 상어라는 위협
   이 있음을 알려드리려고 이렇게 메일을…'

메일을 읽다가 불현듯 깨달음이 왔다. 그리고 계속 읽어나가다가 결국 웃음을 터뜨리고 말았다.

"마이크?"

이 아이는 내가 실패한 걸 해냈던 것이다. 내가 불가능하다고 생각했던 걸 이 아이가 해냈다.

"마이크?"

음악 소리는 더 커져 있었다. 노랫소리도 들려왔고, 나는 그냥 재미로 수화기를 그쪽을 향해 갖다 댔다.

"마이크?" 데니스가 나를 다시 불렀고 나는 전화기를 다시 귀에 붙였다. "이게 대체 무슨 소리야?"

"이게 말이죠, 이게 바로 그 전문 선동꾼입니다. 당신의 그 수백만 파운드짜리 개발을 저지하고 나선 그 몸값 높으신 로비스트랍니다. 들리시나요?"

"뭐라고? 대체 뭐라는 거야?"

"그게…." 나는 다시 웃음을 터뜨렸다. "그게 누구냐 하면, 열한 살짜리 여자아이라고요."

전화 한 통을 더 남겨두고 있던 나는 프라이버시를 보장받기 위해 밖으로 걸어 나왔다. 전화를 걸기 전에 잠깐 그대로 서서 지난 반세기 동안 그 누구도 오염시키지 않은, 운이 좋다면 앞으로 반세기 동안 그대로 보존될 이곳의 향취를 들이마셨다.

"그래서, 결국 했네." 내가 말했다.

그녀는 다른 사람일 거라 생각했던 건지 잠시 숨을 고르고 말했다. "마이크, 그래. 들었구나. 내가 한다고 했잖아."

"정말로 했네."

"내가 원하는 건 언제든지 손에 넣는 여자란 거, 자기도 알잖아." 버네사가 웃고 나서 우리의 아파트에 대해 얘기를 시작하더니, 내가 돌아가는 날에 맞춰 보통 사람은 입장 자체가 불가능한 식당을 예약했다고 했다. 목소리는 아주 발랄했다. 원래 흥분하면 말이 많이 빨라지는 여자였다. "내가 연줄을 좀 동원해서 8시 반에 예약했어. 그러니까 자기가 눈도 좀 붙이고 샤워할 시간은 충분할 거야."

"어떻게 한 거야?"

"예약을 어떻게 했냐고? 아, 그 정도야 뭐, 누구한테 부탁을 해야 하는 지만 알면…."

"당신 아버지를 어떻게 설득해서 계획을 전면 수정하게 했냐고."

"아, 우리 아빠 알잖아. 우리 아빠는 내가 손가락 하나만 까딱해도 움직일 사람이란 거. 언제라도 가능한 일이야. 그래서 자기는, 콴타스 항공 비행기를 타는 거지? 자기 마중 나가려고 반차 냈어. 편명을 어디 적어뒀던 것 같은데."

"그래도 쉽지 않았을 텐데. 저렇게 많이 진행된 상태에서 밸런스 쪽 사람들을 다 설득시켜야 했을 테고."

"그게, 그건…." 그녀의 목소리에 살짝 짜증이 묻어나기 시작했다. "자기랑 나랑 얘기했던 그 이유들을 다 얘기했더니 결국은 납득하셨어. 마이크, 아빠는 내 말이면 무조건 듣는다고. 그리고 자기도 알고 있겠지만 우리는 준비된 대안이 있었잖아."

"밸런스에선 어떻게 받아들였어?"

"괜찮았어. 저기, 자기 편명이 뭔지 다시 알려주면 안 될까?"

"그럴 필요가 있을까 싶은데."

"마중 나가지 말라고? 깜짝 선물을 가지고 나가려고 했는데, 에이, 도저히 못 참겠다. 2인승 마쓰다 새로 뽑았어. 그때 자기가 주문했던 거, 딜러한테 원래 가격보다 싸게 샀어. 자기가 진짜 좋아할 거야."

"버네사, 난 안 가."

헉 하고 숨을 들이키는 소리가 들렸다.

"뭐라고?"

"나한테 전화했을 땐 안 지 얼마나 됐던 거야? 우리 쪽에서 밸런스 에퀴티에 보낸 이메일을 확인했는데, 개발 부지가 바뀌었다는 사실을 안

지 적어도 2~3일은 된 시점이었을 것 같은데?"

버네사는 아무 말이 없었다.

"그러니까 당신은 이 기회를 잡아 위대한 구원자 행세를 할 수 있겠다 싶었던 거지. 마이크가 평생 내게 감사하며 살게 만들겠다, 생각한 거야."

"그런 거 아니었어."

"당신이 손쓴 게 아니었다는 사실을 내가 끝내 모를 줄 알았어? 나를 바보로 아는 거야?"

긴 침묵이 이어졌다.

"나는… 자기가 알게 됐을 때쯤엔 우리는 행복하게 잘 살고 있고, 더 이상 그게 문제가 되지 않을 거라 생각했어."

"우리 관계 자체가 거짓말로 시작된 건데도?"

"그래서 자기는 거짓말에 뭐 그렇게 당당해서? 자기랑 티나는? 자기랑 그 빌어먹을 개발은?"

"당신은 나를 다시 돌아가게 만들 뻔했어. 여기서 내 삶을 송두리째 뽑아서…."

"뭐, 삶을 송두리째 뽑아? 자기가 무슨 대단한 희생자라도 되는 것처럼 말하지 마. 기억 못 하나본데, 나한테 상처 줬던 건 바로 자기라고."

"그러니까 돌아가지 않겠다고."

"솔직히 말해줄까? 나도 사실 당신을 정말 받아주고 싶은지 잘 모르겠어. 돌아오게 만든 다음에 걷어차줄까도 생각하고 있었다고. 마이크, 당신은 거짓말이나 해대는 아무짝에도 쓸모없는 인간이야." 자신의 이중성을 들켜버리자 버네사는 격분했다. "당신이 알게 돼서 아주 기뻐, 아주 속이 시원하다고. 덕분에 귀찮게 공항까지 갈 필요도 없어졌네. 그리고 솔직히 말해서, 나는 당신 손끝 하나…."

479

"버네사, 행운을 빌어." 나는 그녀의 목소리가 한 옥타브 더 올라가는 것을 들으며 차갑게 말했다. "앞으로 모든 일이 잘되길 빌게."

전화를 끊고 나자 귀가 윙윙 울리는 느낌이었다.

모든 게 끝났다.

나는 내 손 안의 작은 전화기를 물끄러미 보다가 바다를 향해 있는 힘껏 던져버렸다. 전화기는 10미터 밖으로 날아가 물을 튀기며 맥없이 바닷속으로 떨어졌다. 바닷물이 다시 그 위를 덮어버리는 모습을 지켜보며 내 안에서 지극히 극단적인 감정이 터져 나오는 걸 느꼈다. 도저히 뭐라도 소리를 지르지 않을 수 없었다.

"하느님!" 뭐라도 내려치고 싶은 욕구를 느끼며 나는 소리쳤다. "아, 하느님!" 기뻐 날뛰고 싶은 마음이었다.

"그래 갖고 그 소릴 들으실라나 모르겠네." 뒤에서 웬 남자 목소리가 들렸다. 몸을 획 돌리니 캐슬린과 게인즈 씨가 야외 테이블 끝에 앉아 있었다. 그는 파란색 플리스를 입고 챙이 넓은 모자를 쓰고 있었고, 두 사람은 태연하게 나를 보고 있었다.

"그 전화기, 정말 좋은 거였는데." 캐슬린이 게인즈 씨에게 말했다. "저 세대 애들은 물건 귀한 줄을 너무 모른단 말이죠. 다들 똑같아."

"또 어찌나 감정적인지. 우리 젊을 땐 어디 밖에서 저렇게 소릴 질러댈 생각이나 했나." 게인즈 씨가 캐슬린의 말을 받았다.

"호르몬 때문인 것 같지 않아요? 아무래도 마시는 물에 뭔가를 타는 것 같아."

나는 그들 앞으로 한 발짝 다가갔다. "제 방 말이에요." 나는 애써 숨을 고르며 말했다. "혹시… 혹시 조금만 더 묵으면 안 될까요?"

"장부를 확인해봐야 하지 않겠나?" 게인즈 씨가 캐슬린에게 바짝 다가

가며 말했다.

"가능한지 확인은 해봐야겠죠. 이제 호텔이 많이 바빠질 것 같아서….
이제 이 근방에서 우리가 유일한 호텔이 됐으니, 안 그래요? 내가 남의
통화나 엿듣고 그러는 사람이 아닌데, 자네가 워낙에 소리를 질러대는
통에 다 들을 수밖에 없었어."

나는 심장 박동이 서서히 느려지는 가운데, 내 앞에서 나를 가만가만
놀려대는 두 노인네에게, 저 태양에, 부드럽게 반짝이며 푸른빛이 감도
는 바다에, 보이진 않지만 그 물 아래에서 신나게 춤추고 있을 생물들에
게 감사함을 느끼며 그렇게 서 있었다. 그리고 낡아빠진 모자를 쓰고 이
제 아무 근심 걱정 없이 고래들을 쫓아다니고 있을 한 여자의 존재에 감
사했다.

캐슬린은 나에게 다가오라고 손짓을 하더니 맥주 한 병을 내밀었다.

첫 한 모금이 기가 막혔다. 내가 이 맥주를 정말 좋아하는구나, 생각하
며 차가운 병을 입에서 뗐다. 나는 이 호텔을, 이 작은 만을 사랑했다. 나
는 앞으로 펼쳐질 나의 미래를 사랑했다. 줄어든 수입에, 신경질적인 십
대들에, 성질 나쁜 개에, 만만치 않은 여자들이 가득한 집을. 내게 방금
얼마나 엄청난 일이 일어난 것인지 감당하기도 벅찬 느낌이었다.

캐슬린이 그걸 감지한 모양이었다. "저기, 있잖나…." 몇 분을 그대로
있다가 캐슬린이 주름진 손을 이마로 가져가며 말했다. "요즘은 상어에
대해 호의적인 사람들도 많네. 그 사람들은 우리가 상어에 대해 오해하
는 면이 많다고 하지. 주위 환경이 상어를 상어로 만드는 것일 뿐이라
고." 캐슬린은 입을 삐죽였다. "근데 내 생각에, 상어는 상어일 뿐이야. 아
직까지 내가 친구 삼고 싶은 상어는 한 번도 만나본 적이 없다네."

"맞는 말씀이야." 게인즈 씨도 동의한다는 듯 고개를 끄덕였다.

나는 등받이에 몸을 기댔고, 우리 셋은 얼마간 침묵 속에 그렇게 앉아 있었다. 저 아래쪽 해안가에 화려한 광고판들이 붙은 건설 부지가 눈에 들어왔다. 저 광고판들도 이제 쓸모를 잃겠군. 위층 해나 방의 음악 소리와 함께 저 멀리의 모터보트 엔진 소리, 그리고 소나무들이 무슨 공모라도 하듯 낮게 속삭이는 소리가 들려왔다. 나는 이들이 허락하는 한 계속 이곳에 머물리라, 생각했다. 그 생각만으로 지금껏 한 번도 느껴보지 못한 만족감이 나를 가득 채웠다.

"그 상어, 그레그가 잡은 게 아니었던 거죠?" 내가 물었다.

전설의 상어 아가씨, 캐슬린 휘티어 모스틴은 짧고 격렬하게 한바탕 웃고 나더니 나를 향해 몸을 돌리는데 그녀의 눈동자 속에 강철 같은 섬광이 일었다.

"마이크, 내가 70년을 넘도록 살면서 배운 게 하나 있다네. 만약 상어가 자네를 삼키려고 다가온다면, 살아남기 위해서 무슨 짓이라도 해야 한다는 거라네."

해나

실버베이에서 시드니 공항까지 차로 가려면 일단 세 시간이 넘게 걸리고, 주차할 자리를 찾는 데 추가로 20분, 거기다가 우리 경우에는 내가 긴장해서 뒷문을 열고 토할 때마다 15분씩 멈춰 서느라 시간이 더 걸렸다. 배를 타고 고래 관광을 나갈 때처럼 나는 긴장하면 매번 배 속이 울렁거리는데 요시 언니는 그게 뱃멀미라고만 생각했다. 이모할머니는 그래도 나를 잘 이해해주셨다. 차를 세워야 할 때마다 나한테 괜찮다고 말해주셨고—내가 하수구에 머리를 처박고 있는 동안 이 사태를 대비해서 비닐봉지 여덟 장과 키친타월 네 롤을 준비해오셨다고 말하는 소리가 들렸다—마이크 아저씨는 이모할머니의 충고를 듣고 한 시간 더 일찍 출발했다.

차에는 모두 다섯 명이 타고 있었다. 마이크 아저씨, 엄마, 니노 할아버지, 이모할머니, 그리고 나, 이렇게. 우리 차는 아니었다. 마이크 아저씨가 엄마 차에는 우리가 집에 태워 와야 할 사람들을 모두 태울 수 없다는 사실을 지적해서 니노 할아버지의 7인승 차를 빌렸다. 그리고 그 뒤로

483

트럭 한 부대가 그물과 낚싯줄, 생선 비린내를 실은 채, 아닌 척 우리를 따라오고 있었다. 우리 차가 설 때마다 그 트럭들도 섰지만, 아무도 내리지는 않았다. 그냥 차 안에 앉아 머리를 하수구에 박고 있는 여자아이 따위엔 전혀 관심이 없다는 듯 창밖을 내다보고만 있었다. 다른 때 같았으면 나는 아마 창피해서 딱 죽고 싶었을 거다.

우리 엄마가 워낙 사생활을 보호받고 싶어 하는 사람이란 걸 다들 알기 때문에 더 가까이 다가오진 않았지만 모두들 그 자리에 함께하고 싶어 했다. 사실 엄마는 전혀 상관하지 않았다. 솔직히 말해서, 영국 여왕이 우릴 지켜보기 위해 나타났다고 해도 엄마는 알지 못할 것 같았다. 지난 스물네 시간 동안 엄마는 말도 거의 하지 않고, 시계를 보며 시간 계산만 하다가 가끔씩 내 손을 찾아 쥐었다. 만약 마이크 아저씨가 말리지 않았다면 엄마는 이틀 전부터 국제선 도착 라운지에 나가 기다릴 기세였다.

마이크 아저씨의 계산은 딱 맞았다. 몇 번이나 중간에 차를 세우고 시간을 보냈는데도 우리는 비행기 도착 시간보다 15분 일찍 도착했다. "15분이라니." 니노 할아버지가 중얼거렸다. "우리 평생에 가장 긴 시간이 되겠군." 마이크 아저씨는 짐을 찾고 입국 심사하는 시간까지 최소 20분은 더 걸릴 거라고 했다. 그리고 우리 모두와 함께, 엄마는 난간을 꼭 붙들고 꼼짝도 하지 않고 서 있었다. 우리는 게이트에 시선을 고정한 채 엄마 곁에서 대화를 나누어보려고 노력 중이었다. 한번은 엄마가 내 손을 너무 세게 쥐어서 내 손가락이 파래졌고 마이크 아저씨가 엄마가 손을 놓도록 해야 했다. 마이크 아저씨는 두 번이나 콴타스 항공사 데스크 쪽으로 가서 비행기가 하늘에서 사라지지 않았다는 걸 확인하고 왔다.

내가 다시 토하게 될지도 모르겠다는 생각이 들려는 찰나에 마침내, QA2032편의 승객들이 게이트에서 나오기 시작했다. 우리는 숨을 죽이고 그쪽을 뚫어지게 봤다. 그리고 문을 통해 나오는, 멀리서 보이는 사람들의 얼굴을 알아보려고 안간힘을 쓰며, 그 얼굴들을 우리가 들고 나온 구겨진 종이의 이미지와 맞춰보았다. 만약에 안 왔으면 어떡하지? 갑자기 그런 생각이 들자 너무너무 걱정이 되기 시작했다. 그냥 스티븐 아저씨랑 살기로 결정한 거면 어떡하지? 이렇게 몇 시간씩 서서 기다려도 안 나오면 어떡하지? 아니 그보다, 레티가 왔는데도 우리가 못 알아보면 어떡하지?

내가 그러고 있는데 갑자기 레티가 나타났다. 엄마처럼 금발에, 나처럼 코가 살짝 비뚤어진, 키가 거의 나만 해진 내 동생이 마이크 아저씨 동생 손을 꼭 잡고 있었다. 레티는 청바지와 분홍색 후드 티를 입고 절뚝거리면서, 아직까지는 자기 앞에 닥칠 일이 약간은 겁이 난다는 듯 천천히 걸어 나오고 있었다. 마이크 아저씨의 동생이 우리를 보고 손을 흔들었다. 꽤 멀리 있었는데도 그분이 아주 커다란 미소를 짓고 있는 게 보였다. 그리고 잠깐 멈춰 서더니 레티에게 뭐라고 말했고, 레티가 고개를 끄덕이더니 우리를 보며 빨리 걷기 시작했다.

그때부터 우린 모두 울고 있었다. 두 사람이 아직 우리 앞에 오지 않았는데도. 내 옆에서 침묵을 지키고 있던 엄마는 떨기 시작했다. 이모할머니는 손수건에다 대고 "하느님 감사합니다. 아이고, 하느님 감사합니다"라고 말하고 있었고, 뒤를 돌아보니 요시 언니는 그레그 아저씨의 가슴에 얼굴을 묻고 울고 있었고, 심지어 마이크 아저씨도 내 어깨에 팔을 두른 채 눈물을 삼키고 있었다. 하지만 나는 울면서도 웃었다. 왜냐하면 세상에는 우리가 생각하는 것보다 좋은 일이 더 많고, 모든 게 다 잘될 거라는 걸 나는 알고 있기 때문이었다.

레티가 점점 더 가까이 다가오자 엄마는 난간 밑으로 몸을 굽혀서 나가더니, 내가 한 번도 들어본 적 없는 이상한 소리를 내면서 뛰어갔다. 엄마는 누가 뭐라 하건 상관없는 것 같았다. 엄마와 내 동생의 눈이 만나 마치 자석처럼 달라붙더니, 두 사람이 서로에게 다가가는 것을 막을 건 이 세상에 아무것도 없는 것 같았다. 엄마가 레티를 잡아 힘껏 끌어당겼고 레티는 엄마의 머리카락을 붙들고 흐느끼기 시작했다. 그 모습은 마치 두 사람이 서로의 일부를 서로에게 다시 돌려주는 것 같았다. 다른 표현은 생각이 나지 않았다. 나도 사람들을 헤치고 두 사람에게 매달렸다. 그러자 이모할머니와 마이크 아저씨도 우리와 하나가 됐다. 다른 사람들은 레티를 그저 다른 여러 아이들처럼 집으로 돌아온 아이라고 생각하며 지켜보고 있다는 걸 어렴풋이 느낄 수 있었다. 그 이상한 소리만 빼면 그렇게 보였을 거다. 엄마와 레티는 사람들의 팔과 입맞춤에 둘러싸여, 눈물 범벅이 된 채 바닥으로 허물어지며 이상한 소리를 내고 있었다.

우리 엄마가 내 동생을 두 팔에 안고 흔들며 내던 길고, 슬프고, 너무나도 괴상한 소리는 세상의 모든 사랑과 고통을 말하고 있었다. 엄마의 소리는 그 커다란 라운지 전체를 울리며 반짝거리는 바닥과 벽에 부딪혔다 다시 튀어 올라, 지나가던 사람들이 이게 대체 무슨 소린가 하며 두리번거리게 만들었다. 무섭기도 하고 아름답기도 한 소리였다. 나중에 이모할머니는 그 소리가 바로 혹등고래의 노래와 완전히 똑같았다고 하셨다.

캐슬린

나의 이름은 캐슬린 휘티어 게인즈, 나는 일흔여섯 살 먹은 신부다. 이런 말을 하는 것만으로도 낯이 간지러워 움찔하게 된다. 그랬다, 그 사람이 막판에 내 마음을 얻었다. 그는 나중에 죽을 때 내가 그의 곁에 있다는 사실을 알고 죽을 수만 있다면 원이 없겠다 했고, 나는 평생 나를 사랑해준 남자에게 그 정도는 해줄 수 있겠다고 생각했다.

나는 이제 더 이상 호텔에 살지 않는다. 계속 호텔에만 있는 건 아니라는 얘기다. 니노와 나는 살림을 어디에 차릴 것인지 끝내 합의를 보지 못했다. 그는 그의 포도밭 곁에 살아야 한다고 했고, 나는 남은 날들을 육지에서 지낼 생각은 없다고 말해줬다. 그래서 우리는 두 집에서 일주일을 반씩 쪼개어 지내기로 했다. 실버베이 사람들 모두가 우리를 제정신이 아닌 노인네 한 쌍이라고 볼지언정 우린 둘 다 이 합의에 만족한다.

마이크와 라이자는 호텔에 함께 살고 있다. 나 혼자서 호텔을 운영할 때보다 그 편이 훨씬 활기 있고, 더 안락해 보인다. 마이크는 여기저기 다른 데에도 발을 담그고 있다. 그를 바쁘게 만들고 돈도 더 만들 수 있는 일들, 이를테면 니노의 와인 홍보 일 같은 것 말이다. 하지만 나는 저녁상에 괜찮은 와인 한두 병만 올릴 수 있다면 그런 홍보 같은 거엔 별 관심이 없다. 마이크는 때때로 돈을 더 벌거나 산출량을 더 늘리거나 뭐 그런 얘기들을 꺼내고, 그러면 나는 반대하고, 다른 사람들은 미소를 띠고 과연 마이크가 언제쯤 폭발할지 기다리며 고개를 끄덕이며 듣고 있곤 한다.

다른 개발이나 다른 위협이 닥칠 날은 또 오겠지만, 우리는 계속 맞서 싸울 것이다. 그리고 지금으로선 두려울 게 없다. 니노 게인즈—이제는 남편이라고 불러야 하나?—는 불런가의 땅을 사버렸다. 날 위한 결혼 선물이라고 했다. 우리 애들의 안위에 조금이라도 보탬이 됐으면 하는 마음이었다. 그가 그 땅에 얼마를 지불했는지는 일부러 생각하지 않으려고 한다. 니노와 마이크는 그 땅을 활용할 이런저런 계획들을 갖고 있다. 두 사람은 가끔씩 함께 빛바랜 광고판이 있는 그곳으로 내려가 주변을 거닐며 땅을 살피지만, 정작 그 땅에 대해 진지하게 논의가 될라치면, 둘 다 아무것도 하고 싶어 하지 않는 것 같아 보인다. 나는 내가 늘 해오던 일을 해나가고 있다. 만 끝자락에 자리한, 금방이라도 주저앉을 것처럼 보이는 낡은 호텔을 꾸려가며, 손님이 좀 많아진다 싶어지면 불편한 기색을 숨기지 못하며 그렇게.

해안 도로 저 아래편에서는 남쪽으로의 이동이 순탄하게 잘 이어지고 있다. 고래 떼를, 어미와 아기들을 보았다는 소식이 날마다 들려오고, 수면 위의 사정으로 말할 것 같으면 관광객들 숫자가 작년 이맘때와 비교해서 더 좋다. 고래추격꾼들은 왔나 하면 떠나며 새로운 얼굴들이 예전 얼굴들을 대신하고 있지만, 그들이 우리 호텔 테이블에 앉아 하는 이야기나 농담, 불평 들은 별다를 게 없다. 요시는 꼭 돌아오겠다는 약속을 남기고 고래 보호에 관한 공부를 하기 위해 타운즈빌*로 돌아갔고, 랜스는 요시를 보러 한 번 다녀와야겠다고 가끔씩 얘기하지만 내 보기엔 실현 가능성이 별로 없어 보인다. 그레그는 스물네 살 먹은 바텐더 아가씨에게 구애를 하는 중이고—구애라는 단어는 여기 쓰기엔 너무 고급스러운 것 같지만—그 아가씨도 그레그가 자기에게 공들이는 만큼은 되돌려주고 있는 것 같다. 그레그는 이제 우리 호텔에서 보내는 시간이 줄어들었고, 마이크도 그 정도에 만족하는 듯싶다.

그리고 레티는 하루가 다르게 피어나고 있다. 레티와 해나는 그동안 5년이 아니라 한 닷새쯤 떨어져 있었던 것처럼 잘 지내고 있다. 몇 번이나 둘이 한 침대에서 같이 자는 걸 보고 옮겨 눕히려고 했지만 라이자가 그냥 놔두라고 했다. "그냥 자게 놔둬요." 둘이 뒤엉켜서 자고 있는 걸 보며 라이자는 말했다. "안 그러셔도 얼마 안 있으면 떨어져 있고 싶어 할텐데요, 뭘." 라이자의 목소리가 어찌나 밝은지 예전의 라이자와 같은 사람이라는 게 도무지 믿기지 않을 정도였다.

첫 몇 주간은 모두에게 편치 않았다. 우리는 아이의 눈치를 슬금슬금 보며 조심했다. 이 일련의 사건들이, 갑작스런 환경의 변화가 아이에게 충격으로 남게 될까봐 염려됐기 때문이다. 레티는 누가 또 자기를 엄마에게서 떼어낼까봐 걱정이 되는지 한동안 엄마에게 딱 달라붙어 도통 떨어지려 하질 않았다. 결국 내가 아이를 박물관으로 데려가 나의 작살을 보여주며 누구든 우리 애들에게 접근하는 사람이 있으면 나의 작살 올드해리가 손봐줄 거라고 얘기해줬다. 레티는 약간 놀라는 눈치긴 했지만 내가 보기엔 안심하는 것 같았다. 니노는 내가 아이를 낳지 않은 데는 다

---

* 호주 퀸즐랜드주의 항구 도시.

이유가 있는 거라고 은근슬쩍 놀렸다.

그러다가 레티는 자기 아버지 전화를 받고 나서는 눈에 띄게 나아졌다. 그는 레티만 행복하다면 레티가 여기에서 살게 된 게 기쁘다고 했고, 레티가 모든 결정을 할 수 있게 해주겠다고 했다. 그때부터 비록 언니 방에서이긴 했지만 레티는 잠을 잘 자기 시작했다. 아이의 불안은 그렇게 가라앉았다. 마이크의 여동생은 약속한 대로 이 사건을 기사로 내지 않았다. 마이크는 이 이야기가 사실상 사랑 이야기라고 했다. 자기와 라이자 말고—둘이 함께 웃고 있는 걸 보면 자기들 얘기가 맞구먼—라이자와 두 딸들에 대한 사랑 이야기라고. 가끔 마이크가 나를 놀리고 싶을 때면, 나와 니노의 사랑 이야기라고 하기도 한다.

그럼 나는 마이크에게 내 생각은 좀 다르다고 얘기해준다. 한참 바다를 내다보다 보면, 바다의 천변만화의 감정과 광란, 그 아름다움과 공포를 보고 있으면, 모든 이야기들이 거기 다 있다는 걸 알게 된다. 사랑과 위험에 대한 이야기, 그리고 삶이 우리의 그물에 가져다주는 것들에 관한 이야기. 그리고 키를 잡고 있는 당신의 손이 모든 걸 조정할 수 없기도 하며, 모든 게 다 잘될 거라는 믿음을 붙드는 것 외에는 달리 할 수 있는 게 없을 때도 있다는 것을.

고래 관광이 너무 많이 예약된 날만 제외하고, 이제 그들은 거의 매일 이스마엘호를 타고 고래들의 이동을 보러 함께 나선다. 처음에는 그것이 라이자가 가족을 만드는 법이라고, 그들의 사이를 돈독히 다지는 방식이라고 생각했지만, 얼마 지나지 않아 그들 모두가 라이자만큼 고래에 빠져 있다는 걸 깨닫게 됐다. 단지 고래를 보는 것만 즐기는 게 아니라고 했다. 보이지 않는 것들도 그만큼 소중하다고 했다. 아이들은 혹등고래가 사라지는 모습을 지켜보며, 눈부시게 물결이 부서지고 난 뒤에 자기들이 볼 수 없는 저 아래쪽에서 계속 이어지는 고래의 삶에 대해 상상하는 것이 즐겁다고 했다. 심연으로 울려 퍼지다가 영원히 사라지는 그들의 노래, 관계를 엮고 돈독해지는 과정, 사랑받으며 길러지는 고래의 아가들. 사람들과 사람들이 서로에게 하는 어리석은 짓들은 하나도 중요하지 않은 세계 말이다.

마이크는 처음에는 아이들의 공상을 비웃었지만 이제는 어깨를 한 번 으쓱하고 인정하게 됐다. 마이크가 뭘 알겠는가? 우리들이 뭘 알겠느냔 말이다. 특히나, 우리가 살고 있는 세상의 이 작은 귀퉁이에선 더 신기한 일들도 일어났는데 말이다.

나는 네 사람이 햇살이 비추는 고래 부두를 뛰어다니는 모습을 보며, 내 여동생을 그리고 우리의 이야기를 아주 좋아하셨을 내 아버지를 생각한다. ("우리는 여태 하늘나라의 아버지와 노라에게 친구가 하나 더 생긴 줄 알았어요." 그들이 어디에 있든 간에 나는 그들에게 이렇게 말한다. "하지만, 우리가 잘못 알고 있었지 뭐예요.") 아버지와 노라는 이것이 쉽게 이루기 어려운 균형에 관한 이야기라는 것을 알고 있을 것이다. 우리가 고래의 방문을 받을 만큼 축복받은 사람들이라면, 그리고 우리가 마음을 열 용기가 있는 사람들이라면 마주할 수밖에 없는 진실에 대한 이야기라는 것도. 그 진실이란, 때론 너무 가까이 다가가는 것만으로도 경이롭고 아름다운 무언가를 훼손할 수도 있다는 것.

마이크가 단호하게 덧붙이기론, 때로는 우리에겐 선택의 여지가 없다는 것이다. 정말 제대로, 진짜 삶을 살아가길 원한다면 말이다.

물론, 나는 절대 내 생각을 들키지 않는다. 마이크가 자기가 모든 걸 다 안다고 생각하게 놔두고 싶진 않으니까. 하지만 이번만큼은, 딱 이번만큼은, 그의 말이 옳다는 걸 나도 인정할 수밖에 없을 것 같다.

실버베이

| 펴낸날 | 초판 1쇄 2021년 3월 30일 |
| | 초판 2쇄 2021년 4월 21일 |

지은이	조조 모예스
옮긴이	김현수
펴낸이	심만수
펴낸곳	(주)살림출판사
출판등록	1989년 11월 1일 제9-210호

주소	경기도 파주시 광인사길 30
전화	031-955-1350
팩스	031-624-1356
홈페이지	http://www.sallimbooks.com
이메일	book@sallimbooks.com

| ISBN | 978-89-522-4238-9　　03840 |